TUDO O QUE DAREI A VOCÊ

DOLORES REDONDO

TUDO O QUE DAREI A VOCÊ

Prêmio Planeta 2016

Tradução
Sandra Martha Dolinsky

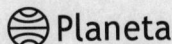

Copyright © Dolores Redondo Meira, 2016
Copyright © Editora Planeta do Brasil, 2024
Copyright da tradução © Sandra Martha Dolinsky
Todos os direitos reservados.
Título original: *Todo esto te daré*
Publicado em acordo com Pontas Literary & Film Agency

Coordenação editorial: Franciane Batagin Ribeiro | FBatagin Editorial
Preparação: Luiza del Monaco
Revisão: Marianna Muzzi e Lígia Alves
Projeto gráfico e diagramação: Márcia Matos
Adaptação de capa: Isabella Teixeira
Capa: Planeta Arte & Diseño
Imagem de capa: Cover Kitchen

Dados Internacionais de Catalogação na Publicação (CIP)
Angélica Ilacqua CRB-8/7057

Redondo, Dolores
 Tudo o que darei a você / Dolores Redondo ; tradução de Sandra Martha Dolinsky. – 1. ed. – São Paulo : Planeta do Brasil, 2024.
 544 p.

ISBN 978-85-422-2751-2
Título original: Todo esto de daré

1. Ficção espanhola I. Título II. Dolinsky, Martha

24-2226   CDD 863

Índice para catálogo sistemático:
 1. Ficção espanhola

 Ao escolher este livro, você está apoiando o manejo responsável das florestas do mundo

2024
Todos os direitos desta edição reservados à
EDITORA PLANETA DO BRASIL LTDA.
Rua Bela Cintra, 986 – 4º andar
Consolação – 01415-002 – São Paulo-SP
www.planetadelivros.com.br
faleconosco@editoraplaneta.com.br

Para Eduardo, sempre.

Ao meu pai, um galego em todos os sentidos, à minha mãe e ao amor de ambos – contra os desejos da família –, que fortaleceu em mim o orgulho pelos meus e a fé no amor invencível.

A maioria das pessoas se preocupa com o que o outro vai dizer, mas os vagabundos e os aristocratas não. Eles fazem o que desejam sem se incomodar em pensar nas consequências. Não me refiro à alta burguesia ou aos que torram sua fortuna em festas, mas sim aos que durante gerações foram educados desprezando a opinião alheia.

AGATHA CHRISTIE, O segredo de Chimneys

Praticamente todos na casa podem tê-lo feito.

AGATHA CHRISTIE, A casa torta

Michael Corleone havia tomado precauções contra todas as eventualidades. Seus planos eram perfeitos, e ele sabia ser paciente e meticuloso; esperava ter um ano inteiro para preparar as coisas, mas o destino interveio, e não de forma favorável. O tempo se encurtou devido a uma falha. E a falha foi o padrinho, o grande Dom Corleone.

MARIO PUZO, O poderoso chefão

Ao seu lado eles viverão e conversarão entre si como quando você está comigo.

ISOLINA CARRILLO, "Dos Gardenias"

SALVA-VIDAS

As batidas na porta soaram autoritárias. Foram oito golpes decididos e rápidos, de quem espera ser atendido com prontidão. O tipo de exigência que nunca poderia ser confundida com o chamado de um convidado, de um empregado ou de um entregador. Mais tarde, ele pensaria que, afinal de contas, é assim que se espera que a polícia bata na porta.

Durante alguns segundos ele observou, pensativo, o cursor piscante no final da última frase. A manhã estava rendendo, bem melhor que nas últimas três semanas, porque, embora odiasse admitir, escrevia mais à vontade quando estava sozinho em casa, trabalhando sem horários, livre das interrupções rotineiras para o almoço ou o jantar. Assim, simplesmente se deixava levar. Nessa fase da escrita as coisas costumavam correr sempre da mesma forma; *Sol de Tebas* estaria acabado em duas semanas, talvez antes, se tudo caminhasse como o esperado. E, até então, essa história seria a única coisa em sua vida, sua obsessão, aquilo que o ocuparia dia e noite, a única coisa em que pensaria. Ele havia passado por isso com cada um de seus livros, uma sensação ao mesmo tempo vital e demolidora, como uma imolação que ao mesmo tempo adorava e temia vivenciar. Um ato privado que, por experiência própria, ele sabia que não o transformava na melhor companhia durante esses dias. Levantou os olhos para espreitar rapidamente o corredor que separava a sala onde escrevia da porta de entrada, e depois voltou para o cursor, que parecia palpitar já carregado das palavras que tinha que escrever. Um enganoso silêncio se apoderou do lugar, criando por um instante a falsa esperança de que o intempestivo visitante tivesse desistido. Mas não; ele percebia a presença daquela energia imperativa e quieta do outro lado da porta. Olhou de novo para o cursor e levou as mãos ao teclado, decidido a terminar a frase.

Nos segundos que se seguiram, chegou inclusive a contemplar a possibilidade de ignorar as batidas na porta, que, insistentes, soavam novamente no pequeno vestíbulo.

Irritado – não tanto pela interrupção, mas pelas batidas indelicadas –, dirigiu-se à entrada e abriu a porta puxando a maçaneta com raiva enquanto murmurava um palavrão dirigido ao porteiro, a quem já advertira em mais de uma ocasião que não lhe agradava ser interrompido enquanto trabalhava.

Dois guardas civis, um homem e uma mulher, uniformizados, deram um passo atrás quando ele abriu a porta.

— Bom dia. Este é o domicílio de Álvaro Muñiz de Dávila? — perguntou o homem, consultando brevemente um cartãozinho que logo desapareceu em sua mão.

— Sim — respondeu Manuel, esquecendo imediatamente de sua irritação.

— O senhor é parente dele?

— Sou marido dele.

O guarda civil dirigiu um rápido olhar a sua parceira – um gesto que não passou despercebido por Manuel. Mas, àquela altura, sua paranoia natural já havia atingido níveis suficientes para diminuir a importância do gesto.

— Aconteceu alguma coisa com ele?

— Sou o segundo-tenente Castro, e esta é minha parceira, sargento Acosta. Podemos entrar? Conversaremos melhor aí dentro.

Ele era escritor, podia desenrolar aquela cena sem muito esforço; dois guardas civis uniformizados pedindo para conversar dentro de sua casa não podia ser sinal de boas notícias.

Manuel assentiu e se pôs de lado. No estreito vestíbulo, os guardas pareciam imensos com seus uniformes verdes e suas botas militares. Suas solas rangeram sobre o verniz escuro do assoalho como se fossem marinheiros bêbados tentando manter o equilíbrio no convés de um navio pequeno demais. Ele os guiou pelo corredor até a sala, onde se situava sua mesa de trabalho; mas, em vez de conduzi-los até o sofá, deteve-se bruscamente. Deu meia-volta, quase trombando com eles, e repetiu, obstinado:

— Aconteceu alguma coisa com ele?

Não era mais uma pergunta. Em algum momento entre a entrada e a sala, sua pergunta havia se transformado quase em uma súplica, uma retórica que sua mente repetia insistentemente: *Por favor, não; por favor, não; por favor, não*. E ele a repetia, mesmo estando certo de que sua rogativa de nada adiantaria. Não havia adiantado quando o câncer devorara sua irmã em apenas nove meses. Ela, febril e esgotada, mas determinada como sempre a lhe transmitir coragem, a consolá-lo e a cuidar dele, brincava, com o rosto já capturado pela morte, sepultado na maciez do travesseiro: "Vou demorar para ir embora deste mundo o mesmo tanto que demorei para chegar". Mas ele continuou implorando, humilhado, a um poder superior e inútil, recitando a velha fórmula enquanto caminhava, arrastando os pés como um lacaio servil até aquele escritório pequeno e quente, no qual o médico lhe dissera que sua irmã não passaria daquela noite. Não, não adiantava nada, mas, decidido a resistir, ele havia entrelaçado as mãos em muda súplica enquanto escutava as palavras, uma sentença inquestionável para a qual não se esperava a ligação de nenhum governador.

O segundo-tenente se distraiu; admirando a magnífica biblioteca que cobria por completo duas paredes da sala, dando uma olhada na mesa de trabalho de Manuel e depois pousando de novo os olhos nele.

— Talvez seja melhor o senhor se sentar — disse o guarda, fazendo um gesto indicando o sofá.

— Não quero me sentar, diga de uma vez — insistiu Manuel, logo percebendo que havia sido um pouco brusco. Então, para suavizar, deixou escapar um suspiro e acrescentou: — Por favor...

O guarda hesitou, constrangido, desviou o olhar para um ponto acima do ombro de Manuel e, antes de falar, mordeu o lábio superior.

— É sobre seu... seu...

— É sobre seu marido — interrompeu a mulher, assumindo o controle da situação enquanto notava de soslaio o alívio mal disfarçado de seu parceiro. — Lamento, mas temos más notícias. Sinto lhe comunicar que o senhor Álvaro Muñiz de Dávila sofreu um grave acidente de trânsito esta madrugada. Quando a ambulância chegou, ele já havia falecido. Meus sentimentos, senhor.

O rosto da sargento tinha um formato perfeitamente oval, acentuado pelo modo como seu cabelo estava preso, com um coque na nuca, do qual já começavam a escapar alguns fios. Ele escutara perfeitamente: "Álvaro estava morto". No entanto, durante alguns segundos, perdeu-se na serena beleza daquela mulher, de um modo tão absoluto que quase verbalizou a perturbadora percepção que ocupava por completo sua mente. Ela era muito bonita, embora parecesse não ter consciência da prodigiosa simetria de suas feições, o que a tornava ainda mais linda. Pensaria nisso mais tarde, agora estava impressionado com a maneira como seu cérebro havia encontrado uma saída de emergência na tentativa de salvar seu juízo. Deu-se conta de que havia passado alguns segundos refugiado nos traços requintados daquele rosto feminino, que, embora ele ainda não soubesse, constituíra seu primeiro salva-vidas. Foram apenas alguns instantes, preciosos, mas insuficientes para impedir a avalanche de perguntas que já se formava em sua mente. No entanto, disse apenas:

— Álvaro?

A sargento o tomou pelo braço – mais tarde ele pensaria que ela o fizera do mesmo modo que se seguram os detidos – e o conduziu sem resistência até o sofá, empurrando levemente seu ombro para baixo e acomodando-se ao seu lado.

— O acidente aconteceu de madrugada. O carro perdeu a direção, ao que parece, em um trecho reto e com bastante visibilidade. Não parece haver outro veículo envolvido. E, segundo o que nos informaram os colegas de Monforte, tudo indica que ele deve ter adormecido ao volante.

Manuel a escutava com atenção, esforçando-se para captar os detalhes de sua explicação e tentando não ouvir o coro de vozes que gritava cada vez mais alto dentro de si: *Álvaro está morto; Álvaro está morto; Álvaro está morto.*

O lindo rosto da mulher já não era mais suficiente. De soslaio, ele via o segundo-tenente entretido, olhando os objetos que invadiam a superfície de sua mesa de trabalho. Um copo com restos de café e a colherinha repousando dentro dele; o convite para um prêmio literário de prestígio utilizado como descanso de copo; o celular com o qual havia falado com Álvaro umas horas antes e o cursor piscando ansioso no final da última linha que ele havia escrito naquela manhã em que pensara – pobre imbecil – que estava indo bem. Então, concluiu que já não importava, nada mais importava uma vez que Álvaro estava morto. E devia estar mesmo, porque aquela sargento havia dito e o coro grego que se instalara em sua cabeça não parava de repetir em um crescendo ensurdecedor. Então, chegou o segundo salva-vidas:

— Espere, você disse Monforte? Mas isso fica em...

— Monforte, na província de Lugo. Foi a delegacia de lá que nos ligou, mas, na verdade, o acidente ocorreu em um pequeno município pertencente à região de Chantada.

— Então, não é Álvaro.

A firmeza de sua afirmação atraiu a atenção do segundo-tenente, que, perdendo o interesse nos objetos da mesa, voltou-se para Manuel desconcertado.

— Como?

— Não pode ser Álvaro. Meu marido foi anteontem à tarde para Barcelona para se reunir com um cliente. Ele trabalha com marketing empresarial. Trabalhou durante semanas em um projeto para um grupo hoteleiro catalão, planejaram várias ações promocionais, e hoje de manhã, bem cedo, tinha uma reunião para a apresentação do projeto. Portanto, é impossível que ele estivesse em Lugo na madrugada, deve ser um engano. Falei ontem à noite com ele, e só não falamos hoje de manhã porque, como eu disse, ele tinha uma reunião e eu não levanto cedo. Mas vou ligar para ele agora mesmo.

Ele se levantou e avançou, passando pelo segundo-tenente e ignorando a carga de indulgência que pesava como chumbo na troca de olhares entre os guardas. Quando chegou à mesa, procurou com as mãos torpes por entre os objetos que se encontravam na sua superfície, fazendo tilintar a colherinha dentro do copo, onde os restos de café já haviam desenhado um círculo permanente no fundo. Pegou o celular. Apertou duas teclas e escutou, com os olhos fixos na sargento, que o observava com uma expressão abatida.

Manuel esperou até a ligação cair na caixa postal.

— Ele deve estar na reunião, por isso não atende — tentou explicar.

A sargento se levantou.

— Seu nome é Manuel, certo?

Ele assentiu como se aceitasse um fardo.

— Manuel, venha aqui, sente-se ao meu lado, por favor.

Ele voltou ao sofá, com o telefone ainda nas mãos, e fez o que ela pedia.

— Manuel, eu também sou casada — disse ela, dirigindo um breve olhar ao ouro já desbotado de sua aliança —, e sei, por experiência, especialmente por conta do meu trabalho, que nunca temos certeza absoluta do que nosso companheiro está fazendo. Isso é algo com que temos que aprender a viver, sem nos torturarmos a cada segundo com essa incerteza. Certamente haveria uma razão para que seu marido estivesse em Lugo, e para que não lhe houvesse dito nada, mas nós temos toda a certeza de que é Álvaro. Se ninguém atendeu o celular é porque está sob a custódia de nossos colegas de Monforte. O corpo de seu marido foi transferido para o Instituto Médico-Legal do hospital de Lugo. Além disso, temos a identificação positiva de um parente. Sem sombra de dúvida, trata-se de Álvaro Muñiz de Dávila, de quarenta e quatro anos.

Manuel negava com a cabeça cada um dos argumentos da sargento Acosta enquanto atribuía seu erro em relação a Álvaro ao brilho apagado daquela aliança que a obrigava a estabelecer dogmas sobre as relações conjugais. Havia passado apenas algumas horas desde a última vez que falara com Álvaro, e ele estava em Barcelona, não em Lugo. Que diabos Álvaro estaria fazendo em Lugo? Manuel conhecia seu marido, sabia onde estava, e definitivamente não era em uma maldita estrada de Lugo. Odiava dogmas sobre relacionamentos, odiava dogmas sobre todas as coisas e estava começando a odiar aquela sargento espertinha.

— Álvaro não tem família — rebateu.

— Manuel...

— Bem, imagino que ele deva ter uma família como todo mundo, mas não mantém nenhum tipo de contato com nenhum parente, relação zero. Já era assim desde muito antes de Álvaro e eu nos conhecermos, quando ele era muito jovem e se tornou independente. Vocês estão enganados.

— Manuel, seu nome e seu número de telefone apareciam como contato Aa no celular de seu marido — explicou ela, paciente.

— Contato Aa... — murmurou ele.

Ele recordava, era assim há anos. O contato Aa – "Avisar a" – era uma recomendação feita pelo departamento de trânsito para determinar quem deveria ser avisado em caso de acidente. Ele entrou na agenda de seu celular e viu seu próprio Aa: Álvaro. Ficou alguns segundos repassando cada letra que compunha o nome dele enquanto sentia seu olhar se ofuscar pelo peso das lágrimas que começavam a brotar em seus olhos. Então, chegou outro salva-vidas.

— Mas ninguém me ligou... Tinham de me ligar, não é mesmo?

O segundo-tenente pareceu quase satisfeito por poder tomar a palavra.

— Até dois anos atrás faziam isso, avisavam por telefone a pessoa indicada. E se não houvesse uma ligavam para o contato "casa" ou "pais" e davam a notícia. Mas era sempre muito traumático, e em mais de uma ocasião essas ligações provocaram ataques cardíacos, acidentes ou outras reações indesejadas. Tentamos melhorar. Agora, o protocolo exige uma identificação positiva, avisa-se a delegacia mais próxima do domicílio do finado e dois guardas se dirigem ao local. Um é sempre membro do alto comando, como neste caso, e a notícia é comunicada pessoalmente ou então o parente acompanha a polícia na identificação.

Então, toda aquela encenação pedindo que ele se sentasse não passava de um protocolo estabelecido para dar a pior notícia do mundo. Um protocolo que só dois dos três presentes conheciam, e para o qual – agora ele sabia – não cabia recurso algum.

Durante alguns segundos ficaram imóveis e em silêncio, até que o segundo-tenente fez um gesto premente à mulher.

— Talvez queira ligar para algum parente ou amigo para que o acompanhe... — sugeriu ela.

Manuel a fitou, aturdido. Mal ouvia suas palavras. Era como se ela falasse de outra dimensão ou debaixo d'água.

— O que tenho que fazer agora? — perguntou.

— Como eu disse, o corpo permanece no IML do hospital de Lugo. Lá eles lhe indicarão os próximos passos e lhe entregarão o corpo para que o possa enterrar.

Fingindo uma firmeza que não possuía em absoluto, Manuel se levantou e se dirigiu à entrada, forçando os agentes a saírem enquanto prometia que ligaria para sua irmã assim que fossem embora. Ciente de que se quisesse se livrar dos guardas tinha que parecer sereno, trocou um aperto de mão com cada um deles, mas sentiu o olhar escrutador de ambos, que não combinava com os gestos amáveis com que se despediam. Agradeceu mais uma vez e fechou a porta.

Esperou alguns segundos apoiado na madeira quente, certo de que eles também escutavam do lado de fora. Observou daquele ângulo – no qual provavelmente nunca havia parado o suficiente – como o pequeno corredor se abria para a sala, como se fosse um ramalhete apertado nos caules que explodia de luz na outra ponta. O lar que compartilhava com Álvaro havia quinze anos, visto daquele observatório ignorado de sua própria casa, lhe pareceu imenso. A luz que entrava em caudais pela janela borrava os contornos dos móveis, liquefazendo sua brancura até diluí-los com as paredes e o teto. Nesse instante, aquele território amado, conhecido, deixou de ser seu lar e se transformou em um oceano de sol gelado, uma infernal noite islandesa que o fez se sentir órfão de novo, como naquela outra noite no hospital.

Ligar para minha irmã, sorriu amargamente ao pensar nisso. Quem dera pudesse fazê-lo. Sentiu o mal-estar escalando seu peito como um animal quente e indesejável tentando se acomodar em seu regaço, e seus olhos se encheram de lágrimas ao notar que as duas únicas pessoas para quem gostaria de ligar estavam mortas.

Segurando a vontade de chorar, voltou à sala, sentou-se no mesmo lugar que havia ocupado antes e pegou o telefone na mesinha. Ao acender a tela, o nome de Álvaro apareceu como opção de chamada. Fitou-o durante alguns instantes, suspirou e procurou outro nome na agenda.

A voz feminina e doce de Mei atendeu do outro lado. Mei Liu era secretária de Álvaro havia mais de dez anos.

— Ah, olá, Manuel, como vai? Como vai seu último livro? Já estou roendo as unhas de impaciência. Álvaro me disse que será incrível...

— Mei — ele interrompeu a ladainha —, onde está Álvaro?

Do outro lado da linha fez-se silêncio durante alguns segundos, e Manuel soube que ela ia mentir. Ele até teve um desses flashes de clarividência em que a pessoa é capaz de ver por um instante a trama que move o mundo e que, piedosamente, permanece oculta dos nossos olhos durante quase a vida toda.

— Álvaro? Ora, ele está em Barcelona.

— Não minta, Mei — pediu ele de maneira rude, mas quase sussurrando.

O silêncio na linha deu-lhe a certeza do tormento dela e do modo como aproveitava a pausa para desesperadamente encontrar um subterfúgio que lhe proporcionasse mais alguns segundos para pensar.

— Não estou mentindo, Manuel. Por que mentiria?

Sua voz estava mais aguda, como se estivesse prestes a chorar. Desculpas, perguntas... todas as evasivas possíveis para evitar uma resposta direta.

— Ele está... está em Barcelona, na reunião com os diretores daquela rede hoteleira catalã.

Manuel apertou o telefone na mão até que os nós de seus dedos ficaram brancos; fechou os olhos e, com grande esforço, controlou o desejo de jogá-lo longe, de destruí-lo, de quebrá-lo em mil pedaços e calar as mentiras que chegavam a ele através daquela linha. Finalmente falou, tentando controlar o tom o suficiente para não ceder ao desejo de gritar.

— Dois guardas civis acabaram de sair de minha casa depois de me dizerem que Álvaro não estava em Barcelona, que morreu ontem à noite em um acidente de trânsito e que agora está no IML de Lugo. De modo que, de uma vez por todas, diga, porque sei que é impossível que você não saiba: onde Álvaro estava? — disse, arrastando as sílabas de cada palavra, sussurrando-as para conter sua ira.

A voz da mulher se transformou em um gemido que mal lhe permitia distinguir o que ela estava dizendo.

— Sinto muito, Manuel, sinto muito.

Ele desligou, e Mei, que poderia ter sido o terceiro salva-vidas, nunca chegou a sê-lo.

O SOL ISLANDÊS

A sala de espera cheirava a tristeza. Duas fileiras de cadeiras de plástico, uma de frente para a outra, mal davam lugar a um estreito espaço comum onde os hálitos e a turva animosidade corporal flutuavam em uma nuvem de vapor malcheiroso que borrava o rosto sofrido dos que esperavam. Consternado, Manuel se voltou outra vez para o corredor, e o vigia, que o seguia com o olhar por detrás de seu balcão, assentiu, indicando-lhe novamente que era ali que devia esperar. Descartou a ideia de atravessar o espaço estreito até o único assento livre, o que teria representado contornar joelhos e pés dos que esperavam e murmurar um rosário de desculpas para avançar por entre aqueles ossos. Optou por ficar em pé e, para não ser o foco dos olhares, apoiou-se na parede, suficientemente perto da entrada para assegurar uma porção de ar respirável – mesmo que tivesse que pagar o preço de continuar sob o controle da norma austera do vigia.

Como se fosse uma extensão daquela sala, o céu de Lugo o havia recebido velado como água clorada. Uma fria acolhida acompanhada pelos escassos vinte graus que, em contraste com o calor abafado e a luz ofuscante dos primeiros dias de setembro em Madri, pareceu-lhe quase orquestrada, como um recurso literário destinado a criar um ambiente opressivo e deprimente.

Lugo não tinha aeroporto. Ele havia contemplado a possibilidade de ir de avião até o aeroporto mais próximo, em Santiago de Compostela, e depois alugar um carro para chegar até lá. Mas aquilo que estava dentro dele, que ainda não era capaz de nomear, não podia esperar as duas horas que faltavam até o próximo voo, e não cabia na cabine de um avião.

O mais difícil havia sido abrir o guarda-roupa e pegar dentre as roupas de ambos uma pequena mochila, na qual tinha metido às pressas o que julgava imprescindível. Ou, ao menos, foi o que acreditou naquele momento; mais tarde, percebeu que na fuga havia pegado meia dúzia de peças inúteis e esquecido quase todo o necessário. A sensação de fuga aumentaria ao rememorar mentalmente seus últimos minutos em casa. A rápida consulta aos voos que saíam de Madri, a mochila arrumada com pressa e a recusa em dedicar um olhar à foto de ambos que descansava sobre a cômoda e cuja imagem agora não conseguia tirar da cabeça. Um amigo em comum a havia tirado em um dia de pescaria, no verão anterior. Manuel contemplava, distraído, a superfície prateada do mar; Álvaro, mais jovem, magro, cabelos trigueiros clareados pelo sol, olhava para ele e sorria com aquele seu característico sorriso, secreto e pequeno. Álvaro a havia emoldurado, mas Manuel não gostava dela. Diante daquela imagem ele tinha a sensação de estar, como sempre, distraído demais, de ter perdido um momento lindo e cheio de significado que nunca mais poderia recuperar. Aquele pequeno instante que a câmera havia captado constatava sua suspeita de nunca haver estado totalmente presente em sua própria vida, o que nesse dia era quase uma sentença.

    A imobilidade da espera naquela sala dava-lhe a impressão de uma freada brusca em contraste com a pressa com que havia se atirado na estrada, como se um minuto a mais ou um minuto a menos pudesse mudar o fato de que Álvaro estava morto. Havia percorrido a casa como em sonhos, detendo o olhar em cada aposento, em uma rápida constatação da presença das coisas que haviam sido de Álvaro e que, de algum modo, eram ele; seus livros de fotografia, seus cadernos de desenho em cima da mesa, a velha blusa de lã pendurada no encosto de uma cadeira, que ele usava para ficar em casa e se recusava a jogar fora apesar da cor desbotada e do fato de estar desgastada nos punhos. Contemplara cada objeto quase com estranheza pelo fato de continuarem ali, agora que Álvaro já não estava, como se fosse admissível que, à falta dele, deixassem de existir ou evaporassem. Dera uma olhada rápida na superfície de sua própria mesa, arrastando, em um ato reflexo, sua carteira, o celular e o carregador. Talvez o mais surpreendente fosse a certeza de que não havia salvado *Sol de Tebas* e o trabalho daquela manhã – aquela que pensara que estava indo bem. A seguir, o peso sinistro de introduzir o nome daquela fatídica cidade no navegador de seu carro. Percorreu quase quinhentos quilômetros de silêncio em apenas quatro horas e meia, sendo interrompido somente pelas insistentes ligações de Mei, que ele não havia atendido. Nem sequer tinha certeza de ter apagado todas as luzes.

Escutou, perturbado, o pranto de um homem. Escondia o rosto no pescoço de uma mulher que devia ser sua esposa e sussurrava palavras ininteligíveis. Observou o gesto cansado com que a mulher acariciava a nuca dele e os olhares de alguns dos presentes naquela sala, que, apertando os lábios, respiravam fundo, suspirando, como crianças segurando a dor.

Ele não havia chorado; não sabia se isso era normal ou não. Houvera um instante, quando os guardas foram embora, em que quase chorara, ao ver as linhas que haviam configurado os limites de seu lar se borrarem diante de seus pávidos olhos. Mas precisava de calor para chorar, ou pelo menos algum tipo de paixão; o frio ártico que havia inundado sua casa havia congelado parcialmente seu coração. Teria desejado que o congelasse por inteiro, que o fantasma glacial que havia invadido seu lar houvesse sido capaz de quebrar, em seu avanço, as fibras do músculo duvidosamente útil que batia em seu peito. Em vez disso, havia substituído o fluxo de seu sangue por uma espécie de letargia química sob a qual ainda era capaz de ouvir o sorver lento em que suas batidas haviam se transformado; um miserável fio de vida cheio de mesquinharia pelo qual, nesse momento, navegavam mais dúvidas que certezas.

Dois homens em ternos impecavelmente cortados aguardavam no balcão. Observou que um deles ficava alguns passos para trás enquanto o outro murmurava algumas palavras em uma voz tão baixa que obrigou o vigia a se inclinar para a frente para ouvi-lo. Logo assentiu, e sem disfarçar seu interesse pelos visitantes, indicou a sala de espera.

O homem que havia perguntado algo ao vigia trocou algumas palavras rápidas com o outro e, então, ambos se dirigiram à sala.

— Manuel Ortigosa?

O tom educado e os ternos caros chamaram a atenção de todos que esperavam na sala. Manuel assentiu, pensando que estavam bem-vestidos demais para serem médicos ou policiais.

O homem que havia falado estendeu-lhe a mão.

— Sou Eugenio Doval, e este é Adolfo Griñán — disse.

Este último também lhe estendeu a mão e tomou a palavra:

— Podemos conversar um instante?

A apresentação não esclareceu muito além de ratificar que, como ele havia suspeitado, os dois homens não eram médicos. Manuel fez um gesto indicando a sala e seus ocupantes, convidando-os a entrar.

Ignorando o atrevimento dos olhares, Griñán elevou a vista acima da nuvem vaporosa, até detê-la em uma mancha amarela de bordas escuras que ocupava boa parte do teto.

— Pelo amor de Deus, aqui não! Lamentamos não termos chegado antes e que tenha sido obrigado a passar por isso sozinho. Tem alguém acompanhando você? — perguntou. Entretanto, depois do rápido exame que fez aos lúgubres ocupantes do local, pareceu se convencer de que não.

Manuel negou com a cabeça.

Griñán tornou a dirigir um olhar à mancha do teto.

— Vamos sair.

— Mas disseram que eu tinha que esperar aqui — falou Manuel.

— Não se preocupe com isso, ficaremos aqui perto, e talvez sejamos capazes de informá-lo de alguns aspectos que você deve conhecer — disse Doval, tranquilizando-o.

A promessa de respostas venceu sua relutância e Manuel saiu da sala atrás deles, sentindo os olhares úmidos daquelas pessoas escorrerem por suas costas, enquanto se perguntava quem diabos eram aqueles dois homens. Como por um acordo tácito, caminharam em silêncio, passando pelo vigia, que continuava sem tirar olho deles, até alcançar o final do corredor, onde o espaço se abria em um vão onde haviam embutido uma máquina de refrigerantes e outra de café. Doval fez um gesto indicando aquelas presenças luminosas.

— Quer beber alguma coisa?

Manuel negou com a cabeça, voltando-se intranquilo para a sala.

O homem chamado Griñán postou-se diante dele.

— Sou tabelião, cuidava dos assuntos de seu marido; além disso, sou seu testamenteiro — disse, olhando gravemente para Manuel como se acabasse de recitar suas honrarias de guerra.

Manuel ficou desconcertado. Durante alguns segundos, estudou o homem, que continuava o observando, impávido. Então, dirigiu seu olhar a Doval, esperando encontrar nele uma resposta ou, talvez, um quê de deboche que deixasse evidente que estava sendo vítima de uma brincadeira.

— Eu sei que tudo isso é uma surpresa para o senhor — disse Griñán. — Como responsável pela gestão patrimonial de Dom Álvaro, estou a par das circunstâncias do relacionamento de vocês.

— O que quer dizer? — perguntou Manuel, desconfiado.

O tabelião aceitou seu receio com paciência.

— Sei que eram casados há vários anos e que têm muitos mais anos de convivência. O que eu quero dizer é que estou ciente de que tudo que tenho que lhe explicar agora é novo para o senhor.

Manuel suspirou e cruzou os braços, em clara postura de defesa. Aquele não era seu melhor dia, longe disso. Ele havia perdido a pouca paciência que poderia lhe restar depois de receber a notícia da morte de Álvaro durante a conversa com Mei, mas estava disposto a um armistício com qualquer um que pudesse esclarecer a razão pela qual seu marido jazia morto sobre a mesa metálica do IML de um lugar longe da civilização. Girou um instante para olhar para o balcão, na direção do vigia, que continuava espiando de longe, e de novo para os dois homens.

— Pode me dizer o que Álvaro estava fazendo aqui? O que ele estava fazendo nessa estrada de madrugada? Pode responder a isso?

Griñán olhou brevemente para Doval, que, sério, deu um passo para se colocar ao seu lado.

— Álvaro estava aqui porque este é o lugar onde ele nasceu, e aqui fica a casa de sua família. Não sei aonde ele se dirigia quando sofreu o acidente, mas, como a Guarda Civil já deve ter lhe falado, não parece que haja nenhum outro veículo envolvido, e tudo indica que ele deve ter adormecido ao volante. É uma pena. Quarenta e quatro anos, a vida toda pela frente; era um homem encantador, e eu o apreciava demais.

Então, Manuel recordou vagamente de ter lido, no documento de identidade de Álvaro, seu local de nascimento. Um lugar com o qual jamais tivera vínculo algum. Não se lembrava de ele já ter se referido ao local. Mas por que o faria? Quando se conheceram, ele deixara claro que sua família não aceitava sua condição de homossexual, e desde que chegara a Madri e começara a viver sua liberdade, rompera todas as ligações com o passado, como tantos outros também faziam.

— Mas ele deveria estar em Barcelona. O que estava fazendo aqui? Até onde sei, ele não se relacionava com a família há anos.

— Até onde você sabe... — murmurou Griñán.

— O que significa isso? — perguntou o escritor, ofendido.

— Veja, Manuel... posso chamá-lo de Manuel? Eu sempre aconselho meus clientes a serem sinceros, especialmente com seus cônjuges; afinal de contas, é com eles que compartilharão a vida e são eles que terão que lidar com o sofrimento da morte. O caso de Álvaro não foi uma exceção, mas quem sou eu para julgar as razões e os motivos que o levaram a agir como agiu. Assumo minha condição de mensageiro e sei que o fato de ser portador da informação que tenho para lhe dar não vai me trazer suas simpatias; mas esse é meu trabalho. E eu me comprometi com Álvaro e vou cumpri-lo até o final. — Fez uma pausa dramática e prosseguiu: — Álvaro Muñiz de Dávila era marquês de Santo Tomé há três anos, quando seu pai, o marquês anterior, faleceu. Esse marquesado é um dos títulos mais antigos da Galícia. O paço de sua família fica a poucos quilômetros do local onde ocorreu o acidente. E, embora eu não soubesse que ele estava por aqui dessa vez, posso lhe assegurar que nos visitava com assiduidade para cuidar de suas obrigações.

Manuel, que havia escutado cada palavra alucinado, não pôde evitar uma careta irônica ao dizer:

— Está tirando um sarro com a minha cara.

— Eu lhe asseguro que cada palavra que disse é verdade, e lhe apresentarei provas de tudo de que você possa vir a duvidar.

Manuel se voltou, nervoso; olhou para o vigia e de novo para Griñán.

— Então, está me dizendo que meu marido era um nobre, como disse, um marquês? Com propriedades, paços e uma família de quem nunca ouvi falar? Só falta agora você me dizer que ele tinha mulher e filhos — disse, irônico.

O homem ergueu as mãos, indignado.

— Não, pelo amor de Deus! Como eu disse, Álvaro herdou o título de seu pai quando este faleceu, há três anos. Foi então que eu o conheci, quando ele começou a cuidar dos assuntos da família. Precisa entender que um título de nobreza é uma obrigação que deve ser atendida, e Álvaro a atendeu.

Manuel estava com o cenho franzido. Notou isso quando levou a ponta dos dedos, gelados, ao centro da testa com a intenção de mitigar a incipiente dor de cabeça que estava começando a martelar atrás de seus olhos e se espalhava pelo crânio como lava quente.

— Os guardas civis me disseram que um familiar reconheceu o cadáver.

— Sim, foi seu irmão Santiago, o do meio. Álvaro era o mais velho. Francisco, o mais novo, faleceu pouco depois do pai; caiu em depressão e, pelo visto, tinha problemas com drogas; uma overdose. O azar golpeou duramente essa família nos últimos anos. A mãe ainda vive, mas está em estado muito delicado.

A dor de cabeça só aumentava.

— É incrível... como é possível que ele tenha escondido tudo isso de mim durante tanto tempo? — sussurrou Manuel, sem se dirigir a ninguém especificamente.

Doval e Griñán se entreolharam, aflitos.

— Não posso lhe ajudar nesse ponto; não sei dizer por que Álvaro decidiu agir desse modo, mas ele deixou disposições bem claras sobre o que deveria ser feito se ele falecesse, como infelizmente aconteceu.

— O que quer dizer com isso? Está insinuando que, de algum modo, Álvaro achava que ia morrer? Por favor, seja claro comigo. Você precisa entender minha situação: acabei de saber que meu marido, que acabou de falecer, tinha uma família que eu não conhecia. Não estou entendendo nada.

Griñán assentiu, pesaroso.

— Eu entendo, Manuel, deve ser terrível para você. O que estou dizendo é apenas que existe um testamento no qual está regulamentada sua última vontade, algo comum para alguém na posição dele, ele agiu por segurança. Redigimos o primeiro testamento quando ele assumiu suas obrigações, e nestes anos o documento foi modificado em várias ocasiões em função de suas circunstâncias patrimoniais. Álvaro especificou outros detalhes relativos ao que desejava que fosse feito depois de sua morte. Obviamente a leitura do testamento será feita quando chegar a hora, mas ele deixou disposto que vinte e quatro horas após seu falecimento fosse lida uma carta com seus últimos desejos, o que, se me permite dizer, facilita muito as coisas para os herdeiros e familiares, uma vez que nessa leitura prévia todos acabam tendo conhecimento de suas disposições antes de o testamento se tornar público, o que, segundo a cláusula que o acompanha, acontecerá daqui a três meses.

Manuel baixou o olhar em um gesto que era uma mistura de desconcerto e impotência.

— Nós tomamos a permissão de reservar um quarto para você em um hotel da cidade; imagino que ainda não teve tempo para fazer isso. Convoquei toda a família para comparecer amanhã de manhã em meu escritório para a leitura desse documento. Enviaremos um carro para pegá-lo no hotel. O enterro será depois de amanhã no cemitério familiar do paço As Grileiras.

Sua cabeça parecia que ia explodir.

— Como assim, enterro? Quem decidiu isso? Ninguém me perguntou nada. Eu tenho o direito de me manifestar a respeito, não? — disse ele, levantando um pouco a voz, sem se importar com que o vigia o ouvisse.

— É tradição da família... — Doval começou a explicar.

— Que se foda a tradição, quem eles pensam que são? Eu sou o marido dele.

— Senhor Ortigosa — interrompeu Griñán —, Manuel — disse, conciliador —, essa é uma de suas disposições; era desejo de Álvaro ser enterrado no cemitério de sua família.

As portas de vaivém, que haviam permanecido fechadas atrás de Griñán e seu secretário, abriram-se de modo quase violento, fazendo com que os homens se voltassem para olhar. De novo, dois guardas civis. Dessa vez, dois homens. Um era apenas um rapaz, e o outro já passava dos cinquenta. O jovem, muito magro; o mais velho poderia muito bem ser a paródia de um guarda civil. Mal chegava ao metro e sessenta e cinco – talvez reminiscência de outros tempos em que a benemérita não era tão exigente com a altura de seus membros; embora ele também duvidasse que a barriga proeminente que o homem escondia a duras penas sob a marcial presença do uniforme perfeitamente passado lhe houvesse permitido, nos dias atuais, passar nas duras provas de acesso à Academia de Úbeda. Para arrematar, tinha sobre o lábio superior um bigode no qual começavam a se apreciar inúmeros fios brancos, assim como nas têmporas e nas costeletas, provavelmente aparadas à navalha por um barbeiro que não renovava seu mostruário de cortes fazia muito tempo.

O homem dirigiu um olhar de desdém aos caros ternos de Doval e Griñán, e, em vez de perguntar, quase afirmou:

— Tenente Nogueira, Guarda Civil. Familiares de Álvaro Muñiz de Dávila?

— Somos seus representantes legais — informou Griñán, estendendo uma mão que o guarda ignorou. — Manuel Ortigosa — disse, indicando com a mesma mão — é o marido dele.

O guarda não reprimiu sua expressão de estranheza.

— Marido do... — disse, levantando o polegar sobre o ombro e apontando para um lugar hipotético às suas costas.

Dedicou um olhar enojado ao outro guarda, que, ocupado procurando uma página limpa em sua cadernetinha, não lhe deu o respaldo desejado.

Mas isso não pareceu afetar seu ânimo.

— Era só o que me faltava — rosnou.

— Algum problema com isso? — perguntou Manuel, erguendo o queixo.

Em vez de responder, o guarda buscou de novo a cumplicidade de seu parceiro, que dessa vez deu de ombros, sem entender muito bem o que estava acontecendo.

— Fique calmo, o único que tem problemas aqui é aquele que está na mesa da legista — disse, provocando o desgosto dos advogados e fazendo que o olhar de Manuel se cravasse ainda mais no seu. — Preciso lhe fazer algumas perguntas.

Manuel assentiu.

— Quando foi a última vez que o viu?

— Anteontem, no fim da tarde, quando ele saiu para viajar. Moramos em Madri.

— Em Madri... — repetiu o tenente, certificando-se de que o jovem anotasse tudo.

— Quando foi a última vez que falou com ele?

— Ontem à noite. Ele me ligou por volta da uma hora e conversamos durante dez ou quinze minutos.

— Ontem... ontem à noite... Ele disse onde estava ou aonde ia?

Manuel demorou alguns segundos para responder.

— Não. Eu nem ao menos sabia que ele estava aqui. Supostamente Álvaro estava em Barcelona, para uma reunião com um cliente. Ele é... era publicitário, havia criado uma campanha para uma rede de hotéis e...

— Com um cliente.

O modo monótono como o guarda repetia algumas de suas palavras pareceu-lhe feroz e insultante; mas, de algum modo, ele entendia que isso não se devia tanto ao tom debochado do homem, mas à declarada crueldade da prova que deixava evidente que Manuel havia sido enganado.

— Sobre o que falaram? Consegue se lembrar o que ele falou?

— Nada especificamente, ele disse que estava muito cansado e que queria voltar para casa...

— Notou se estava especialmente nervoso, irritado, aborrecido?

— Não, só cansado...

— Ele disse se havia discutido com alguém?

— Não.

— Seu... marido... tinha inimigos, alguém que quisesse se vingar dele?

Manuel olhou desconcertado para os advogados antes de responder.

— Não. Não sei. Não que eu saiba. Por que essa pergunta? — respondeu, extenuado.

— Não que ele saiba... — repetiu o tenente.

— Não vai me dizer nada? Por que pergunta sobre inimigos? Por acaso acha que...

— Alguém pode comprovar que o senhor realmente estava em Madri ontem, à uma da madrugada?

— Eu já disse que vivia com Álvaro, e supostamente ele estava em Barcelona. Morávamos só nós dois, e ontem não saí nem estive com ninguém. De modo que não, não posso provar que estava em Madri. Mas seus colegas poderão lhe dizer que eu estava em casa pela manhã, quando eles foram me dar a notícia. Para quê tudo isso?

— Hoje em dia, podemos estabelecer a localização de um telefone no momento em que faz uma chamada a outro, com uma margem de erro de mais ou menos cem metros, sabia?

— Que ótimo. Mas não entendo do que se trata. Pode me dizer o que está acontecendo? Seus colegas me disseram que Álvaro dormiu ao volante, que saiu da estrada em uma reta e que nenhum outro veículo estava envolvido.

Seu tom beirava o desespero; a recusa do homem em responder com algo além de novas perguntas o enlouquecia.

— Como ganha a vida?

— Sou escritor — respondeu, cansado.

O guarda inclinou a cabeça para o lado e sorriu levemente.

— Um belo hobby. E como ganha a vida?

— Acabei de dizer que sou escritor — insistiu ele, perdendo a paciência. Aquele sujeito era um idiota.

— Escritor... — repetiu. — Qual é a cor e o modelo do seu carro, senhor?

— É um BMW azul. Vai me dizer se há algo suspeito na morte de meu marido?

O guarda esperou que o rapaz acabasse de fazer a última anotação antes de responder.

— Quando alguém falece em um acidente de trânsito, o juiz decreta a liberação do corpo no mesmo lugar, não se faz autópsia. A menos que existam indícios suficientes para suspeitar de outras causas. A parte traseira do carro de seu... marido — suspirou — apresenta um pequeno amassado recente, com transferência de tinta de outro veículo, e...

As portas de vaivém se abriram atrás dele e outro guarda uniformizado irrompeu, paralisando sua exposição.

— O que está fazendo, Nogueira?

Os dois guardas civis se ergueram perceptivelmente.

— Meu capitão, Manuel Ortigosa é parente do falecido, acabou de chegar de Madri. Eu estava tomando sua declaração.

O recém-chegado avançou um passo, ultrapassando os dois guardas, e estendeu uma mão firme diante de Manuel.

— Senhor Ortigosa, lamento sua perda e o incômodo que o tenente Nogueira possa ter lhe causado com sua precipitação — disse, dedicando ao guarda um rápido olhar cheio de censura. — Como meus colegas lhe informaram anteriormente, não há dúvida alguma de que o falecimento de seu marido foi acidental, e não houve nenhum outro veículo envolvido.

Embora o outro estivesse parcialmente oculto pela larga figura de seu superior, Manuel pôde ver a expressão de contrariedade que surgia sob o bigode de Nogueira.

— Mas o tenente acabou de dizer que se não houvesse nada suspeito não o teriam trazido para cá...

— O tenente chegou a uma conclusão equivocada — disse o capitão, sem se dignar sequer a olhar para o aludido homem dessa vez. — Ele foi trazido para cá por deferência à sua posição e à sua família; uma família muito conhecida e apreciada em toda a comarca — explicou o homem.

— Vão fazer autópsia nele?

— Não será necessário.

— Posso vê-lo? — rogou Manuel.

— Claro, eu o acompanharei — disse o capitão.

Pousando a mão em seu ombro e empurrando-o levemente, guiou-o em direção às portas de vaivém, passando entre os quatro homens.

O quarto do hotel era branco. Meia dúzia de travesseiros cobriam a cama quase até a metade. Toda a variada coleção de luzes spot, zenitais e de ambiente estavam acesas, fazendo a cama brilhar e provocando uma sensação parecida com uma miragem – uma extensão dolorosa do sol islandês que havia tomado conta de sua casa pela manhã, acompanhando-o, ofuscante, durante os quase quinhentos quilômetros até Lugo. Nessa cidade, o céu turvo havia dado uma trégua a seus olhos e à sensação de estar vendo o mundo através de um prisma de centenas de faces, todas difusas, todas falsas, característica de uma enxaqueca.

Ele apagou quase todas as luzes, tirou os sapatos, e depois de inspecionar o pobre frigobar, pediu ao serviço de quarto uma garrafa de uísque. Notou o tom de contrariedade do garçom quando recusou sua sugestão de acompanhar a garrafa com algo sólido para comer, e a expressão com que o homem inspecionou o quarto por cima de seu ombro quando foi levar o uísque, com o olho treinado de quem sabe que um cliente vai dar problemas.

A incansável ladainha de Griñán, tentando inutilmente compensar todas as lacunas, todas as carências, tudo o que deveria saber e Álvaro não lhe havia contado, prosseguira durante o trajeto em que o testamenteiro havia insistido em acompanhá-lo entre o hospital e o hotel. Havia guiado seus passos até a recepção, onde Doval, que já havia cuidado de tudo, os esperava. Ainda se demoraram um pouco em frente aos elevadores, até que, de súbito, Griñán parecera tomar consciência de que Manuel devia estar cansado e que certamente gostaria de ficar sozinho.

Manuel se serviu de uma dose dupla do líquido âmbar e foi até a cama, arrastando os pés. Sem desfazê-la, ajeitou todos os travesseiros, formando um grosso encosto, recostou-se neles e bebeu o conteúdo do copo em dois goles, como se fosse um remédio. Levantou-se, foi de novo até a mesa e se serviu de mais uma dose. Antes de voltar à cama, pensou melhor e levou também a garrafa. Fechou os olhos e praguejou. Ainda com as pálpebras apertadas, continuava notando aquele maldito sol noturno, a marca de uma queimadura na retina, brilhante e difusa como a presença de um ectoplasma indesejável.

Sua mente se debatia entre a necessidade de pensar e a firme decisão de não o fazer. Encheu o copo e o esvaziou com tanta rapidez que sentiu engulhos, e foi a duras penas que conseguiu controlá-los. Fechou os olhos e viu, aliviado, que o fulgor solar estava começando a desaparecer. Em contrapartida, o eco de todas as conversas mantidas durante aquele dia voltou à sua cabeça, mesclado com recordações reais e outras que iam se formando à medida que dezenas de pequenos detalhes sem importância, que antes ele havia ignorado – ou talvez não –, agora ganhavam sentido. Os três anos desde a morte do pai de Álvaro, o falecimento de seu irmão mais novo poucos dias depois...

Houve um setembro, três anos atrás, quando ele achara que seu mundo ia acabar, e quase teve certeza de que havia perdido Álvaro para sempre. Era capaz de reviver cada minuto com riqueza de detalhes; seu rosto transfigurado, delator de um fardo que pesava como o mundo, e a discordante serenidade com que havia lhe comunicado que teria que viajar por alguns dias. O semblante imperturbável enquanto dobrava cuidadosamente as roupas que ia colocando na mala. "Aonde você vai?" O silêncio diante de cada pergunta, a expressão pesarosa e o olhar distante transpassando a presença do homem com quem compartilhava sua vida. De nada haviam servido as súplicas, as exigências ou as ameaças. Já na entrada, Álvaro se voltara na direção dele. "Manuel, eu nunca lhe pedi nada, mas agora preciso que confie em mim. Confia?" Ele assentiu com a cabeça, sabendo que estava se precipitando, que não era um sim sem reservas, que não estava sendo totalmente sincero. Mas o que mais podia fazer? O homem que ele amava estava partindo, diluindo-se entre seus dedos como sal molhado. Não havia outra certeza naquele instante, exceto a de saber que nada o seguraria ali, que ele partiria de qualquer maneira e o compromisso de aceitar um trato estabelecia o único vínculo com o qual o podia amarrar, correndo o risco de que a corrente de liberdade e confiança que lhe estendia fosse a única coisa que o continuaria ligando a ele.

Álvaro saíra de casa com uma pequena mala e deixara Manuel mergulhado em uma violenta tempestade de emoções na qual se mesclavam a preocupação, o medo e a certeza de que ele não voltaria. A rememoração doentia de seus atos nos últimos dias buscando o frágil instante em que o equilíbrio havia se rompido, sentindo o peso dos oito anos de diferença entre eles, culpando sua exagerada querência pelos livros e pela vida tranquila que talvez houvesse sido demais para alguém mais jovem, mais bonito, mais... E amaldiçoando a incapacidade que o havia impedido de ver como o mundo ao seu redor desabava. Álvaro ficara fora durante cinco dias de escassas ligações noturnas, apressadas, com explicações evasivas e amparadas na promessa de confiança que havia arrancado de Manuel no último instante.

À incerteza seguiram-se a frustração e a dor, que se alternavam e o arrastavam a um estado de descontrole emocional do qual, depois da morte de sua irmã, Manuel se julgara a salvo para sempre. Na quarta noite ele esperara inconsolável, sem se atrever a largar o celular nem um só instante, já em desespero, naquele ponto em que tudo se dá por perdido e oferecemos o pescoço para acabar com tudo de uma vez.

Ele notara a súplica em sua voz quando atendera a ligação.

— Você disse dois dias... Hoje é o quarto.

Álvaro suspirara antes de responder.

— Aconteceu uma coisa, algo que eu não esperava, e as coisas se complicaram.

Manuel se enchera de coragem e perguntara, sussurrando:

— Álvaro, você vai voltar? Por favor, me diga a verdade.

— Claro que sim.

— Tem certeza? — Ele dobrara sua aposta sabendo que poderia perder tudo e concedera-lhe uma vantagem: — Se é porque somos casados...

Do outro lado da linha, Álvaro inspirara fundo e deixara o ar escapar sonora e lentamente, infinitamente cansado. Ou acaso era irritação? Contrariedade por ser obrigado a enfrentar e resolver algo que lhe era irritante e inoportuno?

— Eu vou voltar porque aí é o meu lugar, porque é o que quero fazer. Eu amo você, Manuel, e é com você que quero ficar. Quero voltar para casa mais que nada neste mundo, e o que está acontecendo não tem nada a ver conosco.

Havia tanto desespero na voz dele que Manuel acreditara.

SECA

Ele voltou certa manhã em meados de setembro, mas durante semanas foi como se não estivesse ali. Era como se uma espécie de jet lag houvesse deixado sua essência para trás, a quilômetros dali, e somente o invólucro da alma houvesse voltado para casa, sem alento, sem pulsação. Ainda assim, ele abraçou o corpo que era sua pátria, beijou aqueles lábios selados e, fechando os olhos, agradeceu em silêncio.

Não houve explicações, nem desculpas. Nem uma palavra sobre o que havia acontecido naqueles cinco dias. Na primeira noite, depois de fazerem amor, quando se deitaram abraçados, Álvaro disse: "Obrigado por ter confiado em mim", e com essas palavras sepultou qualquer possibilidade de Manuel obter uma justificativa por tê-lo feito visitar o inferno. Ele aceitou, como se aceita uma carícia sobre carne viva, e ficou tão agradecido e aliviado que reconheceu, envergonhado, o agravo da humilhação combinado com um sentimento próximo à euforia do perdoado. Em silêncio, tornou a agradecer por aquele milagre que havia conseguido aplacar a náusea que torturara seu estômago nos últimos dias. O estigma em forma de náusea voltou, como uma patética recordação, com sua infame carga de pânico cada vez que se afastou dele nas semanas seguintes. A sensação levou meses para desaparecer, e durante todo aquele tempo ele não escreveu uma palavra.

Com frequência ele o observava em silêncio enquanto viam um filme ou quando Álvaro dormia, tentando encontrar o vestígio da traição, a marca indelével que a relação com outro ser humano nos deixa na pele, sutil e eterna. Haviam corrido rios de tinta sobre a evidência de sua existência e a cegueira do interessado em vê-la. E assim ele continuava, em instantes roubados, em busca do sinal que arrasaria seu coração. Havia alguns. Álvaro estava triste, tanto que não conseguia disfarçar. Começou a chegar mais cedo em casa e, em duas ocasiões diferentes, delegara a apresentação de projetos fora da cidade à Mei. Com a desculpa do cansaço, recusava as sugestões de Manuel de sair para ir ao cinema ou jantar. E Manuel a aceitava, porque Álvaro realmente parecia cansado, quase extenuado pela vida, como se carregasse em suas costas um grande peso ou uma culpa terrível. Começaram as ligações. Eles sempre as haviam atendido normalmente, com a exceção tácita do tempo que chamavam de "nosso", enquanto almoçavam ou jantavam. Álvaro começou a sair da sala para atender o telefone. O agravo era compensado pelo evidente desagrado que mal conseguia disfarçar quando as recebia, mas o demônio da dúvida voltava para torturar Manuel, que nessas noites não conseguia dormir de puro pânico.

Naquele tempo, ficou paranoico tentando descobrir nos mínimos detalhes o sinal inequívoco da perfídia. Obcecado, analisava até mesmo a menor expressão com que Álvaro se relacionava com ele. Seu afeto não havia diminuído, nem aumentado, o que teria sido, em sua opinião, mais suspeito. Com frequência o arrependimento é acompanhado de uma tentativa de compensação destinada a restabelecer o equilíbrio, de emendar a vergonha com uma espécie de ressarcimento. Não encontrou isso. Nas poucas ocasiões em que ele viajou, não passou nunca mais de uma noite fora, e, se foram duas, foi porque o próprio Manuel insistia: "Não precisa dirigir cansado. Durma aí e volte de manhã".

E, enquanto Álvaro não voltava, Manuel se submetia a longas e extenuantes caminhadas que às vezes ocupavam o dia todo e se destinavam a diminuir o ímpeto de seu desejo, de sua vontade de correr atrás dele, de persegui-lo e de aparecer na cidade distante em que Álvaro estava... E para dominar o desespero de seu abraço de boas-vindas, que às vezes continha tanta ansiedade que até doía fisicamente. Aparentemente, tudo estava no seu lugar, tudo continuava como sempre. Álvaro tentava sorrir e, quando conseguia fazê-lo, abria um sorriso pequeno, melancólico, porém cheio da tal ternura que Manuel conseguia manter viva a esperança de que Álvaro continuasse ali; passou a perceber o homem que amava por trás do olhar, e isso era suficiente para sustentá-lo durante dias. Só houve um sinal, um único indício novo, mas que, no entanto, ele não soube interpretar. Com frequência, depois de sua volta, Manuel surpreendia Álvaro olhando-o em momentos em que ele lia sem atenção ou se sentava diante de sua mesa, fingindo escrever. Olhava-o e sorria seguro, com seu sorriso de menino esperto, e, quando Manuel perguntava, ele balançava a cabeça com uma tímida recusa em responder, e então abraçava-o com força, como um náufrago se abraça à sua tábua de salvação, sem deixar espaço entre eles, selando qualquer fresta pela qual a dúvida pudesse penetrar e fazendo que as batidas do coração de Manuel sofressem um colapso momentâneo que ele queria traduzir como alívio, mas que não se atrevia.

Deixar de sofrer é uma decisão. As ligações de sua editora eram cada vez mais frequentes; as desculpas de pretensas doenças, gripes e exames médicos que por honradez ele era incapaz de exagerar, e, portanto, de sustentar por muito tempo, haviam parado de funcionar. Aquele que em poucos meses se transformaria em um grande sucesso seria seu melhor livro.

A leitura havia sido um refúgio ao longo de sua vida: quando, ainda crianças, ele e sua irmã ficaram órfãos, nos anos em que conviveram com uma velha tia até que sua irmã completara a maioridade e o levara para morar com ela na casa que havia pertencido a seus pais, fechada até aquele momento. Ler fora a fortaleza na qual havia se defendido enquanto travava uma guerra perdida contra o instinto exultante de sua sexualidade. Ler era uma defesa, um escudo com o qual armava de recursos sua timidez para se relacionar. Mas escrever era infinitamente mais que isso. Escrever era o palácio interior, os lugares secretos, os lugares mais belos fazendo parte de um conjunto de salas ilimitadas que ele percorria, rindo, correndo descalço, parando para acariciar a beleza dos tesouros que ali abrigava.

Bom aluno, assim que se formara recebera uma oferta para dar aulas de história da Espanha em uma prestigiosa universidade madrilense, e jamais em todos os seus anos de estudo e seu pouco tempo de docência sentira o desejo de escrever. Para escrever, tivera que abraçar uma tristeza imensa.

Existe uma tristeza visível, pública, de lágrimas e luto, e outra imensa e silenciosa, que é um milhão de vezes mais poderosa. Ele tinha certeza de já ter experimentado a tristeza visível, a rebeldia diante da injustiça de perder seus pais, todo o miserável frio da solidão infantil, o luto público e negro que os distinguia como empesteados com a marca da desgraça, e todo o medo de que acontecesse de novo, que noite após noite o fazia chorar de pânico, enquanto, abraçado com sua irmã, arrancava dela a promessa de que nunca o abandonaria e de que aquele sofrimento era o preço que pagavam para aprenderem a ser tornar invulneráveis.

Ele sabia que ambos haviam acreditado nisso, de algum modo. E, enquanto iam crescendo, a segurança de que nada de ruim poderia acontecer com eles tomara conta da vida dos dois e lhes permitira experimentar uma felicidade temerária. Às vezes ele imaginava que era algo como a ousadia do último soldado, a coragem do único sobrevivente. De alguma maneira, haviam chegado a pensar que sua cota de calamidades já havia sido preenchida com a morte dos pais, que tanto sofrimento devia servir para algo, que em algum lugar havia um contador no qual as desgraças e a dor pontuavam até atingir um nível que era impossível ultrapassar. Mas ele estava enganado, e o destino se encarregara de atingir seu único fator vulnerável.

Em uma das últimas tardes no hospital, ela lhe dissera:

— Por favor me perdoe por trair você. Sempre achei que você fosse meu fator vulnerável. Sempre achei que a única dor que poderia me destruir teria que vir de você. Mas, no fim, virá de mim mesma.

— Cale a boca! — rogara ele, chorando.

A voz de sua irmã era inaudível entre os soluços de Manuel. Ela esperara, paciente, que ele se acalmasse, e com um gesto lhe pedira que se aproximasse. E, com os lábios rachados, roçara a pele do rosto dele.

— Por isso, quando eu partir, você deve me esquecer; tem que evitar pensar em mim e se torturar com a minha recordação, porque quando fecho os olhos eu o vejo de novo aos seis anos chorando desconsolado, arrasado e assustado. Tenho medo de deixar você sozinho e você começar a chorar como quando era um menino, e não me deixava dormir, e agora não vai me deixar descansar...

Ele tentara se afastar e fugir do que viria depois. Mas era tarde demais, ela o havia aprisionado com seus dedos longos e finos.

— Prometa, Manuel, prometa que não vai sofrer; não me transforme no fator vulnerável de sua vida, não deixe que ninguém jamais seja isso para você.

Ele abraçara a promessa como um juramento de armas. E, quando ela fechara os olhos, a tristeza fora imensa e silenciosa.

Dezenas de vezes haviam lhe perguntado por que escrevia, e ele tinha duas boas respostas, parcialmente sinceras, que utilizava de acordo com o momento. Tinham a ver com o prazer de comunicar, com a necessidade de chegar até outro ser humano. Mas essa não era a única verdade: ele escrevia para ter uma trégua, um armistício que durava o tempo em que era capaz de voltar ao palácio, o único lugar onde a imensa tristeza não podia entrar, e onde, no entanto, não traía sua promessa. Não houve uma decisão, não foi premeditado, não foi a culminação de um desejo que sempre nutrira. Nunca sonhara em ser escritor. Um dia, sentara-se diante da página em branco e começara a escrever. As palavras brotavam como água fresca de um lugar espectral que, muitos livros depois, ainda não tinha nome e ele não sabia onde se encontrava; um lugar que mudava constantemente em sua imaginação e, às vezes, era como a superfície tempestuosa do mar do Norte; outras, como um abismo nas Marianas, e outras como uma civilizada fonte mourisca em um ensolarado pátio andaluz. Ele só sabia de uma coisa: que aquele mar, aquele abismo ou aquela fonte se encontravam em algum lugar de sua mente. Assim descobrira o palácio. Voltava para lá quando bem queria, e aquele refúgio de felicidade, de perfeição, o inspirara e cuidara dele, proporcionando-lhe aquele manancial talvez inesgotável de palavras novas.

Quando as vendas de seu primeiro livro atingiram o nível no qual era impossível não seguir em frente, ele abandonara as aulas na universidade e pedira uma licença de dois anos, que todos intuíram que seria perpétua, embora ninguém o tenha dito. O reitorado e os professores fizeram uma festa. Subitamente esqueceram o incômodo que haviam sido para muitos as constantes reportagens e fotografias por todo o campus, em que os suplementos dominicais e as seções culturais insistiam em retratar o jovem professor que era o número um com seu primeiro livro. Encantadoramente preocupados com seu futuro, aproximaram-se em grupos ou em particular para lhe desejar boa sorte e adverti-lo piedosamente dos dissabores do fracasso e das crueldades de um mundo editorial que jamais haviam degustado, nem queriam, porque o deles era a docência, um lugar seguro e acolhedor no qual todos o esperariam de braços abertos quando voltasse – porque ele voltaria –, depois de viver sua aventura com a grande prostituta da literatura que era o romance.

A dor é uma decisão. Ele sabia que andava mentindo para si mesmo, dizendo que não conseguia escrever, repetindo que estava sofrendo demais para atingir o estado de graça necessário. Era mentira, porque funcionava justamente ao contrário. O palácio era o sacramento de expiação, o lugar que curava as feridas, e, em sua obstinação masoquista em não voltar, havia se desgastado como um anjo dormindo à intempérie do paraíso. Sua alma estava suja e desgrenhada; sua roupa, esfarrapada, e sua pele sulcada de arranhões que ele se apressava em estancar em um momento para se flagelar no instante seguinte, abrindo de novo em sua carne trilhas sangrentas pelas quais passear com sua dor.

A decisão é sempre urgente. Sua editora exigia uma promessa, uma data, mesmo que aproximada, algo... E Álvaro continuava ali. Os meses haviam se passado sem que a ameaça que só Manuel parecia perceber se manifestasse. A vida continuara, afinal. Álvaro sorria de novo. Os momentos de tristeza diluíram-se na plácida invariabilidade do cotidiano. Acabaram as ligações que tanto o importunavam. O que quer que houvesse acontecido, o que quer que houvesse quase feito seu mundo desmoronar, havia ficado para trás, e ele soubera disso assim que voltara ao palácio e voltara a escrever.

FENG SHUI

Ele havia lido em algum tratado sobre *feng shui* que é um grave erro colocar um espelho que nos reflita enquanto estamos em repouso ou dormindo – princípios que o decorador daquele hotel parecia desconhecer por completo. Apesar da tênue iluminação do aposento, ele conseguia perceber seus traços com clareza. Nada conseguia fazê-lo parecer relaxado, nem sequer a postura, um pouco recostado sobre a pilha de travesseiros, ou os uísques que havia bebido. Seu corpo estava visivelmente tenso, o rosto pálido; e isso, juntamente com o modo como segurava o copo quase vazio com as duas mãos sobre o peito, faziam-no parecer um cadáver exposto em um velório. Pensou em Álvaro, deitado em cima da mesa de aço. Assim que o vira, tivera certeza de que não era ele. Fora tão forte a sensação que chegara a se voltar para dizer isso ao capitão da Guarda Civil, que, respeitoso, mantinha-se dois passos atrás, ao lado do técnico que – certamente mais solene que de costume devido à presença da autoridade – havia deslizado o lençol que cobria o corpo e o dobrara sobre o peito, retrocedendo a seguir até se situar ao lado do guarda.

O rosto de Álvaro parecia feito de cera, e ele não sabia distinguir se aquilo era efeito da luz. Estava um pouco amarelado, como uma máscara do homem que havia sido. Manuel ficara ali parado, ciente da presença do capitão às suas costas e sem saber o que fazer. Estivera prestes a perguntar se podia tocá-lo, mas sabia que não conseguiria fazê-lo; nunca mais poderia beijar aquele rosto que havia se transformado em uma cópia grosseira do que ele amara e começava a desaparecer diante de seus olhos. Ainda assim, forçava-se a olhar para ele, ciente de que seu cérebro se negava a reconhecê-lo em uma obstinada tentativa de rebater sua morte. Alguma coisa não estava certa ali. Não conseguia ver o que estava diante de seus olhos, e diante dele os detalhes se revelavam com uma crueza extraordinária. Seus cabelos, um pouco compridos, molhados e penteados para trás. Por que estava com os cabelos molhados? Os cílios curvados e salpicados de gotas, colados entre si por causa da umidade. Os lábios pálidos e meio entreabertos. Um pequeno corte sobre a sobrancelha esquerda, cujas bordas eram limpas e escuras demais. E nada mais. Torturava-o a monstruosidade da perversa anomalia que o mantinha impávido como um observador alheio, embora consciente da pressão sobre seus pulmões, que cada vez era maior e mais difícil de suportar.

Queria chorar. Sabia que em algum lugar dentro de si as comportas que continham o pranto estavam rachadas, que a qualquer momento as sólidas paredes que seguravam toda aquela angústia desmoronariam. Mas não conseguia. E isso o deixava desesperado, era como querer respirar sem pulmões, boqueando litros de oxigênio que não têm para onde ir. Queria se quebrar, queria morrer. Mas estava ali, parado como uma estátua, incapaz de encontrar dentro de si a chave que abria a cela onde dorme a dor.

Então, vira a mão de Álvaro. Assomava sob o lençol que o cobria, deixando à vista os dedos longos, morenos e fortes. As mãos dos mortos não mudam; jazem cheias das carícias contidas, entreabertas, desmaiadas, como em repouso. Ele a tomara entre as suas e sentira nas pontas dos dedos o frio que subia da mesa, deixando-os gelados. Ainda assim, era a mão dele. Um lugar amado. Sentira a suavidade da pele, que contrastava com a das palmas, surpreendentemente curtidas. "Você deve ser o único publicitário com mãos de lenhador", costumava lhe dizer. E, enquanto erguia a mão de Álvaro para levá-la aos lábios, sentira a comporta da dor explodir em pedaços tão pequenos que nunca poderia recompô-los, e a corrente abrira caminho como um tsunami de barro e pedra, arranhando os estreitos limites de sua alma. Chegara a roçar aquela pele gelada com os lábios, reparando, então, na marca esbranquiçada que delatava o lugar onde, durante tantos anos, Álvaro havia usado a aliança. Voltara-se para o técnico.

— A aliança?
— Perdão, senhor? — O técnico avançara dois passos.
— Ele usava uma aliança.

— Não, senhor. Eu cuido dessas coisas antes de o corpo chegar ao legista. Ele não usava nenhuma joia a não ser o relógio. Estou com os pertences dele. Quer vê-los?

Ele deixara com suavidade a mão de Álvaro sob o lençol e a cobrira com a própria mão, para não a ver.

— Não — respondeu, enquanto passava pelos dois homens e saía da sala.

Serviu mais uma dose de uísque, levou o copo aos lábios e o cheiro da bebida foi suficiente para lhe provocar náuseas. Colocou-o de volta em cima da barriga e se olhou no espelho por cima da borda do copo.

— Por quê? — perguntou ao homem do espelho.

O sujeito não respondeu, embora soubesse a resposta.

Três anos atrás. A morte do pai e, poucos dias depois, do irmão. A tristeza de Álvaro e as ligações que ele não podia atender na frente de Manuel. Cinco dias de inferno, uma volta de vazio, náuseas, insônia, a seca durante meses... E tudo baseado em uma mentira que nem sequer havia chegado a sê-lo, porque ele, com sua estúpida promessa, havia proporcionado a Álvaro a desculpa para não ter que falsificar a verdade. Ergueu de novo o copo e bebeu seu conteúdo depressa para controlar a náusea. Olhou para homem do outro lado e perguntou:

— Você confia?

Dessa vez, o homem do espelho o fitou com infinito desprezo. Manuel ergueu o copo e o jogou nele, quebrando sua careta em cacos afiados.

Apenas cinco minutos se passaram até que ouvisse batidas na porta. Era de esperar. O estrondo dos vidros quebrados havia sido imenso, e ele não estava tão bêbado a ponto de não notar e de não se arrepender imediatamente do que havia feito. O mais provável era que o convidassem a partir. Foi até a porta, lembrando-se de abandonar no caminho a garrafa que tinha na mão e se dando tempo para inventar uma desculpa plausível, enquanto praguejava contra o modo urgente e indelicado com que todo mundo batia em sua porta nesse dia.

Abriu só uma fresta, o suficiente para ver o garçom e o recepcionista do hotel, e para evitar que eles vissem o interior do quarto.

— Boa noite. O senhor está bem?

Manuel assentiu, esperançoso; afinal de contas, era um hotel cinco estrelas.

— Os hóspedes dos quartos contíguos se queixaram de um forte estrondo.

Manuel apertou os lábios, arrependido.

— Sim, tive um pequeno acidente doméstico com o espelho do quarto. Por causa do *feng shui* — inventou de improviso, enquanto se dava conta de que estava muito bêbado.

— *Feng shui*? — perguntaram os funcionários, em coro.

— É uma doutrina oriental cuja base é o equilíbrio entre o homem e seu habitat — disse, fitando-os bem sério.

Os dois homens o observavam desconcertados. Ele teve que se controlar para não sorrir.

— Não consigo dormir com um espelho atrapalhando o fluxo de minha energia, é realmente nocivo. É surpreendente que um hotel como este não leve isso em consideração. Eu tentei mudar o espelho de lugar para deixar fluir a força vital, mas... Não se preocupem, arcarei com as despesas da substituição, podem pôr em minha conta.

— Claro — assentiu o recepcionista, de modo áspero.

— Se me permite, mandarei alguém limpar — disse o garçom, dando um passo à frente.

Manuel segurou a porta.

— Olha, estou muito cansado, e já estava indo me deitar...

— O senhor cortou seu pé — disse o homem, apontando para o chão.

Manuel baixou a vista e viu que de fato tinha um corte no calcanhar que começava a manchar de sangue o carpete.

— Vou fazer um curativo e me deitar.

— Está manchando o carpete — disse o recepcionista, indicando o óbvio.

— Pois pagarei pelo carpete também — respondeu Manuel, brusco.

— Claro — acrescentou o recepcionista.

Ele fechou a porta na cara deles, acionou o interruptor geral da luz e olhou para o interior do quarto. Uma trilha de pegadas sangrentas desenhava o hesitante percurso de seus pés descalços, indo dos cacos de vidro aos pés da cama e até a entrada. Um escuro painel era a única recordação na parede onde antes estava o espelho.

— *Feng shui* — murmurou —, que baita merda.

Uma forte náusea sacudiu seu estômago. Ele entrou no banheiro, dando um tapa no interruptor, e escorregou em seu próprio sangue no chão de cerâmica; torceu o tornozelo e caiu no chão. Vomitou.

O FATOR VULNERÁVEL

Ele tinha trinta e sete anos e seis romances publicados quando conheceu Álvaro. Estava promovendo *Lo entregado al no*, e durante os três fins de semana da Feira do Livro de Madri, que se prolongava de finais de maio até meados de junho, ficou autografando exemplares.

Não reparou nele da primeira vez que o viu. Autografou seu livro em uma manhã de sábado, e, quando ele voltou à tarde e Manuel abriu na página onde tinha o hábito de pôr sua dedicatória, sorriu surpreso.

— Mas eu já autografei...

O jovem sorriu também sem dizer nada, e foi então que Manuel reparou nele pela primeira vez. Pensou que aparentava menos de trinta. Seu cabelo castanho caía de lado sobre os olhos grandes e brilhantes de menino esperto. Um sorriso pequeno, educado, semblante prudente. Estendeu-lhe a mão só para sentir a sua, firme e morena, e ficou encantado com o modo como ele murmurou um "obrigado" que se esboçou mais em sua boca úmida que em sua voz, que se perdeu entre o ruído da megafonia da feira e dos outros leitores que o urgiam a avançar mais rapidamente. Quando ele voltou, no domingo de manhã, Manuel o fitou surpreso, mas não disse nada. Entretanto, quando ele deixou o livro na sua frente de novo, naquela mesma tarde, a surpresa inicial se tornou suspeita. Devia ser uma brincadeira, uma câmera oculta com o propósito de rir dele. Autografou o livro bem sério e o estendeu de volta, escrutando seu olhar para encontrar um sinal de deboche.

Manhã e tarde ele mudava o ponto de autógrafos sob os auspícios de diferentes livrarias, e em cada uma delas Álvaro apareceu com seu livro debaixo do braço. Em cada ocasião o humor de Manuel experimentava mudanças que iam desde a surpresa inicial à suspeita, da curiosidade à diversão devido ao jogo que o mantinha tenso, esperando ao mesmo tempo que o rapaz voltasse e que não aparecesse de novo. A semana passou lenta; em mais de uma ocasião ele se surpreendeu pensando no afã insistente daquele leitor, mas, no sábado seguinte, já havia esquecido o fato. E quando o viu de novo na sua frente ficou mentalmente aturdido.

— Por quê? — perguntou, enquanto segurava o livro que o outro lhe estendia.

— Porque quero que você o autografe para mim — respondeu Álvaro, como se fosse óbvio.

— Mas eu já autografei — disse Manuel, confuso —, esta é a quinta vez...

Álvaro se inclinou para a frente, a fim de evitar que as pessoas que esperavam na fila o ouvissem. Manuel sentiu os lábios daquele garoto quase roçarem levemente seus cabelos.

— Sou eu — disse. — Por isso, você vai ter que autografar para mim mais uma vez.

Manuel recuou, aturdido, e observou aquele rosto, tentando recordar quando haviam se conhecido.

— Você? — perguntou, desconcertado, lendo o nome de novo. — Álvaro?

Ele assentiu, sorrindo, e se afastou tranquilamente.

Manuel não era nenhum santo. Sua decisão de não deixar que ninguém fosse tão importante a ponto de machucá-lo não era um impedimento para ter relacionamentos, amigos de ida e volta, gente que jamais ficava para dormir em sua cama, que jamais ficaria para viver com ele. No dia seguinte, junto com o autógrafo, anotou seu número de telefone.

Passou a semana toda esperando uma ligação que não chegou. Enquanto isso, todos os tipos de teorias se misturavam com as possibilidades; que de alguma maneira o rapaz houvesse ficado ofendido, que nem sequer olhasse as dedicatórias que ele escrevia cada vez que autografava, que como parte do jogo fechasse o livro sem lhe dar atenção.

Sem conseguir tirá-lo da cabeça nem por um momento, esperou ansioso a chegada do sábado. Ao meio-dia começou uma sessão de autógrafos que duraria até as duas. Os leitores iam passando diante dele, um atrás do outro; ele escrevia dedicatórias ou posava para fotos que nunca veria e esperava... Até que, no final da manhã, ele levantou o olhar e o viu na fila. O coração parecia que tentava escapar de seu peito. Quando Álvaro se aproximou, Manuel mal pôde disfarçar sua inquietude. Havia decidido que diria alguma coisa, proporia um café ou uma cerveja depois da sessão de autógrafos, ali mesmo, em um dos bares lotados do caloroso recinto da feira. Mas, quando Álvaro se aproximou, mal podia disfarçar seu nervosismo, e, em vez de falar, limitou-se a fitá-lo. Álvaro usava uma camisa branca arregaçada até a metade do antebraço, ressaltando ainda mais o bronzeado de sua pele e a força de seus braços. Pegou o livro que ele lhe estendia e torpemente procurou a página seguinte onde escrever uma nova dedicatória. Então, reparou no número de seu telefone e na caligrafia firme e segura de Álvaro, que embaixo da sucessão de números havia escrito: "Ainda não".

Sem se preocupar que alguém o pudesse ouvir, buscou seus olhos e perguntou, desesperado:

— Quando?

Álvaro esperou em silêncio, sustentando o olhar de Manuel, até que este, vencido, baixou-o, rabiscou um autógrafo e lhe estendeu o livro, desencantado e um tanto irritado.

Gostava de joguinhos tanto quanto qualquer um; a sedução adiada tinha uma essência de taoísmo, de prazer em reserva, que o atraía de um modo extraordinário. Mas a atitude de Álvaro o desconcertava. Não havia avanço algum em seu modo de agir. A cada manhã, a cada tarde, ele se limitava a fazer fila e esperar pacientemente, como qualquer outro leitor, até chegar a ele com o único objetivo de obter um autógrafo.

Decidido a não lhe dar mais corda, durante o resto do fim de semana ele se limitou a estampar sua rubrica cada vez em uma página diferente e a lhe devolver o livro com a mesma gentileza da primeira vez, com o mesmo sorriso que tinha para cada leitor, sem se deixar enredar no jogo dele. No final daquele domingo, já havia decidido que ele era só uma espécie de acossador, um fã maluco ou um colecionador de autógrafos.

Já era quase meados de junho quando chegou um dos últimos finais de semana de autógrafos. A avenida central do Parque del Retiro se derretia sob os pés dos visitantes, que não paravam de chegar. Autografou a manhã toda e a tarde toda do sábado, sem que Álvaro aparecesse. Quando, no final da manhã de domingo, ele teve certeza de que também não apareceria, uma obscura sensação de vazio começou a crescer em seu estômago. A editora havia organizado um almoço de despedida em um restaurante próximo ao parque, e Manuel mal conseguiu comer enquanto tentava acompanhar as conversas, que eram, em sua grande maioria, histórias curiosas sobre as sessões de autógrafos dos outros escritores.

A assessora de imprensa se aproximou dele no final do almoço.

— Manuel, sua cara não está boa. Está muito cansado? Você autografou todos os fins de semana. — Consultou um papel imenso. — Ainda tem que autografar na livraria Lee. Se não estiver bem, arranjarei uma desculpa. Eles são legais, vão entender. É a última sessão de autógrafos, e só restam os retardatários.

Ele foi para a sessão de autógrafos. O calor da tarde de junho derretia os estandes metálicos. Os livreiros deixavam as portas dos fundos abertas em uma tentativa infrutífera de criar uma corrente de ar que permitisse respirar. Entretanto, o calor não parecia afetar os visitantes da feira; que, como uma grande criatura viva, rastejavam entre os estandes, arrastando sua algaravia e seu calor. Às oito, parecia que o parque explodiria de gente; às nove, já quase não restava ninguém. As pessoas foram subitamente substituídas por montes de operários que desmontavam os bares e carregavam as máquinas de venda automática nas traseiras abertas de caminhões e furgões. Diferente dos outros dias, os livreiros não haviam baixado as persianas de seus estandes, e ao redor deles empilhavam-se dezenas de caixas de papelão, dentro das quais iam guardando aquilo que havia sido uma extensão de sua loja durante a duração da feira.

Demorou-se despedindo-se de seus anfitriões, felicitando-os pelo bom resultado da feira, que havia batido seus recordes de vendas pelo terceiro ano consecutivo... Depois, já não tinha mais desculpas para continuar ali. Saiu de entre os estandes e procurou o banco mais próximo, de onde pudesse continuar contemplando o corredor central e a atividade do pessoal que desmontava tudo.

Álvaro se sentou ao seu lado.

— Tive medo de não chegar a tempo — desculpou-se sorrindo. — Que sorte que você ainda está aqui.

O coração de Manuel batia tão forte que ele sentiu o sangue se acumular em seu pescoço, e não tinha certeza de que sua voz sairia.

— Estou esperando minha assessora de imprensa — mentiu.

Álvaro se virou de lado para olhá-lo nos olhos.

— Manuel, sua assessora de imprensa foi embora faz tempo; cruzei com ela e com um grupo de autores que estavam saindo do parque quando eu cheguei.

Manuel assentiu lentamente e sorriu.

— É verdade.

— E a verdade é...

Os olhos de Álvaro conservavam todo o frescor do garoto que havia sido. Tinha a atitude desafiadora e a segurança de um garoto cujo olhar Manuel reconheceria muitos anos depois em uma foto.

— A verdade é que eu tinha esperança de ver você de novo — admitiu.

— Autografa para mim? — disse, entregando-lhe de novo o livro.

Manuel o olhou, sorrindo. Pronto. Qual era o propósito daquilo? Perguntou a ele.

— Você vai ter que continuar autografando este até que escreva outro igual — disse Álvaro.

IMPASSE

O escritório de Griñán ocupava um andar inteiro de um suntuoso edifício no centro da cidade. Tal como o tabelião havia lhe prometido, um carro fora buscá-lo no hotel para levá-lo por um trecho curto até o escritório do testamenteiro. Doval o havia acompanhado até uma salinha anexa, depois a outra mais ampla, e, após certa insistência, havia colocado diante dele um café que ele sorvia com esforço e uma bandeja de docinhos que ele não tinha a mínima pretensão de tocar. Pensar em comer fazia seu estômago revirar, apesar de que a última refeição decente que fizera fora o café da manhã do dia anterior, antes que o segundo-tenente e a bela sargento chegassem a sua casa para lhe dar a pior notícia do mundo.

Levantou-se e soltou uma leve queixa ao apoiar o pé ferido no chão. Era um corte não muito profundo, mas que cobria quase toda a superfície do calcanhar, uma incisão longitudinal que ocorrera, sem dúvida, quando pisara de lado em um dos cacos afiados em que o espelho se transformara. O do tornozelo não era grave; havia doído um pouco quando acordara, mas o incômodo fora passando depois do banho, diminuindo à medida que caminhava. Sua cabeça estava bem. Como lhe havia dito a velha dama que o ensinara a beber uísque: "O uísque é perfeito para um escritor; permite pensar enquanto está bêbado e não dá ressaca, e assim você vai poder escrever no dia seguinte".

Mas a velha não havia falado nada sobre o estômago. Depois de se arrastar para a cama, ele tivera que refazer o caminho até o banheiro em duas ocasiões, que poderia jurar que o haviam deixado completamente vazio, como se o houvessem virado do avesso. Acordara se sentindo razoavelmente bem, mas, assim que se levantara, seu corpo começara a dar sinais de que ainda restavam enormes quantidades de álcool em seu sangue.

Dirigiu-se às portas de vidro que separavam as salas, atraído pelo movimento de cadeiras e o evidente desconforto de Griñán, que observava a disposição dos móveis com um pesar descabido ao seu caráter afável, como se, em vez de ordenar a arrumação de cadeiras, estivesse organizando caixões. Ele o viu através dos vidros, sorriu e dirigiu-se a Manuel, cumprimentando-o.

— Senhor Ortigosa, sua aparência está péssima.

Manuel teve que sorrir diante da sincera expressão de uma realidade da qual ele tinha consciência.

— Pode me chamar de Manuel, por favor — disse como resposta.

— Esta manhã liguei para o hotel para saber como havia passado a noite, e me informaram de seu pequeno percalço.

Manuel ia se explicar, mas Griñán não deixou.

— Culpa minha; eu deveria ter previsto que, em sua situação, teria dificuldades para dormir. É normal. Minha esposa, que é médica, aconselhou que eu desse isto para você — disse, e lhe estendeu um pequeno porta-comprimidos de metal. — Ela me fez prometer que antes ia perguntar se sua pressão é boa ou se já teve algum problema cardíaco.

Manuel negou enquanto observava que as medidas de segurança da esposa de Griñán iam muito além dos problemas cardíacos ou da pressão; a caixinha continha apenas dois comprimidos. Espelhos quebrados tinham esse efeito.

— Se você tomar esses comprimidos antes de ir para a cama, vai dormir como um bebê. E não se preocupe com aquela bobagem do hotel. O diretor é meu cliente e me deve alguns favores. Está tudo resolvido.

A bobagem havia lhe custado uma hora recolhendo os vidros, que fora empilhando em um canto, todo o papel higiênico para limpar seu vômito e uma toalha estragada depois de esfregar, sem sucesso, as pegadas de sangue do carpete com o xampu de cortesia; mas, para seu desespero, tudo que havia conseguido fazer era espalhar ainda mais as manchas. Depois de tomar um banho e fazer a barba, vestira a camisa menos amassada das que continuavam enfiadas dentro da mochila onde ele as havia colocado na manhã anterior – mil anos atrás. Deixara a janela aberta para tentar diminuir o cheiro acre de vômito, que parecia grudado no quarto. Saíra como um fora da lei atravessando o vestíbulo do hotel apressadamente e agradecendo ao deus dos bêbados a sorte de não encontrar o recepcionista da noite anterior. Em seu lugar estava uma mulher jovem, que, ocupada com alguns clientes recém-chegados, não tivera tempo de reparar nele ao lhe dirigir o rotineiro "bom dia" destinado a qualquer pessoa que passasse pela recepção. Sem demora, respondera secamente ao cumprimento e se dirigira ao carro que o aguardava.

Griñán fechou as portas que os separavam do escritório contíguo.

— Você vai esperar aqui. Acho que é melhor. Doval irá acomodando seus parentes por afinidade; com as persianas baixadas não se vê nada do que acontece nesta sala. Quando estiverem todos sentados, eu o acompanharei até seu lugar e começaremos. Acho que desse modo será menos violento do que se estiver na sala enquanto os outros forem chegando.

Ele acendeu uma pequena luminária que ficava em cima da mesa e foi baixando as persianas, dirigindo-lhe olhares pensativos. Por fim, sentou-se ao seu lado.

— Você precisa entender uma coisa — disse, inquieto. — Assim como para você, para eles foi uma comoção saber não tanto sobre a sua existência, coisa que poderiam supor, mas sobre o fato de que vocês eram casados.

— Eu entendo — respondeu Manuel.

Griñán balançou a cabeça.

— Os marqueses de Santo Tomé são uma das famílias de linhagem mais antiga do país, e sem dúvida nenhuma a mais importante da Galícia. Para eles, seu sobrenome é sua honra. O velho marquês, pai de Álvaro, era um homem muito rigoroso; preservar a distinção de seu sobrenome vinha acima de qualquer coisa para aquele homem. Qualquer coisa — ressaltou. — A homossexualidade de Álvaro era inaceitável para ele. Sabia que o título recairia sobre seu filho mais velho, mas, embora houvesse padecido de uma longa doença, não permitiu que Álvaro fosse avisado antes que estivesse morto. Com isso, você pode ter uma ideia de como era o marquês.

— Se ele detestava Álvaro tanto assim, por que não cedeu o título ao outro filho? Por exemplo, ao que o herdará agora?

— Se ele tivesse feito isso, seria um escândalo. Deserdar seu primogênito estava fora de questão para o marquês, e eu concordo com isso. Bem, você logo os conhecerá.

Levantou-se e desligou a luminária. E, dirigindo-se à porta de vidro, acrescentou:

— O que quero lhe dizer é que eles são feitos de outra matéria.

— Está tentando me advertir de que eles serão hostis?

— Hostis? Não. Eles são de gelo. Como água e óleo, não se misturam. Mas não se ofenda, não há nada de pessoal na atitude deles. Eu comecei a cuidar dos negócios de Álvaro a partir do momento em que ele herdou o título; meu escritório conta com um serviço de assessoria jurídica e com um contador que cuida dos números, impostos, contribuições... O pai cuidara de seus negócios até sua morte, com a ajuda de um velho advogado amigo da família. Nesses três anos fui visto com frequência no paço e nas fazendas, e em mais de uma ocasião tive que cuidar de assuntos de natureza doméstica; e, mesmo assim, cada vez que cruzo com eles, tenho a sensação de que não sou mais que um criado, como um lacaio. Você vai ver — deu de ombros. — É o jeito que se dirigem aos outros.

— Álvaro também se comportava assim?

À porta, Griñán se voltou para olhar para ele.

— Não, claro que não. Álvaro era um homem de negócios, tinha os pés bem plantados na terra e muitas ideias, que admito que mais de uma vez não entendi e que sempre acabavam me surpreendendo com seus resultados. Em três anos, a conta Muñiz de Dávila se tornou a mais importante sob nossos cuidados. — Sorriu, confiante. — E espero que assim continue.

Dirigiu um olhar à sala contígua e, com um gesto, urgiu-o a se aproximar. Manuel suspirou, contrariado, e foi se reunir com o grupo.

Várias pessoas se acomodavam em seus assentos na sala contígua. Uma idosa, de musculatura consumida e toda vestida de preto – que Manuel calculou que devia ter uns setenta anos –, estava acompanhada de um homem que ele identificou, sem ajuda, como irmão de Álvaro, mais baixo que ele e também mais atarracado, de traços mais grosseiros; mas seu cabelo era castanho e seus olhos verdes, como os de Álvaro. Estava com a mão direita enfaixada.

— A idosa é a mãe, e, como já deve imaginar, o homem é o irmão de Álvaro e agora o novo marquês. A mulher que os acompanha é sua esposa, Catarina; procede de uma família nobre falida. Conservam apenas um paço, além de, claro, um sobrenome insigne.

Um menino de uns três anos entrou correndo na sala, seguido de uma jovem muito bonita e muito magra. Ziguezagueou entre as cadeiras e abraçou as pernas do homem, que o ergueu acima de sua cabeça, provocando o riso da criança. A idosa lançou um olhar austero à jovem, que corou.

— A garota é Elisa; era namorada de Fran, o irmão mais novo. Era modelo, ou miss, ou algo relacionado à moda, e o menino é o pequeno Samuel, filho de Fran e único rebento da família, por ora — disse Griñán, fazendo um gesto em direção a Catarina, que contemplava encantada o menino e seu marido, que, sem dar atenção à expressão dura da idosa, fazia cócegas no menino, que gritava e se contorcia em seus braços. — Eles não eram casados, mas Elisa vive com eles no paço desde que Fran faleceu, por causa da criança.

— Eles sabem que eu estarei aqui hoje?

— Dadas as circunstâncias, tive que informar a todos de sua existência, assim como informei você. Portanto, sabem, mas não para quê...

— E para que estou hoje aqui? — perguntou Manuel, olhando-o inquisitivo.

— Em breve saberá — respondeu Griñán, voltando a vista para a sala, onde Doval já havia ocupado seu lugar ao lado da mesa.

E, abrindo a porta, disse:

— Já chegaram todos. Vamos?

Manuel ocupou a cadeira que Griñán lhe havia reservado, nos fundos da sala, o que lhe proporcionava a vantagem de ver todos sem se sentir observado. Agradeceu a precaução do testamenteiro, que foi, no entanto, insuficiente para conter a náusea que subia do nó que ocupava seu estômago, e o incipiente suor frio que cobria as palmas de suas mãos. Esfregou-as nas pernas da calça em uma tentativa inútil de secá-las, enquanto tornava a se perguntar que diabos estava fazendo ali e qual seria a reação daquela gente quando os tivesse que olhar de frente. O testamenteiro avançou entre as cadeiras sem dizer uma palavra. Cerimonioso, situou-se atrás da mesa e começou a falar:

— Em primeiro lugar, o senhor Doval e eu queremos expressar nossos mais sentidos pêsames pela terrível perda que acabam de sofrer. — Fez uma pausa, aproveitando para se sentar, enquanto Doval extraía de uma maleta luxuosa um envelope e o estendia para ele. — Como sabem, eu cuidava dos negócios de Dom Álvaro Muñiz de Dávila, marquês de Santo Tomé, e sou seu testamenteiro — explicou, enquanto tirava do envelope um maço de documentos. — Eu os convoquei aqui hoje para ler os últimos desejos de Dom Álvaro Muñiz de Dávila antes que entrem em vigor as disposições testamentárias, que, como lhes informei previamente, tomarão um pouco mais de tempo, devido a todas as complicações derivadas da quantidade de propriedades objeto do legado. O que lerei aos senhores tem valor informativo e não testamentário, mas me permito antecipar que é fiel reflexo do que consta do testamento. Mas era desejo do senhor marquês que a carta fosse lida imediatamente após seu falecimento, caso ocorresse, como assim foi.

Ele pôs os óculos que repousavam sobre a mesa e olhou para todos em busca de algum sinal de desacordo. Não encontrando nenhum, prosseguiu:

— Antes de proceder à leitura da carta, devo informá-los de algumas circunstâncias de vosso interesse que, pelo que me consta, os senhores desconhecem. Sei que têm ciência das condições em que ficou o patrimônio da família depois do falecimento do marquês anterior. Uma série de decisões e investimentos equivocados haviam deixado sua fortuna mais que prejudicada, além de uma sucessão de hipotecas e notas promissórias prestes a ser executadas sobre todas as propriedades, incluindo o paço As Grileiras, a casa de verão em Arousa e as adegas da Ribeira Sacra.

A idosa pigarreou, constrangida.

— Creio que não é necessário que se estenda em detalhes; conhecemos a situação em que meu marido nos deixou — disse com aspereza, dirigindo um olhar duro ao menino, que, entediado, balançava as pernas sentado em uma cadeira alta demais para ele.

Griñán assentiu, fitando-a por cima dos óculos.

— Muito bem. Durante esses três anos, Dom Álvaro fez um esforço colossal, chegando até mesmo a arriscar sua fortuna pessoal. Devo admitir que tomou tais atitudes contra meu conselho, em uma tentativa de impedir o desastre iminente. Comprou todas as promissórias, renegociou as hipotecas, saldou-as e regularizou todos os pagamentos em uma gestão magistral. Hoje, a família não tem nenhuma dívida pendente, e Dom Álvaro deixou determinado que continuem recebendo a remuneração mensal que ele lhes designara nos últimos tempos, assim como um fundo destinado aos estudos do pequeno Samuel. — Fez uma pausa. — Se lhes explico tudo isso é para que entendam que Dom Álvaro comprou, saldou e pagou as dívidas da família com seu dinheiro.

Tanto a idosa quanto o novo marquês assentiram.

— E que, portanto, todas as propriedades passaram a ser dele.

Mãe e filho se entreolharam, enquanto os outros se remexiam constrangidos na cadeira.

— O que significa isso? — perguntou o filho.

— Significa que todas as terras e imóveis que eram dos bancos ou de credores externos passaram a ser propriedade de seu irmão.

— E daí?

— Achei que deveriam saber disso antes de ler este documento. É muito breve, inclui um tópico com as designações detalhadas, que, se quiserem, poderei ler depois para vocês. Mas a mensagem principal deste documento é a seguinte: "Nomeio como único herdeiro universal de todos os meus bens meu amado marido, Manuel Ortigosa Martín". — Fez uma pausa. — Não diz mais nada.

Houve alguns segundos de silêncio, nos quais tudo ficou suspenso. Até que, usando as folhas que tinha na mão como uma batuta, Griñán apontou para onde Manuel estava sentado.

Todos se voltaram para olhar para ele, e o menino começou a aplaudir. A idosa se levantou, avançou até o garoto e deu-lhe uma bofetada.

— Você deveria educar esse menino ou ele acabará como o pai — disse à jovem.

Sem acrescentar mais nada, abandonou a sala. O menino, que ia formando um beicinho com os lábios, começou a chorar, e a garota, envergonhada, correu para abraçá-lo. O novo marquês se levantou e, tirando o menino das mãos da garota, abraçou-o, beijando o lugar avermelhado em sua face.

— Sinto muito — disse, sem se dirigir a ninguém em particular —, vocês precisam perdoar minha mãe. Seu estado de saúde é muito delicado.

Saiu, levando o menino, que não parava de chorar, seguido por sua pálida esposa. Somente a jovem se voltou um instante para murmurar uma breve despedida antes de abandonar o escritório, deixando em Manuel a sensação de que algo extraordinário, que fugia de seu entendimento, havia acabado de ser representado diante de seus olhos.

Griñán tirou os óculos e olhou para ele enquanto soprava, deixando o ar sair lentamente.

— É por isso que estou aqui — disse Manuel, entendendo tudo.

Griñán assentiu.

Manuel voltou ao hotel. Ao cruzar o vestíbulo, um homem, que se identificou como o diretor, estreitou sua mão e se desmanchou em desculpas pela inépcia do decorador ao colocar um espelho em frente à cama; inclusive lhe ofereceu a possibilidade de uma consulta médica para que fossem feitos os curativos necessários em seu pé – claro, por conta do hotel –, bem como a opção de se mudar para uma suíte superior. Manuel se livrou dele como pôde, minimizando as consequências de um ferimento que ele praticamente havia esquecido, e subiu para seu quarto, onde já não havia rastros do espelho, do cheiro acre de vômito nem das manchas de sangue que haviam parecido impossíveis de tirar.

Havia recusado o carro para voltar. Decidira que seria bom caminhar para poder pensar, sob aquele estranho céu cortado por nuvens prenhes de chuva, em tudo o que Griñán lhe havia dito.

— Como eu disse, eles não se misturam; mas não se espante com o modo como reagiram, era esperado; como expliquei, tudo isso é tão surpreendente para eles quanto é para você, pois Álvaro escondia muitos aspectos de sua vida. Pode ser que o assunto do dinheiro tenha representado um sobressalto para eles, mas não pense que seja nada além disso. — Inclinara a cabeça antes de acrescentar: — Talvez somente para a idosa represente um problema aceitar que não terá fortuna própria, embora tenha vivido assim metade da vida graças às "habilidades" de seu marido — dissera, fazendo uma careta. — Os outros não lhe criarão problemas, nunca criaram. Álvaro os mantinha calados. Estarão felizes desde que tenham o dinheiro de suas mesadas para fazer o que quiserem, e, nesse sentido, Álvaro já estabeleceu um aumento anual que os deixará mais que satisfeitos. Claro, os gastos de manutenção do paço As Grileiras e da casa de Arousa estão incluídos.

Griñán se levantara, estendera os documentos a Doval, que esperava paciente e que se apressara a fazê-los desaparecer dentro da maleta. Griñán saíra de trás da mesa e, contornando as cadeiras, girara uma e se sentara diante de Manuel.

— Sei que para eles foi uma surpresa saber que Álvaro era casado, mas, uma vez conhecido, entenderão que é lógico que sua fortuna fosse atribuída a você. Especialmente se partirmos do fato de que foi o dinheiro de Álvaro que pagou as dívidas da família e sanou todas as contas. Esse dinheiro procedia de sua fortuna pessoal e do grande sucesso que há anos foi conquistando com a publicidade. A qualquer pessoa sensata pareceria lógico que o dinheiro que Álvaro houvesse obtido durante seu casamento fosse legado a seu cônjuge. Claro que uma coisa é a lógica, e outra é a imensa raiva que devem sentir ao pensar que alguém estranho à família... e entenda que digo estranho do ponto de vista deles... será a pessoa de quem, a partir de agora, dependerão. Mas vão se acostumar, já se viram obrigados a fazer isso quando o pai legou seus negócios a Álvaro, embora supostamente houvesse sido deserdado. Talvez Santiago se sinta um pouco decepcionado, pois herdará o título de nobreza sem patrimônio, mas garanto que não haverá complicações. Ele não tem nem jamais teve interesse algum pelos negócios. Por isso eu disse que estava fora de questão a possibilidade de que o velho marquês os houvesse legado a ele.

— Parece que eles são muito ricos... — comentara Manuel.

— Bem, agora você é — respondera o testamenteiro.

— Quero dizer que nem todos os nobres são ricos. De onde procedia a fortuna dessa família, o que o pai de Álvaro fazia?

— Como lhe disse, essa é uma das famílias mais importantes da Galícia; sua história remonta a centenas de anos, e inicialmente esteve ligada aos poderes da Igreja. São grandes latifundiários e possuem um importante legado em arte.

— Como quase todas as famílias nobres do país — observara Manuel —, normalmente relutam em se desfazer de suas obras de arte, e um monte de terra entre Lugo e Ourense pode representar mais despesas que receitas se não for administrada adequadamente.

Griñán olhara para ele de um modo apreciativo.

— Esqueci que você foi historiador. De fato, muitas famílias nobres se viram em apuros financeiros por essa razão, mas o pai de Álvaro, na juventude, teve muita sorte nos negócios e obteve concessões, terras, comissões... Infelizmente, não era tão bom em conservar sua fortuna como para fazê-la...

Manuel observara Griñán com interesse renovado; embora fosse normal que um homem em sua posição não se arriscasse a fazer uma afirmação de tal importância, era evidente a que se referia.

— Esses negócios de que está falando, ele provavelmente fez nos anos de 1940, 1950, 1960, em pleno regime franquista. — Griñán fizera um leve gesto de assentimento. Manuel prosseguiu: — E é sabido que, nesses tempos, os nobres que continuaram fiéis à coroa no exílio não se deram muito bem.

— Ele chegou a acumular uma fortuna significativa, mas os tempos mudam... Desperdício, má administração dos negócios, jogo de azar, todo mundo sabe... Corria o rumor de que ele tinha pelo menos duas amantes e que mantinha apartamentos de luxo em A Coruña para elas. Talvez não possuísse um olhar tão experiente para seus investimentos nos últimos anos, mas não era nenhum imbecil e sempre encontrou um jeito de continuar proporcionando à sua família a situação confortável com que estavam acostumados. As classes altas sempre fazem isso, não é?

Manuel pensara na reação da família na sala.

— Eu entendo que Santiago possa se sentir ofendido — dissera Manuel.

O tabelião fizera um gesto de desdém com a mão, sem dar importância ao assunto.

— O velho marquês sabia que seu filho do meio era uma nulidade. Há histórias terríveis sobre as humilhações públicas a que ele o submetia... Sabemos que o velho não tolerava a condição de Álvaro, mas sabia que ele cuidaria de sua família e que tinha mais talento em uma unha do que o resto da família inteira junto. Uma coisa não justifica a outra, mas, como eu disse, para aquele homem, preservar a honra de seu sobrenome, ou, traduzindo, preservar o modo de vida de sua família, era o mais importante. Para isso ele estava disposto a qualquer coisa, inclusive a deixar tudo nas mãos de Álvaro. Aquela raposa velha sabia o que fazia. Em três anos, Álvaro conseguiu não só sanar as contas como também recuperar os campos e as adegas arruinadas, obtendo muito lucro.

— O que não entendo é como ele administrava esses negócios de Madri — dissera quase para si mesmo, incrédulo, negando com a cabeça.

— Na maioria das vezes, por telefone. Álvaro sabia das mudanças que teria que implementar. Meu escritório tinha a sua disposição uma equipe de assessoria legal, administração e gestão por meio de sócios satélites, profissionais que com frequência trabalham conosco. Todos sabiam o que deveria ser feito, e eu ligava pessoalmente para ele quando era necessário tomar uma decisão importante. Nem mesmo o administrador tinha seu número. Eu era o canal de comunicação.

— E a família? — perguntara Manuel, fazendo um gesto para a sala que haviam ocupado.

— Só eu — acentuara Griñán. — Álvaro foi muito claro quanto a seus desejos desde o início.

Uma sombra cobrira o rosto afável do tabelião, suscitando a curiosidade de Manuel, que ia fazer a próxima pergunta quando Griñán se levantou.

— Por hoje, chega; o carro o levará de volta ao hotel. Tome os comprimidos e durma, vai precisar. Amanhã passarei para buscar você e iremos juntos ao enterro. Depois disso, teremos tempo para conversar. Acredite, é um alívio para todos na família não ter que se preocupar em tomar as rédeas da empresa; essas pessoas que você viu aqui hoje jamais tiveram que mexer um dedo, nem demonstraram o menor interesse pelos negócios. Não trabalham nem nunca trabalharam, a menos que queira considerar trabalho criar gardênias, caçar ou fazer equitação.

Manuel saíra do escritório ansiando o ar doce do exterior; mas, quando chegara à rua, o estranho frescor do setembro galego dera-lhe um banho de uma realidade tão desoladora que, longe de encontrar a quietude temperada que desejava para pensar, aquela refulgência entre nuvens ferira seus olhos e o fizera se sentir cansado, faminto, órfão, como um transeunte estranho à cidade que não o queria em suas ruas. Fugira para se esconder da luz, das vozes, do coro grego que continuava ecoando em sua cabeça.

Engoliu os dois comprimidos que Griñán havia lhe dado com meia garrafa de água e tirou toda a roupa enquanto observava pela janela de seu quarto as fachadas dos edifícios próximos, desbotadas pela dominante tirania de luz que provinha do céu cinza e pungente do meio-dia. Fechou as cortinas e se enfiou na cama. Demorou segundos para adormecer.

Sonhou com um menino de seis anos que não parava de chorar; seu pranto o acordou, e, na penumbra, demorou alguns segundos até que se lembrasse onde estava. Adormeceu novamente. O céu estava completamente escuro quando acordou. Pediu ao serviço de quarto uma quantidade enorme de comida e a devorou em frente à tevê enquanto via o noticiário noturno. Após o jantar, deitou-se e adormeceu mais uma vez. Às cinco da manhã abriu os olhos e viu Clint Eastwood na tela da televisão apontando-lhe um dedo que imitava uma pistola. O efeito era igualmente ameaçador.

Sentiu-se lúcido. Pela primeira vez desde que a bela sargento lhe dera a notícia, em Madri, conseguia vencer o estado de confusão e inépcia com que vinha se arrastando como uma alma penada. Uma espécie de sossego havia se apossado de seu interior, por fim acalmando a louca psicofonia de vozes fantasmagóricas que ecoavam sem trégua em sua cabeça desde o momento em que a bela sargento havia lhe comunicado a morte de Álvaro. Reconhecia aquele estado de quietude como seu habitat natural. Sua mente, lúcida e tranquila, não se familiarizava com desordens e ruídos. Suspirou, e no silêncio da noite soube que estava sozinho. Completamente sozinho. Olhou ao redor.

— O que está fazendo aqui? — sussurrou.

Ninguém respondeu. Mas Eastwood lhe lançou um olhar incisivo que continha uma mensagem clara: "Vá embora, não é bom arranjar problemas".

— É o que farei — respondeu à televisão.

Tomar banho, fazer a barba e recolher seus poucos pertences lhe tomou quarenta minutos. Sentou-se diante da televisão e esperou pacientemente até que fossem sete horas. Então, pegou o celular, que estava silenciado desde o dia anterior, decidido a ligar para Griñán. Tinha quarenta e três chamadas perdidas, todas de Mei. O aparelho começou a vibrar novamente enquanto o segurava na mão. Pensou em não atender, mas sabia que Mei não se renderia. Atendeu e escutou em silêncio, cansado demais para fazer qualquer coisa.

Ela começou a chorar antes de falar.

— Manuel, eu sinto tanto... Você não pode imaginar como estou sofrendo, foram os dois piores dias de minha vida. Eu o amava, Manuel, você sabe.

Ele fechou os olhos e continuou escutando sem responder.

— Sei que você tem razões para estar furioso, mas tem que compreender que eu fiz o que ele me pediu. Ele dizia que era para o seu bem.

— Para o meu bem mentir para mim? — explodiu —, para o meu bem me enganar? Que tipo de pessoas são vocês dois, você poderia me dizer? Que tipo de pessoa pode justificar algo assim dizendo que é para o meu bem?

Do outro lado da linha, o pranto de Mei recrudesceu:

— Sinto muito, sinto tanto... Se eu pudesse fazer alguma coisa...

A submissa aceitação de Mei só conseguia enfurecê-lo ainda mais. Levantou-se, incapaz de se conter.

— É melhor que você sinta muito mesmo. Vocês dois foderam minha vida, a que ainda me resta e toda aquela que já vivi. Descobri que tudo que julgava sólido era um monte de mentiras, e eu sou o único imbecil nessa história que ignorava a verdade. Espero que tenham se divertido.

— Não é nada disso — gritou Mei, sem parar de chorar —, não é nada disso. Álvaro o amava, e eu também. Você sabe disso. Nunca teríamos feito mal a você conscientemente. Álvaro me disse que tinha que ser assim, que queria manter você a salvo.

— A salvo? A salvo de quê, Mei? Que merda você está dizendo? — gritou.

Tomando consciência de onde estava, desesperado, passou a mão pelo rosto enquanto baixava a voz. Quase sussurrando, disse:

— Eu conheci a família dele. Eles não são monstros, Mei. Eles não têm duas cabeças nem comem criancinhas. O que encontrei foram pessoas tão surpresas e espantadas como eu com o que está passando. O único que se manteve a salvo nessa história foi Álvaro, a salvo de dar explicações, a salvo da vergonha que sentia de ter uma vida comigo, a salvo para viver duas vidas diferentes, sendo um nobre espanhol e exercendo sua sexualidade escondido de todos os parentes.

— Como assim nobre espanhol? — reagiu Mei, parecendo verdadeiramente surpresa.

— Estranho que você não saiba. A família de Álvaro, pelo visto, é grande coisa na Espanha; ele tinha um título de nobreza.

— Não sei o que você está imaginando, mas eu não sabia de nada, de verdade. Ele me disse há três anos que seu pai havia morrido e que tinha que cuidar das empresas da família, e que a partir daquele momento iria cuidar de todos esses assuntos no escritório. Disse que sua família era horrível, e que, exceto pelos negócios, não tinha nenhum tipo de relacionamento com eles. Ele me advertiu sobre quão destrutivos eles eram e disse que queria manter você longe da influência deles, portanto você jamais deveria saber nada sobre eles, e eu deveria evitar comentar qualquer coisa relativa a esses negócios na sua frente.

— E você achou isso normal?

— Manuel, o que você queria que eu fizesse? Ele me pediu, me fez jurar. E não, não achei tão estranho; muitos homossexuais dão as costas à família. Você sabe disso.

Manuel ficou em silêncio, incapaz de responder.

— Manuel, vou para aí. Já comprei a passagem, saio hoje ao meio-dia...

— Não.

— Manuel, quero estar ao seu lado, não vou deixar que passe por isso sozinho.

— Não — negou ele, obcecado.

— Manuel — ela começou a chorar de novo —, se não me quer aí, pelo menos me deixe avisar alguns amigos...

Ele se sentou. Esgotado, deixou escapar todo o ar de seus pulmões.

— E o que vai dizer a eles, Mei? Se eu ainda não sei bem o que estou fazendo aqui e o que aconteceu? O que Álvaro estava fazendo tão longe de casa? Só quero que tudo isso acabe e eu possa voltar.

Ela se desmanchava em pranto do outro lado da linha. Ele a escutava consumido, sentindo uma espécie de inveja justificável por sua facilidade de chorar. A angústia apertou sua voz a ponto de rasgá-la, e ele vomitou toda a sua ansiedade em uma inundação de bile e ressentimento.

— Tenho cinquenta e dois anos, Mei, jurei a mim mesmo nunca mais passar por isso; nunca pensei que Álvaro fosse ser a pessoa que me faria sentir assim de novo... Não estou entendendo nada, estou aqui há dois dias, daqui a duas horas irei ao enterro dele e ainda não consegui chorar... E sabe por quê? Porque não entendi nada, porque nada se encaixa, é uma loucura, como uma maldita brincadeira de mau gosto.

— Pare de lutar, Manuel, chorar lhe fará bem — sussurrou ela.

— Ele não estava de aliança, Mei. O homem que morreu aqui não era mais meu marido. Não posso chorar por ele.

O testamenteiro atendeu depressa.

— Tenho que falar com você. Tomei uma decisão.

— Daqui a meia hora, no café de seu hotel — foi sua resposta.

Quando fechou a porta do quarto, já levava a mochila com suas coisas; não pretendia voltar.

Griñán chegou pontualmente. Pediu um café e, antes de se sentar, reparou na pouca bagagem.

— Vai embora?

— Assim que acabar o enterro.

Griñán o fitou, avaliando sua determinação. Manuel perguntou:

— Me corrija se eu estiver errado: agora você é meu representante legal, não é?

— A menos que decida deixar seus negócios nas mãos de outro profissional...

Manuel balançou a cabeça.

— Quero que comunique hoje mesmo à família de Álvaro que renuncio à herança, que eles não têm que se preocupar porque não quero nada. Não quero ouvir nem uma palavra sobre esse assunto. Prepare os documentos para que eu assine o quanto antes e mande tudo para minha casa. Acho que sabe o endereço.

Griñán sorriu.

— Qual é a graça?

— Álvaro devia conhecê-lo muito bem. Se isso é o que deseja, posso comunicar a família, mas seu marido incluiu uma cláusula que não lhe permite renunciar à herança antes de que se passem três meses de seu falecimento. Ou seja, antes que se torne oficial.

Manuel o olhou ressentido durante dois segundos, depois relaxou. Afinal de contas, o responsável por tudo aquilo era Álvaro.

— É incrível — disse, contrariado. — Está bem, comunique a família e me mande os documentos em dezembro.

— Como quiser — respondeu Griñán. — Assim terá esse tempo para pensar.

Ele olhou para Griñán de novo decidido a se conter, mas, dessa vez, a moderação falhou.

— Não há nada para pensar. Álvaro escondeu de mim quem ele era, escondeu sua vida. Descobri que passei quase quinze anos de minha vida com um homem que não conheço, que tem uma família que nem sequer sabia da minha existência e, de repente, me tornei herdeiro de uma fortuna que não quero e que não me pertence. Já está pensado, e não vou mudar de ideia.

O testamenteiro baixou os olhos, impassível, e tomou um gole de seu café. Manuel olhou ao redor; encontrou-se com os poucos clientes do local disfarçando torpemente e entendeu que havia falado alto demais.

Dirigiu durante quarenta minutos por uma rodovia e mais quinze por uma estrada local, seguindo o Audi de Griñán. A ameaça de chuva que os meteorologistas haviam previsto havia se resumido a um céu de nuvens batidas até formar uma camada suficiente para atenuar a luz do sol e resgatar da paleta cores mais sólidas e definidas. A cidade durou pouco. A zona rural se apoderava rapidamente da paisagem em uma sucessão de casas amontoadas à beira da estrada e uma série de granjas dispersas, seguindo a linha da pista ou dos trilhos do trem. Depois do desvio, as granjas começaram a se distanciar, deixando à vista vastos campos de um verde esmeralda enfeitado com muros de pedra antiga e cercas tão artísticas que teriam encantado qualquer fotógrafo. Ficou surpreso com a beleza dos pequenos bosques artificiais de árvores que ele supôs serem eucaliptos, cujas cores variavam entre o verde e o prateado; o quase preto dos tojos que ainda conservavam suas características flores amarelas que contrastavam com a urze rosada que crescia na beira da estrada. Griñán virou à direita em uma estrada em direção ao bosque e cem metros adiante parou o carro em frente a um portão de ferro colossal que estava escancarado. Manuel desceu do veículo e se aproximou do testamenteiro, que o esperava ao lado do portão com um ar próximo ao entusiasmo.

— Poderíamos ter entrado de carro — explicou enquanto avançavam —, mas eu não queria que você perdesse a impressão de vê-la pela primeira vez.

A avenida escoltada por árvores centenárias aparecia coberta com pequenas agulhas, e aqui e ali viam-se pinhas abertas como rosas, algumas ainda presas a seu galhinho. O terreno se inclinava levemente para uma planície gramada muito bem cuidada e um edifício térreo de pedra e arcos semicirculares nos quais apareciam duas magníficas portas de madeira encastradas.

Manuel olhou para Griñán, que, expectante, esperava sua reação.

— É muito bonita — teve que reconhecer.

O testamenteiro sorriu, satisfeito.

— Sim, mas essas são as dependências dos empregados; embaixo fica o haras, e a casa fica ali — disse, parando e apontando para a direita. — Senhor Ortigosa, paço As Grileiras: a casa onde seu marido nasceu e residência dos marqueses de Santo Tomé desde o século XVII.

O edifício que o testamenteiro apontava era o triplo do anterior, de planta retangular e pequenas janelas sepultadas profundamente na pedra marrom-clara. Ficava elevado sobre um leve morro que dominava toda a propriedade e que contrastava com o profundo vale que se estendia na parte de trás e a planície do terreno frontal, falsamente limitado por um denso bosque de oliveiras velhas que os impedia de ver além do nível do solo, e que Manuel tinha certeza de que não atrapalharia a vista do andar superior do palácio. Havia uma fileira de postes de ferro fundido e pilhas de pedra cheias de flores dispostas em frente à fachada principal, ao estilo do Vaticano e cercada por uma sebe de folhas brilhantes e flores brancas, com uma fragrância tão forte que era possível sentir o aroma de longe.

— São gardênias. A maior plantação dessas flores na Europa e quiçá no mundo inteiro está aqui em As Grileiras. Catarina, esposa de Santiago, é especialista; desde que se casaram ela cuida do cultivo e chegou a ganhar os mais prestigiosos concursos do ramo. Perto da represa há uma estufa magnífica, onde ela conseguiu cultivar alguns híbridos realmente interessantes. Se quiser, poderemos vê-la depois.

Manuel foi até a sebe externa e admirou as flores cremosas e mates, com suas pétalas que pareciam ser feitas de cera. Arrancou uma, cortando o duro talo com a unha. Pousou-a no vão de sua mão e aspirou o perfume que se infiltrava entre seus dedos. As explicações de Griñán, com toda aquela dança de irmãos e cunhados, uma família com graduações que ele jamais teria concebido, parecia-lhe hostil e artificial, e causava-lhe uma humilhante sensação de vergonha que quase o impelia a fugir; nem mesmo a necessidade de respostas era estímulo suficiente para fazê-lo ficar um minuto a mais que o necessário naquele lugar. Ainda assim, retribuindo a gentileza do testamenteiro, perguntou:

— O que significa As Grileiras? Lembra *grilleras*.

— Sim, mas não tem nada a ver — disse Griñán, sorrindo. — As Grileiras, ou *herbameira*, são ervas mágicas com alto poder de cura, praticamente milagrosas, que, segundo a lenda, crescem à margem das represas, lagos e fontes. O termo procede da palavra *grilo* ou *grelo*, que significa "broto", porque parecem brotinhos.

Manuel aspirou uma vez mais o aroma da flor e a guardou no bolso de seu paletó antes de seguir Griñán.

— O cemitério fica a uns duzentos metros, ao lado da igreja do paço.

— Eles têm um cemitério e uma igreja?

— Na verdade, é algo entre uma igreja pequena e uma capela grande. Há alguns anos, um raio caiu na torre da paróquia do povoado e a família cedeu o uso desse templo durante alguns meses, até que a outra fosse restaurada. O pároco ficou encantado, oficiava missa diariamente, e também aos domingos, e acho que quando era celebrada aqui vinha mais gente; pelo prazer de entrar no paço dos marqueses, entende? Aqui as pessoas ainda são muito dessas coisas.

— De que coisas?

— Você sabe, a massa é muito classista, e, quanto mais humildes, pior. Os marqueses de Santo Tomé foram os senhores destas terras durante séculos. Metade das famílias da comarca trabalhou para eles em algum momento, e o sentimento feudal de proteção que se atribui a um nobre perdura por aqui. Ter trabalhado para ele, ou que sua família o haja feito no passado, parece uma espécie de honra ou distinção.

— Distinção de ignorantes.

— Bem, não se engane — discordou Griñán. — A maioria dos nobres deste país hoje em dia é extraordinariamente comedida; exceto meia dúzia que sai nas revistas de celebridades, os outros vivem com discrição; mas entre certas classes ainda se considera um privilégio ostentar a amizade de um nobre; sua recomendação ou apadrinhamento para os negócios ou cargos diplomáticos continua sendo uma vantagem à qual poucos renunciariam.

Muitos povoados tinham igrejas menores que aquela. Uma clareira formando um círculo perfeito, onde desembocaram atravessando o túnel natural entre as oliveiras centenárias, havia sido reservada para o templo e o cemitério. A entrada ficava na frente, mas havia uma porta lateral, ladeada por duas janelas estreitas chumbadas e três degraus incômodos e íngremes.

As imensas árvores centenárias continham a brisa que, a duras penas, havia conseguido jogar as pinhas no caminho de entrada e corria ousada pela esplanada erma que cercava o templo por três lados; no outro ficava o cemitério. Ele calculou umas vinte cruzes, simples, de pedra, na grama baixa e bem cuidada. E nada mais, exceto um sinistro monte de terra reservado ao lado de uma cova recém-aberta, sem nem sequer uma cerca que o delimitasse. Mas para quê, se tudo era sua propriedade?

Era ali que Álvaro desejava ser enterrado. Não o censurou; afinal de contas, o que Manuel poderia ter lhe dado? Um velório na M-30 e um nicho no cemitério lotado da Almudena. Não se lembrava de jamais terem falado sobre o assunto. Apesar da inegável beleza e da pulcra simplicidade das pedras antigas, havia algo de desolador naquele lugar. Mas por acaso isso não era característico de todos os cemitérios? Rendido diante da evidência, ele admitiu seus preconceitos; por alguma razão, havia esperado um grande cemitério.

— São católicos muito praticantes, como a maioria dos nobres, e, como muitos deles, adotam para a outra vida a mesura e a austeridade que não tiveram nesta — explicou Griñán enquanto se dirigiam à entrada do templo, onde muita gente se reunia, talvez mais de cem pessoas.

Manuel notou que todos sussurravam, encolhidos, protegendo-se com seus paletós escuros do vento que soprava na clareira em frente à igreja. Ninguém se aproximou, mas muitos se voltaram para olhar para ele. O solícito secretário, Doval, que esperava encostado na parede na tentativa de se proteger do frescor matinal, saiu de seu abrigo para cumprimentá-los. Então, Manuel reparou que os dois homens vestiam ternos pretos impecáveis. Com seu blazer azul e sua camisa amassada, sentiu-se deslocado, observado, julgado e condenado pelos olhares de rostos desconhecidos que o assediavam com um misto de curiosidade e atração. A piedosa mão de Griñán pousou em seu ombro, reconfortando-o e o conduzindo à entrada, onde estaria livre do exame inquisidor dos vizinhos, que ficaram atrás deles.

— Não há muita gente; claro, a esta hora... — justificou o secretário.

— Não há muita gente? — disse Manuel sem voltar o olhar, mas ciente do rumor ascendente atrás dele, e de que o número de pessoas concentradas em frente ao templo havia dobrado no tempo em que estavam ali.

— A família aceitou isso com reservas — asseverou Griñán. — Tratando-se de uma morte inesperada... Quero dizer, se houvesse sido de outro modo...

Manuel o contemplou com uma expressão de tristeza, e o tabelião desviou o olhar, evitando estender-se em explicações confusas. Doval foi em seu auxílio.

— Podemos entrar, a família logo chegará. Perdão — disse, exageradamente alarmado —, quero dizer, o resto da família.

A igreja estava lotada. Já havia achado que era muita gente quando pensara que as pessoas que se agrupavam do lado de fora eram as únicas presentes; mas, ao ultrapassar a porta, percebeu que aqueles eram apenas os que não haviam conseguido entrar. Baixou a cabeça, agoniado, tonto, agradecendo como uma criança perdida a tutela da mão firme de Griñán em seu ombro, guiando-o até o altar pelo corredor central, entre os bancos. Ouviu um lamento profundo quando passou, e, ao erguer o olhar buscando a origem dos soluços, ficou impressionado. Um grupo de mulheres enlutadas se abraçava enquanto chorava; seus gemidos se elevavam pela nave abobadada, amplificando-se em seus ouvidos. Ele as observou impressionado. Entre todas as coisas que havia imaginado para aquele dia, não contara ver alguém se desmanchar em lágrimas pela morte de Álvaro. O que toda aquela gente fazia ali? Quem eram? Era inconcebível, para ele, aceitar que funerais como aquele continuassem sendo celebrados. Nas poucas ocasiões em que havia ido a algum, os presentes eram familiares e duas dúzias de amigos e conhecidos do falecido; em muitos casos, um breve velório, na própria funerária, antes da cremação. E nada mais. O que era tudo aquilo? Em silêncio, praguejou contra o folclore daquela terra, contra o gosto vulgar por funerais no paço e aquele servil respeito que Griñán parecia apreciar e que ele julgava constrangedor. Mas também percebeu que aquelas pessoas, agrupadas, dividindo sua dor, faziam com que ele se sentisse mais sozinho, abandonado e ofendido.

Desde o início, Álvaro e ele haviam formado o tipo de casal que se apoia um no outro, sem dar muito espaço à vida social. A escrita o obrigava a longos períodos de recolhimento, e, quando acrescida ao prazer de estar em casa depois de terminar as turnês promocionais, os levara, nos últimos anos, a reduzir um círculo de amizades que nunca fora muito amplo. Tinham alguns amigos, claro, mas Manuel havia descartado a ideia de Mei os avisar. Julgara ridícula a ideia de que alguém o acompanhasse em uma situação que lhe era tão degradante que só conseguia desejar que acabasse de uma vez; e era ainda pior se imaginar explicando a seus amigos uma circunstância que nem ele mesmo podia entender. Avançou entre os bancos e viu vários homens, alguns bem velhos, com os olhos úmidos e os lenços passados com cuidado, certamente por uma mulher, espremidos na mão. Os olhares crispados pela dor confluíam no ataúde escuro e brilhante, que parecia triste e de água, como os olhos de um cão. Soltando-se da reconfortante guia do testamenteiro, e atraído pela presença do caixão, caminhou até ele, agradecendo que estivesse fechado. Enfeitiçado pela cadência do pranto feminino e pelo brilho da madeira polida, estendeu a mão para tocá--lo no momento em que um rumor crescente interrompia a mágica harmonia dos soluços silenciosos e espalhados por todo o templo como o avanço de uma praga: a família estava entrando. Deu uma olhada ao redor e viu que somente os dois bancos da frente estavam vazios. Dirigiu-se ao de sua direita e se sentou. O rumor crescente parou de súbito. Ele se voltou para olhar e viu que a idosa, apoiada no braço de seu filho, havia se detido. Vestia luto fechado e sussurrava algo no ouvido de Griñán, que se dirigiu a Manuel, apressado, e se inclinou para falar em seu ouvido:

— Não pode se sentar aqui, é o banco da família — disse o testamenteiro quase como se desse uma bronca.

Levantando-se, perturbado, ele deu dois passos em direção ao corredor disposto a sair, mas se deteve de súbito enquanto a sensação de inépcia inicial dava lugar à indignação.

— Eu sou da família. Se eles não se misturam é problema deles. O homem que está nesse ataúde é meu marido, e, se não me engano, por ora este banco é meu e faz parte de minha propriedade. Diga a eles que podem escolher entre se sentar aqui ou em qualquer outro banco da igreja. Não sairei daqui.

Griñán empalideceu, enquanto Manuel tornava a se sentar, tão furioso que mal podia controlar o tremor de suas mãos. Ouviu Griñán sussurrar no absoluto silêncio em que os habitantes do templo haviam mergulhado, e logo os passos para o altar foram retomados, dirigindo-se ao primeiro banco da esquerda.

Manuel evitou olhar para eles durante todo o funeral.

O ofício durou quase duas horas. A missa fúnebre para um único falecido fora oficiada por um padre que devia beirar os quarenta anos e parecia ser de confiança da família. Deduziu, por sua mais que provável verdadeira tristeza, que havia conhecido Álvaro. Era assistido por uma quantidade inusitada de sacerdotes – ele contou nove –, todos idosos e distantes, que em um curioso ritual se mantinham em respeitoso segundo plano, atuando como assistentes dispostos em semicírculo ao redor do altar e acompanhando o padre mais jovem na cerimônia.

Manuel permaneceu sentado o tempo todo, sem prestar atenção ao que dizia o padre, abatido pela ressaca da irritação e a delirante maré emocional dos presentes no funeral, que ouvia gemer às suas costas. Em pé, sentados, de novo em pé, sentados... Levantou um instante o rosto e encontrou os olhos curiosos de várias mulheres que esperavam sua vez para comungar. Tinha consciência de que estava se escondendo, baixando o olhar enquanto lutava contra a crescente e angustiante necessidade de sair dali.

Terminado o funeral, alguns dos homens de mãos duras e lenços engomados ergueram o ataúde e o levaram até o cemitério. Manuel agradeceu pela brisa que esquentava conforme avançava a manhã e pelo sol que conseguia assomar por entre as nuvens baixas.

— Eu já comuniquei sua decisão ao marquês — sussurrou Griñán à porta do templo.

Ele assentiu em resposta, perguntando-se quando poderia tê-lo feito, e chegando à conclusão de que devia ter sido durante o funeral. Afinal de contas, como Griñán já lhe havia comunicado, a conta Muñiz de Dávila era uma das mais importantes dentre todas as que administrava, e, para se assegurar de continuar sendo o administrador, o tabelião não mostrava escrúpulos ao se colocar o quanto antes a serviço dos novos proprietários da fortuna. Foi ficando para trás, deixando que o grupo se adiantasse, rodeando a sepultura.

Observou-os no limite do cemitério, sem se atrever a se aproximar mais. A energia consumida na disputa pelo banco da igreja o deixara extenuado e incapacitado para mais um round.

O enterro foi rápido quando comparado ao eterno funeral. Um responso ao lado do túmulo. Ele nem sequer pôde ver o ataúde descer, atrapalhado pelos corpos apinhados. Os presentes começaram a partir. Os padres saudaram os membros da família e se dirigiram à porta lateral da igreja, certamente à sacristia. Então, sentiu uma mão pequena deslizar na sua, e, ao olhar, viu o menino da família. Inclinou-se para falar com ele, e então, o menino passou os braços por seu pescoço e lhe deu um beijo no rosto. Depois, saiu correndo para sua mãe, que o esperava a certa distância e sorriu antes de tomar a vereda que levava para a casa.

— Senhor Ortigosa.

Voltou-se e viu que Santiago, o novo marquês, havia parado à sua frente.

Alguns metros mais atrás, Griñán lhe fez um gesto afirmativo enquanto tomava o caminho para a casa, acompanhando as mulheres.

— Sou Santiago Muñiz de Dávila, Álvaro era meu irmão — disse, estendendo-lhe a mão, parcialmente oculta por uma bandagem.

Manuel o contemplou desconcertado.

— Não se preocupe, não é grave, um acidente com um cavalo; um dedo fraturado e alguns arranhões.

Estreitou-a com cuidado, percebendo sob a faixa a rigidez do gesso.

— Dom Griñán me comunicou sua decisão, e só posso agradecer em meu nome e no da família. Também quero me desculpar se por um acaso parecemos frios ou mal-educados; os acontecimentos dos últimos dias — disse, voltando-se um instante para olhar para o túmulo — foram demais para nós.

— Não precisa se desculpar, sei como se sentem.

Não disse nada mais. O irmão se despediu com uma leve inclinação de cabeça e apressou o passo para alcançar sua esposa, a quem ele substituiu, dando o braço à mãe.

O sacerdote mais jovem se aproximou dele cruzando o cemitério, onde já não restava mais ninguém, exceto o coveiro, ajudado por um grupo de funcionários que fumavam agrupados ao abrigo da parede lateral da igreja.

— Gostaria de falar com o senhor; sou amigo de Álvaro desde a infância, estudamos juntos. Tenho que tirar isso — disse, indicando a casula que o cobria. — Se me esperar, eu me troco em um minuto.

— Não sei — respondeu Manuel, evasivo, olhando para o caminho. — Na verdade, estou com um pouco de pressa.

— Será só um minuto, prometo — disse o padre, correndo para a porta lateral da igreja.

Dedicou um olhar aos empregados que fumavam e conversavam entretidos, mas viu que o coveiro, o único que não usava macacão, o observava; teve a sensação de que ele se afastaria do grupo para lhe dizer algo; por fim, optou por cumprimentá-lo inclinando a cabeça levemente e se dirigiu ao túmulo aberto. Foi desviando das cruzes enquanto lia as inscrições ao pé de cada uma. Talvez Griñán tivesse razão, via apenas os nomes e as datas de nascimento e falecimento, sem rastro de títulos ou honras. Alguns dos túmulos remontavam ao século XVIII, e a única diferença em relação aos mais recentes era a cor da pedra das cruzes. Junto à cova aberta, vistosos buquês e coroas que mais tarde a cobririam, adornados com fitas, que como clamorosos galhardetes distinguiam sua procedência e preço, amontoavam-se como uma pira perfumada. Instintivamente, levou a mão ao bolso e tirou a gardênia que pegara no caminho, o que fez que o perfume se espalhasse até eclipsar o das outras flores. Avançou um passo para poder ver o ataúde, já deslustroso devido ao pó da terra escura que a família havia jogado sobre ele durante o responso. Não havia flores. Talvez Griñán estivesse enganado: afinal de contas, aquelas caras coroas eram reservadas, com ostentação, para a superfície do túmulo, onde todo mundo as pudesse ver.

Analisou novamente a superfície agora fosca do ataúde e o crucifixo com o Cristo famélico e agonizante. Levou a flor aos lábios, aspirou o aroma, depositou um beijo nela e estendeu a mão sobre a cova. Fechou os olhos, tentando encontrar dentro de si o reduto onde a dor se defendia; mas não o encontrou. Sentiu uma presença às suas costas; fechando o punho, protegeu a flor.

Voltou-se para o sacerdote, que o esperava alguns passos mais atrás e que lhe pareceu mais jovem com roupa comum. Notou que ainda usava o colarinho.

— Se precisar de mais tempo...

— Não — respondeu, caminhando para ele enquanto devolvia a gardênia ao bolso de seu blazer. — Já acabei aqui.

O sacerdote ergueu as sobrancelhas, surpreso com sua brusquidão. Manuel viu sua expressão e cortou qualquer possibilidade de manifestação de compaixão.

— Como eu disse, não tenho muito tempo — disse, premente.

De súbito, a influência melancólica do cemitério era insuportável para ele. Queria fugir dali.

— Onde está seu carro?

— No portão de entrada.

— Então o acompanho, eu também estou indo, preciso voltar para minha paróquia.

— Ah... pensei que... — disse Manuel, indicando a igreja.

— Não, estou aqui apenas como convidado hoje, por minha amizade com a família; o responsável pela paróquia mais próxima é um dos sacerdotes que me assistiu na celebração. Na verdade, este templo não tem um pároco. Ele é de uso privado. Só abre ao público em celebrações especiais.

— Ah... ao ver tantos sacerdotes, imaginei...

— Sim... imagino que seja chocante para quem não esteja acostumado, mas é uma tradição na região.

— Folclore — sussurrou Manuel, com desdém.

Não teve certeza de que o padre o ouvira até que notou seu tom muito mais frio quando replicou:

— É a maneira deles de honrar os mortos.

Manuel não disse nada. Apertou os lábios e olhou com anseio para a vereda que o tiraria dali. Começaram a caminhar.

— Meu nome é Lucas — disse o sacerdote, novamente amistoso, estendendo-lhe a mão. — Como disse, fiz o seminário com Álvaro; bem, com todos os irmãos, só que os outros são mais novos, e nos cruzávamos menos.

Manuel estreitou a mão do padre sem se deter.

— Seminário? — perguntou, surpreso.

— Sim — disse o outro, sorrindo. — Mas não tenha uma ideia errada disso. Todos os garotos ricos da comarca estudavam no seminário naquela época. Era o melhor colégio daqui; além disso, os marqueses sempre foram benfeitores do local, e era lógico que os rapazes estudassem ali. Não tinha nada a ver com vocação.

— Parece que sim, em seu caso — riu, divertido.
— Mas eu sou exceção. De toda a minha turma, fui o único a fazer os votos.
— Também é rico? — riu de novo.
— Nisso também fui uma exceção. Fui um dos beneficiados pelas bolsas de estudo do senhor marquês para meninos pobres e promissores.

Era difícil imaginar Álvaro em um seminário. Algumas vezes ele havia lhe contado histórias sobre sua passagem pela universidade, o internato em Madri, mas jamais sobre a escola de sua infância; uma infância naquele universo bucólico lhe parecia contraditória quando comparada àquela outra que ele imaginava que Álvaro tivesse tido. Sentia as pedras rangendo sob seus pés enquanto avançavam. As prolongadas pausas e os silêncios entre ambos, longe de incomodá-lo, acalmavam-no. Protegidos do vento pelas árvores, o sol de meio-dia começava a temperar suas costas, tornando presente o perfume das gardênias, que se propagava pelo ar provindo das sebes que contornavam a casa.

— Posso chamá-lo de Manuel? Tenho quarenta e quatro anos, a mesma idade de Álvaro, acho estranho chamá-lo de senhor.

Manuel não respondeu. Fez um gesto ambíguo que não definia nada. Por experiência própria, sabia que com frequência essa proposta costumava servir de pretexto para outro atrevimento.

— Como está se sentindo?

A pergunta o pegou de surpresa, não tanto por sua natureza, mas porque o padre havia sido a primeira pessoa a demonstrar qualquer interesse no assunto. Nem mesmo a doce Mei, com sua carga de culpa e arrependimento, havia lhe perguntado isso. E, embora ele houvesse lhe cuspido na cara sua dor e desconcerto, a verdade era que não havia parado para pensar nisso. Como se sentia? Não sabia; intuía como esperaria estar: arrasado, abatido, deprimido. Mas, na realidade, estava apático e profundamente decepcionado, em parte sentindo-se afrontado por tudo que se via obrigado a suportar. Nada mais.

— Bem — respondeu depois de pensar.
— Ora, nós dois sabemos que isso não pode ser verdade.
— Mas é; não sinto nada além de dor e decepção por tudo que aconteceu. Só consigo pensar em sair daqui e retomar minha vida, e esquecer tudo isso.

— Indiferença — sentenciou o sacerdote. — Às vezes é uma das fases do luto; vem logo depois da negação e antes da negociação.

Ele ia discutir, mas viu a si mesmo rebatendo cada argumento da sargento Acosta quando ela lhe comunicara a morte de Álvaro, negando-se a aceitá-la, buscando um salva-vidas e rejeitando, confuso, o que não queria admitir.

— Quem vê pensa que você é especialista no assunto — comentou Manuel, displicente.

— Sou; trato diariamente com a morte e o desconsolo, além de outras doenças da alma. É meu trabalho. Mas, além disso, eu era amigo de Álvaro. — Fez uma pausa e olhou para Manuel, esperando sua reação. — Provavelmente uma das poucas pessoas que mantiveram contato com ele nestes anos e que conheciam a realidade de seu dia a dia.

— Então, sabia mais do que eu... — sussurrou Manuel, desgostoso.

O sacerdote se deteve e o observou, bem sério.

— Não seja tão duro em seu julgamento; se Álvaro lhe escondeu tudo relacionado com sua família não foi porque tinha vergonha de você, e sim porque tinha vergonha dela.

— Você é a segunda pessoa que me diz algo parecido; mas não sei o que quer dizer. Eu conheci a família dele, e eles não me pareceram tão terríveis.

O sacerdote sorriu em um gesto de contenção.

— Álvaro não manteve relação com ninguém de sua casa desde que foi estudar em Madri, quando era apenas um menino. Toda vez que voltava, a rejeição de sua família aumentava, até que, um dia, ele não voltou mais. Seu pai faleceu sem concordar em ver ou falar com ele, apesar de que isso não impediu que Álvaro herdasse as obrigações. Ele voltou, tomou as rédeas dos negócios, determinou uma pensão para seus familiares e desapareceu de novo. Acho que mais ninguém sabia como localizá-lo além de mim e do seu testamenteiro — disse Lucas, retomando seus passos. — Eu sei que ele era feliz com a vida que tinha, que era feliz ao seu lado.

— E como pode ter tanta certeza? Você também era seu confessor? — disse, ofensivo.

Lucas fechou os olhos um segundo e inspirou profundamente; foi quase como se o golpe o tivesse atingido no peito.

— Algo assim, mas sem seguir o protocolo. Falávamos muito de você, de tudo... — respondeu, recuperando a calma.

Manuel se deteve. Voltando-se para o sacerdote, sorriu, sarcástico, e disse desanimado:

— Ora... o que pretende ao me dizer tudo isso? Por acaso não vê como é absurdo que um padre queira me consolar pelo fato de que meu marido homossexual me escondeu sua vida? Como você quer que eu me sinta ao saber que ele tinha mais confiança em você do que em mim? A única coisa que fica clara é que eu não conhecia o homem com quem dividi minha vida, que ele me enganou durante todo esse tempo.

— Eu sei como se sente...

— Não sabe merda nenhuma — cuspiu Manuel.

— Pode ser que não, ou pode ser que sim. O que sei é que, neste momento, você está imune a qualquer coisa que eu disser, mas também sei que isso vai mudar daqui a alguns dias. Então, venha me procurar novamente. — disse Lucas, e lhe entregou um cartão com o endereço de um santuário em Pontevedra. — A pessoa que Álvaro era de verdade era a que você conhecia. Todo o resto — acrescentou, fazendo um gesto envolvente em direção à majestosa avenida dominada pelo portão de entrada — era artificial.

Manuel apertou o cartão e quase o jogou aos pés do padre. Quase por impulso, guardou-o no bolso, junto com a perfumada flor, a única coisa que furtivamente levaria dali.

Transpassaram o portão e saíram em silêncio.

Ao vê-los se aproximar, um homem que estava apoiado no porta-malas de seu carro se ergueu e deu dois passos na direção deles antes de parar.

Havia nele algo familiar que Manuel só soube identificar quando já estava quase ao seu lado. Era o guarda civil com quem havia falado no hospital até seu superior o interromper. Não recordava seu nome, mas sim seu evidente desprezo homofóbico e a barriga de cerveja que sem dúvida o uniforme disfarçava melhor que as calças de preguinhas que usava quase na pelve e a fina blusa de tricô que marcava os botões de sua camisa como uma fileira de rebites sobre a pele.

Com os anos, Manuel havia desenvolvido um radar para ignorantes, e tinha certeza de que aquele sujeito ia lhe causar problemas; ainda assim, se surpreendeu ainda mais com a reação do sacerdote, que sussurrou:

— O que ele faz aqui?

— Manuel Ortigosa? — perguntou o homem, embora obviamente soubesse —, sou o tenente Nogueira da Guarda Civil — disse, mostrando brevemente uma identificação que logo fez desaparecer em seu bolso. — Nós nos conhecemos anteontem no hospital...

— Eu me lembro — respondeu Manuel, prudente.

— Vai a algum lugar? — disse, indicando a mochila visível no banco de trás do carro.

— Vou voltar para minha casa.

O guarda balançou a cabeça. Parecia contrariado.

— Preciso falar com o senhor — disse, como se tentasse convencer a si mesmo.

— Fale — respondeu Manuel, displicente.

O guarda civil dirigiu um olhar furioso ao sacerdote.

— Em particular — advertiu.

Pelo visto, a animosidade daquele homem não se limitava aos homossexuais. Ou pode ser que fossem velhos conhecidos.

O padre não se deixou intimidar.

— Se quiser que eu fique... — ofereceu, olhando para Manuel e desdenhando da expressão pouco amistosa do outro homem.

— Não será necessário, obrigado — respondeu, categórico.

Era evidente que ele tinha grande interesse em ficar. O guarda civil não parecia de confiança, mas, entre dois estranhos, Manuel optou pelo segundo.

O sacerdote ainda se demorou um tempo, adiando sua partida. Despediu-se estendendo-lhe a mão, sem olhar para o guarda, antes de entrar em um pequeno utilitário cinza estacionado atrás deles.

— Venha me visitar.

Manuel o viu partir e se voltou para o guarda.

— Aqui não — foi sua resposta. — Há um bar no povoado, antes de pegar a estrada. Pode estacionar em uma esplanada na entrada. Siga-me.

Manuel ia protestar, mas decidiu que, afinal de contas, se aquele sujeito queria falar com ele, melhor que fosse em um lugar público e não no solitário acesso ao paço As Grileiras, onde só restava o Audi de Griñán.

INÉRCIA

O sol do meio-dia havia aquecido o interior do carro até fazê-lo parecer um forno, contrastando com o frescor do exterior. Estacionou em uma planície de terra batida, ao lado do velho BMW do guarda civil e meia dúzia de caminhonetes empoeiradas. Desceu do carro e jogou seu blazer dentro, fechando a porta a seguir. Estava indo para a entrada do bar quando o guarda o deteve:

— Aqui está bem, espere — disse, parando no terraço de mesas de plástico e guarda-sóis surrados.

Ele logo voltou com dois cafés puros e uns pratinhos cheios de algo que parecia ensopado de carne, e deixou em cima da mesa. Antes de começar a falar, acendeu um cigarro. Essa era a explicação para ter escolhido o ambiente externo.

— Está indo embora muito rápido... — disse, enquanto mexia uma dose dupla de açúcar no café.

— O funeral e o enterro acabaram, não tenho mais nada para fazer aqui — disse Manuel, seco.

— Não vai ficar uns dias com sua família?

— Não é minha família. É a família do meu marido.

Pronunciou a palavra "marido" com certa intensidade, na intenção de provocar o guarda, que, dessa vez, não pareceu notar.

— Eu não o conhecia antes de... antes disso.

— É verdade, o senhor disse no hospital — murmurou Nogueira, pensativo. — Ligaram da delegacia para lhe dar alguma explicação?

— Sim. Ligaram hoje de manhã para me dizer que estava tudo em ordem, que eu podia ir pegar os pertences pessoais dele e que me enviariam o relatório, caso eu tenha que apresentá-lo para receber algum seguro.

— Filhos da puta! — rosnou o guarda. — Fizeram isso de novo. Puta que pariu! — disse, apontando para ele a ponta fumegante do cigarro.

— O que fizeram de novo?

Em vez de responder, o guarda inquiriu.

— O que achou de sua família por afinidade?

Manuel respondeu evasivo:

— Não tive tempo de formar uma opinião — mentiu. — Só trocamos algumas palavras.

Tinha sim uma impressão sobre eles, mas, evidentemente, não estava disposto a compartilhá-la com ele.

— Imagino...

— Vai me dizer a razão de tudo isso?

Nogueira deu uma tragada profunda no cigarro, consumindo-o até chegar ao filtro, com um desagradável som de sucção; jogou-o debaixo da mesa e o esmagou com a ponta do sapato, apesar de haver um cinzeiro na mesa. Fitou-o contrariado enquanto aproximava um dos pratinhos de carne e pegava um pedaço com o garfo.

— A razão é que Álvaro Muñiz de Dávila não sofreu um acidente; ou, ao menos, não foi simplesmente o acidente que o matou.

Enfiou o pedaço de carne na boca, diante da estupefação de Manuel, que esperava impressionado e confuso até que o guarda terminasse de comer e retomasse sua explicação:

— Seu carro saiu da estrada em uma reta, e é verdade que não havia sinais de freada nem nada na pista que delatasse a presença de outro condutor envolvido. Mas, como eu estava dizendo até que meu superior nos interrompeu no IML, o veículo tinha uma lanterna rachada, que não chegou a quebrar, e uma transferência de tinta branca.

— Sim, eu perguntei ao capitão quando ele me ligou hoje de manhã. Ele acha que pode ter sido um pequeno incidente estacionando, sem nenhuma conexão com o acidente; inclusive, pode ter acontecido dias antes.

— Sim, claro; e que explicação ele lhe deu para a incisão que Dom Muñiz de Dávila tinha no flanco? — disse enquanto engolia outro pedaço de carne.

— Uma incisão?

— Profunda e fina. Um corte que causou um ferimento externo muito pequeno, o suficiente para permitir que ele entrasse no carro para fugir de seu agressor; mas não tanto para que a hemorragia interna não o debilitasse. Talvez tenha sido o que o matou antes que o carro perdesse a direção; isso se ninguém o ajudou nisso.

— Mas o capitão não disse nada sobre uma punhalada.

— Claro que não; os nobres não morrem apunhalados, isso é para drogados e putas... Mas a questão é que Álvaro Muñiz de Dávila apresentava uma punção do lado direito, no baixo-ventre. A legista a notou na inspeção preliminar, no local do acidente. Ela é uma amiga minha; irá concordar em falar com você se eu pedir. Ela também fica revoltada com essas coisas.

— Essas coisas? Do que está falando? Está se referindo a uma agressão ou a uma lesão compatível com os traumatismos do acidente?

O homem olhou ao redor, prudente, antes de falar, embora não houvesse ninguém mais no terraço.

— No mínimo, estou falando de uma circunstância muito suspeita em sua morte.

— E por que está me dizendo tudo isso? Por que me disseram de manhã que foi uma morte acidental? E por que não estão investigando?

— É isso que estou tentando explicar para você. Há uma série de fatos mais que suspeitos nessa morte que não serão investigados. E não será a primeira vez, porque é um Muñiz de Dávila, e a família de latifundiários a que ele pertence tem que se manter limpa a qualquer preço, quando são eles que fazem a cagada e deixam a merda espirrar. É uma velha e vergonhosa tradição — disse amargamente.

Manuel avaliou suas palavras, tentando compreender.

— Está me dizendo...

— O que estou lhe dizendo é que desde que o mundo é mundo existem classes: os infelizes, como a maioria que dá o sangue trabalhando para, com alguma sorte, conseguir obter uma aposentadoria de merda; e então há pessoas como eles, os senhores da terra, os príncipes do mundo que viveram de nosso suor durante gerações e que continuam fazendo o que der na telha sem que nada do que façam tenha consequências.

— Mas Álvaro nem sequer morava aqui; ele não era...

— Ele era um deles — interrompeu o tenente. — O senhor reconhece que nem sequer sabia da existência da família, e se tem uma coisa que eu posso confirmar, pelo pouco que pude averiguar sobre Álvaro, é que ele levava uma vida dupla. Ainda não sei em que estava metido, mas, em mais de um aspecto, ele não era de forma alguma o que aparentava ser.

Manuel ficou em silêncio durante alguns segundos, enquanto tentava assimilar o que havia acabado de ouvir. Olhava para aquele homem, e, apesar de se esforçar para entender que jogo era aquele, não conseguia sentir empatia por sua indignação. Ele não estava lhe revelando nada de que já não houvesse suspeitado nas últimas horas, nas quais os presságios de traição haviam ganhado um corpo letal, um processo que havia lhe custado parte de sua saúde mental até que decidira seguir o conselho de Clint Eastwood. Álvaro havia mentido para ele, enganando-o como a um adolescente apaixonado. Era tudo mentira, um monte de merda de tamanho descomunal, e sim, ele era o imbecil que havia engolido tudo aquilo. O mais duro havia sido ter que admitir que era um idiota. Mas já o havia feito. O que esperavam que fizesse a seguir?

— E agora, o que vai acontecer? — perguntou, desanimado.

O guarda o fitou, atônito; até abriu as mãos para os lados em sinal de incredulidade.

— Como assim? Não ouviu o que eu disse?

— Ouvi perfeitamente.

O homem bufou, impaciente, antes de voltar a falar.

— Vou lhe dizer o que vai acontecer. Não vai acontecer nada, vão encerrar o caso; na verdade, já o fizeram. Oficialmente, Álvaro Muñiz de Dávila faleceu em um acidente de trânsito sem outras implicações.

— Mas o senhor não concorda com essa conclusão, vai continuar investigando...

O guarda acendeu um cigarro com outra tragada barulhenta e continuou falando.

— Ontem foi meu último dia, estou aposentado — disse, afastando a xícara com os restos do café, como se o recipiente contivesse uma ideia que lhe parecia ofensiva. — Tenho um mês de férias e depois passarei para a reserva.

Manuel assentiu; agora entendia por que não estava de uniforme. Oficialmente, já não era tenente da Guarda Civil. Se bem que, quando se aproximara de seu carro, havia se apresentado com sua patente e mostrara brevemente sua identificação; muito brevemente... O que dava lugar à dúvida: o que aquele homem estava fazendo ali, então? Já havia deixado clara a repugnância que sentia pela família de Álvaro, e não escondia sua homofobia. Então, o que é que ele queria? Levantou-se na cadeira, afastando-a um pouco da mesa para deixar evidente que a conversa chegara ao fim.

— Tenente Nogueira — disse, cauteloso —, eu o ouvi, e agradeço sua preocupação, mas se, como admite, o caso está encerrado e o senhor é o único que parece não estar de acordo com o critério de seus superiores, poderia me explicar por que está me contando tudo isso? Se não foi capaz de convencê-los, o que eu poderia fazer?

— Muita coisa; o senhor é membro da família.

— Não é verdade — negou Manuel, amargurado. — Não sou da família, e parece que nunca fui.

— Mas você é, de pleno direito — rebateu Nogueira, veemente. — Com sua ajuda, poderíamos avançar na investigação que ficou suspensa.

— O senhor acabou de me dizer que já não está na ativa...

Uma nuvem escureceu o olhar de Nogueira durante um segundo, tempo suficiente para dar a certeza de que aquele homem podia ser muito duro. No entanto, ele se controlou, porque o que disse a seguir deve ter lhe custado um grande esforço.

— Ele era seu... seu marido. O senhor pode, inclusive, solicitar uma autópsia.

Manuel o olhou, surpreso, e começou a negar com a cabeça antes de pronunciar as palavras.

— Não, não, não, o senhor não entende; acabei de enterrar esse homem, esse homem que dividiu comigo quase toda a vida de que me lembro. Sei que você não se interessa por isso, mas sepultei junto com ele tudo que nossa vida em comum representava... Nada mais me importa, não me interessa em que estava metido, ou com quem passou seus últimos momentos, não me importa. Só quero ir embora daqui e voltar para minha casa. Quero esquecer tudo — disse, levantando-se. — Obrigado por sua preocupação, mas eu não tenho forças para mais nada.

Estendeu-lhe a mão, mas Nogueira a desdenhou, e sem deixar de olhá-lo nos olhos, deu de ombros e se voltou para o estacionamento.

— Álvaro foi assassinado — disse Nogueira às suas costas.

Manuel parou, sem se voltar.

— Não foi um acidente, ele foi assassinado... E sua morte ficará impune se você não fizer nada. Será capaz de conviver com isso?

Manuel permaneceu inerte. Por um momento, compreendeu que não importava o que sentisse ou o que quisesse fazer; que não importavam as circunstâncias que o cercavam, porque uma força aterradora e inexplicável o projetava contra a realidade. A inércia o jogava contra a realidade, sem emoção nem culpa, e o levava na direção determinada pelo universo. Tudo ao seu redor era hostil; devia seguir o conselho de Eastwood e não arranjar problemas. No entanto, ali estava aquele sujeito repugnante jogando sobre ele o peso do maior dos ultrajes. Sentiu a onda expansiva da bomba que ele acabara de soltar o alcançar, sacudir suas entranhas e quase o derrubar. Talvez tenha demorado um minuto para se virar, talvez alguns segundos. Refez seu caminho e lentamente se sentou de novo na cadeira que havia ocupado.

Se Nogueira ficou satisfeito com sua volta, disfarçou perfeitamente. Continuou fumando lenta e profundamente até que Manuel perguntou:

— O que quer fazer?

Nogueira jogou no chão o cigarro que havia consumido até o filtro e se inclinou para a frente, apoiando os braços na mesa. De suas mãos surgiu uma pequena agenda preta que ele abriu em uma página coberta por uma caligrafia apertada.

— A primeira coisa que vamos fazer é falar com a legista para que você não tenha nem sombra de dúvida sobre o que acabei de lhe contar; depois, o objetivo é reconstruir tudo que Álvaro fez nos dois últimos dias: onde esteve, com quem, e, se possível, também o que fez em suas visitas anteriores, qual era sua rotina quando estava aqui, aonde ia... Eu o conduzirei, mas o senhor terá que fazer quase tudo por conta própria. Ninguém suspeitará, é seu direito e perfeitamente normal que um familiar se interesse pelas circunstâncias da morte de um ente querido. E, bem, se alguém se incomodar, teremos algo com que trabalhar. Mas, antes de mais nada, devo adverti-lo de que o que descobrir talvez não lhe agrade em absoluto. Frequentemente, quando se investiga um assassinato, muita porcaria que estava ancorada no fundo acaba subindo à superfície.

Manuel assentiu.

— Conto com isso — aceitou, pesaroso.

— E mais uma coisa: o senhor pode sair prejudicado pelo que descobrir, porque tenho o pressentimento, e não costumo me enganar, de que Muñiz de Dávila andava de merda até a cabeça. Mas se deixar vazar que estou por trás de suas ações vai me arrumar um sério problema. Passei anos demais trabalhando para ficar sem aposentadoria agora. Somente o senhor, eu e a legista saberemos disso, mas eu confio cegamente nela. Então, se mais alguém ficar sabendo, eu vou saber que foi o senhor que abriu a boca. Se isso acontecer vou encontrar você, levá-lo até a montanha e lhe dar um tiro, entendeu?

— Entendi — disse Manuel, sabendo que o sujeito era perfeitamente capaz disso.

Nogueira consultou seu relógio.

— A legista é uma grande profissional, com muitos anos de experiência. Seu plantão acabou às três, e já deve ter chegado em casa. Está nos esperando.

— Como tinham certeza de que eu aceitaria?

Nogueira deu de ombros, em um gesto óbvio.

— Estranho teria sido se não aceitasse; e bastante suspeito também — acrescentou olhando-o de lado. — Deixe seu carro aqui, iremos no meu. Aqui eles alugam quartos, pode ficar aqui por enquanto. Precisarei ter acesso a informações de contas bancárias e dos extratos dos últimos movimentos de... seu... familiar. Seria bom saber se ele tinha dívidas. O pai, o velho marquês, ganhou reputação por suas tramoias com agiotas e gente do ramo, e, embora pareça que nos últimos anos haviam melhorado de vida, nunca se sabe. De qualquer maneira, seria bom saber quem é o herdeiro, embora imagine que seja cedo demais. Talvez aquele tabelião que estava com você naquele dia possa dizer algo sobre isso, se o senhor for habilidoso e jogar bem suas cartas; afinal de contas, ele era seu... familiar. Precisa passar pelo hospital e pela delegacia e pegar seus objetos pessoais o quanto antes. Ofelia vai precisar examinar a roupa dele de novo, também inspecionaremos seu celular, certifique-se de que esteja com as coisas dele. Seria bom que fosse solicitando à operadora da vítima um demonstrativo de ligações; faça-se passar por ele e levante tudo que for possível. Se criarem caso, ameace não pagar a última fatura.

— Não será necessário — interrompeu —, tenho acesso a todas as nossas faturas pela internet, posso ver o consumo e a fatura detalhada com todas as ligações.

Nogueira o fitou magnânimo, e, de súbito, a compaixão do guarda o ofendeu mais que a dúvida ou a ironia. Baixou o olhar e corou de vergonha. Só havia faltado acrescentar que não havia segredos entre eles. "Sou um imbecil", pensou.

Nogueira continuou enumerando os elementos de sua lista:

— Contas, agendas, ligações, pertences... Exija também o carro, deve estar no depósito da delegacia. Eu gostaria de dar uma olhada nele... Acho que, para começar, é tudo.

Fez a agenda desaparecer dentro da roupa e se recostou na cadeira enquanto acendia outro cigarro.

Manuel se inclinou para a frente imitando Nogueira, ocupando com seus braços o espaço que o tenente havia deixado em cima da mesa.

— Duas coisas. Primeiro: eu sou herdeiro de todos os bens de Álvaro Muñiz de Dávila; o tabelião leu ontem para nós uma espécie de antecipação do testamento; as contas estão sanadas; de fato, estão em excelente saúde. Hoje mesmo eu dei ordens ao testamenteiro e ele já comunicou para a família que eu renunciarei a esses bens assim que o testamento entre em vigor, em um prazo de três meses.

Nogueira levantou as sobrancelhas, surpreso, e Manuel entendeu que essa não era uma expressão habitual nele.

— Bem, isso o situa como o principal suspeito, e, ao mesmo tempo, o exonera... pelo menos da motivação financeira — disse, sorrindo um pouco, divertindo-se com sua piadinha privada.

Manuel o fitou com dureza.

— E segundo: Álvaro não era meu primo, nem meu cunhado; ele era meu marido. Se essa palavra é tão ofensiva para você a ponto de não conseguir pronunciá-la, refira-se a ele como Álvaro, mas não torne a chamá-lo de "seu familiar", e muito menos "a vítima".

Nogueira jogou a ponta do cigarro que acabou de fumar e se levantou.

— Tudo bem — disse, dirigindo-se ao carro depois de lançar um olhar lastimoso ao outro pratinho de carne que havia ficado intacto em cima da mesa.

Embora a BMW de Nogueira fosse de um modelo antigo e a pintura apresentasse um aspecto apagado, podendo-se observar marcas brancas no teto que delatavam a deterioração típica devido à umidade, o carro estava intacto por dentro. Os bancos haviam acabado de ser aspirados, e o couro do painel havia sido lustrado recentemente. Nas grades do ar-condicionado havia um aromatizador. Era evidente que o tenente Nogueira era desses raros fumantes que não haviam sucumbido ao hábito de fumar no carro. Ele dirigia em silêncio, enquanto Manuel lamentava que o outro nem sequer houvesse ligado o rádio para disfarçar o silêncio tenso que era palpável entre eles e que naquele espaço pequeno amplificava a respiração de ambos, evidenciando ainda mais o paradoxo de sua presença ali.

A estrada era uma sucessão de curvas e mudanças de nível pela qual Nogueira dirigia mantendo a velocidade no limite legal. Pegou um desvio, reduzindo consideravelmente a marcha, e aproveitou para pegar um cigarro, que não acendeu, mas manteve pendurado na comissura dos lábios até que, alguns quilômetros mais à frente, parou o carro em frente ao portão de uma casa. Quatro cachorros de tamanhos e pelagens diferentes os receberam latindo, nervosos. Nogueira desceu do carro, acendeu o cigarro, introduziu a mão pelo portão, abriu o trinco e avançou, repelindo as infrutíferas tentativas dos cães de lhe dar as boas-vindas, até que eles voltaram a atenção para Manuel.

Da lateral da casa surgiu uma mulher de cerca de cinquenta e cinco anos, séria, magra, cujos cabelos curtos, que mal chegavam aos ombros, estavam puxados para trás com uma faixa elástica de pano que fazia as vezes de tiara. Brigou com os cachorros sem muitas esperanças, cumprimentou Nogueira com dois beijinhos, e, enquanto os guiava para dentro da casa, estendeu a Manuel uma mão livre de anéis ou pulseiras, forte, acompanhada de um sorriso que o fez gostar dela imediatamente.

— Sou Ofelia — disse, limitando a apresentação ao nome, sem cargo, nem profissão, nem sobrenome.

Como Nogueira havia dito, ela os estava esperando. Procedente da cozinha, flutuou até eles o aroma da comida que certamente ela havia acabado de comer; mas na sala ela havia posto uma toalha de mesa branca, três xícaras de café, biscoitinhos vistosos e uma garrafa de moscatel, que lhes ofereceu em pequenas taças.

— Que bom que decidiu me escutar; não sabíamos como você reagiria.

Manuel assentiu, apático.

— Como podem imaginar, eu jamais pensei em ter que reagir a uma notícia como essa. Espero que entendam que é muito... muito... — repetiu, incapaz de encontrar a palavra.

— Nós compreendemos perfeitamente — disse ela, deixando sua xícara sobre o pratinho —, e imagino que o tenente Nogueira também tenha explicado as consequências que eu e ele poderíamos vir a sofrer se alguém souber que lhe revelamos aspectos relativos a uma investigação, ou não investigação, ou como diabos queira chamar isto.

Manuel assentiu.

— Vocês têm minha palavra de que ninguém saberá — disse, recordando a advertência de Nogueira, que pigarreou, cravando-lhe o olhar.

— Eu estava de plantão na madrugada do sábado para domingo passado. À uma e quarenta e cinco a Guarda Civil me avisou; um acidente. Uma ambulância havia ido até lá, mas já não havia mais nada que eles pudessem fazer. Levei uns vinte minutos para chegar. — Ela suspirou, mas logo prosseguiu: — O que vou falar agora pode ser muito doloroso; se você julgar que não consegue suportar, me avise que eu paro de falar.

Manuel assentiu lentamente.

— O carro saiu da estrada em uma reta, não havia marcas de freada nem na via nem no prado. Avançou uns cinquenta metros no campo e parou ao bater na mureta divisória. Seu marido estava morto; apresentava um corte na sobrancelha, provavelmente causado pelo impacto contra o volante ao bater no muro, e tanto a posição do carro quanto os poucos danos no muro, além do fato de que o airbag não se abriu, nos levou a pensar que ele estava inconsciente quando o carro saiu da estrada e que havia parado de acelerar. Chamou minha atenção o fato de que o ferimento na sobrancelha mal sangrava; esses cortes costumam ser bem escandalosos. Reparei em sua lividez, procurei outros ferimentos e notei que a área abdominal parecia inchada, de um modo que delatava hemorragia interna. À primeira vista não se via nenhum ferimento, mas, quando o pusemos na maca, encontrei um corte pequeno na camisa consistente com uma laceração penetrante de uns dois centímetros de largura e mais de quinze de profundidade. Para mim, esse ferimento era incompatível com as condições do acidente, e não encontrei no veículo nada que o pudesse haver causado. Em acidentes de trânsito em que a causa do óbito fica clara não realizamos autópsia; eu atesto a morte e pronto. A razão pela qual pedi que seu marido fosse levado ao IML do hospital foram as suspeitas fundamentadas de que a morte havia sido a causa de ele sair da estrada, e não o contrário. Quando encontramos sua documentação e vimos de quem se tratava, eu me dei conta de que o rumor de que era um Muñiz de Dávila se espalharia entre os presentes como uma praga. Transferimos o corpo, e quando eu ia começar a autópsia, recebi a recomendação de cancelá-la; a identidade do falecido havia vazado, e fui aconselhada a não incomodar mais a família com o sofrimento de uma autópsia, uma vez que era evidente que a morte havia sido acidental. Protestei, claro, mas me disseram que o "pedido" vinha de cima e que não admitia discussão.

— Ordenaram que interrompesse a autópsia? — perguntou Manuel, incrédulo.

A legista sorriu com amargura.

— Aqui tudo se faz da maneira mais sutil possível; fui recomendada a poupar a família do sofrimento.

— Contrariando aquilo que ela achava que deveria ser feito — indicou Nogueira.

— De fato — corroborou ela.

— De onde provinha essa recomendação? Por acaso a família... — perguntou Manuel.

— Não acredito — interveio Nogueira —, mas também não seria necessário. Era o que eu estava tentando lhe explicar àquela hora. A família Muñiz de Dávila exerce seu poder nestas terras há séculos; primeiro, imagino que como senhores feudais; mais tarde, como latifundiários, em um lugar onde desde sempre as condições de vida não foram fáceis, exceto para eles. O que precisa entender é que existe uma espécie de sentimento absurdo de respeito pelo que eles são e o que representam, e durante séculos os abusos, os escândalos, os desatinos, e inclusive os pequenos delitos dessas famílias foram ignorados, em uma espécie de isenção tácita, somada a todos os seus outros privilégios, e sem que eles sequer tivessem que passar pelo contratempo constrangedor de pedir isso.

Manuel foi soltando pouco a pouco todo o ar de seus pulmões enquanto entrelaçava as mãos e tentava pensar.

— Doutora, acredita que Álvaro foi assassinado?

— Tenho certeza disso. Esse tipo de ferimento não pode ser autoinfligido; ele foi apunhalado com um objeto longo e estreito, como um estilete ou um objeto de punção larga; teve forças para entrar no carro, mas dessangrou depressa; ele sofreu uma hemorragia interna e por isso não havia sangue visível, exceto na ferida da sobrancelha. A hemorragia fez com que ele perdesse a consciência e saísse da estrada. Não sei aonde estava indo; talvez em algum momento tenha se dado conta da gravidade do ferimento e estivesse indo buscar ajuda; o hospital da comarca fica a uns cinquenta quilômetros na direção que ele seguia. Mas pode ser que estivesse apenas tentando fugir do agressor. Não temos como saber onde ocorreu o ataque, nem por quanto tempo ele dirigiu antes de desmaiar.

Manuel cobriu o rosto. Notava que a febre que ia e vinha nos últimos dias ardia, reavivada, dentro de sua cabeça. As mãos frias sobre os olhos funcionaram como uma espécie de alívio temporário. Ficou assim até que notou em seu joelho a mão forte e pequena da doutora. Afastou as mãos para poder vê-la e encontrou firmeza em seu olhar; talvez esperança.

— Ele sofreu muito? Digo... um ferimento tão profundo parece... terrível. Como ele conseguiu dirigir depois?

— Foi só uma punção, um instante de dor intensa que provavelmente passou quase de imediato. Esse tipo de ferimento, embora quase sempre fatal, não é necessariamente muito doloroso. Uma de suas características é que o ferido não costuma notar a gravidade do que aconteceu até ser acometido de uma grande fraqueza devido à hemorragia interna, quando já é tarde demais. Ferimentos com instrumentos obtusos não são grandes como um corte aberto, e a postura natural do corpo tende a fechar a incisão.

A lesão externa é apenas um pouco maior que uma mordida de inseto. A dor inicial passa quando se retira o objeto que causou o ferimento, e resta apenas um incômodo tolerável. Há muitos casos documentados, porque é um tipo de lesão comum nos presídios, onde os presos fabricam armas afiando objetos cotidianos até conseguir uma ponta. Durante uma briga, alguém pode levar uma espetada e morrer horas depois, deitado em sua cela, sem ter imaginado a gravidade do ferimento. Não é raro que isso passe despercebido para a maioria, mas o tenente Nogueira viu o mesmo que eu, e tratou o assunto como uma investigação de homicídio, até que recebeu a mesma recomendação. Quando soubemos de sua existência, pensamos que talvez quisesse saber a verdade.

— E acha que o motivo pelo qual lhe "recomendaram" interromper a autópsia foi, no fundo, uma tentativa de impedir a investigação de algo que poderia ser um assassinato?

A doutora o olhou com desdém e ficou em silêncio alguns instantes antes de responder:

— Eu sinceramente não acredito nisso. De fato, de algum modo somos vítimas de uma atitude submissa diante do caciquismo que está enraizado em nossa sociedade e nossos costumes, mais do que gostaríamos de admitir. Uma espécie de *influência* pela qual aceitamos que algumas coisas devem continuar sendo como sempre foram. Acho que, assim como os filhos dos prefeitos nunca recebem as multas de trânsito, e que condutas de desobediência civil, que fariam qualquer um acabar preso, são toleradas em políticos ou líderes sociais, alguém reconheceu o sobrenome e agiu para eliminar qualquer suspeita que pudesse manchar o bom nome da família.

Espantado, Manuel perguntou:

— Mesmo que isso represente deixar um assassinato impune?

— Ninguém chegaria tão longe se a suspeita de assassinato fosse evidente, mas, como eu disse, foi difícil encontrar os sinais de violência. Álvaro estava com uma camisa preta, o corte era invisível no tecido e não havia sinais de hemorragia externa que delatassem o ferimento. A leve inflamação abdominal que me fez suspeitar de uma possível hemorragia interna era insignificante para um leigo. Não havia nenhum sinal que sugerisse uma briga ou tentativa de defesa, e ele havia saído da estrada em uma reta...

O tenente Nogueira também viu algo estranho, mas para alguém com menos experiência era simples: um motorista que dormiu ao volante. Ele cheirava levemente a álcool, e, nessas horas, é impossível evitar a suspeita de que houvesse bebido demais. Esse é o tipo de escândalo que se evita às famílias como a de seu marido neste país. Quando eu ia começar a autópsia, já circulava uma versão oficial que falava de acidente, e se há algo que eu sei é que poucas coisas são mais difíceis de deter que as engrenagens do sistema quando já estão em movimento.

— Só mais uma coisa: por que estão fazendo isso? Eu sei que é o correto, e tal, mas você mesma admite que isso poderia criar muitos problemas para vocês dois e, ainda assim...

Ela respondeu de imediato.

— Já sei que vai parecer um clichê dizer que é minha obrigação porque é meu trabalho, mas é a verdade. Toda vez que tenho uma vítima em cima de minha mesa, sinto que assumo um compromisso com ela, que se eu não o cumprir ninguém o cumprirá.

A doutora tinha razão, era bem convincente como clichê. Manuel assentiu, e pôde ver a expressão enojada de Nogueira, que estalou a língua com desagrado. Mas, se não era a obrigação contraída com a vítima, nem o cumprimento do dever, o que movia aquele sujeito? Manuel ainda não sabia, mas com certeza deveria ser uma razão poderosa o suficiente para fazer com que ele conseguisse engolir sua repugnância às classes sociais superiores, sua homofobia e essa espécie de indocilidade que o levava a questionar o estabelecido. Esperava que, além de poderosa, não fosse uma razão obscura.

— Só isso? — insistiu Manuel.

Ela assentiu.

— Há também o fato de que não gosto que ninguém interfira em meu trabalho nem desafie minha autoridade. Decidir se haverá uma autópsia ou não é, por um lado, uma questão de protocolo de atuação, mas, uma vez que está em minha mesa, é assunto meu. Não gosto que me manipulem — disse, olhando para Nogueira, que dessa vez assentiu diante de suas palavras.

Ofelia serviu outra rodada de café, que beberam quase em silêncio. Já haviam dito o que tinham que dizer, e a reunião estava começando a evidenciar o desconforto inevitável entre pessoas que não se conhecem e foram convocadas pelo destino ou pelas circunstâncias. Manuel apertou a mão da doutora, agradecendo mais uma vez sua colaboração, e foi na frente em direção ao carro, observado pelos cachorros que cochilavam na varanda, sonolentos sob o sol da tarde, e pareciam ter perdido todo o interesse que haviam demonstrado quando ele chegara. Na entrada da casa, Nogueira se despediu da mulher com um rápido beijo nos lábios e uma suave palmada no traseiro. Ela sorriu antes de fechar a porta. Manuel se perguntou se esses carinhos entre eles podiam ser uma das razões que haviam pesado na decisão da doutora... Deduziu que sim, pelo menos em parte; o que ainda não estava claro era o que movia o tenente. Mas algo o fazia pensar que não era nada de bom.

JARDIM SECRETO

Acordou muito cedo. A tevê estava ligada. Na noite anterior, depois de duas tentativas, ele havia se rendido à evidência de que não conseguiria dormir no silêncio alheio da pensão, que ativava em sua mente uma psicofonia de ecos de conversas vividas e inconclusivas, acompanhadas pelo pranto distante de um menino de seis anos que não parava de chorar. Havia baixado o volume até ficar tolerável e o som da tevê ficara de fundo, como um cordão umbilical que o ligava com o trivial, trazendo-o depressa de volta ao mundo caso a dor o espreitasse em um sonho. Nas últimas horas, o peso da sentença de Eastwood havia sido substituído por uma espécie de tarefa mental que havia proporcionado sentido a sua presença ali. Cinco horas de alívio e descanso traduzidas em um sono profundo e vazio do qual, felizmente, não guardava recordação alguma. Tomou banho e fez a barba; optou por vestir a última camisa limpa, que tinha uma aparência tão deplorável quanto a do dia anterior, mas que com o blazer lhe pareceu aceitável. Deu uma última olhada na lista que havia elaborado antes de se deitar, dobrando o papel junto com a fatura do telefone de Álvaro que o dono da pensão lhe permitira imprimir em seu equipamento. Ao guardá-los no bolso do blazer, notou a presença suave e murcha da gardênia que havia pegado em As Grileiras. Deixou a flor murcha no criado-mudo, e no último instante, antes de fechar a porta do quarto atrás de si, voltou e a colocou dentro da gaveta.

Viu o Audi de Griñán parado na entrada de As Grileiras. Ia parar seu carro bem atrás, mas o testamenteiro colocou o braço para fora da janela e lhe indicou que o seguisse para dentro. Estacionaram no caminho principal, paralelos à sebe que guardava a casa.

O homem desceu do veículo e se apressou para abrir a porta de Manuel. Tinha um sorriso de satisfação no rosto, e, embora não houvesse feito nenhum comentário quando, na noite anterior, Manuel lhe telefonara para comunicar que havia decidido ficar mais alguns dias e que desejava voltar até As Grileiras, Manuel quase notara o arco de seu sorriso do outro lado do aparelho, enquanto o testamenteiro se limitara a marcar a hora do encontro. Odiava ser previsível, mas, especialmente, odiava parecer sê-lo. Mesmo assim, nessa ocasião entendeu que as previsões de Griñán talvez lhe proporcionassem um pretexto para fazer o que tinha que fazer e acabar com tudo aquilo o quanto antes.

— Então, por fim decidiu ficar? — Seu tom demonstrava a satisfação do prognóstico cumprido.

— Não exatamente; mas a verdade é que sinto curiosidade pelo lugar onde Álvaro passou sua infância.

Griñán o fitava, e, para escapar de seu escrutínio, Manuel começou a caminhar em direção à vereda.

— Só isso?

— E gostaria de, talvez, ter a oportunidade de conhecer um pouco melhor sua família...

— Ah, receio que isso será mais difícil — lamentou o tabelião. — Santiago e Catarina viajaram hoje de manhã, e a senhora marquesa se encontra indisposta desde o funeral.

Manuel a evocou abandonando o cemitério apoiada no braço de sua nora, ereta, como se não precisasse disso, e caminhando para a casa sem se dignar sequer a lhe dirigir um olhar. Sua incredulidade devia estar evidente em sua expressão, porque Griñán se apressou a explicar:

— Ontem, quando você me disse que gostaria de vir até aqui para visitar a família, eu liguei para eles para avisar; espero que não me leve a mal. Fiz isso com a intenção de evitar um encontro casual, que poderia ter resultado agressivo para ambas as partes. O senhor marquês me pediu que lhe transmitisse seus cumprimentos e que justificasse sua ausência, uma vez que o compromisso de hoje estava agendado há muito tempo.

Então, o bondoso Griñán, com suas piscadinhas e lisonjas, já havia escolhido a que senhor servir. Não havia perdido tempo nem oportunidade de ser útil ao seu novo amo, que em apenas algumas horas havia passado de simplesmente Santiago a senhor marquês, e que oportunamente nesse dia não estava em casa. E o pior era que não tinha por que o censurar: quando falara com ele na noite anterior não pedira para ver a família; pedira para ver As Grileiras, e ali estavam.

Na lateral da casa destinada aos empregados, o caminho se abria para uma pracinha em forma de ferradura onde ficava o haras, resguardado sob um portal de pedra por onde se acessava o interior da estrebaria principal. Dois homens inspecionavam as patas traseiras de um lindo cavalo de pelo brilhante.

— É o veterinário — explicou Griñán. — O último cavalo que Santiago comprou só teve problemas desde o dia em que ele o trouxe.

— Uma compra ruim? — sugeriu Manuel.

Griñán inclinou a cabeça, a meio caminho entre a concessão e a dúvida, mas não respondeu.

— O homem que o acompanha é Damián, o vigia, que na verdade faz um pouco de tudo: cavalariço, jardineiro, pequenos consertos e manutenção. Ele é o responsável por fechar os acessos ao paço durante a noite e abrir novamente pela manhã, para que os empregados externos entrem. Vive aqui com Herminia, sua esposa, que é a governanta e cozinheira. Ela criou todos os meninos quando eram pequenos e continua dirigindo a casa.

— Quantas pessoas trabalham no paço?

— Bem, isso depende do momento. Os vigias que vivem na casa de empregados e Estela, que é a enfermeira da senhora marquesa; você a viu em um bom momento, mas ela padece de uma artrite terrível que às vezes a deixa prostrada durante semanas, e a enfermeira é forte o suficiente para carregá-la no colo. Seu quarto fica nas dependências da senhora marquesa, por razões óbvias. E há Sarita, que vem todos os dias e ajuda Herminia nas tarefas da casa; Vicente, que trabalha com Catarina nas gardênias, e Alfredo, uma espécie de capataz. Você provavelmente o viu ontem, no cemitério, porque ele também é o coveiro; mas ele cuida especialmente da contratação de empregados temporários para trabalhar na lavoura, manutenção do jardim, poda... Há também um homem que vem de vez em quando cuidar do pomar e um pastor que cuida das vacas. Em um dia normal, pode haver entre oito e dez pessoas fazendo diferentes tarefas. Aqui se colhem castanhas, batatas, maçãs, azeitonas. Esses paços foram concebidos para serem totalmente autônomos. Você viu que tem sua igreja e seu cemitério, como um pequeno povoado independente. As Grileiras contam com seus próprios poços de água, terra de cultivo, vacas, porcos e ovelhas em uma fazenda na aldeia, a uns dois quilômetros; também tem um moinho de água e até seu próprio tanque para fabricação de vinho.

Manuel percebeu o modo como os dois homens se erguiam e se detinham quando os viram se aproximar.

Griñán o apresentou pelo nome e não deu explicação alguma que justificasse sua presença ali.

Trocou um forte aperto de mão com o veterinário e um mais fraco e trêmulo com Damián, que tirou a boina inglesa que cobria sua cabeça e a apertou entre as mãos de dedos finos e secos como pequenos galhos. Manuel ainda sentia o olhar úmido do homem às suas costas enquanto se afastavam.

— Eles não parecem muito surpresos em ver você por aqui — observou Manuel.

— Tenho um contador que cuida dos pormenores do funcionamento do paço e das atividades diárias. Minhas competências como testamenteiro são mais gerais e não me obrigam a tanto, mas gosto de vir de vez em quando. Adoro este lugar.

Andaram em silêncio sobre a superfície de pedregulhos do caminho arborizado que ia até a igreja. Ao chegar à rotatória, Griñán se deteve, hesitou e apontou para o cemitério.

— Talvez queira... — disse, deixando a frase inacabada.

— Não — respondeu Manuel, evitando sequer olhar naquela direção.

Passaram diante da porta fechada da igreja. Griñán explicou:

— A porta permanece sempre fechada. É uma tradição da família que cada membro homem tenha uma chave, que recebe ao nascer. A chave de fato serve para abrir e fechar a porta do templo, mas na verdade é mais como uma espécie de joia curiosa que faz parte da tradição e que remonta aos tempos em que os membros desta família eram importantes benfeitores da Igreja. Descendem, por um de seus ramos, de um religioso que foi muito poderoso em sua época. Quando querem entrar na igreja, cada um deve usar sua chave. Quando um sacerdote oficia aqui, é sempre um homem da família quem se encarrega de abrir e fechar a igreja. Mas isso não impediu que recentemente, em um descuido, desaparecessem do altar alguns candelabros de prata antigos. Santiago revirou céus e terra até encontrar outros similares. Agora, só é aberta para ocasiões infelizmente tristes como... bem... — Deixou de novo a frase inacabada.

Na lateral direita do templo a trilha se inclinava, desenhando uma curva descendente e estreita que obrigou Griñán a ficar para trás, enquanto amaldiçoava seus sapatos inadequados para aquilo. Manuel aproveitou para se adiantar um pouco, apenas dois metros, a fim de se livrar da influência do tabelião, que havia se posto ao seu lado desde que chegaram ao paço e lhe provocava a sensação constante de estar sob custódia, como um preso sendo transferido ou um visitante em quem não se confia plenamente. Ouviu atrás de si a voz agitada pelo esforço de segui-lo:

— Esse lugar nem sempre teve o nome de As Grileiras. No século XVII era conhecido como paço Santa Clara, e se sabe que era propriedade de um rico abade, antepassado da família, que havia obtido os favores do rei. Ao morrer, deixou o lugar para seu único sobrinho, o marquês de Santo Tomé, que estabeleceu sua residência de inverno nela e a chamou de As Grileiras, coisa que imagino que deve ter feito o abade se revirar no túmulo; como já lhe disse, o nome provém do folclore.

Terminada a subida íngreme, Manuel descobriu com deleite um canteiro antigo, com seus sarcófagos de pedra dispostos em degraus para captar a maior quantidade possível de luz e calor do sol. A seguir, estendia-se uma planície onde alguém havia traçado um jardim de linhas retas onde restavam poucas rosas e começavam a reinar os crisântemos de flores enormes e estreladas que se abriam em pompons roxos, cor-de-rosa e violeta que, por estarem amarrados em feixes que os mantinham erguidos e apertados entre si, não tinham brilho algum. Sem esperar o testamenteiro, Manuel optou por seguir um caminho de terra onde, como um túnel, a vegetação havia formado um teto, conferindo-lhe um caráter entre lendário e uterino, que desembocou em um pequeno bosque ainda dominado pelo homem. Tinha forma quase circular em torno de uma piscina redonda na qual mal se distinguia a água entre as folhas de nenúfares que cobriam quase completamente a superfície.

Os pedregulhos que configuravam o caminho e as trilhas entre os cortes perfeitos do jardim de crisântemos diluíam-se em uma manta arenosa e compacta que amortecia o rumor dos passos e se mostrava úmida nos lugares onde a vegetação se abria o suficiente para deixar a chuva passar. As trepadeiras que forravam o chão ameaçavam invadir o caminho, em um calculado descuido que lhe pareceu encantador.

Manuel inconscientemente diminuiu o passo, quase parando para escutar o murmúrio do vento enquanto erguia a vista para buscar com o olhar o final das altas copas dos eucaliptos, que, alternando com figueiras, castanheiras, carvalhos e samambaias arborescentes a uma altura mais baixa, conseguiam transformar o céu em uma presença que se adivinhava, mas que mal se podia ver. O terreno continuava descendo, e em vários lugares viu degraus de pedra escurecidos pela umidade e invadidos pelo líquen, que adentravam paragens sombrias e promissoras. As fontes surgiam de canos de ferro antigos que assomavam entre as faces inchadas de anjinhos ou da boca de gárgulas de olhos cegos. Seguindo um impulso, ele subiu por um daqueles trechos estreitos e percorreu a trilha sombria que cheirava a terra e traçava uma curva que o impedia de ver o que havia além. A trilha terminava no lugar onde o céu se abria um pouco, o suficiente para jogar sua luz de setembro sobre uma lagoa de face quieta e verde onde a pele lisa dos milhares de pequenos brotinhos que assomavam da água captava a luz, prateando a superfície. As árvores antigas e cansadas haviam cedido em suas raízes, inclinando-se aqui e ali sobre o perímetro da represa. Em alguns lugares, os galhos quase chegavam a tocar a água. Manuel caminhou com dificuldade entre as enormes raízes que escapavam do chão, desnivelando os velhos bancos de pedra que no passado contornavam a lagoa e que agora pareciam túmulos retorcidos e abandonados. Comovido pela beleza daquele lugar, ele se voltou buscando o testamenteiro, que mal conseguia segui-lo.

— Este lugar é... incrível.

— Um jardim atlântico de inspiração inglesa. Pelo menos uma dúzia de paisagistas de todos os tempos contribuíram, cada um em sua época, para torná-lo cada vez mais belo. — Arfando, ele observou com desgosto o banco coberto de líquen e por fim se deixou cair nele. — E pensar que minha mulher se preocupa com seu coração... melhor seria ela se preocupar com o meu.

Manuel nem sequer se voltou para olhá-lo; dominado pela potência silenciosa do jardim, ele olhava fascinado para todos os lados. Como era possível que um lugar assim existisse dentro de uma casa? Que fosse o jardim de alguém? Surpreendeu-se pensando na sorte de Álvaro por ter passado sua infância ali, e, sem querer, a recordação da infância suspeita de seu marido trouxe de volta a sua própria.

O silêncio da casa da velha tia de sua mãe que os havia acolhido quando um acidente de trânsito acabara com a vida de seus pais. As manias da velha, que mal tolerava a presença das crianças em casa. O cheiro das verduras cozidas, que, com os anos, parecia ter penetrado as paredes dos aposentos e passado a fazer parte delas. As conversas sussurradas na varanda do apartamento, que era o único lugar onde sua irmã e ele podiam conversar, e o pôr do sol do verão em Madri, que era pouco mais que uma luz avermelhada refletida no edifício da frente e que, para eles, parecia lindo.

Uma figueira centenária dominava o plano frontal da lagoa; suas folhas de dois tons brilhavam formando uma cascata peculiar, e as raízes venosas e vivas lhe conferiam um aspecto majestoso e móvel, como se obedecesse a seus desejos, e não à mão do homem que ali se encontrasse, e pudesse abandonar aquele lugar, se assim quisesse.

Atraído pela imponência da árvore, ele avançou até poder tocar sua casca, que era fina e quente como a pele de um animal. Voltou-se de novo para Griñán, provavelmente sem o ver, e sorriu, tomando consciência de que era a primeira vez que o fazia em dias. Olhou para a trilha que continuava e que permitia vislumbrar um moinho de água, e dirigiu-se para lá, quase reprimindo o desejo de correr. Desceu uma escada guardada por dois leões de arenito que o desgaste do tempo havia arredondado como os desenhos de uma criança pequena, e contornou o edifício de barro antigo guiado pela água que enfraquecia ao passar pela roda. As samambaias cresciam na escada, que formava balsas comunicantes que desciam a ladeira pela qual a vegetação ia se tornando mais e mais abundante. Cada curva do caminho se abria para outros, que, como em um labirinto, o faziam voltar sobre seus passos somente para descobrir novos cantos, novas fontes, outras passagens... Ele sorria encantado, admirando a cada passo a desordem precisa com que o jardim havia sido concebido, a beleza serena e caótica, a domesticação silvestre da floresta. Pensou em como sua infância teria sido feliz em um lugar assim... E, de súbito, os recantos e voltas deixaram de ser presente para passar a ser seus. Tocou a água que brotava da ânfora de um anjo e quase pôde ouvir, misturado com o rumor da fonte, o riso de sua irmã, que salpicava gotas geladas que caíam nele como cristaizinhos brilhantes perdidos de um colar. Imaginou as brincadeiras, as corridas, os gritos, os esconderijos e as emboscadas a que a paisagem se prestava. Continuou avançando, virando em cada curva do caminho, certo de que se o fizesse um décimo de segundo mais rápido seria capaz de vê-la fugir entre as samambaias, morrendo de rir, com a franja colada na testa suada. Fechou os olhos para reter a imagem e o som de seu riso, que chegava tão claro, como se ela estivesse ao seu lado. Continuou caminhando sem parar de sorrir, colecionando as pegadas de sua irmã, as suas próprias e a marca que teriam deixado no ar ao brincar ali. Desejou ter tido essa infância, mas sem culpa, sem amargura nem rancor; foi mais melancolia, saudade de algo que não havia sido e que já não poderia ser, embora fosse tão lindo...

Descobriu que seus passos o haviam levado de volta à fonte dos nenúfares. Sentou-se para esperar Griñán enquanto pensava que era a primeira vez desde que sua irmã havia morrido que conseguia pensar nela sem dor; que era capaz de recordá-la em uma infância feliz, mesmo que tivesse que ser imaginária, e, então, concluiu que, afinal de contas, fé era isso. E desejou de todo o coração que houvesse um céu para ela, para os dois, e que fosse aquele jardim, um paraíso onde um dia pudessem se encontrar para brincar, sem preocupações, em um pedaço selvagem do Éden.

Ouviu Griñán antes de vê-lo. Chegava arfando pelo caminho; havia tirado o paletó e o levava cuidadosamente dobrado no braço.

— Está tudo bem? Achei que tivesse se perdido.

— Precisava ficar sozinho, mas estou bem — respondeu Manuel, percebendo a veracidade de suas palavras conforme as dizia.

Griñán fez um gesto indicando que compreendia e murmurou algo ininteligível.

Manuel abriu espaço no banco para permitir que o testamenteiro se sentasse ao seu lado. Compassivo, esperou dois minutos até o homem recuperar o fôlego, e se levantou de novo.

— À esquerda — indicou o testamenteiro, decidido a não deixar que Manuel o despistasse de novo. — Em direção à estufa.

Dúzias de robustas arvorezinhas de diversos tamanhos cercavam a construção. Plaquinhas presas aos galhos ou cravadas ao pé dos arbustos com estacas afiadas indicavam a espécie, idade e variedade de cada planta. Em algumas se viam flores em diferentes estágios, desde os grossos e apertados botões, como pequenas bolotas verdes, até as perfeitas gardênias de pétalas pálidas abertas até quase virar do avesso. Por alguma razão que ele julgara ser a influência que a inspiração britânica do jardim havia exercido em sua mente, Manuel havia esperado uma estufa de madeira, com arcos ovais, ou até mesmo uma construção pentagonal. A edificação, que se apoiava na encosta da colina em um dos lados, era de pedra galega, cinza, com seus característicos veios brilhantes mais escuros em algumas partes. As molduras que seguravam os vidros eram brancas, e o telhado de duas águas também era de vidro. Era impossível ver o interior: os vidros estavam salpicados de barro e pó até a altura de um homem.

— O velho marquês mandou construir essa estufa para Catarina como presente de casamento, quando Santiago e ela se casaram e vieram morar no paço. Ele a ouvira dizer que sentiria falta da estufa que tinha na casa de seus pais e construiu esta, dez vezes maior e mais moderna. A irrigação vem do teto, aquecimento por jatos de ar, equipamento de som. Ele era assim, fazia tudo em grande estilo.

Manuel não respondeu. Desperdícios faraônicos não o impressionavam; era frequente que gente rica em posição de poder tendesse a ser esbanjadora, estava farto de ver isso; mesmo assim, tinha que reconhecer que o jardim do paço denotava intuição para a beleza; o governo sereno do ambiente mostrava uma paciência extraordinária; a vigiada anarquia com que a floresta crescia, controladamente indomável, talvez também revelasse o espírito do homem que a havia mandado fazer.

Griñán empurrou a porta, que não estava fechada. Um sino tilintou sobre sua cabeça, e do interior ouviram as notas de uma canção que soava com grande qualidade.

— Imagino que Vicente esteja trabalhando — disse Griñán como explicação.

Misturado com a música chegou o aroma intenso, quase nauseante, das centenas de flores que abriam suas pétalas, forçadas pela atmosfera quente recriada ali dentro. Cinco fileiras de mesas de trabalho estendiam-se desde a entrada, contendo centenas de vasos. Embora houvesse flores de outras espécies, algumas das quais Manuel reconheceu, mas não conseguiu recordar o nome, havia especialmente gardênias em todas as etapas de crescimento imagináveis, desde pequenos brotos com o torrão embrulhado em juta até arvorezinhas tão grandes quanto as do lado de fora.

Um homem jovem e bastante alto vinha pelo corredor central. Ele levava nas mãos algo que parecia um saquinho de terra, que abandonou no caminho ao vê-los. Então, ele tirou as luvas e estendeu uma mão forte enquanto dizia:

— Olá. Imagino que vieram falar com Catarina. Infelizmente ela não está aqui hoje, mas se eu puder ajudar em alguma coisa...

— Só estamos dando uma volta para que Manuel conheça o paço.

Vicente pareceu surpreso, mas disfarçou logo.

— Já foram à lagoa? É um lugar extraordinário...

— O jardim todo é extraordinário — respondeu Manuel.

— Sim... — disse o homem vagamente, enquanto seu olhar se perdia no fundo da estufa. — É uma pena que Catarina não esteja, tenho certeza de que ela ia adorar mostrar o que fazemos para você. Nos últimos dois anos conseguimos progressos notáveis no campo da botânica — avançou, convidando-os a segui-lo com um gesto. — Catarina tem uma mão extraordinária para gardênias; apesar de não ter estudado botânica, possui a estranha habilidade de saber o que a planta necessita a cada momento. No último ano, ela foi reconhecida em publicações importantes como uma grande criadora: a revista especializada *Life Gardens* a qualificou como a melhor produtora de gardênias do mundo — disse ele, apontando para uma planta de apenas meio metro lotada de flores tão grandes quanto mãos abertas. — Obtivemos resultados importantes não só no tamanho e na duração da floração como também no aroma. Dois laboratórios perfumistas de Paris se interessaram por nossas flores para suas criações.

Manuel o escutava fingindo interesse, mas, mais que o que dizia, o que lhe chamava a atenção eram seus gestos, o modo como sua linguagem corporal mudara quando começara a falar de Catarina. Deixou que se adiantasse, e constatou que seus passos deselegantes devido à altura se encurtavam e causavam a sensação de que estava deslizando entre as mesas. O homem estendia as pontas dos dedos e os passava sobre as folhas duras e brilhantes das plantas; quase acariciara as gardênias enquanto falava da destreza de Catarina, e Manuel o vira limpar uma mancha esbranquiçada de cal de uma folha passando a ponta do dedo suavemente sobre ela. Havia admiração em sua voz.

Manuel não compartilhava a fascinação do homem pelo crescimento ou a resistência às pragas, mas era verdade que a beleza irreal, masculina e dura daquelas estranhas flores conseguia capturar seu olhar e tornava quase irresistível o desejo de tocá-las, de acariciar suas pétalas foscas e toda a fragilidade de sua existência.

Veio à sua memória o toque de cera da flor que ele quase enterrara com Álvaro e que acabara carregando o dia todo no bolso. Havia algo de viciante na morna textura daquela espécie de derme leitosa que convidava a tocá-la e a sentir sua entidade efêmera, como a pele humana. Inconscientemente, ergueu as mãos e acariciou as pétalas abertas, sentindo sua suavidade entre os dedos. Inclinou-se cerimonioso e aspirou o aroma, que como por um feitiço o transportou ao túmulo de Álvaro, ao momento em que segurou a flor – que era uma despedida – sobre a sepultura aberta; ao momento em que olhou para o caixão no qual enterrava seu coração. Tudo ficou borrado; abriu os olhos e mal conseguiu discernir as vagas formas da estufa. Como se uma irresistível força centrífuga o dominasse, seu corpo cambaleou dois passos antes de cair ao chão. Não chegou a desmaiar. Percebeu movimentos apressados dos homens que vinham na sua direção e notou uma mão fria na testa. Abriu os olhos.

— É por causa do calor e da umidade — explicava Vicente. — Não é a primeira pessoa que passa por isso. Aqui dentro há pelo menos doze graus de diferença em relação ao exterior, e a umidade dificulta um pouco a respiração para quem tem problemas de pressão; e mais o perfume das flores...

Exausto e envergonhado, Manuel deixou que o ajudassem a se levantar enquanto sacudia de sua roupa maltrapilha a areia do chão e pensava na deplorável aparência que devia apresentar.

— Tomou café da manhã? — interrogou Griñán.

— Só um café.

— Um café — repetiu o testamenteiro, balançando a cabeça como se constatasse o ridículo da resposta. — Vamos até a cozinha e Herminia poderá preparar algo para você comer — disse, empurrando-o para a saída sem soltar-lhe o braço.

A fachada do paço se abria em dois arcos simétricos. Um era a entrada principal; o outro, que supôs ter sido o antigo acesso ao pátio das carroças, agora permanecia fechado. Ao seu lado, um gato gordo e preto guardava uma porta cortada ao meio na horizontal com a parte de cima aberta, por onde saíam aromas de comida que o levaram a reconhecer que talvez Griñán tivesse razão.

Duas mulheres, uma idosa e outra jovem, movimentavam-se diante dos fogões da cozinha moderna, onde, no entanto, reinava um fogão a lenha.

— Bom dia — gritou Griñán de fora, chamando a atenção das mulheres, que se voltaram em expectativa. — Herminia, veja se tem algo por aí para dar a este homem, que está meio desfalecido.

Enxugando as mãos no avental, a mulher foi até a porta. Abriu a parte inferior e ficou ali parada, observando fixamente Manuel e sorrindo. Ele se lembrava dela do funeral; chorava desconsolada com as outras mulheres. Depois de alguns segundos ela se inclinou para a frente e, tomando-o pela mão, conduziu-o para dentro do aposento quente, sem dar a mínima atenção ao tabelião. Dirigindo-se a Manuel e à garota alternadamente, guiou-o até a ampla mesa de madeira.

— Ai, meu filho, não pode imaginar quanto pensei em você estes dias, o que deve estar passando! Sarita, limpe a mesa e sirva um copo de vinho para Manuel. E você, venha se sentar aqui e me dê seu paletó — disse, pendurando-o no encosto da cadeira — e deixe que Herminia cuide de você. Sarita, corte um pedaço de empanada de milho.

Espantado, ele se deixou levar pela mulher enquanto percebia às suas costas a presença jocosa de Griñán, que disse:

— Herminia, vou ficar com ciúme; toda a atenção para Manuel e nada para mim.

— Não ouça o que ele diz — respondeu ela, ignorando-o e dirigindo-se a Manuel. — É tão adulador como esse gato gordo, e, também como o gato, quando me descuido ele está na cozinha comendo tudo que encontra. Sarita, sirva também um pedaço de empanada para Dom Griñán.

Sarita pôs na mesa uma empanada tão grande como uma bandeja e começou a partir os pedaços, sob o olhar atento de Herminia.

— Maiores, mulher! — disse, arrebatando-lhe a faca da mão, partindo dois pedaços e dispondo-os em grossos pratos de louça branca diante dos homens.

Manuel experimentou. A cebola servia como cama para a carne aromática e macia, e a massa de milho lhe dava um aroma novo e a consistência adequada para comer com a mão.

— Gostou? Coma, coma mais — disse a mulher, pondo outro pedaço em seu prato.

Mudando o tom e baixando a voz, dirigiu-se a Griñán:

— Sarita tem um recado para o senhor. Sarita, o que você tem a dizer a Dom Griñán?

— A senhora marquesa pediu para avisar assim que você chegasse que ela quer ver você — disse a garota, timidamente.

O testamenteiro se aprumou na cadeira e dedicou um olhar lastimoso à massa amarela ainda quente e ao recheio de cebola e carne que assomava.

— Primeiro as obrigações — disse, levantando-se. — Guarde um pedaço para mim, Herminia, não deixe que o gato coma tudo — acrescentou, e se dirigiu a uma porta interna que dava para a escada.

Ao abri-la, o pequeno Samuel entrou correndo, seguido de sua mãe, e foi se enroscar nas pernas de Herminia.

— Vejam quem está aqui! — exclamou a mulher ao vê-lo. — É o rei de minha casa! — disse, tentando erguê-lo.

Mas o menino havia notado a presença de Manuel e ficou envergonhado; e correu para se esconder atrás de Elisa, que sorria sem esconder seu orgulho maternal.

— Mamãe... — resmungou o menino, manhoso.

— Que foi, não sabe quem é? — censurou ela, com carinho.

— Sim, tio Manuel — respondeu o menino.

— E você não vai cumprimentar seu tio? — insistiu Elisa.

— Olá, tio — disse o menino, e sorriu.

— Olá, Samuel — respondeu Manuel, espantado pela inocência do menino e pelo peso do vínculo que aquela única palavra continha.

O menino correu até a porta.

— Hoje ele está cheio de energia, vamos ver se gastamos um pouco — disse ela em despedida, enquanto saía apressada atrás dele.

Herminia os viu sair e se dirigiu a Manuel.

— Elisa é uma boa garota e uma mãe exemplar; era namorada de Fran, o irmão mais novo de Álvaro. Ele morreu quando ela estava grávida.

Manuel recordou que Griñán havia comentado isso: uma overdose.

— Ele não chegou a conhecer o filho — prosseguiu Herminia. — Desde então, Elisa vive aqui, e o que posso dizer de Samuel? — disse sorrindo — Como viu, é um sol pequenininho. Conseguiu trazer um pouco de alegria a esta casa, o que faz muita falta.

Seu rosto se entristeceu com as últimas palavras.

Sarita, atrás dela, suspirou e pousou a mão em seu ombro. A mulher a cobriu depressa com a sua enquanto inclinava a cabeça em um gesto de gratidão e carinho.

Griñán voltou muito sério. Não provou a empanada, mal molhou os lábios com o vinho. Consultou seu celular.

— Lamento, Manuel, mas surgiu um imprevisto no escritório e preciso voltar a Lugo.

A mentira em sua voz era tão evidente que as duas mulheres baixaram os olhos e começaram a fazer qualquer coisa para evitar olhar para Manuel.

— Não se preocupe, eu também tenho coisas a fazer — mentiu Manuel.

Levantou-se, pegando o blazer da cadeira, e, antes que pudesse se despedir, Herminia o abraçou, obrigando-o a se inclinar sobre ela e segurando-o, até que, constrangido com aquela excessiva demonstração de afeto e certo de que ela jamais o soltaria, ele mesmo fingiu um abraço.

— Volte mais vezes — a mulher sussurrou em seu ouvido.

Ele pôs o paletó e alcançou o testamenteiro, que havia parado no caminho para esperá-lo.

— Tio!

Manuel ouviu a voz aguda do menino atrás de si. Ao voltar-se, observou que ele se aproximava correndo, daquela maneira desajeitada das crianças pequenas, que parece que a qualquer momento vão se precipitar ao chão; faces vermelhas devido ao frescor da manhã e os braços abertos em um pedido irresistível que o fez sorrir e abrir os seus para recebê-lo. Ergueu-o do chão, comovido pela atenção do menino. Sentiu seu corpo firme e ingovernável como um grande peixe apertado contra seu peito; seus bracinhos como pequenos brotos de gavinha se cingiram a seu pescoço com força e ele lhe deu um beijo que deixou em sua face a impressão úmida e fria de sua boca. Manuel o segurou, espantado, sem saber muito bem o que fazer enquanto esperava Elisa, que chegava correndo atrás dos passos de seu filho.

— Achei que estava em forma — brincou ela, arfando, e abriu os braços para receber a criança, que correu para ela. — Volte para nos ver, nós dois gostaríamos disso...

Ele assentiu antes de se juntar ao testamenteiro, que o acompanhou em silêncio até o local onde haviam estacionado. Ao chegar ao carro, Manuel voltou o olhar e viu que mãe e filho continuavam ali, parados. Acenou com a mão antes de entrar no veículo, e eles retribuíram o cumprimento.

OS TRABALHOS DO HERÓI

Parece que eles estavam lhe esperando. Assim que se identificou como parente de Álvaro Muñiz de Dávila, para recolher seus pertences, fizeram-no entrar na sala do capitão. Ao entrar, reparou que havia um exemplar de um de seus livros anteriores em cima da mesa. Disfarçou a surpresa e estreitou a mão do capitão, que, depois de lhe dar os pêsames de novo, pôs diante dele uma caixa de papelão, que abriu e passou a enumerar os objetos de uma lista que foi lendo.

— Carteira, oitenta euros em espécie, dois jogos de chaves, documentação, dois celulares e a mochila que contém a roupa, cinto e sapatos que foram retirados no hospital depois do... — pigarreou, constrangido —, no momento de sua chegada.

— Dois celulares? — perguntou Manuel, surpreso.

— Não está correto? — estranhou o capitão.

— Suponho que sim — admitiu Manuel, concordando que, afinal de contas, Nogueira tinha razão; e por que não? Dois jogos de chaves, dois celulares, duas vidas...

— Sinto muito, mas a aliança não apareceu — lamentou o guarda.

Manuel assentiu, sem saber o que dizer, e se levantou.

— Precisarei também das chaves do carro.

— Sim. Terá que assinar este documento. Faz parte da rotina, para atestar o que estamos te entregando — disse, estendendo-lhe uma caneta e virando a posição do impresso para Manuel.

Manuel rabiscou uma assinatura e o capitão lhe estendeu as chaves; mas não chegou a entregá-las. Reteve-as mais um instante enquanto dizia:

— Senhor Ortigosa, poderia autografar para minha mulher? — e apontou para o livro, visivelmente nervoso, em contraste com a segurança com que havia se portado até aquele instante.

Manuel olhou a capa; lembrou que a escolhera junto com Álvaro entre as duas opções que a editora propusera. Eram dias em que cada capa, cada tradução em outro país ainda constituíam uma novidade maravilhosa que celebravam com uma garrafa de cava. O rosário de desculpas do capitão o resgatou de suas recordações.

— Eu sei que não é o momento mais oportuno, e talvez... se não quiser... eu não deveria ter pedido.

— Claro que sim — disse, guardando as chaves e pegando o livro. — Como se chama sua mulher?

Colocou a caixa no porta-malas do carro. À noite a entregaria a Nogueira para que a doutora pudesse examinar a roupa; mas, antes, guardou os dois telefones no bolso do blazer. Procurou o carro de Álvaro no estacionamento. Estava estacionado nos fundos, entre duas viaturas, e ao observá-lo de longe não se diria que havia sofrido um acidente. Não ia levá-lo; para isso, teria que deixar seu próprio carro, e, na verdade, não havia pensado nisso. Aproximou-se e, posicionando as mãos como uma viseira, olhou dentro. O interior estava limpo e arrumado; apenas umas gotinhas de sangue seco manchavam o banco e o volante. Acionou o controle e o abriu.

E ele estava ali. Sentiu sua presença como se Álvaro estivesse sentado ao seu lado; o aroma de sua pele, a marca de sua existência, sua essência... A sensação fora muito física e real como se seu espectro precedesse sua chegada ou houvesse acabado de sair dali. Abalado pela surpresa de encontrá-lo, Manuel retrocedeu subitamente, tonto pelo perfume que inundava suas fossas nasais; sentiu seu coração acelerar pela impressão, e seus olhos se encheram de lágrimas enquanto seus joelhos se dobravam, incapazes de sustentar seu peso. Retrocedeu, apoiando-se no veículo ao lado e deixando que suas costas escorregassem, encostadas na carroceria da patrulha verde. Arfou, assustado pela força da presença ligada à fragrância que parecia ter ficado presa no cubículo como um perfume aprisionado em uma ampola de cristal fino que houvesse explodido de súbito. Fechou os olhos para se concentrar em captar até a última nota do aroma que se diluía depressa misturado com os vulgares eflúvios que procediam do resto do mundo e que lhe roubavam o milagre de tê-lo mais um instante. Impotente, balançou a cabeça enquanto mentalmente o amaldiçoava por todo o sofrimento, por fazer aquilo com ele. Em uma derradeira tentativa de retê-lo, de impedir que o pouco que restava dele se perdesse para sempre, Manuel fechou a porta do carro e ficou assim, órfão de seu aroma, rasgado de sua ausência e com o rosto marcado de lágrimas de pura raiva. Então, percebeu a presença de um jovem guarda que o observava preocupado e indeciso, sem se atrever a se aproximar.

— O senhor está bem? — perguntou, em tom formal.

Manuel o olhou e quase riu. Estava sentado no chão, apoiado em uma patrulha da Guarda Civil, chorando desesperado, e o rapaz perguntava se ele estava bem.

Sim, bem pra caralho, pensou.

Apalpou os bolsos, procurando um lenço que sabia que não tinha, e notou a presença ominosa do outro telefone, da outra vida. Aquele simples contato foi suficiente para exorcizar a imagem de Álvaro, deixando apenas a recordação daquele estranho que ele julgara conhecer e interrompendo o fluxo de seu pranto seco como por um passe de mágica, pelo peso de uma suspeita tão vergonhosa que era suficiente para impedi-lo de chorar. Dirigiu outro olhar à porta do carro e acionou o fechamento automático enquanto se levantava, sacudia a roupa e respondia:

— Sim, não se preocupe. Estou bem, só fiquei um pouco tonto.

O jovem não disse nada, mas assentiu apertando os lábios, compreensivo.

Permaneceu imóvel atrás do volante de seu carro, cansado demais para dirigir, confuso demais para decidir. Segurava na mão um iPhone último modelo que jamais havia visto e o observava cheio de apreensão; preto e brilhante como um escaravelho que, apesar de repulsivo, guardava dentro de si um segredo vital para a humanidade. Ligou-o, e a tela inicial mostrou que a bateria estava quase acabando. Com seu próprio carregador ligou-o ao adaptador do carro, e de seu telefone ligou para Mei.

— Manuel...

— Mei, Álvaro tinha um celular empresarial, um telefone diferente do habitual.

A falta de resposta de Mei provocou a indignação de Manuel.

— Pelo amor de Deus, Mei, não estou perguntando para você. Estou com o celular na minha mão. Álvaro está morto, não faz sentido que você continue encobrindo seus atos.

— Desculpe, Manuel, não é isso; é que ainda não consigo aceitar... Sim, ele tinha outro celular.

— Suponho que as faturas iam para o escritório, porque eu não sabia de sua existência.

— Sim, chegam aqui, debitadas na conta da empresa.

— Bem, preciso das faturas detalhadas desse telefone.

— Se está com o telefone, pode entrar no aplicativo de consumo e ver você mesmo; mas se você prefere que eu envie as faturas não tem problema, basta me passar o endereço.

— Estou em uma pousada, mando o endereço por WhatsApp quando desligar. Vou precisar também da agenda dele, com as reuniões e as viagens.

— Está tudo no iPhone, mas mandarei a física também.

Ele ligou a tela e foi percorrendo os ícones, até que encontrou a agenda. O calendário estava cheio de notas e cores que indicavam prazos de entrega, trabalhos, reuniões, uma confusão de dados e datas entre os quais não encontrou o elemento esclarecedor que esperava.

— Preciso que me ajude, Mei. Como encontro um dado específico entre todos?

— Não sei... o que está procurando?

— As viagens até a Galícia. O testamenteiro disse que ele vinha regularmente, têm que estar na agenda.

— A cada dois meses — respondeu ela, amedrontada, pressentindo a fúria dele.

Manuel gostava de Mei e sabia que ela gostava dele e que adorava Álvaro. Vencido o primeiro momento de estupor e fúria, podia se colocar no lugar dela e admitir que ele também teria feito qualquer coisa que Álvaro lhe pedisse, e que certamente ela estava péssima. Mas ainda estava irritado demais para admitir que podia perdoá-la. Com voz neutra, respondeu:

— Não vejo nada na agenda indicando isso.

— São as reuniões com a *The Hero's Works*...

A *The Hero's Works* era um dos principais clientes da agência; ele não lembrava o que faziam especificamente, algo químico, talvez; mas o nome era tão chocante que havia ficado gravado em sua mente. Nos últimos anos, as reuniões periódicas com a *The Hero's Works* fizeram parte da agenda de Álvaro, dois ou três dias a cada dois meses.

— Ele aproveitava as reuniões com a empresa para vir para cá?

— Manuel, a *The Hero's Works* era de Álvaro.

— Quer dizer...

— Essa empresa era dele.

A humilhação ardia em seu rosto. A vergonha fazia com que as lágrimas destinadas a chorar por ele fervessem e evaporassem. Controlando-se com dificuldade, sussurrou:

— A cada dois meses, durante três anos...

Antes de desligar, perguntou:

— O que a *The Hero's Works* faz, Mei?

— É a matriz de uma empresa, tem outras associadas, mas fundamentalmente elabora e exporta vinho.

A estreiteza da banheira mal lhe deixava espaço para se mexer; a cortina de plástico grosso ressecado e rachado tinha um festão de mofo que percorria a parte inferior como uma bainha imunda. Vencendo a repugnância, conseguiu colá-la nas paredes da banheira com água, decidido a controlar a inércia que a arrastava contra seu corpo. Do chuveiro brotava um jato grosso e forte que o obrigava a se contorcer para conseguir se molhar inteiro. Era quase doloroso quando batia na cabeça, mesmo assim abriu-o todo, fechou os olhos e deixou que a água quente escorresse por seus membros esgotados, socando seus ombros como punhos invisíveis, mas reconfortantes. Sentia suas costas doerem, assim como suas mãos e pernas. Sentia um fogo constante ardendo atrás dos olhos e nos rins. Sentia-se quase doente e sabia que a razão que o segurava, o pequeno e feroz alicerce que o sustentava, era a ira. Conseguia senti-la fervendo dentro de si a fogo lento, destilando-se, amarga, por um alambique de vidro frágil que a condensava em gotas de puro veneno que lutavam para se transformar no único alimento para sua alma.

A ira era necessária, precisava dela para não fugir, para não ceder ao impulso de entrar no carro e fugir daquele lugar, das mentiras, da dor e do estúpido compromisso adquirido com aquele guarda civil que desprezava sua existência e detestava tudo que ele representava.

O resto do quarto era aceitável. As toalhas e os lençóis estavam limpos; os móveis eram poucos e antiquados, e o piso de madeira rangia em alguns lugares. Em uma das paredes via-se uma porta fechada com um trinco, que certamente dava para o quarto contíguo e que justificava o tamanho da cama de solteiro que detestava. O colchão, mole demais, deixava entrever as molas do estrado de metal; mas o que o fazia detestar aquela cama mais do que tudo era o modo como ela o recordava do leito de insônias e desesperança que ocupava na casa de sua tia quando era criança. Agora, estava coberta das sacolas das compras que havia feito antes de ir à delegacia. Duas jaquetas, três calças, meia dúzia de camisas, meias e cuecas. Escolheu o que ia vestir, colocou o resto no armário e deixou em cima da mesa o livro que havia comprado na livraria do mesmo centro comercial. Era um firme defensor das livrarias tradicionais, mas não tinha tempo nem vontade de se arriscar a ser reconhecido por um livreiro, de modo que optou pelo amável sorriso de um rapaz que teria mais facilidade em reconhecer um *youtuber* do que um escritor. Desencantado, havia percorrido as estantes pensando que estava confuso demais para um romance ou um ensaio, e com pressa se decidira por um livro que se surpreendera ao encontrar ali, que já havia lido e que, como quando estava mergulhado na escrita, lhe pareceu boa ideia reler. Uma edição reduzida de contos de Poe que incluía "O coração delator", "O gato preto" e "O corvo".

Havia comprado algo mais. De modo automático, colocara tudo em cima da mesa escura, o lugar mais lógico. Evitara olhar para lá enquanto arrumava a roupa e decidia o que vestir... Dois pacotes de papel sulfite e um de canetas. Esse havia sido o título de um de seus primeiros artigos e o único que havia escrito sobre criação literária. Poucos meses depois de publicar seu primeiro romance e quando as vendas já rondavam meio milhão de exemplares, uma famosa revista literária conseguira convencê-lo a falar de seu método, de seu laboratório de alquimista, de como conseguia a magia. Dois pacotes de papel sulfite e um de canetas, assim havia resumido tudo que um escritor necessitava para criar um livro. Dissera isso porque era no que acreditava, porque ele mesmo havia experimentado isso. Sabia que escrever surge da necessidade humana, da penúria da alma, de uma fome e um frio internos que só se acalmam – temporariamente – escrevendo. As críticas de seus colegas de profissão haviam sido descarnadas. Como se atrevia um recém-chegado, o burrinho que tocava flauta por acaso, a dar conselhos?

O número de exemplares vendidos não era, por acaso, a prova irrefutável de que não era mais que um compositor de pastiches vendáveis?

Muitos livros e entrevistas depois, ele havia enfeitado seu relato com paredes forradas de livros, uma mesa de vidro, luz desviada da porta-balcão, orquídeas brancas e silêncio. Havia ao redor do ofício uma espécie de auréola de característica artificiosa repugnante que levara a louvar as mais miseráveis vilezas como métodos criativos; o alcoolismo e as drogas, a violência ou a experimentação de todo tipo de depravação como filões para a criatividade. Ele acreditava no poder do desamparo, na inspiração do infortúnio, no orgulho do desprezado, no incentivo dos desaires e na ressurreição dos esquecidos como armas poderosas, como fontes internas de onde beber, mas acreditava também que só eram valiosas enquanto fossem secretas, rios subterrâneos de águas frescas ou de lava candente que arrasavam o autor por dentro. Por isso, mostrá-las era tão obsceno quanto fingir que um escritório luminoso, um equipamento de informática ou um doutorado em filologia pudessem, por si sós, fazer de qualquer pessoa um escritor. Era verdade que ele sempre havia ocupado o melhor cômodo da casa, com seu computador e seus papéis, como um sultão; que tinha uma linda mesa, excelente luz e quase sempre orquídeas; que a presença silenciosa de Álvaro lendo enquanto ele escrevia havia se transformado no talismã, no ideal de perfeição e felicidade que às vezes o distraía, roubando-lhe a inspiração quando levantava o olhar e observava o cenário de seu lar; mas também sabia que nada daquilo era necessário.

Com o olhar perdido na brancura das folhas, perguntou-se em que momento havia se descuidado, havia esquecido que a escrita nasce da pura miséria, da dor inconfessável, dos segredos que morrerão conosco, porque a magia consistia em insinuá-los sem mostrá-los jamais, sem deixar que a nudez da alma se transformasse em pornografia das emoções. Avançou para a mesa, sentindo seu corpo perder o calor do chuveiro, enrolado em uma toalha que começava a esfriar. Estendeu a mão e acariciou, com as pontas dos dedos, a suave embalagem que cobria as folhas. Dois pacotes de papel sulfite e um de canetas, nada mais. Suspirou e fugiu dali.

Com uma toalha, esfregou a superfície embaçada de vapor do espelho do banheiro e, parado em frente a ele, terminou de abotoar a camisa. Já estava quase na hora. Vestiu uma das jaquetas novas e baixou o volume da tevê, que deixava ligada por costume. Antes de sair pegou o paletó sujo, tirou dos bolsos a carteira e os telefones, e então reparou que havia algo mais dentro. Soube o que era só de tocá-la, mas precisou vê-la para ter certeza. Evidenciava as horas passadas no bolso, mas, ainda assim, estava firme e exalava seu aroma masculino e elegante. Uma gardênia. Segurou-a na mão durante alguns segundos, olhou para o blazer e de novo para a flor, se perguntando como havia chegado ali. Perplexo, abriu a gaveta e viu que estava ali, amassada, mas inconfundível, a flor que naquela mesma manhã ele havia colocado ali dentro. Alinhou-as sobre a superfície mate da mesa de cabeceira e as ficou observando enquanto chegava à conclusão de que devia ter sido quando ficara tonto na estufa; admirando as gardênias, e, ao cair, talvez uma flor... A explicação era absurda, pois as flores da estufa dobravam aquelas em tamanho... porém... Havia sido um dia estranho, um dia estranho que segue outro dia estranho; tudo havia sido tão estranho nos últimos dias que era difícil estabelecer a ordem em meio ao caos que havia se apoderado de sua vida. Talvez em um ato inconsciente ele a houvesse arrancado e a guardado no bolso, como no dia anterior.

Batidas na porta o sobressaltaram. Abriu, esperando encontrar a esposa do dono da pensão, que, talvez preocupada com seu isolamento, batia na porta com assiduidade para lhe oferecer algo para comer, toalhas limpas, ou para avisar, embora ele já a houvesse advertido de que não gostava muito, que estava passando futebol na tevê. Mas era Mei Liu, com o rosto transfigurado e marcado pela fadiga, quem estava em frente à porta com uma expressão entre o medo e a desculpa.

— O que está fazendo aqui, Mei?

Não havia censura em sua pergunta, só uma resignada mistura de genuína surpresa e tolerância. Abriu os braços e recebeu a mulher, que caiu em prantos. Enquanto a abraçava, viu toda a sua irritação se diluir – mas ela voltaria com força nas horas seguintes. Entretanto, naquele instante, a presença cálida do corpo dela o reconfortou de um modo que ele não esperava, que inclusive pensava não necessitar e que o fez tomar consciência de que, desde a despedida de Álvaro antes de sua viagem, não abraçara ninguém de verdade; ninguém exceto o pequeno Samuel.

Demorou um bom tempo para conseguir que Mei se acalmasse o suficiente para que os lenços de papel que ia lhe entregando conseguissem conter o pranto. Então, ela deu uma primeira olhada no quarto. Deve ter lhe parecido lúgubre, porque perguntou, com a voz triste:

— O que está fazendo aqui, Manuel?

— Estou onde devo estar; mas você, o que está fazendo aqui?

Mei se soltou de seu abraço e caminhou em direção à janela, largando a bolsa e tirando o casaco leve que a envolvia. Olhou brevemente para fora e de novo para dentro do quarto. Manuel notou que ela reparara na brancura das folhas empilhadas em cima da velha mesa. Observou-as em silêncio durante alguns segundos, quase como se delas extraísse as palavras que ia dizer.

— Eu sei que você disse para eu não vir, e tentei respeitar seus desejos, mas... Manuel, não espero que me perdoe, mas gostaria que entendesse minha posição. Álvaro me pediu que mantivesse esses assuntos em sigilo a partir do instante em que teve que assumir as rédeas dos negócios de sua família, e, para ser sincera, jamais me ocorreu pensar que isso pudesse ferir tanto você; senão, jamais teria concordado com isso. Parecia algo puramente comercial que havia sido imposto a ele, simplesmente uma parte dos negócios da qual não se falava.

— Tudo bem, Mei, acho que você tem razão; e imagino que, embora demore um pouco, acabarei entendendo. Você não teve culpa, mas já me disse tudo isso por telefone. Por que veio?

Ela assentiu e até sorriu levemente, reconhecendo a intuição dele.

— Porque tenho que contar uma coisa para você. É algo que lembrei quando você me ligou para perguntar do outro celular de Álvaro...

Manuel a olhou com interesse.

— Esse iPhone costumava ficar na mesa dele. Nas poucas ocasiões em que alguém ligava, ele atendia, mas às vezes eu também. Todas as vezes que atendi o telefone falei com o mesmo homem, com um forte sotaque galego, que falava um castelhano perfeito, muito educado e comedido; esse tipo de coisa é fácil de perceber na voz. Era o senhor Griñán. Imagino que você o tenha conhecido.

Manuel assentiu diante da descrição do tabelião. Mei prosseguiu:

— Na sexta-feira, Álvaro e eu estávamos trabalhando na sala dele. Ele recebeu uma ligação de Griñán pela manhã; sei que era ele porque o ouvi dizer seu nome. Mas, à tarde, recebeu outra. A pessoa que estava do outro lado da linha gritava tanto que eu pude ouvir, e, embora não pudesse entender o que dizia, notava-se que estava furiosa. Álvaro me pediu para sair, mas você sabe que a sala dele e a minha são separadas apenas por um vidro. Ele escutou durante um tempo, falou brevemente e desligou. Quando saiu da sala estava preocupado, eu o conhecia o suficiente para saber. Murmurou uma desculpa sobre ir tomar um café ou algo assim e saiu.

Depois de uma breve pausa, ela prosseguiu:

— Então, o telefone tocou de novo. Preciso que você entenda que eu tinha a autorização dele para atender, e geralmente eram recados do tipo "Peça ao Álvaro que me ligue", ou "Diga ao Álvaro que estou mandando pelo correio os documentos para assinar"; e eu respondia "Sim, avisarei" ou "Ele está em reunião neste momento". O que quero dizer é que, embora Álvaro procurasse atender, não havia nada em seu comportamento em relação ao telefone que sugerisse algo estranho...

Mei mordeu o lábio inferior, visivelmente nervosa. Prosseguiu:

— Quando o telefone tocou, esperei um pouco antes de atender. Chamou minha atenção o fato de que o número que aparecia na tela era muito estranho, três ou quatro dígitos. O escritório de Griñán tem vários ramais, e às vezes o número do qual ele ligava não estava gravado com o nome dele. Atendi, e, embora fizesse anos que eu não ouvia isso, reconheci o característico som das moedas caindo em um telefone público. A pessoa que estava na linha não era Griñán. Era um homem muito nervoso, que não me deu tempo nem para responder, e assim que atendi ele disse: "Você não pode ignorar isso, está ouvindo? Tem as provas, sabe que você o matou e vai contar se você não fizer alguma coisa".

Mei ficou em silêncio; seu corpo ficou frouxo, como o de uma marionete com os fios cortados; teve até que se apoiar no batente da janela para não perder o equilíbrio, como se o que havia acabado de dizer a houvesse esvaziado por completo.

Manuel a fitou espantado.

— "Sabe que você o matou"? Tem certeza?

Mei assentiu e fechou os olhos durante alguns segundos. Quando os abriu de novo, seu olhar estava embaçado de tristeza.

— Desliguei sem dizer nada. Imediatamente o telefone começou a tocar de novo. Acho que o homem da cabine telefônica deve ter achado que a ligação havia caído. Não atendi. Fui tomar um café, uma desculpa para sair dali. Quando voltei, Álvaro já havia voltado. Não houve mais ligações, mas, mais tarde, eu o vi de novo falando nesse telefone. Quando desligou, ele saiu e disse que tinha que antecipar a reunião com a *The Hero's Works* e que viajaria imediatamente, e que "oficialmente" passaria o fim de semana em Barcelona na convenção do Condal Hotels.

Manuel ficou em silêncio; não saberia o que dizer. Tinha a constante sensação de ter dado um salto através de um espelho para um mundo paralelo e desconcertante onde tudo fugia à lógica. "Sabe que você o matou." Quem sabe? Que matou quem? Levou as mãos – geladas – à testa e sentiu, como nos últimos dias, ardendo de uma febre interna que o consumia. Mei havia baixado o olhar, mas ainda assim vigiava seus gestos. Decepcionou-a, como a todos que esperavam um arroubo de dor. E soube disso por causa da surpresa dela diante de sua pergunta seguinte.

— Mei, você sabia que Álvaro tinha tanto dinheiro?

Ela o fitou, a estupefação estampada em seu rosto. Manuel entendeu que teria que se explicar.

— Refiro-me a... Bem, eu sabia que nos últimos anos vocês fecharam contratos importantes, com empresas esportivas, farmacêuticas e... bem, aquele contrato com a Chevrolet e aquela outra firma japonesa... Como se chamava? Takensi?

— Takeshi — corrigiu ela.

— Sim, essa. Mas o testamenteiro falou de muito dinheiro, demais...

Mei deu de ombros.

— Sim, poderíamos dizer que ele era muito rico.

— Bem, eu sabia que as coisas iam bem, mas nunca imaginei...

— Bem, Manuel, você estava focado em outras coisas, as viagens, seus livros...

Em outras coisas. Havia uma censura velada nas palavras de Mei? Seria possível que ele houvesse vivido tão alheio à realidade? A ponto de que todos que o rodeavam considerassem sua ignorância do cenário de sua própria vida como uma característica de sua personalidade? Suas viagens e seus livros eram pretexto suficiente para desconhecer algo como aquilo? Tentava pensar, mas notava que sua mente havia mergulhado em uma espécie de letargia defensiva diante do excesso e da brutalidade do que Mei estava lhe contando.

— Manuel, preciso ir.

Ele levantou o olhar e viu que Mei havia posto o casaco de novo e procurava algo dentro da bolsa. Ela lhe entregou uma agenda de tamanho médio e capa preta, que ele folheou depressa e colocou sobre a mesa de cabeceira para não ter que ver a letra de Álvaro.

— Já chequei tudo — disse ela, indicando a agenda com o queixo. — Contém as mesmas coisas que a do celular, mas talvez você queira revisá-la, se não confiar em mim.

Não havia censura em sua voz; era mais uma submissa aceitação de culpa que conseguia, ao mesmo tempo, partir o coração de Manuel e irritá-lo de um modo insuportável. Ela continuou com o rosto inclinado sobre a bolsa que continuava revirando, agora sem propósito. Ao notar que ele a observava, ela se voltou levemente para a janela enquanto segurava uma lágrima com a ponta dos dedos, quase como se quisesse empurrá-la de novo para seu lugar natural. Manuel notou, então, que nem sequer sabia onde ela estava hospedada nem como havia chegado à Galícia.

— Em que hotel você está?

— Em nenhum, vou voltar para Madri.

Manuel olhou a hora em seu celular.

— Mas é muito tarde. Se sair agora, só vai chegar às duas da manhã.

— Fiquei muito mal depois de falar com você. Pensei em ligar de novo para poder contar tudo isso, mas vi que tinha que vir para falar pessoalmente, porque eu amava Álvaro e amo você, Manuel, e não suporto que pense que sou uma traidora.

Ele a olhou comovido, mas continuou imóvel onde estava, sentado na cama, vendo-a perder tempo revirando a bolsa – uma justificativa para continuar ali. Quis se levantar, abraçá-la de novo, mas não o fez. Ainda não estava preparado para perdoá-la. Mas disse:

— Não acho que você seja uma traidora e agradeço por ter vindo me contar.

Rendendo-se diante da evidência de que se obtivesse o perdão absoluto de Manuel não seria nesse dia, Mei fechou lentamente o zíper de sua bolsa e a pendurou no ombro.

— Então, vou indo.

Manuel sentiu pena dela.

— Por que não fica esta noite e volta amanhã de manhã, com calma?

— Eu não contei para ninguém que viria até aqui, nem mesmo ao meu marido. Foi... um impulso. Quando desliguei o telefone, soube que teria que vir.

Mei se dirigiu à porta, e só então Manuel se levantou para segui-la. Alcançou-a quando já tocava a maçaneta.

— Mei, agora não consigo pensar com clareza, mas não pense que não estou agradecido... Mais tarde conversaremos, talvez mais para a frente. Agora... não consigo.

Mei ficou na ponta dos pés e ele se inclinou para que ela pudesse lhe dar um beijo. Abraçou-a brevemente como despedida e fechou a porta atrás dela.

SOL DE TEBAS

Álvaro lia com os pés descalços e a calça dobrada, recostado no sofá. Era um leitor rápido. Havia começado bem cedinho e, por volta do meio-dia, já amontoava ao seu lado pouco menos da metade das quatrocentas páginas do romance.

Manuel cozinhava. Normalmente era Álvaro quem fazia a comida, mas, nos dias em que lia seus livros, trocavam os papéis e era Manuel quem cuidava para que tudo fosse perfeito ao seu redor para que ele pudesse ler sem interrupções.

Voltando à sala, Manuel fingiu consultar durante alguns minutos um livro pesado de culinária italiana na biblioteca, enquanto de soslaio vigiava Álvaro. As expressões de seu rosto, a avidez com que devorava página por página, qualquer pequeno indício que delatasse as emoções que estava vivendo.

— Assim você me distrai... — sussurrou Álvaro, sem levantar o olhar das folhas impressas.

Como se em vez de uma censura houvesse sido um convite para se aproximar, Manuel abandonou o livro pesado que lhe havia servido de pretexto e foi até ele; sentou-se meio de lado no braço da poltrona.

— Só me diga como está indo... — rogou.

— Bem, mas você tem que me deixar ler até o final — respondeu Álvaro, sem se importar com suas súplicas.

— Você sabe que o final ainda não está escrito. Vou acabar quando você terminar de ler, como sempre...

— Você sabe perfeitamente o que quero dizer, e que não direi nada até chegar à última página escrita. Agora, saia daqui e me deixe ler o livro.

Estava fazendo nhoque, sobretudo porque era uma receita trabalhosa. Descascar e cortar as batatas, cozinhá-las, amassá-las, fazer a massa, as tiras e cortar os pedacinhos, o molho... Uma receita fácil, mas trabalhosa o suficiente para mantê-lo ocupado durante horas. Ainda assim sobrava tempo; na varanda, observava os gatos sobre os telhados de Madri, arrumava seus suéteres, folheava sem interesse o jornal ou começava, só para abandonar a seguir, a leitura de um dos muitos livros que esperavam na fila para ser lidos assim que terminasse de escrever aquele romance. Alternava todas as suas tentativas de evasão com olhares furtivos para a sala onde Álvaro lia. Adorava vê-lo assim. Sem camisa e relaxado, enquanto a luz daquele dia ia traçando um percurso em suas costas, refletindo em seus cabelos castanhos meio compridos, em seu rosto sereno, concentrado. Ia virando página após página, colocando-as viradas ao seu lado em uma pilha que já superava o que ainda faltava para ler. A última luz de agosto se apagou quando deixou sobre o monte a última página escrita.

Manuel havia posto uma garrafa e duas taças de vinho em cima da mesa; encheu-as com cuidado e lhe entregou uma.

— E então?

Álvaro esticou a mão direita, pousando-a sobre as páginas que havia acabado de ler.

— É muito bom, Manuel...

— Sério?

— Seus leitores vão adorar...

Manuel deixou sua taça na mesa e se inclinou para a frente.

— E você? Você adorou?

— É muito bom...

— Não foi isso que perguntei... Adorou?

Manuel não deixou escapar a expressão com que Álvaro afastava de si as páginas lidas, utilizando a mão como um crupiê. Também se inclinou para a frente para olhá-lo nos olhos.

— Se quer saber se é como *Lo entregado al no*, não, não é.

— Mas você acabou de dizer que é bom.

— Sim, e também disse que seus leitores vão adorar...

— E por que você não?

— Manuel, você escreve muito bem, é um profissional, mas isso não é... Não é sincero, não tem o que *Lo entregado al no* tinha.

Manuel se levantou e foi para o centro da sala, dando-lhe as costas.

— Já disse mil vezes para você que não posso escrever outro livro como *Lo entregado al no*.

— Não pode ou não quer?

Manuel voltou ao seu lugar no sofá e se sentou de lado para vê-lo de frente.

— Eu escrevi *Lo entregado al no* em um momento em que era isso que eu tinha para contar; foi uma necessidade, uma expiação. Para poder contar tudo aquilo, tive que beber da dor e das recordações; minha infância, como ficamos órfãos, a experiência de viver com a velha tia que nos odiava, e depois o tempo em que achamos que nada de mal podia nos acontecer mais, porque tudo já havia acontecido; até que minha irmã morreu.

— É seu melhor livro, e você nem sequer dá entrevistas para falar dele.

— Era minha vida, Álvaro, minha vida real; quantas vidas horríveis alguém precisa passar para poder escrever algo assim? Não quero escrever sobre isso, não quero reviver isso — disse, e se levantou de novo.

Álvaro o seguiu.

— Não se trata de reviver, Manuel. Você está seguro, eu estou aqui com você; você não é mais um menino de seis anos. *Sol de Tebas* é um bom livro, seus leitores vão adorar, mas não é sincero; e, se não quer minha opinião, não a deveria pedir.

— Claro que quero sua opinião, eu escrevo para você; mas também espero que me entenda. Eu acredito na literatura que bebe da realidade, não na ostentação da dor.

— É aí que você se engana. Não se trata de ostentação. Ninguém precisa saber de onde você bebe, exceto você. Mas, quando você é sincero, todos que o leem conseguem perceber, de uma maneira indireta. Por que acha que *Lo entregado al no* continua sendo considerado seu melhor livro?

Manuel se sentou e apoiou a cabeça nas mãos, deixando os dedos deslizarem por seus cabelos.

— Não sei — respondeu.

Álvaro se aproximou até tocá-lo.

— Sabe sim, Manuel. Eu sei que em algum lugar dentro de você ainda há um menino de seis anos que acorda chorando. Sei que esse menino continua sentindo falta de seus pais e de uma irmã que não está mais aqui para consolá-lo. Sei o quanto a realidade dói e sei que é provavelmente por isso que você é um escritor magnífico; por sua capacidade de se esconder nesse palácio infinito e de tirar dali uma história atrás da outra. Mas houve um homem que enfrentou essa dor, que consolou esse menino e enterrou seus pais e sua irmã, e fez isso com um livro. Eu me apaixonei por esse homem, e você não pode me pedir para deixar de admirar essa força e renunciar à melhor coisa que já me aconteceu na vida.

Manuel o fitou negando com a cabeça, obstinado.

— Você não percebe que passei toda a minha existência tentando fugir dessa vida, tentando esquecer aquilo? Tenho sucesso, milhares de leitores, dinheiro, esta casa, o suficiente para uma vida, e, como você disse, meus seguidores vão adorar *Sol de Tebas*, é o que eles querem. Por que tenho que sofrer para escrever se posso ser feliz?

— Porque é a verdade.

Sem poder se conter, Manuel se levantou de novo.

— Não quero a verdade, Álvaro, já tive verdade suficiente durante toda a minha infância, durante toda a minha vida até você chegar. Quero o que temos — disse, inclinando-se e pegando o monte de folhas impressas e apertando-as contra o peito. — Esta é toda a verdade que quero e que posso suportar.

Álvaro o olhou bem quieto durante alguns segundos. Depois, fechou os olhos e suspirou. Levantou-se e se aproximou dele.

— Desculpe, você tem razão — disse, tirando o manuscrito de suas mãos para, em seguida, abraçá-lo.

— Desculpe, Álvaro, mas é que você não sabe o que é passar uma infância como a minha.

— Não, não sei — sussurrou ele.

A REDE

Duas dúzias de clientes animavam o bar da pensão. Entre eles, apoiado no balcão, podia-se distinguir a figura do tenente Nogueira. Mastigava um pedaço de toucinho frito que havia embrulhado em vários guardanapos de papel já transparentes devido à quantidade de gordura. Empurrou o que restava garganta abaixo com um gole de cerveja e pegou mais dois ou três guardanapos para limpar minuciosamente a boca e o bigode.

— Seria melhor se a gente conversasse lá fora — disse, a modo de cumprimento.

Manuel assentiu, observando enquanto Nogueira fazia um sinal ao garçom para pedir bebida e indicar que estariam no terraço.

O tenente acendeu um cigarro assim que passaram a porta. Deu uma tragada profunda com o deleite próprio dos fumantes inveterados, e com um gesto indicou a mesa mais escura e afastada da entrada.

— Como foi em As Grileiras?

— Não muito bem. Ontem à noite Griñán ligou para a família e avisou da nossa visita. Então hoje a mãe estava indisposta, e Santiago e Catarina viajando. Vi brevemente Elisa, mulher de Fran, que estava por ali com o menino, mas só nos cumprimentamos.

Nogueira estalou a língua em sinal de fastio.

— Não gosto desse Griñán, desde quando o vi pela primeira vez, no hospital.

— Não sei, acho que ele só está fazendo seu trabalho — defendeu-o, apesar de ele mesmo achar que o tabelião havia se apressado demais para se pôr a serviço do novo marquês.

Não o podia censurar, mas tinha que reconhecer que suas lisonjas no primeiro dia, enquanto o supunha herdeiro, haviam se diluído com rapidez demais para parecerem verdadeiras. A sensação de ter feito papel de inocente o deixava furioso. Havia gostado do sujeito em um primeiro momento; sua admiração e respeito por Álvaro pareciam genuínos, e ainda lhe era difícil admitir que sua atenção era motivada apenas pelo interesse despertado por uma conta gorda. Mesmo assim, não admitiria isso diante de Nogueira.

— Ele foi comigo visitar a casa... O jardim é um lugar incrível.

— Sim, é realmente maravilhoso — concordou o guarda.

Manuel o olhou com estranheza: a expressão "realmente maravilhoso" teria combinado com qualquer um, menos com Nogueira...

Ciente de estar sendo minuciosamente examinado, Nogueira endureceu as feições enquanto terminava o cigarro.

— Mas não confunda uma visita turística com colaboração; primeiro ele alerta a família, e depois leva você até o jardim para disfarçar.

— Bem, eu conheci algumas pessoas que trabalham na casa; o vigia e o veterinário, o assistente de Catarina na criação de gardênias, Herminia, a cozinheira que que está na casa a vida toda, e Sarita, que a ajuda nas tarefas.

— Falou com elas?

— Um pouquinho com Herminia, durante alguns minutos. Ela foi muito carinhosa — disse, recordando o abraço excessivo. — Griñán não se afastou de mim durante todo o resto da visita — admitiu Manuel —, e, apesar de seus esforços para minimizar o impacto de minha presença no paço, acho que a senhora marquesa não gostou muito. Ela mandou chamá-lo em seus aposentos, e quando ele voltou estava com pressa e inventou uma desculpa esfarrapada para que fôssemos embora. Até Herminia percebeu.

Nogueira balançou a cabeça.

— Também estive na delegacia — prosseguiu Manuel. — A caixa com as roupas e objetos pessoais de Álvaro está no carro.

— Ótimo, vou levar tudo para Ofelia.

— O carro continua lá; eu teria que deixar o meu para poder trazê-lo. Amanhã irei de táxi.

— Eu devia ter pensado nisso — disse o guarda, contrariado. — Deixe as chaves comigo, vou pedir a um guarda amigo que o traga até aqui e entregue as chaves no bar. Depois me encarregarei de levá-lo.

Manuel desviou o olhar um instante, inspirou fundo e deixou o ar sair lentamente antes de falar. Era difícil admitir que havia feito papel de idiota.

— Eles me entregaram dois celulares. Um é o que eu conhecia, mas não sabia da existência do outro. Pelo visto, era com esse que ele cuidava dos seus negócios aqui — ao dizer isso, ele tirou o iPhone da jaqueta e o depositou em cima da mesa, sem poder evitar imaginar Mei atendendo aquela ligação. — Uma rede empresarial que aglutinava todas as propriedades, fazendas, a criação de gado e a produção agrícola, que não é nada desprezível. — Manuel empurrou o celular para o guarda. — Na agenda estão todas as visitas, sob o título "reunião com *The Hero's Works*".

Nogueira pegou o aparelho sem deixar de olhar para Manuel, que continuou falando.

— A *The Hero's Works* é a empresa por trás da qual se agrupam todas as anteriores, além de duas bodegas e uma exportadora de vinho galego. As faturas desse telefone iam para o escritório dele, de modo que eu nunca nem ao menos suspeitei; e isso — acrescentou, sorrindo amargamente — porque eu sabia de todas as reuniões com a *The Hero's Works*. A secretária de Álvaro as punha na agenda de reuniões de trabalho, misturadas com as dos outros clientes. A cada dois meses, pontualmente, Álvaro se ausentava por dois dias para se reunir com esse cliente VIP, que era ele mesmo. A cada dois meses durante três anos...

A chegada do garçom com as bebidas o fez mergulhar em um silêncio obscuro e ouvir ecoar as palavras de Mei: "Sabe que você o matou". Tomou sua cerveja e rejeitou o inevitável prato de comida que parecia acompanhar todas as bebidas naquele lugar.

Perguntava-se se deveria contar ao guarda o que Mei lhe havia dito. Não tinha certeza. Sabia que era importante, mas, por outro lado, também sabia que para o tenente aquele fragmento de conversa seria suficiente para condenar um Muñiz de Dávila sem pensar duas vezes. Ergueu o olhar e o observou. Nogueira estudava com atenção a agenda do iPhone, deslizando os dedos pela tela. Olhou para Manuel, levantou-se e empurrou a cadeira até colocá-la ao seu lado.

— Veja isso — disse, mostrando-lhe a tela. — Como disse, as reuniões com a *The Hero's Works* eram periódicas e pontuais, dois dias a cada dois meses, exceto nos meses de setembro, quando as reservas na agenda ocupam até cinco dias, vê? Sempre nas mesmas datas ou com pouca diferença. A última reunião ocorreu entre os dias 2 e 3 de julho... Mas a seguinte estava programada para o fim desta semana...

— Griñán me informou sobre a rotina das reuniões periódicas; também me disse que Álvaro não deveria estar aqui e que não sabia que ele havia chegado.

Nogueira suspirou profundamente. Deixou o telefone um instante enquanto matava o conteúdo do pratinho em duas garfadas e tomava um gole de cerveja. Olhou para o outro pratinho.

— Não vai comer isso?

Manuel negou com a cabeça enquanto o tenente engolia algo que parecia macarrão com tomate e carne. O homem só ficou satisfeito quando acendeu um cigarro e deu uma daquelas tragadas profundas.

— Conseguiu as faturas deste número? — perguntou.

Manuel pegou o aparelho, acendeu a tela e procurou entre os ícones.

— Não é necessário, o telefone tem um aplicativo de consumo que cataloga todas as ligações realizadas e recebidas, mesmo que sejam apagadas do registro de chamadas.

Algumas ligações haviam sido feitas daquele telefone no último mês, mas poucas foram recebidas; três seguidas de um número de quatro dígitos – o número estranho de que Mei falara, e mais duas de um mesmo número, uma sucessão de dígitos não identificados. Todas do dia em que Álvaro fora para a Galícia.

Manuel levantou o olhar da tela.

— O que acha? — perguntou.

— O número de quatro dígitos é de um telefone público — disse, confirmando a intuição de Mei. — Mesmo que ele pudesse ser localizado, não adiantaria muito; de qualquer jeito iremos tentar, porque o local pode ser uma pista. O outro procede de um telefone fixo, e o prefixo é daqui.

Nogueira havia pegado sua cadernetinha e rabiscava os números em uma folha. Em seguida, pegou seu celular e começou a digitar. Levou-o ao ouvido, e depois de alguns segundos o passou a Manuel, que ainda teve tempo de ouvir parte da mensagem: "... De atendimento do escritório Adolfo

Griñán é das oito às dezesseis horas. Se desejar marcar um horário, deixe seu número depois do sinal que retornaremos".

Manuel afastou o telefone no instante em que se ouvia o familiar bipe. Nogueira apertou uma tecla e desligou.

— Escritório Adolfo Griñán. Não acha muita coincidência que o testamenteiro tenha ligado para Álvaro exatamente no mesmo dia em que ele decidiu viajar? Além disso, ele era o único que podia entrar em contato com Álvaro nesse número, de acordo com o que ele mesmo disse. Se Álvaro esteve aqui foi porque Griñán o chamou, talvez também de um telefone público...

Manuel pensou na outra ligação, na voz do outro homem que Mei tinha certeza de que não era Griñán, e no que havia dito: "Sabe que você o matou". Mas contar isso para Nogueira seria jogar sobre Álvaro uma acusação que faria a opinião do guarda tender para um lado, sem deixar opção para mais nada. Ainda não.

— Então, amanhã bem cedo, sem avisar — disse Nogueira, com veemência —, quero que você vá ao escritório, interrompa o que quer que nosso amigo testamenteiro esteja fazendo e lhe peça explicações. Não lhe dê opção de réplica, diga simplesmente que você sabe que Álvaro estava aqui porque ele ligou para ele, e vamos ver o que ele dirá desta vez... Eu disse que não fui com a cara dele.

Manuel assentiu, pensativo. Não era um triunfo como pensava Nogueira, mas sim um bom blefe.

— E volte para As Grileiras, caralho! Você tem todo o direito; afinal de contas, legalmente é o dono. Certamente alguém vai se mostrar mais comunicativo sem o fantoche do Griñán no caminho.

Manuel entregou as chaves do carro de Álvaro a Nogueira, junto com os telefones e o resto de suas coisas, e o viu partir enquanto pensava em Griñán e naquele servilismo costumeiro do qual a legista havia falado. Pensou também que não seria ruim voltar para Las Grileiras.

A recepcionista sorriu ao vê-lo. Ele retribuiu o gesto e pegou o corredor que levava à sala de Griñán. Foi cumprimentando diversas pessoas, à direita e à esquerda; secretários, assessores. O rumor de que ele era um escritor conhecido havia corrido pelo escritório, despertando a curiosidade de todos e provocando a aparição daqueles olhares que ele já havia visto outras vezes, os sorrisos tímidos, a admiração... Doval o interceptou diante da porta da sala.

— Dom Griñán não me avisou que o senhor viria hoje — disse, sorrindo.

— Isso porque ele não sabe que estou aqui.

Doval o olhou perplexo, mas logo se recuperou.

— Ah, então, se tiver a bondade de esperar na sala, eu irei avisar que o senhor está aqui.

— Não, não terei a bondade, acho que toda a bondade que eu tinha já se acabou — respondeu Manuel, passando pelo secretário e já batendo na porta.

— Mas... não pode... — disse atrás dele, pousando a mão em seu ombro.

Manuel parou, soltando a maçaneta da porta e esquivando-se levemente.

— Não me toque — advertiu.

Doval afastou a mão como se houvesse tocado um cabo elétrico.

A porta se abriu de súbito e ele se encontrou diante do testamenteiro, que não pôde disfarçar o aturdimento em seu rosto.

— Senhor Ortigosa, não o esperava por aqui hoje. O que posso fazer pelo senhor?

— Pode começar parando de mentir para mim — respondeu Manuel, olhando-o com dureza.

O rosto de Griñán, normalmente afável, transfigurou-se. Olhou para o secretário, que Manuel percebia estar parado às suas costas, e disse:

— Doval, eu cuido disso. Esqueci que tinha um assunto pendente a tratar com Dom Ortigosa. Traga-nos um café.

Afastou-se para deixar Manuel passar e fechou a porta atrás de si.

— Eu não menti para você — afirmou Griñán gravemente enquanto trancava a porta.

— Álvaro veio para a Galícia porque você ligou para ele — disse Manuel, sem lhe dar tempo de se refugiar atrás da segurança da mesa.

Griñán baixou o olhar e fez silêncio. Quando voltou a falar, sua voz parecia arranhada por uma tristeza profunda que pareceu sincera a Manuel.

— E vou me arrepender pelo resto da vida por ter feito isso... Mas eu não menti, não sabia que ele estava aqui. Só soube quando me avisaram.

— Por que ligou para ele? — perguntou Manuel, sem abandonar a severidade.

Griñán arrastou os pés até sua cadeira e, com um gesto, convidou Manuel a se sentar também.

— Por uma questão financeira... Santiago precisava de uma quantia de dinheiro, veio me pedir e eu comuniquei Álvaro. Como testamenteiro, tenho um orçamento mensal para gastos extraordinários de até dez mil euros que posso liberar para o administrador das propriedades. Tal quantia tem a finalidade de atender de imediato eventuais emergências. Mas o valor requerido superava amplamente o disponível.

— Quanto ele pediu?

Griñán pensou por um segundo.

— Trezentos mil euros.

— Ele disse para que era o dinheiro?

Griñán negou com a cabeça.

— Não quis me dizer, mas tinha pressa. E parecia ser muito importante, seja lá o que fosse. Então, liguei para Álvaro para comunicá-lo, só isso. Eu não menti, não sabia que ele estava aqui até que Santiago me comunicou sua morte.

Quando saía, Manuel cruzou com Doval, que chegava com o café em uma bandeja prateada. Manuel se voltou para o testamenteiro:

— Griñán, desta vez não avise As Grileiras; não esqueça que continuo sendo o dono de lá.

O homem assentiu, abatido.

ARESTAS

A sórdida luz proveniente do céu clorado dos últimos dias havia sido substituída por outra mais definidora, que permitia distinguir o azul prateado dos eucaliptos novos e o verde e preto dos tojos nas laterais da estrada; os muros de pedra antiga quase completamente cobertos de líquen, as precárias cercas de madeira, as casas que iam rareando conforme se afastava da cidade. Tudo parecia banhado por uma camada extra de requinte. Ele se inclinou para a frente para ver melhor o céu através do para-brisa do carro. Nuvens azuis pareciam pintadas a óleo com um pincel que esticara o traço até esgotar a tinta nos únicos lugares onde aparecia o branco. Devia estar ventando lá em cima, pensou. Entretanto, nenhuma folha se movia no nível do chão; a umidade já enchia o ar com seu peso. Não demoraria muito para chover.

Estacionou no mesmo lugar do dia anterior, quando viera visitar com Griñán. O carro podia ser visto de qualquer lugar da casa, mas não se importava. Como havia dito Nogueira, aquela não era uma visita de cortesia; tinha perguntas e queria respostas.

Um Nissan vermelho vinha pelo caminho em direção à entrada, levantando os pedregulhos. No banco do condutor julgou reconhecer o rosto de um homem que havia visto na igreja durante o funeral. O veículo diminuiu a marcha até quase parar ao seu lado. O condutor não disfarçou a estranheza no olhar. Mas, quando Manuel já tinha certeza de que ia parar e dizer algo, o homem acelerou e saiu do paço.

Fechou a porta do carro e se deteve ali alguns segundos, atraído pela brancura das flores que faziam com que o verde lustroso da sebe parecesse quase preto. Surgiu em sua mente a imagem das duas gardênias que havia colocado de volta dentro da gaveta da mesinha de cabeceira antes de sair da pensão. Atraído pela pálida lisura das pétalas, ergueu a mão e chegou a roçar a corola da flor no momento em que – provavelmente alertada pelo barulho do carro – Herminia assomava pelo postigo da cozinha e lhe fazia sinais para que se aproximasse.

Parado à entrada, viu o gato preto e gordo que montava guarda, impávido. Sorriu ao ver Herminia tentar espantá-lo.

— Fora, demônio! — disse, batendo o pé no chão.

O animal se afastou só um metro e se sentou; e, para demonstrar seu aprumo, começou a lamber o rabo, fingindo não lhes dar atenção.

— Entre, filho, entre para que eu possa ver você — exclamou ela, arrastando-o para dentro da cozinha. — Não consigo parar de pensar em você, só penso no que deve estar passando. Sente-se e coma alguma coisa — disse, pondo diante dele uma grande fogaça de pão galego e cortando uma fatia escura e olorosa, que acompanhava linguiça e queijo.

Manuel sorriu.

— Estou sem fome, de verdade, tomei café da manhã na pensão.

— Prefere algo quente? Faço dois ovos em um instante.

— Não, sério... Não estou com fome.

Ela o fitou compungida.

— Como vai ter apetite, criatura, com o que está passando? — suspirou. — E um café? Um café vai tomar.

— Está bem — consentiu ele, certo de que se não o fizesse Herminia não pararia de lhe oferecer comida o dia todo. — Aceito o café, mas, antes, tenho que tratar de um assunto com Santiago.

— Eles ainda não voltaram, mas ligaram hoje de manhã para dizer que chegarão de noite.

Manuel assentiu, pensativo.

— Mas o Corvo está aqui.

Ele a fitou sem entender.

— O Corvo — repetiu a mulher, fazendo um sinal para o teto. — Ela está sempre aqui, vigiando.

Manuel fez uma expressão que denotava que havia entendido, enquanto surgiam em sua mente as sinistras palavras do conto de Poe que havia comprado na tarde anterior: "Nunca mais". Ele se acomodou obedientemente, enquanto a mulher colocava uns biscoitinhos em um pratinho coberto por um guardanapo.

— Elisa e o menino também estão no paço — disse ela, mudando o tom. — Devem estar no cemitério, certamente. Elisa está sempre ali.

De uma panelinha que permanecia quente sobre o fogão a lenha ela serviu café em duas xícaras, sentou-se ao seu lado e o fitou com ternura.

— *Ai, neno!* Você não está bem, por mais que diga que está. Eu sei que você pensa que eu não o conheço, mas o conheço bem porque conhecia Álvaro, e sei que a pessoa que meu menino escolheu tem que ter um coração enorme.

— Ele falava de mim?

— Não era preciso; claro que eu sabia que havia alguém, era possível notar em seu sorriso, em seu olhar. Eu criei os meninos desta família desde que nasceram, e vi cada um deles crescer e se transformar em um homem; amei cada um deles mais que tudo no mundo. O coração de meu menino não tinha segredos para mim.

— Para mim, sim — sussurrou Manuel.

Ela colocou a mão sobre a de Manuel. Estava seca e quente de segurar sua própria xícara.

— Não seja tão duro com ele. Não é certo eu dizer isso, porque amei a todos, todos foram bons à sua maneira, mas Álvaro sempre foi meu favorito. Desde pequeno se notava que sua força e coragem eram superiores às dos outros. Por causa desse caráter ele teve tantos confrontos com o pai.

— Griñán me explicou; infelizmente, há pais que não aceitam seus filhos como eles são.

— Ele disse que o problema com o pai era por ser homossexual?

— Sim... — Manuel respondeu, confuso.

Ela se levantou e abriu um armário, de onde tirou sua bolsa. Pegou a carteira, abriu-a e tirou uma foto que deixou em cima da mesa em frente a Manuel. Estava bem conservada, mas os cantos haviam se curvado, adotando a forma da carteira, onde certamente permanecia por anos. Havia três meninos na foto. Só um deles olhava para câmera; os outros dois meninos olhavam para o terceiro.

— O mais alto é Álvaro, seu amigo Lucas, o padre, e seu irmão Santiago. Aqui devia ter uns dez anos, e Santiago, oito.

Manuel estendeu um dedo e acariciou a superfície da fotografia. Era a primeira imagem que via de Álvaro na infância. "Você deve ter sido uma criança lindíssima", dissera-lhe mais de uma vez. "Normal", replicava Álvaro. Mas o garoto que tinha diante de si, de olhos grandes e cabelos castanhos com mechas clareadas pelo sol, era tudo menos "normal". Sorria abertamente para a câmera, e com camaradagem descansava a mão sobre o ombro de Lucas. Santiago, meio escondido atrás de seu irmão, estava quase pendurado em seu braço esquerdo, em um gesto parecido com a dependência ou a súplica.

— Meu marido tirou esta foto aqui mesmo, em frente à cozinha, com a câmera que havia acabado de ganhar de aniversário. Sempre achei que esta fotografia, que não é nada do outro mundo, é o melhor retrato de meus meninos quando eram pequenos.

A liderança do garoto que olhava para a câmera no centro da fotografia era evidente. Lucas sorria, divertido, com a adoração própria de quem está disposto a seguir seu amigo aonde for. O menino menor parecia contrariado, e era possível perceber um ciúme excessivo no modo como se pendurava no braço de seu irmão, como se temesse que a fotografia fosse de algum modo roubar o poderoso magnetismo de seu Álvaro.

Herminia observava comovida a reação de Manuel diante da imagem.

— Eu não acho que tivesse algo a ver com a homossexualidade; não vou dizer que isso não ajudou, mas talvez, se Álvaro tivesse outro jeito de ser, as coisas teriam sido diferentes. Os conflitos com Álvaro começaram muito antes, quando ele era muito pequeno. É como se o estivesse vendo agora mesmo... com dois palmos de altura já enfrentava o pai, discutindo, contrariando-o, sustentando seu olhar de um modo que deixava o marquês louco... Acho que ele nunca gostou de ninguém na vida, mas odiava Álvaro e, ao mesmo tempo, o admirava. — Fez uma pausa e o olhou com gravidade. — Não sei se você consegue entender o que quero dizer, mas ele era desse tipo de homem que aprecia a valentia acima de tudo, mesmo que fosse a do inimigo.

Manuel assentiu.

— Sim, entendo, mas é difícil entender que o choque de personalidades possa levar alguém a afastar o filho do resto da família desse jeito.

— A coisa era bem mais forte que um simples choque de gênios. O pai de Álvaro sempre foi um homem muito dominante, e todos dançavam conforme sua música nessa família, menos Álvaro. Isso era intolerável para ele. Eu me lembro de uma ocasião — prosseguiu ela —, Álvaro devia ter oito ou nove anos; Santiago, que tinha dois a menos e já era uma criança muito inquieta e caprichosa, pegou um isqueiro do escritório do pai e teve a ideia de pôr fogo em uma pilha de palha no haras. Apagou mal o fogo, e aquilo começou a arder assim que ele saiu dali. Por sorte, um dos cavalariços o viu andar por ali e pensou em ir ver o que estaria fazendo, e conseguiu apagar o fogo logo. Quando o pai soube, saiu com o cinto na mão atrás de Santiago, que tinha um medo terrível dele e havia se escondido. Então, Álvaro parou diante do pai e disse que havia sido ele. Nunca esqueço o modo como o pai olhou para ele. Foi como se de repente o caso houvesse perdido importância, e ele se centrou só no menino e em suas palavras. Ficou muito sério e disse: "Sabe o que eu acho? Acho que está mentindo, acho que quer me enganar, e não vou permitir que deboche de mim". Ele fez com que o menino ficasse ali, em frente à porta da casa, em pé o dia inteiro, sem deixá-lo sentar, comer ou ir ao banheiro. No meio da manhã começou a chover, e ainda assim, ele não o deixou entrar. A cada duas horas ele saía com seu guarda-chuva preto e perguntava: "Quem foi?", e ele respondia: "Fui eu, pai".

Manuel escutava as palavras de Herminia e não teve dificuldade em imaginar o menino de cabelos claros e olhar altivo que Álvaro havia sido desafiando o pai, mantendo-se firme.

— Não lembro exatamente quando foi, mas era inverno, fazia frio, e às cinco e meia da tarde começou a anoitecer e caiu uma tempestade. Trovões, vento e tantos raios que a luz acabou às seis da tarde e só voltou no dia seguinte. Na hora do jantar, Santiago estava tão assustado que, chorando, confessou ao seu pai que havia sido ele. O marquês nem mesmo olhou para o filho; simplesmente deu meia-volta e falou para ele ir para a cama. Todos foram se deitar, menos o marquês e eu. Ele não me disse nada, mas sem chance que eu ia sair deixando o menino ali. À uma da manhã ele desceu aqui, na cozinha, e isso era estranho, porque os pais nunca entravam aqui. Ela ainda não entra. Trazia uma vela na mão, e parecia ainda mais feroz na escuridão, iluminado apenas pela luz trêmula da vela. Parou perto da janela e disse: "Esse menino tem mais colhão que todos os homens que conheço juntos". Havia orgulho e admiração em sua voz. Mandou-me esperar que ele fosse se deitar antes de deixar o rapaz entrar. Depois, com os anos, eu vi aquele olhar outras vezes. Ele odiava Álvaro, mas havia algo na maneira como o rapaz o desafiava que ele admirava. Mas não confunda isso com carinho, ele não amava nenhum dos filhos mais velhos. Ele odiava Álvaro diretamente. E humilhou Santiago desde que ele nasceu, e o pobrezinho passava a vida atrás dele como um cachorrinho, tentando lamber suas mãos em busca de um pouco de carinho, sem conseguir nada além de desprezo. Nunca na vida o vi olhar para ele com o respeito que tinha por Álvaro...

— Álvaro e Santiago se davam bem? — perguntou Manuel, intrigado pela atitude possessiva do menino na foto.

— Bem, muito bem, eles se adoravam. Santiago, além de ser menor em idade — disse, apontando para a fotografia —, era mais baixinho e meio gordinho. As outras crianças implicavam com ele e Álvaro sempre o defendia. Cuidava dele, levava-o pela mão desde que começou a caminhar, e, de alguma maneira, nunca o soltou. E Santiago o adorava, beijava o chão que o irmão pisava; tudo que Álvaro fazia era certo. Santiago sempre foi o mais sentimental dos três, o mais sensível. Ficou arrasado quando Fran morreu, mas nunca o vi tão desesperado como na noite em que Álvaro partiu. Ficou enlouquecido, achei que poderia fazer uma bobagem.

Manuel pensou nas duas vezes que havia visto Santiago nos últimos dois dias.

— Não sei, eles parecem muito diferentes...

— Sim, mas eram unidos, embora de uma maneira estranha; era uma espécie de obrigação para Álvaro, como se ele se sentisse responsável pelo irmão. Ele tinha muitos amigos fora do paço, mas Santiago tinha um pouco mais de dificuldade de se relacionar. Se não fosse por Álvaro, o pobre menino teria passado a infância sozinho.

— Eram bem mais velhos que o mais novo, não é?

— Álvaro tinha onze e Santiago nove quando Fran nasceu. Também se davam bem com ele, mas obviamente conviveram muito pouco. Foi logo depois do nascimento de Fran que mandaram Álvaro para o internato de Madri, e depois ele só vinha nas férias. Poderiam ter se relacionado mais quando o pai morreu, mas Fran morreu dois dias depois. Pobre pequeno! Foi o único a quem o marquês amou, à sua maneira, e o estragou ao mimá-lo demais e lhe permitir tudo.

Um profundo pesar dominou suas feições. Ela prosseguiu:

— Mas tenho que reconhecer que todos nós o mimávamos... Talvez pela diferença de idade com Álvaro e Santiago, ele se tornou um brinquedo para todos, era uma graça, sempre rindo, cantando, dançando. Tinha um caráter alegre e afetuoso. Parece que ainda o vejo; entrava aqui e me abraçava, beijava, desamarrava meu avental, pedia dinheiro e eu lhe dava.

Ela balançou a cabeça repetida e pesarosamente, aceitando sua parcela de culpa.

Manuel a olhou, surpreso.

— Foi malcriado... — deduziu.

— Sim, bem... eu, o irmão, todo mundo lhe dava dinheiro em algum momento. Como você pode imaginar, nunca lhes faltou nada. Tiraram a carteira de habilitação no momento certo, ganharam um bom carro assim que tiveram idade... viagens, equitação, esgrima, polo, caça, o que quisessem... O pai enchia a carteira deles porque os filhos do marquês não podiam andar sem dinheiro por aí; mas Fran... — Fez uma expressão de profundo pesar enquanto negava com a cabeça. — Nada nunca era suficiente para Fran; não quisemos aceitar isso, até que foi tarde demais. Um dia, fui entrar no banheiro do quarto dele e vi que estava trancado. Bati e ninguém respondeu. No fim, meu marido e outro homem derrubaram a porta, e aí o encontramos, jogado no chão com uma seringa pendurada no braço. Ele era viciado em drogas; ele e a namorada, Elisa.

— Ninguém havia percebido? Não haviam notado nada?

— Já ouviu aquele ditado que diz que o pior cego é aquele que não quer ver? Todo mundo suspeitava, ou já havia pensado nisso em algum momento... Era evidente que o garoto ia de mal a pior. O pai arranjou uma clínica muito boa e muito cara em Portugal, e Fran só aceitou ir se Elisa fosse com ele. Ficaram fora quase um ano e só vinham em ocasiões específicas, Natal, aniversário do pai, e logo tinham que voltar para continuar o programa na clínica. E nem assim a relação do pai com ele mudou; ele sempre foi o menino dos olhos dele. A mãe quase não suportava olhar para Fran. Bastava olhar para ela para perceber que achava que alguém com uma fraqueza como a de Fran era pouco menos que um imbecil; mas com o pai era diferente, como se aquele homem tão ruim notasse que seu filho era feito de uma matéria especial. Eu também acredito nisso. Existe gente como Álvaro, capaz de suportar tudo, e gente como Fran, frágil demais para este mundo.

— E Fran morreu durante uma dessas visitas — deduziu Manuel.

— O pai mandou chamá-lo quando percebeu que estava morrendo. Câncer; estava doente havia vários anos, mas estava conseguindo controlar a doença com o tratamento e levava uma vida bastante decente. Até que, de repente, o bicho ressuscitou e a doença se espalhou por todos os órgãos, provocando uma falência que já não tinha volta. Ele sofreu como um cão, e isso durou cerca de dois meses, apenas; no final, estava sempre drogado com morfina. Fran voltou para casa para ficar com ele e não saiu de seu lado durante dias; se bem que o velho também não queria ver mais ninguém, nem sequer Santiago. E Fran se comportou como um homem; mal dormia, segurava a mão do pai, limpava sua baba, conversava com ele, sempre só os dois... Até que morreu.

A mulher interrompeu suas lembranças e negou repetidamente com a cabeça, como se quisesse espantar uma recordação indesejável.

— Nunca vi ninguém chorar assim. Ele ficou ali, em pé, segurando a mão do pai até que ela escorregou das suas, e então começou a chorar de um jeito de partir o coração. Todos que entraram naquele quarto, desde a família até o médico, desde o padre até o rapaz da funerária, todos acabaram chorando também; mas garanto que as únicas lágrimas vertidas pelo morto naquele quarto foram as de Fran. Ele chorava como uma criança, sem esconder o rosto. As lágrimas escorriam por seu rosto e ele parecia nem perceber, como uma criança perdida... Deveríamos ter percebido que era exatamente isso, uma criança perdida na escuridão, morrendo de medo. Nunca esquecerei a cara da mãe dele quando entrou no quarto e o viu chorando assim: o mais absoluto desprezo, nem um rastro de piedade ou consideração nela. Afastou o olhar, enojada, e saiu dali para não o ver. Um dia depois do enterro encontraram-no morto por causa da droga, jogado sobre o túmulo do pai.

Herminia se calou, suspirou, e Manuel esperou pacientemente durante alguns segundos para que ela retomasse o relato. Ao fitá-la, viu que ela havia fechado os olhos, apertando-os com força, como se se recusasse a deixar sair as lágrimas que, no entanto, haviam conseguido escapar sob suas pálpebras e rolavam plenas por seu rosto.

A mulher permanecia imóvel, e não emitiu nenhum som; até que suspirou e cobriu o rosto com as mãos.

— Desculpe — disse, com voz trêmula.

Enquanto isso, Manuel, violentado pela dor da situação, debatia-se entre o impulso de abraçá-la e a sensação de intrusão em um sofrimento que lhe era alheio. Optando pelo caminho do meio, estendeu a mão até tocar-lhe o braço e o apertou levemente, para fazer constar seu amparo. Ela reagiu e cobriu a mão dele com a sua. Estava calma de novo.

— Desculpe — disse ela, enxugando as lágrimas e recuperando a compostura. — Primeiro Fran, agora Álvaro... — acrescentou, estendendo sua mão para a fotografia que repousava em cima da mesa.

— Não precisa se desculpar, Herminia — respondeu Manuel, arrastando a foto em cima da mesa na direção da mulher.

Ela o olhou com carinho.

— Pobrezinho, eu é que deveria estar consolando você. Pode ficar com ela, *filho* — disse, cobrindo a mão dele com a própria mão.

Recusando uma piedade que não desejava, ele afastou a mão bruscamente.

— Não, Herminia, é sua, você a guardou todos esses anos...

— Quero que fique com ela — insistiu.

Abatido, ele olhou diretamente nos olhos do garoto da foto, e seu olhar puro transpassou na distância e no tempo, como um punhal de certeza que o atingiu de um modo quase doloroso. Disfarçando seu desânimo, pegou a fotografia e, evitando um novo encontro com aquela potência, guardou-a no bolso interno de sua jaqueta enquanto tentava reconduzir a conversa, ciente do olhar de Herminia.

— E Elisa?

— Elisa foi salva pelo filho. Já estava grávida de pouco tempo, mas foi suficiente para não recair mais. Manteve-se limpa e está completamente recuperada; é uma garota maravilhosa, e o menino... o que posso dizer, se o amo como se fosse meu neto? Ele é esperto demais. Tem três anos e já sabe ler. Elisa lhe ensinou, e às vezes diz umas coisas que parece um homenzinho. Claro, o dia todo com adultos aqui no paço...

Sem querer, Manuel compôs uma expressão de desaprovação que pareceu estimular Herminia a se aprofundar no assunto.

— Não digo que seja ruim, é um bom lugar para educar uma criança, mas ele não frequenta a creche, e Elisa não quer nem ouvir falar de sair daqui. Duvido que já o tenha levado a um parque. Crianças precisam conviver com outras para não ficarem esquisitas...

Manuel a olhou com surpresa, mas ela evitou seus olhos.

— Você disse antes que ela está sempre no cemitério...

— Todos os dias, de manhã e à tarde. No verão, fica lá até que o sol se põe. Brinca com o menino na esplanada em frente à igreja, mas dá aflição vê-la; sempre sozinha com seu filho, brincando entre os túmulos.

— Como a família a trata?

Ambos se voltaram quando ouviram Sarita entrar. Trazia nas mãos vários panos e produtos de limpeza. Herminia mudou o tom.

— Sarita, por favor, limpe agora a janela do estúdio de Dom Santiago.

— Antes você disse para eu limpar a geladeira — contestou a jovem.

— Depois você limpa — respondeu Herminia.

— Desse jeito, não vou acabar hoje! — protestou a garota.

— Pois então acabará amanhã — replicou Herminia, com ironia. — Limpe o estúdio agora.

A garota se voltou para a escada e fechou a porta às suas costas.

Herminia permaneceu em silêncio alguns segundos, com o olhar fixo no portão, e a seguir explicou:

— Ela é uma boa garota, mas não está aqui há tempo suficiente. Nem Sarita nem eu acreditamos na desculpa que Griñán deu para ir embora ontem.

— Estávamos falando de Elisa — recordou ele.

— Sim, a família a trata bem, muito bem. Por causa do menino, é claro. Santiago e Catarina o adoram; eles ainda não têm filhos e por isso são loucos por Samuel, que é um doce, você já viu, carinhoso, risonho, sempre de bom humor. Álvaro o adorava, passava horas conversando com ele e achava uma graça ver Samuel explicar as coisas com tanto aprumo, como se fosse um adulto.

— E... — disse Manuel, apontando para o teto e baixando a voz. — Eu a vi no escritório de Griñán, e não parecia muito gentil nem com ela, nem com o menino.

— O Corvo — ela balançou a cabeça. — Ela não é gentil com ninguém, mas esse menino é filho de Fran e neto dela, tem o sangue dos Muñiz de Dávila, por mais que ela amaldiçoe essa união e se esforce para não o amar; ele é um Muñiz de Dávila, e, por ora, o único herdeiro, ao menos enquanto Santiago não tiver filhos. Para todos eles, inclusive para ela, isso está acima de qualquer coisa.

Ele seguiu a trilha entre as árvores notando que, sob o céu cada vez mais acinzentado, a pouca luz que costumava se infiltrar por entre as copas das árvores havia se extinguido, e as manchas de sol que se desenhavam no chão no dia anterior haviam sido substituídas por retalhos cinza do reflexo do céu. O túnel sob as árvores se tornara escuro, e a promessa de luz no final havia desaparecido; e, embora aquele túnel natural gozasse da proteção contra as rajadas de ar, sentiu sua pele se arrepiar com a queda da temperatura. *A chuva cairia em breve*, pensou. E pensou também naquela tristeza que todos – Griñán, Herminia, inclusive ele mesmo – esperavam dele.

É verdade que estava triste, mas não como havia imaginado que estaria. Se houvesse cogitado um mês atrás a possibilidade de perder Álvaro, tinha certeza de que não teria suportado a dor, que não teria resistido. Sabia porque já havia vivido isso. Recordava a época em que seus pais morreram, sua irmã indo todas as noites para sua cama para abraçá-lo porque não conseguia parar de chorar; a falta que sentia deles a cada instante, o fantasma selvagem e cruel da orfandade das crianças sozinhas, que ninguém ama... E durante anos, depois que o câncer levara sua irmã, achara que nunca mais amaria ninguém. Até que ele chegara.

A recusa dos últimos dias em chorar por Álvaro era a recusa em admitir sua traição, a dificuldade de entender o que estava acontecendo, quem o havia assassinado e por quê; e, sem dúvida, a distância que havia conseguido estabelecer com a dor lhe permitia ver os fatos de uma perspectiva que o mantinha a salvo. Mas algo havia acontecido naquele dia; algo que havia viajado no tempo e no espaço por meio de uma velha fotografia para atingi-lo com todo o ímpeto daqueles olhos que ele conhecia, daquele olhar confiante em sua força, resoluto e seguro, que Manuel havia amado desde o início e esquecido nos últimos dias. O olhar da coragem, o olhar do herói.

Ergueu a mão para apalpar sobre o tecido a presença evocadora da fotografia de bordas curvas que se incrustavam como garras no pano suave do forro de sua jaqueta e na superfície de seu coração.

Ouviu-os antes de vê-los. O inconfundível riso de Samuel animado pela brincadeira, chutando, desajeitado, uma bola na porta da igreja. Parada na entrada, Elisa fingia defender um gol que a bola transpassava repetidamente, para júbilo do menino, que comemorava cada gol abrindo os braços e fingindo voar enquanto corria traçando um círculo inteiro.

Ao ver Manuel, o menino correu na sua direção. Mas, em vez de se jogar em seus braços como no dia anterior, pegou-o pela mão e o puxou, gritando:

— Goleiro! Goleiro! Fique de goleiro! — dizia enquanto o guiava até a porta da igreja onde a mãe os esperava, sorrindo. — Mamãe não defende nenhum gol, fique de goleiro — rogou.

Elisa deu de ombros, divertida, fingindo sua derrota, e, recolhendo uma jaqueta que havia deixado no degrau da entrada, cedeu seu posto.

Manuel tirou a jaqueta e a deixou no mesmo lugar ao lado da porta.

— Garoto, saiba que sou um goleiro imbatível — disse ao menino, que já corria para o meio da pracinha com a bola debaixo do braço.

Durante quinze minutos brincou com o menino, que gritava como um louco cada vez que Manuel pegava a bola, e que celebrava com ainda mais alegria os gols que o deixava marcar. Elisa os observou durante alguns minutos, sorrindo e incentivando seu filho; logo o menino começou a dar sinais de cansaço, e oportunamente apareceram quatro gatinhos de poucas semanas, que acabaram capturando sua atenção por completo.

Deixou o menino brincando com os filhotinhos e se aproximou de Elisa.

— Que sorte que você chegou. Eu já estava ficando esgotada, e o coitado se entedia de brincar sempre só comigo — agradeceu ela.

— De nada, foi um prazer — disse ele, voltando-se para olhar o menino e sorrindo ao notar que os quatro gatinhos eram pretos.

— Como está? — perguntou Elisa, observando-o com verdadeiro interesse. Não era uma cortesia, nem um cumprimento.

— Bem — respondeu ele.

Ela o observou, inclinando levemente a cabeça para o lado. Ele conhecia aquele gesto, expressão de incredulidade; o olhar dela o escrutava, procurando por indícios. Procurava o sinal de que estava mentindo. Ela voltou a vista para os túmulos e iniciou um lento passeio naquela direção. Ele a seguiu.

— Todos irão dizer que acaba passando, que com o tempo se aceita melhor. Não é verdade.

Ele não respondeu, porque era exatamente isso que esperava, que tudo aquilo passasse, que esclarecesse as circunstâncias da morte de Álvaro e que chegasse o piedoso esquecimento, a ordem, a paz. Então, percebeu que Elisa falava de sua própria dor.

— Sinto muito — disse ele, fazendo um gesto vago para os túmulos. — Griñán me contou o que aconteceu, e hoje Herminia me explicou as circunstâncias...

— Então, você não sabe a verdade — ela interrompeu bruscamente, suavizando o tom antes de voltar a falar. — Herminia não tem má intenção, sei que amava Fran de verdade; mas nem ela nem Griñán sabem o que aconteceu. Ninguém sabe. Eles acham que sim, mas ninguém conhecia Fran como eu. O pai o mimou e o superprotegeu a vida toda. Para todos nessa família ele sempre foi o menininho. Assim o tratavam e assim esperavam que se comportasse. A única que viu o homem que Fran era fui eu, e ele não era um suicida — arrematou suas palavras com um olhar que buscava qualquer sinal de discordância no dele.

— Herminia disse que nunca viu ninguém tão desolado.

Elisa suspirou.

— E tem razão. Eu também me assustei ao ver o estado dele. Ele só chorava. Não falava, não queria comer e foi a duras penas que conseguimos fazê-lo beber um pouco de caldo. Mas ele ficou firme, velou o pai a noite toda, carregou seu ataúde até a igreja e depois junto com seus irmãos até o túmulo. Estava aceitando a perda. Quando baixaram o ataúde, ele parou de chorar e mergulhou em um silêncio sereno... Queria ficar sozinho, expulsou todos, sentou-se na terra fofa da sepultura e passou o dia todo ali sem dar ouvidos a ninguém, olhando para o coveiro; até que, quando anoiteceu, Álvaro o convenceu a entrar na igreja. Mais à noite, antes de ir para a cama, fui vê-lo e lhe levei algo para comer. Ele estava tranquilo. Disse para eu não me preocupar, que tudo ia se ajeitar e que com a morte do pai havia tomado consciência de muitas coisas. Pediu que o esperasse em casa, precisava de um pouco mais de tempo porque havia marcado de encontrar com Lucas. Disse que tinha que falar com ele e que depois iria para a cama.

— Lucas, o padre?

— Sim, o que oficiou o funeral de Álvaro. Ele é amigo da família desde que eram pequenos. Fran, bem, a família toda é católica. Para mim é um pouco complicado de entender, porque não sou crente, mas para Fran era importante e foi um grande apoio durante a reabilitação. E eu, claro, achava boa qualquer coisa que o ajudasse ou fortalecesse. Mas é difícil aceitar que seu companheiro prefira falar com um padre e não com você...

Manuel assentiu, dando-lhe razão; sentia-se quase dono daquelas palavras.

— Lucas me contou o mesmo que contou à polícia; que ouviu Fran em confissão e que depois conversaram durante uma hora, que quando ele saiu estava sereno e que nada indicava que tivesse a intenção de cometer suicídio. Essa noite foi a última vez que o vi vivo. Quando acordei, de manhã, e percebi que ele não havia voltado, voltei para cá... e o encontrei. — Ela se voltou um pouco para evitar que Manuel visse suas lágrimas.

Manuel se deteve, ficando para trás para lhe dar espaço; voltou-se e observou Samuel. O menino continuava entretido com os gatinhos. Depois de alguns segundos, ela voltou e parou ao seu lado. Parecia mais serena, embora seus olhos ainda estivessem úmidos.

— Elisa, você tem amigos, família, alguém fora daqui?

— O que quer saber é por que não vou embora, por que continuo aqui? Minha mãe passa quase o ano todo em Benidorm com suas irmãs. Não nos damos bem, e ela se mudou para o litoral assim que meu pai morreu. Nós nos falamos no Natal, nos aniversários, ela acha que minha vida é maravilhosa. Diz isso para todo mundo — deu uma risadinha triste. — Tenho um irmão, um homem decente, que é casado e tem duas meninas; mas, bem... no passado eu cometi muitos erros, faz anos que não nos falamos... Não tenho mais ninguém; nossos amigos daquela época estão mortos, ou quase... Não há nada para mim lá fora. E, além do mais, a família de Samuel está aqui.

Ele recordou a observação de Herminia sobre talvez não ser bom para uma criança tão pequena crescer apenas cercada de adultos.

— Samuel poderia visitar sua família mesmo que vocês vivessem fora do paço.

— Sim... Mas não é só isso; não posso ir embora — disse ela, passando a mão pela aresta formada pela cruz com o nome de Fran. — Ainda não. Não enquanto não tiver certeza.

— De quê? O que você acha que aconteceu?

— Não sei... — sussurrou ela, cansada.

— Herminia me disse que o médico atestou uma overdose.

— Não interessa o que o médico disse; eu o conhecia, Manuel, eu o conhecia melhor que ninguém no mundo, e ele não me mandaria sozinha e grávida para nossa cama se não tivesse intenção de voltar.

Manuel parou ao notar que estava ao lado do túmulo de Álvaro. As flores do funeral murchavam dentro de seus envoltórios de celofane; só os cravos das coroas conservavam algum caráter.

Ele também acreditara conhecer um homem melhor que ninguém no mundo.

Virou-se para evitar ler o nome dele escrito na pedra. Sarita, a empregada da casa, vinha pela trilha. Parou para cumprimentar o menino alguns instantes e depois pegou a trilha do cemitério.

— Aconteceu alguma coisa, Sarita?

— Elisa, a senhora marquesa me pediu para levar o menino, ela quer vê-lo.

— Certo... — respondeu a jovem, erguendo o olhar para as distantes janelas da casa grande.

Na sacada do segundo andar distinguia-se uma figura escura, e Manuel quase pôde ouvir Herminia dizendo: "Ela sempre está aí, vigiando".

De mão dada com Sarita, Samuel rumou para a casa sem se despedir de Manuel, que o observava enquanto ele se afastava. Sentiu-se abatido, um pouco pelo sofrimento e um pouco pela surpresa de se sentir desolado pela partida do menino. Viu o sorriso contido de Elisa, que o observava.

— Ele é muito especial, não é? — disse ela.

Ele concordou.

— Por que se chama Samuel? — perguntou ele.

— Imagino que o que você realmente quer saber é por que não tem o nome do pai.

Manuel inclinou a cabeça.

— Não se pode dar o nome de um morto para uma criança. Isso não é uma homenagem, e sim uma ofensa — disse ela gravemente. — Mas, imediatamente, para suavizar a contundência de suas palavras, acrescentou, sorrindo: — Bem, todos os nomes já pertenceram a alguém antes, então alguém que já morreu o utilizou antes — seu rosto voltou a tornar-se sombrio —, mas Fran morreu de modo violento, antes do tempo, quando ainda não era sua hora. Muita gente aqui acha que não se deve pôr em uma criança o nome de alguém que morreu violentamente, senão o falecido a levará consigo.

Manuel a fitou boquiaberto. Pelo visto, a condição de não crente não a eximia de se deixar influenciar pelo caráter local. Ficou tão impactado por essas palavras que não soube o que dizer, e quando foi falar já era tarde: Elisa pegava a trilha sob as árvores atrás dos passos de seu filho.

— Elisa — chamou.

Ela se voltou sem se deter e tentou se despedir com um sorriso. Não conseguiu.

Ele ficou sozinho no cemitério, sentindo o vento que havia revirado o céu de manhã descer bagunçando seus cabelos, tirando as pétalas dos cravos murchos que expunham a estrutura de palha que mãos hábeis haviam coberto de folhas de aspargos e ganchos de arame para manter as flores no lugar. Centenas de pequenas pétalas vermelhas voaram até se espalhar sobre os túmulos como escandalosas gotas de sangue. A visão dos arames para segurar flores decapitadas o fez pensar que nos últimos dias parecia ter conquistado um posto na torre de vigia de onde se percebe a parte falsa do mundo, os arames, as cordas, os contrapesos do cenário, o pó dos holofotes, as quimeras em que acreditamos e em que precisamos acreditar.

— É tudo mentira — sussurrou para o céu.

Pegou sua jaqueta no degrau da igreja bem quando começava a chover; ia correr para o caminho, mas, misturado com a chuva, ouviu um rumor de desalento, um gemido rouco e visceral, o inconfundível pranto de um homem. Reparou, então, que a porta da igreja que havia julgado fechada estava só encostada. De dentro brotava o cheiro dos círios e da madeira, que ele recordava bem, misturado com aquele pranto comovente, a dor e o profundo pesar abandonados ao desespero. Chegou a roçar com a mão a madeira polida e envernizada da porta e o arremate metálico que como uma ponta de lança parecia assomar atravessando-a por dentro, como a dor daquele homem. Conteve-se, respondendo com o que Herminia havia lhe contado à pergunta "Quem está chorando?". Aquele que sempre chorava. O homem de olhar duro, o selvagem visceral de coração doce que havia adorado seu irmão como só uma criança pode adorar outra. O único que tinha idade e honrarias para possuir uma chave daquele lugar. Santiago. De modo que estava no paço. Herminia havia mentido, ou não sabia que ele havia voltado. Empurrou levemente a porta, que se deslocou alguns centímetros sem fazer barulho. Três dúzias de círios ardiam impetuosos em um atril de metal à direita do altar, jogando sobre o homem uma luz que permitiu identificá-lo com clareza. Santiago, de joelhos em um genuflexório, chorava com o rosto sepultado nas mãos, pressionando contra a boca uma peça de roupa a fim de sufocar seus soluços. Manuel sentiu um misto de vergonha e de profunda pena por aquele homem, e, impressionado diante da crueza daquela dor, agradeceu pela primeira vez por não poder chorar, ou por pelo menos ser capaz de manter o pranto sob controle, sem dar opção à dor de dominá-lo daquele jeito. Correu para seu carro debaixo do aguaceiro.

A chuva e a temperatura em queda pareciam ter intimidado os clientes habituais do bar, que eram poucos naquela noite; claro que também era mais tarde que no dia anterior. O tenente Nogueira havia insistido que se encontrassem depois das onze. Para Manuel dava na mesma. Depois de voltar de As Grileiras, havia comido a sopa e o filé do cardápio da pensão e dormira a tarde toda com a preguiça da pouca luz daquele dia chuvoso, que já quase se extinguia quando acordara. Fechara os olhos de novo para reter mais um instante a recordação do sonho em que sua irmã o abraçava recostada ao seu lado. Era inútil, já havia ido embora. Olhara pela janela para o exterior de pedras escurecidas pela água e árvores que resistiam pacientes, encharcadas de chuva. Tudo parecia triste e imóvel ali, como os domingos de sua infância no apartamento da tia. Abrira a janela e respirara fundo o ar carregado de umidade e dos aromas de terra e pedra aos quais o silêncio ajudava a dar importância. Pensara de novo que era o clima perfeito para escrever, e até voltou a cabeça buscando... Na superfície da mesa lúgubre, a brancura das folhas – ainda em seu pacote de celofane transparente – clamava. De um modo visceral, ele entendia que sua resistência a escrever era ridícula, que em sua recusa residia um estranho prazer de sofrer, de prolongar a tortura de sua alma. Voltava a ser um anjo néscio dormindo à intempérie, recusando-se, por orgulho, a entrar no paraíso. Voltara para a cama e se aconchegara sob as mantas, com a janela aberta e uma mão para fora para segurar os obscuros contos de Poe, esperando que chegasse a hora de seu encontro com Nogueira.

O guarda fazia hora diante de uma cerveja. Ao seu lado, um prato com algo que Manuel supôs serem os restos de um aperitivo que ele já havia matado. Pediu uma cerveja, e estava prestes a recusar o pedaço de *tortilla* que a acompanhava quando perguntou.

— Quer?

Nogueira assentiu sem agradecer, acrescentando:

— Devia valorizar, homem, o mundo não está em condições de jogar comida fora.

Bem, para isso existe você, pensou Manuel enquanto dedicava um olhar ao ventre volumoso do tenente que a fina blusa de lã mal chegava a cobrir.

— Lembra o que eu disse no primeiro dia?

— Que me levaria à montanha e me daria um tiro? Claro, como poderia esquecer?

Nogueira deteve o garfo no meio do caminho e respondeu sem sombra de humor.

— Hoje está engraçadinho, não é? Pois é bom se lembrar, porque eu falei totalmente a sério. Estamos arriscando muito com esse assunto.

— Eu sei.

— Pois não esqueça. Hoje, vamos fazer uma visita a uma amiga minha que tem algo a lhe contar.

— Ofelia?

Um meio sorriso esboçou-se sob o bigode de Nogueira.

— Não; outro tipo de amiga. Mas devo avisar que é provável que não vá gostar do que vai ouvir.

Manuel assentiu.

— Está bem.

O tenente pagou a conta e saiu do bar, somente para se abrigar sob o telhadinho da entrada, onde acendeu um cigarro e o fumou com deleite.

— Já localizamos o telefone público, o do número estranho de onde ligaram para Álvaro. Não que isso ajude muito, mas fica em Lugo; claro que quem ligou poderia fazê-lo de seu bairro, ou justamente procurar um telefone público para despistar mais.

Manuel assentiu sem dizer nada.

— O que o tabelião disse?

— Reconheceu ter ligado, mas sustentou que só soube que Álvaro estava aqui quando Santiago lhe avisou do acidente. Disse que Santiago precisava urgentemente de uma grande quantidade de dinheiro da qual ele não podia dispor.

— Quanto?

— Trezentos mil euros.

— Uau! — exclamou Nogueira, animado —, isso cheira a problemas! Ele disse para quê era o dinheiro?

— Não quis dizer, mas deu a entender que era urgente.

— E importante o suficiente para fazer com que o irmão viesse de Madri fora de hora em vez de esperar uma semana até que chegasse o momento de sua visita programada — concluiu Nogueira. — O que Santiago disse?

— Ele ainda não havia voltado de viagem; voltava à noite — mentiu, enquanto o evocava na igreja cobrindo o rosto para sufocar um pranto tão amargo que havia conseguido impressioná-lo.

— Tem certeza de que Griñán não o advertiu?

Manuel pensou no rosto abatido do tabelião enquanto abandonava seu escritório.

— Não, e nem o fará.

— Ótimo — suspirou o guarda. — Pelo menos adiantou alguma coisa. Mas tem uma coisa que não se encaixa: por que Santiago não ligou diretamente para Álvaro?

— Ele não tinha o número do seu celular. A única maneira que a família tinha de se comunicar com ele era por meio de Griñán.

Nogueira pareceu meditar por alguns segundos, e depois descartar o pensamento.

— Vamos no meu carro — disse.

Apagou o cigarro em uma caixa de areia na entrada e saiu debaixo de chuva rumo ao veículo estacionado.

UM MUNDO ESTRANHO

O limpador de para-brisa, na velocidade mais lenta, varria as gotas do vidro, e o barulhinho suave que ele emitia era a única coisa que se ouvia no carro. Manuel esperou até chegarem à estrada para falar:

— Hoje pude passar um tempo com Herminia e Elisa. As duas me falaram de Fran, o irmão mais novo.

Nogueira assentiu, dando a entender que sabia quem era.

— Herminia me contou algo parecido com o que Griñán me disse, que Fran caiu em depressão com a morte do pai e se suicidou com uma overdose de heroína. — Fez uma pausa enquanto ele mesmo avaliava o que ia dizer. — Mas Elisa tem certeza de que Fran não era suicida e que estava desintoxicado. Ele falou com ela e a convenceu de que tudo se ajeitaria. Claro que a ambiguidade dessas palavras não está livre de suspeitas em um suicida.

Nogueira não respondeu; ligou a seta para a direita e saiu em uma esplanada, onde parou o carro. Através dos vidros embaçados, Manuel distinguiu as luzes piscantes de um bar e alguns veículos estacionados.

— É desse tipo de merda que eu estava falando no outro dia — disse o guarda, irritado, voltando-se para ele.

Manuel esperou em silêncio.

— Eu lhe disse que não era a primeira vez que se jogava terra sobre um assunto doloroso para a família Muñiz de Dávila. Eu estava no comando da equipe que chegou bem cedo a As Grileiras naquele dia, e o que encontramos foi um jovem dependente químico morto sobre o túmulo do pai, com uma seringa pendurada no braço. Tanto a família quanto os vigias forneceram o mesmo relato: o pai havia falecido dois dias antes e fora enterrado na manhã anterior; Fran continuava muito afetado e, depois do enterro, dissera a todo mundo que queria ficar sozinho. Ele devia estar muito deprimido, de acordo com o que se pôde deduzir dos relatos de todos os familiares. Depois de passar um ano em reabilitação com a namorada em uma clínica para dependentes químicos, ele havia voltado para ficar com o pai em seus últimos dias. Todos enfatizaram que eram muito unidos, e eu notei que eles tinham certeza de que ele não havia conseguido superar a morte do pai e que resolvera as coisas assim, da pior maneira. Só a namorada não aceitava. Eu falei com ela, que me disse o mesmo que a você. Isso me pareceu uma reação normal; é difícil aceitar quando alguém faz algo assim. Mas, quando removemos o cadáver, concordei com ela.

Manuel o fitou, surpreso.

— Além da seringa pendurada no braço, o garoto tinha uma forte pancada na cabeça e as pontas dos sapatos arranhadas, como se houvesse sido arrastado. Começamos o protocolo habitual, e, assim como agora, recebemos a sugestão de não fazer a família sofrer prolongando a investigação, uma vez que já se sabia a causa da morte do rapaz. Claro, foram feitos exames, que constataram que o óbito se deu por overdose de heroína. Os elementos necessários para a preparação da dose foram encontrados dentro da igreja, de modo que se estabeleceu que ele se drogou ali e depois saiu cambaleando pelo cemitério. Que, ao andar no escuro entre as sepulturas, ele tropeçou e bateu a testa. Uma bela pancada, que o deixou aturdido, mas não o suficiente para impedir que se arrastasse até o túmulo do pai, onde perdeu os sentidos e sofreu a morte.

Manuel deu de ombros.

— E o que é que não bate?

— O que não bate... — suspirou o guarda sonoramente antes de voltar a falar. — O que não bate são os arranhões nas pontas dos sapatos; eu sei que isso poderia ser explicado dizendo que depois de bater a cabeça ele se arrastou até o lugar onde o encontramos. Mas as pernas das calças estavam limpas; úmidas, porque choveu durante a noite, mas limpas. É impossível que uma pessoa arranhe apenas as pontas dos sapatos ao se arrastar ou andar de joelhos na grama úmida daquele cemitério. A pancada na cabeça foi contundente, arredondada, e achatou a área do impacto sem rasgar a pele. Tem que ter sido produzida por um objeto oval e de superfície suave e polida que não provocasse nem um pequeno corte na pele. Eu examinei uma a uma todas as cruzes e as lápides do cemitério, e a ferida não batia com a forma de nenhuma delas.

Manuel o escutava com atenção, enquanto aquele sujeito aumentava alguns pontos em seu conceito.

— E depois há a questão da chave... Existe uma tradição nessa família: os homens recebem uma chave da igreja ao nascer. É uma chave de prata, em forma de cruz e incrustada com pedras preciosas. É um símbolo que recorda a tradição deles como dirigentes ativos do clero. Pelo visto, provêm de uma longa estirpe de líderes religiosos; o proprietário original do paço foi um ilustre pároco da região... Naquela manhã, a igreja estava fechada. Eu estranhei o fato de que o garoto tivesse se preocupado em trancar a porta, dado o estado em que ele supostamente tinha saído de lá. Percorremos minuciosamente todo o caminho, desde a entrada do templo até o lugar onde estava o cadáver; utilizamos até um detector de metais para procurá-la entre a relva. Não estava lá.

— Alguém trancou a igreja e levou a chave.

— Os irmãos estavam descartados; não precisavam pegar a chave, cada um tinha a sua, com suas iniciais gravadas como uma joia, e não se opuseram a mostrá-las para nós.

— E só havia três...

— Quatro. O velho marquês foi enterrado com a sua, outra dessas tradições de merda. Imagino que o menino pequeno recebeu a sua ao nascer, mas, na época, só existiam as dos irmãos. Falamos também com o amigo, o padre, que supostamente foi o último a vê-lo com vida. Ele disse que o escutou em confissão e que depois conversaram um tempo. Recolheu-se no sigilo e se recusou a nos contar a natureza da conversa, mas disse que em momento algum pensou que ele fosse se suicidar. E foi assim que, oficialmente, o garoto morreu de overdose por não suportar a dor da morte do pai... mais uma vez revelando o tratamento favorável aos Muñiz de Dávila em um assunto que, no mínimo, levantava várias incógnitas; no entanto, uma vez mais, optou-se por deixar as coisas como estavam.

— Mas por quê? Que objetivo teria alguém para mover o corpo depois de morto? Acha que talvez tenham querido disfarçar o modo como morreu para limpar a imagem do filho dependente químico?

Nogueira não precisou pensar para falar.

— Não, nada disso. Que Fran era viciado em drogas todos na região sabiam, e, acredite, esse fato os humanizava de algum modo.

A expressão de Manuel demonstrou que não havia entendido.

— Veja, nos anos 1980 e 1990, milhares de jovens galegos caíram nas drogas. Os clãs de narcotraficantes eram donos da Galícia. Era rara a família que não tivesse um filho metido nisso, até mais de um... Foi uma verdadeira tragédia que ainda perdura. Todos os dias encontrávamos jovens mortos de overdose, essa merda estava por todo lado, como uma praga. E um garoto rico e bon vivant como Fran, era uma mina de ouro para um traficante. O fato de um dos filhos dos marqueses também terem caído nas drogas rendeu-lhes a simpatia de muitos... é como uma espécie de consolo para as pessoas pensar que o dinheiro não nos livra da desgraça; você sabe, os ricos também choram: uma espécie de justiça divina que compensa um pouco as coisas.

Manuel assentiu.

— Então?

— Era evidente que, por mais que pagassem por clínicas de reabilitação diferentes, o rapaz continuava na merda; ele estava passando por um mau momento e teve uma recaída. Mas eu concordo com a namorada, ele não ia se suicidar. O mais certo é que só quisesse fugir um pouco, fazia tempo que não se drogava e errou a mão. Provavelmente morreu dentro da igreja. Injetou e desmaiou. A superfície torneada do genuflexório encaixa bem melhor com a pancada que ele tinha na testa... E depois, sabe-se lá por quê, talvez um parente... se bem que o mais provável é que nem sequer tivesse que sujar as mãos... ou um empregado, talvez o vigia, alguém de confiança, tenha encontrado o corpo e sabia o que tinha que fazer.

— Mas por quê? Para quê?

A raiva na voz de Nogueira quebrou definitivamente as barreiras que a continham.

— Eu já expliquei. Porque nessa maldita família ninguém se droga, nem sai com putas, nem estupra ninguém, e quando isso acontece eles procuram fazer que as coisas sejam vistas sempre do lado mais bonito. E o pior é que nem sequer precisam pedir; foi assim durante séculos e assim continua. São os Muñiz de Dávila, é preciso lhes fazer o favor, evitar a dor, a ignomínia e a vergonha, para não falar do sacrilégio que representa encontrar o filho viciado morto de overdose dentro de uma igreja. Esse é o tipo de coisa que não acontece com eles; no entanto, há algo de poético em encontrar o filho arrasado pela dor, morto sobre o túmulo do pai. Eles são assim, possuem essa estranha habilidade para sair reluzentes da merda que sepultaria os outros.

Manuel desviou o olhar para as luzes que por trás dos vidros se viam difusas devido à chuva incessante. Enquanto isso, pensava que havia aterrissado em outro mundo, um mundo estranho e desconhecido. Um mundo onde normas diferentes regiam os comportamentos, as reações e as alianças. Assistia à representação do caos, incapaz de reagir, como o espectador imobilizado diante de um pesadelo. Sabia, no entanto, que aquela espécie de anestesia dos sentidos lhe permitia a perspectiva necessária para refletir, para analisar cada palavra de Nogueira e assistir ao anárquico espetáculo representado diante dele com a frieza própria de quem observa na distância sem perder o juízo, sem se deixar arrastar pela paixão que o destruiria. Abençoou aquela atmosfera.

— Acha que aconteceu a mesma coisa com Álvaro? — perguntou, voltando-se para Nogueira.

O agente também não teve que pensar durante muito tempo para responder a essa pergunta.

— Em parte sim, já lhe dissemos, mas há uma diferença. É que, dessa vez, as tentativas de proteger a imagem da família estão contribuindo para encobrir algo mais grave que um suicídio disfarçado de overdose acidental. Desta vez, trata-se de um assassinato.

Manuel ia perguntar algo, mas Nogueira o interrompeu.

— Vamos — disse, indicando as luzes do bar —, é aqui.

O néon rosa e azul, que a névoa de dentro do carro havia borrado, brilhava com força na fachada do edifício. Manuel se voltou para Nogueira e o interrogou com o olhar.

— Sim, é um prostíbulo — respondeu. — Imagino que nunca esteve em um, pelo menos não desse tipo.

Um sujeito engomado, de cabelos tão claros que eram quase brancos, guardava a porta. Usava botas de caubói e uma camisa azul-marinho com franja, na mais pura estética de um cantor de música country. Parodiou uma espécie de saudação militar com dois dedos e sorriu, mostrando uma dentição que brilhava sob a luz azul do néon. Devia medir dois metros.

O local pretendia ser elegante, mas cheirava a umidade disfarçada com aromatizador barato e perfume caro. Manuel conseguiu distinguir os descascados na pintura, em alguns lugares perto da linha do chão, apesar da pouca luz no lado de dentro. A alta temperatura reinante no local não conseguia diminuir a umidade que entrava pelas paredes e impregnava o ambiente de um modo invisível, mas palpável, e que pesava sobre o corpo dele como um sambenito desde que havia chegado à Galícia.

Uma dúzia de homens estavam distribuídos pelas poltronas de couro sintético e outras tantas meretrizes em diferentes graus de abordagem; mais dois sujeitos no balcão, que pagavam drinques às garotas que se aproximavam para sussurrar em seus ouvidos. Nogueira pareceu satisfeito ao encontrar a esquina do balcão livre. Sentou-se e indicou a Manuel que fizesse o mesmo enquanto olhava de modo atrevido para os usuários do local.

Um barman de uns cinquenta anos chegou apressado do outro lado do balcão.

— Boa noite, tenente, o que quer tomar?

— Tomarei um gim-tônica, e... — disse, apontando para Manuel.

— Uma cerveja.

— Uma cerveja — debochou Nogueira —, beba um drinque, homem!

— Apenas uma cerveja mesmo — disse Manuel, dirigindo-se ao barman, que assentiu enquanto começava a servir as bebidas.

— E, Carlos, avise Nieves que estamos aqui.

O homem fez um gesto indicando o andar superior.

— Está ocupada, mas não vai demorar.

Pôs em cima do balcão as bebidas e duas vasilhas com batatas fritas e frutos secos.

Manuel sorriu.

— Nem em um puteiro são capazes de servir bebida sem pôr comida junto.

Nogueira bebeu um gole de seu drinque e o fitou, desconfiado.

— Por que isso o incomoda?

— Não me incomoda, só me chama a atenção. Em Madri, não cobrariam menos que dois euros pela *tortilla* que me dão com a cerveja.

— Porque vocês são trouxas de pagar esses preços — disse o guarda, categórico. — Nós, aqui, não gostamos de ser enganados e queremos receber tudo o que nosso dinheiro vale. Se um bar não serve nada com a bebida, já pode ir fechando as portas porque ninguém mais irá.

Da escada de destino incerto que havia no fundo surgiu uma mulher. Manuel reparou nos olhares receosos que algumas garotas lhe dedicaram e na corrente de inquietude que as fez aprumar as costas visivelmente.

Nieves tinha uma idade indefinida que poderia rondar entre os trinta e os quarenta anos. Tinha o cabelo louro, com um corte reto à altura dos ombros; era baixa e sem muitas formas. Os olhos, bastante separados, poderiam ter sido azuis, mas desses que parecem escuros quando estão sob pouca luz. Uma expressão dura na boca a dotava da crueldade necessária para ser a dirigente daquela casa. Nogueira a cumprimentou com dois beijos e Manuel lhe estendeu a mão.

A mulher pediu um drinque, que Nogueira se apressou a pagar, e Manuel notou quão impaciente ele estava enquanto ela o bebia a pequenos goles.

— Por favor, conte de novo o que você me disse ontem.

— Tudo? — respondeu ela, insinuante.

— Você sabe a que me refiro — disse ele, procurando disfarçar o sorriso que se esboçava sob seu bigode.

A mulher os observava por cima do copo, fingindo um recato que não tinha.

— Bem, que fique registrado que conto isso como um favor ao tenente — disse, muito digna —, porque se algo caracteriza minha casa é a discrição.

Nogueira assentia impaciente enquanto ela falava.

— Vem gente muito importante aqui, sabe? — explicou, desmentindo sua afirmação anterior —, altas patentes militares, diretores de empresas, prefeitos...

A exasperação de Nogueira só aumentava, e ele a apressou delicadamente.

— Vamos, Nieviñas, não temos a noite toda.

Ela o fitou contrariada.

— Como eu disse ontem ao tenente, Dom Santiago é cliente habitual de minha casa. Vem pelo menos uma vez a cada quinze dias, às vezes toda semana, e de vez em quando com o irmão.

Nogueira pegou o celular e lhe mostrou uma foto de Álvaro.

— Quando foi a última vez que ele esteve aqui?

— Com o irmão faz bastante tempo, mais de três meses; e Dom Santiago deve fazer uns quinze dias. Sim, este — disse, batendo com uma unha postiça na tela do telefone —, não sei o nome dele, mas é este, o bonito.

Incrédulo, Manuel olhou para a tela do celular e depois para a mulher novamente.

— Tem certeza?

— Absoluta; ele costumava ir com Niña. Ela não é nenhuma menina — apressou-se a explicar —, tem dezenove anos, mas a chamamos de Niña porque é a mais nova e a menos encorpada. Agora está ocupada — disse, indicando uma das garotas montada nas pernas de um cliente.

Ela realmente parecia ser jovem. Sua cabeleira longa e escura cobria-lhe as costas, mas suas pernas morenas eram finas. Podia sentir a força de seu corpo pelo modo como a musculatura se retesava sob a pele, acompanhando seus movimentos. Manuel inclinou um pouco a cabeça e pôde vislumbrar suas feições, pequenas e femininas. Sem querer, ficou encantado com a harmonia daqueles movimentos, de suas mãos. Ao longe, ouviu a mulher dizendo:

— Dom Santiago costuma ir com Mili, mas não tem problema de mudar de garota. Hoje Mili não está. Sua mãe está morrendo, pela segunda vez este ano — acrescentou, maliciosa —, de modo que talvez esteja aqui daqui a dois dias; e se for um falso alarme de novo voltará logo pela manhã. Porque já avisei: é melhor que sua mãe decida se morre ou não de uma vez por todas.

— Bem — respondeu Nogueira —, pelo menos poderemos falar com a outra.

— Terá que esperar, ela agora está ocupada, e parece que vai ficar durante um bom tempo — respondeu a *madame*.

Como se acompanhasse suas palavras, a garota se levantou e caminhou para a escada dos fundos, guiando o cliente. A jovem voltou o rosto na direção de Manuel e, por um instante, seus olhares se cruzaram. Então, ela seguiu seu caminho, aparentemente alheia ao abismo sombrio que seus olhos escuros haviam aberto no coração dele. Seguiu-a com o olhar até que ela se fundiu nas sombras. Então, como se acabasse de despertar de um sonho, voltou-se para Nogueira e pediu:

— Vamos.

— Tenha paciência, homem, não vai demorar muito. Apesar do que Nieviñas diz, um bom tempo aqui não passa de meia hora.

A mulher lhes dedicou um sorriso torto e saiu por entre os banquinhos onde os homens estavam sentados, parando simplesmente para voltar o olhar para Nogueira. Não disse nada, apenas inclinou a cabeça levemente em um gesto rápido e premente a que o guarda obedeceu de imediato. Ele murmurou um "não demoro", enquanto jogava no balcão uma nota de cinquenta euros e fazia ao barman o conhecido sinal para que mantivesse seu convidado bem abastecido.

Desconcertado, sentindo-se totalmente deslocado, Manuel deixou que o garçom lhe servisse em uma taça, cerimonioso, uma cerveja que ele preferiria beber da garrafa. Sem se atrever a levantar a cabeça, deu um gole que, com um silvo premonitório, se misturou em sua boca com o sabor do aromatizador que um difusor disparava em cima do balcão. Observou a espuma que se desmanchava depressa sobre a superfície âmbar de sua taça. Deixou-a sobre a madeira polida do balcão e saiu do local.

A chuva havia diminuído até chegar a um ritmo que levava a supor que cairia durante a noite toda. Imediatamente praguejou por não ser precavido e não estar com seu próprio carro; olhou pesaroso para o velho BMW de Nogueira. O carro ainda conservava, em seu interior, calor suficiente para manter os vidros embaçados, e, iluminado pela luz enlouquecedora do néon, parecia algo saído de um parque de diversões. A temperatura havia caído nas últimas horas, e a presença quase física da umidade era como um sudário molhado colado ao seu corpo, mesmo em lugares fechados. Saiu na chuva e caminhou até a beira da estrada, que se abria em dois ramos de incerteza que mal permitiam distinguir, naqueles poucos metros em que a luz procedente do estacionamento do puteiro era engolida pela escuridão, o fulgor da tinta das faixas descontínuas. Não se via nenhum sinal que indicasse alguma presença humana. Pelo contrário, a estrada registrava um trânsito rápido e fluido, apesar da constante precipitação, cegando-o a cada poucos segundos com a projeção de um efêmero halo de luz fugaz recortado pela chuva.

Descartou a ideia de caminhar pela estrada e se voltou para o estacionamento, ciente do absurdo de sua situação. Não queria estar ali. Não podia ir embora. Olhou ao redor. Uma dezena de carros se distribuía pela esplanada sem nenhum condutor a quem pudesse pedir que o levasse até a bifurcação. Notou que o caubói havia abandonado sua banqueta de couro sintético ao lado da porta e o observava com curiosidade, enquanto se inclinava para fora da varanda. Resignado, voltou à entrada desejando pelo menos ser fumante; assim teria tido uma boa desculpa para estar fora. Apalpou desesperadamente a jaqueta procurando seu celular enquanto se dirigia ao caubói.

— Achei que tinha perdido meu celular...

O homem respondeu voltando para sua banqueta com uma expressão que dava a entender que, então, seu comportamento estava explicado. Manuel completou a pantomima pegando seu celular; que, ao ser retirado do bolso, arrastou consigo uma pálida flor que caiu no chão como uma borboleta morta. Esquecendo o caubói e sua desculpa esfarrapada, agachou-se e, incrédulo, tocou a flor com a ponta dos dedos. Sob a luz do néon, a gardênia proclamou sua beleza perfeita maculada pela sujeira úmida do chão, que havia manchado uma pétala. Gentilmente, limpou o barro com os dedos sentindo a firme delicadeza da flor, levou-a ao rosto e, fechando os olhos, aspirou seu perfume.

A porta se abriu, deixando escapar para o exterior a música, o calor e o bafo do prostíbulo. O caubói mantinha uma conversa animada com um cliente que havia saído para fumar. Manuel mexeu no celular, fingindo escrever uma mensagem, e se afastou pela varanda até a lateral da casa. Encontrou um refúgio sob o beiral da fachada e ali se abrigou nos minutos seguintes; com o olhar perdido no mundo irreal em que o estacionamento encharcado havia se transformado sob a luz do prostíbulo, com o celular em uma mão, tendo cuidado para que a luz da tela não se apagasse e deixasse de lhe fornecer o pretexto que mantinha os olhos vigilantes do caubói sob controle. A outra mão, dentro do bolso de sua jaqueta, deslizava os dedos pela lisura das pétalas suaves que deixariam em sua pele um aroma que ele reconheceria muitas horas depois.

Nogueira apareceu subitamente na entrada, colocou entre os lábios um cigarro que o caubói se apressou a acender, olhou para os lados e, ao vê-lo, exclamou:

— Caralho, você está aí! Achei que tivesse ido embora.

Manuel não respondeu. Guardou o celular no bolso e, passando pelo guarda, dirigiu-se ao carro debaixo de chuva.

Nogueira ficou olhando para ele por alguns segundos, rosnou um palavrão enquanto jogava o cigarro recém-aceso em uma poça, abriu o carro e ambos se sentaram. Mas ele não ligou o motor. Ficou alguns segundos em silêncio antes de dar um tapa no volante.

— Eu avisei você. Eu disse que coisas assim poderiam acontecer, que muita merda viria à tona. Eu o adverti — repetiu, exonerando-se de qualquer consequência.

— Advertiu — reconheceu Manuel.

Nogueira bufou.

— Falei com a garota... Ela disse...

— Não quero saber — interrompeu Manuel.

O guarda civil o fitou, frustrado.

— Agradeço o que está fazendo, e eu sei que você me avisou, mas eu não quero saber... Porque já sei, está bem? Pode se poupar dos detalhes.

Nogueira arrancou o carro.

— Como quiser; só vou dizer que ela confirmou.

— Tudo bem... — disse Manuel, secamente.

Nogueira balançou a cabeça. Rumou para a estrada, mas parou, como se de repente houvesse se lembrado de algo. Esticou-se para trás o suficiente para introduzir a mão no bolso de sua calça. Tirou um anel de ouro, que colocou no dedo. As luzes do prostíbulo mal faziam brilhar o metal quase mate da aliança.

Os dois homens ficaram em silêncio durante todo o trajeto. Nogueira já havia lhe dado as instruções do que queria que fizesse no dia seguinte, e Manuel estava desanimado demais para dizer qualquer coisa. Seus pensamentos vagavam como se estivessem entre dois nortes magnéticos, indo da gardênia que guardava no bolso ao brilho mortuário da aliança de Nogueira. Achou impossível que um homem como esse tivesse alguém o esperando em algum lugar. Havia algo realmente corrupto em sua expressão ao pôr de novo no dedo a aliança que ele tirava para ir ver as putas. Tentou recordar se a usava no dia em que foram visitar Ofelia e ele se despedira tão carinhosamente dela. Perguntava-se se Álvaro também teria feito isso naquela noite, se era a explicação da ausência da aliança, talvez uma prática comum dos frequentadores de putas. Nogueira também deve ter percebido, porque Manuel o viu pelo menos em duas ocasiões olhar para o anel ou cutucá-lo com o polegar da mesma mão, como se, subitamente consciente de sua presença, a aliança lhe causasse uma espécie de eritema insuportável. Olhou para sua própria aliança, ainda no dedo, e se viu perguntando por que ainda não a havia tirado. Um forte suspiro brotou de dentro dele com o fardo resultante de vergonha e resignação. Quando desceu do carro em frente à pensão, só murmurou um "boa noite", ao qual Nogueira respondeu com cortesia pela primeira vez.

As lâmpadas econômicas se acendiam com uma luz tênue que ganhava intensidade conforme os minutos passavam. Ficou em pé à porta do quarto olhando a cama estreita de monge que o fazia lembrar as noites em claro de sua infância. Caminhou até a mesa, desencaixou a cadeira desconfortável dentre seus pés e se sentou.

Abriu o pacote de folhas de sulfite e, sem retirá-las, aspirou seu cheiro, do mesmo modo que fazia quando começava a ler um livro. Cheirava sutilmente a brancura do papel, um perfume inconcluso que só atingia sua maturidade quando se fundia com o aroma inconfundível da tinta. Como em um passe de mágica, a presença impressa de quatrocentas páginas apertadas contra o peito voltou à sua memória. *Sol de Tebas*, o romance que estava prestes a terminar quando lhe comunicaram que Álvaro havia morrido, dormia a quinhentos quilômetros dali. Dois capítulos curtos, talvez vinte e cinco páginas, separavam-no do final daquele livro que seus leitores adorariam, que era bom, mas não tão bom... "Não posso escrever outro livro como *Lo entregado al no*. Esta é toda a verdade que quero e que posso suportar", ele havia dito a Álvaro.

Tirou um maço grande de folhas e o colocou à sua frente, pondo o resto em um lado da mesa. Pegou uma caneta do pacote de cinco e na parte superior da página escreveu o título.

DE TODO LO NEGADO
As batidas na porta soaram autoritárias. Foram oito golpes decididos e rápidos, de quem espera ser atendido com prontidão. O tipo de exigência que nunca

poderia ser confundida com o chamado de um convidado, de um empregado ou de um entregador. Mais tarde, ele pensaria que, afinal de contas, é assim que se espera que a polícia bata na porta.

Durante alguns segundos ele observou, pensativo, o cursor piscante no final da última frase. A manhã estava rendendo, bem melhor que nas últimas três semanas, porque, embora odiasse admitir, escrevia mais à vontade quando estava sozinho em casa, trabalhando sem horários, livre das interrupções rotineiras para o almoço ou o jantar. Assim, simplesmente se deixava levar. Nessa fase da escrita as coisas costumavam correr sempre da mesma forma; Sol de Tebas estaria acabado em duas semanas, talvez antes, se tudo caminhasse como o esperado. E, até então, essa história seria a única coisa em sua vida, sua obsessão, aquilo que o ocuparia dia e noite, a única coisa em que pensaria. Ele havia passado por isso com cada um de seus livros, uma sensação ao mesmo tempo vital e demolidora, como uma imolação que adorava e temia igualmente vivenciar. Um ato privado que, por experiência própria, ele sabia que não o transformava na melhor companhia durante esses dias. Levantou os olhos para espreitar rapidamente o corredor que separava a sala onde escrevia da porta de entrada, e depois voltou para o cursor, que parecia palpitar já carregado das palavras que tinha que escrever. Um enganoso silêncio se apoderou do lugar, criando por um instante a falsa esperança de que o intempestivo visitante tivesse desistido. Mas não; ele percebia a presença daquela energia imperativa e quieta do outro lado da porta.

FUMAÇA

Nogueira fumava olhando a escuridão, de camiseta e cueca. Os postes pela rua que levava à sua casa estavam tão distantes entre si que seus fachos de luz se desenhavam na trilha como círculos cor de laranja independentes e isolados que jamais se tocavam. O abajur que ele havia deixado aceso mal derramava sua luz rosada dentro do quarto, e imaginou que de fora sua silhueta se recortaria perfeita contra as paredes do quarto da criança. Mantinha o cigarro pendurado fora da janela, e cada vez que tinha que dar uma tragada assomava o corpo pela abertura, na tentativa de evitar que a fumaça entrasse. Ela odiava a fumaça. E ele odiava ter que fumar assim o último cigarro do dia, que tantas vezes lhe permitia um momento de discernimento no qual as peças se encaixavam e, ultimamente, se transformava na justificativa para não ter que pensar em outras coisas. A luz externa era insuficiente para arrancar cintilações de sua aliança, mas sua presença queimava em seu dedo como se estivesse incandescente. Como é possível que algo que está à vista seja invisível aos nossos olhos, e que só com o olhar de outro volte a ser? Como se estivesse recuperando uma matéria que tinha sido desgastada até se tornar incorpórea, e aquele olhar lhe devolvesse toda a sua essência. Observou a aliança em seu dedo e balançou a cabeça para se livrar da força daquele pensamento, que essa noite – ele já sabia – não o deixaria dormir.

Deu uma última tragada profunda, aspirando-a com força, até sentir o calor no fundo de seus pulmões, e soltou a fumaça, direcionando-a o mais longe possível da casa. Apagou o cigarro na parede externa e depositou a ponta em um saquinho plástico que já continha outras. Fechou-o e o colocou dobrado no peitoril da janela, que ainda deixaria aberta um pouco, mais para ter certeza de que todo o cheiro do tabaco iria desaparecer.

Voltou a vista para dentro e franziu o cenho, sem retribuir o sorriso da Minnie Mouse que olhava para ele em cima do cobertor. Afastou um a um os bichos de pelúcia que descansavam sobre o travesseiro, puxou o edredom e se deitou na cama. Apagou a luz do abajur das princesas da Disney.

QUEBRAR A CASCA

Manuel abriu os olhos na escuridão que reinava no quarto e percebeu que, em algum momento durante a noite, havia inconscientemente desligado a tevê. Em seu sonho havia ouvido o menino chorar, e ela de novo fora consolá-lo... Saiu da cama e, tateando, foi até a janela delatada pelo fino fio de luz que passava por entre a veneziana. Devia ter parado de chover horas atrás, porque, embora ainda restassem algumas poças, o chão já estava seco em muitos lugares. Mas, pelas sombras projetadas, calculou que o sol ainda não devia estar muito alto. Procurou, sem sucesso, o controle remoto da tevê entre os lençóis revirados, e, rendido à evidência de que não o encontraria, contornou a cama e abriu a gaveta da mesa de cabeceira. De dentro tirou seu relógio, evitando as gardênias que clamavam em diferentes estados de murchidão. Fechou-a apressadamente; ainda assim, não pôde evitar que o aroma das flores chegasse a seu nariz, imperando sobre o cheiro da madeira velha e naftalina de arca de sacristia, além do olhar confiante do menino da foto, que ganhou mais do que nunca caráter de fotografia de falecido ao estar cercada de flores murchas.

Estudou seu próprio reflexo no espelho. O rosto cinza delatava a insônia que o mantivera escrevendo até de madrugada. Voltou-se para ver por cima dos ombros as páginas cheias de sua caligrafia que cobriam a superfície da mesa; algumas haviam deslizado como em uma avalanche, cobrindo uma parte do chão como se traçassem um caminho nevado que se estendia até embaixo da cama. Contemplou-as abobado durante alguns segundos antes de voltar para sua imagem no espelho; seus olhos, nublados como o céu galego das primeiras horas, cobertos por uma camada de pálida tristeza que devorava seu brilho. Passou a mão pelo rosto em um esforço para se livrar da preguiça, penteou com os dedos seu cabelo curto e escuro e notou que os poucos fios brancos sobre suas têmporas pareciam ter se multiplicado nos últimos dias; a barba rala na qual se viam cada vez mais pelos brancos contrastava com os lábios, muito vermelhos, mas fracos como a boca de um palhaço triste. Tentou sorrir, mas só um leve tremor percorreu a máscara em que seu rosto havia se transformado, como se um dentista bêbado lhe houvesse aplicado muita procaína ou uma bactéria botulínica houvesse paralisado sua musculatura facial.

— Você não pode continuar assim — disse ao homem no espelho.

Deixando de lado as flores, resgatou do fundo da gaveta o cartão que o padre lhe havia dado na porta do paço e, em um arroubo, antes de fechá-la, pegou a fotografia e a guardou no bolso interno de sua jaqueta, sentindo os cantos curvados arranharem o cetim do forro, agarrando-se nele como uma criatura viva.

Saiu para o corredor da pensão e localizou a dona da casa guiando-se pelas pilhas de lençóis que, jogados no chão em frente a um quarto aberto, delatavam que ela estava fazendo as camas. Cantarolava baixinho; ainda assim, sua voz quase de menina, que contrastava com a largura de seu corpo, o fez sorrir.

— Pode me dizer como chegar neste lugar? — perguntou, estendendo o cartão no corredor, sem dar um passo a mais.

A mulher estudou o cartão com um interesse que parecia multiplicado quando ela levantou o olhar.

— Aí eles tiram o *meigallo*, sabia?

— O quê? — respondeu ele, confuso.

— O *meigallo*, o demônio, o mau-olhado e as *companhias*.

Manuel arregalou os olhos, surpreso com a revelação. Observou a expressão da mulher em busca do costumeiro sorriso delator que acompanha as brincadeiras, o deboche. A mulher não sorria.

— Bem... pode me explicar isso?

— Claro que explico — respondeu ela, solícita, e abandonou suas tarefas para se postar ao seu lado com o cartão ainda na mão. — Veja — disse, apontando para o papelão —, este santuário foi, desde tempos antiquíssimos, um local de peregrinação e um dos lugares santos da Galícia onde se vai para remover o *meigallo* ou o *demo*.

Ele se inclinou para poder ver seu rosto, buscando aquele sinal, que quase necessitava, para assimilar o que ela estava lhe contando.

A mulher deve ter notado, porque, por sua vez, dedicou-lhe um olhar severo enquanto dizia:

— Olhe, estou falando sério.

Manuel assentiu sem se atrever a dizer nada.

— Que o demônio existe é tão certo quanto que Deus existe, e também que, às vezes, induzido por aqueles que nos desejam mal, ou pela própria vontade, entra em nossa vida e torna nossa existência insuportável.

Manuel estendeu a mão até tocar o cartão, com a intenção de pegá-lo de volta. Não ia continuar escutando aquela mulher. Mas ela o segurava com força, e, sem soltá-lo, foi retrocedendo um passo enquanto dizia com uma expressão abrasadora:

— Eu sei o que está acontecendo; o senhor é um desses que não acreditam em nada, não é? Pois deixe eu lhe contar uma história.

Manuel olhou para o corredor que se abria diante dele enquanto acalentava a ideia de ir embora e deixá-la ali com sua história, mas pensou que, afinal de contas, a mulher do estalajadeiro havia sido gentil e solícita com ele desde que estava em sua casa. Ele era escritor, nunca dizia não a uma história. Deu de ombros e a escutou.

— Tenho uns sobrinhos em A Coruña. Bem, na verdade, o sobrinho é ele; é professor de matemática em uma escola, e ela, uma garota muito simpática, é assistente social. Estão casados há oito anos e têm uma menina que agora tem cinco. Pois bem, há um ano, quando a menina completou quatro, começou a ter pesadelos. Acordava gritando, apavorada, e dizia que havia gente em seu quarto, gente má, gente horrível, que a acordava e a assustava. Seus pais não deram muita importância a princípio, pensaram que fossem apenas pesadelos causados por algo que acontecia na escola, talvez alguma criança batesse nela... o senhor sabe, essas coisas. Mas os pesadelos continuaram; a menina gritava, os pais corriam para o quarto dela e tentavam acordá-la, mas mesmo com os olhos abertos ela continuava dizendo que via aquelas pessoas ali. Apontava para as paredes atrás de seus pais, e o terror em seu rosto e em seus gestos era tanto que até os assustava.

"Eles levaram a menina ao pediatra e ele disse que se tratava de terrores noturnos, um tipo de pesadelo muito vívido no qual as crianças, mesmo de olhos abertos, continuam vendo as imagens do sonho. Ele deu alguns conselhos para os pais: evitar o estresse, brincadeiras muito ativas antes de dormir, refeições fartas; recomendou banhos de banheira, massagens... os pesadelos continuaram exatamente iguais. Desesperados, consultaram outros médicos, e, no fim, foram encaminhados a um psiquiatra infantil. Depois de examinar a menina, o médico disse que ela estava perfeitamente bem, mas que, às vezes, crianças com muita imaginação podem acreditar que veem o que imaginam. A explicação era boa, mas não consolou os pais, então o psiquiatra receitou um sonífero bem leve, segundo ele, mas, enfim, uma droga para crianças.

"O senhor pode imaginar a preocupação; eles voltaram para casa desolados e contaram tudo para a minha irmã, que nesse dia estava com uma amiga muito querida em casa. Foi essa amiga que os aconselhou. Disse: 'Por que não levam a menina no santuário?'. Eles responderam: 'Ah, é que nós não acreditamos nessas coisas, e, na verdade, não nos imaginamos levando nossa filha a um exorcista'. 'Certamente também não devem ter imaginado que teriam que levar sua filha em um psiquiatra ou dar drogas para ela com apenas quatro anos', respondeu ela. 'Leve a menina lá, homem; vocês são católicos, a menina é batizada e vocês se casaram na Igreja; e, afinal de contas, não vão perder nada indo assistir a uma missa.'

"Ainda demoraram alguns dias para levá-la, e acho até que começaram a lhe dar o sonífero que o médico havia receitado, que não adiantou de nada. Então, desesperados, decidiram ir ao santuário; foi em um dia de celebração. Depois de assistir à missa com a menina, o pai foi até o padre e lhe explicou a razão que os levara até ali. 'Agora vamos tirar a Virgem Maria de seu altar e dar umas voltas com ela ao redor do templo. Pegue sua filha pela mão e passe de um lado para o outro por baixo do andor', disse o sacerdote. 'Só isso?' 'Só isso.'

"Esperaram do lado de fora com as pessoas, vendo que mais de uma fazia a mesma coisa que o padre havia explicado ao pai: passar de um lado para o outro por baixo da Virgem Maria. Pensaram que isso não faria mal algum a sua filha, de modo que o pai a segurou pela mão e tentou se aproximar.

Foi então que a menina começou a gritar como uma louca, fincou o pé no chão gritando, arfando, berrando 'Não, não, não!'. Os pais se ajoelharam no chão ao seu lado, desesperados, sem saber o que fazer, alucinados diante do que estava acontecendo e completamente dominados pelo horror do que a filha estava sofrendo. Então, o padre chegou correndo, pegou a menina que não parava de gritar no colo, e passou depressa por baixo do andor.

"O senhor pode não acreditar, mas a menina havia parado de gritar quando saiu do outro lado; estava completamente calma, como se nada houvesse acontecido, e não se lembrava de uma palavra do ocorrido."

Manuel respirou fundo.

— O que quer que lhe diga? — suspirou a mulher, estendendo-lhe o cartão. — Não sei se meus sobrinhos são mais crentes agora que antes, mas a questão é que a menina nunca mais teve pesadelos, e toda vez que há uma celebração eles voltam com ela para passar por baixo da Virgem.

A história que a dona da pensão lhe havia contado ainda girava em sua cabeça enquanto ele dirigia os quase cinquenta quilômetros pela estrada, passando por várias localidades importantes, além de uma cidade pequena. Alguns postes na via principal indicavam lugares de interesse turístico ou arquitetônico; depois, pegou um desvio e as placas desapareceram durante quilômetros. O navegador continuava indicando que avançasse, mas Manuel tinha certeza de que estava perdido. No entanto, ele não se importou, pois a beleza da paisagem conseguia amplificar a sensação libertadora de fuga e desobediência daquela manhã.

Meia dúzia de casinhas humildes contornavam a igreja e os edifícios vizinhos que faziam parte do templo. Deu uma volta completa na construção, impressionado com o tamanho do estacionamento, que estava deserto, e voltou à entrada principal, onde estacionou embaixo de uma bananeira que ainda conservava quase todas as folhas verdes. Desceu do carro e observou a escadaria de dois braços que subia para o templo.

Ouviu um rumor e viu dois idosos, que, sem lhe dar atenção, entravam por uma porta de alumínio que ele só identificou como um bar por causa da propaganda desbotada da Schweppes gravada sobre uma placa pela qual provavelmente lhes pagariam um bom dinheiro em um antiquário. Antes de se dirigir ao templo, aproximou-se do tronco cinzento da bananeira e arrancou uma escama de bom tamanho, que deixou em seu lugar uma mancha irregular e amarelada que em poucos dias se igualaria ao resto da casca. Sua irmã adorava fazer aquilo. Em seus passeios pelos parques de Madri, competiam despindo as bananas de suas cascas escamosas. Às vezes encontravam algumas praticamente intactas, com a casca rachada e deformadas como se a árvore se sacudisse por dentro para se livrar dela. Com verdadeiro prazer descolavam as placas escamosas; o desafio era arrancar o maior pedaço sem que se quebrasse. Sorriu. E sorriu outra vez ao notar que, naqueles dias incertos, a recordação que durante tanto tempo havia sido submetida ao exílio, por ser dolorosa, havia se transformado na única coisa capaz de diminuir sua tristeza.

Envolveu com a mão a escama de casca e subiu a escada que levava ao templo. Supôs que a porta da fachada principal devia estar fechada, e se recusou a empurrá-la; preferiu contornar o templo, reparando nos arranhões com desenhos de cruzes que se viam nas pedras do chão até onde alcançava a mão de um homem alto. Uma mulher de cabelo muito curto saiu pela porta lateral puxando exageradamente sua blusa de lã para se enrolar nela, indício de que sua ação tinha mais de neurose que de frio. Ela ficou olhando para ele e disse:

— A igreja está aberta, mas vai ter que entrar por aqui; se quiser comprar velas ou objetos litúrgicos, vou abrir agora — acrescentou, apontando para uma casinha de pedra onde uma placa dizia: "Recordações da Virgem".

— Não — respondeu Manuel, talvez brusco demais —, na verdade, vim falar com Lucas, mas não sei nem ao menos se essa é uma boa hora. Talvez eu devesse ter ligado antes de vir...

A mulher substituiu sua primeira reação de decepção por outra de estranheza, mas, de súbito, pareceu compreender, e por fim respondeu:

— Ah! O senhor veio falar com o padre Lucas; claro que ele está, entre e chame-o, está trabalhando na sacristia.

E, sem lhe dar mais atenção, tirou do bolso de sua blusa deformada um mosquetão do qual pendiam mais de vinte chaves e se dirigiu à porta rústica da loja de suvenires.

***

O sol do meio da manhã, que havia conseguido temperar o exterior, entrava na nave da igreja pelas altas janelas e desenhava caminhos de pó em suspensão e de uma luz tênue que o obrigou a se deter até que seus olhos se acostumassem à penumbra.

Várias pessoas, quase todas mulheres em pé ou de joelhos, ocupavam os primeiros bancos, e, apesar de formarem um grupo homogêneo, havia distância suficiente entre elas para deixar claro que estavam sozinhas. Manuel caminhou pela entrada principal contornando os bancos para evitar passar na frente do altar e perto delas.

As imagens dos retábulos eram grosseiras e coloridas, e apoiados em alguns deles viu anacrônicos ex-votos com partes do corpo humano, cabeças, pernas, braços, inclusive representações de bebês ou homens de cera amarela, que lhe causaram grande aversão. As máquinas de velas haviam substituído os círios que certamente deviam arder ali em outros tempos. A ranhura pedia cinquenta centavos, que ele colocou ali somente pelo prazer de ver acender a velinha de plástico que brilhava sob a tampa de metacrilato como um moderno contador de pontos para os santos. Seguiu para a sacristia, passando pelas fiéis e percebendo o murmúrio de suas intensas súplicas. Seguindo a direção de seus olhares, elevou a vista para o altar, onde uma Virgem surpreendentemente jovem e feliz segurava nos braços um menino de um ano e meio. Ambos sorriam, e tanto a cor do manto quanto os adereços manifestavam alegria e celebração. Ele a observou, avaliando o fato de que, após visitar o site do santuário, havia esboçado em sua mente uma Virgem sofredora, sufocada pelo peso da carga e mergulhada em uma tristeza inconsolável. Concluiu que tal impressão havia sido influenciada pela antiguidade do templo e pelo peso das obscuras tradições que o cercavam.

Ao passar pela porta da sacristia, viu uma mulher que poderia passar por irmã da anterior. Estava sentada atrás de uma mesa de recepcionista e organizava pilhas de panfletos, certamente destinados a serem distribuídos durante a missa de domingo.

— Olá, estou procurando... o padre Lucas — disse, chamando sua atenção.

Na sala contígua ouviu-se o arrastar de uma cadeira, e o sacerdote surgiu à porta. Ao vê-lo, sorriu e foi na sua direção estendendo a mão.

— Manuel, que alegria que tenha decidido vir me visitar.

Manuel retribuiu o aperto de mãos, mas não disse nada.

Sentada atrás da mesa, a mulher tinha um ar de professora primária que era agravado pelo olhar avaliador com que o estudava, um misto de dúvida e de certeza. No mais puro gesto de estimulação da memória, coçou a parte superior da cabeça, sem parar de olhar para ele.

— Quer entrar? — disse Lucas, apontando para a sala de onde havia saído.

Mas o sacerdote provavelmente notou o desconforto de Manuel, pois imediatamente propôs:

— Ou prefere dar uma volta, assim lhe mostro tudo aqui? Está fazendo um dia lindo depois da chuva que caiu ontem.

Sem dizer nada, Manuel se voltou e atravessou a nave rumo à saída, enquanto o sacerdote se inclinava alguns segundos diante do altar e fazia uma reverência. Alcançou-o depois de passar pelo grupo de fiéis.

O sol lhe pareceu mais brilhante e o ar mais fresco quando abandonaram a igreja. Manuel respirou fundo, e, em um acordo tácito, começaram a caminhar seguindo o muro externo.

— Manuel, que alegria. Eu realmente esperava que você viesse, mas não tinha certeza. Não sabia se você ainda estava aqui ou se já havia ido embora... Como está?

— Estou bem — respondeu ele, depressa demais.

O padre apertou os lábios e inclinou a cabeça de lado, gesto que Manuel já havia se acostumado a ver na reação daqueles que faziam aquela pergunta. Ficou em silêncio, esperando. Sabia que Lucas não se renderia – ninguém se rendia –, e após o enterro já havia sido comprovado que ele, como sacerdote, se sentia ainda mais legitimado que os outros a escavar em suas reservas.

— O que achou do santuário? — perguntou Lucas, erguendo o olhar para o campanário.

Manuel sorriu, mas não se deixou enganar: o padre estava abordando a conversa de outro ângulo.

— De longe é bastante impressionante — concedeu.

— E de perto?

— Não sei... — pensou com cuidado —, dá uma sensação meio... não me interprete mal, é... íntimo, mas, de uma maneira carente, uma sensação parecida com a provocada por um velho hospital, um sanatório ou um asilo de...

Lucas pareceu refletir sobre isso.

— Sei o que quer dizer, e você tem razão. Este lugar foi refúgio para os males da humanidade durante séculos. Não foi projetado para falar da glória de Deus, e sim da superação do pecado.

— O pecado... — murmurou Manuel, malicioso. — É verdade que fazem exorcismos aqui?

O padre parou, obrigando-o a parar também.

— As pessoas vêm aqui atrás de todo tipo de alívio para o sofrimento. Mas não foi para isso que você veio, não é? — disse o padre, cortante.

Manuel se arrependeu de sua ousadia. Soltou o ar lentamente, enquanto se perguntava que razão o levava a ser cruel com aquele homem. As palavras de Elisa o sacudiram com força: "É difícil aceitar que seu companheiro prefira falar com um padre e não com você". Sim, talvez houvesse um pouco disso. Mas, de qualquer maneira, Lucas não era culpado por aquela situação. Retomou a caminhada; mas o sacerdote, ainda ofendido, demorou alguns segundos a se juntar a ele. Manuel tentou organizar seus pensamentos antes de falar, pois não tinha plena consciência – até chegar – de que estava ali com um objetivo. Sentiu a presença do pedaço de casca na mão e o apertou por um instante, como um talismã reencontrado. Enquanto caminhava, inconscientemente guilhotinava, com a unha do polegar, pedaços de madeira que ia sentindo se quebrar com um estalo insignificante e que não precisava ouvir, porque guardava seu registro gravado na memória; e comprovou que, embora parecesse tê-lo esquecido durante anos, permanecia intacto.

Foi o padre quem falou primeiro.

— Veja, Manuel, eu era amigo de Álvaro; choro sua perda e a chorarei pelo resto da vida. Sei como se sente, e me alegra que tenha decidido vir, que ainda esteja aqui. Mas, se for ficar, abandone essa atitude de intelectual superior a tudo e tenha respeito. Muita gente amava Álvaro por aqui. O fato de não saberem de sua existência não torna seus sentimentos menos importantes. Eu não ia nem comentar, porque não creio que você vá entender, mas, se havia nove padres no funeral de Álvaro, foi por Herminia. A família me avisou, e eu ao padre da paróquia; recebi da marquesa a incumbência de celebrar um funeral discreto. Herminia pagou os outros sacerdotes de seu próprio bolso. Uma média de cinquenta euros por padre para homenagear um homem que ela amava como um filho, para que não fosse menos, para impedir que sua família o enterrasse cercado de silêncio e vergonha. Foi ela que avisou a cidade toda, foi ela que cuidou de sua honra em um lugar onde há pelo menos cinco padres em qualquer funeral, e menos é considerado um insulto.

Manuel o fitou, impressionado.

— Sim, Manuel, esse costume caipira, esse folclore de que tanto você debocha, é respeito, é amor puro. O mesmo pelo qual os trabalhadores da bodega pagaram uma novena de missas aqui no santuário. Sinceramente, não posso imaginar um ato de amor maior por alguém que faleceu que continuar cuidando de seu bem-estar além da morte. Acho que você é um bom homem, ferido, que está sofrendo, mas isso não lhe dá o direito de debochar. Portanto, Manuel, a que veio?

Manuel suspirou, apertou os lábios e ergueu as sobrancelhas, aceitando a bronca. *Merecido*, pensou.

— Vim por Elisa.

— Elisa... — repetiu o sacerdote em voz bem baixa, surpreso, mas cauteloso.

Manuel não queria lhe explicar as verdadeiras razões que o haviam levado a decidir ficar na Galícia, mas também não queria mentir. Sentia vergonha de sua arrogância e desejava com todas as forças poder confiar; mas ainda era cedo para abordar o assunto de frente.

— Ontem voltei a As Grileiras para visitar o cemitério — mentiu um pouco — e a encontrei lá. Ela está realmente obcecada com a ideia de que seu namorado não se suicidou.

Lucas continuou caminhando em silêncio, olhando para o chão e sem dar sinais de que aquilo o surpreendia. Manuel decidiu lhe dar um pouco mais de linha. Se Lucas estivesse disposto a abordar as irregularidades em torno da morte de Fran, talvez também estivesse disposto a falar de Álvaro. Como o padre mesmo havia indicado, ele era a única pessoa do passado de seu marido com quem ele havia mantido contato além dos assuntos de negócios.

— Lembra-se do guarda que estava me esperando depois do funeral? Ele também insinuou que havia aspectos que não se encaixavam em relação à morte de Fran.

Dessa vez, o padre ergueu a cabeça e o olhou nos olhos. Manuel sabia que o estava analisando, avaliando quanto sabia e quanto ocultava.

Manuel lhe deu um pouco mais.

— Ele disse que o interrogou a respeito, mas que você não contou nada.

— Era segredo de...

— Sim, segredo de confissão, ele me disse; e me disse também que você não acreditava que ele havia se matado.

— E continuo pensando assim.

— E se pensa assim e há algo de suspeito em sua morte, e vendo a dor que isso causa em Elisa, por que não lhe contar a verdade, tendo em conta que Fran está morto?

— Porque às vezes é melhor calar tudo que mentir em parte — respondeu o sacerdote.

Manuel sentiu a ira crescer de novo dentro de si; suas reservas de autocontrole estavam começando a acabar.

— E me diga uma coisa, padre. Vai mentir para mim também, ou vai me dizer a verdade? Pergunto só para não perder tempo; estou meio farto de todos mentindo para mim: Álvaro, sua secretária, Herminia... E além disso — disse, voltando-se levemente para o vale — você tem razão, está um dia lindo e há um milhão de coisas que posso fazer em vez de ficar aqui escutando enrolações.

Lucas lhe lançou um olhar duro durante cinco ou seis segundos, e então começou a caminhar de novo.

Manuel notou que havia erguido a voz. Estava furioso. Esvaziou todo o ar de seus pulmões e em dois passos estava de novo ao lado do padre. Ouviu-o dizer algo, mas foi tão baixo que teve que se aproximar até quase tocá-lo para escutar suas palavras.

— Não posso lhe contar o que ele me disse sob o sigilo da confissão — disse com firmeza —, mas lhe contarei o que vi, o que senti e minha conclusão.

Manuel não respondeu. Pressentia que qualquer coisa que pudesse dizer seria inadequada; inclusive, poderia fazê-lo mudar de ideia e mergulhá-lo novamente no silêncio.

— Eu oficiei o funeral do velho marquês na igreja do paço. Todos estavam abalados, mas de maneiras diferentes. Álvaro na frente, muito sério, já adivinhava o peso da responsabilidade que herdava. Santiago avançava no luto a outro ritmo. Estava frustrado, irritado, como se seu pai o houvesse decepcionado gravemente ao morrer. Eu já previa essa resposta: muitas vezes, os filhos acham que seus pais estarão sempre presentes, e as reações são as mais variadas. A raiva é comum. E Fran... Pode ser que Santiago precisasse do pai, mas Fran o amava, e essa dor é indescritível. Notava-se que todos estavam preocupados com ele, talvez porque de algum modo admitiam que seu sofrimento era o mais legítimo de todos. Depois do funeral, Fran não quis entrar na casa e ficou sozinho junto ao túmulo de seu pai. Álvaro me acompanhou até a saída e me disse que estava muito preocupado com seu irmão. Eu o tranquilizei; sabia que era normal, uma dor pela qual ele tinha que passar; é o preço que se paga por amar.

O padre inclinou a cabeça de lado para olhar para Manuel. Prosseguiu:

— Ainda assim, eu lhe pedi que me ligasse se achasse que seria conveniente para Fran; mas só se ele concordasse em falar comigo. Como você mesmo pôde vivenciar, ocorre uma espécie de rejeição a qualquer oferta de ajuda, por medo de que por trás se esconda a pena ou um julgamento disfarçado. Fran me ligou tarde, umas dez da noite, e me pediu que fosse vê-lo. Já passava das onze quando cheguei. A porta da igreja estava encostada, eu a empurrei e o encontrei ali, sentado no primeiro banco, com um sanduíche e uma Coca-Cola intactos ao seu lado e iluminado somente pela luz das velas do funeral de seu pai. Ele me pediu que ouvisse sua confissão; foi a confidência de um bom homem, não de um menino caprichoso. Tinha consciência da dor que havia causado e estava arrependido de suas decisões. Tinha o firme propósito de se emendar. Eu lhe dei a absolvição e a comunhão. Quando terminamos, ele voltou ao banco, sorriu e comeu o sanduíche. "Estava morrendo de fome", disse.

O padre parou de andar e encarou Manuel de frente.

— Você entende o que isso significa? Ele ficara em jejum para a confissão e a comunhão. Fazia anos que não se confessava, mas não havia esquecido o caminho. Um homem que observa as regras assim jamais teria se suicidado; eu sei que é difícil de explicar isso para um agnóstico ou um policial, mas, acredite, é verdade: nunca, ele nunca se suicidaria.

Manuel o avaliou enquanto retomavam o lento passeio, sem que lhe passasse despercebido o fato de que Lucas se referira a ele como agnóstico. Então, notou que diante da porta lateral da igreja estavam as duas mulheres que havia tomado por irmãs. A expressão delas delatava que os estavam esperando: os sorrisos nervosos, os olhos arregalados e as inquietas cotoveladas que trocavam revelavam sua agitação, numa atitude quase infantil.

Lucas as olhou primeiramente alarmado, mas logo entendeu o que estava acontecendo e sussurrou uma desculpa dirigida a Manuel.

A que havia ocupado o lugar atrás da mesa falou primeiro.

— Você é Manuel Ortigosa, não é?

Manuel sorriu e assentiu levemente. Ser reconhecido na rua ainda lhe causava um misto de gratidão e surpresa que não podia explicar.

— Quando você entrou, eu pensei: "Conheço esse homem de algum lugar", mas não conseguia me lembrar de onde. Então, quando ouvi o padre Lucas o chamar de Manuel... saí correndo para falar com minha prima.

A outra mulher sorriu, retorcendo as mãos em um gesto nervoso.

— Foi ela que descobriu seus livros e fez com que todas nós começássemos a ler, no grupo de catequese, na associação de mulheres rurais, todas as primas...

Manuel estendeu uma mão que ambas se apressaram a estreitar, entre risos e um evidente atropelo de movimentos. Aquela que havia permanecido calada apertou os lábios no inconfundível gesto de contenção do pranto. Comovido diante de tal arroubo de carinho sincero, ele a abraçou enquanto ela começava a chorar.

— Vai pensar que sou uma tola — conseguiu dizer, entre soluços.

— Claro que não, mulher; na verdade, está conseguindo me emocionar também. Muito obrigado por ler meus livros e me recomendar.

A mulher redobrou o pranto, amparada pela prima, que não parava de falar.

— É uma pena que não soubéssemos que você viria, senão teríamos trazido todos os seus livros para você autografar; mas talvez volte outro dia...

— Não sei... — respondeu Manuel, evasivo, olhando ao longe.

Lucas saiu em seu auxílio.

— Pronto, parem de incomodá-lo que estão me deixando tonto, e Manuel não veio aqui para autografar livros — disse, tomando-o pelo braço e o empurrando levemente para a frente.

— Não estão me incomodando — rebateu Manuel, provocando de novo o sorriso nas mulheres.

— Pelo menos poderíamos tirar uma foto... — Propôs a que havia falado menos.

Sem se importar com a fingida expressão de fastio de Lucas, ele se colocou entre as duas mulheres, e bateu ele mesmo a foto usando o celular de uma delas, pois, devido ao nervosismo, nenhuma das duas conseguia acertar o botão.

Despediu-se e as deixou sorridentes de braços dados, paradas no mesmo lugar, vendo os homens se afastarem. Os dois caminharam em silêncio até ter certeza de que não podiam mais ouvi-los. Manuel foi o primeiro a falar.

— Pensei bem, e você tem razão, é normal que Nogueira não considerasse um pretexto o comportamento de Fran naquela noite, nem o fato de ele se confessar. Inclusive, ele poderia dizer que Fran fez tudo isso para ficar em paz antes de se matar; é sabido que os suicidas muitas vezes deixam os assuntos resolvidos antes de dar o passo.

Lucas assentiu.

— Mas não é porque se preocupam com os outros. Os suicidas não têm empatia suficiente para "ficar" e aguentar pelos outros, e boa parte do que o incomodava tinha a ver com sua família, coisas pelas quais, de alguma maneira, ele se sentia responsável. Seja lá o que for que o estivesse preocupando, sua atitude não era a de alguém que tenta fugir de um problema; ele estava tentando resolvê-lo. Infelizmente, conheci pessoas que decidiram pôr fim a sua vida voluntariamente e nunca vi uma atitude assim em nenhuma delas... E além do mais, passei a hora seguinte conversando com ele. — Fez uma pausa, rememorando. — Especialmente sobre seu pai, seus irmãos, a infância, quando as recordações ainda eram felizes; chegamos até mesmo a rir juntos, relembrando algumas travessuras. Ele me disse que com a morte do pai havia percebido a importância de ter alguém para cuidar de nós na vida, que, no momento em que a mão de seu pai soltou a sua, ele soube que não era mais filho de ninguém, que estava sozinho... Então, viu Elisa ao seu lado e seu ventre volumoso com o filho que crescia dentro e compreendeu que a situação havia mudado e que a partir daquele momento era sua vez de segurar a mão de seu filho. Quando fui embora, ele havia devorado o sanduíche e tinha no rosto aquela expressão de quem começa uma vida nova, não de quem a termina.

— Então, como você explica o que aconteceu?

— Sem dúvida, não com a teoria de um suicídio.

— E algo acidental? — sugeriu Manuel, recordando a hipótese que Nogueira havia formulado. — Procurou alívio, consolo, um paliativo para a tristeza e errou a mão...

— Não... você não o viu, Manuel, mas eu vi. Ele se despediu de mim e disse que ficaria mais um pouco para desligar tudo e fechar a porta.

— Está sugerindo que alguém...

— Eu não posso dizer isso — disse o padre gravemente. E acrescentou: — Mas o que ele me contou em confissão poderia tê-lo posto em perigo.

— Refere-se àquilo que o preocupava em relação à sua família?

O sacerdote assentiu.

— Ele lhe contou se mais alguém sabia?

— Não, mas pode ser que a pessoa, ou as pessoas envolvidas, tivessem consciência de que ele sabia.

— Pessoa ou pessoas — repetiu Manuel, perdendo a paciência. — Quem era?

— Eu não lhe contaria mesmo que soubesse. Não entende que não posso revelar um segredo de confissão? Mas a verdade é que ele não me contou — respondeu o padre, ofendido.

— Achei que ele houvesse se confessado...

— Uma confissão não é como um interrogatório policial; é preciso deixar que a pessoa se esvazie, e isso não é fácil; às vezes, a confissão se completa em várias fases. Fazia anos que ele não recebia o sacramento e não me pareceu oportuno pressioná-lo, especialmente por notar que ele era como uma ovelha que retorna ao rebanho; imaginei que ele teria outra oportunidade de continuar se abrindo até ficar em paz. — Fez uma pausa. — De qualquer modo, e isso é uma impressão minha, tenho a sensação de que ainda estava amadurecendo a coisa; Fran me transmitiu a preocupação de que algo grave pudesse acontecer, mas não estava completamente certo disso. E é bem provável que isso o tenha levado a medir suas palavras.

— E o que aconteceu depois? Você foi embora e o deixou ali sozinho?

— Bem... — A insegurança se fez palpável em sua voz.

— Não?

Ele hesitou antes de responder, como se debatesse entre contar ou não. Manuel tinha certeza de que o que o padre diria mudaria tudo.

— Quando eu fui embora, tive que atravessar o caminho sob o arvoredo no escuro. Estava com a lanterna do celular ligada, mas me voltei porque pensei ter ouvido um barulho e vi alguém entrando na igreja.

— Quem era?

— Não sei, eu estava a uns duzentos metros e quase na escuridão; a única luz que provinha de dentro era a das velas, e só iluminou a pessoa por alguns segundos enquanto passava pela porta, que se fechou às suas costas.

— Mas você sabe quem era — insistiu Manuel.

— Não tenho certeza, e essa é a razão pela qual preferi me calar.

— Quem era? — exigiu, implacável. — Diga.

— Achei que era Álvaro.

Manuel se deteve bruscamente.

— Isso não tem nada de estranho — o padre se apressou a explicar. — Já lhe disse que ele havia comentado naquela mesma manhã que estava preocupado com o irmão, depois do funeral do pai. Quando me avisaram, no dia seguinte, que Fran havia morrido, lembrei-me disso, mas não tinha cem por cento de certeza; quanto mais eu pensava, mais dúvidas tinha, até que não tinha mais certeza de ter visto Álvaro.

— E?

— E eu perguntei para ele.

— Perguntou a Álvaro?

— Sim, e ele me disse que não podia ter sido ele, que não havia ido à igreja naquela noite. Então, decidi que eu estava enganado. Não sei quem era, eu confundi a pessoa com Álvaro, foi isso.

— Ele lhe disse que não havia ido à igreja e você acreditou.

— Álvaro nunca mentia.

— Você vai ter que me perdoar, Lucas, mas, na minha situação, essa afirmação parece uma piada...

Lucas fingiu não ouvir.

— Eu lhe contei que Fran estava preocupado com algo que tinha a ver com a família. Em outras circunstâncias eu não teria dito nada, mas Fran havia acabado de morrer, e... Bem, Álvaro tinha que saber; ele já era o chefe da casa nesse momento. Ele me ouviu com atenção, e, por sua reação, pensei que sabia a que eu poderia estar me referindo.

Manuel avançou um passo e se deteve diante do sacerdote, decidido a não o deixar escapar daquela evidência.

— Fran te contou que estava preocupado e que algo muito grave podia estar acontecendo e depois apareceu morto; você contou para Álvaro, e agora ele está morto também.

Lucas franziu o cenho, zangado. Parecia que a simples ideia lhe era repugnante.

— Isso não tem nada a ver. Passaram-se três anos desde aquela noite, e o caso de Álvaro foi um acidente.

Manuel sabia que confiar em alguém era sempre um salto de fé, jogar-se no vazio. Não tinha outro remédio senão confiar no puro instinto que havia levado a espécie humana a evoluir em um tempo em que uma decisão errada significava a morte. Só lhe restava lançar mão da intuição elementar de caçador da savana que todos temos dentro de nós; mas quando, nos últimos cinco dias, tudo que julgava firme e verdadeiro no mundo havia desmoronado, voltou a ter certeza de que se encontrava à mercê da pura inércia. E contra isso não podia fazer nada.

Manuel fechou os olhos e suspirou, em um ato muito parecido com uma súplica.

— Talvez não — respondeu.

— Mas...

— Esse é o motivo pelo qual estou aqui e não posso ir embora... Certas coisas levam a pensar que a morte de Álvaro não foi um acidente.

Lucas o fitou, conciliador.

— Manuel, eu sei que às vezes é difícil aceitar...

— Caralho, me escute, não estou falando de algo em que eu acredito, é a Guarda Civil que suspeita. Se não fosse por isso, eu já teria saído daqui.

Lucas falou com paciência, devagar, como se estivesse se dirigindo a uma criança.

— Eu acompanhei Santiago ao hospital quando avisaram, e estava com ele quando confirmaram que Álvaro havia morrido. A Guarda Civil nos disse que havia sido um acidente; ele saiu da estrada em uma reta, sem o envolvimento de outros veículos. Um acidente, Manuel.

— Claro, e o de Fran um suicídio, mesmo tendo uma pancada na cabeça e marcas nos sapatos que evidenciam que ele foi arrastado... a igreja fechada com uma chave que não apareceu... apesar de o garoto não conseguir ficar em pé... Parece que, para essa família, entre a versão oficial e a verdade sempre existe um abismo escuro, não acha?

O padre empalideceu.

— Eu não sabia disso... — Inspirou fundo e deixou o ar sair com força. — O que acham que aconteceu com Álvaro?

Manuel sentia um desejo imperioso de lhe contar tudo, que os que "achavam algo" se limitavam a uma legista afastada do caso, um guarda civil aposentado e ele mesmo; de lhe explicar até o mínimo detalhe, de compartilhar com ele tudo que o atormentava. Mas havia dado sua palavra a Nogueira e a Ofelia de que não os comprometeria. Sabia que a sinceridade é uma via de mão dupla e que pouco ia obter de Lucas se não lhe desse algo em troca, mas intuía, também, que ainda era cedo para confiar nele sem reservas.

— Não sei, é o que estou tentando descobrir; nem sei se posso confiar em você ou se estou cometendo um erro ao lhe contar tudo isso.

No bolso interno de sua jaqueta, o garoto de olhar sereno na fotografia clamava como uma presença viva. Manuel levou a mão ao local onde ela estava como se tentasse controlar um ataque extremamente doloroso.

Lucas o olhou nos olhos.

— Pode confiar em mim.

Manuel o escrutou, pensativo.

— Já confiei — respondeu —, acredite. Mas as confissões às vezes levam um pouco mais de tempo, não é isso que você disse?

— Eu o ajudarei no que for preciso. Não me deixe de fora.

Manuel assentiu.

— Preciso pensar. Agora estou muito confuso; com o que lhe contei já posso ter me metido em um problemão.

— No que você anda metido, Manuel?

— Você quer dizer no que Álvaro andava metido... — respondeu ele, irritado.

— Em nada ruim, eu garanto.

— Você garante? Você garante? — repetiu, elevando o tom. — E como pode garantir? Por acaso você sabia de todos os seus passos? Sabia que ele não estava de aliança quando morreu? Sabia que costumava ir ao puteiro com o irmão?

Em sua mente ecoaram as palavras de Mei: "Sabe que você o matou"; as palavras que alguém lhe havia dito pensando que falava com Álvaro de um telefone público.

Lucas fechou os olhos, e no mais claro gesto de quem não quer enxergar, cobriu-os com as mãos.

Manuel continuou a assediá-lo:

— Sim, Lucas, seu amigo homossexual e casado saía com putas, e até mesmo tinha uma regular. O que me diz? Continua pondo a mão no fogo por ele? Vai me dizer de novo, olhando-me nos olhos, que ele nunca mentia?

Estava gritando; lágrimas de indignação ferviam em seus olhos e a ira o fazia tremer.

Voltou-se, dando as costas ao padre, e se afastou dois passos. Não ia permitir que o visse chorar.

Lucas retirou as mãos do rosto e abriu os olhos. Estava desolado.

— Eu não sabia — sussurrou.

— Não importa — respondeu Manuel, amargamente. — Se soubesse, também não teria me dito, não é?

— Manuel — disse Lucas, aproximando-se por trás dele de modo conciliador —, só sei que o Álvaro que eu conheci era uma boa pessoa; talvez ele tivesse uma razão para agir como agiu...

Manuel negava obstinado, com o olhar ofuscado e voltado para o vale.

— Eu sei que você não quer ouvir isso, mas sei o que está passando. Depois da indiferença e da falsa calma, a depressão, a insônia ou o sono constante, e às vezes a irritação, a ira: é normal se sentir assim — disse, pondo a mão no ombro de Manuel.

Mas ele o afastou, furioso, voltando-se para o padre.

— Não me encha o saco com sua psicologia barata, não preciso de um padre exorcista com diploma de Teologia para me dizer que estou furioso e que isso é normal; claro que estou furioso, estou tão furioso que não sei como não entro em combustão espontânea; mas acima de tudo estou frustrado, enojado com tantas mentiras. Como não vou estar furioso se a cada passo que dou obtenho novas provas de que o homem que eu julgava conhecer é um total desconhecido para mim? Uma superempresa, uma família de nobres, católico praticante e frequentador de putas... Como não vou estar furioso se a cada dia que acordo pressinto que encontrarei outro monte de merda sobre ele? Com o agravante de que ele não está aqui para dar explicações, sou eu que tenho que suportar o peso de sua maldita ignomínia. E ainda por cima ele teve os colhões de me legar tudo, como se fosse um prêmio, ou uma compensação pela ofensa, "tome, aí está, eu o nomeio herdeiro de toda a minha merda" — vomitou.

E, como se das profundezas de seu estômago, suas palavras saíram carregadas de amargura e de bile, e podia sentir sua razão dividida enquanto as expelia, ciente de que estava perdendo as estribeiras e cego de uma ira negra que jamais havia experimentado e que o dominava e o fortalecia ao mesmo tempo. Ficou calado, trêmulo, com a mandíbula crispada, apertada até doer.

Havia perdido o controle, tinha que ir embora dali.

— Quer mesmo me ajudar, padre? — perguntou, consumido, sem esperança.

— No que quiser — respondeu Lucas, com uma afabilidade que contrastava com a irritação de Manuel.

— Sem mais mentiras e omissões — rogou.

— Eu lhe dou minha palavra — ouviu-o dizer enquanto se afastava.

Abandonou a esplanada que cercava o templo sem olhar para trás. Durante alguns metros ainda sentiu o peso do olhar de Lucas nas costas. O muro que protegia a escada de acesso livrou-o definitivamente de sua influência.

Avançou sob a mata de bananeiras, obrigando-se a deter o passo acelerado demais. Enquanto isso, escutava sua própria voz: "Você não pode continuar assim". A autoridade daqueles gigantes lhe dava calma, e, como um animal ferido que busca um lugar para se abrigar, ele adentrou novamente a sombra sem reservas das árvores.

Esforçando-se para recuperar a calma, respirou fundo o ar no qual evaporava a umidade já invisível da chuva do dia anterior e que cheirava a feno e madeira. Sabia que aquela voz tinha razão, estava se destruindo a cada passo. Cada músculo de seu corpo denotava o esforço, o desgaste físico da explosão e o desgaste mental de travar aquelas batalhas. Mei, Nogueira, Lucas... Extenuado, olhou ao redor exigindo proteção. O cartaz de refrigerante desbotado com sua borda enferrujada pareceu-lhe ao mesmo tempo sedutor e incongruente, mas, vencido pelo cansaço, deixou-se cativar pela parte mais encantadora e dirigiu seus passos para lá, sonhando com um repouso que pressentia vital.

Havia dois homens atrás do balcão. O mais velho cortava pão e queijo sobre uma tábua enquanto conversava animadamente em galego com os conterrâneos que Manuel havia visto entrar quando estava chegando, e mais dois, que haviam se unido a eles e que bebiam vinho em branquíssimas canecas de porcelana. O balcão ocupava toda a largura do local, que não devia ter mais do que vinte metros quadrados. O bar tinha apenas duas mesas e meia dúzia de cadeiras localizadas dos dois lados do acesso de entrada. Não havia outra porta senão a do banheiro, que proclamava sua função com um pequeno cartaz escrito a mão. Supôs que o acesso ao bar era feito pela porta da cozinha, que permanecia entreaberta e deixava vislumbrar a área privada de uma casa particular. Uma mulher da mesma idade do homem do balcão pululava de um lado para o outro, ocupada com seus afazeres e rainha absoluta daquele domínio feminino do qual Manuel conseguia ver parte de uma mesa robusta de madeira e o primor anacrônico das cortinas que cobriam parcialmente uma janela. Não havia garrafas expostas atrás do balcão; apenas uma prateleira própria de uma garagem, lotada de canecas e jarras brancas, e, como decoração, fotos familiares em pequenos porta-retratos, todos diferentes, um melancólico calendário de uma funerária e um cartaz que anunciava, como o aroma que saía da cozinha, "Temos caldo". A diferença entre o caprichoso aspecto da cozinha e o descuidado rigor do bar deixava evidente quem se encarregava de cada parte, e que aquele casal sabia muito bem onde começavam e terminavam os limites do território do outro.

Fez um movimento com o queixo em direção às canecas de vinho que os homens bebiam enquanto sussurrava:

— Um vinho, por favor.

Enquanto o jovem servia o vinho, o mais velho colocou em um pratinho dois pedaços de queijo e um de pão, que deslizou pelo balcão até chegar em Manuel, sem dizer nada. Manuel bebeu um gole e provou o queijo, muito leitoso, mas que o surpreendeu por seu gosto longo e intenso. Comeu até o último pedaço enquanto pedia outro vinho e se dava conta de que estava com fome.

Os homens conversavam animadamente e riam de vez em quando. Quando prestava atenção, conseguia entender alguns fragmentos da conversa em galego, mas não lhe interessava. De sua posição, vendo a mulher atarefada na cozinha e o homem que supôs ser seu marido com as duas mãos apoiadas no balcão, como um padrinho que recebia seus amigos, foi aumentando nele a sensação de ter entrado na casa daquela gente que o tratava com a medida justa de indiferença para fazer com que se sentisse à vontade. Enquanto isso, as ondas que batiam nas costas de sua alma voltavam pouco a pouco à calma, e as sensações de consciência de si mesmo voltavam a ganhar terreno. Olhou para suas mãos, buscando alguma marca da crispação que o havia dominado. Não a encontrou; descobriu, no entanto, que as unhas do indicador e do polegar estavam tingidas de uma cor entre marrom e amarelo, resultado de guilhotinar pequenas porções, como meias-luas, da madeira, e recordou que, assim como com o fruto da nogueira, de nada adiantaria se lavar e esfregar, porque aquela tinta permaneceria entre a pele e as unhas durante dias.

— Pode me servir um pouco de caldo? — perguntou.

O jovem indicou que se sentasse a uma das mesas, onde colocou uma jarra de vinho, meio pão escuro e oloroso e dois guardanapos de pano, um disposto como tal e o outro a modo de toalha de mesa.

Sentou-se de costas para a porta e no lugar que oferecia a melhor visão da tevê, que transmitia um programa da televisão galega, sem volume. O homem não demorou a colocar à sua frente uma tigela enorme que ele não conseguia abarcar com ambas as mãos e que o envolveu no aroma salgado e forte do caldo. Tomou um pouco com a colher e soprou o líquido fumegante – o jovem já lhe havia advertido: "Está muito quente". A cada colherada de caldo ardente sentia sua calma voltar, com o sabor forte das verduras e o amargor da gordura, a constância poderosa de um prato idealizado para ser restaurador de corpos e de almas, alívio para viajantes e calor de inverno. Abandonou a colher, pegou a tigela com as duas mãos e bebeu, sentindo cada gole descer de forma abrasadora até seu estômago como uma bebida cauterizante, reduzindo seu campo de visão para o interior da tigela e limitando seus sentidos aos mais primordiais. Acompanhou o caldo com o pão escuro e pesado, tão saboroso que o levou a pensar que era a primeira vez na vida que comia pão de verdade. De sobremesa, comeu outro pedaço de queijo e um café *de pota* que a mulher lhe trouxe da cozinha em um copo de vidro – e para isso ela teve que sair da casa e dar a volta pela rua.

Pagou uma quantia irrisória por aquelas iguarias. Despediu-se da família agradecendo sinceramente. Sentia-se reparado, como se houvesse voltado durante um tempo para casa, para aquela casa ideal das propagandas de Natal que todo mundo deveria ter, e, quando saiu do local, quando voltou à plantação de bananeiras e arrancou mais um pedaço da casca, quando a colocou com cuidado sobre o painel de seu carro, ali onde podia vê-la o tempo todo, já sabia que voltaria até As Grileiras.

CAFÉ

Passou pelo portão rumo às sebes de gardênias, aonde estacionou. Havia mais dois carros: a SUV preta que recordou pertencer ao veterinário e uma caminhonete branca com a porta de trás aberta, estacionada junto ao acesso ao jardim.

Viu Santiago, que atravessava para o haras vestindo uma camisa azul abotoada até os punhos e a calça por dentro das botas de montaria.

Ele também deve tê-lo visto, porque parou no meio do caminho e cravou os olhos nele. Era evidente que sua presença ali não lhe agradava: podia-se perceber pelo seu semblante congelado, que confirmava que estava sendo interrompido, no olhar fixo que vigiava seus passos e o urgia com a dureza de sua observação e na posição de seu corpo parado na trilha, que parecia desafiar Manuel a passar por ali como um arcanjo guerreiro às portas do paraíso.

Manuel não se deixou intimidar e se moveu com segurança, tirando sem pressa a jaqueta e deixando-a estendida com cuidado no banco de trás. Fechou o carro e caminhou decidido em direção ao novo marquês. Apesar de sua expressão desafiadora, Santiago falou antes que Manuel chegasse a ele, o que evidenciou que sua presença ali o deixava nervoso, por mais que Santiago pretendesse ocultar o fato.

— Não sabia que estava por aqui, achei que fosse embora depois do funeral.

Manuel sorriu.

— Essa era minha intenção, mas alguns assuntos que preciso esclarecer me retêm aqui.

— Ah — respondeu Santiago, contendo-se.

Uma nuvem de insegurança atravessou o rosto de Santiago, e por um instante Manuel pensou que ele perguntaria quais eram, vítima da curiosidade.

— E acho que você poderia me ajudar a acabar com isso o quanto antes.

Talvez a promessa velada de que aquela situação poderia estar prestes a ser concluída o tenha animado. Ainda assim, respondeu com prudência:

— Claro, se estiver ao meu alcance.

— Está — afirmou Manuel, categórico. — Álvaro estava aqui por sua causa.

Pela primeira vez Santiago baixou o olhar, só por um segundo. No entanto, quando o levantou de novo, sua confiança foi restaurada, embora misturada com um intenso desdém.

— Não sei a que se refere. — Até acompanhou as palavras com o gesto de retomar os passos em direção às cocheiras.

— Sei que você solicitou trezentos mil euros ao administrador, uma quantia enorme de dinheiro. Álvaro ligou, falou com você, e o que quer que seja que vocês tenham conversado pareceu-lhe suficientemente grave para vir para cá.

Santiago desviou de novo os olhos e apertou os lábios de um modo quase infantil. Era evidente que não estava acostumado a prestar contas de sua vida, e ter que prestá-las a Manuel incomodava-o particularmente. Em seus anos de magistério, Manuel havia encontrado alunos recalcitrantes mais de uma vez, e sabia como tratá-los. Quase sentiu prazer ao ordenar:

— Olhe para mim!

Santiago olhou. A humilhação ardia em seus olhos.

— Álvaro veio aqui, e, no entanto, não lhe deu o dinheiro. O que quero saber é para que era.

A contrariedade na boca de Santiago se retesou até se transformar em um corte cruel em seu rosto; respirou fundo pelo nariz e semicerrou os olhos, ostentando todo o seu desprezo.

— Isso não é problema... — conteve-se antes de terminar, e até teve que morder o lábio inferior para não continuar a frase.

— Vejo que já se deu conta de que sim, agora isso é problema meu — respondeu Manuel, com toda a calma que foi capaz de reunir.

Santiago soltou o ar, fraquejando.

— Está bem — as palavras brotaram com precipitação, como se as cuspisse na tentativa de acabar o quanto antes com aquela conversa desagradável. — Era para um cavalo. No ano passado, Álvaro concordou em ampliar o haras, como investimento. O administrador estava a par disso, e no prazo de alguns meses adquirimos vários animais. Há alguns dias surgiu a oportunidade de uma boa compra, um cavalo de corrida, mas tinha que ser uma decisão rápida. Eu pedi o dinheiro ao meu irmão, mas, devido a um erro recente em uma operação comercial, ele não confiou muito em meu julgamento e não aprovou. Só isso.

— E ele veio até aqui para lhe dizer que não ia lhe dar o dinheiro?

— Eu não estava na mente de Álvaro; como pretende que eu saiba de suas razões ou motivos? Ele tinha vários negócios e, como já deve saber, nunca me contava quando ia ou vinha. — Relaxou o semblante e esboçou uma espécie de sorriso. — Mas parece que a você também não.

Manuel o fitou, interessado; afinal, parecia que aquele sujeito tinha coragem. Perguntou-se até que ponto. Decidiu ignorar seu último comentário e o desafiou.

— "Por acaso sou guardião de meu irmão?"

Santiago ergueu a cabeça bruscamente. Seria aquilo um alarme ou uma ofensa? Estaria ele surpreso ou espantado diante da insinuação? Era a resposta de Caim depois de ser questionado sobre seu irmão Abel, quando havia acabado de assassiná-lo.

Os gritos e risos de Samuel fizeram com que ambos se voltassem para a casa. Catarina chegava com ele no colo, e ao seu lado Elisa e Vicente carregavam buquês de flores que colocaram na traseira aberta da caminhonete que Manuel havia visto ao chegar. O menino gritou de novo com sua voz aguda:

— Tio, tio...

O grupo se voltou para olhar para eles. Catarina avançou com o menino, que se debatia em seus braços, até a beira do caminho que ligava com a trilha principal. Assim que o deixou no chão, o pequeno saiu correndo na direção dos dois homens. Quando estava a dois metros deles, Santiago abriu os braços e se inclinou para recebê-lo, mas o menino passou reto e abraçou as pernas de Manuel, que o olhou comovido e violentado pela situação que inocentemente o garoto havia acabado de provocar. Santiago se endireitou. Passou a mão pela nuca do menino, que continuou não lhe dando atenção, e caminhou em direção à casa sem dizer uma palavra. Ao passar por sua mulher se deteve, quase ombro a ombro, inclinou-se e lhe disse algo bem breve; ela baixou a cabeça e ele seguiu, sem dizer mais nada. Miguel não pôde ouvir suas palavras, mas talvez Vicente e Elisa sim. Notou como se entreolhavam. Elisa voltou a cabeça e fingiu cuidar das flores, mas Vicente avançou até a porta traseira da caminhonete e a fechou com força excessiva, provocando o sobressalto das mulheres e fazendo todos os olhares confluírem nele – inclusive o de Santiago.

Manuel ergueu o menino e o abraçou enquanto conversava com ele, ciente da singularidade da situação. O marquês já havia desaparecido de seu campo de visão, mas os outros ficaram alinhados ao longe, com Catarina parada entre Elisa, Vicente e ele. Depois de alguns segundos que lhe pareceram eternos, por fim, e depois de um passo hesitante, Catarina avançou em sua direção. Enquanto ela se aproximava, Manuel notou que fingia arrumar o cabelo para enxugar as lágrimas. Seus olhos ainda estavam úmidos quando ela parou à sua frente.

— Olá — disse ela, estendendo-lhe uma mão pequena e firme, de unhas curtas, manchadas de verde e coberta de arranhões.

Não era corpulenta, mas sua pouca estatura era compensada por uma musculatura forte e uma pele bronzeada que delatava as horas de trabalho à intempérie.

— Sou Catarina. Acho que nos vimos brevemente no escritório do testamenteiro, mas naquele dia não houve oportunidade de...

— É um prazer — disse ele, mudando o menino de braço para estender a mão.

— Lamento não estar presente no outro dia quando você foi à estufa; ah, e espero que esteja melhor. Vicente me disse que ficou tonto.

Ele sorriu com uma expressão de desculpas.

— Ainda não sei o que me deu.

A mulher sorriu e pareceu aliviada por poder falar de um assunto que desviava completamente o foco do que havia acabado de acontecer.

— Não é raro que isso aconteça. O calor e a umidade podem ser demais, especialmente somados ao intenso perfume.

— Vocês têm flores maravilhosas — disse Manuel, indicando a caminhonete. — Você as vende a particulares?

— Sim — respondeu ela, orgulhosa. — A maior parte vai para perfumistas e outros criadores, mas às vezes também fazemos arranjos florais para ocasiões especiais. Justamente agora estávamos indo levar essas ao paço de meus pais. Este fim de semana haverá um casamento lá, e eu gosto de cuidar da parte das flores. — Calou-se, e pareceu de novo entristecida; olhou para a casa e inclinou a cabeça em sinal de desculpas. — Santiago não gosta que eu trabalhe...

Manuel assentiu diante daquela afirmação incongruente, como se a aceitasse ou entendesse. O som do motor da caminhonete pôs fim à conversa.

— Temos que ir — disse ela, erguendo os braços para o menino, que se jogou neles sem medo. — Espero que volte para me visitar. Estou sempre na estufa pelas manhãs.

— Talvez eu volte — respondeu Manuel.

Esperou parado no mesmo lugar, vendo-os entrar no carro e partir. Quando passaram ao seu lado, de dentro do veículo, Elisa e o menino acenaram com a mão. Viu-os passar pelo portão de As Grileiras e o lugar ficou em silêncio. O sol estava alto, a brisa suave mal movia as árvores e os pássaros permaneciam silenciosos, aturdidos pelo inesperado calor daquela tarde de setembro. Pegou seu celular e digitou o número pessoal de Griñán.

A voz do testamenteiro soou sonolenta do outro lado. Manuel consultou seu relógio e viu que eram quatro da tarde. Provavelmente havia interrompido sua sesta. Não se importou.

— Acabei de falar com Santiago. Não negou o pedido do dinheiro; disse que era para um cavalo, que você estava a par e que melhorar o haras era um projeto de Álvaro.

— Bem... deixe-me pensar... — disse, confirmando que, de fato, estava dormindo quando recebera a ligação. — É verdade que durante o ano passado foram adquiridos vários cavalos com essa intenção, inclusive o pangaré inglês que acabou sendo uma péssima compra resultado de uma decisão pessoal de Dom Santiago, que chegou quase a esse valor; desde então, nenhum novo exemplar foi adquirido. Mas há dois ou três meses se falou de comprar uma égua para reprodução. Não entendo de cavalos, mas sim do preço que se paga por eles, e, pelo que foi pago por outros animais, posso afirmar que por uma égua para cruzar não iam desembolsar trezentos mil euros... Além do mais, se o dinheiro era para adquirir um novo cavalo, Dom Santiago teria me dito, como nas ocasiões anteriores.

Manuel ficou alguns segundos em silêncio enquanto avaliava as dúvidas do testamenteiro.

— Manuel, espero que tenha tido a deferência de não lhe contar que a informação procedia de mim.

— Acredite, Griñán, neste momento, essa deveria ser sua menor preocupação.

E desligou.

Protegeu os olhos com as mãos para olhar para a parte alta da casa, onde julgou ter visto uma sombra em uma janela. Uma figura alta e escura que não se retirou, permanecendo imóvel, sem se mostrar, mas também sem ocultar sua presença.

"Ela sempre está aí, vigiando."

O barulho procedente das cocheiras chamou sua atenção. Manuel lembrou-se que Santiago estava indo para lá quando o interceptara, mas depois mudara de ideia. Como se executasse um passo de dança, inclinou a cabeça para a janela distante e se voltou para o haras.

O veterinário, a quem havia cumprimentado em sua visita anterior, era um homem jovem, não devia passar dos quarenta. Guiava um lindo cavalo para dentro de uma das baias. Manuel esperou até que fechasse o ferrolho e se aproximou. O homem sorriu ao vê-lo.

— Ah, eu o vi outro dia, o senhor deve ser...

— O novo proprietário — disse Manuel, com autoridade.

Precisava demonstrar segurança se quisesse obter sua colaboração; e, afinal de contas, não estava mentindo.

O homem inspirou fundo e lhe estendeu a mão, retirando antes uma luva de camurça. Era evidente que estava reorganizando suas ideias.

— Ah! É que... achei que... Bem, é um prazer conhecê-lo.

— Tenho algumas dúvidas a respeito dos cavalos e esperava que você pudesse me ajudar.

O homem sorriu de novo.

— Sem dúvida. Se há algo em que posso ajudar, é nisso.

— Quantos cavalos temos aqui?

— Doze, no momento. A maioria cavalos espanhóis, excelentes, como estes — disse, indicando algumas baias —, uma égua árabe e Slender, que é um cavalo inglês de corrida. Aquele que eu estava atendendo naquele dia, quando o senhor veio com Griñán.

— Ele comentou que o cavalo tinha algum problema — disse.

O veterinário bufou.

— Dizer que tem algum problema é um eufemismo. Slender tem uma malformação congênita nas patas traseiras; não seria tão grave em outro tipo de cavalo, mas ele é de corrida, e essa doença o limita para competir.

— Há quanto tempo esse cavalo foi adquirido?

— Já faz um ano.

— Você disse que é uma malformação congênita, ou seja, o cavalo nasceu com isso. Por que não o devolveram, ou pelo menos exigiram o dinheiro de volta? Creio que, em um caso assim, a venda seria anulada.

O veterinário, que assentia o tempo todo enquanto Manuel falava, voltou-se para dentro do haras.

— Acompanhe-me — disse, dando início a um passeio no qual foi parando em cada cocheira para lhe mostrar os animais, que ostentavam seu nome em uma placa dourada aparafusada em cada um dos portões. — Este haras conta com excelentes animais: Noir, por exemplo, é uma grande égua árabe, espirituosa e de bom caráter; Swift, Orwell e Carroll são cavalos espanhóis, adquiridos também no ano passado, e eu acompanhei Santiago em cada compra; são exemplares mais tranquilos, e, guiados, excelentes para exibição...

Chegaram a uma baia que permanecia completamente fechada. O veterinário abriu o ferrolho e o postigo. O tamanho daquele cavalo era notavelmente superior ao dos que Manuel havia acabado de ver. Agitou-se um pouco, mas logo ficou quieto, de lado, vigiando-os com seu olho escuro e desconfiado.

— Dom Santiago comprou Slender no verão passado, enquanto eu estava de férias. Nunca quis me dizer quanto custou, mas tenho certeza de que foi muito mais do que vale, pelo menos como cavalo de corrida. Competiu apenas duas vezes e teve que desistir. Dom Álvaro ficou furioso e o proibiu de adquirir qualquer outro exemplar sem minha supervisão. Dom

Santiago não quer admitir, e a cada dois dias me faz vir aqui para examinar de novo as patas do cavalo, experimentando tratamentos anti-inflamatórios, massagens, compressas geladas, como se fosse uma lesão temporária que pudesse ser tratada. Slender é um bom cavalo, talvez meio nervoso, mas isso é típico desses animais; suportam bem serem montados, mas são um fiasco como cavalos de corrida, um fiasco lindo e caríssimo.

O homem fechou o portão de novo e voltaram à porta principal das cocheiras.

— Soube que se falou da opção de comprar uma égua para reprodução...

— É verdade — reconheceu o veterinário —, acho que a compra de uma égua espanhola seria acertada. Eu mesmo pus Dom Santiago em contato com um criador conhecido meu, e estamos quase chegando a um acordo, mas a égua está prenhe, e, enquanto não parir, não poderemos fechar o trato. E talvez seja pela égua e o potro, veremos...

— Quanto o criador pedia pela égua?

— Bem, uma coisa é o preço inicial, e outra o preço acordado, mas acho que poderíamos adquiri-la por uns quarenta mil euros. Outra questão é o potro, mas o preço dele irá depender de ser um bom exemplar; afinal de contas, a égua não terá condições de cruzar novamente durante alguns meses.

— Dom Santiago comentou a possibilidade de adquirir um novo cavalo de corrida nos últimos dias, mais ou menos há uma semana?

O veterinário o fitou surpreso.

— Um novo cavalo de corrida? Não, e não creio que ele tenha vontade disso depois do que aconteceu com Slender. Por que pergunta isso?

— Santiago comentou que há alguns dias lhe ofereceram a oportunidade de adquirir um cavalo de alto nível, uma operação que devia ser concluída depressa.

O veterinário negou com a cabeça.

— Pode ser, mas não creio; pelo menos ele não mencionou nada para mim. Não, não creio que Dom Santiago tenha ido ver um cavalo sozinho, e menos ainda se fosse urgente fechar o negócio, porque ele sabia muito bem que se eu não aprovasse não existiria a menor possibilidade de Dom Álvaro o levar em consideração. — Ficou em silêncio por alguns segundos e acrescentou: — Se estavam com muita pressa, talvez a operação tenha sido concluída com outro comprador antes que ele pudesse me dizer qualquer coisa...

Um corredor lateral cortava o primeiro, e Manuel parou ao ouvir os latidos procedentes daquele lado do haras.

— São os cães de caça. Ficam nervosos quando ouvem vozes desconhecidas. Quer vê-los?

Manuel foi passando diante dos canis onde os animais se agitavam, inquietos. Aproximou a mão da grade para deixar que o cheirassem enquanto ganiam e latiam nervosamente. Então, chegou ao final do corredor, aonde, na última cela, um cachorro pequeno e sem raça olhava-o encolhido no monte de palha. Ele balançou timidamente o rabo, que de longe parecia uma corda desfiada. Tinha olhos grandes e úmidos como poças profundas. De sua pelagem áspera sobressaíam pelos mais longos que lhe davam um aspecto despenteado, como se estivessem eriçados pela eletricidade estática. Mostrava um dente de um dos lados do focinho, mas, ao observá-lo, Manuel percebeu que era porque sua boca não encaixava muito bem e aquele dente estava incrustado no beiço, que não chegava a cobri-lo. Sua aparência era lamentável: se não fosse pela tarde quente que reinava, ele teria jurado que o cachorro estava com frio; até julgou notar que estava tremendo. Só depois de um tempo foi capaz de perceber que ele tremia de medo.

— Vejo que conheceu Café. O coitado não passa despercebido entre os outros cachorros.

— Café?

De fato, sua pelagem de aspecto áspero e duro tinha cor de café com leite, mas foi a incongruência de sua presença ali que pareceu estranhamente esperançosa para Manuel.

— Álvaro o trouxe há um ano, disse que o recolheu na estrada. Como era de esperar, não tinha chip de identificação, e ele decidiu ficar com o animal; teve sorte, porque, se o houvéssemos levado ao canil municipal, não teria passado pela triagem; ninguém vai adotar um cachorro como esse quando se pode levar um lindo filhote.

O veterinário abriu a gaiola e o cachorrinho se espreguiçou lentamente e se levantou, sem sair do lugar.

— Vamos, Café! Não seja tímido, garoto.

Bem devagar, passando repetidamente a língua pelo focinho, o animalzinho foi até eles e se deteve. Manuel estendeu a mão e notou que ele pestanejou rapidamente e baixou a cabeça.

— Por sua atitude, suspeito que tenha apanhado muito. Só com Álvaro ele se sentia confiante — explicou o veterinário, para justificar a conduta do cão.

Manuel deixou a mão parada no ar e pouco a pouco o cãozinho foi se aproximando até colocar a cabeça sob a palma dele. A postura defensiva do animal o obrigava a se esticar para acariciá-lo. Ainda assim, continuou passando os dedos pela linha do crânio pequeno e por suas sobrancelhas hirsutas de pelos espetados. Embora a parte dianteira fosse normal, pôde sentir cada ossinho da coluna vertebral do cachorro ao deslizar a mão pelas suas costas; Manuel reparou que os flancos traseiros apresentavam uma magreza extrema.

— O que ele tem nas patas traseiras?

O veterinário deu de ombros.

— Uma série de coisas: desnutrição; é raquítico desde a infância; embora pareça mais velho, calculo que deve ter dois anos, talvez três, e provavelmente passou o tempo todo imobilizado até chegar aqui; tinha vermes, e, embora eu o tenha tratado de imediato, não é algo que se resolve em um curto prazo. De qualquer maneira, ele está muito melhor; precisava vê-lo quando Álvaro o trouxe.

Manuel deteve as carícias e deixou cair as mãos, que ficaram soltas e apoiadas nos joelhos. Então, o cão avançou até se situar entre suas pernas e, com a maior das precauções, começou a cheirá-lo. Farejou sem pressa e com cuidado, evitando que seu narizinho seco roçasse a pele de Manuel, enquanto reconhecia as palmas, as costas da mão e os dedos, entre eles, os pulsos, as dobras, o calor que emanava. Então, levantou a cabeça e lhe mostrou aqueles olhos de água escura que olhavam e viam o homem que era Manuel; nesse instante, entendeu por que Álvaro havia levado aquele cão para casa e soube que talvez houvesse uma esperança.

— Um pequeno milagre — sussurrou, comovido.

— Perdão, o que disse? — perguntou o veterinário.

— Quem lhe deu o nome? — inquiriu, voltando-se para olhá-lo.

Notou, então, que o veterinário havia voltado ao início do corredor, em uma tentativa velada de fazer com que Manuel o seguisse até a saída.

— Álvaro, suponho — respondeu.

— Ah! Você deve estar com pressa, e eu aqui atrapalhando...

— Bem, eu já estava saindo quando o senhor chegou, mas não importa... — desculpou-se.

Manuel não demonstrou intenção de sair do lugar.

— Só mais uma pergunta — disse, fazendo uma pausa que captou por inteiro a atenção do homem e o fez se aproximar para ouvir.

— Quantas quiser — respondeu o veterinário, solícito, pressentindo a carga daquela última pergunta.

— Você viu Álvaro no dia em que ele morreu?

O homem assentiu, pesaroso.

— Sim, na hora do almoço, nós nos cruzamos um instante quando eu estava indo embora.

— Chegaram a conversar, talvez sobre cavalos ou Santiago?

— Não; na verdade, ele só me perguntou por Café. Quando estava saindo do paço, olhei pelo espelho e o vi vindo para o haras; suponho que ia vê-lo, como era seu costume assim que chegava.

Manuel assentiu, sem tirar seus olhos do cão.

— Muito obrigado, desculpe tê-lo atrasado. Pode ir tranquilo, eu ficarei um pouco mais.

— Foi um prazer. Estou à sua disposição para o que necessitar. Meu número de telefone está no quadro da entrada. Não hesite em me ligar se tiver alguma dúvida — disse, dirigindo-se para o corredor principal; hesitou, parou e voltou alguns passos. — Só uma coisa: antes de sair, verifique se o canil de Café está bem fechado. Dom Santiago detesta vê-lo solto por aí. — Então, pareceu se dar conta de algo. — Claro que se o senhor...

Manuel assentiu, circunspecto.

— Claro — respondeu.

O veterinário não soube se ele estava de acordo com o conselho ou com sua percepção dos desejos de Santiago.

O haras ficou em silêncio. Os cães de caça que, inicialmente exaltados pela novidade de seu cheiro haviam latido inquietos, mostraram-se calmos de novo. Ao longe, através dos arcos que davam para o caminho principal, ouviu o som do motor do carro que se afastava. Quando este se perdeu na distância, restou apenas o rumor pesado da tarde de fim do verão, a retumbante respiração dos cavalos e o ranger de suas musculaturas relaxando.

— Café... — sussurrou de novo. — O cão balançou o rabo com prudência, como se temesse se alegrar demais. — Você não sabe, mas é uma surpresa.

Levantou-se, animado pela magia do momento, que se quebrou imediatamente quando viu o cãozinho se afastar; mas só um pouco. Como um pequeno satélite, ele mantinha uma distância constante à medida que Manuel avançava ou retrocedia.

— Quer passear? — perguntou em voz não muito alta, já que era a primeira vez que falava com um cão.

Sorriu um pouco ao pensar nisso.

O cachorrinho balançou o rabo como se achasse uma boa ideia, mas não se mexeu enquanto Manuel não o fez. Avançou para a saída, voltando-se a cada passo para se certificar de que o cãozinho o seguia. Café parava cada vez que Manuel parava, e ambos seguiram nesse ritmo até chegar ao acesso ao haras. Manuel pousou o olhar em cada lado do caminho enquanto decidia em que direção ir. Viu um carro se aproximar pelo caminho principal que cercava a casa dos vigias e que levava para o outro acesso, ao paço que Griñán lhe mostrara em sua visita. O barulho acelerado do motor delatava a condução decidida que relacionou, mesmo antes de ver o veículo, com o Nissan vermelho com que havia cruzado na tarde anterior. E, assim como da última vez, teve certeza de que o homem por trás do vidro se surpreendera ao vê-lo. Ele diminuiu a velocidade e parou alguns metros mais adiante.

Manuel esperou, expectante, voltando a cabeça apenas por um instante para se certificar de que o cachorrinho continuava ali. O homem desceu do carro e se dirigiu a ele, oferecendo-lhe uma mão já estendida antes de chegar.

— Dom Manuel, talvez não se lembre de mim, mas nos vimos no funeral. Sou Daniel Mosquera, o enólogo da adega, e desde o outro dia esperava o momento de poder cumprimentá-lo. Ontem me pareceu vê-lo... bem... — O homem por fim soltou sua mão. — Surpreendeu-me, porque Dom Santiago nos disse que o senhor ia embora, e ontem, ao vê-lo... bem, foi uma surpresa.

— Pode me chamar de você, por favor — pediu.

— Claro, homem — respondeu o outro, sorrindo.

Tornou a lhe dar a mão, e dessa vez a acompanhou com a outra, dando-lhe um tapinha no braço.

Manuel estava confuso com a reação do enólogo, que continuava falando.

— Fico muito feliz que ainda esteja por aqui — disse, por fim, como despedida.

Deu dois passos em direção ao carro e se voltou.

— Desculpe, você vai ficar?

A franqueza incontrolável sempre o divertia. Sorriu.

— Por enquanto.

O homem ficou olhando para ele com seus olhos semicerrados; era evidente que estava pensando em algo. Negou com a cabeça, como se descartasse um pensamento; a seguir, assentiu e perguntou:

— Tem algo para fazer agora?

Manuel olhou para ambos os lados da casa, recordando seu dilema para escolher uma direção. Fez um gesto interrogativo para Café, que aprovou balançando o rabo.

— Não.

O homem sorriu.

— Então, venha comigo.

Deve ter reparado na hesitação que acompanhou o olhar que Manuel lançou ao cão, porque acrescentou:

— E traga Café.

Avançaram alguns passos na direção do carro, mas o homem voltou atrás.

— Espere, que número você calça?

— Quarenta e três — respondeu Manuel, desconcertado.

O enólogo entrou no haras e voltou com duas botas de borracha e um casacão cinza com gorro de pelo. Jogou tudo na parte de trás de sua SUV e se agachou para pegar o animal, incapaz de subir sozinho na alta traseira do veículo.

Daniel conduziu em direção a Lalín sem parar de falar durante os vários quilômetros que percorreram. Após pegar um desvio, começaram a descer por uma estrada que se tornava mais sinuosa à medida que se inclinava em curvas que os obrigavam a virar completamente até revelar o desenho traçado nas encostas das colinas que se estendiam para o rio Sil.

Ladeira abaixo, centenas de terraços formavam degraus acinzentados de dura pedra galega, e em cada um uma fileira de vinhas ocupava o pouco espaço entre um degrau e o seguinte. Por onde olhasse, uma mureta artesanal segurava a terra para que não desmoronasse costa abaixo. Era possível ver o marrom dos troncos retorcidos das vinhas sobre os muros, coroados por um festival de folhas verdes e brilhantes de fim de verão, algumas das quais já começavam a adquirir o tom avermelhado que indicava que havia chegado a hora da colheita. Os frutos, pretos, com seu brilho atenuado por uma fina camada pálida, como joias congeladas por um gelo impossível naquelas latitudes, pendiam a meia altura, semiocultos pela profusão impetuosa das folhas. Chegaram à margem do rio e avançaram por uma estrada estreita que parecia roubada da encosta da montanha.

Daniel passou pelo lugar onde alguns carros haviam estacionado em fila, aproveitando uma inclinação na encosta, e circulou alguns metros mais antes de parar a SUV na área privada de uma casa que tinha seu próprio embarcadouro. Desceram do veículo, e Manuel observou que Café se dirigia, sem hesitação e tomando a dianteira, a um barco atracado na ponta de uma moderna doca flutuante, situando-se de prontidão na proa da embarcação.

O barco se pôs em movimento, misturando no ar o barulho do motor e o peculiar cheiro do combustível. Daniel a conduziu pelo curso natural do rio, passando sob os arcos da ponte de Belesar e pelas amplas docas onde os barcos de passeio ostentavam seus conveses cheios de bancos corridos, destinados aos excursionistas. Café assomava, temerário, como uma pequena figura de proa viva, balançando o rabo, contente diante da magnificência do rio que se estendia à frente da embarcação.

— Mas aonde vamos? — perguntou Manuel, estranhando cada vez mais. — Achei que você havia dito que visitaríamos o vinhedo — disse, indicando a encosta.

— E é para lá que vamos — respondeu Daniel, divertido.

— De barco?

— Claro. Aqui é a Ribeira Sacra, Manuel, que dá nome à denominação de origem do vinho; a única maneira de chegar a muitos dos vinhedos da margem do rio é esta, navegando. Por sorte, a maioria das nossas vinhas fica à margem, onde estão as melhores — disse, orgulhoso.

— Achei que o conceito "Ribeira Sacra" se relacionasse com a quantidade de estilo românico que há na região...

— A arte sacra é importante, mas o que distingue esta área é o cultivo da vinha desse modo, em terraços de ardósia e granito. Tem sido feito assim desde os tempos dos romanos, antes de que chegassem os monges com seus conventos; dizem que eles vinham por aqui para evitar passar O Cebreiro no inverno, mas o que importa é por que ficaram. E não foi pela arte, e sim pelo mesmo motivo que os romanos: pelo vinho — comentou, rindo.

Manuel ergueu o olhar; procurava um acesso, estradas ou trilhas que levassem até aqueles terrenos.

— Não há outra maneira de chegar?

— Até nossa adega chegamos por estrada — apontou para as trilhas estreitas nas quais Manuel calculou que mal caberia um carro. — Mas há alguns vinhedos cujo único acesso é pelo rio, sendo que alguns são tão inclinados que os homens precisam se pendurar amarrados para poder vindimar.

A margem direita do rio formava uma pequena enseada com um povoado. Da margem viam-se os telhados de algumas das casas submersas e outras mais perto da beira, invadidas pela água pelos vãos de portas e janelas sem vestígio de postigos.

Daniel pareceu dar voz aos pensamentos de Manuel:

— Dá uma sensação muito estranha ver essas casas assim, não é?

— Eu estava me perguntando por que não as derrubam.

— Imagino que aqui o pessoal tem outra maneira de fazer as coisas... Há sete aldeias grandes como Belesar debaixo d'água, um mal necessário para construir o pântano. Quando navego rio abaixo, não posso parar de pensar que a embarcação passa sobre os telhados das casas, das ermidas e igrejas, antigos cemitérios e escolas, terraços de vinhas e oliveiras antigas — disse Daniel, ensimesmado. — Você não vai acreditar, mas odiei este lugar quando cheguei aqui. Eu vinha de uma grande adega no centro do país, nada a ver com isto, superproduções completamente automatizadas. Acho que eu tinha minhas próprias ideias de como as coisas deveriam ser feitas. — Sorriu, condescendente para com sua própria ignorância. — Pelo visto, o velho marquês não estava interessado no negócio do vinho, mas, há três anos, Álvaro impulsionou um projeto colossal que já é referência na indústria para muitos produtores.

— Foi Álvaro quem o contratou?

Daniel assentiu, manobrando a lancha.

— Álvaro não tinha experiência no mundo do vinho, e sua maneira de administrá-lo me surpreendeu; especialmente o fato de que ele parecia dotado de uma intuição natural para compreender este lugar, suas necessidades e sua distinção.

Manuel o escutava, cético e reservado.

— Agora eu sei que jamais irei embora daqui, mas quando Álvaro me contratou não tinha tanta certeza; pode parecer incrível, mas, no início, este lugar me pareceu hostil, atrasado e rude.

Manuel assentiu, sentindo-se identificado com suas palavras, como se o enólogo lesse sua mente. Mas não fez nenhum comentário.

— Quando cheguei aqui, eu teria mudado absolutamente tudo, se Álvaro houvesse me permitido... — balançou a cabeça, espantado com seu próprio ímpeto. — Ainda bem que ele não deixou. Ele tinha clareza de seu projeto, um conceito moderno, mas dentro dos limites determinados pela terra. E o levou, em primeiro lugar, ao nome de nossa adega, à marca do vinho e ao conceito de viticultura heroica — disse, olhando para Manuel em busca de uma cumplicidade que não encontrou.

— Lamento, Daniel, mas não sei do que você está falando — disse, esquivo.

O enólogo não perdeu uma gota de entusiasmo.

— Muitas adegas da Ribeira Sacra elogiam a influência romana no nome de seus vinhos; outras preferem o trabalho dos monges e, então, os batizam com nomes de conventos ou reitorias. Álvaro, no entanto, queria homenagear o esforço, a paixão, em um tributo direto ao trabalho daqueles viticultores heroicos.

— *The Hero's Works* — sussurrou Manuel, antecipando-se. — Os trabalhos do herói, as tarefas impossíveis que Hércules recebeu.

Daniel assentiu com orgulho antes de continuar.

— *The Hero's Works* é a empresa que Álvaro criou para exportar nossos vinhos, mas nossa adega e nossos vinhos se chamam Heroica, em homenagem ao esforço de tantos durante séculos e à viticultura heroica; sinceramente, acho que ele não poderia ter escolhido um nome melhor.

Manuel escutava as palavras de Daniel em silêncio, enquanto deixava sua vista descansar na exuberante beleza da paisagem; entretanto, um choque de sentimentos ocorreu em sua mente. Por um lado, reconhecia os valores que não podia negar em Álvaro: a capacidade para o trabalho, o orgulho de criar algo próprio, coisa que ele já havia experimentado com sua agência de publicidade; por outro lado, desconhecia aquele sentimento de pertencimento e tradição que Daniel descrevia, e escutá-lo falar assim de Álvaro o fazia sentir que estavam falando de um desconhecido; mas, especialmente, levava-o a se perguntar: se tudo era tão maravilhoso, se tudo era tão puro e limpo, por que não o havia compartilhado com ele? Ele havia aceitado o fato de que nenhum dos dois tinha passado; a orfandade primeiro e o câncer depois haviam acabado bruscamente com a breve resenha de sua vida, que se limitava a algumas fotos em preto e branco do casamento de seus pais, em que pareciam muito sérios, e uma recordação, que nunca soube se era verdadeira, de uma manhã ensolarada com todos rindo em torno de uma mesa de café da manhã. Agora, descobria que Álvaro tinha uma família. "E todo mundo não tem uma, viva ou morta?", perguntara, e ele respondia todas as perguntas com um "nunca me aceitaram". E lhe atribuir agora esse sentimento de pertencimento lhe parecia insultante, mas, especialmente, causava-lhe a sensação de ter sido excluído da vida de Álvaro. "Preservado, protegido", dizia Mei, mas, protegido de quê?

Café renunciou a seu posto na proa e se dirigiu a eles.

— Sim, Café, já chegamos — anunciou o enólogo.

Reduziu a marcha do motor, deixando-o em ponto morto, e deixou que a inércia impulsionasse a embarcação até a margem, desligando-a a seguir.

Só um muro de laje segurava o terraço que chegava até a beira do rio e subia apenas um metro acima do nível da água. Uma grossa estaca fazia as vezes de poste de amarração, e foi ali que Daniel prendeu a embarcação. A água se agitou como um aplauso cadenciado entre o muro do terraço e a quilha da embarcação, e Manuel notou outra paisagem que se manifestava diante dele no silêncio resultante do motor desligado; a suave brisa que mal chegava a acariciar as folhas, a corda que rangia contra a madeira do poste com cada cabeceio da lancha, os pássaros que, reanimados pela promessa do final da tarde, empreendiam voos curtos e tímidos, ainda contidos pelo calor.

Pôs as botas de borracha e um par de meias grossas que Daniel lhe deu, enquanto olhava com desconfiança a encosta que se inclinava sobre o rio, desenhando uma escada de degraus muito pequenos e irregulares que se assemelhava a um zíper quebrado. Teve certeza de que não caberia um pé inteiro ali.

O enólogo subiu na mureta e lhe estendeu a mão. Manuel se voltou para o cachorrinho, que, indeciso, ia e vinha pelo convés.

— Venha, amigo! — disse.

O animal se postou ao seu lado olhando-o de soslaio enquanto, nervoso, passava a língua pelo focinho. Pegou-o no colo e sentiu seu corpinho fibroso, surpreendentemente pesado para sua aparência, e o passou sobre o muro. Aceitou a mão que Daniel lhe estendia e subiu no dique, não sem esforço. Mal havia espaço ali para os dois homens em pé. O enólogo se voltou para a encosta.

— Suba devagar, um pé depois do outro. Se sentir que perdeu o equilíbrio, incline-se para a frente, é impossível cair.

Manuel não tinha tanta certeza, mas seguiu o enólogo, que iniciou a marcha. Café o ultrapassou de imediato. Apesar dos problemas em suas patas traseiras, os degraus irregulares não pareciam ser especialmente penosos para ele. Tinham diferentes alturas e larguras, como se quase propositalmente houvessem sido desenhados para serem diferentes, e Manuel descobriu que a dificuldade não estava na estreiteza que só lhe permitia apoiar a ponta do pé, e sim na anárquica distribuição das lajes que os cobriam e sustentavam, além da louca sequência de alturas que repetidamente debochava de seus reflexos, que buscavam escada onde não havia e tropeçavam onde sim.

Avançava a solavancos, concentrado na escalada; sentia-se um rapaz urbano e desajeitado e lamentava sua falta de energia para resistir àquela aventura. Seu celular começou a tocar em seu bolso como reminiscência daquela outra vida tão alheia e distante, e naquele lugar lhe causou o mesmo embaraço que se houvesse tocado durante uma audiência no Palácio Real.

O som se extinguiu, o que lhe permitiu recuperar a calma. Ouviu, então, os latidos agudos e alegres de Café, que, do alto da encosta, parecia celebrar sua chegada.

Daniel deslizou à direita e Manuel o imitou, até aterrissar sobre um banco de mais de um metro de largura. Então, voltou-se para o rio. A seus pés, os terraços que do seio do rio lhe haviam parecido traços perfeitos desenhavam valas e curvas que se adaptavam fielmente à pele pedregosa da montanha. Aqui e ali sobressaíam rochas profundamente encravadas na terra. De cima, o ímpeto verde das folhas de videira produzia o efeito de uma maré esmeralda de ondas vivas que a brisa ajudava a amplificar, e, ali embaixo, o curso fluvial escuro e profundo embalava harmoniosamente o barco, e uma corrente inexorável que havia lhe passado despercebida durante a navegação.

Ouviram um rumor e risos que cavalgavam o rio, e depois das árvores que esboçavam o início da curva do meandro viram surgir uma estranha embarcação. Três garotas estavam nela. Não pareciam ter mais de vinte anos e riam enquanto tiravam, com vários baldes de praia iguais aos que as crianças usam para fazer castelos, a água de dentro da estranha embarcação, que parecia uma grande caixa, daquelas de madeira, nas quais em alguns lugares ainda se carregava peixe.

— É uma embarcação típica da região: pouco mais que uma caixa, não tem quilha e serve para transportar as uvas pelo rio — explicou Daniel.

— Parece que estão com problemas — disse Manuel, não muito convicto, observando-as enquanto retiravam a água com os baldinhos.

— Que nada! Esse tipo de embarcação não afundaria nem que estivesse totalmente inundada; só têm que evitar que a água molhe o motor, e elas não parecem muito preocupadas — acrescentou.

— Não — concordou Manuel, sorrindo um pouco ao ouvir de novo seus risos atropelados.

— Eu as conheço, nasceram no rio. Não há perigo.

Mesmo assim, e em boa parte para tranquilizar Manuel, colocou as mãos em forma de concha na frente da boca e gritou:

— Ei, garotas! Está tudo bem?

Viram-nas se voltar para olhar para eles e redobrar o riso.

— Tudo sob controle — gritou uma delas. — *Non morremos hoxe, tranquilo*.

As outras responderam com mais risos, sem deixar de tirar a água da embarcação.

Contemplaram-nas em silêncio enquanto desapareciam na distância, levando sua algaravia.

O celular de Manuel tocou de novo, e dessa vez ele o pegou a tempo de ver na tela a chamada de Nogueira. Apertou uma tecla para emudecer o aparelho, mas continuou olhando para a tela até que a chamada se extinguiu. Consultou e viu que a chamada que havia recebido durante a subida também havia sido do guarda.

— Pode atender, se quiser — ofereceu Daniel.

— Não — recusou —, não é importante.

E, mesmo que fosse, falaria com ele mais tarde; não ia atender a sua ligação ali, não somente porque não teria liberdade suficiente para falar, mas porque não queria escutar Nogueira ali, naquele lugar onde ainda pairava no ar o riso das garotas e onde um cão que agora era seu festejava sua subida pela encosta. Nogueira e suas suspeitas, suas bebidas e suas putas, sua barriga gorda e sua aliança de casamento... Nogueira e sua obscenidade implícita, sua desconfiança constante, suas expressões carregadas de recriminações e invariáveis exigências. Falaria com ele mais tarde, e agora sabia que havia decidido que não o encontraria naquele dia. As coisas não iam mudar se esperasse até o dia seguinte, e não tinha forças para Nogueira naquele instante. Recuperar as que perdera no dia anterior havia lhe custado uma confissão, uma tigela de caldo, um cão surrado, navegar pelo rio e escalar uma montanha, e não ia deixar que nem Nogueira nem ninguém o irritassem.

Percorreram o terraço desviando das vinhas, diante das quais o enólogo se inclinava para apalpar os frutos ocultos entre as folhas. Com avidez, pegava nas mãos os cachos grandes de uvas douradas e os apalpava, decidido. Arrancou um fruto, tomando-o entre os dedos, e o apertou, calculando a força exata para estourar a pele tensa que o cobria.

— Hoje de manhã trouxe as enólogas do Instituto de Denominação de Origem a nossas vinhas. A *mencía* ainda vai demorar uma semana, mas esta variedade, a *godello*, já está pronta. A vindima será este fim de semana; eu gostaria que nos acompanhasse, e tenho certeza de que os outros também.

Manuel pegou o fruto que o enólogo lhe estendia. Era suave e perfumado, com um aroma verde e fresco que desmentia o caldo temperado que escorreu entre seus dedos.

— Os outros?

— Os demais funcionários da bodega.

— Sim. — respondeu sem pensar. — Virei com prazer.

Mas as dúvidas o assaltaram de imediato.

— Mas não sei se serei útil, nunca estive em uma vindima.

O homem já sorria abertamente.

— Será útil, acredite, será muito útil.

O enólogo ficou para trás, repetindo aqui e ali a avaliação das uvas. Enquanto isso, Manuel percorreu os terraços precedido pelo cão, cujo comportamento delatava que não era a primeira vez que estava por ali. Deixou que a palma de sua mão acariciasse a superfície áspera das folhas ao passar e se inclinou para tocar a terra temperada pelo calor exalado pelas lajes, cuja influência sentiu se elevar do chão em uma sufocante nuvem de calor seco como o de um aquecedor.

— O cão parece familiarizado com este lugar — comentou.

— Desde que o resgatou, Álvaro costumava trazê-lo à vinha.

— O veterinário me contou que Álvaro o encontrou na estrada.

— Foi isso que ele disse? — respondeu o enólogo, evasivo. E, evitando dar mais explicações, apontou para o rio e sussurrou: — Temos que voltar, está anoitecendo.

Desceram até o barco com o rosto voltado para a montanha, tal como haviam subido; Manuel teve que reconhecer que foi mais fácil do que havia imaginado quando olhou o barranco de cima. O sol, que ainda temperava as encostas, havia desaparecido no rio, e, enquanto desciam, o suor que havia coberto sua pele formou uma película úmida, e ele sentiu frio.

— Pegue o casacão — advertiu Daniel, que já havia posto o seu. — Ainda temos dias muito quentes, mas, nessa região, a partir do final de agosto começa a refrescar durante a noite, e a sensação é ainda mais intensa no rio.

Ele pôs o casacão, que parecia seu número, fechou o zíper até o pescoço e enfiou as mãos nos bolsos. Abriu a boca surpreso e tirou as mãos rapidamente, como se houvesse tocado algo indesejável. Não precisou vê--las para reconhecer a textura das pétalas, a suavidade leitosa, o caule duro e lenhoso. Olhou para Daniel, que pilotava a lancha, aparentemente alheio à sua confusão. Voltou-se para que ele não pudesse ver a expressão desconcertada em seu rosto, e ficou em silêncio durante o resto da viagem, olhando as águas quietas do rio que haviam soterrado sete aldeias. Enquanto o sol se punha e as águas se tornavam negras naquele lugar, Manuel fez um esforço para odiá-lo, para considerá-lo sinistro, mas só conseguiu achá-lo mais bonito.

Quando chegaram ao porto de Belesar, a tarde de setembro começava a revelar a fuga de luz que só aumentaria conforme o outono avançasse; a bucólica estrada da tarde havia se transformado em uma boca de lobo na qual as frondosas castanheiras contribuíam apenas para devorar a pouca luz que chegava do céu ao fundo do cânion. Olhou para o enólogo, que conversava animado enquanto dirigia. Não tinha nenhuma razão para suspeitar de Daniel. Embora, como ele mesmo admitira, já houvessem se cruzado no funeral e no dia anterior na estrada, haviam acabado de se conhecer nessa mesma tarde. Que razão o enólogo teria para encher os bolsos do casacão que lhe emprestara de gardênias? Que razão alguém teria para fazer isso?

Daniel o deixou ao lado de seu carro depois de definir a hora em que o buscaria no dia seguinte e se despediu.

— As botas e o casaco — recordou Manuel, começando a tirá-lo.

— Fique com eles, vai precisar deles amanhã.

— Mas não vão dar falta? — perguntou, indicando o haras.

O rosto de Daniel denotava tristeza de súbito.

— Não... eram de Álvaro; é o que ele sempre usava para ir ao campo...

O enólogo ficou um segundo em silêncio, como quem toma consciência de algo que não havia se dado conta antes.

— Ele não o encontrou na estrada... — disse.

— Como?

— Café... Ele não o encontrou na estrada. Essa deve ter sido a versão oficial que ele contou para as outras pessoas. Álvaro via o cão todos os dias a caminho da bodega, amarrado à intempérie, sem água, sem comida. Com frequência parava e lhe dava algo para comer e beber. Pediu-me que sondasse discretamente quem era o dono: um sujeito desprezível que morava sozinho. Certa tarde, quando estávamos voltando, ele parou o carro diante da casa; estava tão indignado que juro que pensei que ia quebrar a cara do homem; mas não. Eu o vi conversar com aquele sujeito e apontar para o cachorro; conversaram durante alguns minutos. Ele pegou a carteira, e não sei dizer quanto dinheiro ele deu para o homem, mas ele ficou na porta contando as notas. Álvaro voltou para a frente da casa, desamarrou o cão e teve que pegá-lo no colo para colocá-lo no carro. A corda havia lhe causado um corte horrível no pescoço e saía um cheiro nojento da ferida. Eu não disse nada, porque achei louvável o que ele estava fazendo, mas a verdade é que, fosse qual fosse o preço que ele havia pagado, parecia muito por um animal que não passaria daquela noite. Eu tinha certeza disso e, no entanto — disse, voltando-se para olhar para o cachorro —, aí está ele.

Café, sentado na trilha, observava-o cabisbaixo e de lado.

— Obrigado — murmurou Manuel, assentindo levemente.

Daniel assentiu, entristecido. Não disse nada; ligou o carro e ergueu a mão a modo de despedida antes de desaparecer na escuridão. Era evidente que gostava de Álvaro. Manuel se perguntou até que ponto; a ponto de encher seus bolsos de gardênias? Mas, se ele não havia conversado com Daniel até aquela tarde, como seria possível explicar a aparição das flores nas ocasiões anteriores?

— E que merda elas significam? — disse em voz alta.

Ficou alguns segundos na escuridão enquanto seus olhos se acostumavam à penumbra alaranjada dos postes que margeavam a casa, que mal chegavam a iluminar o caminho. Acendeu a lanterna de seu celular enquanto via as cinco chamadas perdidas de Nogueira e sentia uma satisfação cruel por não lhe haver atendido.

Avançou alguns passos para o haras até que notou que Café não o seguia. Voltou-se e iluminou o cão com a luz; ele continuava imóvel ao lado do carro.

— Vamos, garoto! — Animou-o.

Mas Café não se mexeu.

Voltou ao seu lado e o iluminou de cima, sorrindo diante da expressão próxima à dissimulação com a qual o cão o olhava de lado.

— Você tem que entrar — disse —, não pode ficar aqui, vamos — insistiu, fingindo várias vezes que tomava o caminho.

Mas a posição do cachorrinho não se alterava.

Voltou atrás de novo e se agachou, estendendo a mão, como havia aprendido, para permitir que o cãozinho avançasse um passo até deixar sua cabeça sob a palma da mão. Acariciou-o por alguns segundos enquanto recordava o interior dos canis e a cela atribuída a Café, no final do corredor. Levantou-se e abriu a porta do carro.

Café pulou dentro, mas no último instante suas patas traseiras falharam e ele ficou pendurando no banco. Manuel o empurrou um pouco e ele se acomodou no lugar do passageiro.

Antes de arrancar, deu uma última olhada na casa. No mirante do andar superior recortava-se uma figura escura que permaneceu imóvel enquanto ele pegava o caminho da saída.

Ele percorreu todo o trajeto se arrependendo de sua decisão e se perguntando o que iria fazer com o cachorro. Mas o dono da pensão criou muito menos problemas do que ele havia calculado. Se pagasse o dobro, poderia ficar com o cãozinho no quarto, desde que não fizesse suas necessidades ali e dormisse no chão. Ele assentiu como um robô, ciente de que não poderia prometer isso, e continuou se arrependendo enquanto esperava, no corredor, que o homem lhe entregasse a manta velha que lhe havia oferecido, e se dava conta de que não sabia nada sobre o animal. Teria sido treinado a não fazer suas necessidades em casa? Era tarde demais para voltar atrás. Aceitou a manta, um pote para água e o sanduíche de carne que a esposa do estalajadeiro levou a seu quarto acompanhado de alguns restos para o cão, quase tão apetecíveis quanto sua própria comida. Depois de jantar, ajeitou a manta para Café, abaixou a tevê e ligou para Nogueira.

— Caralho! Passei a tarde toda tentando falar com você! Onde se meteu?

Manuel apertou os lábios em um gesto de contenção e balançou a cabeça antes de responder.

— Estive ocupado.

— Ocupado... — repetiu o guarda, daquele modo que tanto o incomodava. — Esteve em As Grileiras?

— Sim, mas antes disso fui falar com Lucas; o padre Lucas — esclareceu. — Depois da conversa que tivemos ontem, fiquei com muitas dúvidas...

— Eu sabia — respondeu Nogueira, arrogantemente —, e lhe dou os parabéns por sua iniciativa. Não sei o que você falou para ele, mas o padre me ligou logo após sua visita e me explicou com detalhes o que aconteceu na noite em que Fran morreu, do que falaram e o que ele pensa; exceto, claro, o que o garoto lhe contou em confissão.

Subitamente alarmado, Manuel se perguntou se também teria mencionado a pessoa que ele vira entrar na igreja e suas dúvidas sobre sua identidade.

— Não é muito além do que já sabíamos, mas tenho que reconhecer que, dito do ponto de vista dele, aumenta minhas dúvidas de que o garoto tenha se suicidado; mas também não reforça a ideia de ter sido um acidente: o padre Lucas tem quase certeza de que Fran não mexeria com drogas, nem para se aliviar. Mas ele tem certeza de que não se matou, e, por ora, eu me inclino para sua teoria... E reforça a hipótese de que alguém tenha entrado na igreja depois de o padre sair.

Manuel prendeu a respiração esperando as palavras de Nogueira enquanto, ao mesmo tempo, se recriminava por sua atitude. Por que se preocupava tanto que as suspeitas recaíssem sobre Álvaro se ele era o primeiro a duvidar? Era capaz de admitir um envolvimento de Álvaro no que houvesse acontecido com Fran naquela noite? Não queria pensar; no entanto, quem poderia culpá-lo por suas dúvidas? Álvaro o havia escondido dos olhos dos outros como um segredo vergonhoso.

Quão importante teria sido para Álvaro manter as aparências? Teria sido primordial para ele preservar o bom nome de sua família acima de tudo, como havia sido para seu pai?

"Você sabe que não", admoestou sua voz interior.

"Eu o conhecia melhor que ninguém no mundo", ecoaram as palavras de Elisa.

"Cale-se!", ordenou àquela voz.

— Ele disse que não conseguiu ver quem era, mas essa informação muda bastante as coisas. Essa pessoa teria sido a última a ver Fran vivo, e já é suspeito o fato de que, se não tivesse nada a ver, não tenha dito nada depois que o garoto apareceu morto... Enfim — suspirou —, o que descobriu em As Grileiras?

Manuel respirou aliviado e culpado ao mesmo tempo.

— Santiago não gostou nem um pouco de me ver por ali, e menos ainda quando lhe perguntei pelo dinheiro. Em dado momento, ele chegou a dizer que eu não era ninguém para lhe pedir explicações.

— Rá! — regozijou-se Nogueira do outro lado da linha.

Manuel percebeu que o homem estava sorrindo. Aquilo o divertia; a humilhação da família Muñiz de Dávila lhe agradava muito, e Manuel não achou ruim; mas se perguntava o porquê.

— No fim, ele admitiu ter pedido o dinheiro. Santiago disse que há cerca de um ano estavam aumentando o haras com novas aquisições, e Griñán confirmou essa informação. Santiago também falou que surgiu a oportunidade de comprar um cavalo em uma operação rápida e que pediu o dinheiro para isso.

— Trezentos mil euros por um cavalo?

— Era um cavalo inglês de corrida. Há um ano, Santiago comprou outro que chegou quase a essa quantia.

— Caralho!

— Mas esse cavalo se revelou um fiasco, tem uma lesão e jamais poderá competir. Pelas condições em que a compra foi feita não era possível reclamar, e, assim, o investimento foi por água abaixo. A partir desse momento, Álvaro proibiu seu irmão de fechar qualquer transação sem a aprovação do especialista. Isso foi confirmado tanto pelo veterinário quanto por Griñán, de modo que a explicação de que Álvaro veio para cá só pela possível compra de um cavalo desse preço perde completamente a credibilidade. Ambos concordam que Santiago sabia que Álvaro não teria permitido a compra, e que sem o parecer do veterinário nem sequer teria lhe dado ouvidos.

— Quer dizer, então, que o irmãozinho está mentindo descaradamente.

— Bem, ele não é tão imprudente; está se precavendo, já que ele mesmo admitiu que essa foi a razão pela qual Álvaro negou o dinheiro para ele.

— Mas se ele já sabia que sem o parecer do especialista não haveria dinheiro e que seu irmão nem ao menos iria se dar ao trabalho de pensar sobre o assunto, que sentido faria pedir? E, se as coisas eram assim, que sentido faria que Álvaro viesse até aqui só para lhe dizer não?

— É o que eu acho...

— E o que mais?

— Bem, descobri que Santiago não gosta que sua mulher trabalhe...

— Não gosta! Caralho, ela cultiva flores! Se tivesse que limpar a bunda de doentes no hospital, como a minha...

Era a primeira vez que Nogueira falava de algo relativo à sua família. Manuel registrou aquilo na mente enquanto controlava a vontade de responder: "Sim, você se preocupa muito por sua mulher ter que limpar bundas no hospital, mas depois vai ao puteiro; mas, claro, tira a aliança, para que seja menos pecado".

— E que o assistente de Catarina não gosta de como o marido a trata. Hoje o casal fez uma ceninha meio desagradável, e o sujeito mal conseguiu se conter.

— Acha que eles têm alguma coisa?

Manuel suspirou diante da simplificação do mundo de Nogueira.

— Não sei; é evidente que ele a aprecia, mas acho que se trata de outra coisa — disse, recordando o modo como Vicente havia falado dela na estufa. — Nogueira, eu ia lhe dizer que talvez hoje...

— Sim, eu liguei justamente por isso. Não será possível nos encontrarmos hoje.

Manuel ficou decepcionado, de uma maneira infantil. Havia desejado tanto lhe dizer não... até havia ensaiado mentalmente sua recusa em acompanhá-lo naquele dia em suas jogadas e havia imaginado a irritação do tenente quando lhe dissesse.

— Lembra-se de que eu falei que conseguiria alguém que pegasse o carro de Álvaro no depósito da delegacia? Ofelia e eu o examinamos e agora estamos com as chamadas.

— Achei que já havíamos extraído toda a informação possível das faturas.

Nogueira ficou em silêncio por alguns segundos, e, quando falou, foi com o tom de quem concede uma explicação que não é obrigado a dar.

— Sabe... quase todo mundo tem celular, mas muito pouca gente sabe o que realmente tem nas mãos. O telefone de Álvaro é um aparelho de última geração: permite, como em todos, ver os números das ligações feitas e recebidas, e a duração. Mas também tem um serviço de localização ativado que nos dá a situação exata do telefone no momento em que se realiza a conexão. Além do mais, e isso é mais complicado, estamos tentando identificar a quem pertencem os números para os quais ele ligou ou dos quais recebeu chamadas.

— E saber disso esclarece alguma coisa?

— Por ora, estamos apenas começando com os telefones, mas já examinamos o carro, por isso estava com pressa de falar com você.

Manuel esperou em silêncio.

— Ofelia disse que se lembra de que na noite do acidente, quando ela examinou o corpo no carro, havia um navegador ali, que agora não está mais.

— Sim, Álvaro tinha um GPS, era um TomTom. Ele tinha aquele GPS há anos, e, embora pudesse ter posto um de série quando compramos o carro, preferia usar esse; dizia que tinha suas rotas gravadas e que era cem por cento confiável.

— Sei — Nogueira estalou a língua com desagrado. — Não sei se você sabe, mas todas as rotas e endereços ficam registrados nos navegadores que vêm de série nos veículos, mesmo se forem apagados. Mesmo que o aparelho seja resetado, os endereços podem ser recuperados da memória.

— O que quer dizer com isso?

— Que normalmente as pessoas que não têm interesse em ser rastreadas preferem um GPS portátil que possam levar consigo ou destruir sem ter que arrancar o painel do carro.

— Existe outra opção...

Dessa vez foi Nogueira que esperou em silêncio.

— Que alguém o tenha pego. Um acidente de trânsito, o único ocupante faleceu, um navegador portátil que ninguém vai ter certeza de ter visto ali, e que, portanto, é pouco provável que alguém reclame...

O tom de Nogueira endureceu notavelmente quando disse:

— Não sei de quem acha que está falando, mas a Guarda Civil atende a milhares de acidentes por ano neste país e nossa honradez está acima de qualquer dúvida. Nós arriscamos a vida e muitas vezes a perdemos ajudando os outros. Eu respondo pela honradez de todos os guardas dessa delegacia. Não há ladrões na Guarda Civil.

— Só estou dizendo que isso pode ter acontecido. — Manuel se manteve firme.

— Não, não pode ter acontecido; o que pode ter acontecido é que tenha sido guardado em outra caixa separada e que tenham esquecido de entregá-lo a você. Vá buscá-lo, precisamos saber onde ele esteve e aonde estava indo quando faleceu. Talvez essa informação ainda esteja no navegador.

— Ligarei amanhã — concordou Manuel.

— Passarei para pegá-lo tarde, por volta da meia-noite. A prostituta com quem temos que falar vai estar trabalhando amanhã à noite.

Ele ia protestar. Na noite anterior, havia jurado que por nada neste mundo voltaria àquele lugar; no entanto, sabia que tinha que voltar, não tanto por não contrariar Nogueira, mas porque, apesar de ser insuportável para ele, tinha que reconhecer que o compromisso daquele homem com a verdade era bem superior ao seu, que nas últimas horas havia oscilado entre a exigência mais absoluta perante Lucas e o desejo de que este não houvesse contado toda a verdade a Nogueira. Só por isso já lhe devia uma. Despediu-se e desligou. Precisava fugir.

Escreveu sem interrupção durante pelo menos quatro horas, durante as quais o cão permaneceu imóvel, deitado a seus pés. Manuel pensou que talvez não houvesse sido tão má ideia sucumbir ao impulso de levá-lo consigo.

DE TODO LO NEGADO

Ele ficou inerte. Por um momento, compreendeu que não importava o que sentisse ou o que quisesse fazer; que não importavam as circunstâncias que o cercavam, porque uma força aterradora e inexplicável o projetava contra a realidade. A inércia o jogava contra a realidade, sem emoção nem culpa, e o levava na direção determinada pelo universo.

Eram quase duas horas quando, cedendo aos incessantes bocejos do animal, abandonou a escrita e pôs o casacão novamente, a fim de levar Café para passear e fazer suas necessidades. De volta ao quarto, esvaziou com cuidado o conteúdo dos bolsos do casaco na gaveta da mesa de cabeceira e ficou alguns segundos olhando as gardênias, como se da simples observação das flores pudesse lhes arrancar algum sentido. Fechou bem devagar a gaveta, sem perdê-las de vista, até que ouviu a madeira bater no limite. Então, recordou a fotografia que havia levado consigo o dia todo. Pegou-a e sentiu seus cantos curvos ficarem travados no cetim do interior do bolso. O olhar confiante do garoto o fitou da foto. Ele a examinou durante alguns minutos: as expressões das crianças, a linguagem de suas mãos, a franca camaradagem de Lucas, que excluía Santiago, a expressão possessiva do menino pequeno e o garoto de olhar limpo, altivo, orgulhoso, como o príncipe de um conto de fadas.

Abriu a gaveta para depositar a foto ali, mas optou por devolvê-la ao bolso da jaqueta ao ver as flores. Deitou na cama e apagou todas as luzes, deixando apenas a tevê ligada, embora sem volume. Por um momento se perguntou se isso incomodaria o cachorro e se sentiu meio idiota. Em cima da manta, Café o observava com a cabeça entre as patas dianteiras. Manuel o contemplou com compaixão. O animal lhe provocava muita pena, mas ainda não havia decidido se sua companhia lhe agradava. De qualquer maneira, seu olhar aquoso o perturbava; a presença constante de um ser vivo que o observava e a certeza de que o animal sabia quem ele era o deixavam desconcertado. Nunca havia tido um bicho de estimação; na infância, que era quando imaginava que esse desejo surgia, era simplesmente impensável, e quando cresceu nunca sentiu esse chamado para a responsabilidade que encantava outros. Supunha que gostava de animais, mas do mesmo modo como gostava de violinos ou das esculturas de Botero, sem nenhum afã de posse. Olhou de novo para a tevê e decidiu deixá-la ligada, pelo menos um pouco. Assim que fechou os olhos, sentiu o salto no colchão. Sobressaltado, sentou-se e olhou para Café, que, parado sobre suas patas, o observava fixamente nos pés da cama. Homem e cão ficaram assim, imóveis, estudando-se durante alguns segundos, esperando uma resposta.

— Imagino que já que você paga como qualquer hóspede, também tem direito a dormir em uma cama.

O cão se acomodou a seus pés e Manuel tornou a se deitar, sorrindo. Um minuto depois, desligou a tevê.

Nessa noite, pela primeira vez desde que Manuel havia chegado à Galícia, o menino não chorou.

DO TRABALHO DO HOMEM

Heroica fora construída como se escorregasse pela encosta. A primeira impressão que o visitante que chegava da estrada tinha era de que, embora a entrada fosse muito bem cuidada, estava diante de uma casinha caprichosa, feita talvez por um ambicioso arquiteto, destinada a ser refúgio de inverno de um escritor antissocial.

Seu uso era delatado por uma balança industrial que se destinava à pesagem da uva e ocupava boa parte da frente da edificação, à qual se chegava por uma rampa, além dos quatro degraus que haviam sido construídos rebaixados para aproveitar a inclinação natural do solo. Como em qualquer outra casa de campo, a porta era de duas folhas, para permitir a entrada das carroças de uva. Ao seu lado, uma grande porta de duas folhas com decoração de vidro reforçava a ideia de uma moderna residência rural. Ao lado das portas viam-se postes de ferro que surgiam da parede e grandes vasos fabricados com velhos barris. Das vigas da varanda pendiam cestos de castanheira trançados com gerânios de flores mínimas que roçavam a cabeça ao passar, liberando seu perfume de maçãs.

Cerca de vinte homens, talvez mais, distribuíam-se pelas escadas e pela pequena varanda. Todos se voltaram, alertados pelo barulho do motor.

— Bom dia — cumprimentou Daniel enquanto descia do carro.

Os homens responderam, mas todos os olhares estavam em Manuel. Café foi na direção deles e a maioria se agachou para cumprimentá-lo.

— Café! Você por aqui? — brincou um dos trabalhadores.

— Bem, como estão vendo, hoje Dom Manuel nos acompanhará — disse, e, voltando a cabeça para ele, acrescentou com um amplo gesto para o grupo: — Aos poucos eles vão se apresentando, pois são muitos e temos o dia todo pela frente.

Os homens responderam erguendo a mão ou inclinando a cabeça. Manuel retribuiu da mesma maneira.

— Agora, mãos à obra enquanto eu mostro a bodega a Manuel — incitou o enólogo. — Depois, desceremos com um grupo às *muras de ribeira* para que o chefe possa vê-los trabalhar.

Manuel, desconcertado com o título, voltou-se para protestar, mas os homens já formavam grupos animados dirigindo-se para a lateral da bodega.

— A parte viva de uma bodega — disse Daniel enquanto abria a porta principal — não tem muito sentido se não é vista durante o trabalho. Vou lhe mostrar tudo, mas vai poder percebê-la de verdade em toda a sua dimensão à tarde, quando voltarmos da vinha, e amanhã, quando os viticultores de quem compramos a colheita vierem trazê-la.

Empurrou as portas, e surgiu diante de Manuel uma sala cujas dimensões o deixaram espantado. Completamente azulejada do chão ao teto e forrada de plástico grosso e transparente como se alguém fosse pintar o local, estendia-se por muitos metros mais do que aparentava.

— Vista de fora não se consegue imaginar que seja assim tão grande — disse.

Avançou para o interior, onde as muitas máquinas pareciam quase flutuar no espaço diáfano, cujo efeito ajudava a aumentar a luminosidade que entrava pelas janelas dos fundos.

— A bodega original ocupava o que agora é o andar de baixo, e esta foi construída no degrau natural seguinte, apoiando parte da estrutura na anterior e estendendo outra parte em direção ao barranco por meio de enormes colunas que agem como alicerces a céu aberto, encravadas na montanha em grande profundidade.

Manuel se aproximou das janelas que davam para a vertente da montanha na qual confluíam várias encostas cujos flancos se dividiam em centenas de degraus simétricos lotados de vinhas e arrematados, no fundo do vale, por uma fileira de castanheiras imponentes, cujos galhos mais baixos tocavam as águas do rio. A meia altura, misteriosamente sustentado, mantinha-se um véu de névoa cinza, não muito denso, que permitia vislumbrar as vinhas, que começavam a brilhar iluminadas pelo primeiro sol e banhadas daquele eflúvio que subia do rio.

O enólogo abriu uma porta lateral e a sala que Manuel encontrou diante de si o surpreendeu mais ainda. Quase todas as paredes que davam para fora eram janelões; as paredes e o chão eram forrados de madeira, e no teto viam-se umas vigas escuras que o atravessavam de lado a lado. O local se estendia até uma ampla varanda que pendia sobre o precipício e dava a sensação de estar pendurada no vazio. O sol indeciso da manhã, que ainda não o convidava a se livrar do casaco, iluminava os homens que desciam pela encosta, atravessavam a cortina de névoa e reapareciam alguns metros abaixo. No andar principal havia uma escada larga de madeira escura que levava para uma sala aberta com uma balaustrada de ferro forjado. Um canto perto do janelão ostentava as garrafas com seus rótulos; a presença discreta de uma caixa registradora o fez supor que era ali que os vinhos eram vendidos ao público.

Pegou uma garrafa nas mãos. O rótulo proclamava o nome com que Álvaro havia batizado bodega e vinho: Heroica. O branco impoluto do rótulo era a norma infringida apenas pelas letras de prata de traço orgulhoso que pareciam ter sido escritas em metal fundido. Em uma curva do H se via acúmulo de prata, como se ali houvesse sido depositado o metal incandescente, e a cauda da última letra se prolongava em um traço ousado que se estendia com paixão até a extinção do metal. Sentiu seu coração parar ao reconhecer a caligrafia de Álvaro.

Manuel passou os dedos suavemente sobre as letras antes de devolver a garrafa ao lugar.

— Você disse que outros produtores trarão sua colheita. Vocês formam uma espécie de cooperativa?

— Quando Álvaro assumiu as rédeas do negócio nós nos mantínhamos com a produção própria, mas logo percebemos que seria insuficiente para atender à demanda, por isso compramos as colheitas de centenas de pequenos viticultores que vendem pelo melhor lance. É assim que as pessoas entendem o vinho aqui, em pequenos lotes divididos várias vezes entre os membros de uma família até ficarem minúsculos; ainda assim, não se encontram facilmente pessoas dispostas a vender o seu.

Ele parou um instante, como se fosse dizer mais alguma coisa, mas decidiu se calar.

Saíram da recepção e desceram pela encosta íngreme por onde os homens haviam descido para a vinha. Chegaram a uma esplanada, invisível de cima, que conduzia a uma pista de cimento pela qual podia passar um caminhão. Levava a uma porta imensa que ocupava do chão ao teto toda a parede da nave sobre a qual repousava, como um degrau invertido, o edifício superior.

— Aqui estão as cubas, e é onde trabalhamos a maior parte do tempo, mas, agora, todos os homens estão na *ribeira*. Vamos cumprimentar o pessoal — sugeriu Daniel.

O enólogo empurrou uma das folhas da porta, que estava apenas encostada. Dentro, quatro homens trabalhavam com algo que parecia uma máquina de limpeza, dirigindo suas bocas para dentro de uma gigantesca cuba de aço.

Fazia frio ali. Sobre os macacões de sarja azuis que ele não via desde sua infância, os homens usavam grossos coletes acolchoados, e sua respiração, unida ao vapor que a máquina exalava como um dragão moderno, elevava-se formando tufos de névoa que delatavam que estavam muito abaixo da temperatura externa.

Desligaram a ruidosa máquina ao vê-los entrar, e um quinto homem assomou pela porta que parecia uma claraboia na parte inferior do tanque. Manuel imediatamente percebeu que se levantavam e avaliavam sua presença, decidindo se era hostil ou não. Cumprimentaram-no com timidez, e suas vozes soaram como um eco distante na altura da nave.

— Estão limpando o interior para receber o vinho novo, e a melhor maneira de fazer isso é de dentro — explicou Daniel. — Mario é o mais magro, então entra na cuba — disse, fazendo um sinal para o homem, que se agachou para que pudessem vê-lo e os cumprimentou com um movimento de ombros diante da honra duvidosa.

— É melhor não os atrapalharmos — disse Manuel, erguendo brevemente a mão como despedida.

Os homens ficaram imóveis no lugar até estarem sozinhos.

Desceram, passando pelos primeiros terraços e pelos vindimadores, que trabalhavam inclinados sobre as plantas e depositavam os cachos em caixas azuis de plástico que se amontoavam no início de cada degrau.

Daniel chamou pelo nome meia dúzia de vindimadores que desceram a encosta toda até chegar à margem do rio. Guiando-o até um degrau que ninguém ocupava, ele se inclinou sobre uma planta para mostrar a Manuel como colher o fruto sem o machucar. Com a mão esquerda pegou o cacho como se pegasse uma criança – com firmeza para evitar que caísse, mas com cuidado para não machucar –, e com a mão direita ceifou com um único corte o galhinho que o segurava. O cacho ficou em sua mão como uma criança adormecida.

— Tenho certeza de que você vai gostar de vindimar — disse Daniel. — É o trabalho mais primitivo e humano: antes mesmo de o homem aprender a cultivar já era coletor, e frugívoro antes que carnívoro.

Recusando as luvas que lhe foram estendidas, Manuel inclinou-se sobre a planta e aceitou uma pequena foice que achou extremamente anatômica, como se guardasse uma memória que se adaptava muito bem à forma de sua mão, ao mesmo tempo tomando a prudência que se tem quando se tem a consciência de estar portando uma arma. Pegou um cacho que sentiu fresco e firme, e, imitando o enólogo, deslizou a lâmina da foice pelo caule com um movimento rápido, como um puxão. Teve que usar as duas mãos, pois o fruto se esparramou entre seus dedos, estragando o que poderia ter sido uma perfeita execução. Ainda assim, Daniel aprovou.

— Não se preocupe, é um pouco difícil encontrar o grau de força para segurá-lo sem esmagá-lo, mas, fora isso, poderia até se dizer que essa não é a primeira vez que você vindima.

Manuel se endireitou sorrindo enquanto levava as mãos aos rins.

— Acho que, no fim do dia, nenhum dos dois vai dizer isso.

O enólogo o acompanhou durante alguns minutos. Quando teve certeza de que não amputaria um dedo, deixou-o sozinho. Mas Manuel se sentiu observado, e, ao erguer o olhar, encontrou os olhos daqueles homens. Entretanto, não lia naqueles olhares má intenção ou censura, apenas curiosidade e, como soube mais tarde, um pouco de esperança.

Trabalhou em silêncio, longe dos outros e concentrado nos frutos, que iam se tornando mais aromáticos conforme a manhã avançava e o sol os ia temperando. Distinguia o aroma amadeirado das vinhas velhas, do granito do solo misturado com as ervas aromáticas que cresciam à beira dos terraços, e outro mais cítrico e fresco, como a mexerica. Buscou com o olhar a origem do aroma e viu que no final dos lotes mais setentrionais cresciam limoeiros e laranjeiras, o que motivou seu espanto. Café andava com desenvoltura pelos balcões, quase como se fosse cumprimentando um por um os vindimadores, mas, depois de um tempo, deitou-se ao seu lado e cochilou tranquilamente esticado em cima do casacão que Manuel havia tirado, já temperado pelo sol que avançava aquecendo as lajes das *muras* e que havia dissipado por completo a névoa. Acariciou seu cão surrado, ciente de estar sendo observado, e, sem levantar a cabeça, deu uma piscadinha para o animal e voltou ao trabalho.

— Ei, senhor marquês!

Voltou-se surpreso para o terraço superior e viu um conterrâneo que segurava um odre de vinho. O homem ergueu a bolsa de couro, mostrando-a para ele:

— Quer um gole de vinho?

Manuel sorriu, aceitando e se aproximando da borda da bancada para alcançar o odre que o homem lhe estendia.

— Eu não sou marquês — disse, sorrindo, ao pegar o odre.

O homem deu de ombros, como se não acreditasse. O vinho tinha um gosto bom e um cheiro forte, muito provavelmente acrescido do couro do odre; era fresco e perfumado e lhe deixou na boca uma nota de acidez quase perfeita que lhe evocou o frescor do verão.

— Beba, beba, homem! — animou o homem.

Ele deu outro gole e devolveu o odre.

— Vamos parar para almoçar — informou o homem a quem chamavam de Abu e o único que se dirigira diretamente a ele, fazendo um gesto para os vindimadores que distribuíam entre si perfumados nacos de pão escuro e pedaços grosseiros de queijo.

Enquanto almoçavam, Manuel viu passar uma daquelas curiosas embarcações, e Daniel lhe dedicou um olhar cúmplice.

— Abu, ontem vimos suas filhas em uma barcaça, quando estávamos nas *muras de godello*; estavam tirando água com um balde e Manuel ficou preocupado que pudessem afundar — disse, divertido.

Manuel ergueu a cabeça, surpreso.

— *Eso no hunde, home!* — exclamou Abu, divertido, voltando-se para compartilhar o caso engraçado com os outros trabalhadores. — Se os do *Titanic* tivessem umas dessas, ainda estariam flutuando por aí!

Os homens riram.

Manuel sorriu pensando na algaravia das garotas, suas vozes pairando sobre o rio, os risos frescos e despreocupados, e o modo como os haviam cumprimentado, erguendo os braços.

— Então, eram suas filhas?

— Eram e são — afirmou Abu com a ironia típica que Manuel já começava a identificar na região —, e com certeza hoje também andam por aqui; estão vindimando nosso lote.

— O senhor também tem vinhas? — perguntou, contente por encontrar um tema em comum com aqueles homens que sentia serem, ao mesmo tempo, próximos e inacessíveis.

— Todo mundo tem vinhas na Ribeira Sacra, mesmo que só um pequeno lote. As de minha família não têm nada a ver com as vinhas da Heroica, é um pedacinho pequeno e muito íngreme, mas, desde que a denominação de origem entrou em vigor, minhas filhas ganham a vida com isso, e pelo menos não tiveram que partir, como outros.

— Que bom — respondeu Manuel, com sinceridade. — Mande lembranças a elas e diga que me alegro de saber que não afundaram.

Abu sorriu, balançando a cabeça como se o outro houvesse dito uma bobagem, e continuou comendo.

O dia avançou para a tarde projetando miragens aquosas pelo calor que subia do cascalho que ardia devido ao sol acumulado. De vez em quando, a brisa que soprava no rio esfriava o suor sobre a pele curtida dos trabalhadores, que colocavam as caixas à beira do terraço conforme as enchiam. Quando acabaram de colher a uva, eles formaram uma corrente e foram passando os cestos até chegar à defesa de pedra à beira d'água, e dali ao único tripulante, que as foi distribuindo pela estranha barcaça, primeiro sobre a superfície, e depois para o alto, até ficar quase invisível entre elas.

— A Heroica é uma das poucas bodegas que colocaram guias metálicas para subir a uva ladeira acima, a única modernidade que nos permitimos na Ribeira Sacra em dois mil anos — explicou Daniel —, mas nas *muras de ribeira* essas guias não são eficazes, por causa da inclinação. É mais prático levá-la na lancha até o porto de Belesar, e dali dando a volta pela estrada até a bodega.

Às cinco da tarde, o enólogo deu por concluído o trabalho com a promessa de uma refeição decente, e os homens começaram a subir a encosta.

Ele fez um sinal para Café, que se espreguiçou lentamente e o esperou, paciente, perto dos degraus, que já percebia impraticáveis. Ergueu seu corpinho tenso e trêmulo; Manuel o pegou no colo e começou a subida atrás do homem que chamavam de Abu. Devia ter pelo menos vinte anos a mais que ele, mas subiu com rapidez a colina, forçando Manuel a segui-lo enquanto sentia todos os músculos de suas pernas arderem. Ao chegar ao topo, deixou Café no chão, e o cão, ingrato, abandonou-o, dedicando-lhe um daqueles mal disfarçados olhares de soslaio enquanto Manuel tentava recuperar o fôlego, com o corpo inclinado para a frente.

— Nos fins de semana garotos jovens costumam vir trabalhar, desses que vão todos os dias à academia — explicou o homem. — Eu aviso que isto é duro e eles sempre riem de mim e estufam o peito: "Nós somos jovens e estamos em forma", dizem, mas mais de um, depois de vindimar no sábado, não consegue levantar da cama no domingo.

— Eu acredito — arfou Manuel.

— O senhor está se saindo bem — disse o homem antes de seguir Café, deixando-o sozinho.

A algaravia de trinta pessoas sentadas à mesma mesa sugeria celebração. Haviam servido batatas assadas e saladas verdes e, a seguir, bandejas cheias de churrasco que os vinicultores haviam feito na churrasqueira externa usando como combustível os sarmentos da própria vinha. O vinho era servido em taças que logo tilintaram em brindes carregados de bons desejos para a nova colheita. Daniel, sentado ao lado de Manuel, estendeu uma taça enquanto o fazia reparar na cor do vinho.

— Os tintos jovens são de uma cor violácea, que vai avermelhando em barris de carvalho. Lembra-se da uva *mencía* que lhe mostrei ontem perto do rio? Será colhida daqui a uma semana, se o tempo continuar bom.

Manuel evocou o fruto cálido de polpa cristalina, pele grossa e impressionantemente preta que parecia gelado em alguns lugares, como se estivesse coberto pela geada. À contraluz, notou que na superfície e ao redor da taça desenhava-se sobre o vinho brilhante e cristalino um fino anel entre vermelho e violeta. Comeram sem excessiva cerimônia e sem se distrair muito. Em vez de sobremesa, serviram um perfumado café árabe que levaram à mesa em canequinhas de metal e que Manuel tomou puro, apesar de não ser seu costume.

Alguns homens começaram a se levantar e esticar as pernas, e o grupo que ele havia visto trabalhando dentro da bodega de manhã foi ocupar as cadeiras livres ao seu redor. Um dos homens que Daniel lhe apresentou como contramestre se dirigiu a ele, olhou para o enólogo, que assentiu, e depois disse:

— Veja, senhor marquês...

Ele ergueu a mão, detendo-o.

— Manuel, por favor.

O homem recomeçou, evidenciando o esforço.

— Tudo bem, Manuel; eu sei que Daniel já lhe contou um pouco como vai a bodega, e que Dom Griñán pode fornecer informações bem mais detalhadas, caso deseje.

Manuel observou que ele se mexia, incômodo, na cadeira, e quase sentiu piedade. Estava nervoso, pensando bem no que ia dizer, que devia ser importante, porque os outros homens olhavam para o nada, concentrados e assentindo a cada palavra dele.

— Acho que já viu um pouco como trabalhamos — prosseguiu —, a importância que cada planta tem aqui, e, como consequência, cada centímetro quadrado de terra.

Manuel assentiu gravemente, vendo que seu gesto teve o efeito imediato de reforçar a segurança do homem.

— Bem, agora está vendo a bodega em seu máximo rendimento, mas a coisa toda é diferente no inverno. Há alguns meses estamos estudando a possibilidade de adquirir a vinha vizinha. Pertencia a um homem que trabalhou sozinho durante a vida inteira, mas ele faleceu há alguns meses e a sobrinha que a herdou só pensa em vendê-la. O melhor é que, junto com a vinha, vem a casa e quase um hectare de terra que jamais foi plantada e que fica ao lado do estacionamento da bodega.

O homem pegou uma rolha na mesa e começou a movimentá-la inconscientemente, como se imprimisse marcas invisíveis, e revelando que estava chegando à parte difícil de sua exposição.

— No dia em que Dom Álvaro sofreu o acidente, ele veio aqui de manhã e comunicou que havia decidido fazer a compra, mas a proprietária diz que não sabe de nada, o que nos leva a pensar que talvez ele não tenha tido tempo de falar com Griñán... e... bem... Daniel pode explicar muito melhor que eu todos os ganhos para o vinho que adquirir essas vinhas velhas representaria; mas também implicaria ter que trabalhar na construção dos terraços, e a plantação representaria uma carga de trabalho para todo o inverno e para todo o pessoal atual da bodega. Além do mais, poderíamos reformar a casa para transformá-la em um armazém, que nos viria muito bem para desocupar o principal e, bem... o que queríamos saber é se o senhor vai levar esse projeto adiante ou não.

O homem permaneceu em silêncio, e parecia que prendia a respiração enquanto todos os olhares confluíam em Manuel. Para ganhar tempo, este último pegou sua xícara de café, que já estava frio, e bebeu um gole enquanto pensava.

— Bem — disse —, eu não sabia de nada disso, e Griñán também não comentou nada comigo...

— Mas acha que poderá ser feito? — perguntou aquele que se chamava Mario, que por sua magreza era o que limpava as cubas por dentro.

Estava encurralado. Os olhos, as mãos, e toda a postura corporal daqueles homens demandavam respostas, uma certeza que ele não podia lhes dar.

— A proprietária disse que pode haver outra bodega interessada... Não podemos permitir que se antecipem a nós, especialmente aqui no cânion.

Daniel tomou a palavra.

— O cânion possui as melhores características para criar este vinho, não somente por todas as razões relativas à climatologia que já lhe expliquei, mas também porque estamos duzentos e cinquenta metros acima do nível do mar e o solo aqui é granítico, e não de ardósia e xisto como em outras áreas da Ribeira Sacra. Por suas características, é perfeito. Eu acompanhei Álvaro quando foi falar com a proprietária; tudo indicava que o negócio seria realizado, tenho certeza.

— Não sei quando poderei falar com Griñán — disse Manuel, evasivo.

No entanto, pela reação dos homens, parecia que havia lhes dado a resposta que esperavam. O contramestre lhe estendeu a mão, e, olhando-o de frente, agradeceu; um a um, todos os trabalhadores foram repetindo seu agradecimento enquanto se levantavam e se despediam.

Daniel o reteve um instante.

— Estou pensando no que pode ter acontecido para que Álvaro se distraísse do negócio do vinhedo. Uma coisa estranha aconteceu — disse, pensativo. — Eu percebi, enquanto estávamos falando com a proprietária, que Álvaro estava atento ao celular, como se esperasse uma ligação; e, de fato, ele recebeu uma chamada enquanto saíamos. Ele estava ao meu lado quando atendeu, e logo se afastou para continuar a conversa.

— Que horas eram?

— Havíamos marcado com a mulher às quatro, e a reunião tomou muito pouco tempo; não creio que mais de vinte minutos... Eu sei que isso não tem nada de especial — deu de ombros —, mas, depois de escutar o que a pessoa disse, ele falou: "Não me ameace".

O MARQUÊS

Cada homem se dirigiu a seu carro e Manuel quase deu graças a Deus quando Daniel anunciou que o levaria para casa. Entraram no Nissan, e ele manteve a compostura a duras penas; quando se afastaram alguns metros da adega, ele esboçou uma careta de dor.

— Meu Deus do céu! Estou todo dolorido.

Daniel gargalhou e abriu o porta-luvas.

— Tem ibuprofeno aí, e uma garrafa de água na porta do carro.

Manuel não protestou. Pegou um comprimido e o engoliu com a água.

— Melhor tomar dois e levar a caixa. Amanhã de manhã você vai precisar. Abu tem razão, é mais pesado do que parece.

— E isso porque já parece bem pesado... — disse Manuel, pensativo. — Diga-me uma coisa, Daniel, você também me chama de "o marquês" quando não estou presente?

— Não leve a mal — sorriu —, muito pelo contrário. Os homens destas terras trabalharam para os sucessivos marqueses durante séculos, e, ao contrário do que você possa pensar, isso nunca representou servidão para eles, e sim segurança. O velho marquês, pai de Álvaro, não demonstrava interesse pelo vinho, nem levou a sério quando obtivemos o selo de origem regulamentar em 1996. A bodega sobreviveu porque todas sobreviveram. Era um negócio que não gerava muito dinheiro, mas também não gerava mais despesas do que o pagamento de alguns poucos trabalhadores, e disso o paço sempre esteve bem abastecido. Quando Álvaro tomou as rédeas do negócio, tudo mudou... Não sei como explicar, mas as pessoas daqui fazem isso por puro orgulho, por amor à terra, há dois mil anos. Se, de repente, chega alguém que dá valor ao que você faz, que o faz se sentir orgulhoso por ser como você é e por fazer o que você faz, e ainda por cima lhe permite ganhar a vida com isso, essa pessoa passa a ser muito importante.

Manuel escutava em silêncio.

— Ontem, na vinha, você disse que não sabia se seria muito útil, e eu respondi que tinha certeza de que seria. Hoje ratifico: sua presença foi crucial. Nosso mundo também estremeceu após a morte de Álvaro. Assim como o velho marquês, sabemos que o novo não tem nenhum interesse pelo vinho. Vai manter a bodega, claro; a classe nobre sempre achou elegante ter vinhedos, e um vinho próprio acrescenta uma nota de distinção. Mas não se trata disso. Álvaro foi o responsável por levantar essa bodega e fazer com que ela tivesse visibilidade; ele vinha aqui como você veio hoje, e isso faz os homens pensarem que haverá continuação, que há futuro para o projeto que Álvaro iniciou, e, como consequência, também para seus projetos de vida pessoais.

Em silêncio, Manuel pensava em cada palavra que Daniel havia dito. Olhou para suas mãos, que ardiam com um formigamento constante e não totalmente desagradável, enquanto dava razão ao enólogo. Sim, vindimar tem algo de primitivo e civilizado que concilia o ser humano consigo mesmo; mas, especialmente, havia algo nas últimas horas que o aproximava de uma espécie de reconciliação com Álvaro, com o Álvaro que ele julgara conhecer, uma sensação que havia começado ao descobrir Café e que continuara com a descoberta da Heroica. O orgulho secreto que delatava, o trabalho rude na terra, o nome do vinho, o traço seguro e apaixonado das letras, tudo aquilo falava de Álvaro, do homem que ele admirava, de tudo que o distinguia e que o fizera amá-lo.

Ainda assim, não podia lhes dar esperanças; trabalhar um dia ao sol, à margem do rio, não podia fazê-lo esquecer que era alheio a tudo aquilo, que seu lugar era muito longe dali.

— Receio que... talvez minha presença lhes tenha dado uma ideia equivocada... — suspirou. — Não vou entrar em detalhes, mas tudo isso é novo para mim; até uma semana atrás eu não conseguiria nem ao menos conceber este mundo. E ainda não sei quando, mas, cedo ou tarde, terei que voltar para minha casa e minha vida.

Ao pronunciar as últimas palavras, não pôde evitar pensar em sua sala invadida por aquela estranha luz que devorava as estreitas margens da realidade, em seu quarto vazio, na foto de ambos em cima da cômoda, na roupa de Álvaro pendurada no armário como a efígie de um enforcado, e no cursor palpitante, esperando, talvez eternamente, o final da última frase... E soube que não queria voltar... Nem ficar. Não tinha lar. Sua cabeça acompanhou suas reflexões em um movimento de negação, e Daniel deve ter pensado que era uma resposta às suas palavras, porque não disse mais nada durante o resto do trajeto.

Ajudou Café a subir na cama e desabou ao seu lado. A próxima coisa que ouviu foi um barulho estridente e repetitivo que retumbava por todo o quarto, tirando-o do sono profundo em que havia mergulhado assim que tocara o leito.

A luz dourada que povoava o exterior quando chegara à pensão havia se extinguido, e apenas o brilho fraco de um poste próximo a sua janela iluminava o quarto. Tateando, procurou o celular em cima da mesinha de cabeceira para desligar o alarme, que, apesar disso, continuou tocando. Foi então que ele notou que o estrondo procedia de um telefone antigo que repousava sobre uma mesinha no qual ele não havia reparado até aquele momento. Foi até ele aos solavancos, enquanto, desorientado e confuso, se perguntava que horas eram, que dia era. Atendeu, levando o fone ao ouvido.

— Senhor Ortigosa, uma visita lhe espera no bar.

Desligou o telefone e ligou o abajur; comprovou, estupefato, que era mais de meia-noite. Lavou o rosto com uma água que cheirava a encanamento. Sentia-se desorientado e aturdido, como se, após dormir por um intervalo de tempo que ele não saberia definir se foram vinte horas ou vinte minutos, houvesse acordado em outro planeta com uma atmosfera bem mais densa e pesada. De sua dolorida musculatura chegavam sinais claros e pungentes que o devolviam à penosa existência: suas pernas ardiam, sua lombar uivava. Renunciou ao copo rachado e esbranquiçado que repousava na beira da pia e, juntando as mãos, bebeu a água indispensável para empurrar mais dois ibuprofenos garganta abaixo.

Café esperava junto à porta. Hesitou alguns segundos, estudando encantado seu retraimento costumeiro, tão parecido com o menosprezo.

— Por que não? — disse, enquanto apagava a luz.

***

Suspeitou que, durante a espera, Nogueira teria tido tempo de matar duas daquelas entradas gordurosas que serviam na pensão, porque pelo vidro o viu do lado de fora fumando daquele seu jeito, como se extraísse de cada tragada uma essência vital e insuficiente.

— Você está péssimo! O que andou fazendo? — foi o cumprimento do guarda.

— Vindimando na Ribeira Sacra.

O guarda não respondeu, mas curvou os lábios sob o bigode e assentiu lentamente com uma expressão que delatava sua surpresa, e talvez... consideração?

Jogou o cigarro na caixa de areia.

— Vamos — disse ele e, em seguida, saiu andando para o estacionamento quase deserto.

— Não vai me contar sobre a localização das chamadas?

— Melhor depois... — disse Nogueira. — Vamos, mais tarde a garota estará ocupada e será complicado falar com ela.

Reparou, então, no cão que o seguia.

— Que diabos é isso?

— "Isso" é meu cachorro; ele se chama Café e vem comigo — respondeu Manuel, com calma estudada.

— No meu carro, não — disse Nogueira, com firmeza.

Manuel se deteve e o fitou.

— Pensei em ir no meu. Desse modo, você poderá ficar lá depois, se quiser...

Viu Nogueira baixar a mão, escondendo a aliança por trás do flanco.

— Já disse que depois temos que falar sobre as chamadas.

— Tudo bem, vamos no meu carro, então — disse Manuel, ativando o controle remoto e abrindo a porta de trás para ajudar Café.

Nogueira hesitou durante alguns segundos, parado no meio do estacionamento.

— E se você puder dirigir será um grande favor, estou esgotado — acrescentou Manuel, sentindo as pernas pesadas.

Isso pareceu agradar Nogueira, que, decidido, dirigiu-se à porta do motorista.

— A chave?

— Não tem chave, partida automática — disse Manuel, indicando um botão, que apertou e ligou o carro.

Nogueira observou em silêncio enquanto os retrovisores se abriam, as luzes se acendiam ao detectar a escuridão e se regulavam sozinhas. Não disse nada, mas Manuel sabia que ele estava gostando. Bastava ver o carinho que o tenente dedicava a seu próprio carro para supor que ele se divertiria como uma criança ao ter um modelo novinho em mãos. O guarda fez um movimento de cabeça para o espelho retrovisor.

— Onde o arranjou? — perguntou, referindo-se a Café.

Manuel sorriu, saboreando a estranheza que lhe causaria saber.

— Em As Grileiras, era de Álvaro. Pelo visto, ele o encontrou abandonado e o levou para casa — disse, escolhendo a primeira versão. Percebendo que, embora para ele parecesse mais nobre o fato de que o houvesse "resgatado", preocupava-o reconhecer tal preferência perante Nogueira, supondo que provavelmente ele debocharia de tal gesto.

Estudava o rosto do guarda, que ergueu as sobrancelhas com estranheza enquanto lançava outro rápido olhar ao espelho retrovisor; mas duvidava que conseguisse perceber algo na escuridão do carro.

— Esse cão em As Grileiras?

— Sim, faz mais ou menos um ano. Ele o encontrou em muito mau estado na estrada que leva à bodega, levou-o ao paço e deu ordem ao veterinário para que cuidasse dele. Pelo visto, Santiago não suporta sua presença.

— Pois, nesse caso, vou dar razão ao marquesinho; deve ser o cachorro mais feio de toda a maldita criação.

— Nogueira! — censurou Manuel.

O tenente olhou para ele, e sob seu bigode esboçou um sorriso, sincero, divertido, que lhe tirou vinte anos das costas.

— Ora, escritor, tem que reconhecer que o cão é feio pra caralho.

Manuel voltou a cabeça para trás e viu que Café continuava sentado e ereto no banco, como se participasse da conversa dos dois, com seu pelo áspero e eletrizado, uma orelha caída, o dente para fora em sua boca desigual.

Olhou de novo para Nogueira e sorriu um pouco antes de inclinar a cabeça, dando razão ao guarda.

O estacionamento do puteiro estava lotado sob a influência das luzes rosa e azul do letreiro. Deram uma volta e acabaram estacionando bem longe da porta. Nogueira parou o carro e deslizou as mãos pelas laterais do volante, em um gesto que se assemelhava a uma carícia.

— É um carro magnífico, sim senhor. Deve ter custado uma nota.

— Vendi muitos livros no ano passado — disse Manuel, sorrindo e esperando um deboche, que, no entanto, não chegou.

— Pois pode ficar satisfeito — acrescentou o guarda, deslizando os dedos pelo painel.

O bom humor do guarda o animou a ser atrevido.

— Nogueira, não sei se você vai entender, mas entrar aí é bastante penoso para mim...

— Quer esperar aqui?

— Se não se importa...

Nogueira não respondeu; abriu a porta, saiu do carro e avançou para a entrada do local. De dentro do veículo, Manuel observou a jaqueta de couro sintético de Nogueira mudar de cor sob a luz do néon, enquanto o tenente avançava em direção à entrada. Deixou que Café ocupasse o lugar do motorista, procurou uma rádio que tocasse música, e, disposto a esperar, pensou na benevolente previsão de Daniel sobre como todo o seu corpo estaria doendo no dia seguinte.

Umas batidas na janela o sobressaltaram. Olhou para fora e, borrado pelas luzes de néon, viu um rosto feminino e jovem que reconheceu como o da prostituta que chamavam de Niña. Foi abrir a porta, mas ela a empurrou de novo para dentro e fez um gesto para que abrisse a janela.

— Olá — cumprimentou.

A voz da moça o decepcionou; era um pouco rouca, como se sofresse de uma incipiente afonia.

Olhou-a aturdido; foi ela que tornou a falar.

— Sabe quem eu sou? — disse, abaixando-se ao lado da porta do carro e lhe permitindo ver seu rosto de perto.

— Sim.

— Quero lhe dizer uma coisa, mas lá dentro não posso.

Ele notou que ela vestia um roupão de cetim fino e brilhante por cima da lingerie.

— Entre no carro, vai se resfriar.

— Não; se abrir a porta, Mamut — disse, apontando para o caubói albino que guardava a entrada — vai ver a luz e virá me buscar. Além do mais, a chefa nos proíbe de vir ao estacionamento para evitar que façamos negócios que fujam de seu controle.

Manuel assentiu, dando a entender que estava a par das normas da casa, enquanto aproveitava para observá-la de perto. Era realmente bonita. Seus olhos grandes e impudicos o estudavam avaliando sua idade, sua roupa, sua carga. Tinha uma boca cheia e ainda virginal, rosada mesmo sem batom, como de uma menina. Seus cabelos suaves e escuros, não tingidos, caíam nas laterais do rosto, de um formato oval perfeito que o fez recordar com total clareza o rosto da bela sargento que havia irrompido em sua casa para lhe dar a pior notícia do mundo, e pensou que talvez fosse um sinal, uma espécie de rubrica que indicava que aquela beleza não lhe daria melhores notícias que a anterior. Odiou-a.

— O que quer me dizer? — perguntou, receoso.

— Nós não fazíamos nada — disse à queima-roupa.

— O quê? — perguntou ele, confuso.

— Seu namorado e eu não fazíamos nada.

Manuel abriu a boca, mas não sabia o que dizer.

— Negação dupla — disse a garota, sorrindo de uma piada que nesse momento só ela entendeu. — Bem, fazíamos algo: conversávamos. O que quero dizer é que não transávamos.

Manuel continuou fitando-a em silêncio, incapaz de responder.

— O irmão dele é um bom cliente. Vem com frequência, e seu namorado às vezes vinha com ele.

— Ele era meu marido — conseguiu dizer com um fio de voz.

Ela continuou falando, e ele teve certeza de que não o ouvira.

— Da primeira vez, Dom Santiago estava muito bêbado e insistiu muito para que ele escolhesse uma garota; ele me escolheu, mas, assim que chegamos ao quarto, explicou que havia concordado em subir comigo para não ter que dar explicações ao seu irmão, mas que ele era fiel e que não íamos fazer nada. Dom Santiago já havia me pagado, mas ele me pagou de novo e me pediu para não dizer nada. Para mim tanto faz, entende? Com ele eu não teria me importado, era muito bonito. Mas, outro dia, quando vi o senhor, percebi que não era só porque ele era fiel — sorriu, inclinando um pouco a cabeça. — Ele veio em duas ocasiões, talvez três, não mais, e todas as vezes era a mesma coisa. Subimos, conversamos, ele me pagou e nada mais. Outro dia vi o senhor com Nogueira, e hoje a chefa avisou a Mili e a mim que queriam nos perguntar sobre suas visitas. Não posso admitir isso na frente da chefa, ela sempre insiste para a gente completar o serviço porque pode aparecer algum espertinho pedindo o dinheiro de volta. Esse não foi o caso, mas ela me faria lhe dar sua parte se soubesse que, além de tudo, ele me pagava em dobro...

Ela ergueu uma mão magra, com unhas postiças e pintadas de preto, e se segurou na porta do carro para manter o equilíbrio.

— Por que está me contando isso?

Ela abriu um sorriso encantador e estranhamente melancólico para uma mulher tão jovem.

— Há poucos homens decentes. O senhor tinha um, e merece saber disso.

Manuel assentiu, comovido.

— Agora, tenho que voltar, devem estar perguntando onde estou. Não fumo, então não tenho essa desculpa. — Ela arregalou os olhos, subitamente alarmada. — Também não me drogo nem nada disso. Tento levar uma vida saudável... e economizar...

Ficou em silêncio de novo, olhando-o fixamente.

— Ah! — disse ele de repente, esticando as pernas doloridas para alcançar a carteira que estava no bolso da calça.

Tirou cinquenta euros, e, depois de pensar um segundo, tirou mais cinquenta. Ela pegou as notas pela janela com a habilidade de um crupiê de Las Vegas.

— Boa sorte, amigo; e belo cão! — acrescentou, enquanto se afastava agachada entre os carros e desaparecia.

Manuel fechou a janela e olhou para Café.

— Viu só, Café? Por cem euros, qualquer um é bonito.

O cão balançou o rabo contente, mas, como era seu costume, olhou para o outro lado, exatamente como Manuel estava fazendo, fingindo que podia não dar importância ao que estava acontecendo.

A dor da incerteza é corrosiva.

Estava perfurando seu interior como uma broca incessante desde o instante em que a bela sargento lhe comunicara onde Álvaro havia morrido. A evidência da mentira, o deboche mal contido nas palavras de Nogueira ou de Santiago tornavam-se gotas cáusticas sobre sua ferida, queimando, abrindo caminho para suas vísceras em um cruel e irremediável avanço que ia destruindo sua essência com sua carga de vergonha e ignomínia. Propusera-se não ligar, fugir da queima e se esconder à vista de todos com a cabeça erguida, gritando em defesa que tudo aquilo lhe era alheio e que nada tinha a ver com ele nem com sua vida. Ele, que havia se sentido tão insultado diante da ocultação de Álvaro; ele, que exigia dos outros que não encobrissem a verdade; ele havia mentido.

Havia inventado aquele subterfúgio justificativo para se convencer de que podia fugir da mentira, quando de fato fugia da verdade, desdenhando os sinais de que ele já estava carregando o corrosivo que devoraria suas entranhas até destruí-lo por completo, e, mais tarde, improvisando aquela espécie de missão de Hércules, um reduto no qual se manter em luta sob o pretexto de estar subjugado por uma força espectral, uma inevitável inércia que o obrigava a fazer o que tinha que ser feito.

Havia se enganado e, assim, cometido a maior falta que um homem pode cometer contra si mesmo, violando os princípios fundamentais de uma lei que tinha gravada na testa desde sua infância e que sempre se vangloriara de carregar com honra. Havia mentido para o único ser deste mundo que sempre devia saber a verdade: ele mesmo.

A incerteza é cáustica.

Como um imbecil, ele acreditara que poderia viver sob o peso do dilema irresoluto sem que isso o afetasse; que poderia aceitar seguir em frente sem que o afligissem a desesperança ou o medo de não ter sido amado. E então, um cão surrado, um vinhedo íngreme e uma puta com cara de menina se transformavam no calmante para seu mal, no bálsamo neutralizador da dor que o estava devorando. Mas nada daquilo mudava o fato de que tinha diante de si um Álvaro desconhecido. O homem que comprara Café do velho antes que este o matasse de pancada ou de fome, o homem que trabalhava na vinha ombro a ombro com os empregados, o homem que pagava uma puta para não se deitar com ela: todos eles lhe eram tão estranhos quanto o marquês de Santo Tomé, o homem sem aliança ou o dono do outro celular. Havia muitas perguntas sem resposta e, talvez, pela primeira vez em todo aquele tempo, quisesse tê-las; sentia que Café, a vinha no rio e a puta eram notas discordantes, uma contestação que falava, talvez, de outra realidade, uma na qual ele nem sequer quisera parar para pensar, cego de constrangimento e vergonha pela mentira, e que havia começado a aceitar com aquela admissão que a garota não chegara a ouvir: "Ele era meu marido".

Estendeu uma mão para Café e esperou que ele se aproximasse até roçar as pontas de seus dedos. Fazendo-lhe carícias, observou como o cão abandonava pouco a pouco sua desconfiança habitual e se rendia à carícia, fechando os olhos pela primeira vez.

— Quem dera eu pudesse — sussurrou. Café abriu os olhos e o fitou. — Fechar os olhos, Café, quem dera eu pudesse...

Viu Nogueira se aproximar e consultou o relógio: apenas vinte minutos; calculou que dificilmente teria tido tempo para mais de um drinque. O tenente abriu a porta, arrastando para dentro do carro o frio da noite e o perfume adocicado do prostíbulo.

— Pronto, já falei com a garota — disse, sentando-se atrás do volante e pousando as mãos nas laterais como se estivesse pronto para dirigir.

Mas não ligou o carro; deixou à vista sua aliança, que dessa vez continuava no dedo.

— Ela confirmou o que Nieviñas disse ontem, que Santiago vem duas vezes por mês e normalmente vai para o quarto com ela. O que me chamou a atenção é o que ela me contou sobre seu modo de proceder, não tão habitual.

Manuel ergueu as sobrancelhas, inquisitivo.

— Existe um modo habitual?

— Veja — explicou —, é evidente que a pessoa vem aqui para uma coisa só. Mas a maioria gosta de chegar, sentar-se ao balcão, pedir um drinque, olhar para uma garota, pagar-lhe uma bebida, imitando o ritual da paquera; só que aqui você transa com quem quiser.

— Por cem euros, qualquer um é bonito — disse Manuel, voltando-se para olhar para Café, que havia voltado ao banco de trás.

— Até por bem menos. A questão é que Mili disse que Santiago faz exatamente o contrário. Chega, pega-a pelo braço e sobem; e só depois é que ele se entretém tranquilamente bebendo um drinque.

— Deve chegar com pressa — conjecturou Manuel.

— Sim, e isso me leva a pensar que talvez a pressa se deva ao tempo de efeito.

— Acha que ele toma a pílula azul para se excitar?

— A garota disse que ele até liga antes para se assegurar de que ela estará disponível. Mas, acho que se fosse a pílula azul, ele ficaria mais tranquilo...

Manuel o fitou sem entender.

— O Viagra — explicou Nogueira — faz efeito entre trinta e sessenta minutos depois de tomá-lo, e se prolonga entre três e seis horas. Isso não significa que o sujeito vai dar dez sem tirar durante seis horas, mas, diante de um estímulo sexual, conseguiria uma ereção sem problemas nesse espaço de tempo.

— Parece que você é um especialista — observou Manuel.

Nogueira rapidamente se empertigou, erguendo os ombros e o queixo.

— O que está insinuando? Acha que eu preciso dessa merda? Pois não preciso, tudo funciona de primeira em mim.

— Eu não disse nada — defendeu-se Manuel, mostrando um meio sorriso debochado parecido com o que o guarda havia esboçado antes —, mas deve reconhecer que sabe muito sobre o assunto...

— Que filho da mãe! Eu sei muito sobre muitas coisas, mas isso é porque faço meu trabalho, leio, me instruo, sou um investigador. Ficou claro?

Manuel assentiu sem deixar de sorrir.

— Como água.

— Voltando, é curioso que o marquesinho ande com tanta pressa; e há ainda o fato de que, segundo a garota, em duas ocasiões ele não conseguiu consumar, o que o deixou furioso. Ele culpou a moça, e ela relatou que ele chegou a até mesmo ficar bem violento.

Manuel lembrou-se da expressão de Santiago quando conversaram, e claramente veio à sua mente o rito cruel que vira na boca dele, os olhos semicerrados de desprezo, seus passos decididos e o modo como parara um instante ao lado de sua mulher para lhe dizer algo que a fizera chorar.

— Ele bateu nela?

— A garota não falou muito; ele é um bom cliente, e ela prefere não se arriscar a perdê-lo. Mas parece que ele chega a ficar bem desagradável, é justamente isso que me leva a pensar que não é a pílula do amor que ele toma.

Manuel assentiu, e Nogueira prosseguiu com sua teoria.

— Talvez ele tenha vergonha de ir ao médico; é preciso fazer exames para saber se o coração vai aguentar e se não é um problema físico, como uma obstrução dos canais de irrigação do... bem, você entendeu. O médico checa se o fulano não é alérgico ao princípio ativo, mais de um homem já teve infarto ou começou a ver o mundo tingido de azul. Mas, com frequência, aqueles que não querem admitir seus problemas para um médico recorrem a um poderoso excitante, como a cocaína, sem ter que dar explicações a ninguém. O resultado é imediato, mas os efeitos são instáveis e a duração mais limitada, especialmente quando se trata de um consumidor habitual.

— Perguntou à garota?

— Claro, embora já imaginasse a resposta. Elas são muito bem treinadas por Nieviñas; nem em um milhão de anos vão admitir o consumo de drogas ali dentro. Sabem que estão falando com um policial e, por mais amistosas que se mostrem, para elas um tira é sempre um tira. No fim, não pude falar com a outra garota, devia estar ocupada.

— Estava aqui comigo — disse Manuel.

Nogueira se voltou para ele, surpreso.

— Ela apareceu e me fez prometer que sua chefa não saberia do que havia vindo dizer; portanto, espero que você também seja discreto, ou teremos problemas.

— Claro, não vá pensar que sou tão amigo assim de Nieviñas a ponto de delatar uma fonte — disse o guarda, contrariado.

— Eu não penso nada, só estou dizendo.

Nogueira assentiu.

— Ela disse que, diante da insistência de Santiago, Álvaro subiu duas vezes com ela, mas que não faziam nada, só conversavam. Álvaro pagava em dobro para que ela não comentasse nada, e é por isso que ela não quer que sua chefa saiba.

Nogueira assentiu lentamente, com as mãos ainda apoiadas no volante, mas não disse nada.

Manuel o olhou contrariado.

— Parece que isso não o surpreende... Eu poderia jurar que há dois dias insinuou que Álvaro podia transar com putas.

Nogueira ligou o carro e saiu da influência das luzes rumo à estrada. A luz tênue do interior do veículo iluminava seu rosto o suficiente para permitir que Manuel observasse a expressão contida desenhada sob o bigode do tenente. Ele dirigiu um tempo em silêncio, aparentemente concentrado na estrada escura e evitando as luzes ofuscantes dos carros com que cruzavam. Não se preocupou. Estava começando a se acostumar com a reserva hostil de Nogueira, que, sem dúvida, tinha grande prazer em guardar para si a informação para depois dispará-la como torpedos precisos e bem dirigidos à linha de flutuação. Mas, por outro lado, embora fosse evidente que estava escondendo alguma coisa, era também óbvio que estava curtindo dirigir como uma criança. Notou que passaram reto pelo cruzamento para a pensão e imaginou que ele prolongaria o passeio um pouco mais, mas se surpreendeu quando, alguns quilômetros mais adiante, o tenente parou o carro na porta de um bar que parecia animado pelos clientes habituais de um sábado e propôs tomar um drinque.

A média de idade passava dos quarenta; havia muitos casais e também grupos de mulheres sozinhas. O tamanho e a elegância dos drinques, assim como a música, tinham claras reminiscências dos anos 1980, e o volume da música era mantido em um nível que permitia a conversação. Manuel calculou que deviam estar a uns vinte quilômetros ao norte de As Grileiras, em um local marcadamente heterossexual e suficientemente longe da área do tenente para minimizar o risco de que alguém, ao vê-los juntos, pudesse pensar que fossem algo diferente de dois homens bebendo em um bar qualquer em um sábado à noite.

Manuel notou que no fundo do local havia um espaço mais escuro, com mesas, que parecia mais adequado para conversar, mas não estranhou que Nogueira tenha optado pelas banquetas de metal desconfortáveis do balcão. Pediu dois gim-tônica, que a garçonete encheu de bagas coloridas; e Manuel quase teve que conter o riso ao ver Nogueira descartar os canudos que coroavam o drinque e sorver seu conteúdo de frente para o bar e apoiando os dois braços no balcão, no mais puro estilo gigolô.

Tocava uma canção dos Pet Shop Boys, "West End Girls". Manuel tomou um gole de seu drinque; sentiu-o amargo e levemente perfumado, como colônia infantil.

— Vai me explicar o que estamos fazendo aqui? — perguntou, paciente.

Nogueira se voltou para ele, tentando fazer parecer que aquilo havia sido algo improvisado.

— O que seria? É sábado à noite, estamos bebendo e conversando como...

— Como dois amigos?

O rosto de Nogueira escureceu; ele suspirou e o olhou, desgostoso.

— Já disse que tínhamos que conversar sobre as chamadas.

— Pois fale — sugeriu Manuel, sem abandonar o tom de infinita paciência.

Nogueira se sentou na banqueta desconfortável de frente para o balcão e levantou a mão, cobrindo parcialmente o rosto na tentativa de ser mais discreto.

— Já lhe expliquei que o mais interessante é poder estabelecer não só quem ligou e com quem ele falou, mas também saber de onde as chamadas foram feitas — disse em voz baixa.

Manuel tomou outro gole do gim-tônica, que dessa vez não lhe pareceu tão ruim.

— Em primeiro lugar, tenho que dizer que, por não estar na ativa, e tendo em conta que a investigação foi dada por encerrada, meus recursos são limitados; ainda assim, identificamos muitos dos números e estamos trabalhando no resto. Ele recebeu chamadas de Griñán e de Santiago; e telefonou para o seminário onde estudou, do qual a família continua sendo benfeitora; para a bodega da Ribeira Sacra, para Griñán, Santiago. E... — Fez uma pausa. — ... para um traficante da região.

— Um traficante...

— Bem, não chega a ser nem um pequeno traficante. Ele vende para pagar a sua própria droga e é um velho conhecido da polícia.

— Por que Álvaro ligaria para um traficante?

— Bem, você pode responder a isso melhor que eu.

Manuel se aprumou no banquinho.

— Álvaro não usava drogas.

— Tem certeza?

— Completamente — assegurou.

— Nem todos os consumidores parecem um drogado acabado. Há muitos tipos de drogas; ele poderia estar consumindo sem que você notasse, até que atingisse um nível crítico.

— Não — disse categórico —, é impossível.

— Talvez...

— Estou dizendo que não — respondeu Manuel, erguendo um pouco a voz.

O guarda o fitou com a calma que Manuel havia dominado antes e fez um gesto com a mão, instando-o a se moderar e baixar a voz.

— Desculpe — disse Manuel —, mas não há o que discutir: ele não usava drogas.

— Tudo bem — concordou Nogueira —, pode haver outros vínculos... Quando Fran morreu, esse sujeito já constava da breve investigação: sabíamos que no passado havia sido seu fornecedor, mas, com a pressa que tinham de encerrar o assunto, nem sequer chegamos a interrogá-lo.

— E que razão poderia haver para que Álvaro mantivesse algum tipo de contato com esse traficante? Ainda mais passados três anos da morte de seu irmão.

— Como eu disse, existem outras possibilidades. — Nogueira pegou seu drinque, bebeu um gole e o segurou na mão para beber de novo. Antes, porém, acrescentou: — Toñino vende principalmente para pagar a sua, mas também é um prostituto conhecido.

Ali estava, o torpedo na linha de flutuação. Agora ele entendia por que Nogueira não havia discutido o fato de que Álvaro não fizesse sexo com Niña. Havia reservado aquela bomba, com sua carga de ignomínia, para soltá-la no momento mais oportuno.

Manuel abandonou seu drinque e saiu do bar, desviando torpemente dos clientes. Nogueira o alcançou perto do carro.

— Aonde vai? Não acabamos de conversar.

— Eu sim — disse, cortante, dirigindo-se à porta do motorista e deixando evidente que não lhe permitiria dirigir de novo.

Assim que o tenente entrou no veículo, Manuel arrancou e pegou a estrada.

— Eu avisei que muita merda poderia aparecer se começássemos a remexer no passado dos Muñiz de Dávila.

Ele não chegava a gritar, mas falava muito alto.

Pelo espelho retrovisor, Manuel viu que Café estava enrolado e tremia visivelmente.

— E eu aceitei — afirmou Manuel. — O que não posso entender é que isso lhe cause um prazer insano que mal consegue disfarçar.

— Insano? — indignou-se Nogueira. — Ouça aqui! Eu tentei ser o mais diplomático possível. Trouxe você até aqui para beber alguma coisa e tentar dizer tudo isso da maneira mais suave possível.

— Diplomático, você? Permita-me rir — disse Manuel, com amargura.

— Teria gostado mais se eu lhe dissesse na porta do puteiro por que seu marido não transava com a garota?

— Bem, teria parecido menos divertido para você que me trazer até aqui para me dizer que ou ele se drogava ou transava com esse... Vá se foder! Você se diverte com isso.

Nogueira ficou em silêncio e não disse mais uma palavra até que Manuel parou o carro ao lado do dele no estacionamento já escuro da pensão. Quando voltou a falar, havia recuperado a calma e o tom frio e distante dos primeiros dias.

— Precisa voltar até As Grileiras. Fale com Herminia. Ela é uma verdadeira mina de informação, mais do que ela mesma pensa; e seria perfeito se pudesse dar uma olhada no quarto de Álvaro no paço. Procure qualquer coisa: documentos, remédios, notas fiscais de compras ou de restaurantes, tudo que possa nos dar uma pista do que ele fez, com quem e por quê.

O guarda desceu do carro e, antes de fechar a porta, inclinou-se para dentro e disse:

— Você tem razão em algumas coisas; pode ser que eu tenha um prazer insano na desgraça desses filhos da puta. Mas você não sabe de tudo, não pense que sim; e pode ser que eu não seja seu amigo, mas sou o mais parecido com isso que você tem por aqui.

Fechou a porta, entrou em seu carro e partiu, deixando Manuel na escuridão.

Ele inclinou a cabeça sobre o volante, sentindo-se ridículo, como nessas ocasiões em que a pessoa sabe que está errada, mas, mesmo assim, decide ir até o final com o rosto vermelho de vergonha e a adrenalina quase fazendo o coração parar, e pela segunda vez na noite repetiu as palavras que haviam sido primeiro orgulho, depois dor, sempre verdade e de novo ignomínias: "Ele era meu marido".

Olhou a noite, cego pelo panorama de desolação interior que se revelava diante dele: por fim entendia que o lugar onde havia se escondido até esse momento já não lhe daria abrigo; havia destruído com suas próprias mãos o reduto que lhe servira de refúgio. Fora ele quem renunciara à falsidade do consolo que havia fabricado para si apenas umas horas antes, quando jurara não voltar a mentir para si mesmo; e, no entanto, como um adolescente que se nega a ver os defeitos de sua amada, fugia correndo diante da crueza da verdade.

Acaso a verdade só é verdade quando nos mostra aquilo que esperávamos ver? Quando sua revelação nos traz alívio diante do avanço da corrosiva incerteza? E se, em vez de bálsamo na ferida, a verdade for um novo ácido mais virulento ainda?

Paciente como Jó, sem esperar receber a resposta a uma pergunta retórica, ele havia se questionado durante dias quem era realmente Álvaro. E, nessa noite, ele mesmo havia encontrado a resposta, descobrindo que carregava implícita uma condenação: "Ele era meu marido".

As lágrimas arderam em seus olhos e pela primeira vez as deixou cair, silenciosas e tão cheias que banharam seu rosto, escorrendo por seu queixo e pingando no estofamento do carro. Diferente de cada ocasião em que havia abortado o pranto com argumentos de orgulho que o impediam de chorar, dessa vez não houve recursos suficientes. Roma, como todos, acabara pagando traidores com lágrimas de vergonha. Sentiu no braço o toque manso do focinho do cão. Café foi se aproximando até que suas patas dianteiras estivessem apoiadas na coxa de Manuel; passou por debaixo do vão de seus braços para chegar ao lugar que até esse momento apenas sua desesperança havia invadido e ocupou o território de seu abraço. Desamparado, Manuel o estreitou, deixando que as lágrimas caíssem sobre ele, molhando seu pelo áspero e seu focinho seco. Através do fino forro da jaqueta, percebeu os cantos curvados da velha fotografia que se cravavam em seu peito.

O CORVO

Acordar foi como perder a âncora que o mantinha preso a um lugar seguro e profundo, uma ressurreição bíblica para uma realidade de luz soturna que entrava pela janela, cuja veneziana ele havia esquecido de fechar na noite anterior, pintando o quarto com seu tom fúnebre e esbranquiçado.

 Recostou-se sobre os travesseiros, sentindo o mísero frio da madrugada em seus ombros, sensação que só conhecem aqueles que se levantam ao alvorecer. Lançou um olhar desesperado ao velho aquecedor de ferro, que, com seu crepitar metálico, anunciou naquele instante que estava começando a esquentar. Como vinha acontecendo sempre que acordava desde que chegara ali, não tinha muita certeza de que dia era, nem lhe importava saber. Café dormia deitado ao seu lado, aparentemente alheio ao frio do amanhecer que se infiltrara no quarto como um hóspede indesejável. Sentia o calor de seu corpo através da colcha leve e da leve manta de lã dobrada. Suas costas e a cabeça doíam. Esticou a mão para a mesa de cabeceira e, sem água, engoliu dois ibuprofenos enquanto abençoava a dor proveniente do esforço, o ardor nas mãos em consequência do peso, a tensão ardente nos rins e a carga das pernas, todas pretexto para a outra dor, a que sentia subir do lugar onde havia permanecido ancorada; já partidas suas amarras, ela se elevava como o fantasma de um navio que há muito havia afundado. Podia senti-la no peito como uma pesada carga que ocupava o lugar onde antes haviam estado seu coração e seus pulmões. Seu volume, inchado de águas abissais e saturado de segredos, pressionava suas costelas contra a caixa torácica, impedindo-o de respirar. Soube que já não havia nada que pudesse fazer: havia aberto a caixa de Pandora, deixando escapar a esperança que como um surto havia surgido dos olhos aquosos de Café, da fé dos vindimadores, das palavras de uma prostituta; a esperança de que de alguma maneira remota existisse uma explicação, uma justificativa, uma razão de peso, quase heroica, que desculpasse a mentira dele em nome de algo superior.

Inclinou-se para a frente para acariciar o cão e sentiu, grato, o primeiro hálito amornado que chegava do velho aquecedor e que, pelo contraste, fez com que a pele de seus ombros nus se eriçasse. Pegou o telefone e esperou até ouvir a voz jovial de Daniel do outro lado da linha.

— Bom dia, Manuel; pronto para outro dia de vindima? Ou vai fazer como os jovens de que Abu falou e ficar na cama?

— Estou justamente ligando para dizer que hoje não poderei acompanhá-los. Surgiu um imprevisto que tenho que resolver o quanto antes, e será impossível chegar a tempo aí.

Da distância chegou a decepção na voz de Daniel.

— Hoje à tarde os viticultores trarão as uvas que colheram durante todo o fim de semana; você não pode perder isso...

O peso de sua decepção acabou lhe arrancando uma promessa que talvez não pudesse cumprir.

— Vou tentar ir à tarde, talvez mais no final do dia... Não sei.

Daniel não respondeu, talvez por ter percebido no tom das palavras dele a carga da gravidade que carregava, o peso do inapelável, que é inconfundível quando reconhecido em uma voz.

O cloro que turvava o ar com sua presença volátil havia descido até o piso, molhando a superfície de todas as coisas. Durante todo o trajeto, cruzou somente com dois carros. Tudo parecia parado. Levantou o olhar para a luz do sol, que com aquele céu enevoado era pouca, mas suficiente para machucar como se fosse feita de pedacinhos de vidro, e insuficiente para vencer o frio, que ainda se prolongaria na manhã até que o calor do meio-dia dissipasse a névoa definitivamente.

Estacionou no lugar de sempre, ao lado da sebe de gardênias. Depois de duas infrutíferas tentativas de convencer o cão de que o acompanhasse, aceitou que Café esperasse dentro do carro. Ainda parou um instante para admirar as gardênias, com sua aparência cerosa e empoeirada, que conseguiam fazer com que o orvalho tardio daquela manhã se concentrasse em grandes gotas plenas, como lágrimas, que, no entanto, causavam a sensação de pairar sobre elas sem chegar a tocá-las. O perfume que as flores emanariam ao entardecer estava ainda adormecido pelo frio e pela umidade, que arrancava notas de madeira e de terra dos arbustos fechados. Inclinou-se, buscando o aroma adocicado das flores, e inconscientemente levou a mão ao bolso vazio de sua jaqueta. Então, ouviu o som característico da porta de um furgão se fechando. Assomou sobre a sebe e viu que diante do acesso ao jardim estava a caminhonete que já havia visto em sua visita anterior. Adesivos coloridos enfeitavam suas laterais e suas portas, representando cestos cheios de flores. A cor da caminhonete era branca. Aproximou-se, e, enquanto andava, viu Catarina, que tirava da traseira do furgão um saco – evidentemente bastante pesado – e, jogando-o sobre o ombro, passando pela porta do jardim.

Manuel contornou o veículo e notou que um dos para-lamas dianteiros havia sido substituído recentemente. Tanto a cor da pintura quanto o brilho da lanterna substituída contrastavam com a cor mais desgastada do resto do veículo e a superfície riscada dos outros faróis. Seguiu a trilha até a estufa, e, ao chegar à porta, notou que alguém havia colocado um saco como o que Catarina carregava, travando a porta para evitar que se fechasse. Cumprimentou da entrada, mesmo sabendo que sua voz seria inaudível em meio às notas da música que tocava na estufa. Apesar da porta aberta, o intenso cheiro das gardênias o invadiu por completo e lhe provocou uma maré de sensações que iam desde a recordação das flores que guardava em sua mesinha até o narcótico efeito de precipitação e alerta que sua visita anterior à estufa havia lhe causado. Foi passando pelos corredores formados pelas mesas em busca de Catarina. Tinha certeza de que ainda estava ali. Só havia um caminho que levava diretamente para fora do jardim. Entre o final de uma canção e o início da seguinte, ouviu a voz irada da mulher.

Parados no meio do corredor seguinte, Vicente e Catarina discutiam, mas era evidente que ela dominava a situação; a voz dele, sufocada pela angústia, era inaudível.

— Eu lamentaria muito ter que tomar uma decisão tão drástica. Eu o aprecio de verdade e adoro trabalhar com você; considero-o um grande profissional, e prescindir de você seria uma grande perda para mim...

As palavras de Vicente eram incompreensíveis, mas ele escutou com clareza as de Catarina:

— ... Compreendo seus sentimentos e me sinto lisonjeada, mas também tenho que ser muito clara: o que você quer nunca vai acontecer. Sou casada com Santiago, que é com quem quero estar. Não acredito que tenha dado qualquer tipo de esperança para você, mas talvez não tenha sido suficientemente clara, na tentativa de não ferir seus sentimentos; mas estou sendo agora.

— Ele não merece você — disse ele, com a voz rouca e sufocada pelas emoções.

— Eu amo meu marido, mesmo com todos os seus defeitos. Jamais me passou pela cabeça a ideia de deixá-lo.

— Você é incrível, Catarina — disse ele, quase soluçando.

— Pois não há mais opções; ou você abandona sua pretensão ou teremos que deixar de trabalhar juntos — disse ela, voltando-se e caminhando na direção em que estava Manuel.

Ele retrocedeu dois ou três metros depressa. Voltou-se, disfarçando, e dali chamou de novo.

— Alguém aqui?

Catarina surgiu pelo corredor, sorrindo. Pela expressão de seu rosto, teria sido impossível supor que havia discutido com Vicente apenas alguns segundos antes.

— Dom Manuel, que bom que aceitou meu convite.

— Sem Dom, por favor — pediu ele, estendendo a mão. — Vi a porta aberta, e...

— Sim, fui até nossa granja buscar alguns sacos de adubo de que estamos precisando. Hoje está tudo fechado — disse, erguendo o saco que prendia a porta.

— Quer que a ajude? Parece pesado... — ofereceu Manuel.

Ela se voltou para ele, sorrindo.

— Isto? Não pesa nada — disse, divertida. — Por que os homens sempre insistem em não permitir que as mulheres façam esforço físico? Sou mais forte do que aparento ser — acrescentou, colocando o saco em cima dos que já havia carregado.

Ele viu que Vicente havia se refugiado em uma cabine de vidro ao fundo e, dando-lhes as costas, fingia trabalhar. Sem dar nenhuma atenção ao rapaz, ela se voltou para Manuel, pegou-lhe o braço e o conduziu de uma planta a outra por toda a estufa, enquanto sorria como uma menina mostrando seu jardim. Manuel a observava, surpreso com sua simpatia; ela fazia gracinhas e até ria. Definitivamente, Catarina não combinava com o ambiente recatado, formal e afetado de As Grileiras. No entanto, entendia por que o Corvo a adorava: ela exalava uma espécie de distinção natural que dotava de significado a palavra postura. Sua blusa branca tinha algumas manchas de terra que não conseguiam diminuir sua elegância, e sua calça azul-marinho, aparentemente simples, era provavelmente cara. Por entre os fios escuros e ondulados de seus cabelos, via-se o brilho inconfundível dos pequenos diamantes que combinavam com o anel que cintilava em seu dedo, junto à aliança. Ela era uma mulher segura, como proclamavam seu sorriso aberto, seus olhos radiantes e sua franqueza.

— Você disfarçou muito bem, Manuel — disse, sorrindo —, mas acho que nos ouviu discutir.

Manuel a fitou e, assentindo, decidiu que gostava de Catarina.

— Bem, se ouviu tudo, não há nada a explicar, essas coisas acontecem — aceitou ela, sorrindo e dando de ombros.

Viu o gato preto roliço, que, para sua obstinada guarda em frente à cozinha, havia escolhido o primeiro degrau junto à porta, que, protegido pela pequena saliência da entrada, havia escapado da influência da umidade. Dessa vez permitiu que Herminia o abraçasse, aceitando como costume o gesto que dias atrás lhe parecera excessivo. Sorriu com firmeza, mas com muita ternura, recusando a comida, o café, os doces... E, depois do tempo prudente para deixar que acabasse sua recepção calorosa, por fim disse:

— Herminia, tenho que pedir um favor para você — disse, com uma gravidade que denotava a importância do que ia solicitar.

Ela deixou em cima da mesa o pano com que havia secado as mãos.

— Claro, *fillo*, o que quiser.

— Quero ver o quarto de Álvaro.

Foi como se a mulher parasse de respirar; ela ficou paralisada durante os dois segundos que levaram até que esboçasse alguma reação. Voltou-se para o fogão e abaixou o fogo sobre o qual fervia um ensopado, até deixá-lo no mínimo. Depois, apalpou os bolsos do avental, pegou um molho de chaves e se dirigiu ao acesso que levava ao interior do paço.

— Venha comigo — disse.

Na frente da entrada da cozinha havia um lance de escada de madeira que ele julgou ser a principal; mas Herminia passou reto, conduzindo-o a outra porta que dava para um aposento que se abria para o andar superior e que compreendia a entrada distinta e um grande vestíbulo quadrado. Era presidido por dois arcos, um de frente para o outro, que definiam a porta do paço e o início de uma majestosa escada de pedra branca. A palidez do calcário contrastava com o pavimento do terraço da entrada e o mogno das madeiras que cobriam as paredes e substituíam o mármore nas duas partes em que a escadaria se dividia. A escada era coroada por uma galeria suspensa que cercava a sala principal, na qual assomavam diversos dormitórios.

Ele seguiu Herminia pela escada, voltando-se para olhar a sala, de poucos móveis e muitos quadros e tapeçarias, e o modo como a luminosidade procedente das profundas janelas encastradas na pedra do andar superior desenhava caminhos de luz, precisos como tobogãs para deslizar até os paralelepípedos da entrada. A passarela de madeira escura dava a ela um ar ao mesmo tempo volátil e maciço que o fez pensar em antigos pátios de carroças, levando-o a se perguntar se não teria sido essa sua função no passado. No entanto, Herminia se dirigiu a um corredor lateral largo e muito profundo por trás de portas que permaneciam fechadas, o que contrastava com a escuridão dessa ala do paço. Imaginou que ela estava com a chave preparada na mão desde que saíra da cozinha, porque não se deteve para procurá-la; deslizou-a suavemente na fechadura da primeira porta, que se abriu com um clique quase imperceptível. A mulher adentrou a escuridão com a segurança de quem conhece o lugar. Manuel suspeitou de que, depois de tantos anos de trabalho, ela poderia se mover pela casa às cegas, realizando mecanicamente as tarefas sem jamais tropeçar. Desorientado pela escuridão imperante, ele esperou na entrada, sem se atrever a avançar. Ouviu uma janela se abrir, e, quando Herminia empurrou as venezianas, o quarto apareceu diante dele. Ficou impressionado. Não sabia muito bem que tipo de aposento esperava encontrar, mas, sem dúvida, não o que tinha diante de si. A madeira quase negra que predominava na entrada se estendia pelo chão, pela moldura da janela e pelos austeros móveis, sem dúvida muito antigos, que contrastavam com a brancura monástica da parede nua; séculos de história e uma magnífica conservação de utensílios de qualidade inquestionável que, em essência, pouco se diferenciavam dos que compunham seu triste abrigo na pensão. A cama de solteiro, estreita para um homem, embora a cabeceira e as colunas de madeira entalhada lhe aportassem mais presença, estava coberta por um grosso edredom branco que mal atenuava seu aspecto desolador. Uma cômoda com um grande espelho, que supôs de prata, e um guarda-roupa pesado e escuro que combinava com a cama. Sobre as mesinhas de cabeceira, dois abajures de bronze nos quais ninfas cobertas apenas por um véu celestial elevavam os braços para segurar a tulipa de cristal veneziano. Acima da cama um crucifixo, e, em frente a ela, um incongruente televisor e um cofre, à vista, que ninguém havia se dado ao trabalho de disfarçar com um quadro.

Não pôde evitar sentir, ao mesmo tempo, estranheza e alívio. O quarto tinha o mesmo aspecto asséptico de um quarto de hotel pronto para ser ocupado por um novo hóspede, limpo e arejado, com a mistura exata de conforto impessoal que permitiria que qualquer hóspede o possuísse. Nem um único objeto pessoal visível, nem um sinal que delatasse quem havia ocupado o quarto antes.

Olhou ao redor, buscando no quarto um sinal da presença de Álvaro ali. Não encontrou. Pensou que talvez alguém houvesse recolhido suas coisas nos dias que se seguiram ao acidente. Voltou-se para Herminia, que permanecia em silêncio atrás dele, e perguntou.

— Está tudo como ele deixou, ninguém tocou em nada.

A seguir, ela murmurou uma desculpa relativa ao fogão e saiu, fechando a porta às suas costas.

Manuel caminhou até a janela e observou a vista para a sementeira e os galpões atrás da casa, as copas das árvores formando a depressão que configurava o jardim mágico.

Uma a uma, foi abrindo as gavetas da cômoda, só para comprovar que estavam vazias. No imenso guarda-roupa, as poucas camisas que Álvaro havia levado estavam perfeitamente passadas nos grossos cabides, que oscilaram, perdidos, no interior, provocando um perturbador efeito de vida com seu movimento. Sentiu o impulso de tocá-las, de acariciar o suave tecido, de permitir que as pontas de seus dedos buscassem a presença errante de seu dono. Encarou-as alguns segundos e fechou com firmeza as portas para deixar definitivamente de vê-las, quebrando o feitiço. Enquanto isso, assaltava-o de novo o pensamento, quase desejoso de que todas as coisas que haviam pertencido a Álvaro houvessem desaparecido com ele. Seria mais fácil se os mortos não deixassem seus pertences para trás, como cascas vazias de moluscos extintos; seria mais simples se qualquer marca de sua existência se apagasse com eles, se inclusive esquecêssemos seus nomes, como os dos faraós do Antigo Egito. No espaço contíguo, havia dois pares de sapatos e a mochila, parte do mesmo jogo daquela em que ele havia jogado, sem critério, algumas peças de roupa inúteis. Inclinou-se depressa e comprovou o que sua aparência já havia delatado: estava vazia. Em uma das mesinhas de cabeceira encontrou o livro que Álvaro estava lendo e que recordava tê-lo visto jogar dentro da mochila quando a arrumava. Na outra, vários comprovantes de compras frugais, dentre os quais distinguiu o logo de um posto de combustíveis, mas que não parou para analisar ali. Faria isso mais tarde.

No banheiro anexo encontrou a nécessaire de Álvaro guardada dentro de uma gaveta cheia de toalhas e sabonetes. A escova de dentes solitária, abandonada em um copo, era o único sinal de que alguém usava aquele banheiro.

Deu uma olhada no cofre. Era simples, um modelo eletrônico com senha de quatro dígitos. Estava fechado. Nem sequer tentou adivinhar a senha.

Sentou-se na cama e olhou ao redor, desolado. Teria se surpreendido menos se tivesse encontrado o quarto de um adolescente, parado no tempo, com pôsteres desbotados e brinquedos relegados ao esquecimento no rápido trânsito à puberdade. Não havia um único vestígio de Álvaro ali. Para um especialista em traçar perfis, teria sido difícil deduzir pelos objetos daquele quarto um único traço do caráter de seu hóspede. O homem e o quarto haviam permanecido alheios um ao outro, e ele não pôde evitar sentir certo alívio ao constatar que a passagem de Álvaro por aquele lugar havia sido tão asséptica que não restara nada dele. Nos últimos dias, havia repassado mil vezes seus gestos, certo de que jamais percebera neles um sinal que o fizesse recordar As Grileiras; sentiu-se satisfeito ao constatar que Álvaro também não quisera deixar sua essência ali. Aquele não era seu quarto. Aquela não era sua casa.

Recolheu os cupons fiscais e as faturas e as guardou no bolso de sua jaqueta. Voltou ao guarda-roupa e revistou os bolsos internos da mochila, e, depois de um segundo de indecisão, apalpou também os das duas jaquetas penduradas com as camisas. Em uma encontrou outro par de cupons fiscais, e no bolso da outra uma gardênia que havia amarelado ao secar, sem perder, no entanto, seu porte característico. A beleza decadente e morta da flor murcha lhe fez recordar uma borboleta: suas pétalas, naturalmente firmes, haviam se afinado até deixar transparecer a pele de suas mãos. A evocação da borboleta morta provocou-lhe um calafrio que percorreu sua espinha, como se, durante um segundo, algo indesejável e molhado houvesse se colado a elas. Supersticioso, colocou-a dentro do bolso e de modo inconsciente esfregou a mão na roupa, para apagar definitivamente qualquer resto de sua presença mortuária. Dirigiu-se à porta e, no último instante, voltou até o cofre. Seguindo uma intuição, digitou a data de seu casamento com Álvaro. Dois, cinco, um, dois. O cofre emitiu o sinal inconfundível de que estava aberto e uma luzinha se acendeu no interior. Aprisionada em um pequeno porta-retratos e apoiada no fundo do cofre, a fotografia de ambos, cópia da que tinham sobre a cômoda no quarto e que ele não quisera olhar antes de sair de casa. Sua aliança descansava sobre um exemplar de *Lo entregado al no*; reconheceu a capa brilhante distintiva de sua editora e os cantos curvados do exemplar que ele havia autografado para Álvaro quinze anos antes.

— *Lo entregado al no* — murmurou, esboçando um sorrisinho de surpresa indômita. — *Lo entregado al no* — repetiu, porque a presença daquele livro ali e naquele momento significava tanto quanto a presença da aliança.

O cofre embutido à altura de seu peito lhe permitia, de onde estava, ver o início de seu próprio nome gravado dentro da aliança, seguido da data que Álvaro havia escolhido como senha daquele cofre onde o escondia. Estendeu a mão e chegou a tocá-la com a ponta dos dedos. O metal estava morno, como se apenas alguns segundos houvessem se passado desde que seu dono tivesse tirado a aliança de seu dedo.

Os gritos procedentes do corredor o alertaram. Pegou a aliança, renunciando ao resto, e fechou a porta do cofre, que se trancou, com seu suave sinal sonoro. Ao abrir a porta do quarto quase tropeçou em Santiago, que, furioso, já estava com sua mão engessada na maçaneta da porta; atrás dele, a presença calada de Herminia, que, desconsolada, os observava perto da escada.

Santiago deu um passo em sua direção. Seu rosto estava vermelho, formando uma mancha que se estendia até as orelhas e o pescoço como uma infecção virulenta. Apesar de ter gritado alguns segundos antes, sua voz saiu sufocada quando falou.

— O que está fazendo aqui? Quem lhe deu permissão para entrar? Você não pode entrar aqui como se fosse...

Em um primeiro momento Manuel pensou que Santiago ia socá-lo; qualquer outro homem que estivesse tão furioso quanto ele já o teria feito. Mas percebeu que a indignação que seu rosto mostrava não era mais que frustração, uma birra infantil diante de uma situação que sabia que não poderia ganhar. Notou, então, a porta entreaberta no fim do corredor e a figura escura postada ali.

Decidiu se mostrar conciliador.

— Eu só queria visitar o quarto de Álvaro.

— Você não tem esse direito — repetiu Santiago, ainda mais sufocado.

— Tenho sim, Álvaro era meu marido.

A frustração estampada no rosto do homem foi substituída pela arrogância que lhe subiu à boca em um riso cruel que Manuel já havia visto anteriormente em Santiago; durou um segundo, mas foi suficiente para constatar o ódio, o desprezo que aquele homem sentia. No entanto, ele não era tão valente; recuou de imediato e voltou à sua expressão anterior, mais próxima ao beicinho infantil.

— Você disse que ia embora, mas continua aqui, faltando com respeito a todos nós, xeretando por todo lado, como um ladrão vulgar. O que pegou daí?

Manuel apertou na mão a aliança de ouro, e em um ato irrefletido a deslizou no dedo junto à sua enquanto Santiago passava ao seu lado, roçando seu ombro para inspecionar o interior da alcova.

Suportou a afronta sem se mexer, enquanto olhava para Herminia, que murmurava um "sinto muito" e erguia os olhos em busca de forças, com a mesma expressão que se usa para justificar as ações de uma criança que chora de puro cansaço ou de um amigo que bebeu demais.

Santiago deve ter achado o quarto tão desolado quanto ele mesmo, porque saiu depressa.

— O que estava fazendo aqui? — perguntou, gritando. — O que estava procurando? Herminia! Por que o deixou entrar?

— Quem sou eu para impedi-lo? — replicou ela, sem perder a calma.

Frustrado, Santiago o enfrentou de novo.

— Você não pode ficar aqui, não pode entrar quando quiser, não pode...

Manuel sustentou seu olhar.

— Eu posso entrar, e entrarei aqui quantas vezes for necessário, até obter as respostas que vim buscar.

Observou enquanto Santiago ficava ainda mais vermelho, prestes a ter um colapso; então, a expressão de seu rosto mudou subitamente, como se houvesse perdido todo o interesse; ou, ao contrário, acabasse de encontrar a solução para seus problemas.

— Vou chamar a polícia.

Manuel sorriu, fazendo com que o passo decidido que Santiago já havia iniciado em direção à escada fosse detido no meio do caminho para fitá-lo de novo, provavelmente surpreso por sua ameaça não ter causado a reação que havia imaginado.

— É mesmo? E o que vai dizer? Que venham expulsar o proprietário?

O sorriso irônico que acompanhava suas palavras feriu fundo o orgulho do homem.

Ele parecia prestes a chorar enquanto voltava a ficar diante de Manuel e disse:

— Então é isso, não é? Eu deveria ter suposto desde o início que um morto de fome não renunciaria tão facilmente a algo que não merece de maneira alguma. É pelo dinheiro.

Ele quase cuspiu as palavras.

A porta encostada no fundo do corredor se abriu totalmente e a luz procedente do quarto delineava uma figura alta e magra.

— Já chega, Santiago! Pare de se comportar como um cretino.

A voz, educada e firme, não admitia discussão.

— Mãe! — protestou Santiago, e sua voz era como a de uma criancinha desprotegida.

— Dom Ortigosa — disse a voz feminina no fundo do corredor —, gostaria de falar com o senhor. Poderia me fazer essa gentileza?

No rosto de Santiago, a ira havia sido substituída pela humilhação. Tentou replicar uma vez mais:

— Mãe... — Por seu tom, era evidente que não esperava resposta.

Embora Santiago não lhe parecesse perigoso em seu momento supremo de fúria, Manuel pressentiu que poderia sê-lo ao se sentir humilhado. Aceitou o convite sem perdê-lo de vista, e ainda esperou dois longos segundos até que o marquês retrocedeu, voltando-se para a escada. Ele deu um soco na parede no último segundo, e parte do gesso que cobria sua mão pulou, despedaçando-se.

A figura no fundo do corredor havia desaparecido, mas a porta continuava aberta, convidando-o a entrar. Herminia lhe dedicou um olhar pesaroso enquanto balançava a cabeça e seguia Santiago, como uma babá paciente, escada abaixo.

Manuel calculou que aquelas dependências ocupavam toda a ala oeste do andar superior. As numerosas janelas, cobertas por vaporosas cortinas brancas que permitiam ver o exterior, davam tanto para a entrada principal quanto para o cemitério. Uma grande lareira de pedra bruta galega ocupava a parede interna e ardia com um belo fogo contido pelas paredes enegrecidas na base e nas laterais. O piso, feito da mesma madeira escura que o resto do paço, só era visível das portas, nos poucos pedaços que não estavam cobertos por tapetes persas de tons vermelhos e dourados e nas vigas aparentes que cortavam o teto longitudinalmente. O aposento se estendia para um mirante de portas de vidro que permanecia fechado. Ao seu lado, à contraluz, desenhava-se a figura alongada da mulher, que inicialmente lhe parecia invisível até se discernir com mais clareza conforme ele se aproximava.

Ela vestia uma calça preta e uma blusa de lã grossa, de gola alta, que se cingia a seu corpo fazendo-a parecer frágil, como se estivesse gripada ou sentisse frio; mas era só um efeito da roupa. O quarto estava muito quente, e ela parecia à vontade. Havia prendido o cabelo, e como único adorno usava duas grandes pérolas cinza nas orelhas. Ela não lhe estendeu a mão quando voltou a falar com sua voz firme e educada.

— Sou Cecilia de Muñiz de Dávila, marquesa de Santo Tomé. Creio que não fomos devidamente apresentados até agora.

— Sou Manuel Ortigosa, viúvo de seu filho — respondeu ele, usando o mesmo tom.

Ela ficou olhando para ele com uma espécie de sorriso displicente enquanto lhe indicava o sofá em frente ao fogo e se sentava em uma poltrona.

— Por favor perdoe Santiago — disse quando se acomodou —, ele é muito temperamental, sempre foi, desde pequeno. Quando era contrariado, jogava seus brinquedos e os quebrava, e depois chorava por eles durante horas. Mas não se deixe enganar: meu filho não tem brio, é uma fraude da cabeça aos pés.

Manuel a fitou, surpreso.

— Sim, Dom Ortigosa, é uma desgraça, mas todos os meus filhos foram verdadeiros fracassos. Espero que tome um chá comigo — disse, erguendo o olhar para um lugar às costas dele.

Manuel se voltou e viu uma mulher cuja presença não havia notado antes. Vestia um antiquado uniforme branco de enfermeira, de algodão e mangas compridas. Suas pernas estavam cobertas por meias grossas da mesma cor e tinha uma touca engomada sobre os cabelos, que eram curtos mas cheios como um capacete, arrumados e opacos pelo excesso de laquê. Quando ela se aproximou, ele sentiu o cheiro do spray, que lhe lembrou o cheiro desprezível de sua velha tia.

A mulher colocou o serviço em cima da mesa diante deles, serviu o chá e distribuiu as xícaras, reservando uma para si mesma. A seguir, sentou-se em frente à sua patroa sem dizer uma palavra.

— O senhor tem filhos, Dom Ortigosa?

Ele negou.

— Não, claro, imagino que não. Pois devo dizer que nisso está melhor que eu. — Ela tomou um pequeno gole de chá e prosseguiu: — Apesar de toda essa literatura barata que existe sobre o assunto, a verdade é que, em grande parte dos casos, os filhos são uma decepção; a maioria das pessoas jamais admitiria isso, claro, imagino que por sentirem que no fracasso de seus filhos reside o seu próprio. Mas não é o meu caso. Eu não me considero em absoluto responsável por seus defeitos, e, acredite em mim quando lhe digo que tudo que há de errado neles provém do pai. Meu marido foi um perfeito inútil para quase tudo, as finanças, a educação dos filhos... Como eu poderia me considerar responsável por um comportamento como o de Santiago há pouco? — disse, dirigindo-se à enfermeira, que como resposta assentiu com gravidade. — Ainda assim, eu peço que o perdoe, ele nunca teve senso de proporção: tem a mente fraca, e o pobre incauto tinha a ilusão de que que com a morte de seu irmão talvez pudesse assumir nossos negócios; para o qual, se me permite dizer, ele está totalmente incapacitado. Ainda bem que o irmão dele teve mais juízo — disse, deixando seu olhar repousar nele.

— Quer dizer que aprova a decisão de Álvaro?

— Quero dizer que dentre os inúmeros defeitos de meu marido destacava-se uma virtude: a de saber a quem delegar. Suponho que esse seja um hábito próprio da nobreza adquirido através dos séculos; se não, como se explicaria a permanência de nossas linhagens quando temos que confiar em terceiros até mesmo para as mais simples ações? Se não fosse pela maestria na hora de delegar, a nobreza estaria extinta. Meu marido confiou seu legado a Álvaro e acertou, de modo que devo confiar que o mesmo bom senso herdado durante séculos tenha imperado na decisão de Álvaro de deixar o senhor à frente de tudo.

Manuel avaliou aquelas palavras, interessado. Era isso? Talvez a idoneidade de um candidato pesasse sobre qualquer outra razão, apesar de ser odiado, como no caso de Álvaro.

— Pelo que sei, a relação entre Álvaro e o pai não era exatamente boa...

— "Exatamente boa" — disse com ironia, olhando para enfermeira. — Dom Ortigosa, diga-me, o que seus pais acham de... como vocês dizem? De sua tendência? Espero que não venha me dizer que eles são daqueles infelizes que fingem aceitar seu desvio.

Manuel deixou a xícara em cima da mesa com muito cuidado, tornou a se recostar no sofá e a olhou nos olhos, altivo.

— Tenho certeza de que usariam a palavra "homossexualidade"; é assim que se chama. Mas eles não tiveram oportunidade: meus pais faleceram em um acidente quando eu era muito pequeno.

Ela nem se alterou.

— Pois tiveram muita sorte, acredito. Eu os invejo. Não, a relação de Álvaro com seu pai não era exatamente boa, e não por culpa de meu marido. Álvaro foi um desafio constante desde que nasceu, e poderia até se dizer que ele tinha um prazer malévolo em nos contrariar em tudo. Veja só, tive dois filhos sem colhões e um que tinha demais, mas mal dirigidos.

Manuel negava com a cabeça enquanto a escutava.

— Pode falar — espetou ela, provocando-o. — Diga o que está pensando.

— Estou pensando que é a senhora é um monstro, antinatural e depravada.

A marquesa gargalhou como se houvesse escutado uma piada; e, olhando incrédula para a enfermeira, disse:

— Ouviu essa? Eu é que sou antinatural.

A enfermeira sorriu, negando, sofrida, como o faria diante de algo ridículo ou absurdo.

— Um desviado, um pusilânime e um retardado, infantilizado pelo pai e que nunca chegou a ser um homem. — Seu tom havia mudado; agora ela falava com amargura. — Esses são meus filhos. Deus não me abençoou com uma menina, e essa foi minha cruz. Três estúpidos que nem sequer souberam me dar um herdeiro digno.

— Samuel — sussurrou Manuel quase para si mesmo, intuindo que ela se referia ao menino.

— Sim, Samuel, o pequeno bastardo — disse, dirigindo-se à enfermeira como se quisesse esclarecer de quem estavam falando. — O senhor sabe o que se diz, Dom Ortigosa: os filhos de minhas filhas meus netos são; os filhos de minhas noras podem ser ou não.

Manuel sorriu com repugnância.

— A senhora é desprezível — disse, incrédulo diante da sua barbárie.

— Bem, é uma questão de perspectiva; para mim o desprezível é o senhor — respondeu ela, sorrindo levemente.

— E Catarina?

— Catarina procede de uma boa família economicamente prejudicada; mas ninguém está livre disso, não é? — admitiu ela, fazendo um gesto displicente em sua própria direção. — Ainda assim, ela é uma nobre bem-educada e tem mais valor que muitos homens. Não entendo o que viu em meu filho.

— E um filho de Catarina seria seu neto?

Ela fez uma careta de infinito fastio, jogando prato e xícara em cima da mesa; apesar do estrondo, eles não se quebraram.

— Catarina tem mais valor que meu filho. É a única pessoa nesta casa, além de mim, que sabe qual é seu lugar. Quem dera fosse minha filha. Eu a trocaria no ato por todos eles.

Manuel continuava negando, incapaz de aceitar tanta mesquinharia.

— O senhor me considera um monstro, Dom Ortigosa? Acha que sou cruel? Pois pense uma coisa: se meu marido pôs Álvaro à frente de nossa casa não foi devido a seu bom coração, e sim porque meu filho reunia essa capacidade de crueldade e força necessárias para salvaguardar a herança, nossa estirpe e o que isso significa, a qualquer preço. E lhe asseguro — Ela ergueu o pescoço e balançou a cabeça levemente, como se portasse uma coroa sobre ela. — que ele não nos decepcionou: fez o bom trabalho que esperávamos dele e ainda mais. De modo que, se me considera um monstro desalmado, saiba que não chego nem aos pés de seu querido Álvaro. Ele cuidou da honra desta família; seu pai sabia que ele o faria porque já o havia feito antes. Ele faria tudo que fosse necessário, o que quer que fosse, e assim fez. Por mais que me cause repugnância, tenho que aceitar que, se foi critério de Álvaro que o senhor fique à frente do legado, ele devia ter suas razões. Eu aceitarei, todos nós aceitaremos; não se preocupe com Santiago: o que ele fez hoje foi só um chilique de menino mimado. Isso vai passar e ele vai entender que essa é a melhor situação para todos.

O comportamento bipolar da mulher, que ia do profundo desprezo à reverência, parecia-lhe doentio e insano como conversar com um louco. Ela se mostrava calma de novo, conciliadora; não sorria enquanto falava, mas ele encontrou em seu tom toda a firmeza e estirpe apreendidas em seu sangue durante gerações.

— O senhor não encontrará enfrentamentos nem impedimentos legais de nossa parte, de modo que pode colher uva ou brincar de fazer vinho, se isso o divertir — disse, deixando evidente que estava a par de sua passagem pela vinha e vinícola.

Manuel se perguntou se o informante teria sido Daniel, até que a imagem da escura figura da velha em seu busto de Palas particular vigiando-o, como o corvo que era, enquanto ele entrava no carro do enólogo, voltou à sua memória.

— Aproveite o legado, administre as empresas e os bens e cuide para que esta pobre idosa tenha segurança financeira até o fim de seus dias — acrescentou ela, sorrindo, como se essa circunstância lhe fosse particularmente divertida.

Suas gengivas eram bem vermelhas, quase como se sangrassem. Manuel se surpreendeu ao pensar na ferocidade que simbolizavam. A marquesa fez uma pausa teatral antes de apagar de seu rosto qualquer vestígio do sorriso anterior; sua boca se afinou em um corte reto.

— Mas, se pensou que com isso iria ganhar uma família, então deixe-me dizer que está enganado. O senhor não pertence a este lugar, e nem todas as cláusulas de propriedade do mundo podem mudar isso. Este nunca será seu lar, nem minha família sua. Saia de minha casa e não volte nunca mais.

As duas mulheres se levantaram e se dirigiram à porta mais próxima da lareira. A enfermeira a abriu e se afastou para o lado para dar passagem a sua patroa. A mulher se voltou para ele e o fitou como se a surpreendesse infinitamente ainda o encontrar ali.

— Já terminei com o senhor — disse. — Tenho certeza de que consegue encontrar a saída.

Ela entrou no quarto seguida da assistente, que lhe dedicou um olhar depreciativo antes de fechar suavemente a porta.

Ele ainda ficou ali alguns segundos, em frente ao fogo e aos restos do chá, que sugeririam, para qualquer pessoa que os visse nesse instante, o cenário de uma conversa cordial. Sentia-se debilitado, como se aquele corvídeo, aquela espécie de vampiro, houvesse cravado seus finos lábios em seu pescoço para beber o sangue e a vida de suas veias. Cada palavra mesquinha, cada expressão de ironia, eram setas que não tinham tanto a intenção de feri-lo, mas de divertir aquela hidra. A certeza de ter sido seu bufão involuntário o fez tremer de indignação. Contornou o sofá pisando os tapetes macios, sentindo-se observado o tempo todo até que saiu dali enquanto pensava: "Nunca mais".

Fechou a porta atrás de si e caminhou pelo corredor em direção à luz filtrada que descia em tobogãs luminosos em direção à escada. Ao passar pelo quarto de Álvaro, notou que a porta estava só encostada; empurrou-a e entrou de novo. Foi até a mesinha e pegou o livro. Antes de sair, digitou velozmente a senha no cofre, abriu a porta e pegou todos os papéis que havia dentro, inclusive *Lo entregado al no*; forçou os grampos do pequeno porta-retratos, retirou a fotografia e, sem olhar para ela, colocou-a dentro do livro junto com os documentos. Só então se lembrou da aliança; erguendo a mão, viu-a em seu dedo unida à outra, como se formassem uma só. Fugiu dali.

Desfalecido, deixou-se cair em uma cadeira, em frente ao fogão a lenha da cozinheira.

— Herminia, agora vou aceitar aquele café. O chá da marquesa me caiu como uma pedra; não estranharia se soubesse que tinha cicuta.

A mulher parou em frente a ele e o fitou, entristecida.

— Agora você já conhece o Corvo. Não sabe o quanto lamento pelo que aconteceu. Santiago estava no haras e viu quando você entrou, então veio me perguntar... Eu não podia mentir para ele.

— Claro que não, Herminia, não se preocupe. Santiago é um energúmeno, mas, até certo ponto, sua reação é normal.

— Queria falar sobre isso — disse ela, pegando uma cadeira e se sentando em frente a ele. — Você sabe que eu criei esses meninos desde que nasceram, e posso afirmar que os amei mais que sua própria mãe; conheço bem Santiago, e ele é um bom garoto.

Manuel começou a protestar, mas ela o interrompeu.

— Muito impulsivo, sim, justamente porque lhe falta caráter. Quando era pequeno, era como o cachorro de Álvaro, e passou a adolescência tentando conquistar o carinho do pai. Sempre foi um zero à esquerda nesta casa, meu pobre menino. Álvaro era o que tinha caráter, e Fran, o encantador; e ele, o pobre menino gordinho e chorão que seu pai olhava com um desprezo que não se dava o trabalho de disfarçar. Esse foi o cenário em que ele cresceu — sentenciou. — Mas, mesmo assim, posso jurar que ele amava seus irmãos mais que tudo neste mundo.

— Não tem nada a ver, Herminia — rebateu ele.

— Ouça! — insistiu ela. — Quando Fran morreu, Santiago ficou na cama sem parar de chorar durante dias, a ponto de eu pensar que ficaria doente. E, semana passada, quando avisaram que Álvaro havia sofrido um acidente, e quando voltou para casa depois de passar pelo trabalho de ter que reconhecer o cadáver de seu irmão, veio me procurar. Ele não procurou a mãe dele, Manuel, procurou a mim, porque sabia que eu sentiria o mesmo que ele. Ele parou aí mesmo, na entrada, me olhando em silêncio. "O que aconteceu?", perguntei, "O que aconteceu com meu menino?". Ele começou a chorar e a socar a parede, enlouquecido de dor, enquanto gritava que seu irmão havia morrido. Ele não caiu de nenhum cavalo, Manuel, Santiago arrebentou as mãos socando essa parede, e quebrou vários dedos... Portanto, não me diga o que eu já sei, porque ninguém conhece esse menino como eu conheço. Ele acha que eu não sei, mas desde a morte de Álvaro se refugia na igreja todas as tardes para chorar.

De dor ou de culpa?, perguntou-se Manuel. Como se Herminia o houvesse ouvido, acrescentou:

— Acho que ele se sente um pouco culpado, porque eles tinham discutido no dia do acidente.

Manuel a olhou, interessado.

— Nada — disse ela —, uma bobagem. Santiago estava aqui tomando um café, Álvaro entrou e disse: "A quem você acha que engana com esses candelabros?". Santiago não respondeu, mas ficou vermelho como um tomate. Álvaro deu meia-volta e foi até seu carro, e Santiago foi para cima batendo a porta. Eu não sei, não entendo dessas coisas, para mim são tão bonitos quanto os originais... talvez não sejam, já disse que não entendo disso, mas Santiago se esforçou muito para substituí-los. Ele é desse tipo de pessoa que precisa de aprovação, e, como o irmão não a deu, ele se ofendeu; mas, claro, são coisas que depois, quando acontece algo tão terrível, perdem importância e parecem uma bobagem, mas, quando você o conhece como eu o conheço, sabe que com certeza ele se sente torturado por não ter estado em paz com o irmão quando ele morreu.

Manuel se voltou para a parede da entrada, onde ainda se podia apreciar a descoloração onde Herminia havia limpado as manchas de sangue com água sanitária.

— Onde ele está agora?

— Damián o levou para o hospital para consertar o estrago que fez no gesso. Ele sempre teve esse temperamento... Desde pequeno.

— E a Catarina? Parece que Santiago não a trata muito bem, e ela me disse que ele não quer que ela trabalhe.

— Você precisa entender que certas coisas não funcionam do mesmo jeito para eles como funcionam para nós; hoje em dia parece estranho para a maioria, mas, para eles, é vergonhoso trabalhar com certas coisas. Catarina é de uma das famílias de mais antiga tradição do país, mas, por diversas razões, as coisas não foram tão bem para eles nos últimos anos e, por isso, tiveram que encontrar outras maneiras de ganhar a vida; venderam muita terra, não lhes resta muito mais que o terreno onde está a casa, e há dois anos a família transformou o paço em um restaurante que alugam para casamentos, convenções e comemorações desse estilo. Santiago não aceita bem essas coisas, e, embora Catarina pareça não ter nenhum problema com isso, você tem que entender que para ele é algo quase vergonhoso, como seria para qualquer trabalhador que fosse obrigado a pedir esmola.

— Acho que não dá para comparar, Herminia. Entre transformar um paço em um lugar para banquetes e ser obrigado a pedir esmola para comer há uma grande diferença.

— Para você e para mim sim, mas, para eles é degradante. Desde que abriram o paço ao público, Santiago não põe mais os pés ali. De qualquer maneira, não é essa a única razão pela qual Santiago se preocupa em ver Catarina trabalhar; ele só quer protegê-la.

Manuel a olhou, surpreso, e ela baixou a voz para dizer:

— Ela tem problemas, coisas de mulher... Estavam tentando fazia tempo, e no final do ano ela engravidou, mas teve um aborto espontâneo, em muito pouco tempo. Ainda nem se notava. Eu estava com ela quando aconteceu; aqui mesmo ela sentiu uma dor intensa e começou a sangrar. No hospital, fizeram uma curetagem. Ela está lidando mais ou menos bem com isso, pediu para eu não falar sobre o assunto. Basta ver o modo como ela olha para Samuel para notar o quanto deseja ter um filho. Mas, Santiago... bem, já lhe disse como ele é, ficou muito afetado, e a partir desse momento começou a insistir para que Catarina pare de trabalhar. O médico disse que é coisa sem importância, que em muitas ocasiões a primeira gravidez malogra e que certamente não haverá nenhum problema da próxima vez, mas Santiago está obcecado com os cuidados, com a saúde... Sempre pensando nisso, como se fosse culpa sua. Ele é assim, faz tempestade em copo d'água.

Manuel assentiu.

— E Vicente?

Herminia fingiu indiferença.

— Ajuda Catarina...

— Acho que você sabe a que estou me referindo. Outro dia, quando Santiago brigou com ela, Vicente reagiu como se mal pudesse conter a vontade de falar alguma coisa, como se Catarina fosse especial para ele.

Herminia o ouvia em silêncio.

— Acha que há alguma coisa aí?

— Dela em relação a ele sei que não, mas dele por ela talvez sim. Eu também notei como ele olha para ela... ele é jovem, e ela uma mulher muito bonita; trabalham sozinhos o dia todo no meio das flores... Mas o amor de Catarina por Santiago é quase abnegação, o jeito como sempre cuida dele... Quando Fran morreu, foi ela quem o tirou da depressão: ela passou semanas dando comida na boca dele, quase o arrastava para obrigá-lo a ir ao jardim, sentavam-se na beira da piscina e ela falava durante horas, enquanto ele a escutava de cabeça baixa... E agora a história se repete; algumas vezes o ouço chorar, e ela sempre está ali consolando-o, acalmando-o com muita paciência, porque você já pôde ver que às vezes Santiago tem um gênio... Não é de estranhar que Vicente se sinta inclinado a protegê-la, ou algo mais... mas, se não é tonto, já deve ter aprendido a lição... — disse com desdém.

— O que quer dizer, Herminia?

Ela deu de ombros, displicente.

— Que talvez você não esteja errado.

Ele a fitou esperando uma explicação enquanto a mulher bufava, irritada.

— Veja, filho, eu sirvo nesta casa desde antes de me casar; eu criei os meninos, cozinhei para eles, cuidei deles quando estavam doentes, dediquei toda a minha vida ao paço, mas nunca cometi o erro de me julgar um deles, de pensar que eu fazia parte disto. Somos empregados, eles nos pagam bem, mas, por mais abraços e carinhos que vejamos, por mais segredos que conheçamos, ou por mais merda que limpemos, não passamos de criados, servos, e, quando alguém esquece qual é seu lugar, eles se encarregam de fazê-lo recordar depressa.

Manuel não pôde evitar se sentir na defensiva. Por outro ângulo, Herminia esgrimia a mesma doutrina que sua patroa, que pressupunha aquela superioridade de classe que tanto repugnava Nogueira, que todo mundo aceitava e cuja abrangência ele estava começando a discernir.

— Herminia, está tentando me dizer alguma coisa?

Ela o fitou, alarmada.

— Não, de você não, filho, nem de Álvaro. Ele era como nós. Estou me referindo a Vicente.

— Vicente?

Ela estalou a língua em sinal de contrariedade antes de continuar. E então Manuel não conseguiu entender com clareza se ela estava incomodada por ter que falar sobre aquele assunto ou por não saber toda a informação.

— Veja, eu não sei o que aconteceu, mas ele foi demitido em dezembro.

— Vicente foi demitido?

— Na véspera de Natal, fulminante e sem qualquer consideração, sem explicação. De um dia para o outro nos disseram que Vicente não trabalhava mais aqui. Imagine como ficaram os outros empregados do paço. Não que fosse a primeira vez que demitiam alguém, mas não é o habitual. Na cidade, há gente que vem trabalhar no paço temporariamente há vinte e cinco anos; eles costumam contratar sempre os mesmos, e dão preferência às famílias.

Manuel assentiu, recordando as explicações de Griñán sobre a distinção que representava, para muitos, trabalhar no paço.

— Eu me lembro de duas ocasiões em que demitiram um cavalariço e um lenhador, um por maltratar um cavalo, o outro por roubar, e foi igual, drástico e repentino. A diferença é que Vicente foi readmitido dois meses depois.

— E que explicação deram?

— A mesma que quando o demitiram: nenhuma. Só sei que Catarina o contratou de novo, e suponho que ele seja grato a ela, mas, acredite, se alguém nesta casa sabe que lugar deve ocupar, é Catarina.

Manuel ficou boquiaberto ao escutar de novo e em poucos minutos as mesmas palavras, provenientes de pessoas tão diferentes, referindo-se a Catarina. Ele mesmo havia sido testemunha de que ela era uma mulher especial.

Herminia se levantou e lhe serviu o café. Manuel tomou um gole, que desceu por sua garganta suave e quente, enquanto pensava em Catarina, no modo como Santiago a havia feito chorar e no cheiro nauseante de centenas de flores.

— Havia gardênias secas nos bolsos das jaquetas de Álvaro...

Ela sorriu, entristecida.

— Ele tinha esse costume desde pequeno. Eu sempre tinha que revistar os bolsos antes de lavar sua roupa, porque com frequência tinha flores dentro.

— Quem sabia que Álvaro costumava fazer isso?

— Quem? — Herminia deu de ombros. — Sarita e eu, que cuidávamos de sua roupa, e qualquer pessoa da casa que tenha visto ele fazer guardar uma flor no bolso alguma vez... Por que pergunta?

— Por nada — respondeu, evasivo. — Herminia, outra coisa: esse quarto, o quarto de Álvaro... foi o quarto que ele sempre ocupou enquanto vivia nesta casa?

Ela deteve suas idas e vindas pela cozinha e parou de novo diante dele.

— Não, claro que não; esse é apenas um quarto de hóspedes. Quando ele não estava aqui, permanecia sempre fechado. Quando Álvaro era pequeno, ocupava um quarto na galeria, como seus irmãos. Quando o pai o mandou para o internato em Madri, mandou desmontar seu quarto e guardar todas as suas coisas no porão.

Ele pensou na carga de afronta que tal ação representava, o significado que teria tido para Álvaro, que era pouco mais que um menino na época, e o aviso que supunha para os outros membros da família.

— Como se tivesse morrido ou nunca mais fosse voltar... — pensou em voz alta.

— Acho que, de alguma forma, ele de fato morreu para o pai a partir daquele dia. Nas poucas ocasiões em que Álvaro voltou para casa, sempre ocupou um quarto de hóspedes.

— Mas por quê, Herminia? Quantos anos ele tinha? Doze? O que aconteceu naquele dia?

Herminia baixou o olhar por um segundo.

— Não sei, é uma maneira de falar; não foi um dia específico. Para mim também não tem explicação, mas, talvez, agora que você conheceu o Corvo, pode ter uma ideia de como ele era.

Manuel assentiu, ainda afetado pela mesquinharia daquela mulher.

— Herminia, lamento o que aconteceu, e espero que não haja consequências para você por me permitir entrar, mas se isso acontecer me avise; não deixarei que a prejudiquem.

Ela sorriu.

— Eu sei por que Álvaro o escolheu — disse ela.

Manuel a fitou sem compreender.

— Quando o velho marquês faleceu e Álvaro tomou as rédeas da família, ele cedeu para mim e meu marido a casa dos vigias em usufruto, e uma renda muito generosa que nos permitiria parar de trabalhar hoje mesmo, se quiséssemos. Ninguém pode me expulsar daqui; Álvaro já cuidou disso.

Ele deixou que Herminia o abraçasse, que o beijasse e ajeitasse sua roupa, tirando dois fiapos imaginários de sua jaqueta. Mas o que mais o comoveu foi que, antes de soltá-lo definitivamente, ela sussurrou em seu ouvido: "Tome cuidado, por favor".

Ele caminhou em direção à saída, mas, antes, parou para observar de perto as manchas descoloridas na parede onde Santiago havia dado socos até quebrar os ossos. Dirigiu-se a Herminia de novo:

— Há uma coisa que você me disse sobre a noite em que Fran morreu: que tinha certeza de que ele havia voltado a se drogar. Por quê? Você tem acesso à casa toda... viu alguma coisa?

— Não vi seringas nem agulhas nem coisas do tipo que havia visto quando ele esteve mal, se é o que está perguntando. Mas eu sabia que nada de bom podia estar acontecendo porque vi o sujeito que vendia droga para ele andando por aqui. Eu o vi na noite em que Fran morreu, mas já andava rondando o paço dias antes. Eu contei à Guarda Civil; não tinha dúvida de que era ele; eu o conheço bem, é um dos moradores de Os Martiños, conheço sua família desde sempre, são boa gente. Mas... você sabe... quando o demônio da droga entra em uma casa, não há mais nada a fazer.

— Onde você o viu?

— Elisa tinha levado um sanduíche para Fran comer, mas eu não ia conseguir ir para a cama tranquila sabendo que meu menino estava ali. Quando terminei aqui, entrei na minha casa para pegar um casaco e ir até onde ele estava; foi quando, da janela que dá para o haras, vi esse desgraçado subindo pelo caminho de trás. Andava como se estivesse se escondendo nas sebes e foi direito para a trilha da igreja.

— Você chegou a ir até a igreja?

— Essa era minha intenção, mas, então, vi Elisa saindo de casa de novo e tomando o caminho para lá.

— Elisa? Tem certeza de que era ela?

— A vista desta velha é perfeita. Eu a vi à luz dos postes da casa quando saía, e depois ela acendeu uma lanterna para iluminar seu caminho, o que me permitiu vê-la perfeitamente.

— E então, decidiu não ir.

— Filho, se uma moça vai em busca de seu noivo, uma velha não tem nada que fazer no meio. Fiquei em casa vendo televisão com meu marido.

— E você viu quando ela voltou?

— Sim; na verdade, fiquei atenta, e pouco depois a vi voltar sozinha. Imagino que Fran não quis acompanhá-la.

— Acha que ela viu o traficante?

— Não, acho que não. Eu sempre tive muitas dúvidas sobre Fran, mas, quando voltaram daquela clínica, Elisa estava reabilitada e grávida, e levava sua saúde e seu futuro com Fran muito a sério; ela nunca o teria deixado sozinho com aquele desgraçado sabendo o que isso significava.

Manuel avaliou suas palavras, e, já na porta, voltou-se e perguntou:

— Herminia, viu Álvaro naquela noite?

— Claro, eu o vi no jantar, antes de ir se deitar. Por que pergunta?

— Por nada.

Manuel saiu novamente para a manhã no paço; embora a névoa houvesse começado a se dissipar, a luz continuava turva e o calor ainda era pouco. Dirigiu-se ao seu carro sentindo falta do casacão de Álvaro, que havia deixado na pensão. Café balançou o rabo ansioso e saiu do veículo com um pulo assim que ele abriu a porta, correndo pelo caminho pelo qual Manuel viu, ao longe, Elisa chegando com o menino. "O pequeno bastardo", ecoaram as palavras do Corvo em sua cabeça enquanto, parado no meio do caminho, observava a alegria do menino ao ver o cão, e a do animal, que dava felizes voltas ao seu redor, embora não se deixasse acariciar. Ergueu o olhar para as janelas da ala oeste e sentiu uma obscura satisfação ao constatar a presença da lúgubre figura parada no mirante. "Sobre o busto de Palas." Foi ao encontro do menino chamando-o em voz alta, abriu os braços para recebê-lo e o ergueu no ar, rindo ambos. Abraçou-o, sabendo que ela os observava, que seu gesto constituía um ato de desagravo, e tomando consciência, naquele instante, de que amava aquele menino.

Quando elevou o olhar de novo, o Corvo não estava mais ali.

Elisa sorriu ao vê-lo e tomou-lhe o braço para continuarem caminhando juntos e bem devagar. Mas esperou até que o menino se adiantasse alguns metros correndo atrás de Café para dizer:

— Obrigada, Manuel.

Ele a olhou, surpreso.

— Lucas veio falar comigo ontem e me contou algumas coisas que Fran disse para ele aquela noite; coisas que eu já sabia, de que sempre tive certeza, mas que precisava ouvir.

Manuel assentiu, aflito.

— Ele me disse que você fez com que ele percebesse que devia me contar. Acho que você sabe o quanto significa para mim, a dor e o sofrimento que passei todos esses anos, a incerteza, porque, embora eu tivesse certeza, não posso negar que houve momentos em que a dúvida se apoderou de mim. Obrigada, Manuel.

— Elisa, aquela noite...

— Sim...

— Você não me disse que voltou à igreja mais tarde.

— Imagino que Herminia comentou que me viu sair. Eu também a vi na janela de sua casa. Mas se não falei foi porque não cheguei a entrar. Quando estava chegando à pracinha, Santiago estava saindo da igreja e me disse que Fran estava bem, que estava rezando e que não queria ser incomodado.

Manuel interrompeu o passo, obrigando-a a parar e olhar para ele.

— Mas você chegou a ver Fran?

— Eu o vi fechar a porta da igreja quando Santiago saiu.

— Contou isso para a polícia? — perguntou, embora já soubesse a resposta.

— Não me lembro se mencionei isso; de qualquer maneira, não tem nenhuma importância; nem sequer cheguei a entrar, e sempre me senti culpada por isso. Não devia ter dado ouvidos ao que ele disse, devia ter ficado ao seu lado.

Sua voz saía mortificada, e Manuel se deu conta de que não era a primeira vez que ela pensava isso.

Tomou-a pelo braço e retomaram o passeio.

— Você viu Álvaro naquela noite?

— Álvaro? Não.

— E outra pessoa?

Dessa vez foi ela que parou.

— Aonde quer chegar, Manuel? Por que tantas perguntas?

Ele não podia esconder a verdade. Não dela.

— Dias antes da morte de Fran, um traficante da região estava rondando o paço, e, naquela noite, Herminia viu quando ele se dirigiu até a igreja.

— Mas isso não é possível — protestou ela, desconcertada —, você ouviu Lucas. Fran não se suicidou, ele queria viver, queria uma vida comigo e com seu filho.

— Na verdade, uma coisa não anula a outra — disse ele, recordando as palavras de Herminia. — Talvez ele ainda não estivesse totalmente reabilitado como você...

— Está enganado, Manuel, está enganado — disse ela, soltando-se definitivamente de seu braço e avançando até chegar ao menino.

Pegou a mão do garoto, e sem se despedir, dirigiram-se juntos à casa. Quando estavam chegando à porta, Samuel se voltou e acenou com sua mãozinha.

Manuel abriu a porta do carro e, com cuidado, ajudou Café a entrar, colocando o livro que havia resgatado do cofre no banco. Como se alguém o chamasse, ergueu o olhar e viu que a escura presença do Corvo estava vigilante de novo. Pegou seu celular e procurou um número que havia gravado naquela mesma manhã.

— É Manuel — disse, respondendo a Lucas do outro lado da linha.

— Bom dia, Manuel.

— Olá — disse, sem parar de olhar para a figura escura por trás dos vidros. — Estou em As Grileiras e acabei de falar com Elisa... Queria agradecer por você ter decidido contar para ela o que aconteceu.

— Eu só cumpri o que prometi; "chega de mentiras", nem mesmo por omissão.

— Essa é a outra razão de eu ligar. Nogueira me disse que vocês conversaram, e, pelo que ele me contou, deduzo que você não mencionou nada a respeito de suas dúvidas sobre a identidade da pessoa que viu naquela noite.

— Já falamos sobre isso, Manuel, pode ter sido qualquer um — respondeu.

— Mas você pensou que era Álvaro; muitas vezes, quando o cérebro nos diz algo, é porque, de algum modo, recebemos a informação necessária para chegar a tal conclusão.

— O que está insinuando, Manuel? Já discutimos esse assunto e acho que ambos estamos de acordo.

— Lucas, acho que precisamos conversar.

A sugestão parecia ridícula levando em conta que já estavam conversando, mas Lucas entendeu exatamente o que Manuel queria dizer.

— O que vai fazer durante a tarde?

— Prometi ao enólogo que passaria pela vinícola...

— Ótimo, então nos vemos lá — disse. — Mas agora tenho que desligar.

— O que há de tão urgente? — reclamou Manuel, que gostaria de prolongar a conversa.

O padre demorou apenas um instante para dar uma resposta que explicava o depósito fechado de Catarina e o pouco trânsito a caminho de As Grileiras... Tudo se encaixava. A única coisa que não tinha explicação era que houvesse esquecido que dia era, sendo que naquela mesma manhã lamentara dias idênticos que passavam em vão.

— É domingo e quase meio-dia, preciso celebrar a missa.

Ele agradeceu que Lucas desligasse sem dizer o que os dois pensavam: que fazia uma semana da morte de Álvaro.

PLÁSTICO

Nogueira estacionou em frente à sua casa. De fora, as luzes acesas no primeiro andar conseguiam criar uma agradável sensação de boas-vindas. No entanto, o guarda se demorou mais alguns minutos observando a entrada de onde estava, atrás do volante do carro. Nem uma semana havia se passado desde o dia de sua aposentadoria e aquilo já estava se tornando insuportável. Cinquenta e oito anos, e os dois últimos os havia passado ouvindo sua esposa reclamar pedindo que o fizesse de uma vez. Afinal de contas, pelos anos e pela lei, tinha direito a solicitar a aposentadoria, que lhe permitiria passar mais tempo com as meninas, talvez evitar que a relação com a menor acabasse tão prejudicada quanto com a mais velha. Ele sabia que era má ideia desde que assinara a aposentadoria, mas devia isso a Laura. Talvez assim... Pegou mais uma vez sua cadernetinha para olhar as anotações que havia feito, enquanto se perguntava o que seria dele quando tudo aquilo terminasse. Decidiu que pensaria nisso depois. Enquanto guardava a agenda no bolso, reparou em sua aliança; observou o brilho apagado e, inconscientemente, girou-a algumas vezes, talvez buscando uma face mais lustrosa. Voltou o olhar para a entrada e bufou, compungido; saiu do carro e se dirigiu à casa.

Abriu a porta, e o cálido aroma de um bolo de limão o recebeu na entrada. Da salinha saía o som amortecido da tevê.

— Cheguei — disse no vestíbulo enquanto pendurava sua jaqueta.

Não esperava resposta, e não a obteve. Dirigiu-se primeiro à cozinha. Passara as duas últimas horas dirigindo, fazendo hora, e estava com fome.

Todas as superfícies da cozinha estavam imaculadas como sempre. Nem um farelo de pão, nem um prato com restos de comida, nunca uma colher suja, nunca uma panela com sobras na pia. Abriu o forno sem nenhuma esperança, seguindo o aroma do bolo. Ainda conservava o calor e a fragrância, mas não havia nem rastro dele. Levantou a portinha de correr da caixa de pão e encontrou o pãozinho sem sal que detestava, artificialmente esbranquiçado, como se houvesse sido irradiado com energia atômica. Abriu a porta da geladeira e, desolado, contemplou o interior: um queijo de Arzúa, linguiças de Lalín, um pedaço de bacon, presunto, um salame espanhol. Parecia que a filha da mãe fazia compras pensando nele.

Em um recipiente, algo que parecia carne cozida, e em outro as delícias de presunto e queijo ao molho de creme de leite de que ele tanto gostava. Tornara-se especialista em distinguir os alimentos assim, embrulhados nos metros e metros de papel filme no qual sua esposa os emaranhava como uma aranha paciente, com o único fim, tinha certeza, de garantir que fosse impossível para ele ter acesso a qualquer um daqueles manjares. Às vezes ficava assim, observando durante minutos as delícias que sua mulher cozinhava e guardava. Ela não se importava que ele olhasse, mas se ousasse tocar um único daqueles pacotinhos, ela, como uma aranha, saberia lá do outro lado de sua teia. Fez o teste: estendeu a mão e ergueu o envoltório perfeito com que sua esposa havia embalsamado o queijo. Não conseguiu nem mesmo tirá-lo da geladeira. A voz acima da tevê chegou clara da sala:

— Não coma nada agora, as verduras para seu jantar já estão quase prontas; se não puder esperar, coma uma maçã.

Ele negou com a cabeça, como sempre, admirado e impressionado com a extraordinária percepção dela. Fechou a geladeira e dedicou um olhar desanimado às maçãs, vermelhas e brilhantes como as dos contos de fadas. E, enquanto se dirigia à sala, sussurrou baixinho a frase seguinte de sua mulher. Quase percebia o sorriso dela enquanto dizia:

— Ou pode tomar um chá.

Assomou à salinha. As poltronas se distribuíam em frente à tevê. Sua esposa o cumprimentou inclinando a cabeça, sentada na poltrona mais afastada de todas. Suas filhas ocupavam o sofá deitadas uma ao lado da outra; a menor se espreguiçou e se levantou no sofá para lhe dar um beijo, mas escapuliu de seus braços quando ele tentou segurá-la um pouco mais. A maior ergueu a mão a modo de saudação e mal olhou para ele. A outra poltrona, que por direito pertencia a ele, estava ocupada por um adolescente magro e sem graça que ele odiara desde a primeira vez que o vira, e que era, pelo visto, namorado de sua filha. O garoto nem sequer o cumprimentou, mas Nogueira preferia assim. Em cima da mesinha de café, várias xícaras já vazias e mais da metade do bolo cujo cheiro havia sentido assim que entrara em casa. Fazia mais de seis anos que não o provava, mas adorava aquele bolo que ninguém fazia como sua mulher. Enquanto os jovens assistiam a uma dessas séries norte-americanas insossas, sua esposa estava lendo. Havia uma luz de leitura acesa ao seu lado e sobre seus joelhos repousava, aberto, o livro que já lera até a metade. Ele reparou na foto da contracapa. Indicou o livro.

— Manuel Ortigosa — disse.

A imediata surpresa dela fez com que ele se sentisse importante.

— Eu o conheço.

Vendo que o interesse dela aumentava depressa, dobrou a aposta.

— É amigo meu, eu o estou ajudando com umas coisinhas...

— Xulia — disse ela, dirigindo-se à sua filha mais velha —, dê lugar para seu pai se sentar.

Lisonjeado, Nogueira obedeceu à sua mulher, que, olhando interessada para ele, disse:

— Não sabia que você conhecia Manuel Ortigosa.

— Manuel? Claro, mulher, somos muito amigos...

— E, Xulia — disse sua esposa, dirigindo-se de novo à adolescente —, vá à cozinha e traga um pratinho e um garfo para seu pai, talvez ele queira um pedacinho de bolo.

A adolescente foi rapidamente até a cozinha.

ESQUELETOS

Do lado de fora já se extinguiam as despedidas e os motores das caminhonetes dos viticultores. Pelo vidro, viu que o enólogo conversava animadamente com os poucos trabalhadores que ainda restavam ali. Não podia ouvir o que diziam, mas distinguiu seus semblantes satisfeitos com o modo como havia transcorrido a venda.

Quando chegara, à tarde, a entrada em frente à vinícola e a esplanada contígua estavam lotadas de veículos. Caminhonetes e pequenos reboques de cores vistosas eram arrastados por tratores que mal tinham espaço para manobrar na estrada estreita. Deixara o carro no caminho de acesso e percorrera a pé o trecho até a entrada, desviando dos viticultores que conversavam animados no espaço estreito entre os veículos e as armações coloridas cheias de uva. Não pudera escapar dos olhares curiosos dos homens do campo que vigiavam com interesse o recém-chegado, enquanto, com olhar experiente, avaliavam os frutos da colheita de seus concorrentes, que como joias refulgiam ao sol brilhante do começo da tarde.

Diante dos portões da vinícola, abertos durante dias como aquele, Daniel dividia sua atenção entre os trabalhadores que colocavam as caixas de uva na balança industrial e os que, depois de pesá-las, levavam-nas para dentro. Levantara o olhar um instante, e ao vê-lo, sorrira, incitando-o a se aproximar.

— Olá, Manuel — saudara, festivo —, chegou bem na hora, acabamos de começar. Fique ao meu lado e poderei explicar o que formos fazendo.

Ele ficara observando os viticultores que colocavam na balança torres apertadas de caixas até formar cinco andares. Em uma caderneta, Daniel anotava o peso e a referência do viticultor, e, depois de pesar a uva, cortava a folha ao meio e entregava metade ao proprietário dos frutos, repetindo o processo até pesar toda a colheita. Depois, os funcionários carregavam as caixas para dentro e as viravam em cima de uma mesa de aço, onde quatro homens de mangas arregaçadas até os cotovelos – dentre os quais distinguiu Lucas – separavam folhas, galhinhos, torrões de terra e pedras que se misturavam com os galhos dos frutos durante a vindima. A enóloga do Instituto de Denominação de Origem vigiava a mesa e catalogava os frutos junto com o proprietário. Durante os primeiros minutos, Manuel ficara observando o trabalho dos homens, mas logo se vira impelido, contagiado pela voragem, pelo ritmo constante e pelos risos dos que celebravam a alegria de uma boa colheita que já se distinguia entre seus dedos com frutos escuros prenhes de mosto.

Arregaçara as mangas e se aproximou das mesas, enquanto Daniel, que ao lado da balança não havia tirado o olho de suas ações desde que havia chegado, fizera um sinal a um funcionário para que desse um jaleco para Manuel. Ele o vestira pela frente, como se fosse um cirurgião. Fora uma tarde intensa de trabalho vendo os frutos entrando na prensa que apenas os estourava para deixar escapar o mosto doce de sol, firme de neblina, que descia através das tubulações para as cubas que esperavam frias, lá embaixo.

O sol já havia se posto quando o último reboque chegara; a contagiosa alegria da boa colheita havia temperado seu espírito e ele se sentia bem. Fizera um sinal para Lucas, que, com as mangas dobradas até os cotovelos, ajudava um vinicultor a empurrar para um contêiner o bagaço acumulado pela debulhadora, que acabaria transformado em aguardente ou reduzido a pedacinhos para adubar os campos. Atravessaram a porta que separava a sala de prensa do resto da vinícola e entraram às escuras no aposento contíguo. Como por um ímã, sentiram-se atraídos para o mirante que, sobre a encosta, emoldurava o entardecer precipitado de setembro; ainda guardava o eco da exuberância do verão, pensara Manuel, mas também permitia adivinhar que duraria pouco.

Da sala contígua continuavam chegando o murmúrio das vozes e risos dos homens e o chiado das mangueiras de água quase fervendo com que limpavam a maquinaria, invisíveis entre o vapor que fazia com que o aroma do mosto subisse até formar uma nuvem branca e perfumada contra o teto.

Sorriu, confiante, na escuridão, tentando encontrar os interruptores e escutando o som que as patinhas de Café faziam sobre o pavimento. Pela primeira vez no dia voltava a se sentir bem, e isso tinha a ver com aquele lugar. Havia chegado magoado e triste, contagiado pela desolação do quarto de Álvaro e sentido pela irritação de Elisa e a fria despedida. A incompreensão dela o magoava e carregava como um eco as palavras do Corvo: "Este nunca será seu lar, nem minha família sua". Tinham entidade de sentença, e, então, entendeu que estava sentido não por Elisa, e sim pelo vazio que as mãos de Samuel deixavam no vão das suas, seus dentinhos, pequenininhos e iguais mostrados em seu sorriso, a voz aguda gritando, o riso saído do âmago e o abraço pequeno e tão poderoso como gavinha ao redor de seu pescoço.

E a mágoa... Não deixava de repetir a si mesmo que cada palavra que havia saído da boca daquela mulher carregava uma carga venenosa consciente cujo único objetivo era machucar o máximo possível. Nem mesmo um único gesto seu, nem o próprio encontro, certamente preparado e ensaiado durante dias, haviam sido espontâneos. O discurso possuía a perfeita medida do ensaiado, composto de dogmas, que sem dúvida não era a primeira vez que ela confessava em voz alta; o modo como a sinistra enfermeira escutava o discurso, assentindo aos desatinos da mulher como uma adepta doutrinada, levava-o a pensar que todas as suas palavras brotavam do lugar onde devia ser o coração, mas também podia perceber a estudada crueldade, a maldade destilada lenta, suavemente. Havia assistido, sem dúvida, a uma representação adiada até que ele ocupasse seu lugar como um involuntário espectador diante do qual se representava uma obra que só ele desconhecia. Sabia que relembrar suas palavras era entrar no jogo dela e, por isso, devia evitar a todo custo fazê-lo; sabia que aquele veneno estava destinado a ser bebido assim, a goles lentos que iriam liberando sua carga mortal para corroê-lo por dentro, e ele, como uma abelha aplicada, não podia evitar sorver a escura carga que continha. Sabia por quê. Entre toda a mesquinharia e o ódio puro havia distinguido, já enquanto a escutava, o projétil oculto no rancor, a cápsula que continha a toxina mortal, que não era mais que a pura verdade. A sinceridade é a arma mais afiada, e ela sabia disso; sabia que ele não era nenhum idiota, que o palavrório, por mais excessivo ou sutil que fosse, apesar do grande efeito que pudesse causar no momento, seria desmontado como um frágil pretexto por um bom promotor público. Ela sabia que o ódio puro não seria, nem de longe, tão daninho quanto a crua franqueza; só o leve roçar com aquela perversa sinceridade havia deixado erosões em sua pele que tardariam a cicatrizar, e um indesejável passageiro correndo por suas veias, tão aterrador quanto uma posse demoníaca e tão real quanto um vírus: a verdade.

Serviu duas taças de vinho e ofereceu uma ao sacerdote, enquanto indicava as espreguiçadeiras dispostas no mirante. Lucas a aceitou com um sorriso, mas não disse nada. Durante um bom tempo permaneceram assim, em silêncio, contemplando o perfil cada vez mais escuro das colinas que se povoavam de sombras que bebiam a luz como eles bebiam o vinho.

— Sabe de uma coisa? — disse Lucas, depois de um tempo. — Desde que Álvaro assumiu a vinícola, venho à vindima todos os anos pelo menos um dia, e sempre acabamos assim, bebendo uma garrafa de vinho neste mesmo lugar.

Manuel olhou ao redor como se fosse capaz de discernir, entre as dobras do tempo, a imagem nebulosa que Lucas evocava.

— Por quê?

— Por que o quê? — perguntou Lucas, confuso.

— Por que um padre vem vindimar?

Lucas sorriu enquanto pensava.

— Bem, imagino que eu poderia citar santa Teresa de Jesus; se, como ela dizia, "Deus se move entre os tachos", sem dúvida deve andar também por esta vinha. — Fez uma pausa, e logo disse, pensativo: — Posso encontrar Deus em qualquer lugar, mas quando venho aqui, quando trabalho com eles, sou apenas mais um; um homem trabalhando. Acho que no trabalho físico reside uma espécie de honra comum a todas as pessoas, que se dilui nas ocupações cotidianas e menos rudes e que recupero quando venho aqui.

Ficaram de novo em silêncio, e Manuel tornou a encher as taças. Ele também podia sentir isso: Heroica reunia, em uma palavra, atos, virtudes e procederes frequentemente esquecidos na vida comum e que, naquele lugar, convergiam como linhas de lei, outorgando-lhe propriedades de lugar sacro, onde as fraquezas, o medo e a maldade do resto do mundo podiam ser lavados, aliviados e revestidos com a túnica nova de um herói.

Observou Lucas: fitava absorto o horizonte ondulado e sorria despreocupado. Quase lamentou ter que falar.

— Eu já disse ao telefone, mas quero agradecer de novo por ter falado com Elisa... E com Nogueira.

Lucas balançou a cabeça lentamente, modesto.

— Não sabia que você e Nogueira se conheciam — disse Manuel, fazendo uma pausa para poder organizar suas ideias. — Bem, eu sabia que se conheciam, ficou evidente no dia do funeral de Álvaro, quando estávamos saindo de As Grileiras, mas não imaginava que se relacionavam a ponto de você ter o telefone dele.

— Bem, dizer que nos conhecemos é um pouco demais — atenuou o sacerdote. — Eu me lembrava dele de antes, do episódio com Fran. Ele foi um dos primeiros a chegar naquela manhã, quando o encontraram morto. Primeiro uma ambulância, depois a Guarda Civil e, depois, eu cheguei para dar a extrema-unção. Não tive uma impressão muito boa dele. É verdade que não foi abertamente hostil, mas foi bastante frio, desdenhoso; não sei, dava a sensação de olhar para todos nós com um infinito desprezo mal disfarçado pelo profissionalismo.

— Eu sei o que quer dizer — respondeu Manuel, rememorando o riso cruel na boca do guarda.

— Naquele dia, quando o vi na entrada de As Grileiras, procurei o número dele quando cheguei em casa; eu me lembrava que tinha guardado o cartão que ele me deu depois de tomar minha declaração, caso eu me lembrasse de algo mais.

— E o guardou durante três anos?

Lucas não respondeu.

— Você alguma vez pensou em ligar para ele?

Lucas negou com a cabeça, mas sua atitude dava a entender que faltava convicção.

Manuel o fitou bem sério.

— É disso que eu queria falar com você. — Fez uma pausa. — Eu sei o que falei para você aquele dia no santuário, mas tenho dúvidas de novo.

"Sabe que você o matou" ecoou em sua cabeça.

— Dúvidas? Por quê? Achei que concordávamos que não podia ser Álvaro. E mesmo que de fato fosse ele, que diferença faria? Não seria estranho que ele resolvesse ir verificar como seu irmão estava. E concordamos que Álvaro não poderia estar envolvido de jeito nenhum no que aconteceu com Fran nem no fato de, tal como suspeitava Nogueira, o corpo ter sido mudado de lugar.

Em silêncio, o padre observou Manuel, que olhava para o chão, esquivo.

— Ou poderia?

Manuel esvaziou sua taça.

— Já não tenho tanta certeza.

"Sabe que você o matou." Apertou os dentes, reprimindo o pensamento. Lucas o fitou, preocupado.

— O que quer dizer com isso? Você não pode me dizer que de um dia para outro tem dúvidas e que não tem mais certeza de nada sem me dar uma explicação. Achei que nosso combinado era de que não esconderíamos mais nada um do outro.

Manuel soltou o ar lentamente enquanto olhava o horizonte, que já era quase invisível, reduzindo-se a um leve resplendor azul-marinho no lugar onde se juntava com o céu. Voltou-se para o padre.

— Lembra o que eu disse sobre Álvaro ir ao puteiro com o irmão?

Lucas assentiu, pesaroso.

— Falei com a prostituta, e ela confessou que fingiam o encontro para deixar Santiago satisfeito. Eu acredito, porque ele é homofóbico; cada vez que eu digo "meu marido" ele quase tem um ataque.

— Bem — disse Lucas, prudente —, imagino que deve ter sido um alívio.

— Momentâneo. Algumas horas depois descobri, pelo histórico de chamadas dele, que Álvaro mantinha contato com um sujeito da região que faz michê.

Lucas não disfarçou seu desgosto.

— Sabe o que é um michê, não é?

— Claro! O fato de eu ser padre não significa que estou desconectado do mundo — protestou —, mas isso combina menos ainda com o caráter de Álvaro.

— Lucas, acho que você olhava para Álvaro como se ele ainda fosse aquele mesmo menino com quem estudou, mas ele viveu muitos anos sozinho em Madri, e quando nos conhecemos, ele me contou que durante algum tempo esteve... como dizer... "tentando se encontrar", com tudo que isso implica. Quando começamos nossa história, tudo aquilo ficou para trás. Acho que ele foi sincero comigo quando me contou tudo sobre aquela parte de seu passado, e nunca me falou de ter recorrido a esses serviços... E eu acreditei, ele não precisava disso...

— E o que mudou para que você pense que agora seria diferente?

— O que mudou? É melhor dizer o que não mudou, Lucas. Eu sinto que não sei quem era Álvaro. É como falar de um desconhecido.

— Acho que é aí que você se engana; eu, que continuei em contato com ele durante todos esses anos, acho que não havia mudado, que era o mesmo homem valente e justo que conheci. Nada do que você diz se encaixa...

Manuel ficou em silêncio; sentia-se frustrado, bloqueado e incompreendido. Encheu de novo as taças.

— De qualquer maneira, acho que você deveria falar com Nogueira e explicar o que você viu ou julgou ter visto aquela noite.

— Achei que você pensasse que isso influiria negativamente na investigação, que assim que ele soubesse disso deixaria de procurar outra explicação.

— Sim, eu me lembro do que disse, mas é que agora sei que naquela noite havia mais gente na igreja e nos seus arredores. — Ergueu a mão e enumerou: — Herminia estava indo, mas desistiu porque viu Elisa sair uma segunda vez; Elisa viu Fran e Santiago se despedindo na porta da igreja, e justo quando ela estava chegando Fran entrou, e Santiago disse para ela que seu noivo estava bem e pediu que ela voltasse para casa porque estava rezando e não queria ser incomodado; e Herminia também viu da janela o michê que mencionei antes, que também fornecia drogas para Fran antes.

— Caralho! — exclamou Lucas.

Manuel o fitou com estranheza por causa do palavrão e sorriu levemente.

— Ninguém me disse que viu Álvaro, mesmo quando perguntei especificamente. Claro que ainda não tive oportunidade de esclarecer com Santiago se ele viu alguém mais além de Fran e Elisa, e acredito que não terei a chance de fazê-lo, nem de que ele se mostre mais colaborativo. Hoje de manhã ele não gostou nada de me ver em As Grileiras.

Lucas o fitou, alarmado.

— O que aconteceu?

— Fui até o quarto de Álvaro para recolher umas coisas — disse, levando inconscientemente a mão às alianças. — Santiago me viu lá e ficou uma fera.

— Ele fez alguma coisa para você?

Manuel o fitou, surpreso.

— Curioso você perguntar isso. Mas na verdade não fez nada. Ficou praguejando durante alguns minutos, frustrado; depois, saiu feito um furacão e deu um soco na parede. Quase senti dó dele; pelo que me contaram, essa é sua reação habitual quando se sente contrariado — disse, recordando as manchas desbotadas na parede da cozinha.

Lucas se inclinou um pouco para a frente para dar mais gravidade a suas palavras:

— Manuel, você precisa ter cuidado. Acho que seria melhor ficar fora disso e deixar a investigação para Nogueira; afinal de contas, esse é o trabalho dele.

— Lucas, a Guarda Civil encerrou oficialmente o caso como um acidente de trânsito e Nogueira acabou de se aposentar. Saiu dois dias depois da morte de Álvaro.

— Então... posso entender: é normal que, em sua situação, você queira saber. Mas que interesse o Nogueira poderia ter em continuar com a investigação?

Manuel balançou a cabeça e deu de ombros.

— Na verdade, não sei; nunca conheci ninguém como ele... De fato, nem sequer vou com a cara dele, às vezes o acho repugnante — disse, sorrindo um pouco. — E tenho certeza de que ele sente o mesmo por mim. No entanto, acho que ele é dessas pessoas com um estranho senso de honra, que não deixam um trabalho inacabado. Por isso você precisa falar com ele e contar o que viu; por mais que eu me esforce, não tenho discernimento para admitir sequer o envolvimento de Álvaro em tudo isso.

Lucas negou com a cabeça, dando a entender que não estava gostando daquilo.

— De qualquer maneira, embora isso possa parecer difícil de entender em um primeiro momento, Santiago não é a pessoa mais hostil que eu encontrei.

Lucas o fitou, novamente preocupado.

— A marquesa me convidou até suas dependências para tomar um chá, e acho que, mesmo que tome dez banhos, não vou conseguir me livrar da horrível sensação que ela me deixou. Eu já havia ouvido falar de pais que odeiam os filhos, mas nunca havia conhecido um.

— Ela sempre foi uma mulher difícil...

— Difícil? É repugnante ouvir o modo como ela fala, cheia de um ódio e de um desprezo que nem sequer tenta disfarçar. Não creio que ela odiasse Álvaro em particular, parece detestar seus três filhos por igual; mas deu a entender que o caráter pouco maleável de Álvaro fez com que ele fosse o filho que mais lhe causou dores de cabeça, e, tendo em conta que outro dos seus filhos era dependente químico, isso significa muito. Ainda assim, não posso imaginar uma razão tão poderosa a ponto de afastar um filho tão pequeno de sua casa, de seus pais e seus irmãos e agir como se houvesse morrido. Sabia que eles desmontaram o quarto dele quando o mandaram para Madri, com doze anos? Em cada uma das poucas ocasiões em que Álvaro voltou para casa, teve que dormir em um quarto de hóspedes, como alguém estranho, que não tem um lugar na casa.

Ficou em silêncio alguns segundos enquanto refletia sobre as implicações de suas palavras.

— Você estudou com ele; acha que podia ser porque com essa idade sua tendência sexual começou a se manifestar?

— Com doze anos Álvaro não era afeminado, nem frágil, nem especialmente sensível; se é isso que você quer dizer, devo dizer que não, pelo contrário. Ele era magro e musculoso, não muito forte; me lembro que ele estava sempre com os joelhos ralados... Não era especialmente encrenqueiro, mas também não fugia de um enfrentamento. Nas poucas vezes que o vi se pegar com outro garoto, foi sempre para defender Santiago.

— Herminia me disse que, quando pequeno, Santiago não tinha muitos amigos...

— Especialmente porque era um linguarudo que estava sempre se metendo em confusão. Ele só não apanhava mais porque Álvaro estava sempre ali para livrar a cara dele. Lembro que nenhum de nós, amigos de Álvaro, o suportávamos: era um chato, sempre grudado na gente... típico dos irmãos menores, suponho. Ele parecia ficar fascinado por absolutamente tudo que Álvaro fazia, e lembro que mais de uma vez, nos intervalos ou na saída do colégio, fazíamos o possível para despistá-lo e fugir dele; éramos um pouco cruéis, suponho, mas éramos crianças, entende? Mas tenho que reconhecer que Santiago era um chato.

— A mãe dele o despachou com prazer: disse que seus outros dois filhos haviam nascido sem caráter e Álvaro o tinha pelos três, mas, segundo ela, mal orientado.

Lucas apertou os lábios e negou com a cabeça, na mais clara expressão de rejeição à recordação que devia estar evocando.

— Eu sei o que a marquesa quis dizer; Álvaro desafiava e desobedecia constantemente a seus pais. Especialmente por seus amigos, que eram todos garotos da aldeia, pobres. Estávamos sempre por ali, íamos à montanha explorar, ou ao rio nadar. Sob a perspectiva atual pode não parecer tão grave, mas, para o pai de Álvaro, a classe social era uma fronteira intransponível, e o fato de seu filho insistir em se relacionar com companhias inaceitáveis era uma grande afronta para ele. Acho que Álvaro esteve permanentemente de castigo entre os oito e os doze anos. Mas isso nunca foi um impedimento para ele: fugia atravessando o jardim do paço e o campo até um velho sítio abandonado onde costumávamos ficar. A ameaça de mandá-lo para um internato era constante, e, no fim, o pai cumpriu a palavra. — Deu de ombros. — Por outro lado, era comum que filhos desobedientes de boa família fossem mandados para um internato caríssimo onde pudessem se relacionar com rebeldes de sua mesma classe social. No primeiro ano ele voltou nas férias, mas, depois, nem isso; talvez no Natal... Mas nunca ficava mais de dois ou três dias até que o mandassem de volta para Madri.

— Ele ficava em Madri durante todas as férias de verão?

— Acampamentos, colônias de férias, mas nunca em casa. E quando atingiu a maioridade não voltou mais, até que seu pai faleceu... Pelo menos essa é a versão oficial.

Manuel deixou a taça na mesinha situada entre as espreguiçadeiras. Inclinou-se para a frente e o fitou, esperando uma explicação.

— Você já deve saber que a condição de Álvaro e o fato de ser casado com você foi uma surpresa para todos.

— Sim...

— Mas não era segredo para todos. Embora Álvaro não tenha voltado para casa, o pai continuou bancando seus gastos e seus estudos até que ele se tornasse totalmente independente. Não creio que seus atos tenham sido referendados por nenhum tipo de generosidade ou cuidado, acho que o fazia porque teria sido indigno para ele que o filho de um nobre espanhol acabasse trabalhando como caixa de um supermercado, e, o que era mais grave, que alguém chegasse a saber. Tenho certeza de que, para o velho marquês, era menos ofensivo continuar financiando o modo de vida de seu filho rebelde do que permitir que ele se misturasse com a massa. Mas, nas poucas ocasiões em que Álvaro voltou, mal se dirigiam a palavra, e nunca mais se falaram quando ele deixou definitivamente de vir; mas o pai sempre obteve informações sobre a vida que Álvaro levava em Madri. Ele era desse tipo de homem que tem tudo sob controle, seus amigos e seus inimigos; os que lhe agradassem, mas especialmente qualquer um que pudesse lhe causar problemas. E Álvaro era um problema. — Bebeu seu vinho até esvaziar a taça antes de voltar a falar: — Eu mesmo falei a você que Álvaro nunca mais teve contato com a família até a morte do velho marquês, mas não é a verdade absoluta. Álvaro voltou uma vez. Há dez anos, seu pai o mandou chamar para falar com ele.

Manuel se ergueu perceptivelmente na cadeira. Inspirando profundamente, dirigiu seu olhar à negrura que já dominava por completo o horizonte e o céu limpo de setembro, coberto de estrelas cintilantes que previam sol para o dia seguinte. Dez anos. Era impossível esquecer essa data. Já conviviam havia anos, mas, em 2005, quando fora aprovada a lei que igualava o direito ao casamento para todos, marcaram a data, e no Natal do ano seguinte se casaram. Em dezembro próximo seria seu décimo aniversário de casamento.

— Diga-me — rogou.

Lucas assentiu, angustiado sob o peso das palavras que doíam antes de ser pronunciadas, mas que devia a Manuel depois de ter jurado que não mentiria mais para ele.

— O velho marquês fez uma oferta para ele. Grosso modo ele disse, evitando chamá-lo pelo nome, que sabia de sua condição e da vida que levava em Madri, que durante todos aqueles anos uma agência de detetives havia fornecido informações a respeito de tudo que ele fazia. Disse que já tinha dado liberdade suficiente para que Álvaro vivesse como bem entendesse durante anos; inclusive insinuou que estava a par de sua existência, Manuel, e que nada disso tinha importância. "Cada um tem seus vícios, eu sei porque também tenho os meus; o jogo, as apostas, as mulheres... Um homem precisa se aliviar." Álvaro não podia acreditar no que estava ouvindo: "Estou doente; o câncer não vai me matar em dois dias, mas acabará me matando, e, quando isso acontecer, alguém deverá tomar as rédeas da família e dos negócios. Seus irmãos são zeros à esquerda, e se eu legar à sua mãe ela acabaria doando tudo à Igreja". Disse que sabia que eles tiveram muitas diferenças desde que Álvaro era pequeno, mas que sempre havia admirado seu valor, e que, embora tivesse certeza de que sua mãe nunca aceitaria seu "vício" e para ele fosse difícil entender, podia tolerar que tivesse suas fraquezas, assim como ele mesmo as tinha. A essa altura da conversa, Álvaro começou a pensar que talvez seu pai, um homem de outra geração e educado sob outros costumes, estivesse admitindo, até o ponto em que um homem como esse poderia admitir algo assim, que tinha cometido um erro. "Você tem que voltar para casa, Álvaro. Eu vou colocá-lo imediatamente à frente dos negócios e farei um legado em vida para que você herde tudo, exceto o título, que receberá quando eu morrer. Em breve eu não poderei cuidar mais dos nossos negócios, e quero aproveitar o tempo que me resta sabendo que tudo vai ficar bem amarrado e que você velará por nossos interesses quando eu não estiver aqui. Você é o único capacitado para isso, e sei que vai cuidar da honra da família a qualquer preço. Volte para casa, case-se com uma garota de boa família e mantenha as aparências. Casamentos por conveniência são comuns na nobreza: o meu com sua mãe, acordado por nossos pais, é o melhor exemplo de que um compromisso assim pode ser muito conveniente para ambos. Você poderá continuar dando suas escapadas em Madri, para se aliviar."

Lucas parou, e sem deixar de olhá-lo nos olhos, observou, escrutando-os, ciente do peso de sua revelação e esperando encontrar neles a rendição diante dos fatos.

— Manuel, eu disse que você estava errado quando julgava que era de você que Álvaro tinha vergonha, e não deles. Álvaro chegou a pensar, enquanto escutava o pai, que um milagre tinha acontecido e que ele finalmente havia decidido aceitá-lo. Então, voltou a sentir todo o peso de sua rejeição, de seu ódio. Levantou-se, olhou seu pai nos olhos e respondeu: "Tudo isto te darei se, prostrado, me adorares".

— Foi o que o demônio disse a Jesus enquanto punha o mundo aos pés dele... — Manuel sussurrou.

Lucas assentiu, veemente. O orgulho que sentia de seu amigo pelo modo como se erguera ao dizer aquelas palavras podia ser sentido na maneira como sustentava o olhar de Manuel, desafiador.

— O pai não respondeu. Afastou o olhar enquanto balançava a cabeça com infinito desprezo. Você sabe o que aconteceu depois: Álvaro voltou para Madri e se casou com você. Não teve nenhum contato com a família durante anos, certo de que com sua recusa e desobediência sua relação com eles havia terminado para sempre. Foi uma comoção para ele quando, depois da morte do pai, Griñán lhe comunicou que era o herdeiro.

— E Álvaro por fim aceitou — sussurrou Manuel, enojado.

— Acho que ele não tinha opção. O que o pai havia dito sobre seus irmãos era verdade. Se em algum momento Álvaro chegou a duvidar se deveria ou não aceitar, as coisas se precipitaram de um modo horrível com a morte de Fran. De verdade, Manuel, não creio que ele tivesse escolha, mas, mesmo assim, fez as coisas do seu jeito, ao contrário do queria seu pai. Viveu sua verdade em Madri com você e sua vida oculta aqui.

— Mas, por quê, Lucas? Tudo que você está me contando o faz posar de herói: o desprezo do pai, sua decisão de viver a própria vida, de escolher a mim e renunciar a tudo que seu pai lhe oferecia. Mas, por que prolongar isso depois? Por que continuar me escondendo aos olhos de sua família se seu pai havia morrido? Por causa da mãe e do irmão? Pelo amor de Deus! Estamos no século XXI, acha que teria sido mais traumático para eles me conhecer há três anos do que agora, nestas circunstâncias?

Lucas o fitou desgostoso; era evidente que teria dado qualquer coisa para poder lhe dar uma resposta.

Manuel suspirou, resignado. Estava começando a ficar bêbado, e o vinho conseguia atordoá-lo o suficiente para se mostrar analítico diante de um fato que o teria deixado indignado até ofuscar sua capacidade de raciocínio.

— A mãe dele me disse que a razão pela qual o pai havia escolhido Álvaro como seu sucessor era sua natural disposição para a crueldade e sua convicção de que faria o que fosse necessário pela família, qualquer coisa. E acrescentou algo mais: que ele já havia feito isso, e que não era a primeira vez. E seu pai disse o mesmo: "Sei que vai cuidar da honra da família a qualquer preço". Por que ele tinha tanta certeza, Lucas? A mãe me disse que não haviam se enganado com ele. O que significa isso? Qual era essa capacidade de crueldade de Álvaro que levou seu pai a deixá-lo à frente da família, apesar da desobediência do filho?

Lucas balançou a cabeça, obstinado.

— Não dê ouvidos às palavras dela, Manuel, não é nada disso; ela só falou tudo isso para machucar você.

Tinha certeza disso, mas também de que o Corvo havia dito a verdade.

Daniel apareceu silencioso atrás deles.

— Acabamos por hoje; os vinicultores estão indo embora, e amanhã começarão a trabalhar bem cedo.

Reparou nas garrafas vazias em cima da mesinha e acrescentou:

— Posso deixar uma chave com vocês se quiserem ficar um pouco mais, mas acho que é melhor eu os levar para casa.

— Sim, é melhor — disse Manuel, levantando-se com dificuldade enquanto sorria para Lucas e para Café, que bocejou se espreguiçando e esticando as patinhas.

O FEÍSMO

Ele notou o brilho ferino da luz da manhã antes mesmo de abrir os olhos, enquanto lamentava ter esquecido de fechar as venezianas à noite. Pôde ver um decepcionante amanhecer acinzentado que desmentia a primeira sensação de luz. Ouviu o repique quase metálico das gotas contra os vidros. O resplendor de um sol tímido que abria caminho entre as nuvens jogava seu fulgor descuidadamente e, como um foco zenital em uma peça de teatro experimental, iluminava aqui uma árvore, ali um edifício.

Sentiu-se incapaz de calcular a hora, mas pensou que devia ser cedo, uma hora precoce de mais um dia. Percebia que havia adotado um novo sistema para medir seu tempo, uma espécie de calendário no qual todos os dias eram o mesmo. A confusão inicial, a sensação de descontrole que havia experimentado nos primeiros dias, era agora compensada pela indolente placidez que supunha aceitar, assumir que dava na mesma, porque, com sua morte, Álvaro havia arrastado consigo qualquer sentido que pudesse ter que diferenciar um dia de outro. Assumir isso lhe dava paz, admitir implicava aceitar o vazio, abraçar o nada, um nada piedoso em que podia viver sem que a dor arrancasse sua alma a dentadas. Misturado ao som da chuva na janela, o suave ronco de Café completava a sensação de calma e quietude. Percebia a respiração compassada daquele corpinho colado à sua perna. Levantou-se um pouco e viu, com surpresa, que fechar as venezianas não havia sido a única coisa que esquecera na noite anterior: a superfície da cama estava esmagada e amassada, mas o cobertor continuava no lugar; não o havia aberto e ainda usava a mesma roupa do dia anterior. Inclinou-se para a frente para acariciar o cão.

— Obrigado por me trazer para casa, Café.

O cão abriu os olhos e o fitou evasivo, meio de lado, enquanto bocejava.

— Deve ter sido você, porque eu não me lembro de nada — disse sorrindo.

Como resposta, Café pulou da cama, dirigiu-se à porta do quarto e se sentou ali, deixando evidente que queria sair. O celular vibrou na mesa de cabeceira, provocando um eco sonoro e vão sobre a frágil madeira do móvel. Atendeu e ouviu a voz imperiosa de Nogueira.

— Estou chegando no seu hotel. Desça, temos coisas a fazer.

Sem responder, ele afastou o telefone o suficiente para ver a hora na tela: eram nove da manhã. Dirigiu um olhar interrogativo ao cão, que esperava paciente junto à porta, e de novo ao telefone.

— Não me lembrava de que havíamos marcado...

— E não marcamos nada, mas surgiram novidades.

Estudou seu reflexo no espelho enquanto escutava Nogueira. Precisava de um banho, roupa limpa, fazer a barba.

— Escute, Nogueira, vou demorar um pouco. Peça ao dono da pensão para preparar uns ovos com linguiça pra você, são das galinhas dele. Diga que ele pode por na minha conta.

Nogueira não protestou.

— Está bem, mas apresse-se.

Antes que o tenente desligasse, reparou em Café, que aguardava impassível junto à porta, e acrescentou:

— Nogueira, Café tem que sair agora. Está descendo, abra a porta do bar para que possa sair, ele já sabe...

Sorriu enquanto abria a porta para que o cão saísse e desligou, interrompendo os protestos irados do tenente que lhe chegavam pelo telefone.

Sentado perto da janela, Nogueira sorvia com parcimônia um café acompanhado de um muffin. Em cima da mesa, o prato com manchas gordurosas evidenciava que ele havia seguido seu conselho. Manuel bebeu apressadamente um café e não quis comer nada. Sorriu ao observar, antes de sair, o guarda pegar do pratinho o biscoito de cortesia que serviam com o café e que Manuel não havia comido. Ergueu o olhar para o céu enquanto fazia hora para o inevitável cigarro do tenente; admirou o ritmo suave e sereno com que o orvalho caía e rememorou o céu estrelado da noite anterior, devido ao qual havia se aventurado a prever que nesse dia não choveria.

— Vamos com meu carro — disse Nogueira.

Quase imitando o olhar de Café, Manuel olhou para o guarda de lado, enquanto pensava em sua promessa de nunca mais se deixar levar por Nogueira sem possibilidade de ir embora se a situação assim requeresse. Recordou, então, que estava sem carro. Na noite anterior, depois de duas garrafas de vinho, Daniel os havia levado para casa, prometendo que mandaria alguns funcionários levarem o carro no decorrer da manhã.

— Mas e Café?

— Coloquei uma manta — disse o guarda, evitando olhar para ele e ciente de que Manuel o estudava espantado.

Acomodou o cão, entrou no carro e ficou em silêncio até que pegaram a estrada.

— Vai me dizer aonde vamos tão cedo? Imagino que a esta hora os prostíbulos devem estar fechados.

Nogueira lhe lançou um rápido olhar cheio de intenção, e durante alguns segundos Manuel chegou a pensar que o faria descer do carro e andar debaixo da chuva. Mas, quando falou, estava calmo.

— Vamos para a casa de Antônio Vidal Toñino, o michê para quem Álvaro ligou.

Manuel se endireitou no banco e abriu a boca para dizer algo, mas o guarda o interrompeu, explicando:

— Hoje de manhã liguei para um contato na delegacia para que me confirmasse o endereço dele, e fui informado de que um parente deu queixa do desaparecimento dele alguns dias atrás. Vamos ver o que tem para nos dizer.

Manuel ficou pensativo e silencioso enquanto amaldiçoava cada passo que tinha que dar atrás das pegadas de Álvaro. Calou a voz que mentalmente lhe dizia que não fosse àquela casa, que não fizesse isso, porque o que encontraria ali o feriria. Olhou disfarçadamente para o tenente, que, depois de pegar um desvio, dirigia ensimesmado. Tinha consciência do efeito que suas recriminações haviam causado no homem: a manta para que o cão pudesse andar em seu carro, o modo como havia controlado seus protestos enquanto o fizera esperar... Do seu jeito, constituíam um pedido de desculpas, ou pelo menos um armistício. E, se Nogueira podia se conter, ele teria que fazer o mesmo.

O bairro Os Martiños se firmava sobre uma colina asfaltada só até a metade do caminho; a partir dali, uma pista de cimento rugoso que se estendia por dois quilômetros fazia tremer a carroceria do carro. O cimento se transformava em uma mistura de barro e escombros moídos que chegava da pista até a porta das casas térreas. Alguns vizinhos, em um esforço para dar certa dignidade a suas moradias, haviam colocado gerânios em jardineiras de plástico e traçado a trilha com lajotas soltas que iam até a entrada, afundadas no barro de forma irregular. A maioria tinha um aspecto desorganizado e inconcluso que ele já havia notado em muitas construções desde sua chegada à Galícia, e que naquele bairro tinha seu máximo expoente. A mistura de materiais amontoados nas entradas e as obras inacabadas davam às construções um aspecto desdentado e de mísera pretensão, que era exaltado ainda mais sob a úmida influência do orvalho caindo lento sobre as casas em uma perfeita representação da tristeza.

— O feísmo galego — sentenciou Nogueira.

— O quê? — respondeu Manuel, abandonando seus pensamentos.

— O feísmo, esse maldito costume que temos de fazer tudo pela metade, que vem da tradição de ir cedendo pedacinhos do terreno aos filhos para que façam sua casa. Eles construíam o telhado e as paredes, e assim que podiam entrar casavam-se e terminavam de construí-la pouco a pouco... Sem nenhum critério, muitas vezes sem tirar licenças nem consultar profissionais. Um tipo de edificação que obedece mais às necessidades de cada momento que à estética. O feísmo.

Manuel observou as paredes de tijolo à vista, onde eram perceptíveis os restos de argamassa aparecendo nas juntas; as janelas encastradas nas fachadas, em muitos casos ainda sustentadas pelos calços da obra; e os montes de cimento, areia ou escombros abandonados em frente à entrada de muitas casas.

— Mas feísmo?

— Você não pode negar que é feio pra caralho...

— Bem — disse Manuel —, esse tipo de construção aponta para uma economia frágil... Talvez...

— Que frágil que nada! — exclamou Nogueira. — É normal carros de mais de cinquenta mil euros estacionados na entrada dessas casas; não tem nada a ver com a economia frágil, e sim com uma cultura de "assim está bom". Muitas vezes, é a geração seguinte que termina a casa.

Nogueira consultou o endereço em sua cadernetinha de capa de couro e parou o carro em frente a uma casinha de planta quadrada onde se via uma antena de televisão que sobressaía do telhado como uma bandeira em uma torre de homenagem. Uma balaustrada ocre separava a entrada da casa da porta de uma garagem, que dava a sensação de não ser aberta havia anos. Havia uma faixa de uns dois metros em frente à propriedade revestida de lajotas, e jardineiras fabricadas com blocos de concreto nas laterais da porta sustentavam duas arvorezinhas raquíticas. Via-se uma mancha escura de óleo nas lajotas. Não havia nenhum sinal de que houvesse alguém dentro. No entanto, perceberam com clareza o rosto enrugado de uma idosa que, por trás dos vidros da casa contígua, os observava sem disfarçar.

— Deixe que eu fale — advertiu Nogueira ainda dentro do veículo —, não diga nada; ela vai pensar que você é da Guarda, e nós não diremos o contrário. E deixe o cachorro no carro — disse, olhando para trás. — Vai comprometer nossa credibilidade.

Café lhe lançou um dos seus olhares tortos.

Correram até a porta debaixo de chuva. Em vez de tocar a campainha, Nogueira bateu na madeira pintada em uma rápida sucessão de socos que evocaram em Manuel a lembrança das batidas em sua porta dias atrás.

Uma mulher que devia rondar os setenta anos abriu, enrolada em um roupão de lã sobre o qual usava um avental. Seus olhos eram nublados de catarata, e o direito estava úmido e vermelho, como o de um grande peixe.

— Bom dia — cumprimentou Nogueira, com o tom profissional que durante anos havia usado como guarda civil. A mulher sussurrou uma resposta enquanto ele continuava falando. — A senhora registrou o desaparecimento de Antônio Vidal?

A mulher levou as duas mãos à boca, como se quisesse impedir a pergunta que já estava escapando de seus lábios.

— Aconteceu alguma coisa, encontraram meu Toñino?

— Não, senhora, não o encontramos. Podemos entrar?

Por sua reação, já se notava que os havia catalogado como policiais; enquanto Nogueira falava, ela abriu a porta totalmente e se afastou para deixá-los passar.

— Por favor — disse, indicando o interior.

A casa era composta de um único cômodo central de onde se chegava a todos os outros, e a mulher havia optado por transformá-lo em uma sala de jantar cuja formalidade contrastava com o resto do ambiente. Uma grande mesa oval e oito cadeiras ao seu redor, um aparador escuro e encerado sobre o qual descansava um jogo de estimada porcelana que nunca havia sido usada para seu propósito, um vaso com rosas artificiais e uma capelinha de madeira com uma santa, que, segundo o costume, os fiéis acolhiam em sua casa em sistema de revezamento. Uma pequena lamparina a óleo ardia em frente à imagem da santa. Na ponta, várias caixas de medicamentos alinhadas.

— Sentem-se, por favor — ofereceu a mulher, afastando duas cadeiras da mesa.

Nogueira ficou em pé à sua frente, e Manuel se afastou dois passos para observar de perto a pequena lamparina sustentada sobre uma rolha e o recorte de uma carta flutuando sobre a água turva e o óleo dourado.

— Achei que não iam fazer nada, porque ele teve problemas com drogas... Ninguém dá importância para ele agora — disse, voltando-se para Manuel.

— Foi a senhora quem fez a denúncia? — perguntou Nogueira.

— Sim, sou tia dele. Toñino mora comigo desde os doze anos, moramos só nós dois. Seu pai já morreu, e a mãe, bom, ela foi embora faz muitos anos e não tivemos mais notícias dela. Os médicos disseram que meu irmão havia morrido do coração, mas acho que morreu de tristeza, ela não era boa — disse, dando de ombros.

— A senhora se chama Rosa, certo? — perguntou Nogueira, interrompendo uma explicação na qual a mulher teria se estendido com prazer.

— Rosa María Vidal Cunqueiro, faço setenta e quatro anos em maio — recitou a mulher, tirando do bolso do avental um lenço de pano que levou ao olho direito, nublado, do qual escorria uma lágrima densa e mucosa.

Manuel desviou o olhar.

— Muito bem, Rosa María, a senhora registrou o desaparecimento de seu sobrinho na segunda-feira passada, ou seja, há uma semana, certo?

Ela voltou o olhar para Nogueira de novo. O tenente havia adotado um tom diferente e desconhecido para falar com a mulher, quase como se falasse com uma menininha, cheio de paciência e carinho. Manuel nunca o tinha ouvido falar assim antes.

— Isso mesmo — respondeu a mulher, séria.

— E quando viu Antônio pela última vez?

— Na sexta-feira à noite, quando ele saiu, mas não dei importância a isso, sabe? Porque ele é jovem, e sempre sai nos fins de semana; às vezes ele fica na casa de um amigo, mas ele sempre me avisa quando não vem dormir, para eu não me preocupar; e mesmo que seja de madrugada ele liga... Mas já comecei a me preocupar quando não apareceu no sábado...

Manuel reagiu deixando sair todo o ar de seus pulmões enquanto se voltava, aflito, para a janela muito baixa, que oferecia uma visão desolada do pátio dianteiro sob a chuva. Nogueira percebeu. O escritor sabia somar dois mais dois, e a soma do desaparecimento do garoto coincidindo com a visita de Álvaro dava como resultado um novo agravo.

— E, desde então, não tem notícias de seu sobrinho? — prosseguiu Nogueira, centrando sua atenção na mulher.

— Não, senhor. Já liguei para todos os amigos que conheço, todos os parentes — disse, apontando para um velho modelo de telefone de parede; entre o aparelho e o batente da porta, alguém havia colado com esparadrapo uma comprida tira de papel com uma sucessão de números de telefone em caracteres gigantes.

Nogueira fez uma expressão, como se houvesse se lembrado de algo.

— Como se chama esse amigo de seu sobrinho que está sempre com ele?

— Ricardo. Mas já liguei, e ele não sabe de nada.

— Quando falou com ele?

— No sáb... não, no domingo.

— E ele não ligou mais, nem passou por aqui?

— Não, senhor, Ricardo não; tem outro amigo dele que liga todos os dias, mas não me lembro o nome dele. Foi ele que me aconselhou a registrar o desaparecimento.

— Então — disse Nogueira, fingindo anotar em sua cadernetinha —, seu sobrinho não veio para casa na sexta-feira à noite; no sábado a senhora começou a se preocupar e fez o boletim de ocorrência no domingo...

— Isso mesmo, senhor... E já sabia que tinha acontecido alguma coisa.

Manuel dirigiu um olhar de preocupação a Nogueira.

— Por quê? — inquiriu o guarda.

A idosa enxugou o olho de novo.

— Bem, porque eu conheço meu sobrinho. Ele pode ter muitos defeitos, como todo mundo tem — disse, voltando-se de novo para Manuel —, eu também tenho, e devo reconhecer que tenho. Mas ele é um bom garoto e sabe que vou me preocupar se ele não ligar. Por isso, desde que era garoto e começou a sair, quando ele vai dormir na casa de algum amigo, ele me avisa e diz: "Tia, não se preocupe, vou ficar na casa de fulano, durma tranquila", porque ele sabe que senão não durmo. Meu Toñino é um bom garoto, não faria isso comigo...

Ergueu o lenço e, dessa vez, enxugou os dois olhos. Estava chorando. Manuel a fitou com estranheza, nem havia notado.

— Aconteceu alguma coisa de ruim com ele... eu sei — disse a mulher, entre lágrimas.

Nogueira se aproximou dela e pousou um braço protetor em seus ombros.

— Não, mulher, vai ver como ele aparece, deve estar por aí com uns amigos e se esqueceu de ligar.

— O senhor não o conhece — protestou a mulher —, deve ter acontecido alguma coisa, porque ele sabia que tinha que pingar o colírio em mim... — disse, indicando os medicamentos alinhados no aparador —, ele sempre pinga, duas vezes ao dia, de manhã e à noite... E agora faz muitos dias que não pingo, porque sozinha não consigo.

Ela desdobrou o lenço e cobriu o rosto com ele, chorando desconsolada.

A boca de Nogueira formou um traço apertado sob seu bigode. Pegando-a pelo braço como se fosse um detento, mas com infinito cuidado, levou-a até uma cadeira.

— Por favor se acalme, mulher. Pare de chorar e sente aqui. Qual é o colírio que tem que pingar?

A mulher afastou o lenço.

— O da caixinha rosa, duas gotas em cada olho...

Nogueira olhou a bula do medicamento, inclinou-se sobre a idosa e pingou as gotas.

— Aqui está dizendo que durante um tempo verá tudo borrado, portanto fique quieta até ver claro de novo. Não se preocupe, eu fecho a porta ao sair — disse, fazendo um sinal a Manuel e dirigindo-se até a porta.

— Deus lhe pague! — disse a mulher, com os olhos voltados para o teto. — Por favor, encontre meu Toñino! Senão, o que será de mim?

Nogueira parou na entrada, olhou para fora e reparou de novo na mancha de óleo nas lajotas. Voltou-se para a mulher.

— Senhora, seu sobrinho tem carro?

— Sim. Eu comprei para ele porque ele precisava para trabalhar; mas, depois, o emprego não deu certo...

— A senhora comunicou o desaparecimento do carro ao guarda com quem falou?

A mulher cobriu a boca com a mão.

— Não. Acha que é importante? Não pensei nisso.

— Não se preocupe, eu farei isso. Só mais uma coisa. De que cor é o carro?

— É branco, senhor.

Nogueira fechou a porta e lentamente deixou sair todo o ar de seus pulmões. Havia parado de chover, mas a umidade do ar era palpável e pairava lentamente, molhando todas as coisas.

Afastaram-se da porta. Manuel comentou:

— Branco.

— Sim — respondeu o tenente, pensativo —, mas também não é tão relevante: é a cor mais barata e mais comum em caminhonetes de trabalho, muito comum em zonas rurais. Eu diria que quase todas as fazendas têm um veículo assim.

— Acha que ela tem razão, pode ter acontecido alguma coisa com ele?

— Bem, em uma coisa ela tem razão: em casos como o de Toñino, a polícia não se esforça muito para encontrá-los. Ele é dependente químico, e também faz michê; ele pode ter recebido uma oferta para sair com alguém e não pensou duas vezes; quem se dedica à prostituição é assim; mas...

— Mas... — inquiriu Manuel.

— Mas também confio no que Rosa María disse; claro que ela é tia dele e acredita que seu sobrinho é um anjinho, mas a questão é que essa mulher quase não enxerga, e a casa está limpa como uma medalha. Não creio que ela tenha limpado a casa; a julgar por seus dedos retorcidos, é provável que tenha artrite. E não sei se você reparou naquela lista de números ao lado do telefone; parece que ele também teve o cuidado de anotá-los para sua tia em um tamanho suficiente para que ela pudesse enxergar. Eu acredito quando ela disse que ele sempre ligava quando não ia voltar para casa. Minha mãe era assim, e era melhor eu ligar do que a encontrar esgotada depois de passar a noite em claro me esperando e ter que aguentar suas recriminações durante o dia inteiro.

Como toda vez que notava que havia deixado escapar um aspecto de sua vida privada, Nogueira reagiu como se houvesse mostrado uma fraqueza, desviando seu olhar em uma tentativa de fugir do de Manuel, que o observava surpreso diante de uma confissão que era ainda mais íntima se somada ao tratamento quase afetuoso que havia dispensado à idosa.

Nogueira o fitou de novo para continuar enumerando suas observações.

— Não é só a casa limpa e a lista de telefones: os medicamentos estavam organizados por horário, e ele escreveu com caneta hidrográfica, bem grande, a finalidade de cada um. Acredito que ele realmente cuide da tia e suspeito que, como diz ela, algo deve ter acontecido para que ele não ligasse. Ele sabe muito bem que essa mulher não pode se valer sozinha.

— Um crocodilo com coração... — disse Manuel, cético.

— Com frequência, as pessoas mais cruéis têm coração, e isso é o que confunde: se os bons fossem bons e os maus simplesmente maus, o mundo seria muito mais fácil para mim. Por outro lado, acho estranha a atitude do amigo, Ricardo, ou Richi, como o chamam; os dois são inseparáveis. Como ele pode estar tão tranquilo depois que a tia ligou para dizer que Toñino não voltou para casa? De duas uma: ou ele sabe onde está ou do que está se escondendo. E você já percebeu que o desaparecimento coincide com a visita de Álvaro.

Manuel, desgostoso, desviou o olhar.

— Talvez não tenha relação... — disse Nogueira, provavelmente em seu primeiro ato de consideração.

Manuel não agradeceu. Evitou o assunto com uma pergunta.

— E o outro que anda ligando?

— Deve ser um cliente, mas, por sua atitude ao recomendá-la fazer o boletim de ocorrência, já se vê que não sabe de nada.

Desolado, Manuel olhou as casas do bairro Os Martiños que se estendiam colina abaixo.

— O que faremos agora?

— Agora vou levar você de volta para a sua pensão; durma um pouco mais, porque tanto o cão quanto o senhor parecem estar de ressaca — disse, dando uma olhada em Café, que não havia saído de sua manta no banco de trás. — Vou falar com meu contato para que incluam o carro de Toñino na busca; carros são mais fáceis de rastrear que pessoas, e à noite faremos uma excursão a Lugo para falar com Richi para que nos conte por que não está preocupado com o desaparecimento de seu amigo. Mas, antes — disse, indicando com o queixo a casa contígua —, vamos apresentar nossos respeitos à vizinha.

Adiantou-se um passo e viu que, à janela do térreo da casa contígua, a idosa que os havia visto chegar fazia sinais para que se aproximassem.

Por trás da cortina, estava a viva imagem da maledicência: além do descaramento com que os havia observado pela janela quando chegaram, a expressão com que os recebeu na porta a delatou – tão diferente da outra idosa. Entreabriu uma fresta, pela qual assomou seu nariz afiado, e os farejou como um perdigueiro, antes de abrir um pouco mais, o suficiente para que pudessem ver que vestia um roupão sob o qual assomava a renda de uma camisola.

— Vocês são policiais, não é? — Sem esperar resposta, prosseguiu: — Imaginei que estivessem aqui por causa de Toñino assim que chegaram. Foi preso outra vez? Já faz dias que não o vejo...

Nogueira não respondeu a suas perguntas. Em vez disso, sorriu abertamente, e em tom profissional, perguntou:

— Bom dia, senhora, poderia fazer a gentileza de nos dedicar alguns minutos?

A mulher sorriu feliz, apertando o cinto de seu roupão e segurando com fingido recato as lapelas ao redor do pescoço.

— Sim, claro... mas vai ter que me perdoar; com tanta agitação, ainda não tive tempo de me vestir.

— Oh, por favor, não se preocupe, nós entendemos perfeitamente e agradecemos sua gentileza — respondeu Nogueira.

A mulher se afastou e abriu a porta um pouco mais, o suficiente para que os dois pudessem entrar na casa, que cheirava a biscoitos e urina de gato.

— Sua casa é muito bonita! — disse o guarda, aproximando-se das janelas levemente protegidas por finas cortinas que permitiam a quem estivesse dentro observar tudo que acontecia no pátio da casa ao lado. — Que sorte que tem uma vista tão boa — acrescentou, sorrindo, malicioso.

A mulher havia mandado fazer um banco corrido que ocupava toda a largura da janela, coberto com almofadas de vários tamanhos e diferentes tecidos que pareciam confeccionadas por ela mesma. Manuel observou que, ao lado do banco, havia um trabalho de crochê e uma cesta de costura, e, em cima, um gato gordo, certamente responsável por metade dos aromas da casa.

— Bem, não pense que sou fofoqueira, nem nada parecido. A vida dos outros não me interessa, mas gosto muito de costurar, fazer tricô, crochê, e a melhor luz que tenho fica aqui nessa janela, por isso, mesmo não querendo... — disse, dando de ombros.

— Claro — concordou Nogueira.

— Na verdade, tenho pena de Rosa María. Somos vizinhas há mais de quarenta anos e nunca tivemos um problema; mas seu sobrinho... seu sobrinho é outra coisa. Ficou órfão de pai e a mãe foi embora, e acho que, de tanto o amar, Rosa María o deixou malcriado — disse, severa. — Eu nunca quis fazer mal nenhum, mas poderia ter denunciado mil vezes os escândalos que já fez: antes, dia após dia, tínhamos gente gritando à porta, amigos que vinham aqui em plena madrugada para chamá-lo...

— E ultimamente? — perguntou Nogueira.

— Agora estamos em uma temporada bem tranquila; bem, isso sem contar o que aconteceu semana passada — disse a mulher, ciente de que o interesse de Nogueira crescia. — Não tem nada a ver com os escândalos que faziam antes, ou seja, não eram dependentes químicos nem nada assim.

— Conte — pediu Nogueira, galante, dirigindo-a até o banco e sentando-se ao seu lado.

— Pois então, Rosa María tinha me dito que o sobrinho estava muito bem e que havia começado a trabalhar com o tio no seminário.

Manuel a interrompeu.

— No seminário? O seminário de San Xoan?

— Não tem outro — respondeu a mulher, com frieza. — O prior superior do seminário é irmão de Rosa María e também do pai de Toñino. Não é a primeira vez que contratou o garoto para ajudar o jardineiro, pequenos trabalhos e consertos no convento, mas ele nunca durou muito em nenhum emprego, nem dessa vez — disse, maliciosa.

— Continue — incentivou Nogueira.

— Então, outro dia eu estava aqui fazendo tricô quando vi, assim como hoje vi vocês, um carro parar na entrada deles; desceu o prior do seminário. Ele não costuma vir muito por aqui, mas eu o tenho visto e o conheço. Bem, o caso é que começou a bater na porta chamando o sobrinho; Rosa María saiu e discutiram na entrada, mas ela não o deixou entrar e Toñino não saiu; ficou escondido atrás da saia da tia, discutindo de dentro da casa. Mas dava para ver que não se atreveria a sair.

— Quando foi isso?

— No sábado no comecinho da tarde. Depois do almoço.

Manuel olhou surpreso para Nogueira, mas era evidente que, por sua expressão, já havia notado que a tia de Toñino havia mentido. Podia ter feito isso simplesmente para poder registrar o boletim de ocorrência; não se admitiam denúncias antes de passadas vinte e quatro horas do desaparecimento de um adulto.

— Tem certeza absoluta de que isso foi no sábado, e não em outro dia, sexta-feira, por exemplo?

— Claro que tenho certeza, foi no sábado — respondeu ela, irritada.

— Conseguiu ouvir o que estava dizendo?

— Ouvi porque gritavam, não porque eu estivesse atenta à conversa dos vizinhos, nem nada parecido...

— Claro, mulher! — repetiu Nogueira, soando quase sarcástico dessa vez. De qualquer maneira, a inflexão escapou à idosa, que prosseguiu:

— O prior dizia: "Você não sabe com quem está se metendo, isso pode acabar comigo", e também disse: "As coisas não vão ficar assim".

— Tem certeza de que foi isso que ele disse?

A mulher o fitou, indignada.

— Foi exatamente como estou contando para você — respondeu ela, muito séria.

— O que aconteceu depois?

— Nada mais... O prior foi embora, e logo depois Toñino pegou seu carro e saiu. Até hoje.

CAVALHEIROS

O único sinal que delatava a existência do Vulcano era a lâmpada que iluminava o discreto cartaz acima de uma porta que se passaria facilmente como sendo de serviço caso ficasse em uma viela.

Havia caminhado seguindo Nogueira debaixo da chuva depois de estacionar a duas ruas de distância, em uma área de bares que em outra noite qualquer seria mais animada que naquela segunda-feira. Dois rapazes que fumavam na entrada do local, buscando a pouca proteção oferecida pela parede do edifício, se afastaram para deixá-los passar.

O decorador do Vulcano não havia se esforçado muito: paredes escuras cobertas por uma pretensão de pintura abstrata e fosforescente que refulgia sob as luzes de néon. Ainda assim, o local estava animado, e vários casais dançavam na pista improvisada em frente ao balcão. Nogueira deu uma olhada rápida no local, e decidido, avançou para um grupo de rapazes que bebiam cerveja diretamente das garrafas.

— Mas que coincidência, Richi está aqui!

O aludido se voltou bufando, com cara de raiva, enquanto seus amigos se afastavam depressa.

— Caralho, tenente, que susto!

Nogueira o fitou sorrindo como um lobo. Estava se divertindo com aquilo.

— Será que estava planejando aprontar alguma coisa...

— Não, claro que não — o garoto tentou sorrir. — Só não esperava encontrar com você por aqui.

Manuel calculou que tinha uns vinte e poucos anos, talvez um pouco mais, mas era evidente que explorava sua aparência infantil. De súbito, encontrou-se pensando que não sabia que aparência tinha Toñino.

Seria tão jovem? Teria aquele ar maléfico que parecia a tônica geral entre os michês? Sentiu enjoo.

Richi deve ter notado, porque perguntou:

— O que aconteceu com seu amigo?

— Não se preocupe com meu amigo, Richi. Se bem que seria uma novidade para você, já que você não se preocupa nem com os seus.

— Não sei o que quer dizer com isso — respondeu o garoto, evasivo.

— Quero dizer que seu amigo do peito, seu inseparável Toñino, está desaparecido faz uma semana, e você nem ao menos passou na casa dele para perguntar; e isso me leva a pensar que talvez saiba onde ele está e por que não aparece...

O garoto começou a responder.

— E não se atreva a mentir para mim — interrompeu Nogueira. — Você falou para a tia dele que ela não deveria se preocupar, então você vai me explicar no que seu amigo anda metido e por que não temos que nos preocupar.

Richi soltou lentamente todo o ar de seus pulmões antes de falar.

— Tenente, eu não sei de nada, okay? Só o que ele me disse.

Nogueira fez um sinal ao garçom, que colocou três garrafinhas de Estrella Galicia em cima do balcão; entregou uma a Manuel.

— Diga — pediu Nogueira, tirando-lhe a garrafa vazia das mãos e dando-lhe outra.

O rapaz bebeu um gole antes de continuar.

— Ele disse que a sorte dele tinha mudado e que tinha algo que ia garantir um bom dinheiro para ele.

— O que era?

— Não sei, ele não quis me contar.

— Não acredito — disse Nogueira, irritado.

— Eu juro, tenente, ele não quis me contar, mas falava sobre mudar de vida, abandonar tudo isto — disse, fazendo um amplo gesto para indicar o bar. — Tinha que ser coisa grande. Um dia antes de sumir ele disse que estava tudo pronto, por isso não achei estranho que ele desaparecesse.

— E quer que eu acredite que seu inseparável amigo do peito foi embora sem deixar nem uma migalha, sem nem ao menos comemorar com você?

O garoto deu de ombros com desalento.

— O que acha que somos, fuzileiros navais? Não temos nenhum código de honra nem nada parecido. Sim, somos amigos, mas aqui os amigos são assim, cada um cuida da sua vida. E, se surgisse uma boa oportunidade para cair fora daqui e esquecer tudo isto, acha que os outros não iriam? Eu iria.

— Ele disse se o que ia fazer estava relacionado com os marqueses?

— Está se referindo ao paço As Grileiras? — sorriu. — Não, não sei... Mas imagino que não, o tipo de negócio que ele tinha com esses aí era outro.

— Mas você disse que era algo grande. Chantagem? Talvez ele tenha ameaçado alguém dizendo que ia tornar público o que ele consumia ou talvez divulgar outros gostos de seus clientes...

— O quê? Está louco? Toñino não é bobo, e até a mais fina usa. Não se mata a vaca enquanto ainda dá leite.

Manuel pensou em Elisa correndo atrás de Samuel pelo jardim e nas palavras de Herminia: "O filho a salvou". Voltou a cabeça enojado, deixou a cerveja no balcão e foi para a saída. Nogueira o alcançou à porta.

— Ele não sabe de nada.

Saíram sob a chuva para a rua já deserta, voltando para o carro.

Ouviram-nos antes de vê-los.

— Ora, ora, veja o que temos aqui!

Ao se voltar encontraram dois homens sorrindo, fitando-os, parados no meio da calçada. Manuel notou um terceiro que havia saído de trás dos carros e lhes cortava o caminho por ali, dirigindo olhares nervosos à rua deserta. Ao longe, julgou ver as luzes azuis de um carro de polícia.

Reconheceu a voz do que havia falado quando falou de novo.

— Duas bichas que vão juntinhas para casa um comer o cu do outro.

Nogueira levantou a mão.

— Vocês estão enganados.

O que havia falado riu como se aquilo fosse muito engraçado. Os outros não o acompanharam, mas Manuel viu que o que estava na estrada os havia cercado, postando-se atrás.

— Está dizendo que estou enganado; talvez não vão dar o cu, então, preferem chupar o pau um do outro...

— Fique com o de trás — disse Nogueira.

— Vamos lá! — respondeu Manuel, pulando sobre o fulano atrás dele.

O sujeito não devia esperar uma reação dessas, porque recebeu em cheio o soco no olho esquerdo, cambaleou, enroscando o pé entre a calçada e um carro estacionado e perdeu o equilíbrio enquanto decidia se levava as mãos ao rosto ou se segurava para não cair. Mesmo assim, e de uma maneira quase instintiva, soltou um soco de direita que acertou, sem muita força, a orelha esquerda de Manuel. Os outros dois não tiveram tempo de atacar o guarda. Ficaram parados no lugar ao ver a arma que Nogueira apontava com ar de profissional.

— E agora? — perguntou Nogueira, sem deixar de apontar a arma para eles. — Quem é a bicha agora, hein, filhos da puta? O que vocês queriam, hein?

— Nogueira — avisou Manuel, indicando as luzes azuis que via se aproximar ao longe.

— Fora daqui, filhos da puta! — disse o guarda, colocando-se ao lado de Manuel e batendo o pé no chão como Herminia fazia para espantar o gato que montava guarda em frente à sua cozinha.

Os dois sujeitos ajudaram o que estava caído entre os carros e, praticamente arrastando o rapaz, se afastaram.

— E, se eu encontrar qualquer um de vocês por aqui de novo, vou enfiar a pistola no cu de vocês! — disse, gritando para os dois homens, que apertaram mais o passo.

Manuel e Nogueira seguiram seu caminho e viraram na primeira rua antes que o carro-patrulha passasse por eles.

Nogueira não disse nem uma palavra até que entraram no carro e ligou o motor.

— Como está?

Manuel se voltou para ele, surpreso. Parecia genuinamente preocupado. Levou a mão à orelha e, ao perceber o calor que emanava dela, decidiu não a tocar.

— Bem.

— E a mão? — disse o guarda, indicando o punho que Manuel ainda mantinha crispado.

— Bem; inchando um pouco, mas normal.

Nogueira bateu no volante com as duas mãos e exclamou:

— Muito bem, caralho! Belo soco você deu naquele babaca!

Manuel assentiu enquanto expirava lentamente e sentia a tensão nervosa percorrer seu corpo como uma criatura viva.

— Muito bem, Manuel! — repetiu o guarda, eufórico. — E agora vamos beber como dois vikings, caralho! Porque, não sei você, mas eu estou precisando.

— Boa ideia... — disse Manuel, que ainda tremia da cabeça aos pés.

Entraram pela persiana meio abaixada; quase não havia mais luzes acesas, e na maioria das mesas viam-se as banquetas viradas de pernas para cima. Atrás do balcão, um homem de meia-idade assistia a uma luta de boxe na televisão, enchendo de vez em quando o copo de dois bebedores impenitentes e de um sujeito que ficara enchendo a máquina de moedas durante todo o tempo que permaneceram ali. Beberam em pé no balcão os dois primeiros drinques; mas, com o terceiro, Nogueira indicou a mesa mais afastada, que ficava perto da porta dos banheiros abertos, que fediam a água sanitária. Manuel estava começando a ficar bêbado; sentiu o efeito calmante do álcool amortecer a latejante dor na mão, que, como havia previsto, havia começado a inchar. Nogueira, no entanto, parecia mais sereno a cada gole.

— Sinto muito pelo que aconteceu antes — disse, abalado.

Manuel o fitou, confuso.

— Está se referindo ao incidente na rua?

— Sim.

Manuel balançou a cabeça.

— Bem, você não teve culpa...

— Tive sim — interrompeu Nogueira. — A culpa é de todos que pensam assim, como aqueles babacas...

Manuel assentiu, compreendendo.

— Bem, então você tem culpa — disse, bem sério.

— Lamento — repetiu o guarda —, não sei por que as coisas são assim, mas o fato é que são — acrescentou, no mais puro estilo de filosofia alcoólica.

— Você está bêbado — respondeu Manuel, sorrindo.

Nogueira endureceu o semblante e ergueu um dedo, com o qual indicou:

— Posso estar meio bêbado, mas sei muito bem o que estou falando. Eu me enganei com relação a você, e, quando um homem comete um erro, o mínimo que pode fazer é reconhecê-lo.

Manuel o fitou também bem sério enquanto calculava quanto de verdade havia em suas palavras.

— E, não sei por quê, mas a verdade é que eu não tenho nenhuma razão para odiar os veados.

— Homossexuais — corrigiu Manuel.

— Os homossexuais... — concedeu Nogueira. — Você tem razão; entende o que eu quero dizer? É uma maldita maneira de falar; e, na verdade, eu o vejo tomando um café em um bar, em um bar "normal" — pontuou —, e não penso que você é homossexual.

— E se pensasse, e daí? — respondeu Manuel.

— Quero dizer que quem vê você assim não pensaria que você é...

— Mas eu sou, Nogueira, sou homossexual, sou desde que nasci; e que dê para "perceber" mais ou menos é uma questão irrelevante.

Nogueira negou com grandes gestos.

— Caralho, como é difícil falar com veado! O que quero dizer é que você é um bom sujeito, e sinto muito. — Ficou sério de novo. — Eu peço desculpas por mim e por todos os babacas do mundo que não têm a menor ideia de quem você é.

Manuel assentiu, sorrindo diante da inépcia do homem, e, aceitando a conversão de um homofóbico, ergueu seu copo.

— Um brinde a isso!

Nogueira bebeu um gole sem deixar de olhar para ele.

— Agora que já sabemos que você não é um veado de merda, é minha vez.

Manuel assentiu lentamente e esperou.

— Quero dizer que, às vezes, julgamos os outros sem conhecê-los; não posso exigir muito porque eu faço isso, como acabei de admitir... O que quero dizer é que eu não sou um filho da puta, Manuel.

— Ouça, Nogueira...

— Não, espera, deixa eu terminar. Outro dia, você disse que eu era um filho da mãe sem sentimentos, um sádico que se alegrava com o mal alheio.

— Às vezes dizemos coisas que...

— Você tinha razão — interrompeu. — Odeio a família Muñiz de Dávila. Amaldiçoo o ar que respiram desde a hora que me levanto até a hora que me deito, e até o último suspiro os amaldiçoarei.

Manuel o olhava em silêncio. Fez um sinal ao barman, que levou a garrafa e encheu os copos de novo.

— Deixe aí na mesa — pediu.

O homem ia protestar, mas Manuel lhe deslizou na mão algumas notas e o barman desapareceu de novo na escuridão.

— Meu pai também foi guarda civil. Certa noite chuvosa houve um acidente perto daqui, em um cruzamento de linha férrea; ele foi um dos primeiros a chegar. Estava ajudando a tirar os feridos de um carro quando o trem que ia em sentido contrário o atropelou. Morreu na hora. Minha mãe ficou viúva com três filhos. Eu era o mais velho de três garotos.

— Sinto muito... — murmurou Manuel.

Nogueira assentiu devagar, aceitando as condolências com a mesma tristeza que se houvesse acabado de perder o pai.

— Na época não era como agora; ela não conseguiria nos alimentar com o pouco que nos restou. Ela costurava muito bem, de modo que logo começou a trabalhar para o paço.

— Para As Grileiras?

Nogueira assentiu pesarosamente.

— Eram outros tempos. Mulheres como a marquesa mandavam fazer vestidos constantemente, para o dia a dia, para as festas; logo minha mãe começou a costurar para outras mulheres ricas; e em pouco tempo ela ganhava mais do que meu pai havia ganhado. Certa tarde, ela foi ao paço levar alguns vestidos que a marquesa tinha que experimentar. Às vezes nós a acompanhávamos e ficávamos fora brincando; por isso eu conhecia o jardim: passei muitas tardes ali com meus irmãos, esperando por ela. Mas, nesse dia, nós não a acompanhamos....

Manuel recordou o quanto lhe havia estranhado a expressão de Nogueira ao se referir ao jardim do paço: "realmente maravilhoso", havia dito.

— Mas a marquesa não estava em casa; todos tinham saído, menos o pai de Álvaro, que na época era um quarentão fascista e filho da puta como ele só.

Nogueira apertou os lábios, formando um riso cruel sob o bigode.

— Eu estava voltando da rua; estava jogando futebol e ralei o joelho. Quando entrei no banheiro, vi minha mãe lá. Ela estava vestida dentro da banheira. Sua roupa estava amassada e rasgada, recolhida na cintura, e ela estava sangrando... por ali. O sangue escorria por suas pernas e se misturava com a água no fundo da banheira. Achei que ela estava morrendo.

Manuel fechou os olhos e os apertou com força para evitar a imagem que já se formava em sua mente.

— Eu tinha dez anos, ela me fez jurar que não contaria aquilo para ninguém. Eu a ajudei a ir para a cama e ali ela ficou mais de uma semana. Durante esse tempo, eu cuidei dela e dos meus irmãos, que eram muito pequenos e não entendiam o que estava acontecendo.

— Pelo amor de Deus, Nogueira! — murmurou Manuel. — Você era tão pequeno...

Nogueira assentiu lentamente. Seus olhos estavam longe, anos longe dali, em outra noite.

— Certa tarde, o carro da marquesa parou diante de nossa casa. O motorista trouxe um grande cesto até a porta, cheio de comida, biscoitos, chocolate, presunto, coisas que nós não costumávamos ter. Lembro que meus irmãos riam como se fosse Natal. A marquesa entrou no quarto de minha mãe e ficaram muito tempo conversando. Quando saiu, ela deu uma moeda para cada um de nós, e minha mãe disse que ia continuar trabalhando para ela, mas que não voltaria ao paço. A partir desse momento, o motorista buscava e levava os vestidos para as provas, e de vez em quando chegava uma daquelas cestas e outra cheia de toalhas e lençóis, roupa de cama luxuosa do enxoval do paço. Minha mãe foi uma mulher muito valente, Manuel.

— Teve que ser — concordou Manuel —, muito valente...

— Ela criou a mim e a meus irmãos e nunca se queixou; fez a única coisa que podia fazer, mas nunca cedeu. Ela não cedeu, Manuel.

Manuel o fitou sem compreender.

— Ela faleceu há dois anos, bem velhinha — sorriu levemente. — Quando já estava ruinzinha, quase morrendo, ela me mandou abrir um guarda-roupa enorme que havia em seu quarto. Ali, dobrados com todo o cuidado, estavam os lençóis e as toalhas bordadas com o emblema dos Muñiz de Dávila. O armário estava cheio do chão até quase o teto. Mas, sabe de uma coisa? Nem uma única vez em todos aqueles anos ela havia usado nem um único daqueles lençóis tão finos. No dia em que a enterramos, quando voltamos do cemitério, fiz uma fogueira no quintal e queimei todos eles. — Nogueira começou a rir. — Ainda posso ouvir os gritos de minhas cunhadas me chamando de selvagem!

Manuel o acompanhou rindo, e durante um tempo ficaram gargalhando.

— Nas ceias de Natal elas ainda me lembram disso! Filhas da mãe!

Parou de rir subitamente, levantou-se e fez um sinal em direção à porta.

— Eu nunca contei isso para ninguém; nem para os meus irmãos, nem para a minha esposa — disse, caminhando para a saída.

Nogueira não disse uma só palavra no trajeto entre o bar e a pensão. Não era necessário; Manuel sabia exatamente como se sentia; e recordou por que nos confessionários há uma grade que separa o confessor do pecador. À falta de grade, ficou em silêncio, concentrado em seu próprio reflexo que a escuridão externa refletia no vidro da janela. Quando o carro parou em frente ao hotel, Manuel perguntou:

— Você vai ao seminário amanhã?

— Sim. Não sei se você sabe, mas o pároco me disse que o terreno que o convento ocupa era dos marqueses, e agora seu.

— Se quiser que o acompanhe...

— Ainda estou pensando em como encarar isso. O prior e eu somos velhos conhecidos, e corro o risco de ele ligar para a delegacia e me meter em sérios problemas se eu o provocar. *"Con la Iglesia hemos topado"*, como disse Dom Quixote. Acho melhor eu ir sozinho e guardaremos sua visita caso seja necessária mais para a frente. O fato de você ser o proprietário da terra lhe dá certo valor, mas eu calaria a boca desse pássaro. Veremos como resolver isso, se necessário.

Manuel desceu do carro e pegou Café, profundamente adormecido, no colo.

— Manuel — chamou Nogueira de dentro do veículo.

Havia algo estranho em sua voz. Hesitou antes de continuar:

— Minha mulher quer que você vá jantar lá em casa.

Manuel sorriu, surpreso.

— Eu?

— Sim, você — Percebia-se o desconforto na voz de Nogueira. — Não sei do que estávamos falando e surgiu seu nome; eu mencionei que conhecia você, e tanto minha filha mais velha quanto minha mulher leram seus livros e querem muito conhecer você... Eu já falei para elas que você certamente não vai poder ir...

— Aceito — disse Manuel.

— O quê?

— Sim, irei jantar com sua família. Irei adorar conhecer sua mulher. Quando?

— Quando? Acho que amanhã.

Manuel ficou no meio do estacionamento vendo o carro de Nogueira se afastar. Beijou a cabecinha áspera de Café e entrou na pensão sorrindo; precisava escrever.

DE TODO LO NEGADO

Uma a uma, foi abrindo as gavetas da cômoda, só para comprovar que estavam vazias. No imenso guarda-roupa, as poucas camisas que Álvaro havia levado estavam perfeitamente passadas nos grossos cabides, que oscilaram, perdidos, no interior, provocando um perturbador efeito de vida com seu movimento. Sentiu o impulso de tocá-las, de acariciar o suave tecido, de permitir que as pontas de seus dedos buscassem a presença errante de seu dono.

CONTROLE DE DANOS

No mosteiro de San Xoan, conhecido em toda a comarca como "o seminário", havia anos não se exercia a docência. A parte anteriormente utilizada para o alunado havia se transformado em uma hospedaria destinada ao turismo sacro e aos retiros espirituais, o que o tenente Nogueira julgava ser uma estupidez sem tamanho. Para ele, férias não tinham muito sentido se não pudesse se deitar ao sol com uma cerveja bem gelada em cima da barriga.

Nogueira havia ligado para o prior para avisar que passaria para "fazer uma visita". Mesmo ao telefone havia sido possível notar a hesitação e o nervosismo do homem, que insistira em perguntar de que se tratava, curioso.

"É um assunto meio delicado e prefiro conversar pessoalmente", esquivara-se Nogueira, satisfeito com sua estratégia.

Um frio "como preferir" havia encerrado a conversa, mas a presença expectante do prior que esperava na entrada principal revelava sua impaciência. O tenente desceu do carro e notou que o sacerdote mal podia se conter para esperá-lo diante do portão que levava aos jardins, à entrada da igreja e ao acesso ao convento. Depois dos cumprimentos de cortesia, Nogueira o acompanhou até seu escritório sem que o prior o detivesse para, como era seu costume, fazê-lo reparar na beleza do lugar. Ao entrar em suas dependências lhe ofereceu um café, que Nogueira aceitou, e se sentou atrás de sua mesa monástica.

— Me diga como posso ajudá-lo, tenente.

Nogueira bebeu um gole de café e ficou alguns segundos admirando um retrato pendurado sobre a lareira, na parede lateral. A seguir, quando parecia que faria qualquer comentário sem importância, voltou-se para o pároco e disse:

— Na segunda-feira passada, sua irmã registrou um boletim de ocorrência na delegacia pelo desaparecimento de seu sobrinho.

Nogueira observou a reação no rosto do pároco, que não se alterou; mas, transcorridos alguns segundos, diante do silêncio estoico de Nogueira, optou por assentir moderadamente. O tenente o pressionou.

— O senhor já sabia... desde quando?

— Sim, minha irmã me ligou e me contou, na terça-feira, eu acho...

— E?

O pároco se levantou, acompanhando seu gesto de um forte suspiro, e se dirigiu à janela.

— Se a sua dúvida é se fiz algo a respeito disso, a resposta é não. Lamento dizer que nosso sobrinho já nos deu desgostos suficientes, de modo que qualquer coisa que faça não me causa mais espanto.

— Eu entendo — disse Nogueira —, mas sua irmã disse que, apesar de todos os seus defeitos, ele tem consideração por ela e sempre liga quando vai chegar tarde.

— Minha irmã mimou esse garoto. Não é de estranhar que ela o justifique e defenda...

— Como no sábado, quando você foi até a casa dela?

A expressão no rosto do prior quando ele se virou era de surpresa, talvez até de alarme.

— Ela contou isso pra você?

— Não. Foi uma vizinha que viu vocês discutindo aos gritos.

O prior fingia ajeitar os vasos, girando-os para a luz.

— Por que discutiram?

— É um assunto particular, coisas de família, sem importância...

— Bem, a vizinha "declarou" — disse Nogueira, acentuando a palavra e fingindo ler anotações em sua caderneta — que o senhor parecia muito irritado, que estava cobrando algo dele, e o ouviu claramente dizer que aquilo podia acabar com o senhor e que as coisas não iam ficar assim.

O prior, vermelho de indignação, voltou-se para o guarda.

— Essa tagarela deveria cuidar da própria vida.

— O senhor tem razão, ela é realmente uma mulher bastante desagradável, mas uma testemunha muito confiável. O senhor entende que preciso perguntar... Pelo visto, seu sobrinho estava realizando alguns trabalhos aqui; então, o senhor aparece na casa dele furioso no mesmo dia em que o garoto desaparece.

— Não sei o que está insinuando, tenente, mas não estou gostando.

— Não estou insinuando nada, prior; de fato, estou tentando fazer um favor à sua família, porque sua irmã não para de ligar para o quartel — mentiu — para perguntar o que estão fazendo para encontrar Toñino. Se ela continuar insistindo, no fim alguém vai se preocupar...

O rosto do prior ia se descompondo enquanto empalidecia. Quando voltou a falar, sua voz era um sussurro praticamente inaudível.

— Antônio pegou algo em meu escritório. Não é a primeira vez que ele rouba, mas isso o senhor já sabe.

— O que ele levou?

O prior pensou alguns segundos.

— Dinheiro... — respondeu.

Era evidente que estava mentindo.

— O senhor deve ter feito boletim de ocorrência...

Novamente ele teve que pensar na resposta.

— Tenente, ele é meu sobrinho. Não quero causar um desgosto à minha irmã.

— Entendo, mas se o senhor teve conhecimento de que seu sobrinho cometeu um delito roubando dinheiro do seminário...

— Era meu dinheiro, ele pegou da minha carteira.

Nogueira deixou passar seis segundos antes de responder.

— E era isso que podia acabar com o senhor se alguém ficasse sabendo? Isso é que não podia ficar assim? Não sei quanto dinheiro o senhor costuma levar na carteira, mas...

— Aquela fofoqueira está enganada. O que eu disse foi: "Você vai acabar comigo". Estava me referindo aos desgostos que meu sobrinho me dá.

— Certo... — respondeu Nogueira, voltando-se para olhar o quadro que havia visto ao entrar.

— Vejo que conserva o retrato do velho marquês.

O pároco pareceu desconcertado com a observação, mas logo replicou.

— Ele foi um grande benfeitor deste centro. Sua família continua sendo...

— É mesmo? — Nogueira fingiu se interessar.

— O convento todo está edificado sobre suas terras.

Nogueira mudou de assunto, atento à sua reação.

— Como sabe, o filho dele faleceu.

O pároco baixou o olhar um segundo antes de responder.

— Ah, sim! Uma desgraça terrível.

— Acho que ele estudou aqui quando era pequeno...

— Sim, como todos os seus irmãos; mas ele não estudou aqui durante muito tempo.

Nogueira caminhou até a porta, dando tempo para que o homem relaxasse; então, voltou-se e disse:

— Álvaro Muñiz de Dávila esteve aqui no sábado passado?

Pela reação do prior, parecia que ia ter um ataque.

— No sábado... não, não esteve aqui...

— Mas ligou para cá.

— Não.

— Consta no registro de chamadas dele.

O padre levou dois dedos na ponta do nariz.

— Ah, sim, perdão, tem razão, eu tinha me esquecido disso. Ele ligou, mas falamos muito brevemente.

Nogueira ficou parado onde estava olhando-o em silêncio; sabia que o homem se sentia suficientemente comprometido para dar uma explicação sem que a pedisse.

— Queria que eu o ouvisse em confissão — chegou a explicação. — Eu propus alguns horários diferentes, mas ele não podia, e, no fim, adiamos.

Nogueira não respondeu. Abriu a porta bem devagar e saiu, demorando-se o máximo possível. Ainda se voltou para olhá-lo uma vez; tinha certeza de que o homem teria um ataque.

— Não precisa me acompanhar — disse ao se despedir.

Foi até a porta do convento; respirou o ar carregado de umidade e acendeu um cigarro.

Um frade que passeava pelo caminho de paralelepípedos com as mãos às costas se aproximou, sorridente.

— Eu tive esse vício durante muitos anos, mas já faz algum tempo que parei, e, desde então, até a comida tem gosto melhor.

— Eu deveria fazer o mesmo — respondeu o guarda, unindo-se ao lento passeio rumo à saída —, mas é tão difícil...

— Faça como eu: reze pedindo forças, e Deus irá ajudá-lo.

Enquanto caminhavam, passaram pela porta aberta da garagem, onde havia vários carros. Nogueira desviou o olhar para o interior.

— E o senhor acredita que Deus tem tempo para essas coisas?

— Deus tem tempo para todas as coisas, as grandes e também as pequenas.

O celular do frade tocou.

— Com licença — disse enquanto atendia.

Nogueira fez um sinal para tranquilizá-lo e colocou a cabeça na entrada da garagem. Dentro havia um pequeno trator, uma moto de baixa cilindrada, um Seat Córdoba cinza 1999 e uma caminhonete curta branca com um amassado no para-lama dianteiro. Voltou-se para perguntar ao frade e viu que sua expressão havia mudado. Enquanto atendia a chamada, olhava para a janela do segundo andar, por trás da qual se encontrava o prior, que observava Nogueira enquanto segurava seu telefone na orelha. Através da janela e na distância os dois homens se entreolharam. O frade desligou e, dirigindo-se à entrada da garagem, alcançou a porta e a baixou até quase fechá-la totalmente.

Quando se voltou para o guarda, não restava rastro de simpatia em seu semblante. Apenas disse:

— Eu o acompanho até a saída.

Manuel notou a hesitação na voz de Nogueira assim que pegou o telefone. Já esperava por isso. Lucas lhe havia falado disso, e ele mesmo o havia experimentado: com muita frequência, depois de uma confissão vem a vergonha, o arrependimento, não pelo fato confessado, mas sim porque é impossível evitar a suspeita de nos havermos precipitado, de termos confiado na pessoa errada e exposto uma parte de nossa vida, que, mesmo sendo um fardo, tinha o poder de nos fortalecer enquanto fosse secreta. E supunha que, superado o momento alcoólico de exaltação da amizade, o tenente se arrependeria um pouco de ter lhe contado a verdade, e totalmente de tê-lo convidado para ir à sua casa.

Manuel decidiu evitar o assunto e perguntou com naturalidade:

— Como foi no seminário?

Quase pôde perceber do outro lado da linha o alívio de Nogueira, que respondeu à pergunta em seu mais puro estilo dualista.

— Depende do ponto de vista.

Manuel sorriu escutando, paciente.

— O prior não quis me dizer nada, mas negou tanto que acabou revelando muitas coisas. Disse que se irritou com o sobrinho porque ele pegou dinheiro de sua carteira, mas acho que mentiu. Não demonstrou nenhum tipo de preocupação a respeito do paradeiro do rapaz, quase como se achasse normal que tenha desaparecido. Mas o mais interessante foi quando insinuei que talvez Álvaro tivesse ido até o seminário falar com ele; o pároco negou e também negou que Álvaro houvesse ligado. Mas, quando eu disse que tínhamos os registros, ele de súbito recordou que sim, que havia ligado, segundo ele para se confessar. Mas, no fim, não marcaram.

— Não acredito. Lucas me disse que Álvaro não se confessava, pelo menos não segundo o ritual católico — objetou Manuel. — Falarei com ele de novo.

— Há algo mais. Ao sair, vi um veículo branco com uma batida no para-lama dianteiro direito, que poderia combinar com a que vimos no carro de Álvaro. Quase me expulsaram quando tentei vê-lo de perto.

— E o que você sugere que façamos agora?

— Acho que pode ser uma boa ideia você tentar, mas não pressionando. Pensei uma coisa, posso explicar melhor depois do jantar, vamos ver o que você acha...

Pelo menos o jantar continuava de pé. Mas tornou a notar a hesitação de Nogueira.

— Manuel, eu não liguei só por isso... Queria avisar uma coisa para você antes que venha à minha casa.

— Espero que não vá dizer que sua esposa cozinha muito mal — brincou Manuel, para suavizar o assunto. — Já estava animado para comer uma boa comida caseira.

Do outro lado da linha, Nogueira riu aliviado.

— Não, não é isso, minha esposa cozinha muito bem. Na verdade, é uma excelente cozinheira. Mas nossa relação não está passando por seu melhor momento, e talvez você perceba certa tensão entre nós.

— Eu compreendo, não se preocupe — disse Manuel, tentando evitar que ele se estendesse em uma explicação que lhe era evidentemente desconfortável.

— E também com minha filha mais velha... você sabe, ela é adolescente, vai fazer dezessete anos, e ultimamente andamos meio tensos. Este ano zerou em sete exames, vai repetir o ano, e não vi a menina pegar em um único livro durante todo o verão. Eu brigo com ela e minha mulher a defende... Sempre acabamos discutindo.

— Eu imagino.

— E também tem o rapaz.

— Achei que você só tivesse duas meninas.

— O rapaz é o namorado de Xulia — bufou. — Imagino que ele também estará no jantar, está sempre em casa. É mais forte que eu, não o suporto, e tenho certeza de que para minha mulher é difícil também. Mas ele está sempre por aqui enchendo o saco com sua cara de imbecil.

Manuel sorriu enquanto imaginava a tortura que devia ser para Nogueira a presença do garoto.

— Posso imaginar.

— Não pode, acredite.

Manuel olhou mais uma vez para Café antes de apertar a campainha.

— Comporte-se, garoto — disse.

Café o fitou de lado, como se a advertência o ofendesse. Unido ao som do carrilhão que se extinguia dentro, chegaram aos ouvidos de Manuel a algazarra e os gritos de uma aguda voz infantil. Uma menina de uns oito anos abriu a porta.

— Olá, eu sou Antía — cumprimentou. — Estávamos esperando você — disse, tomando-lhe a mão e o arrastando para dentro. — Ah, você tem um cachorrinho! — acrescentou ao reparar no pequeno Café, subitamente perdendo todo o interesse em Manuel. — Posso tocá-lo? Ele gosta de crianças?

— Sim — respondeu Manuel —, acho que sim, não sei — admitiu, impressionado com o ímpeto da menina.

— É Manuel, ele trouxe flores e vinho, e tem um cachorro — gritou a menina no corredor.

Nogueira apareceu na porta da cozinha e o livrou do vinho, conduzindo-o para dentro. Uma mesa grande reinava no meio do aposento. Em frente ao fogão, uma mulher de cerca de quarenta e cinco anos, muito bonita, morena e com seus longos cabelos presos em um rabo de cabelo, tentava se desembaraçar de um avental que escondeu às costas antes de avançar para ele sorridente e estender-lhe a mão.

— Manuel, esta é Laura, minha esposa. Já conheceu Antía, a menina que o atacou na porta, e esta — disse, voltando-se para uma jovem que Manuel não havia visto ao entrar — é minha filha mais velha, Xulia.

A garota, muito bonita, era a versão adolescente da mãe. Ela usava o cabelo solto e lhe ofereceu uma mão firme acompanhada de um olhar obscuro que o fez recordar o de seu pai.

Manuel deu as flores a Laura.

— São para a senhora.

— Oh, por favor, pode me chamar de você. São lindas, mas não precisava ter se incomodado — respondeu, mas sorria encantada e quase ninava as flores em seus braços. — Adorei — disse, olhando brevemente para seu marido —, e também seus livros — acrescentou, corando um pouco e provocando a imediata admiração de Manuel e o espanto de Nogueira.

Antía entrou na cozinha, trazendo Café no colo.

— Ah! Peço desculpas, não tinha onde deixar o cachorro. Mas se for muito incômodo posso deixá-lo no carro — desculpou-se Manuel.

— Não, por favor — rogou a pequena.

— Não se preocupe, adoro cachorros — disse Laura.

Manuel dedicou um breve olhar ao garoto que presidia a mesa. Parecia alheio ao que acontecia ao seu redor e não havia tirado os olhos da tela do celular.

— É Álex, namorado de Xulia — indicou Nogueira, apontando para ele com o queixo.

— Amigo — corrigiu a garota, provocando de novo o desconcerto de Nogueira e nenhuma reação por parte do garoto.

Manuel imaginou sem dificuldade por que o rapaz tirava Nogueira do sério; para um homem temperamental como o tenente, ter que suportar a presença zumbi do garoto devia ser intolerável.

Nogueira se distraiu abrindo o vinho enquanto Laura ia indicando onde deviam se sentar.

— Álex, querido — disse, dirigindo-se ao garoto sentado à cabeceira —, sente-se ao lado de Xulia e deixe esse lugar para Andrés.

Manuel os olhou com estranheza, ciente da tensão no ar.

— Mas eu sempre me sento aqui — resmungou o aludido.

— Mas hoje não — respondeu a anfitriã, impávida.

O adolescente se levantou com explícita má vontade e se largou duas cadeiras além.

Nogueira ocupou o lugar à cabeceira da mesa. Manuel se deu conta de que era a primeira vez que ouvia seu primeiro nome. O tenente não havia mentido: Laura era uma excelente cozinheira. Manuel comeu como não comia havia muito tempo, curtindo a conversa e a presença da família, a alegria da comida exposta em excesso, de aparência e cheiro tão atrativos, com a generosidade excessiva das mesas galegas que aquela mulher carregava em sua essência e da qual se orgulhava. Falaram muito de seus livros, de seus inícios, de como havia começado a escrever e de literatura. Laura era uma grande leitora de seus livros favoritos, dos autores indispensáveis. Manuel observava como ela olhava para os dois.

— E me diga, Manuel, como foi que você conheceu Andrés? Ele não quis nos contar nada.

Manuel olhou para o tenente, que aproveitou para se levantar e abrir outra garrafa de vinho.

— Bem, ele não disse nada porque pedi que ele fosse discreto — disse Manuel, ciente do efeito que suas palavras teriam.

— É por causa do novo livro — exclamou Xulia, trocando um olhar cúmplice com sua mãe e voltando-se entusiasmada para Manuel —, não é?

— Bem... Por enquanto é segredo; vocês entendem, não é?

— Claro! — afirmaram as duas, encantadas.

Manuel viu os olhares simpáticos que ambas dirigiram a Nogueira e se sentiu bem.

— Então, seu novo livro será ambientado aqui, na Ribeira Sacra? — insistiu a garota.

Manuel sorriu, evasivo.

— Isso ainda não está decidido, estou em uma fase bem preliminar, conhecendo lugares, fatos; e seu pai tem me ajudado muito em tudo isso.

— Por favor, perdoe minha filha — disse Laura, sorrindo. — Eu o acompanho desde o início, mas Xulia descobriu seus livros há pouco mais de um ano, e em pouco tempo leu todos; acho que está entusiasmada.

— Ah! Obrigado, Xulia. Você lê outras coisas?

— Uns trinta e cinco livros por ano, especialmente romance policial e histórico, mas os seus são os meus preferidos.

Nogueira explodiu.

— Bem, devem ser romances, porque nos livros do colégio ela não põe nem a mão — disse, provocando uma expressão de ira na garota e uma risadinha estúpida de Álex, que continuava concentrado em seu celular.

Laura lançou um olhar de censura a seu marido e se levantou para retirar os pratos sujos e substituí-los pelos de sobremesa. Nogueira foi ajudá-la.

— Xulia quer ser escritora — disse Laura, pondo diante de Manuel uma bandeja com pedaços de queijo, marmelada e bolo.

Ele olhou interessado para a garota, que havia corado enquanto assentia. O adolescente do celular bufou, debochado, escorregando na cadeira até ficar com o queixo à altura da mesa.

Nogueira o fitou, desgostoso, mas dirigiu-se novamente à sua filha quando falou.

— Essa sim que é boa! E como você pretende ser escritora com as notas que tira?

Laura, que havia se sentado de novo ao lado de Manuel, observava impassível a crescente irritação de seu marido, como se calculasse quanto tempo levaria para explodir.

— Ora, papai, não comece! — respondeu a garota, contrariada.

E, ignorando o pai, Xulia se dirigiu a Manuel:

— Este ano me distraí um pouco nos estudos — disse, baixando a cabeça em um gesto que Manuel teve a impressão de ser ensaiado —, e vou repetir. Mas, a partir de agora, vou levar a sério.

— A partir de agora... — repetiu Nogueira —, é o que vem dizendo o ano todo. E o que você fez? Reprovou em todas as matérias.

— Exceto literatura — objetou a garota.

O adolescente ao seu lado começou a rir, e Nogueira se voltou para ele:

— Posso saber do que está rindo? — perguntou, irritado.

O garoto levantou o dedo e apontou para Xulia com desdém.

— Escritora? — disse, rindo novamente. — O pessoal do grupo vai morrer de rir quando eu contar pra eles.

Xulia corou, mas Manuel percebeu que não era de vergonha. Ela levantou a cabeça, muito digna e calma, e se voltou para o garoto:

— Álex, por que você não vai para sua casa e conversamos mais tarde? — disse, autoritária.

— O quê? — respondeu ele, aturdido. — Achei que íamos sair... Hoje a orquestra Panorama vai tocar em Rodeiro — disse, mostrando-lhe a tela do celular.

— É Orquestras de Galícia — explicou Antía a Manuel, que olhara para a tela sem entender nada.

Manuel deu de ombros.

— Orquestras de Galícia — explicou a pequena — é um aplicativo de celular para saber onde as orquestras tocam cada dia.

Nogueira juntou-se à explicação:

— Só pensam nisso; passam o verão inteiro perseguindo orquestras de cidade em cidade, de uma freguesia a outra, mas estudar que é bom...

— Papai! — gritou Xulia, mas imediatamente se voltou para o garoto e repetiu: — Álex, você ouviu o que eu falei. Vá para casa e conversaremos amanhã — sentenciou, com a frieza que Manuel soube que havia herdado de seu pai e que lhe recordou o tom com que o havia ameaçado levá-lo à montanha e dar-lhe um tiro.

— Mas... ainda não comi a sobremesa — objetou o adolescente, olhando para o prato.

— Caia fora, Álex! — ordenou Xulia.

Laura se levantou, pegou no armário um pedaço de papel-alumínio, embrulhou uma fatia de bolo e a entregou ao garoto, que o aceitou emburrado e se dirigiu à saída sem se despedir. Quando a porta se fechou atrás dele, a garota mais velha, que não havia desviado o olhar do garoto nem por um instante, voltou-se novamente para Manuel; mas foi a pequena quem falou:

— Desculpe, o coitado não é muito esperto: uma vez, grampeou a barra da calça no tornozelo.

Xulia não viu muita graça no comentário e deu uma cotovelada na irmã. Manuel observou o semblante contido das duas e sorriu levemente.

— Grampeou a calça no tornozelo?

Xulia o fitou enquanto em seu rosto ia se formando um sorriso, até que caiu na risada e contagiou os outros.

Referendada pelos risos, Antía prosseguiu:

— É sério. A calça era tão comprida que arrastava no chão; então, ele pegou meu grampeador, sem pedir — apontou, levantando o dedo, o que também fez Manuel recordar Nogueira —, e tentou prender a barra; e, no fim, acabou grampeando a calça no tornozelo.

Comeram a sobremesa animados por outras histórias sobre Álex. Laura serviu o café e um perfumado licor de *orujo*. Manuel observava o sorriso contido que se formava sob o bigode de Nogueira, refestelado à cabeceira da mesa, e o modo como sua esposa havia conduzido o jantar, deixando que cada um ocupasse seu lugar, administrando as tensões ao redor de um homem a quem torturava, mas que, tinha certeza, ainda amava.

— Se quiser, podemos nos encontrar outro dia — disse Manuel, dirigindo-se a Xulia —, e eu posso lhe dar uma lista de leituras adequadas para uma futura escritora, bem mais interessantes que meus livros. Mas o importante é você estabelecer um objetivo.

Xulia sorria, encantada com suas palavras. Manuel viu de soslaio os lábios torcidos sob o bigode de Nogueira.

— Qualquer um pode passar por um período ruim, ficar disperso e distraído, como se não encontrasse razões para continuar — prosseguiu Manuel, olhando para Xulia e para Nogueira.

Escutava sua própria voz como se proviesse de muito longe; era um discurso que continuava tão válido como sempre, mas que nos últimos dias ele mesmo havia esquecido.

— Está vendo? — disse ela, dirigindo-se ao pai.

— O que não podemos permitir é que a situação se perpetue e isso se transforme em um modo de vida — concluiu Manuel.

— Está vendo? — disse Nogueira a sua filha.

Xulia olhou para seu pai e assentiu lentamente.

Eram duas da madrugada quando Manuel se despediu de Laura e de Xulia na porta da casa.

Antía havia adormecido ao lado de Café no sofá, e Manuel notou que o cão fazia corpo mole quando disse que iam embora, como se algo o retivesse ali. Não foi difícil entender. A atmosfera fria do exterior, com uma névoa que se fechara fazendo com que a temperatura baixasse consideravelmente, havia transformado a luz dos postes da rua em fantasmagóricos dervixes, que, como integrantes de uma sacra companhia, arrastavam suas dores pelos caminhos. A promessa de solidão da noite convidava a voltar para o interior acolhedor, a aceitar outro café em volta da mesa, outro cálido abraço com o qual Laura se despedira, arrancando-lhe sem esforço a promessa de voltar.

Nogueira havia se adiantado e o esperava perto do carro, que Manuel havia estacionado fora do terreno da casa, sob uma daquelas poças de luz alaranjada que os postes projetavam. Pôs Café no banco e, prevendo a conversa que ainda teriam, resgatou o casacão de Álvaro da parte de trás do carro e o vestiu. Nogueira não o havia acompanhado até ali por cortesia; mesmo assim, Manuel se antecipou.

— Obrigado pelo convite.

Nogueira dirigiu um olhar para a casa difusa pela névoa, e Manuel teve certeza de que estava se certificando que sua esposa não o visse acender o cigarro que havia adiado durante horas. Deu uma profunda tragada e a fumaça desenhou espirais azuis enquanto subia para a luz na fria noite da Ribeira Sacra, em que se sentia a presença úmida e poderosa dos rios, apesar de estarem a vários quilômetros dali.

Nogueira assentiu sem parar de fumar, fazendo um gesto despretensioso.

— Laura é encantadora — disse Manuel, olhando-o nos olhos.

O tenente deu uma tragada profunda no cigarro e soltou a fumaça com força acima de sua cabeça, sem parar de observá-lo.

— Deixe estar — advertiu.

— Eu não disse nada, Noguei...

— Deixe estar — interrompeu o guarda.

Manuel suspirou e deixou o ar sair lentamente.

— Como quiser. De qualquer maneira, obrigado, foi um jantar muito agradável.

Nogueira assentiu, satisfeito por sua vitória. Mas Manuel não havia se rendido.

— E eu não me preocuparia com uma garota que lê trinta e cinco livros por ano. Acho que você sabe o que está acontecendo. Ela puxou a inteligência da mãe e os colhões do pai.

Nogueira virou-se para a rua, e, embora estivesse sério quando se voltou, Manuel teve certeza de que havia sorrido.

O guarda tirou um envelope do bolso interno de seu casaco.

— São os documentos que você me entregou; já os analisamos. Foi uma sorte o Álvaro ter guardado todos os recibos, pois nos permitiu estabelecer um mapa bastante fiável de seus movimentos no último dia.

Manuel assentiu sem dizer nada. Os comprovantes que Álvaro preferia em vez de fazer as compras no cartão, onde seriam facilmente rastreáveis, o outro celular, o GPS portátil... pequenos detalhes que, somados, delatavam, talvez, a intenção de apagar suas pegadas.

— Já sabíamos, pelos registros do celular, que a chamada ao seminário foi feita às onze horas e dois minutos da manhã, e calculamos que ele deve ter chegado lá cerca de meia hora mais tarde. Há um recibo do posto de combustível de San Xoan, onde provavelmente ele parou na volta, depois de sair do convento. Indica doze e trinta e cinco. É uma pena que a investigação não seja oficial; apenas uma semana se passou, e ainda poderíamos conseguir as imagens do posto, além de ser muito provável que o frentista se lembre do carro; não é um modelo muito comum. Só os moradores abastecem nessa área, e ele poderia se lembrar de um forasteiro. Se bem que isso não provaria que ele esteve no seminário. Se o prior negasse, continuaria sendo sua palavra contra nossa conjectura.

Nogueira lhe entregou o envelope.

— Isso estava com os documentos que você me deu. Não são relevantes para a investigação, e imagino que o testamenteiro deve estar sentindo falta deles, são assuntos relativos à vinícola...

Manuel os tirou do envelope, folheou-os por cima e os guardou de novo.

— Por que o prior está mentindo?

Nogueira o fitou interessado, e durante alguns segundos pareceu pensar.

— Por que o prior está mentindo, por que a irmã dele está mentindo, por que as pessoas mentem... Quem sabe? Às vezes para encobrir um crime ou para obter ajuda, outras para esconder uma bobagem vergonhosa de admitir. Mas há elementos de sobra para suspeitar: há uma transferência de tinta branca no carro de Álvaro, e, no seminário, uma caminhonete branca com uma batida no para-lama. O fato de ainda não terem levado o carro para a oficina dez dias depois é tão suspeito quanto o interesse que eles têm em ocultá-lo; e toda essa merda do sobrinho... não acredito que ele pegou dinheiro do prior; é um viciado, claro que eles roubam dinheiro. Deixar uma carteira a seu alcance é praticamente um convite para que o rapaz a leve; mas os fatos são que Álvaro ligou tanto para o sobrinho quanto para o prior, e quase com toda a probabilidade Álvaro esteve no seminário para falar não sabemos de quê, mas de algo suficientemente importante para ter sido a primeira coisa que fez assim que chegou de Madri em uma viagem que não estava programada.

Manuel assentiu sob o peso daquelas palavras. Nogueira acendeu outro cigarro, aspirou profundamente e prosseguiu, enumerando com os dedos.

— Algumas horas depois, o padre aparece furioso na casa de sua irmã e do garoto, que disse a seu amigo que tem algo nas mãos que poderia resolver sua vida, mas está tão assustado que nem sai à porta enquanto seu tio grita: "Isso pode acabar comigo". E, quando o pároco vai embora, Toñino pega o carro e desaparece, e tudo no dia em que Álvaro foi assassinado.

Nogueira ficou em silêncio; Manuel pensou que quase podia escutar seu cérebro crepitando sob os impulsos elétricos dentro daquela enganosa cabeça de touro.

— O que você acha? — murmurou Manuel.

— A única coisa que eu acho é que isso está ficando cada vez mais complicado, e teremos que começar a desenrolar essa história de algum lugar.

— Você disse ao telefone que havia tido uma ideia.

— Sim; eu já tinha pensado nisso antes, mas agora, vendo a reação de minha mulher e de minha filha, tenho plena certeza de que vai dar certo.

— O que quer dizer com isso?

— Que nem o prior nem nenhum dos frades vai abrir a boca se perguntarmos diretamente para eles.

— E?

— Você é um escritor famoso.

— Bem...

— Sim, você é famoso; eu não o reconheci porque não leio essas coisas, mas as pessoas o reconhecem; basta ver como minha mulher e minha filha reagiram; e um colega me disse que o capitão pediu para você autografar um livro para ele.

Manuel assentiu.

— Admita, as pessoas reagem aos famosos, e você é famoso.

— Okay, tudo bem, mas não sei aonde você quer chegar...

— O que acha de se infiltrar no seminário?

DE TODO LO NEGADO
A incompreensão dela o magoava e carregava como um eco as palavras do Corvo: "Este nunca será seu lar, nem minha família sua". Tinham entidade de sentença, e, então, entendeu que estava sentido não por Elisa, e sim pelo vazio que as mãos de Samuel deixavam no vão das suas, seus dentinhos, pequenininhos e iguais mostrados em seu sorriso, a voz aguda gritando, o riso saído do âmago e o abraço pequeno e tão poderoso como gavinha ao redor de seu pescoço.

E a mágoa...

UM IDIOTA OLHA O MAR

Apesar de a noite ter se estendido e de que Manuel houvesse dedicado algumas horas à escrita ao chegar à pensão, levantou-se cedo, estimulado – pela primeira vez em muito tempo – pelo fato de ter um plano, algo a fazer que ele mesmo determinava e que escapava daquela fatídica sensação de inércia que experimentara em dias anteriores, quando se limitava a seguir, sem muita convicção, as indicações de Nogueira.

Ligou para Griñán para avisar que precisaria de seus serviços mais tarde e marcaram uma reunião ao meio-dia. Digitou o número de Mei, que, incrédula, chorou e riu ao ouvir sua voz enquanto repetia o quanto lamentava o modo como as coisas haviam sido. Levou um bom tempo para acalmá-la e convencê-la de que estava melhor, de que a havia perdoado e de que não guardaria rancor.

— Ouça, Mei, a verdade é que estou ligando porque preciso de duas coisas...

— Claro, o que quiser, Manuel.

— Álvaro estudou desde os doze anos em Madri, nos Salesianos. Preciso que você ligue para lá e pergunte qual foi exatamente a data em que ele entrou no colégio. Diga que ele faleceu e que você é secretária dele e que precisa da informação para completar um obituário.

— Tudo bem — respondeu ela, como se estivesse anotando. — E a outra coisa?

— Preciso falar com minha agente e... bem, você sabe que era Álvaro que cuidava disso...

— Manuel — suspirou ela —, eu não quis incomodá-lo com essas coisas, mas a verdade é que tanto sua agente quanto sua editora andaram ligando constantemente nos últimos dias.

— Você disse alguma coisa?

— Não, Manuel, e isso foi o mais difícil. Já faz mais de dez dias... Manuel, aqui todo mundo continua fazendo seu trabalho; claro que os funcionários sabem. Eu não fiz mais que chorar, não pude esconder, mas tudo está começando a parecer muito estranho. O que diremos aos clientes? Alguns funcionários já perguntaram de quem é a empresa agora e se tudo vai continuar igual.

Manuel ficou em silêncio. Não sabia o que dizer. Não esperava por isso.

— Manuel, eu entendo que você não está com cabeça para isso neste momento, mas seria bom se me desse alguma diretriz, algo para eu poder dizer quando me perguntarem.

Sentiu frio nas costas, como se alguém houvesse lhe jogado um balde de água gelada nos ombros; não conseguia se mexer nem reagir... Tentou pensar. A agência de Álvaro não era muito grande, quatro ou cinco funcionários talvez, não sabia.

— Quantos funcionários tem a agência?

— Doze, contando comigo.

— Doze? — repetiu ele, surpreso.

— Sim — respondeu Mei.

Ela não disse mais nada, mas, para Manuel, foi como se houvesse acrescentado: "Não sabia, Manuel? Como é possível? É a empresa do seu marido, você vinha às festas da firma, aos almoços com os funcionários. Deveria saber, Manuel".

— Diga que não se preocupem, ligarei mais tarde e conversaremos — prometeu —, mas, agora, preciso que me passe o número pessoal da minha agente. Não quero ligar diretamente na agência.

Anotou os telefones e desligou sob o peso das recriminações que Mei não havia pronunciado, mas que, no entanto, ecoavam em sua cabeça porque a resposta era não. Não, não se lembrava de quantos funcionários Álvaro tinha, não sabia que a empresa havia crescido tanto, nem que de repente o número de funcionários havia dobrado; não sabia quanto faturavam e a lista de clientes só lhe era familiar por ler seus nomes na agenda de reuniões que Álvaro mantinha sempre na porta da geladeira.

Viu na mesa de cabeceira a edição tão manuseada de *Lo entregado al no*, que havia autografado para Álvaro mais de vinte vezes durante aquela calorosa

Feira do Livro de Madri. Havia tirado o título de uma antiga crença da mitologia basca que falava da substância cinza da qual o mal se alimentava. Dizia a lenda que tudo aquilo que é real e que negamos com uma mentira se dissolvia até ficar transparente, até desaparecer, e passava a ser o alimento com que o mal se nutria. Quando um camponês mentia e negava ter tido uma grande colheita, a parte negada passava para o mal. Se haviam nascido dez novilhos e quando lhe perguntavam se dizia que eram só quatro, os outros seis passavam para o mal, e era até provável que acabassem morrendo. Mas o mesmo acontecia quando se negava a mulher amada ou um filho bastardo, ou essa riqueza oculta que se desmentia quando alguém perguntava. Tudo que fosse negado se transformava em alimento para o mal, e, como seu legítimo dono havia renunciado a isso tudo, acabava desaparecendo para que a parte escura do universo cobrasse seu pagamento.

Sete anos haviam se passado entre a noite em que sua irmã fechara os olhos para sempre e a publicação de *Lo entregado al no*. Fora pouco depois da morte dela que sentira pela primeira vez a necessidade de escrever, e em todo aquele tempo não havia lhe passado pela cabeça a possibilidade de falar em seus livros de sua infância, de seus pais, de sua irmã ou da dor. Havia mantido a promessa que ela lhe arrancara de não a transformar em seu fator vulnerável, engolira as lágrimas destinadas a chorar por ela, pois cada vez que afloravam quase podia ouvi-la dizendo: "Não chore... quando era menino, não me deixava dormir; e agora, não vai me deixar descansar...".

Mas houve uma manhã em que descobrira, aterrorizado, que havia esquecido o cheiro dela, que não recordava seu rosto, que não lhe restavam nem suas recordações, que, decidido em negar a dor, a havia entregado ao "não", e o "não" a estava devorando até fazê-la desaparecer, como se jamais houvesse existido. Naquele dia começara a escrever. Cinco meses sangrando sobre as páginas em branco, cinco meses de lágrimas e angústia que o deixaram exausto. *Lo entregado al no* havia sido o título escolhido para falar de tudo que não queria falar, para dar nome ao que durante anos não quisera nomear. Tornara-se seu melhor romance; nunca concedera uma entrevista sobre aquele livro e jurara a si mesmo que jamais tornaria a escrever nada igual.

Levantou o olhar e o dirigiu à mesa escura no canto do quarto. Sobre a superfície viam-se, quase brilhantes, as páginas cobertas com sua caligrafia apertada. De onde estava, conseguia ver o título que encabeçava cada página: quatro palavras que havia escrito em um ato que inicialmente havia parecido impensado, mas que constituíam quase um segundo volume daquele outro romance e a admissão de que andara mentindo a si mesmo. *De todo lo negado* era o eco da súplica de Álvaro pedindo-lhe que olhasse a verdade cara a cara; era seu pedido de sinceridade, a mais linda declaração de amor que alguém já lhe havia feito e que ele, como um imbecil, havia rejeitado, acabando de uma vez com a possibilidade de que Álvaro fosse honesto com ele.

Extraiu dentre as páginas a cópia da fotografia que Álvaro guardava em seu cofre, a foto que ele não quisera olhar ao sair de casa, da qual não gostava, e agora sabia por quê.

Álvaro olhava para ele; ele contemplava o mar. A fotografia sempre lhe havia provocado a sensação de estar perdendo alguma coisa, de não estar atento; nesse dia, esse sentimento se somava à certeza do egoísmo arrogante de um escritor vaidoso que alegava conhecer verdades às quais havia dado as costas.

Havia se infantilizado, permitindo que Álvaro cuidasse de cada pequeno detalhe, deixando a vida real para ele e se afastando para viver em seu palácio de cristal ao lado daquela fonte inesgotável da qual brotavam as palavras, retirando-se a um mundo irreal de rotinas bem cuidadas que Álvaro havia se esforçado para manter em milagroso equilíbrio. Fazia anos que Álvaro cuidava da gestão de seus contratos, dos prazos de entrega, dos adiantamentos editoriais, dos contratos internacionais, das porcentagens, dos impostos; de um emaranhado de aspectos, todos vulgares, todos reais e incômodos, que Manuel normalmente repudiava e que Álvaro havia resolvido ao preservá-lo da vulgaridade do mundo, ajeitando suas viagens, reservas, entrevistas, atendendo suas ligações, triando os jornalistas e cuidando de tudo, desde o maior até o mais insignificante detalhe.

Não, ele não conhecia os funcionários da agência, duvidava que fosse capaz de recordar o nome de mais de três. E nessa manhã, enquanto procurava na agenda o telefone de sua agente, havia se dado conta do quanto havia vivido como um idiota olhando para o mar. Havia deixado que Álvaro carregasse sua parte de realidade, a que cabe a cada ser humano, a cada vida, e Álvaro havia carregado a dos dois, preservando-o, mantendo-o a salvo como se Manuel fosse alguém especial, um gênio ou um imbecil.

Não teve coragem de abrir o livro e reler as dedicatórias que havia escrito quinze anos atrás para o homem que chegaria a amar até transformar-se em seu fator vulnerável, mas achou que a carga que levava no título era adequada para sustentar à vista aquela fotografia. Colocou-o na mesa de cabeceira e apoiou a foto na lombada enrugada de mil leituras, na qual ainda era visível *Lo entregado al no*. Pegou o telefone e digitou um dos números que Mei Liu lhe havia dado.

— Ah, olá, Manuel! Como vai? Faz dias que estou tentando falar com Álvaro.

Manuel sorriu. A energia imperiosa de sua agente o fazia pensar nela como em uma espécie de vento quente que passava sobre ele, varrendo sua indecisão e obrigando-o a se juntar a ela em seu constante avanço, com sua vontade ilimitada.

Quase mentiu, quase ocultou que Álvaro havia morrido, porque pressentia que ela o amava; notava-se no modo como dizia seu nome. Manuel não ignorava o fato de que ela preferia tratar com ele, que a fibra e a ousadia da agente encontravam no caráter audaz e divertido de Álvaro uma correspondência melhor que na contida moderação de Manuel.

— Anna, tenho uma má notícia para lhe dar. Álvaro sofreu um acidente de trânsito semana passada e faleceu. Foi por isso que não liguei, por isso que nenhum de nós dois ligou.

— Ah, meu Deus!

Não disse mais nada.

Depois de um tempo, Manuel notou que ela estava chorando. Esperou muito, muito tempo, com o olhar perdido no nada, escutando.

Chegaram as perguntas, que evitou; as condolências, que aceitou por serem sinceras; e, a seguir, seu natural instinto de proteção, que, como sempre, estava a seu serviço de novo.

— Manuel, não se preocupe com nada, eu vou cuidar de tudo; vou agora mesmo ligar para seus editores — suspirou profundamente. — Da última vez que falei com Álvaro ele me disse que você estava terminando *Sol de Tebas*. Imagino que saiba que a data marcada para publicação é antes do Natal, mas se não tiver forças, se não quiser, podemos adiá-la até janeiro ou até o

Dia do Livro; vou conseguir todo o tempo de que você precisar. Não precisa me responder agora, pense com calma. Agora, precisa de tempo para você.

— Estou escrevendo — murmurou ele em resposta.

— Ah, bem... claro... não sei em que parte você estava quando... Está com forças para escrever agora? Talvez deva deixar para mais adiante, como eu disse. Podemos adiar a data da publicação.

— Estou escrevendo outro romance.

— Como outro romance? — Seu instinto natural de agente despertara de novo, e o vento com que ele sempre a imaginava viajando girava ao redor dela.

— Não vou entregar *Sol de Tebas*, Anna, não quero publicá-lo.

— Mas...

— Não sei, talvez um dia... mas sei que agora não quero publicá-lo. O livro que estou escrevendo será minha próxima publicação.

Ela começou a protestar, aludindo à responsabilidade e aos compromissos, justificando sua recusa com a confusão do momento, com a precipitação e a inércia dos acontecimentos. Prudente como sempre, disse-lhe para esperar antes de tomar uma decisão definitiva. Mas ele acabou com todas as dúvidas dela ao dizer:

— Álvaro não gostava do livro.

Ela ficou em silêncio.

— Anna, eu... preciso que me faça um favor...

— Claro, o que quiser.

O sol conseguiu aumentar a temperatura ao meio-dia, dissipando os bancos de névoa que haviam se assentado na Ribeira na noite anterior e permanecido durante toda a manhã. Encontrou um Griñán prudente depois de seu último encontro, satisfeito e aliviado por poder prestar seus serviços. Ostentando todo o seu profissionalismo, colocou os óculos e folheou os papéis que Manuel tirou do mesmo envelope no qual Nogueira os havia entregado na noite anterior, e com duas ligações e pouco mais de meia hora resolveu o assunto.

— Você vai ficar, não é? — perguntou o testamenteiro enquanto o acompanhava à saída. — Pergunto por causa do que me disse outro dia... e pelo que fez hoje...

Manuel sorriu e quis responder; abriu a boca, talvez para replicar, talvez para lhe dar razão, mas não pôde. Passara tempo demais olhando o mar e não sabia como fazê-lo.

— Mas eu vou resolver isso — respondeu, resoluto, enquanto entrava no elevador e deixava um perplexo e confuso Griñán olhando para ele da entrada de seu escritório.

Dirigiu com Café ao seu lado, traçando as curvas e as voltas enquanto descia pela encosta até a Heroica. A entrada principal estava fechada e silenciosa naquele dia, mas os numerosos carros estacionados na esplanada junto ao acesso aos porões delatavam a presença dos vinicultores, que trabalhavam a portas fechadas transportando o vinho depois da primeira filtragem. Parou o carro em frente aos portões e digitou o telefone de Daniel.

— Está na vinícola? — perguntou, reparando que deveria ter checado isso antes.

— Sim, você vem?

Manuel sorriu.

— Venha para a entrada.

Com o telefone ainda na mão, viu Daniel, que vestia seu macacão azul, deslizar pela abertura que se prolongava ao longo da fachada como um corte estreito.

— O que está fazendo aqui? — perguntou, surpreso e sorridente, aproximando-se do carro onde Manuel se apoiava. — Por que não me avisou que viria? Eu teria preparado um churrasco.

— Não vou demorar — desculpou-se Manuel —, hoje não tenho muito tempo, mas queria vir aqui para poder mostrar isso para vocês — disse, erguendo o envelope que continha os documentos.

Daniel o fitou, hesitante.

— São as escrituras da propriedade de que vocês falaram. Como supunham, Álvaro havia acelerado todo o processo de compra e só faltava fechar o negócio; e você sabe, por causa do que aconteceu, não foi possível... Imaginei que os homens gostariam de saber.

Daniel levantou ambas as mãos, tirou as luvas e pegou os documentos.

— Mas isso é maravilhoso! Venha, você tem que entrar para contar pessoalmente para eles — disse, apontando para o portão.

Manuel negou, sorrindo.

— Conte você; eu... bem, comemoraremos outro dia, hoje tenho que... — disse, fazendo um gesto vago para a estrada que partia dali.

Sorrindo, Daniel se aproximou e lhe estendeu a mão.

— De verdade, você não sabe o que isto significa — declarou, erguendo os papéis, visivelmente emocionado.

Daniel lhe estreitou a mão, e quando parecia que por fim o soltaria, abraçou-o com força; a seguir, recuou, um pouco constrangido.

— Obrigado, chefe! — disse, retrocedendo sobre seus passos para o portão sem parar de olhar para ele.

— Só uma coisa... — disse Manuel.

Então, o homem notou que ainda estava com os documentos na mão.

— Ah, claro!

Avançou, estendendo-os.

— Não, não me referia a isso — explicou Manuel —, é uma cópia, podem ficar com eles. Eu queria perguntar da lancha em que viemos de Belesar.

Daniel sorriu, pegando um mosquetão com várias chaves. Selecionou duas e as estendeu a Manuel.

— Na verdade, agora é sua; e não se preocupe: se sabe dirigir um carro, vai saber pilotá-la.

GRASNIDOS

Manuel reservou uma mesa na churrascaria que o dono da pensão lhe havia recomendado e às nove horas esperava pacientemente por seus convidados.

Não fora difícil convencer Lucas da necessidade daquela reunião, mas Nogueira se mostrara mais reticente.

— Caralho, Manuel, é um padre! Como acha que ele vai reagir? Ele não vai gostar...

— Não, Nogueira, você não o conhece; ele realmente era amigo de Álvaro desde pequeno, a única pessoa daqui com quem ele manteve contato todos esses anos. Álvaro confiava nele, e eu também.

— Tudo bem — fora a resposta de Nogueira —, mas a mim ele não convence. Como foi no seminário?

— Como esperávamos. Minha agente fez uma ligação, e, assim que mencionou meu nome, o milagre se operou. Disse que eu estava na região reunindo documentação para um novo livro e que tinha grande interesse em conhecer o seminário. Eles se mostraram absolutamente dispostos a me ajudar no que for necessário. Vão me esperar amanhã de manhã, mas acho que é importante falarmos com Lucas primeiro. Ele também estudou lá, e era o melhor amigo de Álvaro; se algo estiver relacionado com esse lugar, Lucas poderá ser útil.

Os primeiros minutos se passaram com uma frieza desconfortável, mas a lareira acesa, a comida caseira que o garçom ia colocando na mesa em abundância e a garrafa de Heroica que Manuel escolhera dentre os vinhos conseguiram, pouco a pouco, descontrair o ambiente.

Estavam tomando café quando Manuel explicou seu plano a Lucas, sem omitir – para desgosto de Nogueira – o que sabiam sobre o desaparecimento de Toñino e a estranha reação do prior.

Nogueira interveio:

— É curioso que ele negue a ligação, a visita, e, na verdade, até o pouco tempo em que Álvaro frequentou o seminário.

— Não tão pouco; dos quatro até os doze anos — indicou Lucas. — Estávamos no sétimo ano quando ele partiu.

— Entre o sétimo e o oitavo? — perguntou Nogueira.

— Não. — Lucas fez uma pausa, como se pensasse na importância do que ia dizer. — Na verdade, ele foi embora no meio do ano.

Nogueira e Manuel trocaram um rápido olhar.

— Foi expulso? Essa foi a gota-d'água para o pai? Foi por isso que ele mandou o filho para um internato em Madri? — deduziu Manuel.

— Não exatamente — explicou Lucas —, mas lembro que esse foi o rumor que correu entre os alunos na época.

— Então, o que aconteceu? Você sabe? — perguntou Manuel.

— Álvaro me contou muitos anos depois; eu só me lembro do grande alvoroço que foi tudo isso. Um dos frades se suicidou, enforcou-se na viga de sua cela, e, pelo visto, foi Álvaro que o encontrou. Ele não lhe contou isso? — perguntou Lucas, afetado ao ver a expressão de surpresa de Manuel.

Manuel negou, contrariado.

— Não, não me contou.

Lucas prosseguiu, tentando ignorar a irritação de Manuel.

— Claro que a versão oficial foi outra; disseram que o irmão Verdaguer faleceu durante a noite, e nada mais; de Álvaro, nem uma palavra. Só rumores. Só sabíamos que ele estava na enfermaria muito abalado, que ligaram para seu pai e que ele mandou irem buscar o filho lá. Álvaro não voltou à aula nem ao colégio.

— Você alguma vez lhe perguntou sobre isso? — inquiriu Nogueira, interessado.

— Claro, quando o vi de novo; ele me disse que ficou em choque quando encontrou o frade morto. No início, tentaram abafar o assunto e ele foi mandado para a enfermaria, mas o seu estado de choque não melhorou com o passar das horas. Então, o prior começou a se preocupar, e, por fim, avisou o pai. Conversaram e decidiram que o melhor seria tirá-lo dali, que continuar no colégio dificultaria que esquecesse o episódio. A notícia seguinte, que soubemos pelo irmão de Álvaro, foi que estava em um internato em Madri. Eu o vi mais duas vezes nas poucas ocasiões em que voltou. Estava mudado, triste, e, apesar de eu ser um menino, notava que ele não queria conversar. Então, ele parou de vir, e só o vi anos depois. Quando eu ia me ordenar sacerdote, minha mãe enviou um convite para Álvaro por meio do colégio dele em Madri, e ele veio; desde então, mantínhamos contato.

— E o irmão dele? — inquiriu Nogueira.

— Santiago continuou no colégio. De fato, quando Álvaro foi embora, ele pareceu ressuscitar; acho que, no fundo, tinha um misto de admiração e inveja, e, de alguma maneira, sem a presença de Álvaro ele brilhava mais. Até suas notas melhoraram; eu repeti um ano e ele me alcançou, e passou a ser um dos alunos mais destacados. E assim continuou até que acabamos o ensino médio e ele foi para a faculdade.

— Vocês eram amigos?

— Bem... tentei explicar isso para Manuel outro dia. Os membros da família Muñiz de Dávila parecem sentir uma espécie de repulsa natural pelo resto dos mortais, com exceção de Álvaro. Eu sou filho de professor, e frequentei esse colégio com uma bolsa de estudos. Embora os outros garotos fossem de boas famílias, ou de famílias ricas, é claro que não havia outros nobres entre nós além deles; duvido muito que Santiago tivesse amigos entre aqueles garotos.

Manuel observou Nogueira, que assentia lentamente enquanto Lucas falava; parecia que sua catalogação dos Muñiz de Dávila havia feito o padre ganhar pontos perante o tenente.

A conversa se prolongara, e só restavam eles no restaurante. Nogueira pegou um cigarro e o ergueu, mostrando-o ao proprietário, que, assentindo, foi até a porta do salão e o trancou.

— A menos que se incomodem... — disse antes de acendê-lo.

Com uma expressão ambígua, nenhum dos dois se opôs; Nogueira deu uma tragada profunda no cigarro e depois prosseguiu.

— Eu era um guarda jovem na época, meu distrito nem era aqui, mas acho que me lembro de ouvir meus irmãos comentarem sobre a história de um frade que apareceu enforcado. O que pode me dizer do padre que se suicidou?

— Bem, eu não me lembro dele muito bem, dava aula para os menores... A versão oficial é que ele faleceu durante o sono, mas correu o rumor de que havia se suicidado. Parece que tinha câncer e estava em uma fase terminal muito dolorosa. Eu me inclino para a versão de que a Igreja tentou esconder isso; infelizmente, é muito típico.

Nogueira o fitou, agradavelmente surpreso.

— Você não aprova isso?

— Claro que não; não justifico o suicídio, mas posso entender que a dor fosse insuportável; eram outros tempos, dispúnhamos de menos paliativos que hoje em dia, e, se uma pessoa não teve que suportar uma dor igual, não pode julgar os outros. Mas a verdade é a verdade.

Nogueira assentiu, aprovando. Manuel continuava fascinado com a história.

— E Álvaro não falou mais nada sobre esse assunto para você?

— Não; quando voltamos a nos encontrar eu perguntei. Na verdade, acho que ele havia conseguido esquecer; ou só recordava vagamente.

Nogueira também parecia matutar sobre o pano de fundo da história. Manuel observou que o tenente fumava com parcimônia e com o cenho franzido. Imaginou o que estaria pensando, mas não foi preciso perguntar.

— Acho que Toñino, enquanto trabalhava no seminário, descobriu algo que achava que poderia lhe render alguma coisa, mas o fato de um padre com câncer terminal decidir pegar um atalho para o além não seria um escândalo caso se tornasse público; pelo contrário, o fato e até mesmo a ocultação obteriam fácil compreensão de todos; eram outros tempos... — disse Nogueira, pensativo.

Manuel também havia pensado nisso. Álvaro era um pobre menino afetado pela visão de um cadáver, ou um aluno expulso fulminantemente por... Por quê? O que havia visto?

Pela primeira vez desde que Manuel chegara à Galícia, o dia amanheceu completamente aberto. Escolheu com cuidado a roupa que vestiria naquela manhã e, antes de se dirigir ao seminário, parou em uma pequena papelaria para comprar uma pasta, fita adesiva, dois cadernos e meia dúzia de canetas, esperando que esses objetos dessem certa credibilidade a suas intenções.

Estacionou junto ao portão e se despediu de Café, que o fitou de soslaio enquanto se enrolava, resignado, sobre o casacão de Álvaro. Viu um jovem frade que vinha a seu encontro, andando pelo caminho de paralelepípedos cinza incrustados na grama de um verde impossível. Não devia ter mais de trinta anos, e, por sua aparência, deduziu que se tratava de Julián, o irmão bibliotecário que concordara em recebê-lo. O jovem lhe estendeu a mão enquanto o cumprimentava com um forte sotaque mexicano.

— Bom dia, senhor Ortigosa, sou o irmão Julián. O prior não está aqui porque teve que viajar por motivos pessoais. Só voltará amanhã, mas me encarregou de te mostrar o convento e ajudá-lo com tudo de que possa necessitar.

Manuel não escondeu sua decepção.

— Ah, que pena! Não me leve a mal, mas é que eu tinha esperanças de poder falar com algum dos frades mais velhos para saber como era o seminário quando ainda havia aulas aqui.

— Sim, senhor, não se preocupe com isso. Sua agente explicou ao prior quais eram seus interesses. Ele voltará amanhã de manhã e poderá responder a suas perguntas; mas, enquanto isso, o irmão Matias poderá ajudá-lo. Ele é o frade mais veterano de nossa congregação; já está aposentado, mas conserva uma mente clara e muitas recordações e anedotas daquele tempo, e, acredite — sorriu —, por experiência própria, todos aqui sabemos que ele adora contá-las de novo.

Durante as duas horas que se seguiram, Manuel percorreu, ao lado do irmão Julián, as vastas dependências do seminário, enquanto ia cumprimentando as poucas dezenas de frades que restavam no mosteiro e que o esperavam meio agitados diante da ideia de ter um escritor ali. O irmão Julián já havia mencionado que ele era muito famoso. Mostraram-se ansiosos ao questioná-lo sobre a possibilidade de a ação de um novo livro se situar no mosteiro deles.

— Bem, estou tentando ter uma ideia de como era a vida de um estudante de um seminário da época; ainda não tenho bem definido como se desenrolará toda a história — respondera, evasivo.

A igreja de San Xoan, átrios, pátios, cozinhas, o refeitório, a capela. A antiga enfermaria, conservada como curiosidade, com suas camas de ferro e as cristaleiras lotadas de sinistros instrumentos clínicos que, segundo o irmão, era a alegria de muitos médicos assíduos aos descansos na hospedaria do convento. Espantou-se ao encontrar, em um pequeno museu, uma surpreendente coleção de caixas de laca que agradariam a qualquer antiquário. As salas de aula haviam se transformado em austeros, embora modernos, dormitórios com banheiros para acolher os hóspedes dos retiros espirituais, as prateleiras da espaçosa biblioteca se incrustavam entre os arcos de meio ponto que pareciam sustentar os alicerces do mosteiro. Tanto os livros quanto os móveis haviam sido cuidados e conservados com carinho. Chamou-lhe a atenção a presença de um grande desumidificador e de um moderno sistema de aquecimento por jatos de ar que conseguia manter uma temperatura constante e agradável no local que no passado devia ter sido um lúgubre porão. Ficava à vista o inevitável cabeamento com que haviam dotado aquele lugar de luz elétrica, aquecimento e o ADSL necessário para sustentar o moderno equipamento de informática com o que o irmão Julián trabalhava.

— Estou há dois anos neste convento, e, na verdade, mal saio da biblioteca — disse, sorrindo. — Gosto de pensar que sou o herdeiro da tradição de um daqueles frades que dedicaram a vida inteira a transcrever um livro; embora eu seja uma versão bem mais moderna e menos interessante — acrescentou, fazendo um amplo gesto para um grupo de prateleiras metálicas colocadas em fileira em uma parte escura da biblioteca.

Os arquivos tinham um aspecto velho, mas estavam bem organizados.

— Não me diga que são os arquivos do seminário — disse Manuel, impressionado.

O frade assentiu, satisfeito por sua consideração.

— Quando cheguei, tudo estava desse mesmo modo. Na verdade, nunca houve um irmão bibliotecário aqui; diversos frades, que eu os chamo de ratos de biblioteca, iam cuidando da manutenção dos livros e dos arquivos, mas, apesar da grande boa vontade, só Deus entendia a ordem disso tudo — riu de seu trocadilho. — Quando cheguei, não havia um único documento informatizado. Os arquivos e a papelada se acumulavam em caixas de papelão apoiadas contra a parede do fundo, quase até o teto.

— Até que ano você chegou?

— Até 1961.

Em 1961, Álvaro nem sequer havia nascido. Se as fichas escolares não haviam sido digitalizadas, era quase impossível encontrar uma pista do que acontecera no ano em que Álvaro fora expulso.

O rosto de Manuel deve ter demonstrado a decepção que sentia, porque o irmão Julián se apressou a dizer:

— Eu sei o que está pensando: que não vai poder ter uma ideia de como funcionava o colégio nos últimos cinquenta anos, que imagino que seja o que mais desperta seu interesse. Fique calmo — disse, dirigindo-se ao computador que dominava a mesa —, é sempre a mesma coisa; as pessoas que não entendem de informática acham que digitalizar um arquivo é como pôr fatias de pão em uma torradeira. Quando cheguei aqui e vi o volume de trabalho que tinha para fazer, convenci o prior a contratar um serviço de informática externo, que escaneou todos os documentos — disse, clicando na tela em um ícone e abrindo uma pasta na qual foram se sucedendo as imagens em formato jpg em que os documentos haviam se transformado.

— Isso deve tê-lo ajudado bastante — comentou Manuel, aliviado.

— O senhor não faz ideia, porque, embora eu vá introduzindo manualmente ficha por ficha, o trabalho dessa empresa facilitou enormemente o meu. Não só digitalizaram cada documento, muitos dos quais estavam danificados, obtendo uma melhor qualidade em escritos que eram quase ilegíveis, como também os devolveram organizados cronologicamente nessas caixas de papelão — disse, tamborilando com os dedos sobre a tampa de uma delas.

Manuel olhou duvidoso para as mesas monásticas que se distribuíam pelo local.

— Onde posso ficar?

— Ah, pode usar minha mesa e meu computador. O prior me orientou a fornecer qualquer documento que o senhor queira. Infelizmente, não temos neste convento nenhuma joia literária que deve ser guardada com cuidado especial — disse, sorrindo. — A única norma é que, em respeito à privacidade dos antigos alunos, não copie nem baixe nenhuma ficha que contenha dados confidenciais. Imagino que o senhor não esteja interessado em nada disso. Se quiser ter uma ideia de como funcionava o seminário, eu o aconselharia a focar no arquivo fotográfico. Se você desejar alguma cópia desse, posso imprimi-la eu mesmo.

Manuel agradeceu ao irmão Julián e, durante a primeira hora, se dedicou a folhear, sem critério algum, documentos que iam desde fichas escolares até antigas faturas, passando pelas renúncias que os frades assinavam ao entrar no seminário e os documentos relativos ao abandono de bebês na roda do convento durante a guerra civil. Fez alguns comentários, que foram muito bem acolhidos pelo bibliotecário, e depois, tal como ele havia recomendado, passou para o arquivo fotográfico. Lucas havia lhe dito que Álvaro e ele haviam entrado no colégio quando tinham quatro anos, de modo que, dependendo do critério que utilizassem para formar as turmas, Álvaro poderia ter feito o primeiro ano letivo no seminário em 1975-1976 ou 1976-1977. Leu as listas das crianças até encontrar seu nome ao lado da fotografia escolar de um menino bem penteado, com risca de lado, que olhava sorridente para a câmera. Por curiosidade, procurou Lucas Robledo e sorriu diante do menino de olhos grandes que olhava surpreso para a máquina fotográfica; e Santiago, que, ao contrário de seu irmão, parecia reticente a ser fotografado. Avançou até 1984, ano em que Álvaro abandonara o colégio, e procurou sua ficha escolar. Estava acompanhada de uma foto que registrava o pré-adolescente de olhar seguro da fotografia que Herminia lhe havia dado. As notas, bastante notáveis, limitavam-se à primeira avaliação. Não havia nada mais que um simples "transferido para outro centro". Decidiu seguir outro critério para procurar as informações que desejava. Digitou "transferências", mas não apareceu nada; procurou por "baixas", e, então, encontrou várias fichas. Leu por cima e notou que a empresa de informática havia misturado, por erro, baixas e transferências com falecimentos. Encontrou o histórico escolar de Álvaro com as notas e observações dos professores, ano a ano; no último, assim como na ficha, as notas chegavam até o início de dezembro e eram interrompidas abruptamente. Voltou atrás, desconcertado; folheou de novo os documentos e julgou reconhecer um nome; consultou duas anotações que havia feito na noite anterior, enquanto falava com Lucas, e entendeu por que lhe era familiar. Verdaguer era o nome do frade que oficialmente havia falecido de câncer e que todos suspeitavam que havia se suicidado. Reparou, então, que o critério de ordenação que a empresa de informática havia seguido eram as datas das baixas. Voltou atrás e viu que, além do falecimento do irmão Verdaguer e da saída de Álvaro do colégio, outra baixa ocorrera no seminário em 13 de dezembro: a do irmão Mario Ortuño. Abriu sua ficha; não tinha foto. Segundo os dados, era o irmão encarregado da enfermaria e abandonara o convento voluntariamente no mesmo dia em que Álvaro fora expulso; no mesmo dia em que assinara como testemunha, sob a rubrica ilegível de um médico rural, o atestado de óbito do irmão Verdaguer, no qual constava que a causa da morte havia sido – para espanto de Manuel – autoinduzida. Portanto, apesar dos rumores e do que eles suspeitavam, oficialmente nunca se tentara mascarar o falecimento do frade como algo diferente de um suicídio.

Retrocedeu e leu a ficha do irmão Mario Ortuño. Natural de Corme, A Coruña, e o caçula de três irmãos, havia entrado como noviço aos dezenove anos; permanecera sempre nesse convento, até o dia em que assinara como testemunha o atestado de óbito de Verdaguer e Álvaro fora expulso, após passar a noite na enfermaria. Manuel anotou seus dados em uma das cadernetas e a guardou antes de perguntar ao bibliotecário:

— Irmão Julián, o que é baixa voluntária de um frade?

O jovem se aproximou da tela, curioso.

— É pouco frequente, mas às vezes acontece — explicou, pesaroso. — É quando um frade decide largar os votos e abandonar a ordem.

Colocando-se ao lado de Manuel, digitou algumas palavras e diante deles se abriu a ficha do irmão Ortuño.

— Bem, como pode ver no caso deste irmão, ele teve uma crise de fé, e imagino que deve ter sido muito grave; na maioria dos casos há uma tentativa de redirecionamento do frade, às vezes uma mudança de convento ou exercícios espirituais... Mas, com este irmão, o pároco decidiu mandá-lo para casa — disse, voltando à atividade de seu notebook.

Manuel disfarçou durante alguns minutos passando páginas ao acaso até ter certeza de que o frade estava absorto de novo em seu trabalho. Digitou "enfermaria" e centenas de referências apareceram na tela. Digitou o nome de Álvaro, mas não havia nenhum relatório associado a ele. Tentou com a data, e o documento que apareceu na tela lhe arrancou uma exclamação. A qualidade da fotografia permitia ver que se tratava do livro de controle de entradas e saídas da enfermaria. A página estava dividida em partes, que deveriam ser preenchidas com cada internação e alta no dispensário.

Sob a data e a hora, um espaço para o curso e o sobrenome. Com caligrafia elegante que delatava o cuidado de outros tempos, alguém havia escrito simplesmente "Muñiz de Dávila". Sob as caixas, em uma parte mais ampla intitulada "Prognóstico", com a mesma letra, se via:

O *menino apresenta importantes* ▬▬▬▬▬▬▬▬▬▬ *o exame inicial* ▬▬▬▬▬▬▬▬ *desorientado e confuso* ▬▬▬▬▬▬▬▬ *Levemente febril, embora incompatível* ▬▬ *oito horas, a evolução é favorável,* ▬▬▬▬▬▬ *Pelo que recomendo que seja* ▬▬▬▬▬▬▬▬▬▬▬▬▬▬▬▬▬▬▬▬▬▬▬▬▬ *Devido às circunstâncias posso declarar que o menino* ▬▬▬▬▬▬▬▬▬▬▬▬▬▬▬▬▬▬▬▬▬▬ *por seu médico de família, ou um especialista; do mesmo modo, suplico e confio que* ▬▬▬▬▬▬▬▬ *pela saúde* ▬▬▬▬▬▬▬▬

Sendo este meu compromisso, declaro, rubrico e rogo a Deus que nos guie.
Ass.: Irmão Mario Ortuño

O relatório ocupava uma página inteira, e, dada a caligrafia apertada de Ortuño, podia ser considerado mais que extenso; entretanto, estava coberto por funestos traços pretos que Manuel só recordava ter visto nos documentos dos julgamentos sumaríssimos durante a guerra civil e nas transcrições dos serviços secretos na Grande Guerra.

Olhou para trás, a fim de se certificar de que o bibliotecário continuava ocupado, e bateu uma fotografia da tela com seu celular. Durante a meia hora seguinte, ocupou-se em procurar, entre os rostos borrados das fotos, o de Mario Ortuño. Urgia-o a necessidade de ter uma imagem do homem que havia escrito um relatório de enfermaria tão terrível a ponto de ser censurado quase que totalmente; a imagem do frade que havia apresentado sua renúncia voluntária depois de escrever aquele relatório do qual só haviam se salvado poucas palavras: "O menino apresenta..."; o homem que havia abandonado o convento no mesmo dia em que Álvaro fora expulso, deixando para trás aquelas palavras. Palavras que não paravam de clamar em sua cabeça: "O menino apresenta importantes...". O choque causado por ver um cadáver resultante de um suicídio, que não haviam se preocupado em dissimular, fora tão grave a ponto de fazer com que o relatório fosse censurado? Fora esse documento que Toñino havia encontrado e com o qual julgara poder tirar um bom proveito? Ou melhor, com o que faltava daquele relatório? Manuel olhou desolado para as prateleiras repletas de caixas que se estendiam até a escuridão. Embora existisse uma cópia sem censura daquele relatório, não acreditava que Toñino a houvesse encontrado ali, que houvesse topado com ela de modo casual; essa possibilidade era remota demais... Não; fosse o que fosse, ele o havia obtido de outro lugar.

— Você conhece o sobrinho do pároco? — inquiriu Manuel.

— Toñino? — replicou o irmão bibliotecário, tão surpreso que fez com que Manuel se arrependesse de ter perguntado.

— Não sei o nome dele; eu não o conheço, mas, hoje de manhã, quando vinha para cá, parei na aldeia e uma mulher me perguntou se eu era o sobrinho do pároco que ia trabalhar no convento — disse Manuel, tentando remediar.

— Sim, é Toñino, não há outro; mas não sei como pôde confundi-lo, porque não se parecem em nada.

— Ele trabalha aqui? — perguntou Manuel, tentando desviar o assunto.

— Na biblioteca? — riu o irmão. — Não, acho que ele nunca pôs os pés em uma biblioteca durante toda a sua vida. Esteve pintando uns quartos na hospedaria e o escritório do pároco, acho; mas é uma calamidade, essa senhora deveria consultar um oftalmologista com urgência.

Não encontrou fotografias do irmão Mario Ortuño entre as do arquivo; no entanto, não teve problemas para encontrar grande quantidade de eventos nos quais o irmão Verdaguer aparece. Não foi difícil deduzir por que Lucas o havia definido como um dos frades mais queridos. Roliço, de bochechas coradas, evidentes até nas fotos em preto e branco, parecia estar sempre liderando os grupos de esporte, excursões ou jogos, e o fato de sempre vestir o hábito da ordem não parecia impedi-lo de participar das competições. Aparecia posando com os troféus ao lado dos times, dirigindo o coro na festa de Natal, e em uma das fotografias mais curiosas, jogando *pelota vasca* contra a parede lateral da igreja, com o hábito recolhido quase na cintura com uma mão enquanto com a outra batia na bola. Manuel pediu ao irmão Julián que imprimisse essa fotografia e mais umas vinte, dentre as quais inseriu várias do irmão Verdaguer com os grupos de rapazes, vistas aéreas do convento e fotos antigas das salas de aula. Deixou o bibliotecário ocupado e meio convencido de que conseguiria chegar sozinho à horta onde o velho irmão Matias passava as horas.

— Certamente foi por causa de uma mulher — disse o irmão Julián, quando Manuel saía.

Manuel voltou atrás e o fitou sem compreender.

— Uma mulher: a razão da crise de fé do irmão Ortuño. Na baixa diz que ele tinha vinte e nove anos quando abandonou o hábito; certamente foi por uma mulher; se não, teria voltado.

Manuel o fitou e suspirou.

Saiu e, em vez de se dirigir aos campos na parte de trás do convento, deu a volta, esperando não encontrar nenhum frade, até a entrada da garagem, que, como havia indicado Nogueira, continuava escancarada. Tirou do bolso o rolo de fita adesiva que havia comprado naquela mesma manhã e, descolando um pedaço, aplicou-a sobre a pintura descascada da caminhonete e puxou com força, levando colados pequenos pedaços de tinta branca, que protegeu colando a fita novamente no rolo.

O bibliotecário tinha razão quando disse que o irmão Matias adorava falar. Contou-lhe diversos casos sobre os estudantes, a horta, as verduras que agora cultivavam por prazer e com as quais haviam conseguido sobreviver durante a guerra; sobre como chegara a detestar acelga, que chamavam de "mata-frades", devido à frequência com que eram obrigados a comer essa verdura em tempos de fome. Uma estreita faixa de jardim separava a horta do cemitério. Caminharam até ali enquanto o frade indicava as sepulturas mais antigas, que remontavam a trezentos anos. Humildes túmulos na terra que por sua austeridade lhe recordaram os do cemitério de As Grileiras, embora as cruzes de pedra galega houvessem sido substituídas por outras de ferro, sóbrias, que continham uma pequena placa soldada com o nome do frade e a data. Andaram em silêncio entre os túmulos, e Manuel foi parando diante de cada um, lendo com cuidado a inscrição, até que chegaram ao do irmão Verdaguer.

— Que curioso! — disse, chamando a atenção do frade, que o fitou surpreso.

— O que quer dizer? — perguntou, meio na defensiva, dirigindo o olhar para a pequena cruz e de novo para Manuel.

— Nada, só achei curioso; quando vi o nome do frade que jaz aqui, me lembrei que li sobre ele hoje de manhã; por coincidência, encontrei um atestado de óbito no qual consta que ele se suicidou. Achei que os católicos tivessem um protocolo de sepultamento diferente para os suicidas.

Qualquer sombra de sorriso havia desaparecido do rosto do frade, que deu um passo à frente, e Manuel teve que o seguir para poder escutar sua explicação.

— As coisas mudaram muito nos últimos tempos. Foi uma decisão unânime de toda a congregação que o irmão Verdaguer descansasse junto a seus irmãos. Esse frade tinha um câncer terminal muito doloroso. — Voltou-se para Manuel e o fitou com dureza, carregando de gravidade suas palavras. — A doença foi longa e devastadora, e o tempo todo ele se recusou a receber tratamento. Suportou um grande sofrimento, muito mais do que a maioria teria suportado, mas a dor o deixou esgotado; ele perdeu as forças e tomou a decisão de não lutar mais. Nós não aprovamos, mas é só de Deus a responsabilidade de julgá-lo.

Manuel se colocou de novo ao seu lado e, baixando o tom, disse:

— Lamento se minha pergunta trouxe recordações dolorosas ao senhor. Não quis ser insensível, só que me chamou a atenção.

— Não se preocupe. Sou um pobre velho sentimental e estou um pouco cansado — disse —, talvez seja melhor voltar amanhã. Eu ficarei um pouco mais aqui para rezar.

Manuel o fitou: parecia realmente cansado, e a extrema magreza contribuía para lhe dar um aspecto frágil, como se pudesse se quebrar a qualquer momento.

— Claro, como quiser, irmão — disse, dando suavemente um tapinha nas costas do velho e dirigindo-se ao caminho.

Voltou o olhar quando chegou à esquina do edifício principal: o velho o observava com dureza no meio do cemitério.

BELESAR

Dirigia sem rumo, em uma paródia de fuga a lugar nenhum, enquanto lutava com os ditames contraditórios de sua mente, que o remetiam repetidamente às velhas fotografias do seminário; e com os de seu coração, que, descontrolado, lhe gritava que fugisse, que corresse para se esconder de um horror que pressentia fisicamente, como a eletricidade estática antes de uma tempestade. Parou o carro em frente à casa de Nogueira sem saber bem como, e especialmente por quê; ou melhor, sem saber o que o havia levado a buscar justamente ali o refúgio que ansiava.

Digitou o número do guarda e a voz da operadora respondeu que não estava disponível. Ligou o motor e dedicou um último olhar à casa antes de pegar a estrada; então, viu Laura aparecer na entrada. Fazendo um gesto com a mão, ela pedia que esperasse.

Alcançou o veículo antes que Manuel terminasse a manobra; apoiou-se na janela aberta e sorriu para ela.

— Andrés não está em casa, foi até Lugo. Vocês marcaram alguma coisa? Ele não me disse nada.

Manuel negou com a cabeça, devagar.

— Não, não havíamos combinado nada, é que...

A preocupação substituiu o sorriso no rosto de Laura.

— Aconteceu alguma coisa, Manuel?

Ele a fitou; o queixo apoiado nos braços que se cruzavam sobre o vão da janela aberta; os olhos brilhantes, o olhar sincero, amigo.

Manuel assentiu com um pequeno movimento e fechou os olhos no mais íntimo gesto de aceitação de uma carga que começava a se tornar pesada demais.

Quando abriu os olhos, repetiu quase as mesmas palavras com que Daniel o havia conduzido ao lugar mais lindo sobre a face da Terra.

— Tem algo para fazer agora?

As ondas, provocadas por um pequeno iate que passava, embalavam a embarcação, fazendo-a cabecear a doca onde estava amarrada. Evitando abandonar o barco, Xulia e Antía se deixavam balançar enquanto na popa observavam uma lontra, que com incrível perícia arrancava os mexilhões de rio que cresciam colados às docas. Haviam descido entre os frutos dourados das castanheiras que ensombravam a estrada para o rio Sil, e no porto de Belesar contemplaram, encantados, as *muras* de contenção da encosta que desenhavam os ordenados terraços onde cresciam as vinhas. Haviam navegado o meandro, passando sobre as sete aldeias que agora ele também podia imaginar como uma cidade fantasma sob as águas. Manuel repetira quase palavra por palavra aquelas explicações do enólogo de que outrora havia desdenhado com apatia doentia, e sentira-se bem; voltara a sorrir diante do rosto das garotas, que o escutavam com admiração, e silenciara com autoridade a voz que de algum lugar de sua alma começava a se perguntar o que estava acontecendo.

Sentada ao lado de Manuel no terraço sobre o rio, Laura ouviu o riso de suas filhas e sorriu. Gostava de Belesar. Perguntou-se por que eles nunca iam ali, embora já soubesse a resposta: não fazia muito sentido torturar as meninas levando-as para o Sil para depois se recusar a entrar nas barcaças que levavam os turistas e que suas filhas adoravam. Tomou um gole de vinho e observou o aro roxo que definia a borda da taça. Não, Laura não gostava de barcos, odiava navegar e não punha os pés em uma doca desde que era menina e uma tempestade mudara tudo. Mas, nesse dia, reconhecera na expressão de Manuel a dor amordaçada, de pés e mãos amarrados, que a pessoa decide manter prisioneira para sempre em uma cela da alma. Reconhecer alguém que, como ela mesma, havia aceitado ser carcereiro de seu medo fora suficiente para comover seu coração; para, sem palavras, fazê-la se render diante de um sofrimento que pressentia imenso. Observou com calma seu novo amigo através do cristal de sua taça, que com cada oscilação do vinho se tingia um pouco do lindo violeta do qual a uva *mencía* o dotava. Manuel seguia com o dedo o rastro de uma gota de vinho que havia escorrido do gargalo e repassava os traços de estanho das letras que se inclinavam, desenhando o nome do vinho: "Heroica". Cabeça baixa, olhar sombrio típico de pensamentos aziagos.

Manuel ouviu os risos e foi como se sentisse um chamado. Olhou para o rio, e, como se surgissem de um sonho, viu as três garotas da outra tarde em sua curiosa embarcação; as pernas morenas, os braços fortes, os cabelos presos em madeixas despreocupadas que escapavam dos chapéus... e seus risos. Havia música em suas vozes, como se um sino dos ventos tilintasse embalado pela brisa. Eram lindas aquelas fadas do rio, e vê-las de novo provocou-lhe um regozijo inexplicável. Viu que olhavam distraídas para o terraço do bar e, sem pensar, ergueu a mão e as cumprimentou para chamar sua atenção. As três o olharam. Não responderam, e por um instante a sensação de vínculo e de magia que havia sentido desapareceu, quebrando a visão e fazendo-o se sentir um pouco ridículo e muito velho. Não se lembravam dele; e por que se lembrariam? Então, uma delas sorriu enquanto exclamava:

— É o marquês, garotas, é o marquês!

As outras duas se somaram a ela em uma algaravia que fez todos os clientes do bar voltarem os olhos enquanto elas agitavam seus chapéus, morrendo de rir.

— Ei, marquês, papai manda saudações. Venha nos visitar em breve — disse uma das garotas, com as mãos ao redor da boca.

— Irei — respondeu Manuel, sorrindo, enquanto as via se afastar em sua embarcação, e em voz tão baixa que só Laura pôde ouvi-lo.

— Você nunca conseguirá ir embora — sentenciou sua nova amiga.

Ele a fitou com calma. Essa afirmação, que apenas alguns dias atrás teria lhe parecido quase uma maldição, nesse momento soava quase como uma bem-aventurança, uma dessas coisas que alguém augura e que simplesmente parecem improváveis. Talvez para acabar com as dúvidas dele, ou talvez para criar mais, Laura acrescentou:

— Vai entrar em seu sangue; este lugar é assim, e você não conseguirá ir embora.

Ele não respondeu, mas duvidava muito. A magia do rio, a paz que julgara impossível e que vindimar na Heroica lhe havia devolvido, a familiaridade das fadas do rio era muito poderosa, mas não o suficiente para esquecer a verdadeira razão que o havia levado até ali.

Tomou outro gole daquele vinho e foi como se comungasse; foi difícil engolir o gole, que havia quase se tornado sólido em sua boca. Olhou para a garrafa e a letra de Álvaro naquela única palavra e tornou a deslizar um dedo suavemente sobre a prata candente com que parecia escrita.

Ela o fitou, surpresa, como se acabasse de encontrar a chave para entender tudo.

— Manuel, você não está aqui para documentar, não é?

Ele ergueu o olhar e encontrou com os olhos de Laura.

Deixou que sua mão terminasse o traço para ficar desmaiada em cima da mesa e, com infinita tristeza, respondeu:

— Não.

Anoitecia muito devagar. Depois de um dia tão aberto, o céu não escurecia; prateava-se, ajudando com seu brilho a recortar, perfeitamente, as silhuetas das árvores que margeavam o caminho no acesso à casa de Nogueira. O tenente, apoiado na balaustrada da varanda, fumava com parcimônia um cigarro curtindo a quietude do entardecer e o silêncio de sua casa vazia, contrastando com a cálida temperatura que foi gerada no interior naquele dia de verão e que escapava pela porta, escancarada. Ergueu o olhar, alertado pelos gorjeios das andorinhas que caçavam os mosquitos que começavam a congregar sob as luzes dos postes, recém-acesas. E viu o carro de Manuel chegar pelo caminho; continuou fumando tranquilo até que o veículo chegou perto o suficiente para distinguir a figura de sua esposa no banco do passageiro. Apagou o cigarro apressadamente e com um gesto rápido escondeu a ponta entre as flores de um vaso pendurado na balaustrada. O carro parou, e da parte de trás saíram suas filhas, acompanhadas de Café. A pequena Antía correu até ele e o abraçou enquanto falava atropeladamente.

— Papai! Sabia que Manuel tem um barco? Ele nos levou a Belesar e todo o rio abaixo; há sete aldeias debaixo da água, com suas igrejas, suas escolas e tudo mais, e vimos as uvas que vão colher no fim de semana, e ele nos convidou para ir junto. Mamãe, Xulia e eu vamos, e vão nos deixar vindimar na *ribeira*, não é legal? Você vai conosco, papai?

Nogueira beijou a cabeça de sua filha, arrebatado pelo ímpeto da pequena, que se soltou, safando-se, esquiva, e correu para dentro de casa, seguida por Café.

Laura se demorou um momento enquanto se despedia de Manuel, e Xulia passou por seu pai e o cumprimentou com simpatia.

— Olá, papai!

Ele se voltou, surpreso. Não conseguia se lembrar da última vez que sua filha se dirigira a ele nesse tom, despreocupada, descontraída, sem tensão alguma e sem o velado desprezo que lhe feria a alma cada vez que ela falava com ele. Voltou à sua memória a menina pequena que até bem pouco tempo ela havia sido, que corria para a porta para se jogar em seus braços quando voltava para casa depois do trabalho.

Nogueira desceu a escada e se aproximou do carro enquanto sua mulher se despedia de Manuel, com um abraço que o fez sentir uma pontada de ciúme.

Ela parou um instante quando passou ao lado dele.

— Eu vi você fumando — disse, bem séria, mas o sorriso imediato desmentiu a irritação. — Mas não deixe as pontas em meus vasos, senão vou matá-lo.

E seguiu caminhando para a casa sem dizer mais nada.

Nogueira foi até Manuel, que sorria disfarçadamente.

— Recebi seu recado. Marquei com o padre às nove no mesmo lugar de ontem, mas acho que não faria mal algum se você atendesse o telefone de vez em quando.

— Estava navegando.

Nogueira o fitou de lado.

— Sim, com minha família... você também poderia ter avisado disso.

Manuel entrou no carro e esperou até Nogueira se ajeitar ao seu lado para responder:

— Espero que não se incomode; acabei cedo no seminário e tive dó de desperdiçar um dia tão bom. Senti vontade de navegar, e pensei que elas iam gostar. Passei por aqui, você não estava...

Nogueira não respondeu a isso; no entanto, quando o viu arrancar, disse:

— Não está esquecendo nada?

— Se está falando de Café, vou pegá-lo na volta. Sua filha está apaixonada por ele, e acho que Café sente o mesmo por ela.

— Como foi com nosso amigo pároco?

— Bem e mal — disse, sorrindo, e contendo-se durante alguns segundos, ao estilo de Nogueira. — O pároco não estava; segundo me disseram, teve que viajar por assuntos pessoais. Prefiro contar o resto diante de Lucas, porque acho que ele pode nos ajudar com o que descobri. Mas, enquanto isso, tome — disse, e lhe entregou uma sacola plástica que continha o rolo de fita adesiva com que havia recolhido a amostra de tinta. — Imagino que com isto e os restos aderidos ao carro de Álvaro o laboratório terá o suficiente para definir se é a mesma tinta.

Nogueira assentiu enquanto inspecionava a amostra através da sacola plástica que a continha.

— Parece que você leva jeito para detetive. Vai voltar amanhã ao convento?

— Não sei se deveria — disse, dando de ombros —, acho que queimei essa possibilidade ao perguntar por Toñino. Percebi imediatamente e tentei consertar, mas com toda a certeza o frade vai comentar com o pároco.

Naquele dia era Lucas quem esperava sorridente ao lado da lareira acesa, pois o céu limpo trazia a desvantagem de uma noite que ainda em suas primeiras horas já começava a esfriar. O estacionamento do restaurante ficava a quase cem metros da entrada do salão, e Manuel havia posto o casacão de Álvaro, que levava consigo desde que Daniel o emprestara a ele. Manuel não disse nada, mas não deixou de notar a expressão de surpresa do sacerdote ao vê-lo entrar. Estava tão ansioso para lhes contar o que havia descoberto no seminário que nem conseguiu esperar que a comida estivesse em cima da mesa.

— O pároco não estava porque, segundo me disseram, teve que viajar inesperadamente por motivos pessoais; mas conheci o irmão Julián, um jovem frade que há dois anos vem informatizando os documentos do seminário. Exatamente como esperávamos, ele ficou feliz de me mostrar todas as dependências e de me prestar qualquer ajuda de que eu pudesse necessitar. No início, pensei que seria difícil me livrar do frade para poder xeretar, mas, depois de me explicar sobre os arquivos, ele me cedeu seu lugar diante do computador. Pude ver as fichas escolares de Álvaro e de seu irmão, e até a sua, Lucas — disse sorrindo. — Você era um menino muito bonito.

Lucas sorriu, negando com a cabeça.

— Não era bonito nem quando pequeno.

— As notas de Álvaro em 1984 chegam até o dia 13 de dezembro. No rodapé há só uma anotação dizendo que foi transferido. O mais curioso é que, quando procurei as baixas desse dia, descobri o atestado de óbito do irmão Verdaguer, em que o suicídio está apontado como causa do falecimento, ao contrário do que acreditávamos.

— Então, não tentaram ocultar o fato — comentou Lucas. — Talvez essa história de que morreu dormindo tenha sido algo que nos contaram, crianças...

— Lembrei que ontem você disse que, depois de encontrar o cadáver do irmão Verdaguer, Álvaro passou algumas horas na enfermaria.

— Sim; pelo jeito ele encontrou o corpo durante a noite. Foi levado para a enfermaria e, no dia seguinte, avisaram o pai.

O garçom se aproximou com várias travessas com carne, batatas e salada, que dispôs em cima da mesa. Mas nenhum dos três as tocou.

Manuel pegou seu celular e procurou a fotografia que havia tirado da tela do computador no convento.

— Teria chamado muito a atenção se eu pedisse ao frade que imprimisse isto — disse, mostrando-lhes a tela com suas ominosas hachuras pretas. — É o relatório que o encarregado da enfermaria redigiu naquela noite; como veem, só estão legíveis o nome, a hora e as palavras iniciais do relatório: "O menino apresenta importantes..." — citou —, e meia dúzia de palavras irrelevantes que não lançam nenhuma luz sobre o estado que o "menino apresenta".

As feições de Lucas e Nogueira se transfiguraram. O guarda pegou o telefone nas mãos e aumentou a tela para poder apreciar os detalhes.

— Foi completamente censurado — disse, incrédulo.

— O que acham que esse relatório poderia conter? O que acham que poderia ser tão horrível? Acham que o estado de um menino, por mais assustado que estivesse, seria suficiente para encher uma página inteira com observações? — disse Manuel.

— Filhos da mãe! — sussurrou Nogueira, sem parar de olhar para a tela.

Lucas estava pálido. Parecia que ia dizer algo, mas só conseguia negar com a cabeça e exclamar um abafado "Meu Deus!".

— E o que é bem mais surpreendente — prosseguiu Manuel — é que, no mesmo dia 13 de dezembro, o irmão Mario Ortuño, que até esse momento havia sido responsável pela enfermaria, abandonou o convento; uma baixa voluntária, que o pároco justificou em outro relatório como crise de fé.

— Lucas, você se lembra desse frade, Ortuño? — perguntou Nogueira.

— Sim — respondeu com um fio de voz; era evidente que sua mente trabalhava a toda a velocidade. — Ele não dava aula, e é verdade que abandonou o colégio; mas na época eu não relacionei isso com a saída de Álvaro; achei que havia sido transferido, isso é comum entre os frades.

— Repararam na hora da entrada na enfermaria? Quatro da manhã. Não acham estranho que o menino estivesse acordado? Não sei vocês, mas quando eu tinha doze anos ia para a cama tão cansado que dormia como uma pedra. Você mesmo me contou — disse Manuel olhando para Lucas — que Álvaro era muito esportista, desses meninos que não param quietos... O normal seria que estivesse dormindo a essa hora.

Lucas assentiu, abalado.

— O que Álvaro estava fazendo na cela desse frade de madrugada?

A pergunta não esperava resposta. Os três homens se olharam sob a impressão sinistra que pairava no ar.

— E depois há o assunto do irmão Verdaguer — acrescentou Manuel. — No convento não há problema algum em reconhecer que ele se suicidou, e o mesmo aparece no atestado de óbito como causa da morte. Hoje, quando comentei isso com o irmão Matias, um dos frades mais idosos, ele me disse que foi uma decisão unânime da congregação que o irmão Verdaguer descansasse no cemitério do convento, apesar das circunstâncias de seu falecimento. Explicou que ele sofreu com uma longa doença, que tinha um tipo de câncer muito doloroso e que recusava o tratamento, que a dor se tornou intolerável e que ele tomou uma decisão que eles não apoiam nem julgam, porque, segundo eles, isso cabe a Deus.

— Bate com o que eu disse ontem — comentou Lucas.

— Sim, mas alguma coisa não se encaixa — disse Manuel, tirando do bolso interno do casaco meia dúzia de fotos que havia selecionado dentre as que o irmão Julián imprimira naquela manhã.

Em todas elas, o irmão Verdaguer aparecia praticando esportes, ou posando com troféus e times; destacava-se aquela em que estava com o hábito recolhido, jogando *pelota vasca*.

— Esta — disse Manuel, apontando a última — foi tirada, segundo a data registrada pela câmera, dia 11 de dezembro, somente dois dias antes de o estado do irmão se tornar tão grave que ele tomou a iniciativa de acabar com a própria vida. Não sei vocês, mas não me parece que este homem esteja sofrendo com uma doença longa e devastadora; este homem — acrescentou, tocando com o dedo a superfície da fotografia — parece a viva imagem da saúde.

Os dois homens assentiram, mas foi Nogueira quem expôs o que os três pensavam.

— Não quero pensar na possibilidade de que alguém abusasse do rapaz como única opção. Mas, segundo minha experiência, tudo indica que estão acobertando abusos. Também temos que pensar na possibilidade de que o menino tivesse visto algo que não deveria; quero dizer, suicídio por enforcamento é o que mais se utiliza para disfarçar um assassinato... E o fato de que digam que o frade recusava tratamento é o pretexto perfeito para que não constem registros médicos que lançariam luz sobre o assunto — disse Nogueira.

Mascarar um assassinato. Mas cometido por quem? Passara o dia todo se fazendo essa pergunta, e a resposta que ainda não queria aceitar ecoava em sua cabeça com as palavras de Mei dando corpo à voz premente que, de uma cabine telefônica de Lugo, havia exortado Álvaro a não ignorar uma ameaça porque alguém mais – além da pessoa que ligava – sabia; sabia que ele o havia matado e tinha provas.

Manter aquilo em silêncio estava corroendo sua alma. Olhou para os homens sentados à mesa, sentindo-se ao mesmo tempo traidor e cúmplice. Mas, apesar da força com que o pensamento fervilhava em sua cabeça, sentia-se incapaz de expressá-lo com palavras, de encontrar uma maneira de expor aquilo, agravado naquele instante pela suspeita do horror do que poderia ter acontecido naquela noite no seminário. Porque talvez, só talvez, o horror pudesse justificar as reservas de Álvaro, sua recusa em deixá-lo fazer parte daquele mundo estranho; e salvaria sua vida, e especialmente seu juízo, se pudesse parar de se perguntar quem Álvaro havia matado: seu próprio irmão? Verdaguer? Ambos?

Com o celular de Manuel na mão, Lucas observava taciturno a fotografia do documento, as hachuras pretas e a assinatura.

— Acha que foi isto que Toñino encontrou?

— Não. Quando perguntei ao irmão Julián se Toñino tinha acesso à biblioteca, ele quase teve um ataque de riso; explicou que ele esteve por lá pintando alguns quartos e o escritório do pároco.

— Deve ter encontrado o documento ali — deduziu Nogueira.

— Ainda assim, não creio que tenha sido este — disse Manuel, apontando para a fotografia —, e sim a versão original e completa desse registro. Seria preciso saber o que se está procurando para tirar uma conclusão vendo somente isto; o que quero dizer é que, sem saber o que é, dificilmente ele poderia usá-lo. Acho que o que ele encontrou foi exatamente o que falta neste relatório; e, por outro lado, devido a sua gravidade, não seria tão estranho que o pároco o guardasse em seu próprio escritório. Duvido muito que ele soubesse que isso estava no meio da bagunça de documentos que a empresa externa digitalizou.

Nogueira assentiu e apontou para a tela do telefone que Lucas mantinha nas mãos.

— O que Toñino encontrou não oferecia sombra de dúvida sobre sua natureza. Ele não tinha como contatar Álvaro, de modo que se dirigiu a Santiago e lhe pediu trezentos mil euros em troca do que tinha, uma quantia que, segundo comentou seu amigo Richi, lhe permitiria mudar de vida. Santiago também não podia contatar diretamente seu irmão, de modo que ligou para o testamenteiro e inventou essa bobagem do cavalo, sabendo que Álvaro ligaria de volta imediatamente; logo depois que conversaram, Álvaro apareceu aqui e foi direto à origem do assunto, o pároco. Discutiram, o pároco ligou os pontos. Quando Álvaro foi embora, o frade foi à casa de seu sobrinho e deu o esporro presenciado pela vizinha. Quando o frade foi embora, Toñino pegou seu carro, um carro branco, de um modelo diferente, mas branco, como o do seminário, que também apresenta uma batida compatível com a transferência que o de Álvaro tinha.

Lucas desligou a tela do celular e deixou-o com cuidado em cima da mesa, afastando-o alguns centímetros.

— Acha que Toñino pode ter matado Álvaro? — perguntou, olhando diretamente para Nogueira.

O tenente pensou um pouco.

— Eu o conheço há anos; ele não tem antecedentes de violência e não parece o tipo de cara que se envolve em uma briga corpo a corpo; é mais daqueles que saem correndo. Mas tudo indica que Álvaro estava muito furioso, e, se conseguiu encontrá-lo, pode ser que tenham se enfrentado... e qualquer coisa pode ter acontecido.

Não me ameace, ecoou na memória de Manuel. Era Toñino quem o ameaçava? Era ele a pessoa que havia ligado de um telefone público?

— E o que a caminhonete do convento teria a ver com tudo isso?

— Ainda não sei, mas a testemunha ouviu o pároco dizer aos gritos que aquilo podia acabar com ele. Se Álvaro o ameaçou... Tudo depende de até que ponto chega o desespero de um homem.

O proprietário da pensão se aproximou com ar preocupado.

— Senhores! O que aconteceu? Não está de seu gosto? Preferem que eu traga outra coisa para comerem?

Os três homens olharam para as travessas de comida intacta.

— Desculpe, cara, é que estávamos concentrados na conversa e nos distraímos — disse Nogueira, servindo-se de um pedaço de carne.

O homem olhou para a a carne com desgosto enquanto levava as bandejas.

— Mas agora ficou frio! Esperem um instante que trarei outros pratos mais quentes. Mas, por favor, comam, é uma pena tanto desperdício e está uma delícia.

Voltou um minuto depois com novas travessas e esperou perto da mesa para se certificar de que, de fato, estavam comendo.

Foi Manuel quem quebrou o silêncio que pesava sobre eles.

— Passei o dia todo pensando no que pode ter acontecido. Desde o momento em que vi o relatório coberto de hachuras não pude parar de imaginar... coisas horríveis — disse, abandonando o garfo na mesa.

— Você disse que anotou todos os dados desse tal de Ortuño... — disse Nogueira.

Manuel assentiu.

— Me dê tudo o que anotou aqui, vou fazer uma ligação — disse, levantando-se e se dirigindo à saída com o celular e o pedaço de papel onde Manuel havia anotado os detalhes da ficha.

Nogueira voltou menos de cinco minutos depois; sorria.

— Boas notícias: consta que o fulano continua morando no mesmo endereço. Pode ser que, quando chegarmos lá, alguém nos informe que ele se mudou ou que morreu há alguns anos, mas, da última vez que renovou a carteira de identidade, esse era seu endereço.

— Vocês vão lá? — perguntou Lucas, animado.

— E você também. A menos que os padres não possam tirar um dia de folga.

Lucas assentiu, sorrindo.

— Posso dar um jeito.

Quando saíam do restaurante, Lucas observou Manuel de novo, como havia feito quando entrou.

— Manuel, esse seu casacão...

— Era de Álvaro. Daniel me emprestou outro dia para descer o rio...

— Eu sei. Me lembro de ter visto Álvaro usando esse casaco algumas vezes, e me lembrei de uma coisa quando te vi entrar: esse é o casaco que ele usava na noite em que achei tê-lo visto perto da igreja. Estava com o capuz na cabeça, e esses pelos em volta são inconfundíveis.

— Pois qualquer um poderia tê-lo vestido — deduziu Manuel. — Daniel o pegou no haras. Quando fui devolvê-lo, ele disse que ninguém daria falta. Álvaro costumava deixá-lo ali para tê-lo à mão quando fosse ao campo.

Manuel estacionou de novo em frente à casa do guarda e esperou no carro que Nogueira voltasse com Café.

Sorriu ao vê-lo com o cachorrinho no colo.

— Caralho! Acredita que a menina estava com ele na cama? E minha mulher não disse nada... — disse, empurrando o cão para dentro do carro.

— E aposto que você não reclamou, não é, Café? — disse Manuel, acariciando o animal.

— Nem elas. Já planejaram o que vão fazer amanhã quando você o deixar aqui de novo... Elas não fazem tantos planos assim comigo.

Manuel olhou para o guarda com cara séria.

— Nogueira, espero que não tenha se incomodado por eu ter levado Laura e as meninas para navegar; quando saí do seminário estava tão... afetado, contaminado; precisava estar com gente normal, era uma questão de higiene mental.

Nogueira assentiu e empurrou Café para o banco de trás. Ocupou de novo o lugar do passageiro, mas não fechou a porta.

— Sim, eu entendo; eu me sentia assim muitas vezes depois de um dia de trabalho.

— Eu prometi a Xulia que iria trazer uma lista de leituras e dar alguns conselhos para ela, e me pareceu boa ideia...

— Não se preocupe, parece que elas se divertiram muito — respondeu Nogueira.

Manuel voltou-se para olhar para ele.

— Você devia conversar com Laura.

— Deixe disso, Manuel — respondeu o guarda, negando com a cabeça.

— Laura é uma mulher muito especial, acho que muitos homens se sentiriam orgulhosos de tê-la ao seu lado — insistiu Manuel.

— Acha que eu não sei disso? — respondeu Nogueira, irritado.

— Tenho sérias dúvidas quando o vejo flertar com Ofelia ou frequentar o puteiro.

— Deixe disso, Manuel — advertiu Nogueira de novo.

— Fale com ela.

Nogueira negou.

— Por que não?

Nogueira explodiu.

— Porque ela não me ama mais, Manuel.

— Isso não é verdade.

— Você não sabe de nada. Você nos conhece há apenas dois dias e acha que pode vir e consertar as coisas — baixou o tom. — Sei que sua intenção é boa e agradeço por isso, mas não vai dar certo.

— Não se não tentar — rebateu Manuel.

— Ela me odeia, Manuel; minha mulher me odeia — repetiu ele, queixoso.

— Não acredito — respondeu Manuel, obstinado.

Nogueira o fitou em silêncio durante alguns segundos e depois afastou o olhar antes de dizer:

— Faz seis anos que durmo em um quarto infantil.

Manuel abriu a boca, incrédulo.

— Desde que Antía fez dois anos durmo no quarto dela. Todas as noites tenho que tirar os bichos de pelúcia, as almofadas de coração e dormir nos lençóis da Minnie Mouse ou das princesas da Disney — disse, resignado.

Manuel sorriu, incrédulo.

— Mas isso é...

— Sim, é ridículo. Ela não me permite mexer em nada no quarto porque é da menina, mas também não posso voltar para o nosso, então Antía dorme há anos em nossa cama, com ela, e eu no quarto da menina — explicou. — Essa é só mais uma das muitas maneiras com que ela me faz pagar. Você viu todas as porcarias que como por aí, não é?

Manuel assentiu.

— Ela me mata de fome — disse, bem sério.

Manuel teria rido, não fosse o páthos da confissão.

— Você viu como ela cozinha — prosseguiu Nogueira. — Pois há seis anos ela só faz verduras cozidas para mim. Cozinha de tudo para ela e as meninas, coisas que eu adoro, ensopados, doces — disse ele, suspirando —, e não me permite nem cheirar.

— Mas isso que está me dizendo é... Você está em sua casa, pode comer o que quiser.

Nogueira negou com a cabeça.

— Tudo que ela compra, tudo que cozinha, embrulha com voltas e mais voltas daquele maldito filme plástico para conservar alimentos. É mais fácil desenrolar uma múmia que provar alguma coisa em minha casa; mas, quando chego, minha comida está sempre pronta; se é que se pode chamar aquilo de comida.

— Bem, Nogueira, eu não quero pôr o dedo na ferida, mas concordo com sua mulher, você devia se cuidar. Já o vi ingerir verdadeiras bombas de colesterol.

Nogueira sorriu.

— É minha vingança.

— Pois sua vingança vai acabar com você. Acho que sua mulher se preocupa com sua saúde...

— Não se preocupa, Manuel, para ela tanto faz. É que ela sabe que adoro comer, que adoro a comida dela, e esse é o jeito que ela encontrou para me torturar.

— Acho que está exagerando.

— E tem as meninas...

Manuel o fitou bem sério.

— Praticamente não consigo acreditar no modo como elas têm me tratado desde que você chegou; mas é por sua causa, Manuel, o respeito e a admiração que sentem por você faz com que me vejam diferente, mas, nos seis últimos anos, o problema entre Laura e eu teve consequências na relação com minhas filhas. Laura as voltou contra mim.

Manuel começou a protestar.

— Não, não estou dizendo que fique enfiando coisas estranhas na cabeça delas; sei que ela nunca diria nada, mas as meninas notam que ela não me ama e imitam o que veem. Elas me tratam com o mesmo desprezo que veem na mãe. A relação com Xulia está muito comprometida, já nem me lembro da última vez que me deu um beijo, e estamos sempre discutindo. Às vezes acho que a mãe a mima tanto só para me contrariar. Como o que acontece com aquele rapaz; não posso nem olhar para a cara dele, Manuel. Ele me tira do sério. Às vezes vejo a cara que minha mulher faz e acho que ele a exaspera tanto quanto a mim, e se ela o tolera é porque sabe que me irrita vê-lo sentado em meu lugar com sua cara de pamonha...

Suspirou e acendeu um cigarro, que fumou do jeito que estava, meio sentado, com a porta do carro aberta apesar do frescor noturno, e dirigindo a fumaça de cada tragada para fora...

— O que mais me fode é que estou perdendo Antía — disse com tristeza. — Ela ainda é pequena, mas as mulheres são assim, notam a hostilidade de uma e as outras reagem, mesmo sem saber a quê.

— Caralho, Nogueira, não sei o que pode ter acontecido de tão terrível, mas tenho certeza de que, se é tão importante para você, poderá resolvê-lo.

O homem o fitou, abatido.

— Não tem solução — sussurrou.

— Você a traiu? — perguntou. — Eu me refiro a...

— Isso não importa para ela, já disse que ela não me ama mais. Não que ela tenha certeza, mas não é tola, deve suspeitar.

Manuel avaliou os argumentos de Nogueira, e, depois de alguns segundos em silêncio, disse:

— E por que você acha que ela continua aqui? Pense bem, Nogueira. Laura é uma mulher incrível: é inteligente, ganha dinheiro suficiente para não ter que aguentar isso. Além do mais, é muito bonita, e não seria difícil para ela encontrar outro homem.

Manuel notou o olhar duro com que o tenente reagiu a seu último comentário, mas prosseguiu:

— E você diz que não vai embora para preservar seu relacionamento com as meninas, o que me leva a pensar que, se ela não quisesse ficar com você, já o teria deixado.

Nogueira tornou a fitá-lo enfurecido.

— Você sabe que tudo que eu disse é verdade, de modo que, se ela não o deixou, é porque ainda tem alguma coisa ali — insistiu Manuel.

— Você não a conhece; se não me deixou é porque vai me fazer pagar enquanto viver.

— Pois deixe-a você, acabe com essa tortura de uma vez e dê aos dois a oportunidade de ser felizes, mesmo que cada um para seu lado.

Nogueira sorria enquanto negava, como se a simples ideia de se afastar dela fosse absurda.

— Não, nunca — respondeu.

— Mas por quê? Por que alguém escolheria ser infeliz pelo resto da vida?

Nogueira jogou o cigarro com força, fazendo-o pular no pavimento e soltar faíscas luminosas, e se voltou furioso para Manuel.

— Porque eu mereço — disse gritando. — Eu mereço, entende? Consegue entender isso? Se ela me pedir para ir embora, irei, mas enquanto não o fizer continuarei aqui, aguentando firme.

Manuel não se intimidou.

— O que você fez?

Nogueira o agarrou pela gola da jaqueta e Manuel teve certeza de que apanharia.

— O que você fez? — repetiu, a poucos centímetros do rosto do outro.

Nogueira não lhe bateu; soltou sua jaqueta e, cobrindo o rosto com ambas as mãos, começou a chorar. Um pranto rouco e desesperado que convulsionava seu corpo de um modo que devia doer. Esfregava os olhos o tempo todo quase com raiva, arrastando as lágrimas que cobriam seu rosto como se o ato lhe provocasse um profundo desprezo por si mesmo. Disse algo, mas, entre o pranto e as mãos que cobriam seu rosto, Manuel não entendeu.

— O quê?

Nogueira repetiu, entre lágrimas:

— Eu a forcei.

Manuel o fitou, incrédulo.

— O que você disse, Nogueira? — perguntou, assustado, desejando que o que julgava ter entendido fosse um erro, porque, sem dúvida, havia ouvido mal.

O guarda parou de chorar, esfregou os olhos com fúria e se voltou, permitindo que Manuel visse seu rosto atormentado pelo peso da vergonha.

— Eu a forcei — repetiu, sereno, balançando suavemente para a frente como em um eterno reconhecimento de sua culpa —, forcei minha mulher, Manuel. Mereço passar o inferno; qualquer coisa que ela queira fazer comigo, qualquer maneira que encontre para me castigar não será suficiente para pagar o que eu fiz.

Manuel estava paralisado. O horror daquelas palavras o imobilizava e o impedia de pensar, dizer algo, qualquer coisa, reagir.

— Pelo amor de Deus! — conseguiu murmurar.

Surgiu em sua mente a imagem indelével da mãe de Nogueira com apenas trinta anos, ferida e humilhada, pedindo a seu filho que não dissesse nada.

— Como pôde, depois do que você mesmo passou?

Nogueira tornou a cobrir o rosto com as mãos, assediado pela desonra, e começou a chorar novamente.

Os sentimentos de Manuel se confundiam enquanto via Nogueira se desmanchar em pranto. Tentava pensar, mas o eco da confissão perfurava sua cabeça como uma broca que não deixava espaço para um único pensamento íntegro. Teria gostado de poder adotar, nesse momento, as palavras que o velho frade havia sussurrado diante do túmulo de Verdaguer e eximir-se da responsabilidade de julgar outro ser humano, deixando o peso daquela carga a Deus. Não podia. Odiava Nogueira pelo que ele havia feito, pela bestialidade, pela selvageria de seu ato... E, ao mesmo tempo, a imagem do homem tomado pela dor, do pecador sofrido que com o peito aberto se expunha diante dele, comovia-o de um modo visceral e humano que lhe provocava um misto de repugnância e irmandade no horror, como se ele mesmo fosse um pouco responsável por todos os horrores, por todas as humilhações e vexações cometidas contra todas as mulheres do mundo desde o início da humanidade; e discerniu, de uma maneira muito básica, que este era o caso, que cada homem da Terra, pelo fato de ser homem, era culpado por toda a dor do mundo.

Estendeu a mão até pousá-la no ombro de Nogueira e sentiu as violentas sacudidas de seu corpo se contraindo. Em resposta, o homem repetiu o gesto que dias atrás Manuel havia visto em Herminia enquanto Sarita a consolava: elevou a mão e com ela cobriu a de Manuel, mantendo-a apertada contra seu ombro.

Nogueira havia acendido outro cigarro e fumava em silêncio, expulsando a fumaça com força para cima e para fora do carro. Havia chorado muito, e agora parecia inerte, como uma marionete que perdera vários fios. Seus movimentos eram lentos e pontuais, como se economizasse forças. Olhava para a frente através do vidro do para-brisa, na direção de sua casa. No entanto, seu olhar transpassava seu lar, sua esposa e suas filhas adormecidas, e por sua tristeza podia-se adivinhar que ele via seu futuro.

— Eu estava bêbado — disse de súbito. — Estava bêbado, mas não tanto, e não pretendo usar isso como uma desculpa. A mais nova devia ter uns dois anos; Laura parou de trabalhar para criá-la assim que ela nasceu. Já tínhamos feito o mesmo com a mais velha, porque eu ganhava dinheiro suficiente para que nos permitíssemos fazer isso. Mas, quando Antía fez dezoito meses, Laura voltou a trabalhar e tudo começou a ir mal, por minha culpa — explicou depressa. — Eu sempre havia deixado o cuidado da casa e das meninas para ela; fui educado assim. Minha mãe nunca nos deixou tocar num prato. Eu sei que é uma desculpa de merda, que eu deveria haver aprendido o que minha mãe não me ensinou. Com Xulia a coisa ia regular, mas com duas as coisas pioraram. Antía chorava todas as noites enquanto seus dentes nasciam, e Laura chegava esgotada do trabalho e ainda por cima tinha que cuidar da casa, das duas crianças... Começou a me deixar de lado. Nos fins de semana, só queria ficar em casa; cozinhava, fazia a limpeza e chegava à cama sem vontade de nada. Não queria sair, estava sempre cansada, e nas poucas ocasiões em que fazíamos alguma coisa tínhamos que levar as meninas junto.

Manuel permanecia em silêncio escutando, e, embora tentasse não deixar que suas emoções transparecessem em seu rosto, Nogueira as notou.

— Sei o que você está pensando. Que eu era um machista de merda e que não a mereço, e você está certo. Uma noite, saí com uns colegas para comemorar não lembro o quê, mas não importa. Quando cheguei em casa, de madrugada, estava bêbado. Laura havia saído do turno da tarde no hospital e ainda estava em pé com a menina, que tinha acabado de dormir. Passou por mim e a deitou no bercinho. Não disse nada, mas era evidente que estava furiosa; quase sempre estava. Não sei nem como cheguei até a cama, mas quando ela voltou fui para cima dela... — explicou, e fez uma pausa.

Manuel notou que estava chorando de novo. Mas, dessa vez, o pranto foi lento e sossegado; as lágrimas escorriam por seu rosto e não parecia restar sombra da fúria com que antes as havia rejeitado, quase a golpes.

— Eu sentia falta da minha mulher, só queria senti-la; juro, Manuel, só queria senti-la ao meu lado. Não sei nem como aconteceu, mas um minuto depois ela estava gritando e chorando apavorada porque eu a estava machucando, segurando suas mãos contra o travesseiro. Ela me mordeu — disse, levando a mão ao lábio superior —, vou ter que usar bigode o resto da vida para esconder a cicatriz. Foi como se eu tivesse acordado de um pesadelo quando senti a dor. Não cheguei a... mas a machuquei. Eu me afastei dela assustado, sem saber muito bem o que havia acontecido, e a olhei. E ao fitá-la vi o pânico, o terror. Ela tinha medo de mim, de mim, que havia jurado amá-la e cuidar dela. E vi outra coisa, Manuel — acrescentou, virando-se completamente para que ele pudesse ver-lhe o rosto. — Vi o desprezo, o vazio, e nesse instante eu soube que a havia perdido para sempre.

— O que ela disse?

Nogueira se voltou para olhá-lo nos olhos.

— Nada, Manuel. Naquela noite eu saí do quarto aos solavancos. Depois de fazer um curativo e vomitar todo o álcool que tinha no estômago, nem sequer me atrevi a voltar ao nosso quarto. Dormi no sofá. Tinha certeza de que nunca mais me dirigiria a palavra, mas ela não deixou de falar comigo. Se bem que, quando fala, há tanto desprezo em sua voz que não me permite esquecer por que estamos assim.

— Mas vocês conversaram sobre isso?

Nogueira negou.

— Está me dizendo que em todos esses anos vocês não falaram do que aconteceu naquela noite? Que você dorme no quarto de sua filha desde então?

Nogueira não respondeu; apertou os lábios e respirou fundo pelo nariz, na tentativa de conter seu desespero.

— Quer dizer que você nunca pediu perdão para ela?

O rosto do tenente se transfigurou de novo.

— Não — gritou —, não posso, Manuel, não consigo. Quando olho para minha mulher, vejo minha mãe, vejo de novo ela na minha frente, com o vestido rasgado arregaçado até a cintura e o sangue escorrendo entre suas pernas; vejo seu rosto e o modo como aquele filho da mãe roubou seu sorriso durante anos. Não posso pedir perdão para minha mulher porque o que eu fiz é imperdoável. Eu não perdoei aquele filho da mãe, e é justo que ela não me perdoe.

A NÁUSEA

Manuel não conseguia dormir. O espírito, revirado de vergonha e suspeita, agitava-se dentro dele e lhe provocava uma náusea que não passaria. Os grandes parágrafos riscados de preto, as faces rosadas do frade Verdaguer, a mãe de Nogueira dentro da banheira lavando seu horror com a roupa rasgada recolhida na cintura, o cobertor de Minnie Mouse de um quarto infantil. Sabia que os engulhos incontroláveis que torturavam seu estômago provinham da piedade inexplicável que sentia por Nogueira. Talvez porque pressentia que o modo como o guarda se castigava era uma espécie de síndrome de Münchhausen por procuração, a única forma que havia encontrado de castigar o monstro que havia ferido sua mãe, e que o ódio que Nogueira sentia pela família Muñiz de Dávila não era mais que o reflexo do desprezo que sentia por si mesmo.

Pensou muito; em Nogueira, em si mesmo, em uma dor comum a todos os homens e em quantas ocasiões aquele dragão contra o que lutamos dorme no fundo de nosso coração, e em como a busca por justiça pretende ser uma espécie de reparação que é impossível de encontrar, porque o monstro viverá eternamente nos pesadelos que arrastamos do passado e só acabará com nossa própria imolação.

Estava farto de dormir à intempérie. Voltou ao palácio.

DE TODO LO NEGADO
Eu estava voltando da rua; estava jogando futebol e ralei o joelho. Quando entrei no banheiro, vi minha mãe lá. Ela estava vestida dentro da banheira. Sua roupa estava amassada e rasgada, recolhida na cintura, e ela estava sangrando... por ali. O sangue escorria por suas pernas e se misturava com a água no fundo da banheira. Achei que ela estava morrendo.

Eu tinha dez anos, ela me fez jurar que não contaria aquilo para ninguém. Eu a ajudei a ir para a cama e ali ela ficou mais de uma semana. Durante esse tempo, eu cuidei dela e dos meus irmãos, que eram muito pequenos e não entendiam o que estava acontecendo.

O PECADO DA ARROGÂNCIA

Mario Ortuño beirava os sessenta anos, talvez mais. Da foto que Manuel recordava ter visto, conservava os olhos ferozes e a tez escura que agora se prolongava pelo crânio inteiro, onde não restava nem sombra da orgulhosa mata de cabelos cortados à escovinha monástica que ostentava na fotografia. Olhou-os com dureza de trás do balcão do bar que dirigia na rua Real de Corme. Apesar do protesto dos homens e do fato de que a casa ficava no final da mesma rua, Susa havia insistido em acompanhá-los, dirigindo-se a seu marido quando cruzaram a entrada do local.

— Mario, estes senhores vieram de Chantada para falar com você. Vamos, saia de trás do balcão, deixe que eu o substitua um pouco — disse, agachando-se para passar sob a portinha do balcão.

O homem não se mexeu e continuou fitando-os um bom tempo, até que Manuel teve quase certeza de que ficaria ali para sempre.

— Por favor, Susa, faça café para nós — disse, dirigindo-se à mulher.

E, curvando-se, saiu de trás do balcão pelo mesmo lugar por onde ela havia entrado.

Indicou-lhes a mesa mais afastada e seguiu atrás deles, dizendo:

— Eu deveria ter imaginado que a visita de ontem do pároco teria consequências. O senhor é padre — disse, apontando para Lucas —, não precisa nem dizer; quanto a vocês, tenho dúvidas... — acrescentou, fitando-os sem ocultar seu mal-estar.

Nogueira esperou que estivessem todos sentados para falar.

— O padre Lucas é ex-aluno do seminário, e ainda se lembra do senhor — disse Nogueira, usando seu tom mais profissional para fazer as apresentações. — E Manuel e eu estamos investigando os fatos que ocorreram no seminário de San Xoan na noite de 13 de dezembro de 1984.

A curiosidade com que Ortuño estudava o rosto de Lucas foi substituída pela expressão de surpresa e consideração que o fez erguer as sobrancelhas enquanto se voltava para Manuel.

— Sabemos que o senhor era enfermeiro do seminário e que no dia seguinte abandonou a ordem, alegando uma repentina crise de fé.

Manuel voltou o olhar para o balcão se perguntando se, como o irmão Julián havia sugerido, a encantadora Susa poderia ter sido a causa daquela renúncia trinta e dois anos atrás. Como se Ortuño acabasse de ler seu pensamento, fitou-o levantando a cabeça.

— Eu me casei com Susa quase dez anos depois; ela não teve nada a ver com as razões que me levaram a abandonar o convento, a ordem e qualquer coisa que tivesse que ver com eles.

— Quer dizer, então, que o pároco veio vê-lo ontem? — inquiriu Nogueira.

— Poderia se dizer que veio até aqui fazer duas coisas contraditórias: por um lado queria refrescar minha memória e, por outro, me persuadir a esquecer — disse, evidenciando em seu tom que ambas as coisas o haviam incomodado sobremaneira.

Manuel estava sentado ao lado do homem e não tirava os olhos dele; ainda não havia decidido se os estava recebendo bem ou não, pois sua expressão só delatava claramente que estava terrivelmente irritado.

— E o que decidiu fazer? — perguntou Nogueira no mesmo tom.

— A decisão já foi tomada na época, e, como consequência, tive que abandonar o convento. Acham que mudei minha decisão com o tempo? Se não for o Alzheimer, nada apagará de minha cabeça o que vi ali aquela noite.

Manuel procurou em seu telefone a foto da tela do computador e o deixou na mesa diante do homem.

Ele o tomou nas mãos e com o dedo foi arrastando o documento, desde o cabeçalho onde aparecia o nome do aluno, até o final, com sua assinatura.

— Filhos da mãe! — exclamou. — Mas não sei por que me surpreendo. Estranho é que não tenham posto fogo nisso. Imagino que seria muito suspeito fazer desaparecer os registros de um ano inteiro a essa altura, já era meados de dezembro, e as folhas eram numeradas, de modo que não podiam ser arrancadas. Por outro lado, é típico deles: como os governos fascistas, como os nazistas durante a guerra, a Igreja nunca levou a sério a questão de se resguardar; a destruição de documentos é uma precaução desnecessária para quem acredita que jamais cairá de seu pedestal, como se padecesse de algum tipo de síndrome de Diógenes, que a impede de se desfazer do que a condena.

A arrogância e a soberba de quem se julga acima de tudo, inviolável e todo-poderoso, e, claro, invencível. Manuel recordou que, ao ver o documento pela primeira vez, ele mesmo havia evocado os registros do regime franquista, as provas de atrocidades simplesmente tachadas com funesta tinta preta.

— Precisamos saber o que está escrito nas partes que foram censuradas; preciso saber o que aconteceu aquela noite — disse Manuel, ciente de que suas últimas palavras soaram desesperadas.

Ortuño, no entanto, não pareceu captar a nota de angústia. Ficou em silêncio olhando para a tela. Quando sua mulher chegou com os cafés, verteu açúcar no seu, mexeu-o levemente e o tomou de um gole só. Quando Manuel provou o seu, ainda estava fervendo.

— Deviam ser três e meia da madrugada quando o irmão Matias foi me avisar; nem tive tempo de vestir o hábito; ele me arrastou de pijama pelo corredor até a cela do irmão Verdaguer. Assim que entrei, percebi que havia acontecido algo terrível ali. Verdaguer jazia inconsciente no chão, suado e congestionado, vestindo simplesmente uma camiseta. O pároco estava ajoelhado ao seu lado e tentava inutilmente reanimá-lo. Por trás, era perfeitamente visível que tinha em torno do pescoço um cinto de couro, que reconheci como parte do uniforme escolar dos meninos. Primeiro vi o rapaz mais velho. Estava ereto como um soldado e olhava para todos com grandes olhos assustados; o outro menino estava encostado na parede e chorava, escondendo o rosto.

— Tinha outro menino com eles no quarto? — perguntou Manuel, impressionado.

Ortuño assentiu.

— Muñiz de Dávila... Por isso não pôs o nome... — deduziu Nogueira. — Eram os dois irmãos, Álvaro e Santiago?

Ortuño assentiu, pesaroso.

— O outro irmão, o pequeno... estava com o rosto voltado para a parede, e o sangue que manchava os fundilhos da calça de seu pijama era visível. Notava-se que a havia subido depressa, deixando o camisolão por fora; mesmo assim, era insuficiente para cobrir o sangue. Em um primeiro momento, fiquei paralisado. Quando me lembro, ainda tenho a sensação de ter ficado horas olhando o rosto horrorizado do garoto mais velho, o modo como o pequeno estremecia voltado para a parede e o corpo de Verdaguer sem calça jogado no chão. Eu nem percebi que o padre Matias havia desaparecido dali, até que voltou com uma longa corda. O pároco, que não tinha nem me visto ali, se levantou. Tinha nas mãos o cinto de couro que havia conseguido tirar do pescoço de Verdaguer e que jogou em cima da cama para arrancar a corda das mãos de Matias. Naquele instante, notou minha presença. "Leve os garotos à enfermaria e cuide deles, para que não falem com ninguém, e você não fale com eles. Estão sob um forte choque, delirando, os coitados encontraram o cadáver do padre Verdaguer, que se suicidou enforcando-se na viga do teto", disse, apontando para cima. Eu protestei. "Eu lhe ordeno silêncio, obedeça e faça o que eu disse", falou e se inclinou de novo sobre o corpo, passando ao redor do pescoço a corda que o irmão Matias havia amarrado. "Verdaguer sofria há muito tempo de um câncer terrível que causava tanta dor que, no fim, ele perdeu a cabeça e pôs fim a seu sofrimento. Os garotos ouviram o barulho do corpo quando desabou, porque, com o peso, deslizou da viga. Foi isso o que aconteceu, não é, meninos?" O mais velho não respondeu.

— Álvaro... — sussurrou Manuel.

Ortuño o fitou, surpreso e um pouco emocionado.

— Sim, Álvaro — disse, saboreando o nome. — Ele não respondeu. Negou com a cabeça, sem tirar os olhos do corpo. Percebi que, apesar da hora, não estava de pijama. Estava com o uniforme escolar e faltava o cinto em sua calça. Mas o pequeno respondeu, eu o ouvi perfeitamente; abafado e contra a parede, disse: "Sim, foi isso que aconteceu". Notei, então, que o sangue havia escorrido por suas pernas e formava uma pocinha que manchava seus pés.

— Filhos da puta! — murmurou Nogueira, e até Lucas devia ter percebido a dor em sua voz, porque se voltou para ele, comovido.

Manuel soube que aquela imagem que ele também levava marcada a fogo tinha voltado à mente do guarda.

Ortuño prosseguiu:

— Eu me voltei alarmado para o pároco e, apontando para o mais novo, disse: "O menino está sangrando pelo...". O pároco respondeu: "Este menino sofre de colite ulcerosa, o susto lhe provocou um acesso e uma forte diarreia; é só um pouco de sangue, você ouviu o garoto"; então, eu falei: "O irmão Verdaguer não estava doente, e é a primeira notícia que tenho de que este menino sofre de colite ulcerosa. Sou o único enfermeiro do convento, se ele tivesse uma doença assim, eu saberia, e não é o caso. Acho que devemos comunicar à Guarda Civil". O pároco abandonou suas manobras em volta do pescoço do irmão Verdaguer e se ergueu de novo, olhando para mim. "O senhor não fará nada disso. A autoridade aqui sou eu, e, se não quiser acabar recluso em um convento no meio da selva, é melhor fazer o que eu disse." Avancei até o garoto mais velho, que não tirava os olhos do cadáver, horrorizado. Tentei levá-lo para a saída, mas ele não se mexia. Então, fiquei na frente dele para evitar que continuasse vendo o corpo e disse: "Temos que tirar seu irmão daqui". Foi como se ele despertasse. Assentiu, pegou a mão de seu irmão e, evitando o tempo todo que ele visse o morto, o guiou para fora do quarto. Embora isso não fizesse diferença, o menino mantinha os olhos tão fortemente apertados que teria sido impossível ver qualquer coisa.

Ortuño se calou e olhou para seu relógio e sua mulher, que atendia no balcão os poucos clientes que havia ali.

— O que foi? — inquietou-se Nogueira.

— Nada — respondeu o homem —, estava pensando se minha mulher vai achar cedo demais para tomarmos um drinque...

Nogueira assentiu veemente, obtendo o apoio dos outros.

— É uma excelente ideia.

Susa não parecia muito convencida quando deixou em cima da mesa uma garrafa pequena licor de *orujo* e os quatro copos. Como demonstração de seu desacordo, voltou para o balcão sem enchê-los. Foi Lucas quem o fez, e Manuel notou que sua mão tremia um pouco enquanto servia a bebida.

Ortuño tomou dois goles antes de continuar:

— O mais novo não parou de chorar a noite toda; redobrava o pranto quando eu me aproximava e não deixou que eu fizesse nenhum curativo;

não consegui nem convencê-lo a tirar a calça e a cueca manchadas. Somente seu irmão conseguiu fazê-lo, na manhã seguinte. Passou a noite encolhido em uma cama com o irmão sentado ao seu lado, e eu o instruía para checar se a hemorragia havia parado ou convencer o menino a engolir uns calmantes com um pouco de água, coisa que, evidentemente, era insuficiente. Algumas horas depois o pároco apareceu na enfermaria. Levava o atestado de óbito do irmão Verdaguer já assinado pelo médico, que eu, como enfermeiro da casa, deveria ratificar. Assinei. Antes de sair, ele me advertiu de novo: "Não fale com ninguém". Voltou às oito da manhã. O menino mais novo havia acabado de adormecer. Ele me perguntou se a hemorragia havia parado, pediu que eu lhe entregasse toda a roupa do garoto e a levou enrolada em um lençol. Álvaro ficou o tempo todo ao lado da cama do irmão, olhando para o pároco sem dizer uma palavra, com fogo nos olhos. O pároco voltou ao meio-dia e me disse o que deveria escrever no relatório da enfermaria: "Estavam com uma gripe muito contagiosa". "Mas não é isso que o garoto diz", respondi. Ele se voltou para Álvaro, que continuava ali em pé e o observava como um soldado. Mandou que eu esperasse do lado de fora enquanto falava com ele. Quando saiu, o mais novo parecia mais tranquilo, até se mostrou disposto a comer. Mas o mais velho, Álvaro, ele não; continuava com aquele fogo nos olhos, e vou lhes dizer uma coisa — disse, olhando para os três homens: — Pode ser que Álvaro ainda fosse um menino, mas provavelmente naquela noite deixou de sê-lo, e eu reconheci naquele olhar o mesmo que havia no meu; esse fogo da raiva que não passa, e soube que nem ele nem eu sairíamos bem daquilo. Naquele mesmo dia, um carro com motorista foi buscar o mais velho. Eu o vi no corredor esperando com sua bagagem enquanto o pai falava com o pároco. O pai saiu do escritório, fez um gesto para o garoto e se dirigiu à saída. A última vez que vi Álvaro, ele estava caminhando com sua mala na mão, alguns passos atrás de seu pai. Achei estranho o pai nem sequer ter entrado para ver o pequeno. Levou Álvaro, e não houve discussões ou xingamentos. Não sei qual foi a explicação que o pároco deu para o pai, só sei que ele levou o rapaz e nunca mais o vi. Mas nem o pequeno, porque naquele mesmo dia, depois de assinar meu relatório, no qual não mencionei gripe nenhuma, eu também abandonei o convento.

Um tenso silêncio se instalou entre os quatro homens.

Manuel pegou seu celular e digitou um número enquanto os olhava, tomado de suspeita.

— Griñán, preciso que me diga desde quando as terras sobre as quais se ergue San Xoan pertencem à família de Álvaro.

Esperou em silêncio menos de um minuto enquanto o testamenteiro consultava seu computador.

Manuel escutou, desligou e tornou a deixar o telefone em cima da mesa afastando-o de si, como se carregasse um mal terrível.

— Em dezembro de 1984, o velho marquês assinou com o pároco um contrato de compra e venda das terras do seminário, propriedade até então do próprio convento, pela quantia simbólica de uma peseta.

— Ele foi silenciado em troca das terras.

Lucas, ainda mais trêmulo que antes, serviu outra rodada de *orujo*, que engoliu como um remédio; Manuel o fitou preocupado. Os olhos do sacerdote, úmidos e nervosos, alternavam olhares para o vazio que parecia ter se aberto diante dele ou para cima, para evocar recordações, gestos, palavras que agora ganhavam um significado brutal.

Manuel gostaria de poder consolá-lo, mas cada palavra de Ortuño havia aberto em seu peito feridas profundas como as causadas por um arado que em seu avanço não só destruísse, mas também desenterrasse o mais profundo horror; e todo o frio e a letargia em que sua alma havia repousado, toda a dor adiada dos últimos dias e que ele julgava que já não viria mais, explodiu dentro dele.

Sentiu o pranto que, como uma maré inexorável, o alagou por dentro com tal força e rapidez que nem sequer se deu conta de que estava chorando, até que as lágrimas ofuscaram completamente sua visão, derramando-se abundantes e silenciosas, e de um modo tão feroz que impressionou os três homens, que, como convocados por uma força mais antiga e poderosa, reconheceram a dor dele e a fizeram sua.

Nogueira, sentado ao seu lado, ergueu a mão e a pousou do mesmo modo que Manuel havia feito na noite anterior, no ombro de seu amigo. Lucas, com os olhos devastados de ira e lágrimas, levantou-se de seu lugar na mesa e, depois de se sentar ao lado de Manuel, abraçou-o. Ortuño, contido, com os punhos crispados de raiva e uma expressão feroz constringindo sua boca, olhou para sua mulher, que o observava do balcão, e assentiu a seu olhar interrogativo; estendeu a mão em cima da mesa e tomou a de Manuel, que, debilitado, não reagiu. Ele chorava transbordando-se, derramando-se, com a alma tomada de uma emoção que não deixava espaço para mais nada. De uma maneira quase inconsciente, agradeceu a violência daquela emoção que lhe anestesiava a alma com um misto de partes iguais de dor e plenitude.

Quatro homens chorando. O ex-frade Ortuño havia sido suficientemente surrado pela vida para não se importar com os olhares curiosos dos fregueses que voltavam o olhar para eles enquanto Susa ia se despedindo deles e o bar se esvaziava. Baixou a persiana e fechou a porta, deixando o local iluminado somente pela pouca luz do balcão e a que entrava, fosca, pela janela de trás.

A única coisa capaz de tirar um homem bom do maior sofrimento é a dor alheia. A de Nogueira, o homem que levava dentro de si o lobo da culpa que o devorava com a carga de ser aquilo que mais odiava. A de Lucas, que havia assistido ao horror sem saber, e que, aterrorizado, via passar diante de seus olhos pávidos a projeção de fatos que sob aquela perspectiva diáfana adquiriam todo o sentido. A do homem que havia sido testemunha direta do horror, descrente e feroz, que arrastava como uma condenação o espanto daquela noite. Manuel os olhou; apoiavam-no, evitavam que desabasse enquanto eles mesmos ruíam. Homens desolados, culpados, agiam com piedade, e Manuel sentiu uma profunda gratidão por eles, por serem o tipo de pessoa que se sente responsável pelo horror dos outros, pela injustiça dos outros. Não conseguia parar de chorar. Era como se sua alma houvesse explodido, o acometimento principal superando-o, arrastando-o e o mantendo no limite do afogamento; mas não estava sozinho, eles estavam ali. Abraçou Lucas, cobriu com uma mão a de Nogueira e olhou de frente para Ortuño enquanto, com a outra, apertava a dele.

Muito, muito tempo depois, novos cafés em cima da mesa. Ortuño olhou para todos. Travava uma batalha, era evidente em seu semblante. Com os cotovelos apoiados na mesa, enlaçou ambas mãos sobre os lábios e assim ficou muito tempo, como se rezasse ou oficiasse uma cerimônia sobre as xícaras de café intocadas que Susa havia colocado de novo diante dos homens com intenção de mitigar os efeitos do *orujo*. Ortuño se deteve apertando a boca, olhando ao redor como se seu olhar pudesse transpassar a barreira da matéria e do tempo para voltar àquela noite.

— Mais de trinta anos se passaram e eu nunca consegui tirar essas crianças da cabeça. Conforme passavam as horas, o pequeno ia ficando melhor. O mais velho, ao contrário, via-se que estava sobrecarregado com a responsabilidade de seus atos, mas ao mesmo tempo equilibrado, como se fortalecido pelo mesmo fato que o devorava. Quando o pequeno adormeceu, convenci Álvaro a tomarmos juntos o café da manhã que nos levaram. Fiquei surpreso ao ver como comia. Anos depois, eu servi como enfermeiro na Bósnia e reconheci a mesma expressão nos combatentes: ingerem ferozmente os alimentos, famintos, mas não olham nunca para a comida; encaram o vazio. "O que aconteceu na cela do irmão Verdaguer?", perguntei, conseguindo que sua mente voltasse daquele lugar onde os soldados repousam. "O que aconteceu foi que eu matei um homem", disse ele com a calma absoluta de quem já assumiu um fato. E então ele me contou. Verdaguer dava aulas de reforço para os alunos com dificuldade e, pelo visto, o mais novo não ia muito bem nos estudos. Todas as tardes, assim que as aulas acabavam, ele ficava uma hora a mais. Era uma coisa habitual, e muitas crianças recebiam esse reforço. Mas Verdaguer insistiu em dar todos os dias uma hora extra de aula para Santiago em sua sala. Não ficou claro para mim se foi algo que ele viu ou que o irmão contou para ele, mas Álvaro dormiu vestido durante uma semana; todas as noites se levantava para vigiar o quarto que seu irmão compartilhava com outro menino de sua idade. Naquela noite, o sono o venceu e ele adormeceu; acordou sobressaltado e, quando viu que seu irmão não estava na cama, correu para a cela de Verdaguer.

Ortuño suspirou profundamente enquanto passava as mãos pelo rosto com violência, como se tentasse apagar a carga repulsiva de suas palavras com as mãos. Susa, sentada ao seu lado, tomou a mão dele e a aprisionou entre as suas, conseguindo fazer com que o homem recuperasse a calma de imediato. Ele se voltou para ela e lhe deu um sorriso cheio de gratidão antes de continuar falando:

— Ele entrou no quarto e viu Verdaguer nu da cintura para baixo. Era um homem corpulento, gordo. Não viu seu irmão, mas nem precisava; sabia que

O menino que chorava meio sufocado pelo peso daquela besta era Santiago. Não gritou, não disse nada. Tirou o cinto dos passantes da calça, pulou nas costas de Verdaguer e o passou em volta do seu pescoço. A surpresa fez o homem cambalear. Então, ele soltou o menino pequeno e começou a se debater, levando as mãos ao pescoço tentando se soltar. Perdeu o equilíbrio e caiu para a frente, de joelhos. O garoto não o soltou. Disse que ele logo parou de se mexer, mas não o soltou; tinha medo de que se levantasse de novo. Eu me lembro do garoto alto e magro, não devia pesar muito, um peso-mosca ao lado de Verdaguer, que naquele momento já estava condenado, pois, como fui informado mais tarde, quando li o relatório médico, a força do primeiro puxão havia esmagado sua traqueia, e, mesmo que o rapaz não continuasse apertando, ele teria morrido sufocado poucos minutos depois.

Manuel fechou os olhos e com toda a clareza ouviu a voz do Corvo: "Meu filho reunia essa capacidade de crueldade e força necessárias para salvaguardar a herança, nossa estirpe... a qualquer preço... ele não nos decepcionou... Ele cuidou da honra desta família; seu pai sabia que ele o faria porque já o havia feito antes".

Ortuño apontou para o celular de Manuel, que ainda estava em cima da mesa.

— Eu escrevi um extenso relatório sobre o estado físico dos dois meninos, sem omitir nenhum detalhe, e posso dizer com toda a certeza que não encontrarão as palavras *gripe contagiosa* em lugar nenhum. Essa é a razão pela qual o relatório está completamente censurado.

— Tirou uma fotografia? Guardou alguma prova? Existe outro documento que registre o que você escreveu aqui? — perguntou Nogueira.

Ortuño negou.

— Eram os anos 1980, para o pessoal da saúde não existia um protocolo de atuação contra o abuso infantil... contra qualquer tipo de abuso. Mas eu escrevi uma carta de renúncia detalhada, explicando minhas razões para abandonar a ordem, dirigida ao pároco de meu convento e ao bispo de minha diocese.

— Quer dizer que o bispo teve conhecimento do que havia acontecido no convento? Alguma vez ele entrou em contato com você? — perguntou Manuel, espantado.

— Não, jamais; por outro lado, para quê? Eu não ia causar nenhum problema; o frade em questão já havia morrido e o menino rebelde foi expulso. Era provável que o pároco recebesse os parabéns pela magnífica gestão de um assunto tão delicado — disse, enojado.

Mais tarde recordariam Mario Ortuño baixando, definitivamente e naquele dia, a persiana do bar e se dirigindo à sua casa, apoiado em sua mulher. Naquela tarde, nada restava do olhar feroz e do rosto sério que os havia recebido de trás do balcão quando entraram no bar. Abatido, ferido pelo passado, viram-no se afastar pela rua Real enquanto pegavam a estrada para sair de Corme.

Mal falaram no caminho. O peso do que haviam ouvido os esmagava como uma laje contra os bancos do carro, e a intimidade compartilhada cobrava seu preço na forma de um denso silêncio no qual as palavras de Ortuño ainda ecoavam:

— Ninguém soube, só voltei a falar sobre o assunto muitos anos depois, quando contei a minha mulher. Pensei muitas vezes no que ocorreu naquela noite e na manhã seguinte, e juro que pensei seriamente na possibilidade de denunciar quando abandonei o convento. Mas de que adiantaria? Minha palavra contra a do pároco, do irmão Matias, um respeitado médico rural que havia assinado o atestado de óbito... Inclusive contra a das crianças. Eu tinha certeza de que Álvaro diria a verdade, mas o pequeno quase pareceu aliviado quando o pároco elaborou a estúpida cena do suicídio. E tudo para quê? A única coisa que eu teria conseguido seria fazer parte de um longo processo que talvez acabasse culpando de assassinato um garoto que havia feito o que tinha que fazer. Ele teria sido o único prejudicado. Verdaguer estava morto, já não podia fazer mal a ninguém, o pequeno estava a salvo. Para Álvaro, assim como para mim, certamente o melhor foi sair daquele lugar.

O telefone de Nogueira tocou, quebrando o silêncio que reinava no carro e que, incompreensivelmente para Manuel, o tenente se recusava a mitigar com música. O guarda olhou com desgosto para o aparelho. As arrevesadas curvas entre Corme e Malpica o obrigavam a pôr toda a sua atenção na estrada. Tocou de novo apenas alguns segundos depois de a primeira chamada se extinguir.

— Veja de quem é a chamada, por favor — pediu Nogueira a Lucas, sentado ao seu lado.

Manuel, no banco de trás, mantinha os olhos fechados. Nogueira sabia que não estava dormindo – pobre infeliz, teria sorte se conseguisse dormir de novo um dia! –, mas entendia que preferisse fechar os olhos para o mundo.

Lucas pegou o aparelho e olhou para a tela.

— Ofelia.

Na margem da estrada, Nogueira procurou um lugar para parar o carro. Encostou em uma clareira ao lado de um barranco sustentado pelos eucaliptos mais altos que ele já tinha visto na vida.

— Preciso ligar para ela — desculpou-se.

Desceu do carro e se afastou alguns passos. De dentro, Lucas o viu escutar surpreso o que sua interlocutora lhe contava. Enquanto voltava, o telefone tocou de novo. Lucas observou Nogueira se aprumar perceptivelmente enquanto escutava. A seguir, o tenente abriu a porta, mas antes de entrar no veículo, inclinou-se para trás e disse:

— Manuel, era Ofelia, a legista. Encontraram o carro de Toñino em uma estrada rural, semioculto pelo mato, no começo dessa tarde. A uns cem metros encontraram o corpo do rapaz pendurando em uma árvore. Também me ligaram da delegacia; não faz nem dois dias que eu passei o alerta do automóvel e me pediram para passar por lá; o capitão quer falar comigo.

Manuel se incorporou, assomando entre os dois bancos.

— Caralho, Nogueira! Espero que isso não cause problemas para você. Se for necessário, posso dizer que eu pedi que você me acompanhasse à casa de Toñino. Em nenhum momento nos identificamos como policiais, e estou disposto a jurar isso.

Nogueira tentou sorrir, mas sua preocupação era evidente.

— Você vai ver que não é nada, mas é rotina, têm que me fazer perguntas.

— Ele se suicidou? — perguntou Lucas de súbito.

Nogueira o fitou em silêncio enquanto ligava o motor do carro e pegava a estrada de novo.

— Você disse que ele estava pendurando em uma árvore. Foi suicídio? — insistiu Lucas.

Nogueira passou repetidamente a mão pelo bigode e a boca, como se avaliasse o que ia dizer antes de responder. Mas, em vez de olhar para Lucas, levantou a vista para o retrovisor, a fim de observar Manuel.

— Ofelia disse que o cadáver está preto como um demônio, mas que, mesmo assim, é evidente que levou uma surra. Seu rosto foi destruído a socos e está com a mesma roupa que sua tia descreveu na denúncia. Tudo indica que bateram nele, talvez até ficar inconsciente, e depois o penduraram lá. Depois da autópsia ela poderá ser mais específica, mas disse que pelo estado do corpo, pode estar morto desde o dia em que desapareceu.

Manuel sustentou o olhar de Nogueira no espelho ao compreender o que aquilo significava.

— O dia em que Álvaro foi assassinado... necessariamente tem que estar relacionado...

— Não sei — disse Nogueira —, sabemos que Toñino provavelmente encontrou a carta de renúncia do frade Ortuño enquanto pintava a sala do tio no seminário, e só de dar uma olhada já percebeu que podia conseguir uma quantia alta de dinheiro com aquela informação; devia ter suposto que para Álvaro e Santiago valia muito mais que trezentos mil euros. Ligou para Santiago para pedir o dinheiro, mas não contava com a reação do irmão, que apareceu no convento furioso pedindo explicações ao pároco. Assim que Álvaro foi embora do convento, o pároco foi atrás de seu sobrinho, talvez para exigir o documento, mas especialmente para adverti-lo de que as coisas não iam ficar assim. Estranhei a reação do pároco quando perguntei sobre o garoto. Era como se ele não se importasse nem um pouco em saber onde ele estava, mas talvez fosse porque ele já soubesse. Não esqueçamos que ele negou que Álvaro foi visitá-lo, e quando não teve mais escolha a não ser admitir que ligou, inventou aquela baboseira da confissão.

— Eu já lhe disse que não poderia ter sido assim de jeito nenhum — apontou Lucas.

— Exceto por esse aspecto, ele não me pareceu preocupado, talvez porque o problema já tivesse sido resolvido. Álvaro estava morto, e agora sabemos que seu sobrinho também; e, provavelmente, no mesmo dia.

— Acha que ele chegaria tão longe para preservar o segredo de algo que aconteceu trinta e dois anos atrás?

— Você se espantaria ao saber o que as pessoas chegam a fazer para esconder coisas infinitamente menos graves. Pelo que Ortuño nos contou, sabemos que ele é um desses homens com recursos suficientes para resolver um grande mal com um grande remédio. Teve colhões suficientes para fazer a morte de Verdaguer passar por suicídio, e para ocultar os abusos sexuais que haviam sido cometidos em seu colégio, e temos uma testemunha que afirma tê-lo visto ameaçar o sobrinho. Se Ortuño acabou de nos dizer que apareceu na casa dele tentando dissuadi-lo a falar, até onde seria capaz de chegar para proteger o bom nome de sua instituição? Será que seria capaz de matar o próprio sobrinho a socos e pendurar o corpo dele em uma árvore? Ou de jogar o carro de Álvaro fora da estrada? Talvez não lhe falte coragem, e já sabemos que pelo menos em uma ocasião fez um homicídio passar por suicídio simulando um enforcamento... Mas...

— Mas ele tem setenta anos, talvez mais — esclareceu Lucas —, padece de uma doença nos ossos, artrite ou artrose, é baixinho e deve pesar uns sessenta quilos.

— Isso mesmo, concordo — disse Nogueira —, é muito difícil imaginá-lo apunhalando Álvaro em um corpo a corpo... E, embora seu sobrinho não fosse muito mais forte e estivesse muito debilitado em consequência das drogas, não vejo o pároco dando porrada nele e ainda conservando forças para pendurá-lo em uma árvore. É preciso habilidade, mas também força, para içar um homem do chão...

Manuel mantinha o olhar cravado no reflexo de Nogueira no espelho e notou que o guarda evitava fitá-lo.

— De qualquer modo, tudo isso são apenas hipóteses, não temos provas. Teremos que esperar o resultado da autópsia de Toñino e que o laboratório confirme se a transferência de pintura do carro de Álvaro provém do veículo do seminário — disse o guarda.

— Você evitou incluir outra possibilidade em sua hipótese — disse Manuel, desafiador. — Que o pároco não tenha tido nada a ver. Que Álvaro tenha conseguido encontrar Toñino...

O peso do que Mei Liu havia escutado ao atender aquela ligação ganhava importância: "Sabe que você o matou".

— Cale-se, Manuel!

A força do desespero na voz de Lucas abafou tudo o que ele ia dizer, mas não evitou que a conjectura acerca de como os fatos poderiam ter se dado continuasse clamando em voz alta em sua mente.

Ergueu o olhar e, ao encontrar os olhos de Nogueira, soube que o guarda estava pensando o mesmo. Prosseguiu:

— Que os dois tenham brigado. Álvaro era bem mais forte que ele e, por isso, tinha a capacidade de surrar o rapaz e pendurar o corpo em uma árvore. Ofelia disse que o ferimento que ele tinha no flanco o havia feito dessangrar lentamente, o que dava tempo para que ele pudesse entrar no carro e dirigir durante alguns quilômetros...

As palavras do Corvo ganhavam corpo.

— Não sei como você pode pensar uma coisa dessas — repetiu Lucas, ofendido, voltando-se para ele.

— Eu também não saberia se estivéssemos falando do homem que eu conhecia, mas acontece que esse não era o verdadeiro Álvaro, e a verdade é que não sei até onde essa versão dele poderia chegar.

— Não posso acreditar! — exclamou Lucas, furioso.

— Você deve se lembrar das palavras da mãe dele. Eu não consigo esquecer — disse Manuel.

— Já falei que ela disse isso somente para machucar você; estava semeando dúvidas, e, pelo visto, você permitiu que germinassem — rebateu Lucas.

— O que foi que ela disse? — inquiriu Nogueira, interessado.

— Que era sua capacidade de crueldade que o fazia adequado para suceder o pai, que tinham certeza de que ele faria um bom trabalho, que não o haviam decepcionado e que sempre tiveram certeza porque já tinha feito isso antes.

— E acha que ela se referia ao que aconteceu no seminário?

— Tem mais uma coisa, que não contei para vocês. Nogueira, você sabe que uns dias depois do funeral de Álvaro a Guarda Civil me devolveu as coisas dele; entre elas, eu encontrei um telefone que nunca havia visto antes, e, quando checamos as chamadas, vimos uma que não conseguimos localizar e que procedia de uma cabine telefônica. A secretária de Álvaro comentou comigo que ele usava esse telefone para cuidar dos assuntos relacionados aos negócios daqui — disse, olhando para Nogueira, que assentiu. — O que vocês não sabem é que a secretária dele me contou que, no dia antes de Álvaro vir para cá, recebeu nesse telefone uma ligação que ela atendeu. A pessoa que estava do outro lado da linha disse: "Sabe que você o matou e vai contar se você não fizer alguma coisa".

Lucas quase deu meia-volta no banco, furioso.

— Pelo amor de Deus! Está dizendo que Álvaro era um assassino? Talvez você tenha razão, Manuel, talvez nunca o tenha conhecido, mas eu sim, e garanto que Álvaro não era um assassino.

— O que estou dizendo é que agora tenho certeza de que a pessoa que ligou para ele foi seu próprio irmão; estava tão desesperado que, de alguma maneira, conseguiu o número de Álvaro. Não seria estranho que Griñán lhe tivesse dado o número porque, quando me contou a forma como Santiago veio lhe pedir dinheiro, acrescentou que parecia estar com muita pressa, além de muito preocupado. Pensem no que ele disse: "Sabe que você o matou". A pessoa que sabia era Toñino e apareceu morto, e, segundo a legista, muito provavelmente desde o dia em que desapareceu, o dia em que Álvaro voltou para resolver o assunto.

"Não me ameace."

Lucas negava com a cabeça olhando para Manuel, obcecado, apertando os lábios de um modo que delatava uma grande decepção ao mesmo tempo que uma firmeza irremovível.

O celular de Manuel tocou de repente, no pequeno espaço do carro. Olhou para a tela, decidido a rejeitar a ligação. Era Mei Liu. Escutou o que ela dizia sem soltar nem uma palavra e desligou o telefone, deixando o interior do carro mergulhado em um silêncio tenso, carregado como uma ameaça de tempestade, e de novo sentiu falta da presença peluda de Café.

Nogueira parou o veículo no estacionamento da pensão, deixou que Lucas e Manuel descessem e pegou a estrada de novo em direção à cena do crime.

Haviam percorrido os últimos quilômetros em silêncio. Uma ominosa tensão pairava entre eles. Manuel se dirigiu ao seu carro.

— Aonde você vai, Manuel? — perguntou Lucas, seguindo-o.

— Vou para As Grileiras. Você pode vir comigo ou ficar aqui, mas estou de saco cheio de tudo isso. Quero uma resposta, agora.

Lucas assentiu e contornou o automóvel para se sentar ao seu lado.

A RAZÃO E O EQUILÍBRIO

A tarde desaparecia velozmente. Quando chegaram ao paço, os últimos raios de sol douravam a fachada da casa principal, que com aquela luz adquiria um enganoso ar de lar aconchegante.

Dirigiram-se diretamente à entrada da cozinha e, tal como esperavam, encontraram Herminia e seu marido sentados à mesa com as mãos enlaçadas e semblantes que delatavam um grande desassossego. Ambos se voltaram para eles, assustados. A mulher se levantou assim que os viu e se jogou nos braços de Lucas, suplicando.

— Ah, por favor, não! Por favor, não... — disse, começando a chorar e contagiando-os com sua angústia.

— O que está acontecendo, Herminia? — perguntou, assustado.

— Você não sabe? Então, não é por causa do Santiago?

— O que há com Santiago? — perguntou Lucas, olhando espantado para Manuel.

Manuel, tão surpreso quanto ele, deu de ombros enquanto Lucas continuava segurando a mulher trêmula.

Herminia afundou definitivamente em seus braços, soluçando.

— *Fillo*, a desgraça entrou nesta casa, vou perder todos os meus meninos, todos vão morrer...

Manuel se voltou para o marido de Herminia, que havia permanecido calado e continuava sentado à mesa, imóvel, observando tudo como se nada fosse com ele, ou como se já estivesse curado de espantos. Buscou em sua memória, tentando recordar seu nome.

— O que aconteceu com Santiago, Damián?

— Ele foi levado de ambulância. Dizem que tomou um monte de comprimidos. Se não fosse pelo menino, já estaria morto. Ele entrou no quarto de Santiago e começou a chacoalhá-lo para que acordasse.

— Samuel?

O homem assentiu.

— Se não fosse pelo menino, ele já estaria morto.

— Onde está o menino? Está bem?

Soltando-se do abraço de Lucas, foi Herminia quem respondeu.

— Manuel, o menino está bem, não se preocupe, nem sequer percebeu o que aconteceu, o *pobriño* pensou que era uma brincadeira. Está lá cima, a mãe está lendo uma história para ele.

Manuel avançou até a mesa e se deixou cair, desabando em uma cadeira. Tudo estava desmoronando ao seu redor. Tentou organizar seus pensamentos. Havia ido até ali disposto a encurralar Santiago, enfrentá-lo até fazê-lo confessar. Surgiu em sua mente a recordação daquela tarde em que o havia visto chorar sozinho na igreja escura; talvez Santiago carregasse mais sofrimento do que aparentava, ou do que podia suportar.

Lucas se adiantou com as perguntas.

— O que aconteceu, Herminia? Algo deve ter acontecido. Você conhece bem Santiago, e uma pessoa não decide se matar assim, de repente, de uma hora para outra. O que precipitou tudo?

Herminia apertou a boca em um riso cruel.

Toda a tristeza que seu rosto refletia foi subitamente substituída por uma careta de absoluto desprezo.

— Claro que eu sei o que aconteceu! Aconteceu o que acontece sempre, que essa mulher horrível não vai parar até enterrar todos os seus filhos. Parece que sofre quando os vê felizes. Essa... — segurou a expressão, apertando os lábios — vadia! — quase cuspiu. — Ontem, Catarina nos deu a notícia: está grávida de novo; e, bem, vocês sabem como é Santiago quando o assunto é gravidez, sempre preocupado com ela. Jantaram cedo e foram se deitar. Mas aquela bruxa não podia nos deixar comemorar em paz — disse, começando a chorar com grande amargura.

Damián ergueu um pouco a cabeça e a olhou, resignado. Manuel se levantou e, fazendo praticamente os mesmos gestos com que ela o havia consolado dias atrás, pegou-a pelas mãos e a conduziu a uma cadeira; depois, sem soltá-la, sentou-se em frente a ela e a deixou falar.

— Foi hoje de manhã. Eu estava com Sarita limpando um dos quartos de cima e ouvi enquanto os dois discutiam. Você sabe que não entro nas dependências dela — disse, altiva. — Vi quando ele saiu dali, chorando; ela o perseguiu até a porta gargalhando, e pouco lhe importou que Sarita e eu estivéssemos ali; continuou debochando e rindo dele até que ouviu uma porta bater na entrada principal. Olhei e o vi sair com um dos cavalos; ele sempre vai montar quando está irritado, e não deveria fazer isso agora... com a mão daquele jeito.

— Sabe por que estavam discutindo?

Herminia negou.

— E quando foi o negócio dos comprimidos?

— Há menos de uma hora. O menino estava procurando o tio para poderem brincar; entrou no quarto dele, e sorte que avisou Elisa que o tio não acordava.

— Herminia, eu não fazia ideia disso. Sei que você o ama, e sinto muito — disse Manuel, com gravidade.

Ela sorriu, circunspecta, aceitando as condolências.

— Mas estou aqui porque preciso fazer uma pergunta para você...

A expressão de Herminia mudou para curiosidade.

— É em relação a algo que você me disse outro dia, quando falávamos de Álvaro, de como o tiraram desta casa com apenas doze anos. Eu perguntei e você me falou de um dia e de algo que aconteceu entre Álvaro e o pai...

Herminia desviou o olhar por um segundo antes de responder.

— Já disse que não foi um dia específico, eles se davam muito mal, e Álvaro havia sido expulso do colégio; seu pai estava muito desgostoso com ele.

— Sim, eu sei o que você falou — disse Manuel, paciente —, mas Álvaro foi expulso em 13 de dezembro de San Xoan, e acabei de receber uma ligação de Madri dizendo que ele entrou no internato no dia 23 do mesmo mês. Sei que algo deve ter acontecido nesse intervalo de dez dias para que decidissem tirar um menino de um lar católico às vésperas do Natal.

— Não aconteceu nada de especial — respondeu Herminia, levantando-se e fingindo mexer nas panelas no fogão.

— Eu sei que aconteceu algo entre Álvaro e o pai; algo suficientemente grave para que ele tenha decidido tirar o menino a toda a pressa de sua casa;

a mãe dele também mencionou algo. Se é verdade que você amava Álvaro, Herminia — disse, erguendo a voz e fazendo com que ela se voltasse para ele, assustada —, então me conte, porque senão subirei essa escada e pedirei ao Corvo que me explique, e ela não terá escrúpulos e o fará da maneira mais cruel.

Herminia largou o que tinha nas mãos e voltou à mesa. Sentou-se no mesmo lugar que havia ocupado antes. Falou bem baixinho, como se as palavras não conseguissem tomar corpo. Apesar de estarem sentados ao seu lado, Lucas e ele tiveram que se inclinar para conseguir escutar o que ela dizia.

— Foi depois que expulsaram Álvaro e alguns dias antes do recesso de Natal no colégio. Eu me lembro porque Santiago ainda não tinha voltado para dormir em casa. O velho marquês havia saído para caçar. Ele sempre levava Santiago, porque Álvaro não gostava de caça; e, bem, Santiago estava disposto a fazer qualquer coisa para agradá-lo. Mas, nesse dia, ele levou Álvaro. Voltaram na hora do almoço e estacionaram aí mesmo, em frente à cozinha, uma SUV grande e o reboque dos cachorros. O marquês estava furioso; havia um cão que nos últimos dias não obedecia, e naquele dia o havia feito perder uma caça. Ele tirou todos os cachorros do reboque, separou o que não caçava direito e começou a chutá-lo. Em qualquer lugar do paço era possível ouvir os gritos do animal. Saí da cozinha alarmada; do jeito que gania, achei que havia sido atropelado. Álvaro correu para seu pai e se interpôs entre ele e o cão. O pai ergueu a mão, e achei que o esbofetearia, mas então foi até o carro, pegou sua escopeta e colocou-a nas mãos de Álvaro. "Este cão não caça mais, não serve para nada. Não quer que eu o chute? Então mate o cão". Álvaro olhou para a escopeta e para o cão e, com a arma nas mãos, dirigiu-se a seu pai e disse que não. "Como não? Ande, mate o cão", ordenou de novo. "Não", respondeu Álvaro, firme. "Como quiser; ou você o mata, ou mato eu", disse o marquês, avançando para ele. Foi então que Álvaro ergueu a arma, a apoiou no ombro e inclinou a cabeça, apontando para seu pai. "Eu disse que não", repetiu com tranquilidade. Olhei para cima e vi a mãe dele os contemplando na janela; assim como eu, todo o pessoal do paço tinha ido até lá para ver, alarmados pelos uivos do cão. Imaginei que o velho marquês ia ficar furioso. Ele era um homem acostumado a que todo mundo fizesse o que ele mandava. O fato de o filho o desobedecer desse modo o tirava do sério, mas eu sabia que um homem como ele considerava realmente humilhante o fato de que aquilo estivesse acontecendo diante de todos. Pai e filho, frente a frente, sustentaram o olhar um do outro, enquanto os demais prendiam a respiração. E então o marquês começou a rir. Suas gargalhadas foram ouvidas por todo o paço, assim como alguns instantes antes ouvimos os uivos do cão. "Não, você não atiraria em um cão, mas não teria tantos escrúpulos com um homem, não é, assassino?". Todos nós pudemos ouvi-lo perfeitamente; ele chamou seu filho de assassino. Álvaro não baixou o olhar nem a arma. O pai deu meia-volta e entrou na casa; ao passar pela cozinha, ele falou: "O que foi que eu disse para você, Herminia? Tem mais colhões que muitos homens!". Dois dias depois, mandaram Álvaro para Madri. E, no mesmo dia em que o menino partiu, o marquês jogou o cão na estrada e lhe estourou a cabeça. Mas esperou Álvaro ir embora; Damián teve que enterrar o pobre animal, depois de recolher seus miolos. Pode parecer bobagem, mas acho que, no fundo, o pai tinha medo dele.

Lucas havia levado a mão à testa e com ela cobria parte do rosto. Manuel suspirou alto antes de falar:

— Por que não quis me contar?

Herminia fez um gesto indicando o semblante de Lucas antes de responder:

— Por quê? Porque não queria que vocês pensassem o que estão pensando; porque Álvaro era bom e justo, a melhor pessoa que já conhecemos.

Damián assentia a cada palavra de sua esposa enquanto ela se levantava e abria de supetão a porta que separava a cozinha do acesso à escada. Elisa, em pé, transfigurada e chorosa, olhava-os horrorizada.

— Há quanto tempo está aí? — perguntou Manuel, aturdido.

— O suficiente, Manuel, o suficiente para saber que não sou a única que suspeitava de Álvaro.

Algo se agitou dentro de Manuel. Havia mais de dez dias que ele estava ali, naquela terra que o recebera de modo hostil quando chegou, com um céu de cloro, um verão que se extinguia apressado e a suspeita de que sua vida inteira estava alicerçada sobre uma mentira. Uma travessia pelo deserto na qual cada nova descoberta trazia uma nova ignomínia, mais dor e a constatação, que ele acabara quase aceitando, da traição. Havia cedido, havia se rendido e durante dias só esperara que aqueles fantasmas ancorados no fundo, dos quais Nogueira havia falado, abandonassem seu túmulo submarino para flutuar com seus esqueletos pútridos até a superfície. Cada vez que encontrava um vestígio do homem que havia amado, talvez uma justificativa para seus atos, um daqueles cemitérios flutuantes se elevava até a superfície, deixando-o de novo sem esperança. E então havia recordado... como Hansel, Álvaro havia deixado para ele uma trilha de migalhas de pão. Algumas os ratos haviam levado, outras os pássaros haviam comido; talvez outras houvessem se desmanchado sob a chuva, fundindo-se para sempre com a terra; mas, fiel a seu espírito laborioso, Álvaro havia lhe deixado centenas, milhares delas, e a mais importante, a que o ajudou a ver todas as outras.

Durante anos havia sido um idiota olhando para o mar; havia permitido que Álvaro cuidasse dele, e agora se dava conta de que todos haviam feito o mesmo; que desde que tinha doze anos Álvaro havia cuidado de todo mundo. Um menino pequeno cuidando de outro, carregando nas costas a responsabilidade de ter livrado seu irmão do horror e que, como pagamento, havia recebido o desprezo de sua família. Idiotas olhando o mar; ele não faria mais isso, e não permitiria que os outros o fizessem, mesmo que para obrigá-los tivesse que lhes quebrar o pescoço.

— Não diga isso, Elisa — rogou Manuel.

— Eu não queria pensar isso, juro, Manuel, nunca quis pensar...

— Mas...

— Mas ouvi o que sua mãe falou para Álvaro no dia em que o marquês morreu, enquanto Fran se desmanchava em pranto segurando a mão do pai morto. Ela não suportava nem ficar com ele no mesmo quarto.

Herminia assentiu, grave, diante das palavras de Elisa enquanto falava:

— Fran não estava sendo sensato, não queria se afastar nem um instante do cadáver. Eu estava esgotada, saí para me deitar um pouco e ouvi os dois conversando. Álvaro olhava pela janela e ela falava: "Agora você está à frente da família, é sua responsabilidade; vai ter que fazer alguma coisa com o imbecil de seu irmão e essa putinha prenhe".

— E o que Álvaro respondeu?

— Ele disse: "Eu sei o que tenho que fazer".

— Isso não significa nada — rebateu Lucas.

Elisa prosseguiu:

— No dia seguinte, depois do enterro, Fran se recusou a voltar para casa e expulsou todos do cemitério. Estava muito frio e ameaçava chover. Vim para cá, subi para o quarto e fiquei o tempo todo vigiando-o, parada na janela. Ele tinha se sentado no chão, ao lado do monte de terra que o coveiro ia empurrando para dentro da sepultura. Eu estava muito preocupada, não sabia o que fazer nem a quem recorrer: ele parecia não só triste, mas louco, como se fosse perder a cabeça. Então, vi Álvaro chegar; ele se sentou ao lado do irmão e ficaram conversando por muito tempo. Quando começou a chover, entraram juntos na igreja; ninguém mais tinha conseguido convencer Fran a sair dali, e lembro que naquele momento me pareceu um gesto lindo.

— E por que agora não?

— Não sei, Manuel, há uma espécie de mistério obscuro ao redor da figura de Álvaro nesta casa, e isso que vocês acabaram de contar...

— O quê? — explodiu Manuel. — Um menino que se recusava a atirar em um cão? Pelo amor de Deus! E, como se isso não falasse a seu favor, ele era só um menino.

Ela rebateu, desesperada.

— Que apontou uma arma para o pai; um menino que o pai chamou de assassino, um menino de quem tinham tanto medo que o tiraram de casa. A mãe pediu que ele desse um jeito no irmão, porque ele tinha se transformado em um estorvo. E vocês — disse, olhando para Lucas e Manuel — concordam que Fran não se suicidou...

— Isso não tem nada a ver — rebateu Manuel, irritado.

— Então, por que me perguntou se eu tinha visto Álvaro aquela noite?

Manuel percebeu o sobressalto de Herminia; ele havia perguntado a mesma coisa para ela.

Lucas levantou a mão, quase como se pedisse licença para falar.

— Porque eu achei que tinha visto Álvaro naquela noite e, de fato, vi seu casacão ou alguém que o usava; mas isso não significa nada. O casacão ficava pendurado em um prego no haras, e, como você disse, estava frio naquela noite, qualquer um podia pegar o casaco e usá-lo para ir até a igreja. De fato — disse, arrastando as palavras —, parece que em algum momento daquela noite todos aqui tiveram a intenção de ir, estiveram lá, ou pelo menos muito perto.

Ninguém respondeu, mas todos inclinaram perceptivelmente a cabeça.

Manuel sentiu a fúria crescer dentro de si. O silêncio que pairava sobre eles crepitava sobre a cabeça de todos como uma tempestade elétrica carregada de suspeita.

Olhou um a um. Damián com uma boina de boa qualidade, que anos atrás seu patrão lhe teria dado; o olhar baixo e circunspecto com a prudente discrição aprendida nos anos a serviço do poder. Herminia chorosa e sofrida, fazendo o papel de mãe para o bem e também para o mal. Elisa, covarde menina perdida, deixando que os outros decidissem por ela...

Levantou-se e, com três passos rápidos, atravessou a cozinha e se precipitou em direção à escada.

— Aonde você vai? O que vai fazer? Manuel...

Correu escada acima enquanto escutava as súplicas atrás de si. Virou no escuro vestíbulo de pesadas portas fechadas e sem se deter chegou até a que arrematava o corredor e bateu daquele modo imperioso, típico da polícia, de quem espera ser atendido sem demora.

Foi a própria marquesa quem abriu a porta.

— Senhor Ortigosa, pensei que não tornaria a vê-lo por aqui; pelo visto, não fui suficientemente clara.

Em frente ao salãozinho havia uma tevê ligada, e a enfermeira ocupava a mesma poltrona em que estivera sentada durante sua última visita. Manuel supôs que era seu lugar habitual. A modo de cumprimento, ela lhe dedicou um olhar turvo, como se o considerasse uma visita intempestiva que logo iria embora. Manuel ficou satisfeito por a marquesa não o convidar para entrar.

— Não, não foi; não foi clara em absoluto — disse, olhando para a mulher que tinha diante de si.

Ela o escutava com a cabeça um pouco inclinada para um lado e com cara de tédio.

— O que quer, senhor Ortigosa? — disse ela, ficando impaciente.

— A senhora afirmou que escolher Álvaro como herdeiro havia sido um acerto por parte de seu marido, que ele havia cumprido satisfatoriamente o que esperavam dele.

Ela semicerrou os olhos e deu de ombros diante do óbvio.

— Por que tiraram de casa um menino de doze anos? — inquiriu Manuel.

— Porque ele era um assassino — respondeu, com frieza.

— Não é verdade — protestou Manuel.

Ela fez um gesto de cansaço, como se assistisse a um espetáculo cujo final já conhecesse. Apoiou-se na porta e, por cima de Manuel, observou o grupo que havia parado no fim do corredor. Sorriu antes de dizer:

— Não finja; o pároco me ligou ontem; o senhor esqueceu de apagar seu histórico de buscas no computador. O senhor sabe: Álvaro matou aquele homem a sangue frio.

Manuel sentiu seu sangue ferver nas veias; ainda assim, baixou a voz até quase um sussurro para evitar que os outros que esperavam no fim do corredor ouvissem o que dizia.

— A senhora sabia? Sabiam o que havia acontecido e, mesmo assim, castigaram seu filho e deixaram o outro ali, fingindo que nada havia acontecido?

— A única coisa que aconteceu é que Álvaro matou um frade, um homem bom e dedicado ao ensino e a Deus.

— Aquele homem bom, como a senhora diz, era um monstro, um estuprador de crianças. Álvaro só estava defendendo o irmão, e vocês o venderam em troca de umas malditas terras.

— O acordo que meu marido fez não tem nada a ver com isso.

— Então é verdade? Deixaram que Santiago continuasse no lugar que era um inferno para ele e afastaram Álvaro da família, condenando-o a viver longe de casa, do único mundo que ele conhecia, como pagamento por salvar seu irmão mais novo de um estuprador.

Ela negava com a cabeça todas as palavras dele, com um misto de tédio e impaciência; até se voltou brevemente para olhar a tevê antes de falar:

— Sim, uma história muito heroica, mas a verdade é que ele não agiu como um menino de doze anos; ele se equivocou a respeito do que viu ali. As crianças têm muita imaginação, mas ele não correu para avisar um adulto, não gritou, não bateu no homem; o que ele fez foi atacá-lo por trás e apertar seu pescoço até que o frade parasse de respirar. Já parou para pensar quanto tempo demora para alguém morrer assim? E, como se não bastasse, uma semana depois do incidente, ele quase matou o pai.

— Ele se recusou a atirar em um cachorro — murmurou Manuel, enojado.

— Nós o expulsamos de casa porque ele era um assassino — disse a marquesa, com um gesto que indicava que a conversa havia terminado; empertigou-se e até empurrou um pouco a porta.

— E por que o trouxeram de novo?

Ela levantou uma sobrancelha, como se fosse óbvio.

— Pela mesma razão. Sabíamos o que ia acontecer. A partir do momento em que seu pai morreu, tudo começou a se descontrolar. E ele cuidou de pôr ordem na família de novo. E não estou falando simplesmente de sanear as contas, coisa que, como já disse anteriormente para você, ele fez de maneira plenamente satisfatória.

— O que acha que ele fez? O que acha que viu?

Ela inclinou a cabeça antes de responder.

— Vi Álvaro ir até o túmulo do pai, vi quando ele convenceu Fran a parar de fazer papel de ridículo e entrar na igreja. Vi que ele cuidou do assunto.

Manuel negava com a cabeça enquanto a escutava. Sua capacidade de aceitar a mesquinharia havia chegado ao limite com aquela mulher. Ela falava do horror com a mesma frieza com que teria se referido a qualquer assunto doméstico.

— E acha que Álvaro o matou? Acreditou nisso esse tempo todo? Acreditou de verdade que Álvaro havia assassinado o irmão para livrar a senhora de um transtorno? A senhora não o conhecia, não tinha nem ideia de quem era Álvaro — disse ele, cheio de desprezo.

— E o senhor tinha? — respondeu ela, desdenhosa. — Por isso anda por aí como uma alma penada recolhendo as migalhas da vida de Álvaro e tentando entender alguma coisa?

A referência àqueles retalhos insignificantes que Manuel havia agrupado e que ele mesmo imaginava como migalhas de pão o deixou desconcertado. Não havia se precipitado ao julgar a marquesa como uma egocêntrica, mas Lucas tinha razão: ela possuía uma espécie de sexto sentido para ver a fraqueza humana e a explorar. Como para referendar sua opinião, ela acrescentou:

— Veja, senhor Ortigosa, conheço a fraqueza humana porque cresci e vivi cercada dela. Não sei se pensa que engana alguém com sua pose indignada, mas não a mim; eu sei que, no fundo, o senhor também sabe o que Álvaro realmente era.

Manuel não sabia o que responder; limitou-se a fitá-la, aterrorizado por sua clarividência e furioso por permitir que o manipulasse assim. Aquela mulher sempre conseguia fazer que se sentisse como um menino diante da rainha. Havia subido decidido a lhe pedir a verdade, e ela, como já havia feito em sua visita anterior, a jogava em sua cara, crua, cruel. Mas era a verdade.

Fechou a porta diante do rosto de Manuel, e durante alguns segundos ele ainda permaneceu ali, parado na escuridão em que o corredor ficou mergulhado. Quase podia sentir o cheiro da cera para madeira da porta enquanto percebia às suas costas o grupo que estava parado do outro lado do corredor.

Voltou-se para eles e viu Elisa chorar, abraçada a Herminia. Lucas estava alguns passos mais atrás; à contraluz não podia distinguir seu rosto, mas, por sua postura, era evidente que também havia ouvido as palavras do Corvo. Avançou na direção deles enquanto uma das portas que dava para o corredor se abria. A luz procedente do quarto desenhou uma faixa leitosa no tapete do corredor. Os pés descalços e pequenos de Samuel precederam seu sorriso.

Manuel o fitou e sentiu tanta ternura, tanto amor, que teve que parar, incapaz de dar mais um passo.

— Tio!

A voz aguda, a alegria transbordante contida em uma palavra.

Ajoelhando-se diante dele, deixou que o menino o abraçasse. Enquanto isso, Samuel falava sem parar e dizia muitas coisas, metade delas incompreensível para Manuel, que, mesmo assim, assentia sorrindo, deixando que as lágrimas deslizassem silenciosas por seu rosto.

— Não chore, tio — pediu o menino, fazendo biquinho, enquanto com sua mãozinha tentava conter o pranto.

Levantou-se e caminhou em direção às mulheres, segurando Samuel pela mão. Elisa se jogou em seus braços, murmurando:

— Sinto muito, Manuel, sinto muito...

Ele a abraçou quase sem forças, olhando para Lucas, que o observava com atenção alguns passos mais atrás. Havia em seus olhos uma determinação que agradeceria mais tarde, mas que, nesse momento, lhe era extenuante. Desviou o olhar.

— Tio, você vai embora? — perguntou Samuel.

Ele olhou para menino e respondeu, abatido:

— Tenho que ir.

— Quero ir com você — respondeu o pequeno, resoluto. — Mamãe, mamãe, quero ir com o tio...

Nesse instante, entendeu por que Álvaro não pudera renunciar; por que sentira que tinha que cuidar deles. Olhou para Elisa e se voltou levemente para a porta escura no fim do corredor.

— Arrume uma mochila com suas coisas — disse —, não vou deixar vocês aqui.

Manuel atravessou o estacionamento da pensão até chegar ao lugar onde havia estacionado, no final de uma longa fila de carros. A transmissão da partida de futebol de início de temporada havia reunido um grande número de fregueses no bar da pensão; talvez por isso Lucas havia preferido esperar no carro.

Ao se aproximar, distinguiu a figura do sacerdote, que, sentado no lugar do passageiro, repousava a cabeça para trás com a primeira expressão de cansaço ou derrota que Manuel via nele desde que o conheceu. Sua firme convicção, sua irredutível opinião sobre Álvaro em momentos em que as dúvidas assaltavam Manuel só podiam comovê-lo. Imaginou que a condição de homem de fé não podia se limitar a uma faceta da vida. Quando se aproximou, viu que estava com os olhos semicerrados e as mãos enlaçadas. Rezava. Manuel parou, sem se atrever a se aproximar mais: havia nos traços de Lucas, habitualmente tranquilos e descontraídos, um riso que delatava seu sofrimento.

Manuel se dava conta de que a maré de sua própria dor o havia arrastado em uma corrente louca de sensações na qual, apesar de estar acompanhado dos outros homens, havia se sentido naufragar sozinho. Fora a súplica na voz do pequeno Samuel que o fizera tomar consciência de que outros naufragavam com ele. Parado na escuridão, era testemunha das atribulações da alma do homem cujo olhar havia se esquivado por julgá-lo seguro demais. O cenho franzido e o riso na boca delatavam a dor e a carga de ofensa que representavam, para ele, o que havia descoberto. Nenhum dos três havia dito nada, mas a sombra dos abusos havia pairado sobre a Igreja em muitas ocasiões para ignorar o estigma que aquilo podia ser para um homem justo, e somava-se a essa sombra a certeza de ter julgado levianamente a introspecção de Santiago; o peso de admitir que Álvaro, que sempre havia sido sincero com ele, guardara o maior dos horrores sepultado em seu peito tinha necessariamente que levantar dúvidas sobre o que havia sido capaz de ocultar, sobre o que havia sido capaz de fazer.

Lucas se endireitou e abriu os olhos.

Ao ver Manuel parado, sorriu, instando-o a se aproximar.

— Como estão? — perguntou assim que Manuel se sentou ao seu lado.

— Samuel muito contente e talvez excitado demais. Elisa me disse que é a primeira vez na vida que passa a noite fora do paço, de modo que imagino que vai demorar para dormir.

— Nunca passou uma noite fora? Não saíram de férias nem passaram um fim de semana na casa de Arousa? Sei que a mãe de Álvaro passa junho e julho ali todos os anos.

— Não, Elisa não quis se afastar do paço desde que Fran morreu.

Fez uma pausa, e surgiu em sua mente o rosto triste da jovem acariciando as confluências da cruz sobre o túmulo de Fran.

— Ela me disse que sentia que tinha que permanecer ali até saber a verdade. — Olhou para Lucas, arrependido. — Naquele momento, pensei que estava obcecada, que se tratava simplesmente de alguém em negação... Mas percebo agora que, de algum modo, ela sempre soube, que talvez realmente conhecia Fran melhor que ninguém no mundo.

Como eu a Álvaro, replicou sua própria voz no profundo de seu cérebro.

— Agora está tranquila. O quarto deles fica ao lado do meu; não vão ter o conforto que tinham no paço, mas ficarão bem por enquanto. Amanhã vou arrumar uma solução para eles.

Lucas o fitou, confirmando sua impressão.

— Desde o início você teve um vínculo especial com Elisa e o menino...

— Acho que sinto que ela é meio como eu, alguém de fora que chegou em circunstâncias adversas, alguém que jamais fará parte da família, a quem suportam a duras penas — disse, pensativo, ciente de estar repetindo as palavras do Corvo —, mas é especialmente por Samuel. É... não sei como explicar, mas é como se esse menino fosse meu; o modo como me reconheceu, como aceitou minha chegada como algo normal, quase esperado, seu jeito de falar comigo... às vezes fico espantado com suas reações ou as coisas que diz.

Lucas fingiu limpar o queixo com a mão.

Manuel afastou-lhe a mão, sorrindo.

— É verdade, eu babo por esse menino.

— Sim, ele é lindo e muito maduro para a sua idade, mas isso é normal. Passou seus poucos anos de vida entre adultos, em um palácio, sem a companhia de outras crianças e com o peso da ausência do pai, que, no entanto, está tão presente.

— Herminia me disse a mesma coisa; ela acha que não é bom para um menino ser criado assim.

— O que foi o que ela falou exatamente? — perguntou Lucas, visivelmente contrariado.

— Nada — respondeu Manuel, com estranheza. — Disse que as crianças podem ficar estranhas nessas circunstâncias.

— Herminia se preocupa demais — disse Lucas, cortante. — Tem boa intenção, mas às vezes se engana.

— O que quer dizer? — perguntou Manuel, com o interesse despertado.

Lucas suspirou profundamente antes de responder.

— Durante uma das minhas últimas visitas ao paço, ela me pediu que eu "visse" Samuel.

Manuel o fitou com estranheza.

— Que o "visse" como sacerdote — esclareceu. — Receio que dessa vez tenho que dar razão a você e reconhecer que, às vezes, o folclore da região é tão poderoso quanto a verdadeira fé.

— Herminia achava que havia algo estranho com Samuel?

— Herminia é uma mulher idosa, com uma educação de outra época, e viu algo perfeitamente normal, só que não conseguiu interpretar.

Manuel balançou a cabeça enquanto organizava seus pensamentos.

— Espere um instante; sua atitude é confusa para mim. Acho que a palavra adequada é *dual*. A dona da pensão me contou que uma menina da família dela recebia "visitas indesejáveis" e que acabaram depois que a levaram ao santuário. Era a isso que eu me referia quando perguntei se era verdade que faziam exorcismos ali.

Lucas não respondeu de imediato.

— Não sei se posso falar sobre isso com você — disse, prudente.

— É porque não sou crente?

Lucas não respondeu.

— Houve um tempo em que fui...

— Antes de sua irmã morrer.

Manuel o fitou, atônito. A morte de sua irmã era seu "intocável"; jamais mencionava o assunto em entrevistas ou biografias.

— Como sabe disso?

— Álvaro me contou. Eu já falei que ele falava muito de você.

Álvaro.

— Posso conversar com um ateu, mas você, Manuel, está furioso com Deus. Não o julgo, mas a realidade é que você vai ter que resolver essa questão com Ele.

Manuel sorriu, negando com a cabeça.

— O que está fazendo, padre? Estávamos indo tão bem!

Lucas o fitou impávido, avaliando-o durante alguns segundos.

— O que a dona da pensão contou é verdade. Vejo muitos casos similares durante o ano. Às vezes, algumas coisas são exatamente o que parecem.

— A menina recebia "visitas indesejáveis"?

— A menina tinha "companhia" constante.

Manuel sentiu um calafrio percorrer suas costas. Disfarçou.

— E era isso o que Herminia suspeitava que acontecia com Samuel?

— O que acontece com Samuel é o mesmo que ocorre com milhões de crianças no mundo: tem uma grande imaginação, alimentada pelo contato constante com adultos; ele já tem noções de leitura; era de esperar que um menino sem amigos inventasse um amigo imaginário.

— É isso? Um amigo invisível? Eu tive um dos seis até os oito anos, mais ou menos.

— E, assim como no caso de Samuel, era para preencher um vazio. No seu, o da morte de seus pais; no de Samuel, há tantos vazios a serem preenchidos... Eu já vi algumas vezes o menino falando sozinho, rindo ou assentindo, como se escutasse algo... e, como eu disse, Herminia é uma boa mulher que se preocupa demais, mas está equivocada.

Manuel avaliou o que havia acabado de ouvir.

— Pelo amor de Deus! Quanto mais sei sobre As Grileiras, mais sinistro me parece esse lugar. E saber disso simplesmente me reforça a ideia de que não podia deixar Elisa com o menino naquela casa, especialmente depois do que eu soube hoje. Independentemente do que Álvaro tenha decidido fazer, o fato é que sua mãe pediu para ele matar o irmão e que Elisa viveu todo esse tempo pensando que ele havia atendido aos seus desejos.

Lucas assentiu, veemente.

— Estive pensando em tudo isso... Acho que é importante conversarmos sobre tudo o que aconteceu hoje.

— A que parte você se refere? — respondeu Manuel, na defensiva.

Lucas soltou todo o ar de seus pulmões com um suspiro carregado de determinação.

— A tudo, Manuel; ao que Ortuño nos contou, ao que aquela mulher horrível insinuou... Acho que é indispensável separar o que sabemos de verdade das grosseiras insinuações ou mentiras. Quando ouço você falar, sinto que é como se aceitasse tudo que as pessoas dizem sobre Álvaro; é quase... Desculpe, Manuel, é quase como se estivesse disposto a admitir qualquer coisa que qualquer pessoa fale sobre Álvaro.

— Não acredita no que Ortuño nos contou?

Lucas suspirou profundamente, fechando os olhos durante um segundo; quando tornou a abri-los, disse:

— Infelizmente, acredito em cada palavra que Ortuño disse. — Fez uma pausa. — Ou que Herminia nos contou... Mas temos que diferenciar tudo da mera insinuação movida pela maldade.

Manuel o fitou em silêncio, e em resposta deu de ombros enquanto mordia o lábio inferior.

— Não deixe que essa mulher manipule você, Manuel; ela continua fazendo isso, mesmo a distância. Ela usa sua fraqueza para injetar o veneno que mais mal lhe faz.

Manuel assentiu, pesaroso.

— Não foi preciso, Lucas, porque esse veneno já estava dentro de mim. No início eu não compreendia, mas tudo que descobrimos foi esclarecedor, de uma maneira apavorante. Estou começando a entender por que Álvaro decidiu me manter marginalizado, porque eu também tenho culpa nisso. Eu me deixei levar, permiti que ele cuidasse de mim, que cuidasse de tudo até me transformar em um idiota; a responsabilidade não era toda dele, como não é de sua mãe semear a dúvida em mim, porque a dúvida bebe da certeza de que houve coisas que ele me escondeu ou que eu nunca quis ver. Somos um bando de covardes, e ele sabia disso. Álvaro se limitou a me proteger, como a todos eles.

Lucas se ergueu em seu banco, voltando-se para olhá-lo de frente enquanto negava com grandes gestos.

— Não, não, não, Manuel, não quero sua autocomiseração, não. Abandone essa atitude. Quero a coragem que o levou a se precipitar escada acima e bater na porta dela, a ofensa que vi arder em seus olhos enquanto Elisa confessava suas suspeitas sobre Álvaro, a raiva que havia em sua voz quando o defendia dizendo que era só um menino que se recusava a atirar em um cachorro, ou quando você disse que ele protegeu o irmão de um monstro.

Manuel assentiu.

— É essa raiva que quero, Manuel, porque não importa para onde apontem os dedos. Você e eu sabemos o tipo de homem que Álvaro era. Nós sabemos, não é, Manuel?

Manuel o fitou e inspirou profundamente. Lucas prosseguiu:

— E ele não era um assassino. O que soubemos hoje fortalece mais minha opinião. Quando era criança, ele reuniu coragem suficiente para defender seu irmão de um estuprador; pagou muito caro, nem posso imaginar o sofrimento que deve ter sido para ele carregar durante a vida toda uma carga assim, acrescida pelo desprezo de sua família. Um homem com essa moral não mata um irmão, nem mesmo um chantagista; não, ele enfrentava...

Uma lágrima escapou, furtiva, deslizando pela face de Manuel, que se apressou a eliminá-la passando a mão quase com fúria pelo rosto.

— Não — sussurrou Manuel, baixando a cabeça.

— Olhe para mim e diga que não acredita — urgiu Lucas, com firmeza.

Manuel levantou o rosto e, olhando-o nos olhos, repetiu:

— Não, não acredito.

***

O BMW de Nogueira parou ao lado deles. O guarda desceu, fechou a porta e, sem intenção de se aproximar mais, acendeu um cigarro, apoiando-se na porta enquanto esperava que eles saíssem do carro.

— Como foi? — perguntou Lucas, impaciente.

— Bem; melhor do que eu esperava. Pode ficar tranquilo — disse, dirigindo-se a Manuel —, não tinha nada a ver com nossa investigação, pelo menos não diretamente... Era sobre um caso que eu investiguei no passado. — Deu uma tragada profunda. — O da morte de Francisco Muñiz de Dávila.

— Fran? — perguntou Lucas, surpreso e voltando-se para Manuel.

O guarda assentiu, pesaroso.

— Manuel, suponho que você se lembre quando expliquei que, na época, achamos estranho que, no estado em que supostamente estava Fran quando saiu da igreja para o túmulo de seu pai, ele parasse para trancar a porta do templo, e que o fato de a chave não ter aparecido nos levou a suspeitar que outra pessoa a havia fechado e levado a chave por descuido.

Manuel assentiu.

— Pois bem, hoje a chave apareceu.

A CÉU ABERTO

Nogueira deu duas tragadas, mastigando a fumaça com desinteresse, e até estalou a língua, desgostoso, antes de tornar a falar.

— Fui chamado para identificá-la, embora seja inconfundível e eu tenha feito uma minuciosa descrição: doze centímetros, prata lavrada e onze pequenas esmeraldas incrustadas na cabeça ao redor das iniciais de Fran... Toñino estava com ela; foi encontrada quando revistaram o cadáver, e um colega a reconheceu ao me ouvir mencionar o caso.

— Tem certeza de que é a mesma?

— Sem sombra de dúvida. Eu guardei as fotos que a companhia de seguro me deu.

— E como acham que essa chave chegou às mãos dele?

— Boa pergunta... A questão é que vão reabrir o caso da morte de Fran; sabem que Toñino havia sido fornecedor dele no passado. Na declaração inicial, Herminia disse que o viu naquela noite no paço. Acham que ele poderia estar com Fran enquanto morria. Será preciso investigar se foi ele que administrou a droga, coisa que parece provável, e depois arrastou o cadáver até o túmulo, abandonou-o ali e fechou a porta, levando a chave — disse, com desânimo.

— Isso bate com o que você achava — apontou Manuel. — Que alguém havia movido o corpo. Você tinha razão.

— Sim, eu tinha razão — repetiu Nogueira, fumando lentamente e sem grande convicção.

— Não o vejo muito satisfeito — comentou Lucas.

— Porque não estou... — disse, jogando quase com desprezo a ponta do cigarro em uma poça, que a recebeu com um audível cicio. — Por que esse infeliz ia se dar o trabalho de arrastar o cadáver até o túmulo e arriscar que alguém o visse? Se erraram a mão na dose, por que não o deixar na igreja e pronto?

— Para mim isso também não faz sentido — disse Manuel —, mas que tenha levado a chave, sim. Pelo que me consta, pelo menos em uma ocasião objetos valiosos desapareceram da igreja.

— Um roubo? — estranhou Nogueira. — Disso eu não sabia...

— Um furto, melhor. Griñán me disse. Levaram uns candelabros de prata, antigos, muito valiosos, mas a porta não foi forçada.

Nogueira franziu o cenho.

— Não me consta nenhum incidente desse tipo em As Grileiras — disse, tentando recordar. — Seria bom você dar uma passada na igreja do paço para saber se em algum momento deram falta de algo mais.

— Tudo bem; mas, de qualquer modo, o que Toñino ia fazer com a chave três anos depois daquilo? Não faz nenhum sentido. Acham que alguém pode ter colocado a chave no corpo dele para incriminá-lo? — perguntou Lucas.

— Incriminá-lo de quê? — disse Nogueira, dando de ombros. — Em um caso encerrado que não teve investigação? E para quê? Não havia suspeitas sobre ninguém, não havia culpas a desviar, e agora Toñino está morto, Álvaro está morto. Quem seria beneficiado com isso? Tem que haver uma razão para que Toñino estivesse com essa chave, e para que a carregasse consigo no dia em que morreu.

Tirou um cigarro do maço, observou-o durante alguns segundos como se contivesse a resposta, fez um leve movimento de negação, como se descartasse uma ideia, e o acendeu com ar cansado.

Lucas olhou para Manuel antes de falar.

— Houve muitas novidades hoje em As Grileiras.

Manuel assentiu.

Lucas resumiu depressa a internação de Santiago, a conversa com Herminia e o que Elisa e o Corvo haviam visto da janela na noite em que Fran morrera. O rosto do guarda civil permanecia impávido enquanto escutava, mas, quando Lucas terminou, olhou para Manuel.

— E agora Elisa e o menino estão com você?

Manuel assentiu.

— Fui guarda muitos anos, Manuel, o suficiente para saber que uma coisa é o que viram e outra o que julgaram ver. Veja como a percepção de Elisa muda, e o mesmo ato que ela antes havia julgado como um gesto de carinho passa a ser a estratégia de um assassino.

Lucas concordou.

— Foi isso mesmo que eu disse, Manuel. Temos que diferenciar fatos de suposições.

— É verdade que neste momento — admitiu Nogueira — Álvaro parece suspeito, mas também o pároco: sabemos que ele é um sujeito obtuso o bastante para isso e muito mais. Quando falei com ele a respeito do desaparecimento de seu sobrinho, o fato de ele parecer não se importar me chamou a atenção. Era como se não esperasse que voltasse ou como se o ocorrido não fosse do interesse dele. E, mesmo que não tenha tido nada a ver com a morte do rapaz, acho que fica claro que não se importa tanto com Toñino a ponto de trazer à luz uma informação que o prejudique e que teve tanto trabalho para ocultar. Não podemos esquecer que o relatório de Ortuño sobre o que aconteceu aquela noite no convento o implica em pelo menos dois delitos graves: ocultação de um homicídio e abuso sexual contra um menor; na imprensa isso seria uma bomba...

— Então, pode ser que se cale... — deduziu Lucas.

— É o mais provável — disse Nogueira —, pelo menos por ora. Mas, dependendo do rumo das investigações, talvez nós tenhamos que dar a informação nós mesmos.

— Nós? Ou você? — inquiriu Manuel, levantando o queixo, subitamente irritado.

— Manuel, antes de mais nada, sou um guarda civil. Já lhe avisei que é assim que as investigações funcionam: acabamos sabendo de coisas nada agradáveis.

— Você me disse que alguém matou meu marido, não que... não tudo isso — replicou Manuel, desgostoso.

— Sim, mas talvez as coisas tenham acontecido de uma maneira mais vulgar, muito menos complicada. Eu sei como a polícia pensa. Toñino encontrou o documento, começou a chantagear Álvaro, ele apareceu no seminário porque sabia que a informação só podia ter saído de lá, conseguiu localizar Toñino, talvez seguindo o pároco, brigaram e Toñino morreu devido a um acidente, e talvez o tenha pendurado na árvore para simular um suicídio.

— E quem matou Álvaro?

— Talvez Toñino o tenha ferido na briga e Álvaro dirigiu alguns quilômetros até que desmaiou e faleceu...

— Combina mais com o pároco que com Álvaro — interveio Lucas. — Ele foi buscar o sobrinho na casa dele. Talvez tenha esperado no cruzamento até que o rapaz saísse. Então, ele o seguiu, o matou e o pendurou. Não seria a primeira vez que ele tenta fazer um crime passar por um suicídio. Depois, foi atrás de Álvaro, discutiram, ele o feriu e se assegurou de acabar com ele tirando seu carro da estrada...

— Não me convence — disse Manuel, negando. — Tanto Álvaro quanto o pároco não queriam que o segredo viesse à tona. Por que ia se complicar matando Álvaro? Com Toñino morto, tudo voltaria a ser como antes.

— E a chave? Que explicação pode ter? — perguntou Lucas.

— Não, já disse que não faz sentido algum pôr o foco em algo que estava esquecido, encerrado, como uma overdose ou um suicídio — pontuou Nogueira.

— Não sei, Elisa não estava convencida — argumentou Lucas.

— Os familiares diretos nunca estão; é mais tolerável para eles imaginar que alguém matou a pessoa que tanto amam do que aceitar que seu final foi voluntário; mas ninguém dá ouvidos ao que eles dizem.

— Não estou entendendo nada — disse Manuel, voltando-se para a escuridão da noite.

Sua expressão delatava o esgotamento e o desespero.

— Ouça — disse Nogueira —, Manuel! — insistiu, fazendo-o olhá-lo de novo. — Você precisa parar de pensar nisso até que saia o resultado da autópsia. Ofelia vai me ligar assim que acabar. Daí, poderemos fundamentar uma hipótese com mais base; conjecturar agora não leva a nada.

Manuel o fitou, sério.

— Vai me ligar assim que souber de alguma coisa?

— Dou minha palavra de que farei isso. Agora, vá para seu quarto — disse, olhando para a pensão —, e tente descansar um pouco. Amanhã, seja o que for que a autópsia revele, estaremos aqui, e será um longo dia; ouça o que eu digo, Manuel, tente descansar.

Manuel assentiu, rendendo-se. Deu dois passos para a pensão e se deteve, inseguro, voltando-se para fitá-los.

— Tenho que ir buscar o Café.

— Deixe que ele durma lá em casa esta noite.

Manuel e Lucas trocaram um sorriso cúmplice.

— No fim, parece que ele gosta do cachorro — disse Lucas, debochando.

— Gosto nada! — replicou o guarda, erguendo a voz.

Mas baixou-a a seguir, olhando por cima dos carros estacionados.

— Mas é muito tarde, aposto que está dormindo com minha filha...

Sorrindo, Manuel deu meia-volta sem dar atenção às explicações de Nogueira e se dirigiu à pensão, erguendo a mão em sinal de despedida.

Os outros dois não tiraram o olho de Manuel enquanto caminhava para a entrada, e, como em um acordo tácito, ambos esperaram em silêncio até que a porta se fechou.

Nogueira voltou-se para Lucas.

— O que me diz a respeito da tentativa de suicídio de Santiago?

Lucas soltou todo o ar dos pulmões antes de responder:

— Ele era uma bomba-relógio... Acho que a chantagem também foi terrível para ele. A possibilidade de o segredo que carregou a vida inteira vir à luz deve ter sido assustadora. Pediu ajuda ao irmão, que sempre o havia defendido, mas que agora está morto. Nos últimos dias, ele acumulou tensões e discussões com Manuel e até com sua esposa, pelo que sei. Estava muito deprimido; já passou por um episódio muito grave quando Fran morreu, e agora, com a morte de Álvaro, não conseguia reagir. Há alguns dias, Manuel o surpreendeu na igreja chorando, e Herminia também o ouviu chorar esta tarde antes que o menino o encontrasse. E ainda por cima sabemos que teve ao menos dois confrontos com a mãe. Herminia não conseguiu ouvir do que falaram, mas sim que ela ria dele. E isso somado à humilhação a que o submeteu na presença de Manuel outro dia... acho que foi demais para ele.

Nogueira assentiu, assimilando o que escutava.

— Você é confessor dele, não? — disse, olhando-o pensativo.

— Em que está pensando?

— Eles são católicos muito praticantes, não é? Com sua própria igreja e seu próprio padre...

— Não se exceda — advertiu Lucas, sem sombra de humor.

— Calma, *home*! — exclamou Nogueira, divertido diante do arrojo do padre. — O que quero dizer é que, depois de uma tentativa de suicídio, o sujeito deve querer estar em paz com Deus. Não faria mal se você desse uma passada no hospital para falar com ele. Eu gostaria de saber se foi por causa de tudo que se acumulou ou se houve um detonador. Seria interessante saber o que foi que a mãe dele falou hoje para que ele ficasse tão desgostoso.

— Eu pretendia visitá-lo amanhã de manhã, mas você sabe que se ele me contar algo em confissão...

— Eu sei — disse Nogueira, olhando-o com desdém.

— Eu sei que ele pode parecer um imbecil para você — prosseguiu Lucas —, mas acho que o julguei mal. Agora sabemos o que ele carrega desde a infância, o horror, a mentira oculta todo esse tempo. — O olhar de Lucas se perdeu na escuridão do estacionamento enquanto rememorava. — Ele sempre andava como um cachorrinho atrás de Álvaro, e agora entendo por quê. Talvez daí proviesse essa violência autodestrutiva, seus brinquedos, suas coisas, ele mesmo... — disse, voltando o olhar para Nogueira. — Eu o acompanhei ao hospital quando avisaram sobre o acidente de Álvaro. Nos deram a notícia ali, e quando ele saiu, depois de identificar seu irmão morto, seu rosto era de absoluta incredulidade.

Os homens ficaram em silêncio durante alguns segundos.

— O que acha de Manuel? Estou preocupado com ele — disse Nogueira.

Lucas assentiu.

— Eu também; ele está sofrendo muito... Está bem, dadas as circunstâncias; é mais forte do que parece, mas, ainda assim, vai precisar de nós; as coisas estão se complicando cada vez mais. Acho que ele está começando a compreender que talvez Álvaro tenha tido uma razão poderosa para esconder toda a verdade dele, e, por outro lado, debate-se entre saber que Álvaro com apenas doze anos matou um homem e as dúvidas sobre se foi capaz de fazê-lo de novo.

— Sim, foi o que me pareceu.

— Imagine, se é confuso para nós... ponha-se no lugar dele.

Nogueira assentiu, olhando fixamente para Lucas até deixá-lo constrangido.

— Que foi? — perguntou Lucas, contrariado.

— Vou lhe contar uma coisa, padre...

— Padre? — repetiu Lucas, sem poder evitar sorrir. — Agora sou "padre"?

— Você entendeu — respondeu Nogueira, sem sinal algum de estar brincando —, como em segredo de confissão. Não pode sair daqui.

Lucas assentiu com gravidade.

— Eu não fui chamado até a delegacia, mas sim até a cena onde o corpo foi encontrado. Meio oculto no mato encontraram o carro de Toñino, um carro branco... O pessoal da polícia científica estava trabalhando e não me permitiu me aproximar, mas de longe dava para ver que tinha vários amassados. O infeliz já tinha sido tirado da árvore e a legista já ia levar o corpo. E eu não era o único convocado; o pároco estava lá, imagino que o chamaram para identificar o garoto. De repente, ele cruzou comigo, me pegou pelo braço, me levou de lado e disse: "Eu avisei meu sobrinho de que as coisas não iam ficar assim com o marquês. Álvaro estava muito furioso quando me procurou. Tentei alertá-lo, mas ele não quis me escutar".

Lucas arregalou os olhos, impressionado.

— Acha que ele contará a mesma coisa aos seus colegas?

— Não sei. Algo no modo como me afastou dos outros, como eu disse antes, me leva a pensar que ele seria perfeitamente capaz de se calar para não ter problemas, mas não sei. — Estalou a língua, contrariado. — E, como comentei, enquanto não tivermos os resultados da autópsia e a investigação não avançar um pouco, tudo não passa de suposições, e não quero confundir Manuel com mais armadilhas.

— Mas, se Toñino tirou Álvaro da estrada com seu carro, quem matou o rapaz? Em que ordem ocorreram os fatos? Não estou entendendo.

— Por isso mesmo eu não quis contar ao Manuel, e você também não vai fazer isso.

— Senão vai me levar à montanha e me dar um tiro? — disse Lucas, sorrindo.

— Ele contou isso para você... — sorriu também, dirigindo o olhar às janelas da pensão. — Foi um dia terrível para ele, acho que hoje não vai dormir muito. O escritor não é tonto... É impossível que não esteja pensando o mesmo que nós, que Álvaro era um assassino; e, pelo amor de

Deus, não me refiro ao que ocorreu naquela noite no convento — disse, jogando o cigarro na poça e se dirigindo à pensão. — Você me acompanha? Não está com fome?

Lucas o seguiu com cara de nojo.

— Não tem nada que tire seu apetite, homem?

Nogueira parou para esperar que o padre o alcançasse e, passando o braço por seu ombro, perguntou:

— Ele não contou para você que minha mulher me mata de fome?

Lucas riu pensando que era uma brincadeira, até que viu a cara de Nogueira.

— Que tal me contar enquanto jantamos?

Manuel entrou em seu quarto e acendeu primeiro a luz do banheiro, que ficava de frente para a porta que comunicava seus aposentos com os de Elisa e Samuel. Aproximou-se até roçar com a ponta dos dedos a madeira coberta por dezenas de camadas de tinta e permaneceu ali em pé, tentando perceber algum movimento do outro lado. Com o olhar fixo no grosso trinco que parecia novo e bem lubrificado, contrastando com a porta, elevou a mão até tocá-lo, e, ao fazê-lo, a variação de seu peso de um pé para o outro fez a madeira do piso ranger. Envergonhado, como se houvesse sido surpreendido em um ato impróprio, retrocedeu, provocando um novo resmungo da madeira, apagou a luz do banheiro, foi de novo para o corredor e bateu suavemente na porta de Elisa.

Ela abriu de imediato. Estava descalça, os pés cobertos apenas por um par de meias. Sorriu e se afastou para que Manuel pudesse ver o interior do quarto. Era uma réplica do seu, com a diferença de que no dela a cama era de casal. Elisa havia coberto o abajur da mesa de cabeceira com um lenço azul que filtrava a luz e cobria de melancolia os móveis simples do quarto. Na tela da tevê, cujo som estava tão baixo que mal se ouvia, uma série de desenhos animados fazia a luz pular de uma cor à outra sobre os travesseiros que apoiavam o rosto imóvel de Samuel.

— Acabou de adormecer — sussurrou ela, sorrindo e se afastando definitivamente da porta em um gesto que o convidava a entrar.

Aproximou-se da cama sem tirar os olhos do rosto infantil, relaxado, embora seus olhos não estivessem totalmente fechados, como se houvesse resistido ao sono até o final.

— Você demorou muito para fazê-lo dormir? — perguntou, voltando-se para ela.

— Demorei muito para mantê-lo quieto — riu. — Ficou um bom tempo pulando em cima da cama, é um artista de circo; mas quando consegui que parasse para ver os desenhos não demorou nem cinco minutos para dormir.

Manuel olhou ao redor.

— Vão ficar bem aqui?

Ela lhe estendeu a mão, e, quando Manuel a tomou, envolveu-a entre as suas, e fitando-o, sorriu.

— Obrigada, Manuel. Ficaremos muito bem, de verdade, não se preocupe. Acho que, hoje, em qualquer lugar ficaríamos melhor que no paço.

Ele sentiu o impulso de abraçá-la, mas, antes que pudesse decidir, ela se jogou em seus braços. Era muito alta, tanto quanto ele. Sentiu o rosto colado ao seu e entre seus braços a fragilidade do corpo magro dela. Recordou que Griñán havia comentado que ela havia sido modelo — "e dependente química", disse uma voz em sua cabeça. Quando se soltou do abraço, ele viu que os olhos dela estavam úmidos. Com um gesto vaidoso, deu meia-volta, enxugando as lágrimas antes de tornar a falar. Levantou a mão, apontando a porta que ligava os dois quartos.

— Manuel, abri o trinco; se quiser algo, pode bater de dentro do quarto, não precisa sair ao corredor.

Ele olhou para porta e soube que a madeira do chão havia delatado sua presença do outro lado.

— Ouça, Elisa — disse ele, fitando-a seriamente —, tem uma coisa que eu preciso lhe falar.

Ela se sentou na cama, levantou os dois pés, cruzou-os e ficou olhando para ele atentamente.

— É sobre o que a marquesa disse no paço...

Ela continuou imóvel e em silêncio, mas Manuel percebeu que seu rosto havia se ensombrado um pouco.

— Não posso dizer nada, nem pedir que você acredite ou não, mas, do fundo do coração, espero que não acredite no que ela disse.

— Manuel...

— Não, não diga nada. Lembra que você me disse que conhecia Fran melhor que ninguém no mundo?

Ela assentiu.

— Pois eu conhecia Álvaro melhor que ninguém no mundo; tive minhas dúvidas quando cheguei aqui, mas agora sei que, embora eu não soubesse tudo sobre ele, ainda assim o conhecia melhor que ninguém. Lembre-se disso, porque talvez nos próximos dias você ouça muitas coisas.

— Sei o que ela disse e por quê; eu também a conheço, sei que não faz nada sem segundas intenções, mas, assim como você, não posso simplesmente aceitar, entende, Manuel?

— Eu entendo.

Ele voltou a vista para o rosto do menino adormecido.

— Preciso pedir um favor para você, Elisa.

— Claro, o que for.

— Griñán me explicou que existe uma tradição na família: cada membro do sexo masculino recebe ao nascer uma chave da igreja do paço.

Ela assentiu.

— E parece que devem ser enterrados com ela quando falecem.

— Bem... — começou ela —, Fran perdeu a dele...

— Você sabe se estava com ela no dia do funeral do pai?

— Sim; quando fui levar o sanduíche para ele, estava ao seu lado no banco da igreja.

— Tem certeza de que era a dele, e não outra cópia?

— Sim, absoluta; as chaves não são idênticas; diferenciam-se pelas pedras preciosas incrustadas na cabeça delas. Na de Fran eram esmeraldas; eu conhecia bem essa chave. — Baixou um pouco a cabeça antes de dizer: — Quando nos drogávamos, mais de uma vez eu tentei convencê-lo a vendê-la para arranjar dinheiro, mas Fran respeitava demais seu pai, sempre disse que ele não o perdoaria.

— Mas, quando encontraram Fran, ela não estava com ele.

— Procuramos por todo lado, mas não apareceu. É curioso — disse ela, virando a cabeça para um canto escuro do quarto, como se a memória fosse tirada de lá. — Lembro que minha sogra sofreu um grande desgosto quando a chave não apareceu para o funeral. Filha da puta! — disse, semicerrando os olhos em um gesto que surpreendeu Manuel pela fúria e a crueldade que aflorou naquele rosto. — Álvaro cedeu a chave dele, sabia?

Manuel negou.

— Samuel recebeu sua chave ao nascer? — perguntou.

— Claro, você pode imaginar como eles são com essas coisas... mas nunca vi muita graça nisso; vê-la me traz más recordações.

— Imagino que você a guardou...

— Está em uma espécie de cofre, emoldurada como um quadro, mas mais fundo. Pode ser posta na parede e ser aberta como uma urna.

— Você poderia me emprestar essa chave?

Ela arregalou os olhos, surpresa, e até pareceu que ia perguntar "Para quê?"; mas era uma pergunta sem sentido. No entanto, o que ela disse o espantou ainda mais.

— Álvaro também a pediu da última vez que esteve aqui.

Manuel ficou parado fitando-a.

— Elisa, você lembra que dia foi esse?

— No dia em que chegou; e a devolveu à tarde.

— Eu também a devolverei — disse ele, tranquilizando-a.

— Não diga bobagens — censurou ela, sorrindo. — No paço, meu quarto e o de Samuel se comunicam, como estes. A chave está no quarto de Samuel, em cima da cômoda. Você pode entrar lá e pegar.

Manuel se inclinou sobre o menino e deu-lhe um beijo suave na face antes de se dirigir à porta. Ainda tinha nas mãos a impressão fugidia do corpo magro de Elisa e, em sua mente, a admissão dela da intenção de vender a chave em mais de uma ocasião.

Deteve-se, voltando-se para fitá-la.

— Elisa, quero perguntar mais uma coisa — hesitou —, e talvez seja um pouco delicada, mas, entenda, eu não a conhecia antes, e tudo que sei sobre a família é por meio do que foram me contando...

Ela assentiu, apertando os lábios, antecipando a importância do que vinha a seguir.

— Pode me perguntar o que quiser, já faz muito tempo que assumi todas as minhas verdades.

— Sei que Fran e você passaram quase um ano em uma clínica portuguesa.

Elisa permaneceu imóvel.

— Sei que voltaram quando o velho marquês estava morrendo e você já estava grávida... Elisa, considero você uma boa mãe, basta ver o bom trabalho que faz com Samuel; mas também sei que é muito difícil sair de um vício, e que às vezes ocorrem recaídas pontuais...

Ela começou a negar com a cabeça.

Havia desculpas implícitas na voz de Manuel.

— Tenho que lhe perguntar isso, Elisa; tenho que lhe perguntar porque alguém insinuou e eu não acredito, mas tenho que lhe perguntar.

Ela continuava negando, obcecada.

— Em alguma ocasião você voltou a consumir, Elisa? Mesmo que só uma vez?

Depois de se levantar, ela avançou até ficar na frente dele. Seus olhos naturalmente azuis haviam escurecido como os de uma gata.

— Não — disse, categórica.

— Desculpe, Elisa — disse ele, dirigindo-se à porta.

Antes que pudesse fechá-la, ela o alcançou.

— Na segunda gaveta da mesma cômoda sobre a qual está a urna com a chave você encontrará meus exames médicos. Nossa querida sogra me obriga a fazer exames toxicológicos semestrais. Eu fiquei no paço com a condição de nunca mais me drogar. Ela ameaçou tirar Samuel de mim se o fizesse, e o teria feito se tivesse a menor dúvida. Pode pegar os exames quando for buscar a chave — disse, fechando a porta diante dele.

Manuel entrou em seu quarto e acendeu a luz. Durante alguns segundos, ainda apoiado na madeira cálida da porta, observou o aposento desse ângulo, como dias atrás havia feito em sua casa.

O brilho fraco da lâmpada fluorescente que se derramava do teto aumentaria conforme passassem os minutos, mas, até então, o fulgor desmaiado banharia os móveis com uma camada acobreada miserável que faria o quarto parecer frio e desolador. Sem se mexer, deu uma olhada no velho aquecedor coberto pelas camadas e camadas de tinta que pareciam envolver tudo ali, e que como saudação o obsequiou com um crepitar que anunciava que estava começando a esquentar. Voltou o olhar para a porta que separava os dois quartos. Evitando pisar na tábua que delataria sua presença, levantou a mão até tocar o trinco e, com o mesmo cuidado que usaria para manipular um explosivo, abriu-o silenciosamente, e, imóvel, examinou-o durante alguns segundos. Com o mesmo cuidado, tornou a fechá-lo.

Como se houvesse sido atraído por um chamado, caminhou para a cama. A colcha cor de chocolate, limpa e esticada, contribuía como um palco vazio para proclamar a importância da flor branca que descansava sobre o travesseiro. Sem tocá-la, olhou de novo para a porta do quarto contíguo, ciente de que ele mesmo havia acabado de abrir e fechar o trinco.

— Por quê? — perguntou em um sussurro. — O que isso significa?

Pegou a flor. Estava fresca e fragrante, como se houvesse sido recém-cortada; sua pálida presença o desconcertava e lhe causava um misto de apreensão e certeza de algo que não conseguia discernir. Sentiu seus olhos se encherem de lágrimas, e, enfurecido, abriu subitamente a gaveta da mesinha de cabeceira e a jogou dentro. Rejeitou a estreiteza castrense da cama e pensou que a noite sem Café seria longa e mais escura. Sua presença peluda, seus olhos d'água, até seus suaves roncos haviam se transformado em parte do que ele precisava para estar bem; talvez devesse ter ido buscá-lo; mas, também com uma pontada de ciúme, admitia que o cãozinho parecia cada vez mais apegado a Antía. Já sabia que não ia dormir, para que trapacear? Ligou a tevê com o volume bem baixo e se sentou diante da mesa, buscando o único lugar onde podia descansar. Voltou ao palácio.

DE TODO LO NEGADO

Manuel ouviu os risos e foi como se sentisse um chamado. Olhou para o rio, e, como se saíssem de um sonho, viu as três garotas da outra tarde em sua curiosa embarcação; as pernas morenas, os braços fortes, os cabelos presos em madeixas despreocupadas que escapavam dos chapéus... e seus risos. Havia música em suas vozes, como se um sino dos ventos tilintasse embalado pela brisa. Eram lindas aquelas fadas do rio, e vê-las de novo provocou-lhe um regozijo inexplicável...

CHAMAR OS MORTOS

Às quatro e meia, Manuel afastou o cobertor e se jogou na cama, fechou os olhos...

Abriu-os, subitamente sobressaltado; havia adormecido. Olhou para os pés da cama tenuemente iluminada pela luz que entrava pelo vidro na parte alta da porta, que os frades deixavam acesa no corredor para que os menores não tivessem medo. Álvaro viu seus pés, ainda embutidos nos toscos sapatos escolares que punha de volta todas as noites, após se assegurar de que seu colega de quarto estava dormindo. Fazia uma semana que se deitava vestido. Vigiando. E nessa noite havia adormecido; o pior era que, por isso, havia perdido toda referência da hora que podia ser. Relógios eram proibidos no seminário; os frades diziam que crianças atentas à hora não prestavam atenção nos estudos. No primeiro andar havia um grande relógio carrilhão, cujos toques eram audíveis em todo o colégio, especialmente em plena noite. Da última vez que recordava tê-lo ouvido haviam sido três toques, mas, agora, maldito sono, agora não sabia que horas eram, nem quanto tempo havia dormido. Saiu da cama atento a qualquer mudança no rosto relaxado do menino imóvel que dormia com a boca aberta no leito ao lado; abriu a porta e deslizou pelo corredor até a penumbra, enquanto mentalmente contava as portas que separavam seu quarto do de seu irmão. Pôs a mão na maçaneta e, com o mesmo cuidado que usaria se manipulasse um explosivo, girou-a até ouvir o clique. Empurrou a porta e colocou a cabeça para dentro do quarto. Ouviu a respiração mucosa do colega de seu irmão, que dormia completamente descoberto na cama mais próxima à entrada. A outra estava vazia: a brancura dos lençóis abandonados refulgia na penumbra, denunciando o espólio.

Correu para a escuridão que levava às celas dos frades. Não esperou, não escutou, não bateu; precipitou-se em direção à porta e, depois de girar a maçaneta, empurrou-a, certo de que se abriria: não eram permitidas trancas no seminário. Não viu seu irmão sob a montanha suada de carne que se mexia para a frente e para trás, para a frente e para trás, com o traseiro branco e peludo exposto. Então, ouviu-o: queixava-se, sofria, mas sua voz lhe chegou tão distante, tão esmagada, sepultada pela massa disforme do violador, que se diria que o menino estava muito longe, como se gemesse de dentro de um poço escavado na terra, ou de um túmulo.

O monstro continuava rebolando com suaves empurrões, concentrado em sua própria respiração; nem sequer notou a nova presença ali. Sem deixar de fitá-lo nem um instante, Álvaro soltou a porta atrás de si e tirou o cinto de couro do uniforme escolar, puxando-o até livrá-lo dos passantes. Pegou-o nas mãos e pulou sobre as costas úmidas do homem, e então cingiu seu pescoço com o couro do cinto. A surpresa fez o frade cambalear, deixando escapar sua presa e levando as mãos à nuca, na ânsia para se libertar. Álvaro apertava com todas as suas forças, e em poucos segundos começou a perceber que o ímpeto dos infrutíferos movimentos com que o monstro tentava se safar ia perdendo brio, até que suas pernas falharam e ele caiu de joelhos. Não notou o momento em que a traqueia se fraturava; foi como se cedesse o espaço que ocupava à peça de couro, que ficou incrustada em sua garganta. Parou de se mexer, mas o garoto ainda manteve o aperto que lhe causava cãibra nas mãos e embranquecia os nós de seus dedos. Quando o soltou, arfante, ainda tremendo pelo esforço, Álvaro o fitou, caído como um grande animal abatido. Soube que estava morto, que ele o havia matado. Percebeu que não se importava, e teve certeza de que não ia chorar, mas compreendeu também que não seria gratuito, que algo havia se quebrado dentro dele, algo que jamais recuperaria. Assumiu.

O menino chorava voltado para a parede; chorava cada vez mais forte, soluçava sonoramente, ia acordar todo o seminário.

Manuel se sentou na cama, aterrorizado. Durante alguns segundos ainda julgou escutar o pranto do menino; desorientado, olhou ao redor para procurar a criança, até que a realidade se impôs e lhe permitiu distinguir o quarto da pensão e o choro se fundiu com o som procedente de seu celular: era Nogueira.

— Manuel, Ofelia acabou de me ligar. Seu plantão acabou às seis e combinamos às sete na casa dela. Você lembra como chegar lá, ou prefere que eu passe aí para buscar você?

Agradecido por aquele choque de realidade, repudiou os persistentes retalhos do sonho que ainda ofuscavam sua vista. Esfregou os olhos com força enquanto tentava clarear os pensamentos.

— Ela contou alguma coisa para você?

— Não; disse que tem novidades, mas preferiu não me contar nada por telefone.

— Estarei lá às sete.

Quando estava prestes a sair do quarto, seu olhar voou para o trinco da porta que ligava o seu com o de Elisa e Samuel. Quase de modo inconsciente, estudou as condições de seu quarto, com a roupa de cama revirada, os livros e a foto em que estava com Álvaro em cima da mesa de cabeceira e as folhas que revelavam sua incursão ao palácio espalhadas sobre a mesa. Felicitando-se por se lembrar da tábua que rangia no chão, aproximou-se da porta e inclinou a cabeça para escutar. Não se ouvia nada, mas pôde distinguir os flashes pulsantes de luz que passavam pela fresta embaixo da porta, delatando que a tevê permanecia ligada. Com o mesmo cuidado que na noite anterior, abriu o trinco e girou a maçaneta até que a porta cedeu com um clique. Ambos estavam dormindo. Cabeças juntas e rostos relaxados, só alterados pela luz colorida dos desenhos animados que lhes tingia a pele. Sentiu pena não por eles, nem por ele mesmo; pena por todos os solitários, abandonados e desolados que não conseguem apagar a luz quando a noite chega à sua alma. Ficou ali parado alguns minutos observando, quieto, o rosto do menino adormecido, a boca entreaberta, os cílios curvados, as mãos pequenas e morenas abertas como estrelas-do-mar sobre os lençóis brancos. Com o mesmo cuidado que havia tido para abri-la, fechou a porta, mas, dessa vez, não passou o trinco.

O carro da legista estava estacionado em frente à casa e, no caminho, junto ao portão de acesso, o BMW de Nogueira. Estacionou ao seu lado, dirigiu-se à entrada e de fora abriu a tranca do portão, como havia visto o guarda fazer, enquanto era recebido pelos quatro cachorros. Na lateral, a porta da garagem aberta permitia ver parte do depósito de lenha e a traseira do carro de Álvaro, que permanecia parcialmente coberto com uma lona.

A casa cheirava a café feito na hora e a pão quente, e um grunhido proveniente de seu estômago o fez recordar que não comia nada desde o dia anterior. A legista havia colocado em cima da mesa da cozinha as xícaras do café da manhã, e, quando entrou ali seguindo Nogueira, surpreendeu-a com o bule de café na mão.

— Olá, Manuel, sente-se por favor — indicou, apontando para a mesa.

Sem perguntar, ela serviu café e leite em todas as xícaras e, enquanto eles mexiam o açúcar, deixou em cima da mesa torradas de pão galego escuro, cujo perfume se espalhava por toda a casa, cobertas por um pano branco.

Os três comeram com apetite, e Manuel supôs que, por consideração, a doutora esperava que acabassem para começar a falar.

— Tudo indica que pode estar morto há cerca de treze dias; catorze, se confiarmos na denúncia do desaparecimento que a tia fez. Mas ontem o tio do rapaz, o pároco, disse que ela provavelmente se enganou porque ele o viu sábado na casa dela. Disse que foi tomar um café.

— Que filho da mãe! — exclamou Nogueira. — Então, não contou sobre a discussão, e imagino que também não vai contar nada relacionado com a visita de Álvaro ao seminário e a conversa que tiveram; agora, admite que viu Toñino no sábado e se resguarda se a investigação seguir em frente.

— Podemos supor que ambos estão mentindo: a tia, para chamar a atenção sobre a denúncia de desaparecimento, e o pároco... parece que ele sabe mentir um pouco melhor. Não disse mais nada; só que tomaram café no sábado na casa da irmã e desde então não teve mais notícias dele. — Ela fez uma pausa, e parecia que ia acrescentar mais alguma coisa, mas negou com um pequeno gesto e prosseguiu com sua explicação: — A questão é que ele estava com a mesma roupa que a tia descreveu no boletim do desaparecimento. Entenda — disse, dirigindo-se a Manuel —, é um pouco precipitado estabelecer neste momento a data exata do falecimento; ainda estou esperando os resultados de vários exames que pedi baseados no desenvolvimento de bichos e larvas, líquido que se extrai do olho e outras amostras, mas, se me perguntassem, eu diria que sim: está morto há uns catorze dias, assim como Álvaro. O corpo está péssimo. Há uma hora o entregamos na funerária em gaveta hermética; não preciso dizer mais nada. Ficou o tempo todo exposto às intempéries. Choveu bastante esses dias, mas também fez muito calor durante a tarde; além do mais, é uma região muito frequentada por corvos e gralhas, que não têm nojo de carniça, de modo que podem imaginar que os restos estão bastante alterados.

Ambos assentiram.

— Já em cima da mesa, observando com mais cuidado, pude constatar o que suspeitei em meu primeiro exame do cadáver na montanha: que havia levado inúmeros golpes no rosto. Tinha o pômulo fraturado, um dente quebrado, e apresentava várias microfraturas na mandíbula; além disso, há inchaços na parte interna dos antebraços — disse enquanto elevava os braços, cobrindo o rosto. — É um claro gesto defensivo. Ele levou uma surra bem dada, e todos os golpes foram recebidos *pre mortem*; sabemos disso porque ao redor das feridas havia sangue coagulado; além disso, encontramos um pacote de lenços umedecidos no carro, e mais de uma dúzia foi usada para limpar o sangue. O que nos leva a pensar que primeiro levou a surra, teve tempo de se limpar um pouco, e depois ocorreu todo o resto.

— E conseguiu estabelecer com que bateram nele? — perguntou Manuel.

— Sim, sem dúvida nenhuma, com as mãos; foram socos, golpes dados com os punhos.

— Corrija-me se estiver errado, mas acredito que a pessoa que deu essa surra nele teria marcas nos nós dos dedos, não é? — disse Manuel, recordando a dor intensa que percorrera sua mão depois da briga da outra noite ao sair do Vulcano.

— Certamente. A pessoa bateu tão forte que chegou a quebrar um dos dentes de Toñino. É inquestionável que isso lhe provocaria algum corte, ficaria com os nós dos dedos esfolados e as articulações inflamadas.

— Eu vi as mãos de Álvaro — acrescentou Manuel com firmeza, e sua voz transmitiu certo alívio. — Bem, pelo menos uma, a direita. E, tendo em conta que Álvaro era destro, o normal seria que houvesse batido com essa, não é verdade?

— Sim, eu também me lembro, as mãos dele estavam limpas e sem marcas.

— Toñino era um michê — interveio Nogueira —, não devia ser a primeira vez que levava uma surra de um cliente. Muitos sujeitos se arrependem depois. Os fatos poderiam perfeitamente estar dissociados: um cliente pode tê-lo surrado antes de ele se encontrar com Álvaro.

— Ou o pároco. Você o viu dias depois do desaparecimento de Toñino. Ele tinha marcas?

— Não que fossem evidentes. Mas, se estava morto desde a madrugada do sábado, muitos dias já haviam se passado; com um bom cicatrizante, feridas desse tipo já poderiam estar curadas.

Ofelia assentiu, solene.

— Ainda há muito mais: embora a causa da morte de Toñino seja asfixia por enforcamento, ele também apresentava oito lacerações no baixo-ventre, oito incisões longas e estreitas. No caso de Álvaro, eu tomei a medida com um instrumento de precisão, mas não tive tempo de mais nada; neste caso, pude fazer um molde da ferida, e, claro, não posso afirmar cem por cento, mas diria que Toñino foi apunhalado com um objeto muito similar ao utilizado para agredir Álvaro.

— A mesma pessoa pode ter atacado os dois? — sugeriu Manuel.

— Odeio fazer o papel de advogado do diabo — disse Nogueira —, mas estou pensando que também pode ter sido algo entre eles: Álvaro o atrai para lá com a promessa de pagar o dinheiro que ele exigia e, quando chega, mata o rapaz. Ou, ao contrário: quando Álvaro se recusa a pagar, Toñino o ataca e o apunhala uma vez. Álvaro, que é muito maior e mais forte que ele, desarma-o e o apunhala repetidas vezes.

Manuel havia fechado os olhos, como se não quisesse ver Nogueira dizendo aquilo.

— A arma apareceu?

Ofelia serviu uma nova rodada de café enquanto respondia que não.

— Mas, se Álvaro a levou, pode ter se livrado dela no caminho simplesmente jogando-a na lateral da estrada no trajeto que fez até sair da pista — apontou Nogueira.

Manuel lhe dedicou um olhar cheio de ódio.

— Há uma peculiaridade — prosseguiu ela, sem dar atenção à tensão entre os homens — que já me chamou a atenção em Álvaro, mas em Toñino, com mais lacerações, é mais evidente: a direção das punhaladas tem uma clara trajetória, da esquerda para a direita.

Nogueira ergueu as sobrancelhas e curvou os lábios sob seu bigode.

— O que isso significa? — inquiriu Manuel.

— Que o assassino pode ser canhoto — explicou Nogueira.

— Não é certeza absoluta — Ofelia apressou-se a explicar —, por ora é só uma hipótese; sem um molde do ferimento de Álvaro, nem sequer podemos ter certeza de que foram apunhalados com o mesmo objeto, e, depois, entram em jogo outras questões, como a posição em que o agressor estava no momento do ataque; por exemplo, dentro de um carro, o que o obrigaria a forçar a postura. Mas, de início, sim, tudo indica que o agressor era canhoto.

— Álvaro era destro — disse Manuel, com firmeza e olhando desafiador para Nogueira. — E Toñino?

O tenente consultou a hora.

— É cedo; mais tarde ligarei para a tia para perguntar. Tenho dúvidas a respeito do pároco; ele foi criado em uma época em que ser canhoto era corrigido na porrada, de modo que ele poderia sê-lo e não parecer.

— E os socos no rosto? — insistiu Manuel. — Dá para saber pela trajetória se o agressor era destro ou canhoto?

Ofelia teve um leve sobressalto.

— Bem, agora que está dizendo... é verdade que ele apresentava golpes por todo o rosto; é normal que a pessoa se debata e mexa a cabeça de um lado para o outro enquanto apanha — disse, girando sua própria cabeça da direita para a esquerda —, mas os golpes mais fortes... o dente quebrado, a fratura no pômulo e a fissura mandibular, estão no lado esquerdo, o que provavelmente indica um agressor destro; nas brigas se usam ambos os punhos, mas isso poderia indicar que quem o acertou no rosto e quem o apunhalou são pessoas diferentes. E mais: o agressor devia ser forte. Toñino pesava apenas sessenta quilos, estava muito magro e não era muito alto. Já na cena do crime percebi que estava sem um tênis e a meia havia escorregado e estava pendurada na ponta do pé. Inicialmente pensei que, durante a agitação típica do enforcamento, ele mesmo havia arrancado o tênis, mas ele apareceu a uns dez metros dali, perto do carro, e durante a autópsia encontrei vários arranhões *pre mortem* no calcanhar. Acho que ele foi arrastado até ali, e tinha que ser por alguém forte; precisa ser para içar uma pessoa do chão e pendurá-la no galho de uma árvore; é verdade que não estava a uma grande altura, mas, ainda assim, deve ter sido um grande esforço. Isso também deixaria marcas nas mãos do agressor, embora menores se ele estivesse usando luvas; estamos analisando a corda para ver se há restos de pele ou células epiteliais, mas, de início, parece que não.

Os três ficaram em silêncio alguns segundos, até que Manuel falou:

— Acho que a chave é estabelecer exatamente a hora em que Toñino morreu, porque já sabemos onde e a que horas Álvaro saiu da estrada — comentou.

— Veja, Manuel — disse Ofelia, suspirando —, apesar do que você deve ter visto nos filmes, a verdade é que estabelecer o momento exato de um falecimento passadas as primeiras horas é muito difícil, a menos que no mesmo instante o relógio da vítima pare ou uma testemunha nos diga. Na maioria dos casos, é por meio de uma série de dados que estabelecemos a hora da morte, mas, quando se passam tantos dias e o cadáver está no estado em que este estava, as coisas se complicam. Como disse, enquanto eu não tiver o resultado dos exames que pedi e as conclusões da polícia científica sobre o que encontraram no carro, só podemos falar de hipóteses.

Manuel assentiu, rendido.

— E tem mais uma coisa — disse ela, fazendo cara séria enquanto lhe entregava um envelope que estivera ao seu lado o tempo todo. — Chegou o resultado dos exames comparativos da tinta que mandamos ao laboratório; nada como o dinheiro para que tudo seja feito mais depressa. A tinta transferida para o carro de Álvaro e a do veículo do seminário da amostra que você pegou é exatamente a mesma.

Os dois homens se entreolharam, espantados, mas foi Nogueira quem disse:

— E você esperou até agora para dizer?

— Controle seu entusiasmo, Nogueira. Você precisa entender que isso não tem valor policial nem judicial; a amostra foi tomada por um particular, sem permissão nem ordem; não podemos utilizá-la, não serve para provar nada.

— Ofelinha — disse ele, arrebatando o relatório das mãos de Manuel —, faz só dez dias que não sou mais guarda, não esqueci como fazer meu trabalho. Pode não servir como prova, mas é suficiente para fazer uma visita ao pároco.

— Vou com você — disse Manuel.

— Não, Manuel, é melhor não. Embora ele saiba quem você é e que andou investigando, não é bom que ele nos relacione.

— Tem certeza de que não vai arrumar problemas se o continuar pressionando? — perguntou Manuel.

— Não; ontem à noite eu tinha certas dúvidas, mas o que eu pensava foi confirmado pelo fato de ele não ter declarado nada relativo a Álvaro, à sua visita ou à minha. Já sabemos que o pároco tem razões para ficar calado; resta saber se está encobrindo o que aconteceu naquela noite de 1984 ou alguns dias atrás, quando Álvaro e seu sobrinho morreram.

— Ainda não temos certeza — replicou Ofelia.

— Tudo indica que foi assim, não é? Resta falar com ele. Vou visitá-lo a título pessoal para lhe dar os pêsames e ver que explicação tem para o carro.

Ofelia assentiu, contrariada.

— O que você vai fazer, Manuel?

— Voltarei a As Grileiras; afinal de contas, tudo parece começar e terminar ali.

Nogueira ergueu a vista para as janelas do escritório no segundo andar do convento. Os vidros lhe devolveram o reflexo do céu cinza daquela manhã, mas também indicaram a presença furtiva do pároco, que o observava e que retrocedeu um passo quando ele olhou para cima. Disfarçou o leve sorriso que se desenhava sob seu bigode e, enquanto isso, acendeu um cigarro, fumando-o com calma, dando tempo para que os pensamentos do pároco fossem da apreensão ao desespero enquanto queimava a moleira conjecturando a razão de sua visita.

Apagou o cigarro e ainda se entreteve cumprimentando os frades idosos com quem cruzou e prolongando a conversa ao perguntar por sua saúde. Estava começando a chover quando calculou que o pároco já devia estar fora de si. Atravessou a porta de entrada e se dirigiu ao segundo andar.

A porta do escritório estava aberta. À medida que se aproximava, o guarda quase conseguiu imaginar o pároco abrindo-a e fechando-a repetidamente calculando o efeito de sua chegada. Estava sentado atrás de sua mesa, mas, ao contrário do que Nogueira havia suposto, não fingia trabalhar, não estava com seus óculos de leitura no rosto, não havia papéis sobre a superfície limpa da mesa.

Nogueira fechou a porta sem cumprimentar e atravessou o aposento, aproximando-se da mesa. O rosto do pároco estava transfigurado; olhava para o guarda fixamente, esperando suas palavras. Nogueira não perdeu tempo com saudações:

— Sei o que aconteceu aqui naquela noite de 1984; sei o conteúdo do documento assinado pelo irmão Ortuño, que foi rasurado; sei que Toñino o encontrou aqui e decidiu chantagear Álvaro Muñiz de Dávila e que este esteve aqui no dia de sua morte, pedindo explicações...

Como ativado por uma mola, o pároco se levantou, derrubando a cadeira em que estava sentado, cobriu a boca com as duas mãos com o inconfundível gesto de contenção do vômito e passou ao seu lado correndo até a porta do banheiro, disfarçada entre as estantes. Nogueira não se mexeu; ouviu-o vomitar, tossir e arfar durante um tempo. Depois, a descarga e a água na pia. Quando saiu do banheiro, o pároco tinha na mão uma toalha úmida que mantinha apertada contra a testa.

Sem reparar na cadeira virada atrás da mesa, Nogueira posicionou duas cadeiras uma de frente para a outra e, ocupando uma delas, fez um gesto, urgindo o pároco a se sentar na outra.

Ele não precisou de mais estímulo. Toda a sua segurança havia desaparecido, e vomitou as palavras com a mesma incontinência que o conteúdo de seu estômago.

— A vida toda foi igual com ele: não queria estudar, não queria trabalhar. Não era a primeira vez que eu o contratava para realizar pequenas tarefas ou reparos no convento; sempre há coisas a serem feitas em um edifício tão grande como esse, e, em vez de chamar outro, eu chamava meu sobrinho. Acho que não posso ser recriminado por isso. No inverno passado, tivemos um problema com a calha do telhado e entrou água em alguns quartos; nada grave, mas deixou manchas no teto. Esperamos o verão todo para ter certeza de que estava bem seco; ele só tinha que pintar o teto. Trabalhou durante três dias, e nessa ocasião achei que seria diferente. Estava animado, com vontade. Esvaziamos meu escritório para que o pintasse no dia seguinte — disse, levantando a mão esquerda para indicar uma mancha amarela no teto, acima da janela. — Ele não voltou, e devo dizer que não estranhei; não era a primeira vez que ele fazia isso. Antes de ir embora na tarde anterior, havia me dito que precisava de dinheiro, e então eu antecipei uma parte do pagamento. Quando não voltou, simplesmente pensei que havia caído na farra. Mas, como ele também não apareceu na manhã seguinte, liguei para minha irmã, e ela disse que ele não estava em casa. Sempre o justificava, sempre dava a cara a tapa por ele; nem sei se é verdade que ele não estava em casa — disse, dando de ombros —, de modo que dei tudo por perdido. Os irmãos me ajudaram a colocar as coisas no lugar e decidi pela vigésima vez não confiar nunca mais em meu sobrinho. Quando Álvaro Muñiz de Dávila apareceu aqui, comecei a imaginar o que havia acontecido. Acho que, ao tirar minha mesa do lugar, a gaveta, que está meio frouxa, se soltou, e a pasta onde eu guardava esse documento deve ter caído, e assim chegado a seu poder. Assim que Álvaro saiu daqui, fui à casa de minha irmã tentar falar com meu sobrinho, mas foi inútil; ele nem sequer saiu à porta. No instante em que entrei no carro, recebi uma ligação urgente e voltei ao convento.

— Pretende que eu acredite que simplesmente voltou ao convento, sabendo o que seu sobrinho estava fazendo e depois de Álvaro o ameaçar?

— Juro que foi isso que eu fiz.

— O senhor havia tido muito trabalho para ocultar o que ocorreu aqui na noite em que Verdaguer morreu, e, durante anos acreditou que tinha todos os envolvidos sob controle, mas depois que eu vim aqui perguntar por Álvaro, o senhor abandonou suas obrigações no convento para ir falar com o ex-frade Mario Ortuño e avisá-lo de que ele deveria ficar calado. Pretende me fazer acreditar que não tentou silenciar os outros?

O pároco começou a negar, mas Nogueira levantou a mão, contendo seus protestos.

— Há muita coisa em jogo: o estuprador está morto, mas o escândalo poderia acabar em uma séria mácula para sua ordem e com o senhor na cadeia por encobrir a morte do irmão Verdaguer simulando um suicídio, e por ter necessariamente sido cúmplice dos abusos sexuais contra um menor.

O pároco gemeu, cobrindo o rosto com a toalha e inclinando-se para a frente. Nogueira o fitou sem piedade, pegou uma ponta da toalha e com um puxão forte a arrancou de suas mãos. O pároco, sobressaltado, inclinou-se para trás e, em um ato reflexo, cobriu o rosto com as mãos, como se o guarda fosse lhe bater. Nogueira o fitou com infinito desprezo. Apertou os lábios, desenhando um corte afiado na boca.

— Você tem razão, seu merda, eu deveria mesmo quebrar todos os ossos de seu corpo — sussurrou, passando ao tratamento informal e irreverente.

O pároco começou a chorar, aterrorizado, enquanto murmurava algo ininteligível.

Nogueira pegou um cigarro e, sem pedir licença, acendeu-o com uma daquelas tragadas profundas tão características de seu modo de fumar.

— Vou dizer o que eu acho que aconteceu — disse, com infinita calma. — Acho que você esperou seu sobrinho no cruzamento do bairro Os Martiños e começou a segui-lo. Quando chegaram a uma parte erma, fez sinais para que ele parasse. Você é um velho, mas um velho furioso, e seu sobrinho não pesava nem sessenta quilos; acho que você deu uma surra nele, o apunhalou e depois o pendurou naquela árvore da qual o tiramos ontem à noite, por isso não estranhou nem um pouco o fato de ele desaparecer; por isso estava tão tranquilo.

Enquanto expunha sua hipótese, Nogueira sabia a bestialidade que implicava uma explosão de violência como a que narrava; Ofelia tinha certeza de que a pessoa que havia batido em Toñino e a que o havia apunhalado eram diferentes, e ele sabia, por experiência própria, que a legista raras vezes se enganava; mas pressionar aquele filho da mãe estava lhe proporcionando um prazer extraordinário. Dentre todos os monstros, aqueles que mexiam com crianças e os que os acobertavam eram os que mais odiava, e tinha certeza de que, se o aterrorizasse o suficiente, o velho acabaria contando a parte da verdade que estava escondendo.

O pároco chorava negando com a cabeça, e ergueu as mãos em sinal de inocência. Não tinha marcas nos nós dos dedos, mas haviam se passado vários dias, seria difícil comprovar se as havia tido em algum momento.

Nogueira prosseguiu, registrando mentalmente sua observação.

— Depois, marcou com Álvaro Muñiz de Dávila em algum lugar da estrada de Chantada para explicar que o perigo já havia passado, mas ele não facilitou as coisas. Imagino que queria o documento, é o que eu teria pedido para ter certeza de que não ia acontecer de novo; ou talvez já estivesse farto de tanta merda e decidiu torná-lo público, seria o melhor, e o mais provável é que isso acabe acontecendo.

O pároco abriu os olhos, aterrorizado.

— Sim, acho que foi isso que aconteceu: vocês discutiram e você o apunhalou. Ele provavelmente foi pego desprevenido, não imaginava que um frade fosse capaz de algo assim. Ele era forte, entrou no carro e pegou a estrada, mas você tinha que garantir que ele não falasse, de modo que o seguiu nessa caminhonete branca que esconde na garagem, e, precipitando-se contra ele, tirou-o da estrada. Foi por isso que não levou a caminhonete para o conserto. Um exame confirmou que a tinta da caminhonete e a que ficou aderida à traseira do carro de Álvaro é a mesma.

O pároco deu um pulo e parou de gemer. Boqueando como um peixe, levantou-se e começou a afastar com as mãos os documentos organizados em uma bandeja em cima da mesa de seu escritório.

— Não, não, não, está enganado, eu tenho a prova, tenho a prova — dizia enquanto remexia os papéis, fazendo a maioria cair no chão.

Pegava-os, lia o cabeçalho e os jogava de qualquer jeito enquanto procurava outro, até que, ao ler um deles, seu rosto se iluminou.

— Está vendo? Está vendo? — disse, sacudindo-o com tal ímpeto diante dos olhos de Nogueira que era impossível ler qualquer coisa.

Nogueira lhe arrebatou o documento, que identificou de imediato: era um acordo amistoso relativo a um acidente.

— Álvaro veio falar comigo, e é verdade que estava furioso. Ele disse que não ia pagar, que não se importava, que por ele podia vir a público, que só quem tinha algo de que se envergonhar era eu, e que, se me conviesse, eu encontraria um jeito de silenciá-lo. Quando estava indo embora, ele deu marcha à ré e bateu na caminhonete que usamos para as compras, que estava estacionada em frente à garagem. Mostrou-se disposto a resolver tudo de imediato: preencheu os papéis com o irmão Anselmo, que os trouxe aqui depois para que eu os guardasse; estávamos esperando que o seguro nos ligasse, por isso não a levamos à oficina — disse, com um tom de voz agudo demais devido ao chilique. — Suponho que agora ninguém mais vai assumir a despesa...

— Por que a esconderam?

— Não sei. Nós o vimos xeretando, não sabíamos o que buscava.

Nogueira suspirou enquanto organizava suas ideias.

— Você ameaçou seu sobrinho, disse que as coisas não iam ficar assim, que ele não sabia com quem estava mexendo.

O homem negou, agoniado.

— Só estava tentando adverti-lo, estava me referindo a Álvaro. Sabia que ele não tardaria a entrar em contato com Toñino, queria ir falar com ele. Eu não quis dar o endereço da casa de minha irmã porque ele estava furioso, mas Álvaro insistiu e não foi embora daqui até que concordei em passar o telefone do rapaz. Toñino não era ruim, era impetuoso e sem juízo, mas não ruim. Tentei fazê-lo entender a gravidade do assunto, mas ele nem saiu à porta, ficou escondido atrás de minha irmã.

Esse fato não contribuía com nada novo: já sabiam que Álvaro havia ligado para Toñino à tarde. A pergunta era: para quê? Para lhe dizer que não ia pagar, ou para marcar um encontro com a promessa de pagar e acabar com o problema assassinando-o? Evocar tal imagem o fez recordar uma coisa.

— Você disse que quando estava na porta da casa de sua irmã recebeu uma ligação urgente do convento...

— Sim, eu ia explicar... O irmão Nazário é um dos mais velhos, tem noventa e três anos, e teve uma tontura; nada grave, foi da pressão, mas ele fraturou o nariz quando caiu. Não que isso seja muito grave também, mas ele toma Acenocumarol, um medicamento para evitar crises, pois não coagula bem. Teve que ser levado de ambulância porque sofreu uma forte hemorragia. Passei a noite toda com ele em observação no pronto-socorro, até que conseguiram conter a hemorragia, e ainda tiveram que fazer duas transfusões. Se quiser, pode falar com ele, recebeu alta há três dias.

Nogueira releu o documento. Estava em ordem; a hora e a descrição do acidente detalhadas. A caligrafia da assinatura era de Álvaro e a letra não delatava um estado de alteração particular.

— Precisarei de uma cópia deste documento — disse, enquanto o pároco assentia com grandes gestos —, e vou checar a história do hospital. E, se mentiu para mim, vou me encarregar de que o prendam por pederastia, e vai ver como vai se divertir na cadeia — concluiu Nogueira, curtindo o tremor que percorreu o corpo do pároco.

Recebeu uma ligação e, assim que obteve a cópia, saiu dali, não sem antes dedicar ao homem um último olhar carregado de ameaça.

De má vontade, dirigiu-se ao bairro Os Martiños.

INSÔNIA

— Bom dia, capitão — cumprimentou a vizinha da tia de Toñino, abrindo a porta antes que Nogueira batesse.

Foi fácil imaginá-la parada junto à janela, esperando como um de seus gatos.

— Tenente — corrigiu ele.

— Tenente, capitão, dá no mesmo; perdoe a ignorância desta pobre viúva quanto às patentes militares — disse enquanto se punha ao lado para lhe franquear a passagem.

Virando a cabeça para que ela não pudesse vê-lo, fez uma expressão que mesclava nojo e desconfiança. Teria percebido certo tom de flerte na voz daquela harpia? Quase teve certeza ao somar o fato de que, embora fizesse mais de uma hora que ele havia recebido a ligação, a mulher continuava vestindo apenas uma camisola que assomava pela abertura de seu penhoar desabotoado, mostrando uma generosa porção de pele pálida coberta de manchas da idade.

Respirou fundo, tentando se acalmar, mas se arrependeu de imediato ao aspirar o aroma de biscoitos e urina de gato que recordava de sua última visita.

Nogueira voltou a fitá-la, com a intenção de abreviar sua visita naquela casa.

— E então?

— O senhor me disse que deveria ligar se me lembrasse de alguma coisa...

— Sim, a senhora já me disse isso por telefone. O que foi que recordou?

Em vez de responder, a mulher passou por ele e se sentou no sofá perto da janela.

— Antes de mais nada, preciso explicar uma coisa para que você entenda por que não me lembrei antes e veja que não estou mentindo — disse, dando tapinhas no pedaço de sofá livre ao seu lado.

Fazendo de tripas coração, o tenente obedeceu.

— Eu sofro de insônia, capitão. Sou uma mulher ainda jovem e ativa, e tenho que tomar remédio para conseguir dormir, mas às vezes esqueço. Quando isso acontece é um transtorno, porque consigo adormecer de imediato quando vou para a cama, mas acordo em menos de uma hora, e, se não tomar o remédio imediatamente, não consigo pregar o olho a noite toda.

Nogueira assentia paciente, esperando que aquela tortura lhe fornecesse algo proveitoso.

— Ontem aconteceu de novo; esqueci de tomar o comprimido, dormi, e à uma, pontual como de costume, estava tão acordada quanto agora. Levantei para pegar o comprimido que costumo guardar aí, nessa cômoda — disse, indicando um móvel sobre o qual cochilava um gato. — Ao passar em frente à janela, olhei para fora e lembrei que no sábado em que Toñino desapareceu também havia esquecido de tomar o comprimido, e quando me levantei para pegá-lo passei por esta janela e vi o carro de Toñino.

Nogueira a olhou com interesse renovado.

— Tem certeza?

Com seu já conhecido gesto de dama ofendida, ela assentiu.

— Absoluta; mas eu precisava explicar as circunstâncias antes de tudo, por que havia esquecido e por que recordei ontem, quando a situação se repetiu. Eu não dei importância ao fato naquele momento porque não tinha nada de estranho que o carro estivesse ali. Estava com sono, mas eu sei que o vi. E não só isso; depois de tomar o comprimido, voltei para a cama, e ainda demorei um pouco para conciliar o sono de novo. Isso sempre acontece. E então ouvi o motor ligando e o carro saindo.

— Isto é muito importante — disse Nogueira, fitando-a nos olhos. — Tem certeza da hora?

Ela sorriu, arrebatada.

— Capitão, era uma da manhã; apesar de já não ser nenhuma mocinha, para os horários e para outras coisas continuo funcionando como um relógio.

FUNDOS FALSOS

Manuel se inclinou para olhar pelo para-brisa. O céu continuava tão acinzentado quanto estivera mais cedo, como se aquele dia não fosse chegar, mas a quietude das primeiras horas havia sido substituída por rajadas de vento revoltoso que formava remoinhos com as primeiras folhas que começavam a se soltar das árvores. Começou a chover enquanto ele dirigia rumo ao paço. A melancolia da chuva e o cadencioso movimento do limpador de para-brisa, somados à ausência de Café ao seu lado, estavam sendo insuportáveis. Sem querer, Manuel tornou a pensar no modo como Antía abraçava o cachorro.

Estacionou diante do portão do paço, no mesmo lugar que havia estacionado no primeiro dia. Santiago ainda estava no hospital e era provável que Catarina o acompanhasse, mas não queria encontrar o Corvo de novo e não queria que ela suspeitasse do que estava fazendo ali. Colocou o capuz do casacão e, cortando caminho por entre as sebes de gardênias, chegou à cozinha.

O gato preto montava guarda em frente à porta, cuja metade superior permanecia aberta. Não havia nem sinal de Herminia ou de Sarita, mas imaginou que deviam estar por perto, ocupadas em alguma das tarefas da casa, porque o fogo do fogão a lenha estava aceso, e sentiu o agradável calor perfumado do aroma de madeira quente. Deteve-se durante alguns segundos, hesitando entre alertá-las de sua presença ou ir diretamente pegar o que havia ido buscar. A porta que levava à escada estava aberta e ele se dirigiu para lá. Subiu depressa, sentindo-se furtivo naquela casa que nesse dia, sob o céu acinzentado, havia perdido o encanto dos slides de luz que o haviam fascinado da primeira vez que a visitara. A luminescência suja que entrava pelas portas da sacada dava ao mármore um banho de estanho que fez aumentar a sensação de que não era bem-vindo.

Contou duas vezes a fileira de portas para se certificar de que não estava enganado; agarrou com firmeza a maçaneta gelada da porta e a girou. Surgiu diante dele um quarto suntuoso, que, como Elisa já lhe havia explicado, unia--se a outro, cuja porta permanecia aberta. O quarto infantil, com móveis caros escolhidos para durarem eternamente, tinha um ar régio, como de quarto de um príncipe medieval, sério demais para o pequeno artista de circo que era Samuel. Por outro lado, o quarto principal estava salpicado, aqui e ali, de brinquedos, bichos de pelúcia, caminhões de bombeiros e até de uma coleção de motos alinhadas sobre a penteadeira. Era fácil adivinhar que Samuel dormia com a mãe desde o dia em que abandonara o berço, e que o segundo aposento obedecia mais às normas da casa que às suas necessidades.

Localizou em cima da cômoda a urna na qual, sobre um fundo de seda azul, pendia a peça de prata coroada de safiras dispostas ao redor das iniciais de Samuel. Sentiu um calafrio ao tocá-la: era gelada como a maçaneta da porta. Segurou-a alguns segundos na palma da mão aberta, enquanto admirava a beleza da peça e o horror ancestral de um objeto concebido para ser enterrado com seu proprietário. Guardou-a no bolso e, tal como havia feito com as portas no corredor, foi contando as gavetas para se certificar de não abrir uma diferente da que buscava. A gaveta estava vazia, com a exceção de uma pasta preta. Pegou-a e deslizou com cuidado o zíper que a fechava. Dentro, presas por um clipe, cerca de vinte páginas com timbre de uma clínica particular detalhavam os exames toxicológicos que Elisa Barreiro havia feito; remontavam aos últimos meses de sua gravidez, e o último datava de um mês atrás. A senhora marquesa havia sido minuciosa em suas exigências, e os exames, todos negativos, cobriam desde heroína e *cannabis* até cocaína e tranquilizantes. Fechou os olhos e suspirou com um misto de alívio e vergonha enquanto recordava o olhar duro com que Elisa havia se despedido dele na noite anterior.

Cobrindo a cabeça com o capuz do casacão de Álvaro, Manuel se apressou sob a chuva para adentrar o quanto antes o corredor de árvores que levava à igreja e que lhe protegeria dos olhares que pudessem chegar da casa, ao menos até que conseguisse alcançar a clareira onde ficava o templo. A fechadura estava incrustada na forte madeira da porta e a chave entrou um pouco frouxa no início, o que o fez temer que no fim aquela joia fosse somente um símbolo e não correspondesse à antiga fechadura. Introduziu-a até o fundo e, ao girá-la, notou que as antigas molas cediam à pressão. A porta se abriu e Manuel ouviu o eco do clique dos dentes da fechadura ao se abrirem. Antes de entrar, voltou-se para dar uma olhada no caminho e viu que sob um grande guarda-chuva preto se aproximava o velho jardineiro, que às vezes exercia o papel de coveiro. O homem levantou uma mão em um gesto que era ao mesmo tempo cumprimento e sinal inequívoco de que o esperasse. Enquanto isso, Manuel encostou a porta, assegurando-se de que não se fechasse, e guardou novamente a chave de Samuel em seu bolso.

— Bom dia, senhor... — disse o homem, aproximando-se.

— Manuel, por favor — disse ele, estendendo-lhe a mão.

O homem a estreitou com firmeza.

— Sim, Manuel... Estava me perguntando se teria um minuto para conversarmos — disse o homem, voltando-se para observar o caminho e as janelas altas da casa que eram visíveis sobre o arvoredo. — Tentei falar com o senhor no dia do enterro, quando estava próximo do túmulo...

Manuel assentiu, lembrou-se. Tivera a sensação de que ia lhe dizer algo, mas depois simplesmente esquecera o assunto.

O homem dirigiu de novo a vista para as janelas da casa.

— Podemos conversar lá dentro? — disse, apontando com o queixo a porta da igreja.

Manuel empurrou a porta e com um gesto indicou que entrasse, sentindo-se estranho ao convidar alguém a um lugar onde ele mesmo não deveria estar.

O homem fechou a porta, mas foi Manuel que fez o papel de anfitrião, convidando-o a se sentar no último banco.

Talvez influenciado pela penumbra que dominava o templo e que chamava ao recolhimento, o homem falou em sussurros; ainda assim, seu tom foi firme:

— Eu conhecia Álvaro desde que era pequeno; bem, conhecia todos os irmãos, mas sempre tive um bom relacionamento com Álvaro. Santiago é como o pai: trata o mundo, todo o mundo, como se fosse menos que ele, e Fran, embora fosse um bom garoto, cuidava da própria vida. Mas Álvaro sempre tinha um tempo para parar e conversar comigo; até se oferecia para me ajudar quando percebia que eu estava muito atarefado.

Manuel assentiu, pressentindo que talvez tudo que o homem queria era lhe dar os pêsames.

— Faço muitas tarefas no paço, a maioria bastante gratificante, e, sem dúvida, a mais difícil é ter que ser coveiro. Nas ocasiões em que infelizmente é necessário, não o faço sozinho, chamo alguns funcionários para me ajudar; mas eu me encarrego de terminar o trabalho e deixar tudo como deve estar. No dia do enterro do velho marquês, Fran não voltou para casa; ficou sentado no chão ao lado do túmulo enquanto eu enchia a cova de novo, pá por pá. Dispensei os outros operários e me demorei o máximo que pude, porque não queria deixá-lo ali sozinho. Ele não reclamou, talvez porque notava que eu não tinha escolha a não ser estar ali. Não chorava. Parou de chorar no momento em que baixamos o ataúde na cova, mas havia algo em sua expressão que era mil vezes pior; não sei como explicar, era de partir o coração. Então, vi Álvaro chegar pelo caminho. Ele se sentou ao seu lado, no chão, e durante alguns minutos ficou em silêncio; depois, começou a falar e disse ao seu irmão as palavras mais lindas que já ouvi um homem dizer. Eu não sei me expressar como ele, e não posso repetir exatamente o que ele disse. Falou do que implica ser filho, do que significa segurar a mão de um pai, do amor acima de tudo e de saber que ele nunca vai falhar, e também falou do significado de ser pai. Comentou que a vida havia dado outra oportunidade para Fran, que o filho que sua mulher carregava nas entranhas era sua oportunidade de ser pai, de repetir nele o amor e o cuidado que ele mesmo havia sentido durante toda a sua vida. Acrescentou que seu filho era um sinal, um bom augúrio e uma oportunidade para fazer as coisas direito.

Manuel assentiu lentamente, reconhecendo as palavras que Fran havia repetido para Lucas algumas horas mais tarde.

— Pouco a pouco seu semblante foi mudando, assentindo às palavras de seu irmão. Então, Fran disse: "Acho que você tem razão"; e também: "Que bom que está aqui, Álvaro, porque estou muito preocupado; algo terrível está acontecendo em nossa família e não posso evitar me sentir responsável, porque sei que, afinal de contas, fui eu que trouxe esse demônio para nossa casa". Então, começou a chover, e Álvaro o convenceu a continuarem conversando aqui, na igreja.

O homem olhou para o altar onde, ainda às escuras e com a pouca luz acinzentada que entrava pelas pequenas janelas perdidas no alto, refulgia a folha de ouro do sacrário. Tornou a olhá-lo nos olhos para dizer:

— Se decidi contar tudo isso para o senhor é porque sei que agora você está à frente da família e acho que deve saber que, apesar de tudo que possa ouvir ou de tudo que possam lhe contar, nem Fran se suicidou nem Álvaro teve algo a ver com isso.

Manuel arregalou os olhos, impressionado; nem por um momento lhe havia ocorrido pensar que as suspeitas sobre Álvaro se espalhavam daquele modo.

— No dia em que Álvaro apontou a escopeta na direção de seu pai todo o paço pôde ver, e o mais horrível da história é que seus próprios pais foram os responsáveis por espalhar o rumor de que o garoto era perigoso — prosseguiu o homem. — O que acha que aconteceu depois que o próprio pai o chamou de assassino na frente de todos? O velho marquês adorava Fran, mas todo mundo sabia que sua mãe o detestava; e quando, ainda por cima, voltou com a namorada grávida, soltava fogo pelas ventas. Sabe como ela chama o neto?

Manuel fechou os olhos e assentiu, pesaroso.

— Depois da morte do velho, quando Fran começou a se comportar daquele jeito estranho, todos nós pensamos que a mãe não tardaria a expulsá-lo de casa, ou coisa pior. O paço é como um puteiro, aqui todo mundo sabe de tudo. Eu, como já pôde comprovar pelo que acabei de contar para você, tenho paciência, bons ouvidos e uma memória excelente.

Manuel se despediu de Alfredo na entrada da igreja. Viu o coveiro encarar de novo a trilha sob seu guarda-chuva preto e, depois de se assegurar de que a porta estivesse bem fechada, voltou para dentro.

O chão xadrez multiplicou o som de seus passos, elevando-o até a abóbada enquanto caminhava para o altar. Distinguiu, então, o pequeno lampião vermelho que ardia ao lado do sacrário. Acendeu a lanterna de seu celular e inspecionou o retábulo, cujo corpo central era dedicado a Santa Clara - talvez uma reminiscência do nome original do paço. Nas laterais havia um par de candelabros de prata antigos, primorosamente entalhados, que mediam um pouco mais de um metro e se apoiavam sobre quatro pés. Empurrando levemente um dos candelabros, Manuel comprovou que eram extraordinariamente pesados. De um dos lados do altar-mor, uma porta pela qual teve que passar agachado o conduziu à sacristia. Era toda feita de madeira, inclusive o teto, revestido de painéis de uma madeira cálida, que certamente era de castanheira. Não havia janelas, mas por trás da delatora e incongruente tampa cinza de um registro elétrico encontrou o painel de luzes. Todos os interruptores eram rotulados. Acionou o que dizia "sacristia" e, espiando pela pequena porta, se certificou de que nenhuma outra luz havia se acendido. No centro, uma mesa pesada cercada de cadeiras forradas de vermelho. Uma fileira de armários pesados que chegavam à altura de seu peito percorria uma das paredes, de lado a lado. Sobre a superfície, uma reprodução bastante austera do sacrário principal e vários jogos de patenas e jarras de oficiar. Inspecionou o interior de cada armário e comprovou que por trás das portas escondiam-se pesadas gavetas que em alguns casos lhe foi difícil abrir. Encontrou velas de parafina e círios de cera, certamente reservados para as ocasiões especiais; fósforos, isqueiros e uma coleção de apagadores de vela antigos. Em outro armário havia estampas, missais e várias Bíblias de mão e de oficiar, toalhas de mesa de linho para os altares, embrulhadas uma a uma em sacos de plástico transparente. O móvel contíguo estava lotado de jarros de cristal. O último armário da fileira estava vazio, e imediatamente chamou a atenção de Manuel o fato de que fosse menos fundo que os outros. Teve que se ajoelhar para ver que o fundo era, na realidade, uma porta. O olho da fechadura tinha o brilho de metal polido recentemente. Puxou-a, mas a porta não se mexeu. Desviou a atenção para um guarda-roupa de grandes dimensões que guardava, em seu interior, uma coleção de casulas brancas e, na prateleira superior, dobradas com esmero, uma colorida mostra de estolas clericais. E nada mais.

    Ajoelhou-se de novo em frente ao armário de fundo falso e com os nós dos dedos bateu suavemente na superfície, o que o fez ter a certeza de que estava vazio. Levantou-se e saiu da sacristia. Dedicou os minutos seguintes a inspecionar cada metro do chão na parte destinada aos bancos do templo, até que seus passos o devolveram ao altar-mor. Deixou seu celular no retábulo e com extremo cuidado deitou um dos candelabros com a intenção de buscar a marca oculta do prateiro, que, como era costume, se gravava em uma parte pouco visível. Aquele artesão havia escolhido como assinatura uma estrela similar a um asterisco, cujas pontas acabavam como lâminas de machado. Selecionou, na câmera de seu celular, a opção que lhe permitia captar o maior número de detalhes e bateu várias fotos. Repetiu a operação com o outro candelabro, e, enquanto os observava, procurou na agenda o telefone de Griñán e ligou.

A voz afável do tabelião o cumprimentou de imediato.

— Bom dia, senhor Ortigosa, a que devo o prazer?

Manuel sorriu enquanto se censurava pela fraqueza de sempre achar o testamenteiro simpático.

— Griñán, lembra que me disse que recentemente houve um roubo dentro da igreja?

— Sim, não sei onde vamos parar; em um descuido, alguém entrou e levou dois preciosos candelabros de prata antiga. Não sabemos exatamente quando isso aconteceu, descobrimos por ocasião da missa que era celebrada no templo pelo dia de Santa Clara, a padroeira. Como eu disse, o templo só é aberto em determinadas ocasiões.

— Sim, eu me lembro... Você comentou que Santiago moveu céus e terra até encontrar candelabros similares...

— Sim; ele se empenhou pessoalmente em substituí-los o quanto antes e encontrou alguns muito parecidos, claro que sem o valor dos originais.

— E como sabe que não eram tão valiosos?

— Porque eu autorizei o pagamento, e não custaram mais que algumas centenas. Isso sem contar o valor histórico e artístico. Só o peso em prata dos originais representaria mais de trezentos euros o quilo... e eram muito pesados.

— Suponho que estavam no seguro.

— Sim, claro; mantemos um controle exaustivo de todas as obras de arte do paço, que são inventariadas a cada dois anos ou no momento em que se adquire uma nova.

— Então, imagino que guardam fotografias dos candelabros desaparecidos para poder acionar o seguro.

— Sim, isso mesmo. Mas, nessa ocasião, Dom Santiago preferiu não acionar o seguro para evitar que aumentassem a apólice, uma vez que poucos meses antes ele havia perdido um relógio e o seguro foi acionado nessa ocasião.

— Sabe se ele registrou o boletim de ocorrência do roubo?

— Bem... Imagino que sim...

Manuel ficou em silêncio alguns segundos. Enquanto pensava, podia sentir do outro lado da linha a presença inquieta do testamenteiro.

— Escute, Griñán, preciso que me faça um favor, e que seja muito discreto...

Suas últimas palavras eram mais um aviso do que qualquer outra coisa, e Manuel soube que Griñán o havia entendido pelo tom com que respondeu:

— Claro, fique tranquilo.

— Preciso que me arranje as fotos dos candelabros roubados e a fatura do pagamento dos novos.

O silêncio que se fez antes da resposta confirmou a certeza de Manuel de que o testamenteiro estava morrendo de vontade de perguntar. No entanto, só respondeu:

— Vou cuidar disso pessoalmente, agora mesmo; mas talvez demore um pouco.

— Griñán... eu saberei ser grato a você — disse Manuel antes de desligar.

Não precisou ver para saber que o tabelião estava sorrindo.

Colocou os candelabros de novo na posição original e, como possuído por um pressentimento, voltou à sacristia, ajoelhou-se em frente ao armário de fundo falso e enfiou a chave de Samuel na fechadura. A peça se encaixou com perfeição, sem a folga que havia notado na porta principal. Deu uma volta inteira, ouviu as molas pularem e a porta imediatamente se abriu. Censurou-se por não ter pensado nisso antes; era lógico que uma peça daquela importância fosse uma chave mestra para todas as fechaduras do interior da igreja. Guardou outra vez a chave e introduziu as pontas dos dedos entre a ranhura e a parede para puxar a portinhola, que não tinha maçaneta.

Um tecido sedoso e embolado deslizou para fora. O pano vermelho e brilhante fez Manuel pensar em uma cortina, mas, ao puxá-lo, viu zíperes, e soube que se tratava de um saco de dormir. Bem atrás, duas taças e duas garrafas de vinho fechadas, que alguém havia deitado cuidadosamente para manter a umidade da rolha; um pacote de lencinhos umedecidos e outro de preservativos, e uma peça de tecido dobrada com esmero, que Manuel não soube identificar em um primeiro momento, mas reconheceu de imediato assim que a pegou na mão: era a peça com que Santiago cobria o rosto quando o vira chorando na igreja. O tecido viscoso escorregou de seus dedos, permitindo-lhe ver que se tratava de uma camiseta. Aproximou-a do rosto e identificou o cheiro de suor masculino misturado com perfume e com a umidade do pranto de Santiago, ainda presentes no tecido.

Estendeu tudo no chão e o fotografou de diversos ângulos. Depois, guardou todos os objetos de volta dentro do armário, dobrou a camiseta e, depois de pensar um segundo, abriu o armário contíguo, tirou uma das toalhas de mesa de linho do altar do saco que a protegia e introduziu a camiseta nele, dobrando o plástico até formar um pacote plano e irreconhecível que introduziu sob sua própria roupa.

Fechou o casacão e a porta do armário.

A seguir, apagou tudo e saiu.

TRAMOIA

A temperatura havia baixado por causa da chuva, e estava quase frio. Mesmo assim, Manuel optou por esperar sentado a uma das mesas externas da pensão, mais ou menos abrigado pelo telhadinho da varanda e o velho guarda-sol que ficava sempre aberto, fizesse sol ou chovesse. Havia voltado com a esperança de ver Elisa e Samuel, mas o proprietário explicou-lhe que um jovem havia ido buscá-los e que saíram com ele de carro. A porta que ligava os dois quartos estava aberta quando entrou no dele. O suave perfume de sabonete e de colônia infantil havia se espalhado no ar, causando-lhe uma grata sensação de boas-vindas pela primeira vez desde que estava ali; e contribuíram para isso a mochila aberta sobre uma cadeira com a roupa do menino meio para fora, os pequenos tênis perfeitamente alinhados junto à janela, mas especialmente o bilhete em cima de sua cama no qual Elisa dizia que se veriam mais tarde e que havia assinado com um breve "Beijos de Elisa e Samuel".

Em cima da mesa do terraço estavam o telefone, que ele checou pela terceira vez para ver se o som estava ativado, o inevitável aperitivo, que nesse dia era empanada de carne, e o fumegante café que esfriava depressa; através da fumaça ascendente viu Lucas e Nogueira chegando. O sacerdote se sentou ao seu lado enquanto Nogueira ia até o balcão fazer o pedido. O guarda esperou que tudo estivesse na mesa para pegar o documento que estendeu a Manuel.

— O que é isto? — perguntou Manuel, desconcertado, ao reconhecer a letra de Álvaro.

— É um acordo amistoso relativo a um acidente. O pároco disse, e meia dúzia de frades estão dispostos a jurar, que, quando Álvaro estava dando marcha à ré no carro depois de conversar com o pároco, bateu acidentalmente na caminhonete que estava estacionada. Dizem que preencheram o documento e ele foi embora. Parece que está tudo em ordem; se reconhecer a letra e a assinatura dele, isso seria o suficiente para justificar a transferência de tinta da caminhonete do seminário para o carro de Álvaro.

Manuel assentiu sem parar de olhar o papel.

— É a letra dele... mas isso não indica que o pároco não matou o sobrinho ou Álvaro; como você disse, as coisas poderiam ter acontecido de outro modo, em outra ordem...

Nogueira engoliu seu pedaço de empanada antes de responder.

— O pároco recebeu uma ligação quando estava na porta da casa de sua irmã, eu vi o registro de chamadas de seu celular. Um frade sofreu um acidente doméstico. É um velho, e passou a noite toda no pronto-socorro, e o pároco ficou lá com ele o tempo todo. É um lugar público cheio de câmeras, seria fácil justificar sua presença ali. Você sabe que Laura trabalha no hospital; eu pedi que ela perguntasse lá, e as enfermeiras de fato se lembram dele. Ficou lá das cinco da tarde até a manhã seguinte.

— Então...

— Então, a menos que encontremos algo mais, o pároco está exculpado da morte de Álvaro... e também da de seu sobrinho — acrescentou, suspirando.

— Achei que não tivessem conseguido estabelecer a hora exata da morte de Toñino — disse Lucas.

— Ofelia acabou de me ligar: a polícia científica encontrou uma sacola de papel, dessas que usam para colocar lanches de fast food, dentro do carro do rapaz. Era do Burger King. Perto daqui há um que fica aberto vinte e quatro horas; dentro do saco havia um tíquete de caixa que indica que ele pagou às duas e meia da madrugada.

— A essa hora Álvaro já havia morrido — exclamou Manuel.

— A polícia científica está checando as imagens das câmeras do drive-thru para se certificar de que foi Toñino, e não a outra pessoa, que pegou o lanche. As câmeras desses lugares costumam ser boas, por causa dos assaltos; se der para ver o rapaz com clareza, Álvaro ficaria exculpado.

— Você disse "a outra pessoa"? — perguntou Lucas, confuso.

— Eu não sou especialista nesse tipo de comida, mas, segundo os colegas, era um pedido para dois: duas bebidas, dois hambúrgueres, duas batatas...

— Ele estava com alguém?

— Parece o mais lógico... Mas, antes de continuar conjecturando, vamos esperar as imagens...

Lucas sorriu, olhando para Manuel.

— Está vendo? Eu disse para você confiar em seu instinto... Álvaro não era um assassino.

Nogueira não compartilhava seu entusiasmo.

— Falei de novo com a vizinha de Rosa María. Ela se lembrou de que naquela noite se levantara à uma da manhã para tomar um remédio e, nesse momento, viu o carro de Toñino estacionado no pátio, e que depois de um tempo saiu; isso fortalece a absolvição de Álvaro, mas, se não se confundiu com a hora, também livraria Toñino de qualquer relação com a morte de Álvaro; é impossível que estivesse em dois lugares ao mesmo tempo, e há mais de cinquenta quilômetros entre o lugar onde Álvaro sofreu o acidente e a casa de sua tia em Os Martiños. Acho que teremos que fazer uma nova visita à dona Rosa María. Agora ela não está em casa, a gentil vizinha me informou que está no velório do garoto; o enterro é hoje à tarde, acho que podemos passar depois para ver se nos conta por que escondeu que Toñino voltou de madrugada e saiu de novo, provavelmente para encontrar seu assassino.

— Pode ser que ela não tenha ouvido, se estava dormindo — conjecturou Lucas.

— Depois da discussão que ele teve com o tio e de sair quase correndo, não creio. Ela mesma nos disse que não dormia quando ficava preocupada com ele, e eu acredito.

Manuel assentiu, evasivo, dirigindo uma pergunta ao sacerdote:

— Você foi hoje de manhã até o hospital, certo? Como estava Santiago?

— Não pude falar com ele porque estava dormindo. Mas quem me deu muita pena foi Catarina. Não saiu do lado dele desde que foi internado ontem, está arrasada. Disse que, quando o menino o encontrou, estava inconsciente. Fizeram uma lavagem estomacal nele assim que chegou ao pronto-socorro, e ainda havia alguns comprimidos bastante inteiros. Mas o médico calcula que ele deve ter tomado muitos outros antes, porque já estavam totalmente dissolvidos e haviam começado a ser absorvidos... Foram muitas coisas em muito pouco tempo: a morte do pai, do irmão Fran e, agora que estava começando a se estabilizar, a morte de Álvaro, a gravidez de Catarina e ele... Bem, sempre havíamos intuído que era fraco e instável, mas agora sabemos até que ponto vão seus traumas...

— Há alguma possibilidade de que não seja uma tentativa de suicídio? Que a ingestão tenha sido acidental? — perguntou Manuel.

— Receio que não. Há uma coisa que você não sabe: ontem à tarde, antes de ingerir os comprimidos, Santiago me ligou; acho que deve ter sido enquanto atravessávamos o trecho entre Malpica e Corme, onde não há cobertura, porque caiu na caixa postal e ele deixou uma mensagem. Queria se confessar.

— Acha que estava tentando ficar em paz antes de dar o passo? Achei que um católico não faria isso — disse Manuel.

— Eu sei o que disse a respeito do comportamento de Fran e sustento: esse rapaz não era um suicida; mas Santiago é diferente. O que descobrimos ontem completa o perfil de alguém muito vulnerável.

O celular de Manuel começou a vibrar em cima da mesa: era Griñán. Atendeu depressa, escutou e desligou. Abriu o arquivo fotográfico que havia acabado de receber e colocou o celular em cima da mesa, para que Nogueira e Lucas pudessem vê-lo.

— Lembram que eu disse que há mais ou menos um mês houve um roubo na igreja de As Grileiras?

— Sim; tendo em conta que Toñino tinha a chave em seu poder, tudo indica que teve algo a ver com a morte de Fran e com o desaparecimento dessas peças — disse Nogueira.

Manuel ampliou a marca do prateiro na tela.

— Griñán me disse que Santiago fez um esforço pessoal para substituir os candelabros roubados. Eu estive na igreja hoje de manhã e bati algumas fotos deles. Os prateiros têm assinaturas bem peculiares, como esta — disse, mostrando o asterisco com que o artesão havia marcado sua obra —, por isso, pedi a Griñán as imagens que a seguradora exige que sejam tiradas antes da assinatura da apólice. Tinha certeza de que a pessoa responsável pelo inventário não deixaria de atestar a assinatura do prateiro, pois essas peças valem mais pela importância do artista e sua antiguidade do que pelo valor do metal com que são elaboradas. E estas — disse, deslizando o dedo pela tela para lhes mostrar as fotos que Griñán havia acabado de lhe enviar — foram as tiradas para o seguro.

Os dois homens se inclinaram sobre a tela e ergueram a vista, espantados.

Nogueira pegou o telefone na mão e deslizou as imagens na tela para a frente e para trás, a fim de comparar a assinatura do prateiro.

— São idênticas — exclamou Nogueira, olhando primeiro para Lucas e depois para Manuel.

Este se inclinou para trás, sorrindo, enquanto tomava um gole do café, que já estava gelado.

— Porque são os mesmos candelabros — respondeu.

Lucas levantou ambas as mãos enquanto dava de ombros.

— Tem certeza?

— Tive certa dúvida; podia ser que o jogo original fosse de quatro candelabros e que Santiago tivesse localizado os outros dois, mas o certificado que acompanha as fotos para o seguro é muito claro. O prateiro criou um par, este — disse, apontando para a tela com o dedo.

— Acha que Santiago simulou um roubo para enganar o seguro e que substituiu as peças depois de receber? É uma prática habitual de golpe contra as seguradoras... — disse Nogueira.

— Não; acho que foram roubados de verdade e que Santiago conhecia o ladrão e, por isso, não registrou um boletim de ocorrência nem acionou o seguro... — respondeu Manuel, saboreando a confusão que dominava o rosto de seus amigos. — Confrontou o ladrão e simplesmente os comprou de volta. Álvaro não havia voltado ao paço desde o início de julho, e a falta dos candelabros foi notada em meados de agosto, de modo que Álvaro não teve oportunidade de ver os novos. Mas, assim que os viu, percebeu que a história do roubo não se encaixava. Entrou na cozinha e confrontou Santiago na frente de Herminia: "A quem você acha que engana com esses candelabros?".

— Por que Santiago faria isso? — perguntou Lucas.

— É evidente que para proteger alguém... — respondeu Nogueira, olhando fixamente para Manuel. — Alguém de quem gostasse muito...

Manuel assentiu.

— Estava protegendo a pessoa com quem se encontrava na sacristia da igreja já há um tempo e de quem suspeitou — disse, recuperando o telefone das mãos de Nogueira e deslizando a tela até mostrar a foto do conteúdo do armário da sacristia.

— Uma puta? — perguntou Nogueira, levando a mão à boca em um gesto de contenção. — Perdão, Lucas. É evidente que isso é uma *garçonnière*.

— Na igreja... — murmurou Lucas, meio escandalizado.

— Era o lugar perfeito. Ninguém iria incomodar os dois ali. Como sabem, segundo a tradição, só os homens da família têm a chave, que é enterrada com eles quando morrem. O velho marquês foi enterrado com a sua; Fran perdeu a dele, e Álvaro cedeu a que havia herdado, de modo que seu irmão foi enterrado com ela. Três a menos. Só restava a do pequeno Samuel, que foi a que eu usei, mas até agora esteve emoldurada em uma urna, e Santiago sabia que Elisa jamais a usaria. Isso reduzia as chaves restantes a apenas uma, a sua.

— E se não é uma puta, tendo em conta que ele frequenta o prostíbulo uma vez por semana, que acabou de engravidar sua mulher e que, além de tudo, é possível que mantenha uma relação constante com outra, este sujeito é um campeão — disse o tenente, provocando o riso de Manuel e uma expressão que queria ser de reprovação de Lucas. — Meu herói!

— Não, não era uma prostituta — prosseguiu Manuel, paciente. — Era a pessoa que muitos haviam visto rondando pelo paço: Damián, Herminia... A pessoa que Fran viu perto da igreja e a razão pela qual estava tão preocupado, tanto que lhe disse isso em confissão, Lucas. Ele ainda não tinha certeza, mas suspeitava que algo terrível estava acontecendo, tanto que contou isso a Álvaro naquele dia, ao lado do túmulo do pai. O coveiro os ouviu; foi por isso que você achou que Álvaro sabia do que falava quando disse que Fran estava terrivelmente angustiado com algo que estava acontecendo. Fran viu a pessoa e pensou o que era mais lógico pensar: que o traficante estava rondando a casa porque tinha um cliente; talvez tenha visto quando os dois se encontraram e entraram juntos na igreja. Fran disse a Álvaro que ele mesmo era o responsável por ter levado o demônio para casa. E, quando Richi comentou que Toñino ainda tinha negócios no paço, pensamos em drogas; inclusive, cheguei a pensar que podia ir para encontrar Álvaro; mas Toñino não vendia drogas, ou pelo menos não somente. "Não se mata a vaca enquanto ainda dá leite", lembra?

Nogueira ficou em silêncio olhando-o fixamente. Pensando; via a dúvida e a certeza se cruzando sobre seus olhos e escurecendo seu olhar com o peso de suas suspeitas.

— A fechadura não havia sido forçada... — disse o guarda para si mesmo.

Manuel assentiu.

— E Santiago não teria deixado a porta da igreja aberta.

— Não, acho que não.

— Santiago soube imediatamente quem foi, a única pessoa que não precisava forçar a porta porque tinha a chave... e o motivo pelo qual essa pessoa tinha a chave era porque ele mesmo havia entregado a cópia de Fran para ela — disse Nogueira.

Manuel assentiu de novo.

— Toñino. Por isso a chave estava com ele.

Nervoso demais para ficar sentado, Nogueira se levantou e acendeu um cigarro. Olhou ao redor, como se buscasse um lugar para ir, mas a chuva que continuava caindo fora do telhadinho o manteve prisioneiro, de modo que se limitou ao raio ocupado pelo guarda-sol. Procurando uma saída para seu nervosismo, contentou-se em mudar seu peso de um pé para o outro enquanto fumava.

— Mas — replicou Lucas — sua mulher acabou de engravidar, faz tempo que estão tentando ter um filho. Vocês me contaram que ele vai a esse prostíbulo de beira de estrada todas as semanas...

— Sim, e tem que se drogar para poder terminar... — disse Nogueira, recordando o que Mili lhe havia contado.

Lucas negou, incrédulo.

— Manuel, tem certeza do que está dizendo?

Manuel abriu o paletó e tirou o pacote plastificado, que foi desembrulhando diante dos olhos de todos.

— Junto com o saco de dormir, as taças e os preservativos, encontrei isso — disse, e deixou que a peça de roupa escorregasse e caísse amontoada em cima da mesa.

Nogueira a pegou nas mãos e a levantou para poder vê-la bem. O tecido deslizou entre seus dedos enquanto o esticava e comprovava que o que havia inicialmente confundido com uma peça feminina, devido à sua textura e tamanho, era, na realidade, uma camiseta masculina feita para usar sem nada embaixo; um uniforme comum dos garçons de bares de gays.

— Caralho! — exclamou, soltando-a enojado. — É de homem, e está úmida de...

— São lágrimas — disse Manuel. — Santiago estava chorando angustiado sobre ela no dia em que o vi na igreja. Naquele momento, pensei que era por causa da morte do irmão. — Recordou seu desânimo ao vê-lo sofrer daquele jeito. — Provavelmente ia ao templo liberar seu desespero, que crescia a cada dia desde que Toñino desaparecera. Eu pedi a nota do lugar onde Santiago recomprou os candelabros para Griñán; um antiquário em Santiago de Compostela. Se o sujeito da loja o identificar, teremos algo.

— Santiago com Toñino — sussurrou Lucas, desconcertado. — Jamais teria me ocorrido algo assim.

— Acho, padre, que está esquecendo o mais importante. Foda-se que Santiago se pegava com Toñino; o que quero saber é como essa chave chegou ao seu poder, se foi ele mesmo quem a roubou do cadáver de Fran ou se foi Santiago quem a entregou para ele. Mas uma coisa está clara: os dois estavam nisso. Elisa viu Santiago perto da igreja na noite em que Fran morreu e ele a dissuadiu a entrar... O fato de Toñino roubar na igreja de vez em quando não justificava que estivesse com a chave quando morreu, e menos ainda se isso o implicasse na morte de Fran. Mas agora sei por que estava com ele: era a chave de sua *garçonnière*.

— Mas Elisa viu Fran fechar a porta por dentro — replicou Lucas.

— Viu alguém, mas havia pouca luz. Pode ter sido Toñino. Talvez a tenham ouvido se aproximar e Santiago saiu para distraí-la, enquanto seu amante acabava o trabalho.

Lucas negou, obstinado.

— É difícil acreditar em algo assim; vocês não podem imaginar como Santiago sofreu quando o irmão morreu. Caiu em uma depressão terrível.

— Sim, deve ser foda matar seu próprio irmão; me parece que o mínimo é que a pessoa sinta remorso depois... E outra coisa: Álvaro me perguntou naquele dia se achava que tudo parecia normal na morte de Fran. Cheguei a pensar que estava me sondando porque talvez tivesse algo a ver com isso. Agora, acho que ele suspeitava que o falecimento de Fran podia atender às necessidades de alguém; não podemos esquecer que certos membros da família o consideravam um fardo — disse o guarda.

Manuel e Lucas assentiram, pensativos. Nogueira fez um sinal indicando a mesa.

— Isto está pago. Vamos fazer uma visita a esse antiquário.

Ficou olhando os pedaços de empanada intactos de Lucas e Manuel.

— Não vão comer isso?

Lucas, que já se dirigia para o carro, voltou atrás e, pegando Nogueira pelo braço, puxou-o para longe da mesa.

— Ande! É melhor ter uma conversa com sua mulher, ou vai deixá-la viúva por causa de um infarto.

Manuel se voltou para Nogueira alarmado. Por acaso Lucas sabia alguma coisa sobre seus problemas conjugais?

O guarda deu de ombros.

— Pois é, seis anos guardando dentro de mim e em uma semana conto tudo duas vezes.

Manuel assentiu, sorrindo.

— Penso como Lucas: é com Laura que você deveria falar.

— Tudo bem, tudo bem! Caralho, vou falar. Mas vocês têm que reconhecer que é uma pena deixar isso aí — disse, dedicando uma última olhada lastimosa às empanadas antes de sair para a chuva.

A rua do Pan ficava perto da catedral, e o interior da loja era próspero e bem iluminado. Duas vendedoras bem jovens atendiam aos turistas na parte da frente, vendendo postais, rosários e garrafinhas de água benta aos peregrinos que vestiam capas de chuva baratas, como sacos de lixo coloridos, o que lhes dava um aspecto ridículo.

Passada a parte onde se amontoavam suvenires para turistas, a loja ganhava um aspecto mais sério e especializado. Enquanto esperavam que o proprietário, que havia sido avisado, saísse dos fundos, Manuel deu uma olhada nos objetos expostos, sem encontrar nada muito relevante.

O dono, um homem magro de uns sessenta anos, dirigiu-se diretamente a Lucas.

— Bom dia, padre, em que posso ajudá-lo? Está procurando algum objeto litúrgico em particular? Porque somos especialistas; se não o encontrar à vista, pode ser que esteja nos fundos, e se eu não tiver posso arranjá-lo para hoje mesmo.

Lucas começou a negar com a cabeça, surpreso e aflito. Nesse dia nem sequer estava com o colarinho clerical.

— Que tal se nos arranjar dois candelabros de prata roubados? — disse Nogueira, pondo diante dos olhos do homem a tela do celular.

Manuel sorriu disfarçadamente. Lucas era reconhecível como sacerdote mesmo sem o colarinho clerical, mas o modo como Nogueira havia colocado o telefone diante dos olhos daquele homem não deixava sombra de dúvida de que era policial.

O homem suspirou profundamente e levou a mão aos lábios, rogando silêncio.

— Peço por favor que me acompanhem — disse, apontando para a porta dos fundos. Fechou-a atrás de si antes de continuar. — Maldita hora em que confiei naquele sujeito e comprei os candelabros. Só me trouxeram complicações.

— Isso costuma acontecer quando se adquirem objetos roubados — apontou Nogueira.

— Espero que não levem essa imagem de mim. Veja, o rapaz me jurou que os objetos pertenciam à sua família, e eu não tinha motivos para desconfiar dele. Em outra ocasião já havia me vendido outro objeto que não causou nenhum problema.

— Um relógio de ouro — indicou Manuel, provocando a surpresa dos outros homens. — Há alguns meses Santiago achou que havia perdido seu relógio, e acionou o seguro nessa ocasião, embora acredito que tivesse suspeitas sobre a identidade do ladrão. Assim, quando os candelabros desapareceram, não teve dúvidas, e Toñino acabou lhe contando onde haviam ido parar. Santiago veio aqui e os recuperou, por isso não fez boletim de ocorrência nem acionou o seguro. No fundo, não queria prejudicar Toñino, ou temia que, se lhe perguntassem sobre isso, acabaria falando além da conta.

O proprietário da loja ouviu a explicação como algo já sabido e prosseguiu:

— Eu normalmente não trabalho com esses objetos, mas os aceitei porque o rapaz veio por meio de outro cliente. Eu não tinha razões para desconfiar, e naquela ocasião deu tudo certo.

— Imagino que ele provou a propriedade — disse Nogueira.

— Ele me deu sua palavra. Ou por acaso o senhor guarda a nota fiscal do seu relógio? — perguntou, impertinente.

O guarda lhe dedicou um olhar frio que fez o homem imediatamente se arrepender de seu atrevimento.

— E quem era o cliente que o recomendou?

— Agora não me lembro, já se passou muito tempo... De qualquer modo, antes de pôr qualquer objeto à venda, sempre espero um tempo prudencial.

— Para o caso de que seja "quente" — disse Nogueira.

Lucas e Manuel o olharam sem entender.

— É quando esperam um pouco para ver se a polícia não vai aparecer procurando o objeto ou se sai algo na mídia que faça suspeitar que é roubado. É uma prática habitual entre os intrujões.

O homem fez uma expressão de desgosto ao ouvir o que Nogueira disse.

— Bem, com os candelabros nem sequer deu tempo. Um sujeito que afirmou ser o proprietário apareceu aqui dois dias depois. No início, disfarcei um pouco para ver se estava mentindo, mas ele não me deixou dúvidas: não somente forneceu uma descrição exata das peças como também do rapaz que as havia trazido. Disse que sabia que eu estava com eles e que não queria me causar problemas; inclusive se ofereceu para pagar o que eu havia dado ao rapaz, além de uma compensação pelo transtorno. Tudo legalizado. Até me fez dar nota fiscal.

— É este homem? — perguntou Nogueira, mostrando-lhe uma fotografia de Santiago em seu celular.

— Um cavalheiro; uma dessas pessoas com quem dá gosto fazer negócios. E quando achei que por fim havia me livrado da influência maléfica desses malditos candelabros apareceu o outro perguntando...

— Outro? — perguntou o tenente.

— Sim; achei até que era o mesmo rapaz da outra vez quando o vi entrar; não enxergo muito bem sem óculos, sabe? Deveria usá-los sempre, mas só os ponho para ler. Mas quando o vi mais de perto percebi que, embora se parecesse um pouco, não era o mesmo homem.

Dessa vez foi Manuel quem se aproximou para lhe mostrar a fotografia de Álvaro em seu celular.

— Sim, era esse. Queria saber exatamente o mesmo que vocês: quem os trouxe da primeira vez, quem os comprou de volta. Ele também me mostrou uma foto e, assim como o outro cavalheiro, foi muito generoso, e, como só queria informação, eu falei.

— Que dia foi esse?

— Um sábado, há uns quinze dias.

Entreolharam-se, ignorando o vendedor, cujo olhar curioso pulava de um para o outro.

— Você sabia? — perguntou Nogueira, dirigindo-se a Manuel.

— Suspeitei ontem à noite, quando, ao pedir a chave a Elisa, ela me disse que Álvaro também a havia solicitado na manhã em que voltou ao paço.

— Acha que ele encontrou na sacristia o mesmo que você? — inquiriu Nogueira.

— Tenho certeza, e, assim como nós, teve que vir até aqui para confirmar. Ele soube dos temores de Fran antes de morrer, e pode ser que não tenha dado importância durante algum tempo. Mas ele não era tolo; se suspeitava de algo estranho na morte de Fran, o fato de que envolvido na chantagem estivesse o mesmo personagem que seu irmão havia visto rondando a igreja com certeza iria chamar a sua atenção.

Saíram sob o céu ameaçador de chuva e caminharam fustigados pelos turistas e o burburinho das ruas próximas à catedral. Nogueira atendeu a seu celular enquanto desviava de grupos de excursionistas que seguiam seus guias. Quatro gotas, grossas e geladas, foram o primeiro aviso do aguaceiro repentino que caiu com forte vento, arrancando imprecações dos turistas, que se precipitaram em torpes corridas para se resguardar sob os pórticos das ruas de Santiago de Compostela. Eles abriram seus guarda-chuvas e apertaram o passo pelo meio da rua, subitamente vazia. Chovia forte quando chegaram ao carro, estacionado em um terreno. Jogaram os guarda-chuvas pingando no porta-malas e correram para o interior. O ruído da chuva na carroceria ressoava de forma ensurdecedora dentro do veículo. Manuel ligou o motor e acionou os limpadores de para-brisa e o desembaçador do vidro dianteiro, completamente embaçado pela respiração agitada dos três. Não tirou o automóvel do lugar.

— Boas notícias, Manuel — disse Nogueira, referindo-se à chamada que havia acabado de receber. — Era Ofelia. Meus colegas confirmaram que na gravação do Burger King se vê Toñino com clareza: eram duas e vinte e oito da madrugada, estava sozinho e não tinha marcas de pancadas nem sangue. Quem quer que o tenha surrado e matado fez isso depois dessa hora, de modo que Álvaro está livre da culpa tanto pela surra quanto pela morte do rapaz. Isso não livra Toñino de ter matado Álvaro, mas é bastante improvável que depois de cometer um crime desses ele dirigisse durante duas horas antes de ir comprar hambúrgueres, com toda a pachorra do mundo. Estaríamos falando de um perfil muito frio e controlado; e, acredite, isso não tem nada a ver com o caráter de Toñino, mais do tipo histérico; nem com a tranquilidade que se vê na gravação. E voltamos a um desconhecido que assassina primeiro Álvaro e depois Toñino, e com toda a probabilidade com a mesma arma, com algumas horas de diferença. Calcularam que são cerca de vinte minutos do Burger King ao lugar onde o corpo apareceu pendurado na árvore.

Manuel assentiu gravemente e sorriu ao sentir a mão de Lucas no ombro, mas ficou em silêncio, como hipnotizado pela cadência do limpador de para-brisa.

— Você está bem, Manuel? — perguntou Lucas.

— Há outra coisa que ainda não entendo... É sobre aquela noite... Você me disse que Santiago o avisou para que você fosse com ele até o hospital, porque haviam acabado de comunicar para ele que seu irmão havia sofrido um acidente de trânsito.

— Isso mesmo.

— Ele disse que haviam comunicado que havia sofrido um acidente ou que havia falecido?

— Que havia sofrido um acidente. Assim que chegamos ao hospital nos disseram que ele tinha morrido. Nunca esquecerei a expressão dele ao saber.

— Que horas eram quando ele ligou para você?

— Cinco e meia. Às seis eu o peguei no paço. Fomos com meu carro, ele disse que estava nervoso demais para dirigir. Isso me pareceu normal.

— Você me disse que, quando o acompanhou ao hospital, viu que ele estava com as mãos inchadas, que até insistiu para que permitisse que um médico o examinasse...

— Sim; bem, você sabe, ele reage assim. Sua mão e o braço direito estavam cobertos pelo casaco, e eu vi que estava ferido; mas ele cobriu e não quis falar do assunto. Só mais tarde eu soube como havia se machucado.

— Mas Herminia me contou que ele entrou na cozinha quando voltou do hospital e começou a socar a parede enquanto contava para ela que Álvaro havia falecido.

— Deve ter sido antes de ir ao hospital... — sussurrou Lucas, ciente da inconsistência do relato.

— Mas ele ainda não sabia que o irmão estava morto.

Lucas hesitou, franziu o cenho e negou com a cabeça enquanto descartava ideias. Por fim, disse:

— Tenho certeza de que ele estava com a mão ferida quando estávamos no hospital; não sei se era grave, porque não me deixou ver.

— E até pediu, muito oportunamente, para que você dirigisse o carro — acrescentou Nogueira.

— Pelo amor de Deus! — exclamou Lucas, desolado.

Manuel sentiu pena por ele.

— Quando chegou à casa, percebeu que tinha que arranjar um pretexto para o lamentável estado de suas mãos e executou aquela pantomima na frente de Herminia — disse.

Pensou nas marcas de sangue descoradas pela água sanitária e na dor intensa que representavam, e que talvez não fossem tão fingidas, afinal.

— Bem — disse Nogueira —, já sabemos quem quebrou a cara de Toñino. Que mão estava engessada?

— A direita — respondeu Manuel, recordando o momento em que trocaram um aperto de mãos ao se conhecerem no funeral de Álvaro.

— Bem, isso se encaixa com a trajetória dos golpes no rosto de Toñino: foi ele, e talvez também tenha sido ele quem tenha matado o rapaz.

— Segundo Ofelia, as punhaladas poderiam ter sido dadas por alguém canhoto.

— Ou por alguém que tem que usar a mão esquerda porque está com a direita machucada — rebateu o guarda. — Se pensarem bem, é típico de Santiago; ele sempre teve esses acessos de fúria. Outro dia, deu um soco na parede enquanto discutia com você... E o lance do Burger King faz sentido; para quem mais Toñino compraria comida? Havia marcado de se encontrar com seu amante.

Manuel recordou o relato do Corvo sobre como Santiago destruía seus brinquedos e depois chorava por eles durante horas. Era isso que havia presenciado na igreja? Um menino caprichoso se lamentando por seu brinquedo quebrado? Estaria ele chorando por seu amante morto e por seu irmão morto ou por suas vítimas?

Lucas parecia muito triste. Nogueira fez uma expressão interrogativa.

— É incrível que alguém viva a vida toda assim, fingindo — disse Lucas, compassivo.

— Acho que, com a chantagem, ele perdeu o controle da situação. Sabemos de onde provém sua dor. Durante grande parte da vida ele manteve em segredo o que aconteceu naquela noite no seminário. Acho que Álvaro disse que não iria pagar nada ao chantagista, que não se importava que se tornasse público que havia matado um estuprador para defender seu irmão, que não tinha nada do que se envergonhar. Mas para Santiago não era a mesma coisa; ele havia passado a vida inteira tentando agradar seu pai e sua mãe, tentando ser o filho perfeito, tentando não ser como Álvaro. Não pôde suportar o que estava acontecendo com ele. Depois de matar Álvaro, marcou com Toñino para tentar convencê-lo a não falar, mas, se este se negou, pode ter sido suficiente para fazê-lo perder a cabeça.

— Talvez — replicou Lucas —, mas não acho que Toñino tivesse a intenção de tornar o fato público. Uma coisa é fazer ameaças para conseguir dinheiro, e outra muito diferente é cumpri-las. Acho que Toñino sabia que esse tipo de informação só seria valioso enquanto fosse secreto; se fosse conhecido, mandaria seu tio para a cadeia, daria um desgosto fatal à sua tia e ele mesmo poderia acabar preso por chantagem. E, se Santiago tinha a intenção de matar Toñino, poderia ter feito isso quando o rapaz pediu dinheiro para ele, sem que Álvaro jamais soubesse. E o que ele tentou fazer agora, pelo amor de Deus! Tentou acabar com sua vida, é um homem que está sofrendo.

— Veja, padre, eu também entendo muito de suicidas e de confissões, e, por experiência, sei que um suicídio muitas vezes equivale a uma confissão — replicou Nogueira.

— E a culpa pelo que fez o oprimiria quinze dias depois de matar Álvaro e Toñino e três anos depois de matar Fran?

Nogueira estava contrariado.

— E por que você acha que não pode ter sido ele? Fran havia falado de suas suspeitas com Álvaro e com você. Acha improvável que perguntasse diretamente a Santiago, que dissesse que sabia que ele estava se encontrando furtivamente com o traficante-michê na sacristia? Quanto tempo acha que Fran levaria para deduzir a verdade depois de falar com ele? Fran era um sujeito liberal e aberto, já havia carregado sua própria cruz com as drogas, e o mais provável é que o pressionasse a contar. Santiago foi capaz de fingir durante toda a sua vida, de manter uma rede de falsidades que o levou a mentir diante de sua própria família, a se casar com uma mulher a quem não pôde amar, a se drogar para manter relações com prostitutas a fim de conservar seu prestígio de macho. Arrastava seu irmão a um prostíbulo e o obrigava a subir com uma garota para que ninguém suspeitasse que era homossexual. A possibilidade de que alguém tivesse dúvidas em relação a ele devia deixá-lo aterrorizado, e, depois de tudo que ele havia feito para esconder, acha que não estaria disposto a qualquer coisa para manter sua quimera? Eu falei desde o princípio que essas pessoas são feitas de outra matéria. Essa família sempre fez tudo o que quis durante séculos, e continua fazendo, porque só se importam com uma coisa: que seu nome fique limpo, acima de tudo e a qualquer preço.

Veio à mente de Manuel a recordação da conversa que havia tido com Lucas, aquela espécie de pacto com o diabo que o velho marquês havia oferecido a Álvaro. Teria chegado a fazer a mesma proposta ao seu outro filho? "Viva seu vício discretamente, sem que ninguém saiba, e case-se com uma moça de boa família".

Não, havia algo em Santiago que o induzia a pensar em uma submissão natural, nessa atitude servil da qual todos falavam e que o havia levado a se comportar como o cachorrinho de seu pai, curvado, sempre humilhado diante dele, tentando agradá-lo, sem jamais conseguir. Poderia o trauma do ocorrido no seminário ser a razão de ele nunca ter aceitado sua condição? Abusos sexuais na infância transtornam o desenvolvimento de uma sexualidade sem complexos. Era verdade que Santiago havia se esforçado ao máximo para evitar que alguém soubesse de sua relação com Toñino; mas era devido a sua própria recusa em aceitar o que era, ou havia sido pela cobiça de ocupar um lugar dentro de sua família, que, pela experiência de Álvaro, sabia que lhe seria negado se manifestasse sua verdadeira natureza?

Nogueira olhou para Lucas, que, desolado, havia baixado a cabeça. Deu-se conta, então, de que talvez houvesse inconscientemente elevado a voz até gritar. Às vezes esquecia com quem estava falando. Expulsou todo o ar de seus pulmões, tentando se acalmar antes de continuar.

— Bem, de qualquer maneira, não poderemos fazer nada enquanto não tivermos provas. Tudo não passa de hipóteses, e duvido muito que Santiago vá confessar.

— Vou visitar Santiago hoje à tarde e pretendo perguntar tudo — disse Manuel, decidido.

Lucas se agitou, alarmado.

— Acha que é uma boa ideia?

— Não consigo pensar em mais nada que possamos fazer para encontrar respostas a não ser perguntar ao interessado.

Lucas buscou ajuda no guarda.

— Nogueira, você não diz nada?

— Primeiro, temos que ir falar com a tia de Toñino. Odeio dizer isso, mas ela está em um momento vulnerável, e se souber de algo talvez fale agora. E quanto a visitar Santiago, não me parece má ideia, mas nem pense em avisar que vai.

O telefone de Nogueira ecoou dentro do carro.

— Olá, Ofelia — disse para que soubessem que estava falando com ela. — Sim, está aqui comigo...

Escutou atento durante alguns minutos.

— Tudo bem, vou dizer. Você é um gênio, garota! — disse antes de desligar. — Ofelia teve uma intuição certeira. Ela sabe que analisamos o telefone de Álvaro e contei das chamadas que apareceram, mas, ocupados em procurar no telefone que ele mantinha oculto, esquecemos das chamadas que ele poderia ter feito de seu celular habitual. A última vez que a posição do celular de Álvaro foi triangulada foi quando falou com você, à meia-noite e cinquenta e sete; ele usou o viva-voz do carro, e nesse momento estava no quilômetro trinta e cinco da estrada de Lugo.

— O que há aí?

— O puteiro La Rosa.

— Ele me ligou de lá? — perguntou Manuel, mas não esperava uma resposta.

— O que ele disse? — inquiriu Nogueira.

— Que estava muito cansado, e lembro que parecia mesmo; e muito triste também, não sei... Estava estranho, quase como se pressentisse que não ia voltar.

Nogueira assentiu, pensativo.

— Minha mulher diz que todo mundo sabe quando vai morrer, não importa se for por um câncer, um infarto, um terremoto ou atropelado por um trem. Laura diz que a pessoa consegue pressentir um pouco antes, que age de modo diferente, é invadida por uma melancolia estranha, uma espécie de aceitação do que vai chegar, como se fosse empreender uma viagem inevitável... E posso garantir que as enfermeiras veem muita gente morrer...

— Sua mulher tem razão, eu também acredito nisso... — disse Lucas.

Nogueira se voltou de novo para Manuel.

— Manuel, sinto muito, mas o que é realmente importante é que se Álvaro ligou do carro estacionado fora do prostíbulo foi porque provavelmente estava acompanhando Santiago. Isso faria dele a última pessoa que o viu vivo e o principal suspeito...

— Mas já perguntamos a Nieviñas, e ela disse que a última vez que Santiago esteve lá foi uma semana antes de Álvaro chegar à Galícia. Ela teria percebido algo assim.

— Sim, se eles chegassem a entrar. Mas e se não entraram?

— O que estariam fazendo ali?

— Pode pensar em um lugar melhor para encontrar um chantagista que no estacionamento de um puteiro?

— Acha que foi o lugar que escolheram para fazer o pagamento?

— É um bom lugar. É vigiado e, ao mesmo tempo, discreto, com diversas saídas diferentes para a estrada, e tenho certeza de que é o lugar que Santiago escolheria.

Manuel quase ouviu em sua cabeça as palavras de Niña sobre como Mamut mantinha o estacionamento bem vigiado para evitar que as garotas fizessem negócios por conta própria, e recordou o escrutínio ao que o submeteu enquanto esperava Nogueira.

— Se eles estiveram ali, eu sei quem vai saber, sem dúvida.

— Mamut — disse Nogueira, voltando-se para Lucas. — Lamento, mas esta noite você vai ficar em casa, padre, vamos a um puteiro.

— Puteiros, no plural — esclareceu Manuel —, porque pensei em irmos de novo falar com Richi. Quero perguntar uma coisa para ele.

— Posso ficar no carro — disse Lucas, bem sério.

Manuel e Nogueira se entreolharam e caíram na gargalhada, vencendo a tensão que andavam acumulando. Depois de alguns segundos Lucas se juntou a eles, enquanto pensava que a imagem de três homens rindo assim se assemelhava muito à imagem de três homens chorando.

O CORAÇÃO DO CROCODILO

Havia vários carros estacionados no caminho de acesso, ocupando parte do pátio da vizinha e invadindo a entrada de piso frio; no entanto, como por um acordo tácito, ninguém havia estacionado em frente à pequena garagem. A mancha de óleo que o carro de Toñino havia deixado e que eles haviam visto na primeira visita à casa de Rosa María em Os Martiños clamava do chão como o sangue de Abel, diluindo-se sob a chuva em desolados arco-íris.

O suave orvalho da primeira visita havia se transformado em uma intensa chuva nesse dia, mas, apesar de a entrada carecer de um telhadinho que a protegesse, a porta da casa estava escancarada. Atravessaram o limiar sem bater. Dentro, cerca de vinte pessoas, na maioria mulheres – mas também havia alguns homens –, distribuíam-se pela cozinha e a sala de jantar. Uma toalha de mesa cobria a apreciada mesa de jantar, que nesse dia, pela primeira vez, parecia pequena no aposento lotado. Sobre ela doces, empanadas, dois bolos de aspecto caseiro e parte do requintado jogo de café de porcelana branca cujas peças estavam distribuídas nas mãos dos presentes e que haviam sido tiradas do aparador para a ocasião. Sobre o móvel pesado e lustroso, as velas haviam se multiplicado em frente à santa, que, impávida em sua urna, contemplava a dor dos mortais.

Rosa María, enlutada, estava sentada entre um grupo de mulheres, algumas idosas como ela, magras, austeras. Rejeitando as mãos que, atenciosas, se prestaram para ajudá-la quando fez menção de se levantar, ela se pôs em pé, cumprimentou-os com um leve movimento de cabeça e saiu do grupo, dirigindo-se a um aposento no fundo da casa enquanto lhes indicava que a seguissem.

O quarto era minúsculo. Um dos lados da cama de casal, coberta com uma colcha vermelha, se encostava na parede para ceder o espaço necessário a uma mesa de cabeceira escura encaixada entre o leito e a outra parede.

A idosa fez um sinal para a superfície da cama, convidando-os a se sentar, e encostou a porta, atrás da qual pendiam cabides desiguais e várias peças de roupa em tal número que quando a porta se fechou provocou neles a sensação de uma efígie humana e perturbadora.

Ela olhou para a roupa.

— Tem uma assistente social que agora vem aqui; ela pinga os colírios em mim, mas não sabe onde guardar a roupa e pendura tudo aqui. Dizem que é temporário, que vão colocar uma que virá mais horas. Obrigada — disse, dirigindo-se a Nogueira. — Disseram-me que foi o senhor que a solicitou para mim.

Nogueira fez uma careta, como se isso não tivesse importância. Ela tornou a indicar a cama, mas, apesar da oferta, nenhum deles se sentou. Ficaram em pé lotando o quarto da mulher, constrangidos.

— Quando os vi sair de minha casa e entrar na dela, já imaginei que ela diria algo... Essa mulher passa a vida espiando os vizinhos, mas, claro, a pobre está sozinha desde que o marido morreu, já faz oito anos... Acho que ela não está muito bem desde então — disse, quase compassiva, levando reflexivamente uma mão trêmula à boca.

Notava-se que havia chorado muito: seu rosto tinha a aparência lavada que o pranto deixa na pele; mas, embora seus olhos estivessem vermelhos, tinham um aspecto melhor que da última vez. O lacrimejar constante mantinha a mulher escrava do lenço, que apertava na outra mão, mas sua aparência mucosa de olho de peixe havia atenuado.

— Sim, ele voltou. Eu passei uma tarde horrível depois da visita de meu irmão e das coisas que ele disse. Nós nos amamos, mas sempre discutimos muito por causa do garoto; ele não aceitava que eu o protegesse tanto, mas era um menino pequeno quando seu pai morreu e a mãe foi embora. Tentei dar de tudo para o menino, cuidei dele o melhor que pude, e Deus sabe que o amava; mas ele me amava também. Era um bom garoto, meu Toñino.

A mulher ficou em silêncio, fitando-os serena, quase os desafiando a contradizer seus argumentos.

Nogueira assentiu diante de suas palavras.

— Claro que sim, mulher.

Ela balançou a cabeça, em aprovação, antes de continuar. Cansada.

— Fiquei muito desgostosa e preocupada esperando que ele voltasse e me desse uma explicação. Meu irmão sempre estava furioso com o garoto, mas eu nunca tinha visto ele agir da maneira como agiu aquele dia, tão preocupado; tive medo por Toñino. Era quase uma da madrugada quando o ouvi estacionar lá fora. Eu o esperava em pé, e tão inquieta que não tive ânimo nem mesmo para fazer o jantar. Tinha a pretensão de dizer que ele me deixara angustiada e que eu queria saber se o que seu tio dizia era verdade. Não pude, ele estava fora de si. Não era meu filho, mas eu o conhecia melhor que ninguém no mundo. Só pelo jeito como entrava em casa eu já sabia como estava seu humor, e essa noite estava arrasado. Não me deu tempo nem de perguntar; assim que entrou, ele se jogou em meus braços, como quando era pequeno, e disse: "Tia, cometi um erro, um erro muito grande". Meu coração partiu-se.

A mulher interrompeu seu relato e durante um tempo seu olhar se perdeu em um ponto próximo aos pés de Nogueira. Os homens permaneceram em silêncio, esperando, enquanto o murmúrio crescente dos vizinhos de Rosa María chegava da sala de jantar, sem que a porta do quarto fosse suficiente para contê-lo. A mulher continuava imóvel. Se pelo menos houvesse chorado, ou se houvesse coberto o rosto, sua dor teria sido mais suportável; mas sua inação e a fraqueza que transmitia eram penosas. Manuel olhou para Nogueira, interrogando-o com o olhar. O guarda lhe respondeu com um movimento de mão que pedia paciência.

A mulher suspirou e, como se despertasse de súbito, olhou ao redor, extenuada. Nogueira a tomou pelo braço do mesmo modo que na visita anterior e a conduziu dois passos até os pés da cama. Quando ela se sentou, Manuel pôde ouvir com clareza o rangido do colchão feito de folhas de milho, à moda antiga.

— "Tia", disse ele, "um homem, um amigo... Encontrei uma coisa no seminário e achei que esse homem estaria disposto a pagar por isso. Tia, ele tem muito dinheiro, não era tanto para ele. Achei que tudo ia dar certo. Ele ia me dar o dinheiro hoje à noite, muito dinheiro. Mas a coisa se complicou. Há outro homem, um homem duro, que não vai ceder. É um homem esperto, e soube de onde surgiu o plano. É o sujeito que apareceu no seminário e advertiu o tio. O tio passou meu telefone para ele, e ele me ligou assim que o tio saiu daqui, enquanto eu estava por aí achando que ainda tinha o assunto sob controle. Estava muito bravo, mas não intimidado. Ele me ameaçou, e eu não esperava por isso. Fiquei assustado e desliguei sem dizer nada. Mas sou um idiota, fiquei pensando um tempo e liguei para ele, pois achava que ainda poderia chegar a um acordo. Tentei convencê-lo de que ninguém saberia de nada se ele pagasse. Tia, eu nunca poderia imaginar sua reação. Ele disse que, se era isso que eu queria, ele contaria tudo, que o tio e eu acabaríamos na cadeia e que você morreria de desgosto. Era como se nos conhecesse, como se soubesse tudo de mim. Eu não sabia o que dizer, tia, desliguei sem responder". Eu levei as mãos à cabeça, e ele continuou chorando.

Todos a ouviam em silêncio, aturdidos.

— "Juro que eu não achei que as coisas fossem se complicar tanto", ele continuou, "pensei que seria como outras vezes, que eu poderia conseguir dinheiro suficiente para tirá-la desta casa de merda, para que nós dois pudéssemos levar uma vida melhor, a vida que a senhora merece e que não pôde ter por minha culpa; e agora ferrou tudo. Eu juro, tia, que nunca tive a intenção de contar nada, só queria o dinheiro. Esse amigo é um bom homem, eu nunca quis fazer nenhum mal para ele."

Rosa María deixou todo o ar sair de seus pulmões em um longo suspiro. Ergueu o olhar para os homens.

— E o que eu ia dizer? Fiquei com ele, tentando acalmá-lo e sem saber o que fazer. Ele disse que depois de falar com aquele homem não sabia o que fazer nem aonde ir; como não ia ter coragem de ir àquele encontro, ficou dando voltas por aí como uma alma penada, assustado como um menininho e tentando juntar coragem para me contar.

Calou-se de novo, exausta.

— Por que ele saiu de novo se já tinha decidido que não iria ao tal encontro?

— Um homem ligou para ele; sei que era um homem porque dava para ouvir sua voz grave enquanto falavam. Não sei o que ele disse, mas meu

Toñino ficou muito contente de receber aquela chamada. Eu o ouvi dizer: "Em casa... Eu também quero ver você... Tudo bem". E desligou. Era como se o sangue voltasse ao seu corpo. Ele disse que ia sair, e eu tentei convencê-lo a ficar aquela noite comigo, tinha um mau pressentimento; mas ele não me deu ouvidos, trocou de roupa, ficou todo bonito, e antes de sair disse: "Tia, talvez eu ainda possa consertar as coisas". Ele estava sorrindo quando o vi pela última vez.

PROSCÊNIO

A clínica Santa Quitéria exalava luxo por todos os lados. Seus cinco andares se erguiam no centro de uma impressionante planície cercada de jardins, arvoredos e até uma pequena lagoa artificial. Manuel parou seu carro no estacionamento público, que, como um cinturão, cercava a área destinada aos funcionários e a elegante entrada inclinada; uma rotatória ajardinada presidia o lugar, conferindo-lhe um ar mais condizente com um palácio ou uma embaixada do que um complexo médico. Uma Mercedes preta parou na entrada, o que ajudou a aumentar sua primeira sensação.

Manuel ia sair do carro quando, da área coberta do acesso principal, saíram duas mulheres. Caminhavam de braços dados e cabeças bem juntas: Catarina e a velha marquesa. Manuel ficou imóvel enquanto observava os movimentos das duas. Deduziu que o carro era para a marquesa quando a viu erguer a mão com o evidente gesto de que esperasse; julgou distinguir, de dentro do carro, o boné de Damián. Embora a chuva não retumbasse lá fora, seria impossível ouvir, daquela distância, o que diziam, mas seus semblantes, a linguagem dos corpos e suas mãos denotavam o respeito e a cumplicidade que existia entre elas. Haviam soltado o braço uma da outra e conversavam frente a frente, mas as mãos continuavam enlaçadas e os gestos de assentimento e os sorrisos indicavam mútua consideração. Um movimento à sua direita, dentro de uma caminhonete branca, sem nada que a identificasse, estacionada ao lado de um grande arbusto de mimosas que a escondia parcialmente chamou a atenção de Manuel: um homem a quem não distinguiu em um primeiro momento observava as duas mulheres com tanto interesse quanto ele mesmo.

Distribuiu sua atenção entre o vigia e as mulheres, que conversaram durante mais alguns minutos antes de se despedirem com um caloroso abraço.

A porta traseira da Mercedes preta se abriu e de dentro surgiu a enfermeira da marquesa. Subiu o lance de escada e estendeu seu braço à idosa, substituindo Catarina. Desceram até o carro e partiram.

Manuel desceu de seu carro; teve a precaução de abrir o guarda-chuva para se ocultar debaixo dele antes de fechar a porta, caso o barulho alertasse o vigia. A seguir, contornando o veículo, aproximou-se da caminhonete pela porta do passageiro e a abriu de supetão. Vicente, o ajudante de Catarina com as gardênias, ergueu a cabeça, surpreso. Os olhos vermelhos e o rosto encharcado de lágrimas não deixavam dúvidas: chorava havia muito tempo. Manuel fechou o guarda-chuva e empurrou para o lado uma caixa de lenços de papel, além de outros lenços que estavam espalhados ao seu redor e um casaco, que ocupavam o banco do passageiro. Ao fazê-lo, distinguiu com total clareza a culatra de um revólver. O jardineiro mal se mexeu; passada a surpresa inicial, ele fez uma bola com o casaco, jogou-o sem nenhum cuidado para trás para dar lugar a Manuel e tornou a se recostar sobre o volante, chorando sem sombra de pudor.

— O que faz aqui, Vicente?

Ele ergueu a cabeça e apontou com o queixo para a entrada da clínica enquanto dava de ombros.

— Tenho que falar com ela.

— Com Catarina?

Vicente se voltou para fitá-lo, e por um instante a estranheza se desenhou em seu rosto.

— Não sabe? Ela me demitiu.

Isso explicava por que a caminhonete já não tinha mais o logo da estufa; mas, ao olhar para trás, Manuel viu que ainda carregava muitas ferramentas, vasos, cordas e lancetas de marcar sebes.

O eco da conversa que havia ouvido na estufa entre Vicente e Catarina voltou à sua mente com toda a sua força.

— Vicente, talvez não seja o melhor momento, nem este o lugar adequado...

— Ela não quer falar comigo. Faz cinco anos que trabalho com ela e aí, ontem de manhã, aquela enfermeira horrível apareceu na estufa e me deu isto... — disse, entregando a Manuel o envelope amassado que tinha à sua frente, em cima do painel.

Manuel extraiu com cuidado uma folha de papel tão manuseada quanto o envelope. Era uma carta de demissão que comunicava que, a partir daquele momento, não trabalhava mais na empresa, que devia abandonar as instalações imediatamente e que as férias, a quitação e qualquer outro valor devido ficavam cobertos pelo cheque que acompanhava a carta, incluindo uma generosa indenização e o agradecimento da empresa pelos serviços prestados. Manuel olhou de novo dentro do envelope e reconheceu o papel acinzentado de um cheque. A letra, imperiosa e decidida, batia com a da assinatura da velha marquesa, e no lugar destinado ao valor haviam escrito a quantia de cinquenta mil euros.

— Ela me demitiu como... como se eu fosse um empregado qualquer.

Manuel recordou as palavras de Griñán sobre o fato de que, para eles, os outros eram apenas empregados de quem se espera um serviço pelo qual são pagos, e nada mais.

— Achei que houvesse algo especial entre nós — queixou-se Vicente.

Manuel tornou a pensar nas palavras de Catarina na estufa: "O que você quer nunca vai acontecer, porque sou casada com Santiago, que é com quem quero estar".

— Talvez só você acreditasse nisso...

— Não, Manuel — disse Vicente, furioso —, tenho certeza; não é algo que eu imaginei, foi real.

Não adiantaria nada tentar argumentar com ele.

— Talvez você tenha razão, e talvez tenha havido algo; de qualquer modo, mesmo assim, parece que Catarina fez uma escolha, não acha?

Vicente fitava-o sério, enquanto algo como um beicinho infantil ia se formando em sua boca e as lágrimas voltavam a correr por sua face. Cobrindo o rosto com as mãos, ele se recostou de novo sobre o volante.

Manuel suspirou.

— Vicente, acho que você deveria ir para casa.

Ele parou de chorar, pegou outro lenço da caixa, enxugou o rosto, assoou o nariz e o jogou de qualquer jeito junto com os outros.

— Você tem razão, é melhor eu ir — admitiu, vencido.

Manuel abriu a porta, mas antes de sair sob a chuva voltou-se para o jardineiro.

— E... Vicente, não sei para que você carrega uma arma, mas não é uma boa ideia.

O homem contemplou com tristeza o monte amassado em que seu casaco havia se transformado e de novo Manuel. Assentiu enquanto ligava o motor da caminhonete.

Manuel saiu do elevador no quarto andar. Viu que não havia ninguém no balcão de enfermagem nem nos corredores silenciosos e desertos do início da tarde. Seguindo as placas de referência, procurou o quarto que Lucas havia indicado. Encontrou-o no final de um corredor que culminava em uma grande janela. Uma superfície envidraçada que ocupava toda a parede dava para a escada de incêndio, que com a chuva e a pouca luz do exterior agia como fundo de desesperança pelo qual seu reflexo caminhava enquanto avançava. As vozes procedentes do último quarto o tiraram de seus pensamentos. A porta estava entreaberta; não chegavam a gritar, mas o tom era suficientemente elevado para entender perfeitamente o que diziam. Aproximou-se até ficar colado à parede, enquanto se voltava um pouco para o corredor para ver se alguém chegava.

— Você tem que reagir, tem que se esforçar.

A voz de Catarina era uma súplica.

— Me deixe em paz! Me deixe... — respondeu Santiago.

— Não, não vou deixar você, você é meu marido.

Santiago balbuciou algo que Manuel não conseguiu entender.

— Porque sou sua mulher, porque somos uma família, não me rejeite, Santiago, apoie-se em mim. Deixe que eu cuide de você.

— Não quero viver, Catarina, não quero continuar assim.

— Cale a boca, não quero ouvir você falar assim.

— É a verdade; não quero continuar, não tenho forças.

— Eu serei sua força, eu e nosso filho; ou você esqueceu? Santiago, o filho que tanto desejamos. Seremos muito felizes, Santiago, eu prometo.

— Fora! — gritou ele. — Vá embora! Deixe-me em paz!

— Santiago!

— Me deixe!

Ouviu-a caminhar até a porta. Teve o impulso de voltar para o corredor, mas achou ridículo fingir que não havia escutado. Ficou onde estava.

Catarina usava um vestido azul leve e vaporoso que a fazia parecer muito mais jovem. Carregava um casaco e uma bolsa em uma das mãos, de qualquer jeito. Ao vê-lo, abriu a boca, surpresa, como se fosse dizer algo, mas não disse nada; nem sequer chegou a fechar totalmente a porta. Bolsa e casaco escorregaram de sua mão enquanto se jogava nos braços de Manuel e começava a chorar. Ele sentiu aquele corpo, forte e pequeno, frouxo pelo pranto. A testa apoiada em seu peito, como se quisesse se enterrar ali, as mãos como dois animaizinhos assustados tentando se agarrar a suas costas. Abraçou-a, aspirando o cheiro de xampu de seus cabelos, que lhe chegavam ao queixo, e a deixou chorar, comovido pela força daquela mulher. Imaginou que era a isso que se referiam quando diziam que ela sabia ocupar seu lugar.

Foi se acalmando pouco a pouco. Aceitou o lenço de papel que Manuel lhe estendeu e não cometeu a imprudência de se desculpar por seu comportamento. Depois de enxugar o rosto, tornou a abraçar Manuel, ficou na ponta dos pés e lhe deu um beijo no rosto. Inclinou-se para recolher a bolsa e o casaco e, indicando a máquina de café do outro lado do corredor, saiu andando.

Ela ocupou uma das cadeiras de plástico dispostas ao lado da máquina, mas recusou o café, levando a mão ao ventre como desculpa.

— Ah, é verdade! Parabéns.

Ela sorriu, embora sua expressão ainda estivesse séria.

Manuel se sentiu tão afetado que acabou se desculpando.

— Lamento que tenha que passar por isso neste momento em que deveria estar comemorando.

— Ah, Manuel, agradeço tanto por você dizer isso... não sabe o quanto eu precisava falar com alguém, foi um dia muito duro.

Voltou à sua mente a cena que havia presenciado na entrada da clínica entre Catarina e o Corvo. A relação entre elas parecia bastante amistosa. Perguntou-se se por acaso Catarina não via a coisa do mesmo modo, ou se intencionalmente evitava reconhecer que já havia recebido o apoio de alguém nesse dia.

— Eu imagino. Você está bem?

Ela sorriu.

— Sim, obrigada, estou bem; só preocupada, mas fico muito feliz por você ter vindo. Tinha tanta vontade de conversar com você... Herminia me disse que Elisa e Samuel foram embora com você ontem, durante a noite.

— Sim.

— Não a censuro, mas espero que as coisas se ajeitem. Adoro Samuel, e, agora que ele vai ter um priminho, eu gostaria que pudessem crescer juntos.

Manuel não respondeu; não sabia o que dizer. Mas se deu conta de que a adoração dela por Samuel não incluía Elisa.

— Como está Santiago?

Seu semblante se ensombrou de novo.

— Muito mal; nunca o vi assim — disse, cobrindo a boca com a mão.

— Herminia me disse que ele já teve um episódio depressivo quando o irmão mais novo morreu.

— Sim, é verdade, mas não foi tão grave quanto esse. Ele confiou em mim naquela ocasião, e eu o ajudei a superar. Mas, desta vez, acho que não é só culpa dele; eu devia ter percebido que ele estava prestes a desmoronar... Ele é tão frágil, tão...

Ela balançou a cabeça, e por um instante seu rosto refletiu contrariedade, quase irritação, talvez algo mais cruel... Manuel a fitou e disfarçou, desconcertado, enquanto revivia quase com as mesmas palavras o veredito do Corvo referindo-se a Santiago.

— Catarina, eu gostaria de falar com Santiago; quero perguntar uma coisa para ele.

A primeira reação dela foi de alarme, mas imediatamente a substituiu por cautela enquanto tentava sorrir, sem conseguir.

— Lamento, mas será impossível, Manuel. Santiago está em um momento muito delicado, e ainda me lembro da reação dele da última vez que se viram. Não me importa o que pense, não vou permitir. Tenho que proteger meu marido, Manuel. Tenho que cuidar dele.

Tornou a abraçar Catarina antes de ir, mas, dessa vez, o abraço lhe deixou uma sensação triste, e não soube se deveria atribuí-la a seus próprios sentimentos ou ao enrijecimento involuntário que julgou perceber no corpo dela. Talvez para compensar, ela prolongou seu afeto, segurando-lhe a mão até que chegaram ao elevador; isso também não aliviou Manuel, que quase podia sentir na mão dela a presença espectral do Corvo. Recriminando-se por seu preconceito, obrigou-se a recompensá-la com um ato de lealdade.

— Catarina, quando cheguei, vi Vicente dentro de uma caminhonete no estacionamento.

— Ah! — exclamou ela.

— Eu não a incomodaria com isso justamente agora se não fosse pelo fato de que, quando falei com ele, pude perceber o quanto ele estava alterado. Não parava de chorar. Consegui convencê-lo a ir para casa, mas ele parece decidido a falar com você, e eu não estranharia se voltasse.

Em sua boca se desenhou uma expressão dura, de desgosto ou nojo, como se em vez de lhe comunicar o desespero de um homem Manuel houvesse lhe contado de uma praga que afetasse suas plantas.

— Bem, você ouviu nossa conversa outro dia. Tive que demiti-lo, no final das contas. Foi uma grande contrariedade para mim; Vicente era um excelente ajudante, mas também uma dessas pessoas que não sabem aceitar os limites do lugar que ocupam.

Manuel se sentiu decepcionado. Inconscientemente, soltou sua mão, talvez porque houvesse esperado piedade dela, um pouco de humanidade que a diferenciasse dos outros Muñiz de Dávila. Talvez Nogueira tivesse razão e todos fossem iguais.

O elevador se abriu diante deles. Manuel entrou e, enquanto se despedia, conseguiu arrancar dos olhos dela o fogo que lhes faltava.

— Ele tinha uma pistola — disse.

Mesmo assim, ela se recompôs com rapidez.

— Ah, não se preocupe com isso, Manuel, os homens são muito dramáticos e exagerados. Mas eu conheço bem Vicente, ele jamais usaria uma arma contra mim.

— Contra ele mesmo, talvez?

Ela deu de ombros enquanto as portas do elevador se fechavam.

***

Naquele dia não pararia de chover. Nas quase duas semanas que estava na Galícia, havia aprendido que não devia confiar em um céu promissor e limpo, porque em poucas horas ele poderia se fechar até fazer desaparecer qualquer vestígio de melhora; mas também havia assimilado o conhecimento da gente dali que lhe permitia distinguir quando não pararia de chover o dia todo. A chuva de Madri era estressada, rápida e impetuosa; era suja nas ruas, escorria para o esgoto, rápida, e toda marca de sua presença desaparecia do ar assim que parava de chover. Ali, no entanto, a terra bebia a água e sempre a recebia como a um amante esperado, e quando parava sua presença permanecia no ar como um espectro quase palpável que a qualquer instante tornaria a se materializar.

Estacionou em frente à casa, entre o carro de Nogueira e o pequeno utilitário de Laura. Sorriu ao ver o rosto das meninas que o olhavam através do vidro, alertadas pelo ruído de sua chegada. Desligou o motor, mas não saiu do veículo. O estado em que havia encontrado Catarina o havia deixado confuso e melancólico. O orvalho caindo daquele modo pausado e constante só contribuía para multiplicar a sensação. Observou a casa de Nogueira por trás da proteção que o vidro do carro lhe conferia, e a viu borrada, sob a chuva, como se perdesse seus limites e formas. De novo a dúvida garrotou seu peito e sentiu o impulso de ligar o motor e sair dali.

— Caralho — murmurou enquanto tomava consciência de sua angústia.

Era por causa de Café. Se alguém lhe houvesse dito duas semanas atrás que aquele bicho peludo seria tão importante em sua vida, teria gargalhado. Mas era verdade. E não era por Santiago, pela melancolia ou o orvalho; era o pressentimento de que o cachorro não ia querer voltar com ele. Certa vez havia lido que os animais escolhem seus donos, e estava bastante claro que, entre uma colega de brincadeiras de oito anos e um escritor chato, Café já havia tomado sua decisão.

Nogueira saiu à porta e levantou as duas mãos em um inequívoco gesto de urgência. Manuel por fim desceu do carro e se dirigiu à entrada, inclinando a cabeça para defender o rosto da chuva e para evitar o olhar interrogativo do guarda.

Café passou por entre as pernas do homem e o batente da porta e correu para ele latindo, ganindo e balançando o rabo. Manuel ficou parado, aliviado e surpreso, e se agachou para retribuir o carinho do seu cão. O animalzinho se ergueu sobre as patas traseiras, tentando inutilmente alcançar seu rosto para lambê-lo, enquanto Manuel sorria e ao mesmo tempo tentava acalmá-lo e estimular sua celebração. Laura e Xulia se juntaram a Nogueira na porta, e depois de um tempo a pequena Antía também apareceu. Manuel observou o sorriso que a menina abriu, dotado da mesma melancolia que ele havia acabado de abandonar, e entendeu bem por quê.

Esperou ficar a sós com Nogueira para falar. Narrou primeiramente a conversa com Vicente e depois com Catarina, que havia lhe deixado a estranha sensação de estar permitindo passar alguma coisa, como se diante dele fosse executada uma grande sinfonia na qual faltassem alguns instrumentos. Seus sentimentos se debatiam entre a admiração que sentia por Catarina e o repúdio que lhe provocava a relação dela com o Corvo. Encontrou-se perguntando quanto havia de pressentimento e quanto de preconceito em sua opinião sobre ela. Reconhecia que gostava dela; gostara dela desde a primeira vez que a vira. Havia em Catarina uma classe natural que era muito atraente, e era evidente que não só para ele; mas talvez fosse esse fato que o houvesse levado a lhe atribuir virtudes ridículas, a quase idealizá-la, sendo que, afinal de contas, era uma mulher de carne e osso com emoções e tentações humanas. E daí se ela se sentira atraída por um homem que era capaz de trabalhar ao seu lado e demonstrava admiração pelo que ela mais amava? E daí se secretamente invejava Elisa pelo filho que ela não havia conseguido conceber até então? E daí se às vezes se sentia cansada, contrariada por representar o papel de mãe de um homem fraco e caprichoso? Por acaso tudo isso não a transformava na mulher que era?

Nogueira o olhava interessado, quase como se pudesse ler seus pensamentos, mas não devia ter tal poder, porque perguntou:

— O que tem na cabeça, escritor?

Manuel sorriu antes de responder.

— A caminho daqui fui tomado por uma dúvida, por causa de algo que Ofelia me disse na primeira vez que conversamos. Ela comentou que, quando chegou ao local do acidente de Álvaro, já havia se espalhado o rumor de que era um Muñiz de Dávila e todo mundo estava meio abalado.

Nogueira assentiu.

— Eu mesmo pude ver isso — disse.

— E todo esse negócio sobre a influência e importância que eles têm na região...

— Aonde quer chegar?

— Não acha estranho que à uma e meia da manhã, sabendo que um Muñiz de Dávila havia falecido em um acidente, ninguém tivesse a "deferência" de avisar a família, que só soube quando o hospital comunicou, ao amanhecer?

Nogueira assentiu convicto, enquanto pegava seu telefone.

— Acho que você tem razão.

O corredor que levava a seu quarto na pensão o recebia sempre de modo silencioso e escuro. O sensor de movimento se encarregava de ir acendendo as luzes enquanto avançava até sua porta; por isso, estranhou encontrá-lo iluminado. Do patamar da escada podia ouvir a inconfundível algaravia dos desenhos animados que se propagava pela porta aberta do quarto de Elisa.

Café se antecipou correndo para lá, mas, antes que pudesse chegar à entrada, Samuel apareceu expectante no corredor, e ao vê-lo, começou a gritar.

— É o tio, é o tio Manuel — disse, voltando-se um segundo para dentro do quarto antes de sair correndo para os braços do homem.

Manuel o ergueu do chão e, como sempre que o segurava, teve a sensação de ter nos braços um grande peixe escorregadio e ingovernável. Sentiu seus bracinhos pequenos e fortes lhe cercando o pescoço, o toque suave de sua pele contra o rosto e os lábios úmidos de seu beijo de menino.

— Olá, meu querido, como foi seu dia?

— Muito bom — respondeu o menininho. — Conheci Isabel e Carmen. São minhas primas, eu não sabia que tinha primas.

— E gostou de conhecê-las?

O menino assentiu, balançando a cabeça com grandes gestos. Elisa sorria à entrada do quarto.

— Olá, Manuel — cumprimentou.

Manuel pôs o menino no chão e lhe estendeu a mão para acompanhá-lo. Então, sentiu sua mãozinha no bolso do casacão. Com as pontas dos dedos, tocou a suave presença das pétalas e, ajoelhando-se, olhou nos olhos do menino, que sorria. Tirou a gardênia do bolso e a mostrou para ela. Viu a surpresa no rosto de Elisa, que se aproximou para observá-la melhor.

— Você pôs isto aqui?

Samuel assentiu, contente.

— É presente.

— É muito bonita — disse Manuel, em agradecimento. — E me diga mais uma coisa: foi você quem colocou flores em meu bolso todos os dias?

Samuel levou o dedo à boca e assentiu, tímido.

Manuel sorriu. Havia pensado tanto na estranha presença das flores em seu bolso, e eram apenas o presente de uma criança.

— Você deu flores de presente ao tio sem que eu soubesse, malandrinho? — perguntou Elisa, divertida.

— É que... é que tinha que ser segredo — respondeu o menino.

— Segredo? — perguntou a mãe.

— Ele disse para eu pôr as flores aí e não contar nada.

Elisa olhou para Manuel desconcertada, e de novo para seu filho.

— Quem foi que disse para você fazer isso? Pode contar para mim, Samuel.

Era evidente que o excesso de atenção estava começando a incomodar Samuel, que se soltou do abraço de Manuel e correu até a porta aberta do quarto enquanto respondia.

— O tio. O tio me pediu para fazer isso.

— Tio Santiago pediu para você colocar as flores nos meus bolsos? — perguntou Manuel.

— Não — gritou o menino, chegando ao quarto —, o tio Álvaro.

Manuel ficou paralisado. Voltou à sua mente a conversa com Lucas. Ah, pequeno Samuel! Tentou disfarçar seu desânimo e, ao erguer o olhar, encontrou o de Elisa, quase envergonhado.

— Ah, Manuel, sinto muito, não sei como...

— Não se preocupe, não tem importância — disse, tomando-lhe o braço.

— É que me pegou desprevenido... Todos esses dias encontrando as flores e...

— Sinto muito, de verdade, Manuel, não sei o que dizer. Talvez ele tenha visto Álvaro fazer isso uma vez; ele tinha esse costume.

— Sim — respondeu, esquivo.

Jantou com Elisa e Samuel no salão da pensão, rindo com as gracinhas do menino – que o tempo todo deslizava por baixo da mesa um pedaço de sua própria comida para Café – e curtindo a companhia de Elisa. Ela estava diferente; era como se, ao sair de As Grileiras, um véu que cobria seu rosto houvesse caído; como se houvesse deixado para trás o tom sépia de tristeza que a velava como em uma velha fotografia. Sorria, conversava, ria enquanto brigava de brincadeira com Samuel. Manuel pensou que pela primeira vez ela lhe parecia viva e dona de sua vida.

Riram de algo que o menino havia dito, e nesse instante Manuel tomou consciência novamente dos sentimentos que preenchiam seu peito com ondas de amor, de incompreensão, de medo de não tornar a vê-los. Sabia o quanto Elisa era importante para ele, quanto amava Samuel. Sorriu.

— Liguei para meu irmão... Lembra? Eu lhe falei dele. É casado e tem duas meninas... — disse Elisa, tirando-o de sua abstração.

— Samuel me contou; parece encantado com suas primas.

— Sim — ela sorriu. — Agora vejo que é terrível que tenhamos privado todos eles do privilégio de se conhecerem; outro erro somado à longa lista — disse, assumindo sua culpa com perspectiva renovada. — Mas hoje conversamos muito. Acho que as coisas vão se ajeitar entre nós. — Estendeu a mão em cima da mesa até cobrir a de Manuel. — E você teve muito a ver com isso... Se você não tivesse me ajudado, não sei se teria tido forças para sair de lá.

Ele negou com modéstia.

— Todos somos mais fortes do que imaginamos. Você já deu o passo; além do mais, você tem sua renda, pode viver por conta própria.

— Não é isso, Manuel; por um lado, era Fran. Eu sentia que ele me mantinha ali, mas também é a família. Não sei se você me entende, Manuel, mas tudo é fácil no paço. É agradável se sentir um deles, embora eu tenha plena consciência de que o tempo todo me suportaram por causa de Samuel — disse, olhando para o menino, que se entretinha brincando com Café.

Manuel pensou no modo como Catarina havia diferenciado o que sentia por sua cunhada e por seu sobrinho.

— Mas tem algo de diferente nessa família que é, ao mesmo tempo, terrível e fascinante; tudo flui no paço, a vida passa, é serena e sem sobressaltos, e era disso que eu precisava, ou pelo menos achava isso durante um tempo.

— E agora?

— Estou começando a pensar seriamente no que você disse de viver fora do paço. Meu irmão acha que é uma boa ideia... Samuel poderia ver sua família do mesmo jeito... ano que vem vai começar a ir à escola, e...

— Que ótimo — disse ele, cobrindo com sua outra mão a dela. — Mas, Elisa, o que eu estava tentando falar para você aquele outro dia, no cemitério, é que a vida é sua; sua e de Samuel. Leve o tempo que necessitar para pensar no que quer fazer, e quando decidir eu irei ajudá-la. Mas essa deve ser uma decisão sua. Não dos Muñiz de Dávila, nem de seu irmão, nem minha... Sua, Elisa.

Ela assentiu, sorrindo.

BRONTOFOBIA

Laura fechou o livro que estava lendo quando ouviu o motor do carro de Nogueira.

Havia escutado durante mais de quinze minutos, pela janela entreaberta atrás de si, seu marido e sua filha mais velha conversando na varanda da casa. Não conseguira distinguir o que diziam, mas notava-se que a conversa fluía, e de vez em quando os ouvira rir. Não havia razão para esperar que ele entrasse para se despedir antes de ir; fazia anos que ambos haviam optado pela saída à francesa. Não teria se preocupado algumas semanas atrás; no entanto, naquela noite, seu silêncio despertou uma dor antiga que julgava esquecida. Levantando-se, deixou o livro na poltrona e, antes de sair, deu um sorriso a sua filha Antía, que, como sempre, acabara adormecendo no sofá, apesar das muitas vezes que a havia mandado para a cama.

Xulia lia recostada no balanço, que ocupava boa parte da varanda e que era seu lugar favorito desde que o pai o pusera ali, quando ela tinha quatro anos.

— Papai já foi? — perguntou, embora a resposta fosse óbvia. O carro não estava ali; na esplanada em frente à casa só restava seu utilitário.

Xulia levantou o olhar do livro e a observou durante alguns segundos antes de responder.

— Sim — disse, perguntando-se o que estava acontecendo com sua mãe. — Queria falar com ele?

Laura olhou para o horizonte enquanto se apoiava no corrimão da varanda. Não respondeu, talvez porque precisasse pensar na resposta. Queria lhe dizer algo? Então, julgou vislumbrar um leve fulgor no limite do mundo e, erguendo um pouco mais a cabeça, estudou a distância. Ou talvez quisesse que ele lhe dissesse algo?

— Não tem importância... — respondeu, sem tirar os olhos da linha do céu.

— Eu acho que sim — replicou sua filha, com o tipo de seriedade que só é possível em um adolescente.

O tom da garota chamou a atenção de Laura, que se voltou para fitá-la. Mas só um segundo; já tinha quase certeza de ter visto algo no céu.

— Eu ouvi vocês dois conversando — disse, sem parar de olhar o horizonte. — Acho que está chegando uma tempestade.

Xulia sorriu condescendente. Conhecia bem sua mãe, uma mulher inteligente e capaz, lógica e serena, que tinha um medo atroz de tempestades.

— Não há previsão de tempestades, mamãe — respondeu após consultar a previsão do tempo no Google.

— Não me interessa o que diz a internet — respondeu Laura, obstinada —, é melhor entrarmos.

Xulia contemplou o horizonte noturno, sereno e estrelado; mesmo assim, não a questionou. Já sabia que, quando se tratava de tempestades, discutir com sua mãe era tempo perdido.

Laura odiava tempestades, e odiava a sensação que elas lhe provocavam. Aterrorizavam-na nas profundezas da alma, e a sensação de pânico só aumentava o ódio visceral que sentia pela tempestade, conferindo-lhe, sem querer, entidade de ser vivo, de criatura consciente e furiosa, de inimiga. Não acreditava em intuição, premonições ou agouros. Nos anos de casada com um guarda civil havia temperado o lógico temor dos primeiros tempos cada vez que ele tinha que trabalhar no período noturno, o que, no início de sua vida juntos, a havia feito passar diversas noites em claro enquanto o imaginava arrastado pelas rodas de um caminhão, atropelado por um veículo que furava uma blitz policial, baleado por um delinquente, ou por um daqueles traficantes que diziam que levavam toneladas de cocaína de um lado para o outro da Galícia em uma só noite.

Seu marido sabia se cuidar e, além disso, não estava mais na ativa. Provavelmente havia marcado com Manuel de beber alguma coisa. No entanto, aquela despedida sem palavras... e aquela tempestade conseguiam ressuscitar um medo antigo que nascia nas entranhas... Acendeu o forno, sem deixar de vigiar o avanço inevitável da tempestade que começava a desenhar o perfil das colinas com seus flashes de luz pulsante.

Silenciosa e atarefada, Laura ia de um lado ao outro da cozinha, alinhando em cima da mesa os ingredientes para o bolo de que ele tanto gostava.

— Vai fazer bolo agora? — perguntou Xulia, levantando o olhar para o relógio da cozinha, que marcava onze da noite.

A janela estava escancarada para vigiar o progresso da tempestade que se desenhava sobre o horizonte em uma centelha agora sim inegável.

Xulia não se surpreendeu: desde pequena sua mãe tinha um sexto sentido para tempestades; o pai dela falecera durante uma terrível tempestade, lá na costa. Sem responder, Laura começou a misturar os ingredientes enquanto sua mente viajava para aquela noite.

Parada no porto, sua mãe havia esperado que o barco voltasse durante horas. Quando a tempestade recrudescera na costa e começara a anoitecer, um grupo de mulheres caritativas se aproximara dela e a solavancos a tirara do porto, acompanhando-a para casa. Assim que atravessara o umbral da porta, sua mãe caíra no chão, chorando. "Agora sei que ele não vai voltar", dissera.

Sua mãe tinha agora mais de oitenta anos e continuava morando naquela casinha perto do porto, sozinha e orgulhosa. Fazia suas compras, ia à missa e acendia uma velinha em frente à foto do marido que nunca havia voltado, do rosto amado que não podia esquecer e que Laura mal recordava. Uma vez lhe perguntara: "Como você sabia? Como você sabia que papai não voltaria?". "Eu soube quando me deixei levar do porto, ao voltar a nosso lar sem ele. Durante anos amaldiçoei aquelas mulheres por me convencerem, por me obrigarem a abandonar meu juramento e voltar para casa. Mas fui eu... eu me rendi, deixei de esperá-lo, por isso ele não voltou."

Xulia observou em silêncio enquanto sua mãe misturava os ingredientes e levava a massa ao forno, mas especialmente enquanto enxugava as mãos com um impoluto pano de prato, com aquela expressão no rosto que delatava sua preocupação. Apesar de seus movimentos pausados, estava inquieta. Xulia podia adivinhar pelo modo como alternava olhares a um vazio que só ela podia ver aberto diante de seus pés, com a vigilância pela janela do avassalador avanço da tempestade que já superava o horizonte.

Xulia olhou para fora quando o primeiro trovão retumbou na distância.

— Ajude-me — disse Laura —, sua irmã adormeceu no sofá.

— Como sempre — replicou Xulia.

— Abra a cama para que eu possa deitá-la.

Laura pegou Antía sorrindo no colo, apressada pelo tamanho e o peso da menina. Logo seria impossível carregá-la.

Com cuidado para não bater seus pés no batente da porta, saiu da sala, contornando os móveis, até o quarto que ambas compartilhavam nos últimos seis anos. Parou em frente à entrada do quarto, pensando. Com um novo impulso, firmou em seus braços o corpo adormecido da menina, que estava começando a escorregar. Pesava demais. Voltou-se para o corredor e disse para sua filha mais velha:

— Acho melhor ela dormir na própria cama.

Xulia não disse nada; correu para retirar o cobertor da Minnie Mouse. Deu um beijo em sua mãe e foi para a cama, sabendo que ela não o faria, que naquela noite esperaria acordada que seu pai voltasse. Pensou que era bom. Ela também conhecia aquela história de portos e tempestades, e em seus dezessete anos já achava que só fazia sentido voltar se alguém estivesse esperando.

As luzes cor-de-rosa do prostíbulo iluminaram o rosto dos dois ocupantes do carro. Manuel se voltou para ver Café, que o fitou meio de lado em seu lugar habitual no banco de trás.

— Parece que no fim Lucas levou a sério a ideia de ficar em casa para não vir visitar as putas — comentou.

— Ele não ligou para avisar? — estranhou Nogueira.

— Não — disse Manuel, checando de novo o registro de chamadas de seu celular.

Era cedo, e só havia dois carros no estacionamento. Embora a banqueta de bar que o vigia costumava ocupar pudesse ser vista sob o telhado da entrada, não havia nem sinal de Mamut.

— Elaborei junto com Ofelia uma lista de nomes com todas as pessoas que recordamos que estiveram na cena do acidente naquela noite. Comecei a ligar para alguns, mas a maioria trabalha no turno da noite, como Ofelia. Se não tiver muito trabalho, ela vai ligar e ver se alguém avisou o paço do acidente antes do hospital.

Da lateral do edifício viram sair a imponente figura de Mamut, que avançava subindo o zíper da calça, dando, assim, pretexto para sua ausência. Olhou para o estacionamento e detectou a presença do carro recém-chegado, e até se deteve um instante debaixo da chuva ao notar que havia dois homens dentro. Antes de o caubói decidir se aproximar, Nogueira e Manuel saíram do veículo e Mamut voltou para sua banqueta. Talvez porque estivesse entediado, ou porque ainda era cedo e o estacionamento estava quase deserto, Mamut demonstrou uma excelente disposição para explicar os pormenores de seu trabalho.

— Claro que me lembro; controlar o estacionamento é minha responsabilidade, e estou sempre aqui. Nieviñas não me deixa entrar nem para mijar. Dom Santiago é um bom cliente e um homem generoso. Quando o estacionamento está muito cheio, ele costuma me pedir para vigiar seu carro para que nenhum bêbado o arranhe ao sair.

— Então se lembra deles.

— Claro; era um sábado. Geralmente preciso ficar mais alerta durante os sábados, você sabe. O estacionamento estava cheio; não é como os domingos, que são para a família. — As facetas falsas de seus dentes refulgiram sob a luz de néon da porta quando sorriu. — Chegaram dois carros que pararam, mas não estacionaram, nos fundos do estacionamento; isso já é estranho, o normal é que estacionem, nem que seja só para não obstruir a passagem. Eu ia olhar, porque às vezes algum traficante para aqui para fazer seu *business* e eu tenho que colocá-lo para correr. Nieviñas não quer que o clube ganhe má fama.

Manuel sorriu e Mamut prosseguiu, sem entender a graça.

— Fiquei mais tranquilo quando vi que era Dom Santiago. Do outro carro saiu o outro sujeito, que vinha aqui com ele às vezes. Conversaram pouco tempo, mas aos gritos; não entendi o que diziam porque a música de dentro não me deixa ouvir direito, mas era evidente que Dom Santiago estava furioso. Entrou em seu carro, bateu a porta e foi embora, deixando o outro falando sozinho.

— Só isso?

— Bem, o outro sujeito ficou ali parado, olhando para a estrada, e foi aí que chegou um outro carro. Chamou minha atenção porque não veio da estrada, e sim do pinheiral ao lado — disse, apontando para um bosque vizinho ao estacionamento. — Às vezes casaizinhos param ali, vocês sabem — disse, fitando-os, cúmplice. — Era uma caminhonete; apareceu pela esquerda e parou diante do sujeito que estava ali. Uma mulher desceu e ficaram conversando um tempo.

Nogueira voltou o olhar para o fim do estacionamento.

— A distância é grande; tem certeza de que era uma mulher?

— Baixinha, cabelos por aqui — disse, levando os dedos da mão direita à altura da jugular —, e estava sozinha. Deixou a porta aberta, e com a luz de dentro pude ver que não tinha mais ninguém dentro do carro. Conversaram um pouco, despediram-se com um abraço, ele entrou no carro e pegou a estrada; ela fez o mesmo.

— Eles se abraçaram?

— Sim, como despedida, alguns segundos... Bem, a essa altura eu também não estava prestando muita atenção; um cliente saiu para falar ao telefone, e quando olhei de novo os dois já tinham voltado para os carros e estavam indo embora.

— Que horas você calcula que poderia ser?

— Por volta da uma...

— E o veículo, você conseguiu ver bem qual era o veículo?

— Homem, não pude ver a placa nem nada disso, mas era uma caminhonete branca de uma empresa, tinha até um desenho, tipo uma cesta de flores... sim, uma cesta de flores, era isso. — Sorriu, felicitando-se por sua boa memória. — Como eu disse, controlar o que acontece aqui é minha responsabilidade — acrescentou Mamut, orgulhoso.

— Uma caminhonete com um cesto de flores na lateral — disse Manuel assim que voltaram para o carro. — É a caminhonete do ajudante de Catarina, e esse homem praticamente nos deu a descrição dela.

— Já sabemos por que estavam discutindo. Álvaro disse a Santiago que não ia pagar, o que deve tê-lo deixado furioso.

— Sim, mas ele foi embora, e Álvaro continuava vivo.

— E então Catarina apareceu. O que estava fazendo aqui?

— Não sei... Catarina é muito protetora com Santiago — disse Manuel, recordando sua conversa na clínica e até que ponto estava farta de cuidar daquele inútil. — Talvez suspeitasse que ele estivesse com algum problema e o seguiu até aqui.

— Humm — disse Nogueira em resposta, apertando os lábios.

— O quê? — perguntou Manuel.

Haviam acabado de ligar o carro quando tocou o telefone de Nogueira: era Ofelia. Ligou o viva-voz para que Manuel também pudesse ouvi-la.

— Bem — disse ela —, tal como suspeitávamos, alguém avisou os Muñiz de Dávila sobre o acidente.

— Quem ligou?

— Um policial de trânsito. Pereira é o nome... Disse que não viu nada de errado em avisar a família. Disse que falou com Santiago às duas, mais ou menos...

— Às duas? O acidente tinha acabado de acontecer.

— Sim. Ele disse que Álvaro tinha falecido em um acidente de trânsito e que tudo indicava que havia saído da estrada, mas também mencionou a transferência de pintura, e que a Guarda Civil ainda não havia descartado a possibilidade de que um veículo branco pudesse estar envolvido no acidente. Imagino que com a intenção de ser solícito, ele se precipitou um pouco. Mas isso não é tudo... — disse ela, fazendo uma pausa teatral.

— *Ofeliña! Que non temos toda a noite!* — exclamou Nogueira em galego.

— *Voy, home!* Dois dias depois, Santiago ligou para ele para agradecer, e imagino que também para dar uma recompensa, embora ele não tenha dito nada a respeito disso. Mas Santiago também lhe pediu um favor. Disse que o sobrinho de uma idosa que trabalhou por algum tempo no paço estava desaparecido e que a mulher estava muito preocupada, que já havia feito boletim de ocorrência, mas que ele ficaria muito agradecido se o avisasse se localizassem o carro ou o rapaz. Ele até deu o número da placa.

— A placa de Toñino — deduziu Nogueira.

— E ele avisou? — perguntou Manuel.

— Sim, ontem à tarde, por volta das cinco, ligou e disse que o rapaz havia aparecido morto, e acrescentou que parecia um suicídio.

Manuel levantou as mãos, levando-as à cabeça.

— Ele não o matou! Não sabia... não sabia que Toñino estava morto, e quando descobriu sentiu tanta dor que tentou acabar com sua vida.

— É o que acreditamos — disse Ofelia.

— E por que chorava abraçado à camiseta dele na igreja dias antes? Não acha que isso indica culpa? Que já sabia?

— Ele estava chorando porque achava que havia perdido seu amante — disse Manuel. — A tia de Toñino disse que um amigo dele ligava todos os dias para perguntar por ele, e sabemos que não era Richi. Acho que não será muito difícil comprovar isso, porque tenho certeza de que era Santiago. Ele estava chorando porque achava que o silêncio de Toñino era a forma que o rapaz tinha encontrado de castigá-lo pelo ataque. Ele o socou como um selvagem, mas nem o matou nem sabia que estava morto até ontem, por isso continuou ligando todos os dias para a casa da tia de Toñino perguntando por ele. Aconselhou a tia a fazer o boletim de ocorrência e complicou a vida a ponto de pedir ao policial que o avisasse se tivesse alguma novidade. Não teria agido assim se soubesse que estava morto, e ontem, quando o guarda ligou para ele e disse que Toñino havia cometido suicídio na noite em que ele o surrara, achou que era culpa sua e não aguentou.

Nogueira ficou em silêncio alguns segundos enquanto tentava organizar seus pensamentos.

— Vamos recapitular: depois de discutirem, Santiago deixou Álvaro no lugar onde deviam se encontrar para fazer o pagamento; então, quando o guarda ligou de madrugada para informar sobre o falecimento de Álvaro e disse que um veículo branco estava envolvido no acidente, marcou com Toñino, que não podia nem imaginar nada, e até passou pelo Burger King para pegar lanche para os dois imaginando que iam se encontrar para conversar. Santiago chegou louco de raiva, e, deixando-se levar pela força bruta, quebrou a cara dele, porque achava que ele havia matado seu irmão. Socou-o até se cansar, ou até que Toñino conseguiu convencê-lo de que não havia sido ele, mas ainda estava vivo quando o deixou. Caralho! Isso tudo faz muito sentido para mim; inclusive, havia lenços umedecidos cheios de sangue no carro. Toñino estava vivo, teve tempo de limpar as feridas antes de ser morto.

— E tem mais — disse Ofelia —, acabam de me ligar para contar: Toñino estava com seu celular. Estava sem bateria, molhado e contaminado por diversos fluidos característicos da putrefação quando o encontramos, mas conseguimos recuperá-lo. Há muitas chamadas perdidas. Três de seu amigo Richi, quinze de sua tia e mais de duzentas de Santiago. Inclusive mensagens de voz lastimosas e desesperadas... Esgotou toda a bateria que restava ligando para ele. Amanhã cedo vão interrogá-lo.

TAREFA

Parada à porta do banheiro, Elisa observava seu filho. Sentado na cama com as pernas cruzadas, ele assistia a desenhos na televisão, em silêncio. Haviam voltado para o quarto depois de se despedir de Manuel, e tudo ficara estranho a partir desse instante. Samuel, em contraste com seu comportamento do dia anterior, quando assim que chegara tirara os tênis para pular como um louco em cima da cama, estava silencioso e taciturno. Assim que atravessaram a porta, ele lhe perguntara onde estava o telefone, e, quando ela respondera que como sempre estava na bolsa, ele dissera: "Esse não, o telefone daqui". Ela nem sequer havia notado, até esse instante, que havia um telefone fixo no quarto, em cima de uma das mesinhas de cabeceira. Mas o mais surpreendente fora que Samuel a fizera confirmar que estava funcionando. Espantada, ela levantara o fone e escutara o tom de discagem, e até tivera que colocá-lo na orelhinha do menino para que ele mesmo pudesse comprovar. Elisa pensara que talvez ele sentisse falta do paço e se ajoelhara diante dele para perguntar:

— Quer ligar para alguém? Está com saudades de Herminia? Quer ligar para o paço?

Samuel a fitara muito sério. Erguendo a mão direita, passara-a pelo cabelo de sua mãe, deslizando-a bem suavemente. Em sua boca desenhara-se uma expressão que Elisa jamais havia visto; um misto de paciência e proteção, como se seus papéis houvessem se invertido e ela fosse a criança que ele preservava de algo que não estava preparada para compreender.

— Tenho que esperar o tio me ligar...

— Ele disse que ia ligar? É muito tarde, talvez ele quisesse dizer amanhã... — tentara argumentar.

O menino tornara a deslizar a mão pelos cabelos dela com infinito cuidado.

— É uma tarefa, mamãe.

— Uma tarefa? Que tipo de tarefa? — perguntara.

— Uma tarefa que tenho que fazer para o tio. Não posso ir dormir enquanto ele não ligar.

Ela havia sorrido confusa, tentando retomar seu papel de mãe, tentando ser compreensiva com as ideias do filho. Primeiro a história das gardênias nos bolsos de Manuel, depois aquilo...

— Mas só um pouco mais, é muito tarde e você tem que dormir.

Ele negara com a cabeça em um novo gesto, adulto e paciente, que significava "você não entende nada", e, despojando-se de seus tênis, sentara-se na cama para ver televisão. Elisa retrocedera até a porta do banheiro. Fingia tirar a maquiagem ou escovar os dentes, mas, na realidade, postara-se ali para vê-lo, vigiando aqueles gestos novos, desconhecidos.

Observou enquanto ele ria, como sempre, ao ver Bob Esponja, recostando-se pouco a pouco nos travesseiros; pensou que talvez desistisse da ideia de esperar que seu tio ligasse e por fim sucumbisse ao sono que já fazia arder seus olhos e o fizera bocejar várias vezes. Viu-o fechar os olhinhos. Havia sido um dia intenso e cheio de emoções: estar fora do paço, conhecer suas primas, não havia parado quieto o dia inteiro; devia estar esgotado. Fitou-o sorrindo, cheia de amor, e se aproximou sigilosa enquanto fazia uma contagem regressiva, começando do dez. Era sempre assim; se chegasse ao zero antes que o menino abrisse os olhos de novo, estaria profundamente adormecido. Nove, oito, sete, seis, cinco, quatro, três... Samuel abriu os olhos e se sentou, como se houvesse escutado uma chamada que ela não conseguia ouvir. Elisa retrocedeu um passo, assustada, e com seus olhos seguiu o olhar do menino para o telefone. Samuel assentiu como se recordasse, ou como se alguém o fizesse recordar sua tarefa. Levantou-se e afastou os travesseiros, resistindo à tentação, e centrou sua atenção nos desenhos cuja luz coloria o quarto.

CLAMOR

O Vulcano não estava mais animado que o La Rosa. Localizaram Richi assim que entraram; estava bebendo sozinho, de frente para o balcão, sem dar atenção aos poucos clientes que rebolavam na pista.

Nogueira pousou sua gigantesca mão nas costas do rapaz, e sentiu o que parecia ser o peso de todos os ossos desmoronando sob seu peso, como um castelo de cartas.

Richi deu meia-volta e o cumprimentou com desânimo, o rosto abatido e apático. Manuel sentiu pena dele: estava de luto. Nogueira também devia ter notado, porque, em vez de fustigá-lo como na visita anterior, repetiu o tapinha em suas costas com mais suavidade enquanto sinalizava ao garçom para que servisse uma rodada.

Beberam dois belos goles de cerveja antes de falar.

— Ouça, Richi, preciso que você me esclareça uma coisa que nos contou na outra noite — disse Manuel.

O garoto bebeu um gole de cerveja olhando para o vazio. Manuel sabia onde o rapaz estava; ele também havia contemplado esse abismo até bem pouco tempo atrás.

— Vocês foram atrás de Toñino... se preocuparam com ele. Se não fosse por vocês, ele ainda estaria ali... no monte.

Manuel assentiu, pondo a mão no ombro do garoto.

— O que eu disser vai servir para ajudar a pegar o filho da mãe que fez isso com ele? — disse sem se mexer, com os olhos perdidos no vazio.

— Não sei. Eu gostaria de dizer que sim, mas não sei...

Richi se voltou e o olhou de frente. Parecia dominado por uma firme decisão.

— O que quer saber?

— Você disse que Toñino tinha "negócios" no paço; usou essa palavra. Disse que não se mata a vaca enquanto dá leite. Preciso saber mais sobre os negócios dele.

Richi o fitou muito sério e Manuel quase achou que não responderia, mas ele deu de ombros, suspirando profundamente, e disse:

— Imagino que agora que Toñino está morto nada disso importa, não é? Ele já não pode se prejudicar, e esses filhos da mãe... não me importa se se prejudicam ou não. Toñino tinha uma mina no paço; primeiro era com Fran, mas fazia um tempo que se encontrava com Santiago. Outro tipo de negócio; sempre dizia que Santiago estava apaixonado por ele. Não vou dizer que Toñino não sentia nada, mas ele se deixava amar. Santiago é um homem muito bonito e tem muito dinheiro. De vez em quando também passava drogas para ele, cocaína principalmente... Por que estão perguntando sobre isso? Acham que ele teve algo a ver com o que aconteceu com Toñino? — perguntou, contraindo o rosto em uma careta de ódio.

— Sabemos que não, temos certeza.

O semblante do garoto relaxou enquanto balançava a cabeça devagar, deixando que seu olhar se perdesse novamente no vazio. Nogueira fez um gesto de impaciência. Suspeitava de que sua confusão se devesse a algo mais que ao desgosto.

— Richi, escute bem — disse Manuel, com firmeza, exigindo de novo sua atenção. — Tem mais uma coisa. Você disse "naquela casa até a mais fina usa". Achei que estivesse falando de Elisa, namorada de Fran, mas sei que ela não consumia há anos, não tenho dúvidas disso. Quero que me diga quem comprava drogas no paço.

— Elisa? Sim, sei quem é. Não, ela não. Ela enlouquecia toda vez que nos via perto de seu namorado. Você sabe o que costumam dizer: como no caso do cigarro, os mais radicais são os mais cruéis. Mas, vendo como acabou, é evidente que Fran estava usando de novo.

— Quem, então?

— A outra, a mais fina, não sei como se chama. Seus pais também são marqueses, ou algo assim, têm um paço na estrada de Lugo...

— Catarina? — perguntou Nogueira, atrás dele.

— Essa.

Manuel olhou para Nogueira por cima do ombro de Richi.

— É impossível, faz anos que está tentando engravidar, não toma nem café...

— Sei! — exclamou Richi. — Impossível? Usa do mais forte... Não sei se ela deixou de usar ultimamente, mas eu posso falar porque vi com estes olhos. Uma vez, acompanhei Toñino até o paço; ele conhecia um caminho por trás, ela estava nos esperando perto da igreja. Demos o que queria, ela pagou e caímos fora.

— O que ela comprou?

— Heroína.

Nogueira abandonou sua cadeira e olhou para Manuel, alarmado pela importância do que estavam prestes a ouvir. Postou-se ao lado de Richi e disse:

— Ouça com atenção, pense bem na resposta antes de falar.

O garoto captou toda a gravidade do assunto, porque assentiu muito sério.

— Lembra quando foi isso?

— Claro, faz dois... não, três anos, mas não esqueço o dia: 15 de setembro. Minha mãe e minha avó se chamam Dolores, e dia 15 é dia do aniversário delas. Toñino foi me buscar em casa para que eu pudesse ir com ele até o paço. Ele não tinha carro ainda, e minha mãe fez ele entrar em casa para comer um pedaço de bolo. Dia 15 de setembro; se eu esquecesse, minha mãe me mataria.

ECO

Lucas entrou no elevador acompanhado por uma enfermeira, que com o olhar baixo observava com desgosto a poça que, como uma onda expansiva, ia se formando no piso de linóleo onde ele apoiava a ponta do guarda-chuva.

— Está chovendo demais... — disse ele, se desculpando.

Respirava a umidade que seu casaco molhado transpirava no pequeno espaço do elevador, causando a sensação de que a qualquer momento poderia chover inclusive ali. Ela não respondeu.

As portas se abriram em frente ao balcão da enfermagem, atrás do qual estava outra mulher, que os cumprimentou brevemente indicando a porta de uma sala.

A enfermeira bateu com os nós dos dedos e abriu sem esperar.

O espaço central da sala estava quase todo ocupado por uma mesa de reunião com doze cadeiras. Três médicos, um homem e duas mulheres, estavam sentados na ponta, e Catarina na lateral, de costas para a janela que se assemelhava a um espelho naquela noite chuvosa, devido aos milhares de gotas presas no vidro pelo lado de fora, que atuavam como mercúrio prateado devolvendo o reflexo.

— Boa noite; imagino que o senhor é o padre Lucas. Sou a doutora Méndez, nós nos falamos por telefone — disse uma das mulheres, que se levantou para recebê-lo e fazer as apresentações. — Meus colegas doutores López e Nievas; e Catarina já conhece.

Catarina se levantou e o cumprimentou com dois breves beijos. Estava pálida e parecia preocupada. Segurava nas mãos uma garrafinha de água da qual havia arrancado o rótulo, que rasgara em minúsculos pedacinhos em cima da mesa.

Assim que Lucas se sentou, a doutora prosseguiu.

— Sei por Catarina que está a par do que aconteceu nas últimas horas. Ontem, durante a tarde, Santiago ingeriu uma overdose dos soníferos que toma habitualmente. Por sorte, chegamos a tempo, e a quantidade que ele absorveu não foi fatal. Desde o momento em que acordou pede para falar com o senhor.

— Lucas, eu não concordo — disse Catarina. — Você foi a última pessoa para quem ele ligou antes de tomar os comprimidos. Acho que, como eu, você pode entender o que isso significa. Tenho medo do que possa acontecer, de que falar com você seja seu jeito de se despedir.

Lucas assentiu lentamente, assumindo o comando, mas foi a doutora que falou.

— Entendemos seus temores, Catarina, mas meus colegas e eu concordamos que esse encontro pode ser positivo para ele; tendo em conta que ele é crente, achamos que pode se sentir mais à vontade ao falar com seu confessor do que se sentiria conosco. Durante o dia todo, nós o avaliamos, e nossa opinião é unânime: Santiago está triste e decidido, coisa comum nos suicidas, mas suas faculdades mentais não estão alteradas.

— Como pode dizer que suas faculdades mentais não estão alteradas? Pelo amor de Deus, ele tentou se suicidar, e não é a primeira vez — protestou ela.

— É muito comum pensar que as pessoas que decidem se suicidar estão loucas, mas não é verdade; ao menos não na maioria dos casos. Ninguém sabe com certeza como a depressão funciona — prosseguiu a médica. — Neste momento ele está deprimido, mas isso não significa que não poderá superar; a prova é que já fez isso uma vez. É verdade que na depressão cada novo episódio se soma ao anterior, e o que mais nos interessa agora é que ele saia do isolamento e seja capaz de falar de sua dor. Ele se mostra inexpugnável para nós, e é por isso que olhamos com esperança o fato de ele estar disposto a falar com seu confessor.

Catarina negou de novo.

— Ele fala comigo, sou sua esposa, eu o conheço melhor que ninguém no mundo. Santiago é... é como uma criança pequena, e quando está frustrado ou irritado faz e diz coisas de que depois acaba se arrependendo. Ele sempre foi assim, desde novinho. Eu o conheço bem e aprendi a não ligar, a distinguir entre quando ele está somente desabafando e quando ele está dizendo a verdade. Ele gritou comigo o dia inteiro, disse coisas horríveis e me afastou, mas eu sei como ele é e que faz isso porque está sofrendo. Por isso, acho que é precipitado falar com ele hoje. Por que não deixam passar alguns dias até que ele esteja mais calmo? Tenho certeza de que o que ele possa dizer hoje só irá causar uma impressão equivocada de Santiago, e é meu dever protegê-lo. Já fiz isso quando seu irmão mais novo morreu e consegui fazê-lo ver a razão.

Os médicos assentiram.

— Sim, entendemos suas dúvidas e realmente achamos louvável o instinto que você tem de tentar proteger Santiago, mas acreditamos que o mais importante para ele, nesse instante, seja sair do isolamento, e esperamos que o padre Lucas possa convencê-lo da importância de se deixar ajudar para sair dessa situação em que ele se encontra. De qualquer modo, se ele conseguir se abrir com alguém, já estará dando um dos primeiros passos para a melhora; o mais essencial.

— Eu me recuso — disse Catarina, cortante. — Vocês não o conhecem, ele desabará se eu permitir algo assim.

Os três médicos se entreolharam, e foi o homem que falou.

— Compreendo sua postura, Catarina, mas faço parte do conselho de administração desta clínica e consultei nossos assessores legais antes de decidirmos chamar o padre Lucas. Não podemos negar auxílio espiritual a nenhum paciente que o solicite. Esta instituição tem um forte caráter religioso, mas, mesmo que não tivesse, como psiquiatras, entendemos que o auxílio espiritual é sempre benéfico para o paciente.

— Pois então eu vou acompanhar essa conversa. Jurei que não iria deixar Santiago sozinho, e não faltarei com a minha palavra. Não há segredos entre meu marido e eu. Ele está sofrendo muito, e, assim como durante suas avaliações, não permitirei que ele fale com ninguém sem minha presença. Já os adverti esta manhã: se não respeitarem minha vontade, eu o levarei para casa.

Lucas pigarreou, chamando a atenção de todos os presentes.

— Sou um sacerdote católico, e é minha obrigação atender qualquer crente que me peça para ser ouvido em confissão. Não sei se vocês são católicos ou não, mas devem saber que qualquer coisa que Dom Santiago me disser ficará sob segredo de confissão e, portanto, não poderei revelar — disse, e se voltou para Catarina. — Conheço Santiago desde a infância, Catarina, e fui seu confessor desde que me ordenei; sou amigo da família há anos e eu mesmo os casei em As Grileiras. Não estou aqui como amigo, e sim como sacerdote. Santiago me ligou ontem antes de tomar os comprimidos, e acho que eu teria conseguido dissuadi-lo se ele tivesse conseguido falar comigo.

— Ele está louco, Lucas, não pode nem imaginar as coisas que diz, está drogado e excitado, só fala bobagens. Não quero deixá-lo sozinho — disse ela, apavorada.

A doutora negou.

— Suas faculdades mentais não estão alteradas e não restam vestígios de medicamentos em seu organismo, salvo traços do sonífero que toma habitualmente. Entendemos que não está mais alterado pelos fármacos do que poderia estar qualquer outro dia.

Catarina bufou, angustiada, e Lucas se levantou de seu lugar e foi se sentar junto a ela.

— Ele pediu para ser ouvido em confissão; é um dos sacramentos mais importantes de nossa fé, Catarina. Ninguém pode estar presente, exceto ele e eu. Nada pode ser gravado e nada do que me disser poderá ser revelado.

— Nada, independente do que diga? Nem aos médicos? — perguntou ela, desconfiada.

— Nada — acalmou-a Lucas. — O segredo de confissão me obriga a manter silêncio sobre tudo que ele me contar. Catarina, a confissão é um alívio para a alma; o sacramento da alegria ao nos livrarmos de nossa aflição não é um tratamento médico, nem uma declaração judicial — disse, tomando em suas mãos a mão forte e pequena da mulher, que tremia visivelmente, e dirigindo suas palavras em parte aos médicos, que o olharam decepcionados.

A doutora suspirou, olhando brevemente para seus colegas, e se dirigiu a Lucas:

— Bem, entendemos as condições do rito, e, neste momento, o maior problema que enfrentamos é o retraimento do paciente; nos daremos por satisfeitos se o senhor conseguir fazer com que ele se abra. Se o senhor conseguir que ele fale, consideraremos isso um sucesso. Compreenderemos que não possa nos contar os pormenores da confissão, mas esperamos que procure dissuadi-lo e que possa nos advertir de suas intenções se ele manifestar sua vontade de cometer suicídio.

— Ele acabou de dizer que o segredo de confissão o obriga a guardar silêncio de tudo que ele disser — disse Catarina, cortante.

— No entanto — disse a doutora, olhando fixamente para Lucas —, se depois de conversar com o paciente eu lhe pedisse pessoalmente um conselho sobre como tratá-lo para abordar melhor seu caso, o senhor poderia me aconselhar a ficar tranquila ou a cuidar zelosamente dele, não é verdade? Desse modo, não estaria revelando nenhum segredo, somente me aconselhando com sinceridade.

Lucas assentiu.

— Eu a aconselharei com sinceridade — disse, levantando-se.

Seguiu os médicos até a porta do quarto.

Checou uma última vez seu telefone enquanto o desligava e, antes de entrar, voltou-se para fitá-los.

— Peço que tenham o máximo de respeito. Ninguém deve entrar nem nos interromper de jeito nenhum, até que tenhamos terminado.

Fechou a porta às suas costas, diante dos olhos pávidos de Catarina.

GARDÊNIAS

Manuel subiu correndo as escadas, certo de que não havia cobertura para seu celular no porão em que ficava o Vulcano; além disso, o volume da música não lhe teria permitido ouvir, e o pudor o impedia de realizar a chamada de um lugar tão sórdido.

A chuva, que havia se reduzido até o ponto de orvalho, ainda comprimia os fumantes sob o estreito telhadinho que mal protegia a porta do bar.

Saiu para a noite, avançando entre os corpos masculinos sem dar atenção aos olhares e às palavras que pretendiam chamar sua atenção. Afastou-se o suficiente para escapar do raio de influência de outras pessoas e digitou o número de Elisa enquanto, com as pontas dos dedos trêmulos, conseguia pescar do fundo do bolso do casacão a flor que Samuel havia lhe dado.

A voz de Elisa respondeu de imediato.

— Manuel, aconteceu alguma coisa? — perguntou, alarmada.

— Elisa, desculpe por ligar tão tarde, espero não ter te acordado — desculpou-se.

— Não, não estávamos dormindo. Ah, Manuel, o que está acontecendo? — perguntou, nervosa.

— Por que pergunta?

— Samuel não quis se deitar, faz mais de duas horas que está sentado na cama esperando. Ele me disse que não podia dormir porque você ia ligar. Você prometeu isso para ele? Disse que ligaria antes que ele fosse dormir?

— Não — respondeu ele.

— Então, o que está acontecendo, Manuel? Por que você ligou?

— Elisa... posso falar com Samuel?

Ela ficou em silêncio um segundo antes de responder.

— Sim.

Ouviu o roçar do fone enquanto imaginava o menino sentado na cama.

— Olá, tio Manuel — A amada voz chegou clara aos seus ouvidos.

— Olá, meu amor — respondeu, sorrindo. — Antes, quando conversamos, esqueci de perguntar uma coisa para você — disse, enquanto acariciava as pétalas leitosas da flor.

— Sim.

— O tio Álvaro pediu para você colocar as gardênias em meu bolso...

— Sim.

— E lhe disse por que você tinha que fazer isso? — perguntou, cauteloso.

— Sim.

— Esqueci de perguntar isso para você. Vai me dizer agora?

— Sim.

— Para quê?

— Para que soubesse a verdade.

Manuel olhou para a brancura da cera da gardênia e seu aroma masculino o levou ao interior da estufa; as notas da música se mesclaram com o perfume de milhares de gardênias e novamente sua impressão foi tão forte e poderosa que era como se estivesse ali.

— Obrigado, meu amor.

Ouviu de novo o roçar no fone e a voz de Samuel se dirigindo à sua mãe.

— Mamãe, agora já posso ir dormir, me dê o travesseiro.

Enquanto desligava, reparou no sinal piscante na tela que avisava que tinha mensagens de voz na caixa postal. Quem diabos ainda deixava mensagens na caixa postal? Viu Nogueira emergir da escada íngreme do Vulcano, afastando sem contemplações os rapazes que se espremiam em volta dele enquanto saía. Chegou ao seu lado no momento em que conseguia escutar a mensagem. Pôs no viva-voz para que Nogueira a pudesse ouvir: "Manuel, estou ligando, mas você deve estar com o celular desligado. Não vou poder acompanhar vocês esta noite, acabaram de me ligar da clínica de Santiago. Ele me pediu para ouvi-lo em confissão, e, ao que parece, os médicos acham boa ideia. Estou indo para lá agora. Se não for muito tarde, ligarei quando acabar". Um apito punha fim à gravação.

— A que horas ele deixou a mensagem? — perguntou Nogueira.

— Às dez e meia. Deixei o telefone carregando no quarto enquanto jantava — disse Manuel, lamentando-se. — Ele deve ter ligado nesse horário, e eu não notei o sinal de mensagem até agora.

Digitou o número de Lucas e levou o celular à orelha para escutar a mensagem da operadora avisando que o destinatário da ligação estava com o telefone desligado ou fora da área de cobertura.

— Ela não me deixou ficar a sós com ele — disse Manuel, referindo-se à sua visita a Santiago na clínica. — Ela usou a desculpa de estar protegendo o marido, mas na verdade protegia a si mesma. Foi ela: Catarina deixou Fran inconsciente e administrou a overdose que o matou. E, três anos depois, assassinou Álvaro porque estava disposto a permitir que seu mundo desmoronasse. — Seus olhos se encheram de lágrimas, e teve que engolir o grosso nó que havia se formado em sua garganta antes de poder continuar: — Naquela noite, ela seguiu os passos do marido e, quando viu que Álvaro não pagaria, ela ajeitou tudo; se pensar bem — disse, sorrindo amargamente —, um abraço se parece bastante com a postura que deveria assumir para apunhalá-lo no baixo-ventre. Tenho certeza de que ele só percebeu o que estava acontecendo quando era tarde demais. Mataram os dois irmãos, e por fim conseguiram o que queriam. Santiago é fraco e desabou, mas ela sabe como manipulá-lo; fez com que ele se afastasse do mundo e o manteria afastado até que ele recuperasse o controle. Mas dessa vez foi diferente; e a diferença é que Santiago amava Toñino.

— Sabe o que isso significa? — O guarda balançava a cabeça vivamente enquanto explicava: — Santiago vai se suicidar, nada mais importa para ele. Mas, antes, quer contar tudo, e sabe que ela não iria permitir. Uma confissão é o único modo que ele tem de contar a verdade, de ficar a sós com alguém — disse Nogueira, apertando o passo para seguir Manuel, que já corria para o carro.

A tempestade manifesta abria caminho no céu com sua luz de submundo.

NUNCA MAIS

Vicente sentia o rosto tenso e enrijecido pelo sal seco. Passou as pontas dos dedos gelados e suados por seu rosto, percebendo sua pele sedosa, lavada pelas lágrimas, tensa e cansada. O jardineiro ergueu o olhar, tentando adivinhar seus olhos no reflexo negado do espelho retrovisor. Não sabia quanto tempo passara ali, mas o céu ainda guardava luz quando chegara, e agora estava tão escuro que o fulgor ainda distante da tempestade que se aproximava havia sido suficiente para tirá-lo de sua letargia. Seu peito doía de tanto chorar, sentia-o vão como um tambor quebrado e abandonado, vazio e imenso; seu estômago, pelo contrário, havia se contraído como se suas paredes houvessem se colado entre si para não deixar lugar para nada ali dentro. Como para confirmar, engoliu a saliva densa e quente que havia se formado em sua boca e a sentiu descer, ácida, até a entrada do estômago, que a rejeitou com um engulho que mal pôde conter. Ergueu a vista para aquele céu premonitório e as luzes externas do paço que o banhavam com aquele halo belíssimo e insuficiente.

Saiu da caminhonete e sentiu a brisa desagradável, vanguarda da tempestade que tornou a acender o céu o suficiente para lhe permitir notar o aspecto esfarrapado de seus trajes. Pegou o casaco, que não tinha uma aparência muito melhor e que o vento havia colado em seu corpo, fazendo ondular a parte de baixo enquanto avançava para a casa.

Herminia teve um sobressalto ao ver aquele rosto transfigurado no postigo. Levando as mãos ao peito, riu enquanto o recriminava:

— Mas, Vicente, homem! Que susto você me deu! — Abriu a porta enquanto o incitava: — Ande, entre. Que olhar é esse? Parece um fantasma!

Damián, que jantava silencioso à mesa, olhava para ele com estranheza; só então Herminia reparou em como sua roupa estava amassada, em sua barba rala que havia crescido desordenada, dando um aspecto sujo ao seu rosto, nas mãos trêmulas, nos olhos inchados. Preocupada, fitou-o tentando encontrar o sinal do infortúnio que nos últimos tempos havia se tornado especialista em reconhecer, e que sentia como uma premonição no ar.

— Aconteceu alguma coisa... — quase afirmou.

— Não — negou ele, com a voz bem rouca.

Pareceu quase assustado ao se escutar. Limpou a garganta antes de voltar a falar.

— Herminia, diga à senhora marquesa que quero falar com ela.

Damián parou sua colher no meio do caminho e Herminia abriu a boca, surpresa.

— Mas aconteceu alguma coisa? — insistiu, aflita, augurando a desgraça na qual não quisera pensar nas últimas horas.

Vicente negou, procurando reunir toda a integridade de que era capaz. Era evidente que Herminia e Damián ainda não sabiam de sua demissão. Por que saberiam? Que necessidade havia de informar os empregados das decisões dos senhores? Um sorriso amargo desenhou-se em seu rosto; no entanto, ele devia ter a dose suficiente de juízo para tranquilizar Herminia.

Damián voltou um minuto depois.

— A senhora disse para você subir.

Avançou pelo corredor às escuras, atraído pelo calor que saía da porta aberta do quarto para o corredor, desenhando na madeira escura uma porção de luz rosada. Vicente parou na porta e olhou para dentro. A senhora marquesa estava recostada em um divã, e, apesar da temperatura agradável no aposento e de vestir uma blusa de lã de gola alta, cobria as pernas com uma manta. Diante dela, agachada junto à lareira, sua enfermeira alimentava o fogo que perfumava todo o andar com aromas de bosque.

Indeciso, bateu na madeira da porta que só podiam ter deixado aberta para ele.

A enfermeira nem se mexeu, mas a senhora ergueu uma mão tão pálida e seca quanto a de um cadáver, e lhe indicou que entrasse. Ele entrou, mas ainda foi assaltado pelas dúvidas, sem saber se deveria fechar a porta ou deixá-la como a havia encontrado. A náusea voltava com força, e ele se sentia nervoso e envergonhado. Sabia que a enfermeira não se retiraria, não deixaria sua senhora sozinha. A angústia voltava ao peito dele, sufocando-o, e não tinha certeza de que seria capaz de falar sem chorar. Decidiu que, embora todos acabassem sabendo – no paço, tudo se acabava sabendo –, preferia que o menor número de testemunhas o visse desabar. Fechou a porta às suas costas e avançou em linha reta com a vista baixa, sentindo sob os pés o tapete macio e de longe o olhar de grande dama: pousado, imóvel, e nada mais.

Durante alguns segundos, que para Vicente pareceram eternos, permaneceram assim: a enfermeira ocupada com o fogo, ele parado como um covarde diante do patíbulo e a marquesa com o pálido e grave decoro com que se revestia.

— Boa noite. Desculpe incomodar a uma hora dessas, mas preciso falar com a senhora.

Ela permaneceu imóvel, como se não houvesse ouvido nada. Vicente estava prestes a repetir sua saudação quando a marquesa ergueu a mão, urgindo-o a continuar com um gesto de impaciência.

— Era... Bem... É devido ao fato, que imagino que já saiba, de que fui despedido, outra vez.

— Qual é seu nome? — interrompeu ela de súbito.

— O quê? — respondeu ele.

— Seu nome — repetiu ela, impaciente, enquanto estalava os dedos solicitando a ajuda da enfermeira.

— Vicente — sussurrou ele.

E a enfermeira respondeu, quase ao mesmo tempo:

— Piñeiro; Vicente Piñeiro.

— São esses comprimidos horríveis que tomo — disse, dirigindo-se à enfermeira. — Deixam minha cabeça cheia de ar — acrescentou, contrariada.

Voltou-se de novo para o homem e, com o decoro grave e severo com que se revestia, disse:

— Seja breve, senhor... — e tornou a estalar os dedos.

— Piñeiro — repetiu a enfermeira.

Ela assentiu, aparentemente satisfeita com o trabalho de sua assistente.

Vicente engoliu uma daquelas bolas de saliva ácida, e o ardor na boca do estômago o obrigou a se encolher perceptivelmente.

— Trabalho há cinco anos no paço, ajudando Catarina. — Sentiu o ar se esvair como um gemido lastimoso ao dizer seu nome. — Nesse tempo fui muito feliz, gostava muito do meu trabalho e me esforcei muito. Dediquei não só meu tempo ao serviço, mas tive um compromisso que considero que superou muito a dedicação que se pode pedir a um funcionário.

Ergueu a cabeça e viu que a mulher o olhava imóvel, sem dar sinal algum de estar ouvindo suas palavras, ou de não estar perdendo uma sequer. Fez uma pausa, que ela aproveitou para urgi-lo de novo.

— Senhor...

— Piñeiro — repetiu a enfermeira, com voz atonal.

— Acho que já lhe pedi que fosse breve. O que quer?

Ele engoliu outra daquelas bolas cáusticas, que dessa vez lhe causou um leve enjoo.

— O que quero é... — Sua respiração acelerou até fazê-lo arfar — recuperar meu emprego. Preciso voltar a trabalhar no paço.

Deu um passo em direção à mulher, mas ela o deteve erguendo uma sobrancelha perfeitamente desenhada que indicava que, sem sombra de dúvida, aquele avanço não seria admitido.

— O que o senhor pede não é possível. Lamento — disse ela, sem sinal de lamentar nada.

Vicente começou a mexer a cabeça de um lado para o outro.

— Eu suplico, senhora, não sei em que foi que eu errei, nem por que razão os desagradei, mas eu rogo que a senhora me perdoe e me permita voltar ao meu trabalho — suplicou, sentindo sua voz falhar.

A velha marquesa ergueu uma mão, detendo sua exposição. Baixou-a somente quando teve certeza de que ele não continuaria. Afastou a manta que cobria suas pernas e com elegância as deslizou para fora do divã até ficar sentada de lado.

— Senhor... Piñeiro, não é? A verdade é que não sei a que vem tudo isso. Como o senhor acabou de dizer, prestou seus serviços nesta casa durante cinco anos. Desconheço as minúcias relacionadas com a contratação, mas sei que o senhor não era um funcionário fixo. Se não me engano, tinha um contrato temporário, não é isso? — disse, olhando para a enfermeira, que assentiu às suas palavras. — Não precisaremos mais de seus serviços, não vejo razão para fazer disso um drama.

Vicente tremia; mesmo assim, reuniu coragem para replicar.

— Mas...

A mulher ergueu a mão, perdendo a paciência:

— Mas nada; o senhor está me fazendo perder tempo. Não posso acreditar que tenha tão pouca consideração. Por acaso desconhece as circunstâncias pelas quais estamos passando hoje nesta casa? Acontecimentos que não tenho por que explicar nos levaram à decisão de prescindir de seus serviços.

— Mas Catarina precisará de ajuda; no próximo mês teremos vários eventos florais aos quais já confirmamos presença...

— Sinceramente, não creio que Catarina vá comparecer a esses eventos. Nos próximos meses ela se dedicará ao marido e à sua saúde, agora que está grávida novamente.

A careta próxima ao pranto que havia se formado no rosto de Vicente se congelou ao escutar as últimas palavras.

— Catarina está grávida?

— Não é assunto seu, mas sim, está.

— De quanto tempo?

A velha marquesa sorriu, calculando, antes de responder.

— De quase quatro meses. Desta vez, julgamos prudente esperar certo tempo antes de fazer alarde.

— Quatro meses — sussurrou ele.

Foi como se de repente faltasse ar no quarto. O jardineiro começou a boquear enquanto sentia sua testa se cobrir de um suor frio e pegajoso. Cambaleou de lado, buscando com o olhar um lugar onde se segurar para continuar em pé.

Encontrou o encosto de uma cadeira estofada e, sem pedir licença, contornou-a e se sentou, frouxo e confuso.

— Tenho que falar com Catarina — conseguiu dizer.

A velha marquesa o fitou com desdém.

— E que o faz pensar que ela quer falar com o senhor?

Um esboço de sorriso surgiu no rosto do jardineiro.

— A senhora não entende... isso muda tudo.

— Está enganado, senhor Piñeiro, eu entendo tudo, e isso não muda nada. Um pequeno sorriso se congelou em seu rosto.

— Mas...

— Como eu disse, o senhor não é mais que um empregado que presta serviços, e foi isso que o senhor representou para Catarina. Seu trabalho acabou, não precisaremos mais de seus serviços.

— Não — respondeu ele, erguendo a cabeça, olhando para o rosto daquela mulher pela primeira vez. — A senhora não sabe de nada, Catarina me... aprecia...

A velha marquesa o olhava imutável; de vez em quando desviava a vista para trocar um olhar com sua enfermeira, em um gesto de impaciência ou enfado. Ainda assim, não o interrompeu.

— Catarina é boa demais para vocês, sei que ela está na clínica cuidando de Santiago, mas, quando voltar e souber que fui demitido, as coisas não vão ficar assim. Será que nem da outra vez. Eu serei readmitido, ela irá me buscar como da outra vez quando a senhora me demitiu.

Perdendo definitivamente a paciência, a marquesa fez um sinal para a enfermeira.

— Conte você para ele, por favor — pediu.

Esta deu de ombros, sorrindo, como um cachorro que tem permissão para pegar uma caça.

— Senhor Piñeiro, foi Catarina quem ordenou sua demissão.

— Não acredito; é como da outra vez. Vocês me despediram, mas ela foi me buscar de novo.

— É realmente tão estúpido assim? Ah, que paciência! — disse a mulher, com repugnância, enquanto estendia uma mão, que a enfermeira tomou para ajudá-la a se levantar.

Fitou-o como se esperasse que respondesse àquela pergunta.

— Lamento, senhor Piñeiro, mas Catarina não irá recontratá-lo. Desta vez não será necessário, já nos asseguramos de que tudo esteja em ordem.

— O que quer dizer? — perguntou ele, enquanto o terror crescia em seu peito.

— Não é raro que a primeira gravidez malogre. Catarina teve um aborto em fevereiro, a criança não estava bem agarrada, e suponho que ela se precipitou ao anunciar a gravidez no Natal — disse sorrindo cruelmente —, como a Virgem Maria.

— Quando me despediram... — balbuciou ele.

Sentia-se tão enjoado que para calcular a data teve que usar os dedos, com os quais foi contando sobre seu próprio joelho, como um pianista bêbado. Não podia ser. Não podia ser, porque era uma loucura. Não podia ser, porque aquilo mudava tudo.

— Mas ela me contratou de novo. Aquilo devia significar algo, tinha que significar algo.

A marquesa assentiu diante do óbvio.

— Claro que sim. Voltamos a requerer seus serviços assim que ela saiu do hospital.

Os dedos de Vicente se moviam sobre seus joelhos como os de um concertista enlouquecido. Abriu a boca, seca e pegajosa, e sentiu falta daquela saliva candente e cauterizante que o havia incendiado por dentro.

— Ela me disse que havia operado de apendicite — explicou, incrédulo.

— Senhor Piñeiro, você realmente não deveria acreditar em tudo que dizem para você. Faça como eu, confie nos números — disse, tocando seus dedos de um em um com o polegar, imitando o cálculo frenético dele. — Os números não mentem.

Ele se levantou cambaleando como se estivesse bêbado e tentou se dirigir à porta. Tinha que sair dali. Em seu avanço desajeitado, virou a cadeira em que estivera sentado, e quase caiu no chão. Sentiu uma cãibra no estômago, e toda aquela bile ardente que havia engolido se precipitou para sua garganta em uma corrente incontrolável. Caiu de joelhos enquanto convulsionava em violentas sacudidas, como um animal envenenado. Vomitou uma criatura viva, uma grossa serpente de lava que havia ocupado suas entranhas, sufocando-o, impedindo-o de respirar enquanto saía rugindo de seu estômago pela boca, pelo nariz. Engatinhando sobre o lindo tapete vermelho e dourado da marquesa, vomitou o inferno que andara engolindo gole a gole nas últimas horas.

Em sua alma, uma clarividência cristalina substituiu o espaço que o caos havia ocupado. Os cálculos confusos que cerca de um minuto antes lhe pareceram tão equívocos se alinharam em sua mente com cruel clareza;

as datas, a fria despedida, a reconciliação carinhosa, a justa medida de encanto, algumas migalhas de amor. A explicação para tudo que não conseguia entender, uma hora a paixão, para depois gelá-lo um segundo mais tarde com sua indiferença. Catarina o havia usado, havia sido um semental sob encomenda para ela, um estúpido.

Levantou-se evitando a poça de vômito e caminhou sem voltar o olhar para trás. Chegou à porta. Então, virou-se. Seu esôfago ardia como se houvesse engolido um pedaço de vidro; o rosto ainda sujo do vômito que havia saído por seu nariz, misturando-se com suas lágrimas. Sentiu-se humilhado. Apalpou o bolso de seu casaco procurando um lenço, e então notou a presença firme e reconfortante do revólver, que como um medicamento milagroso e ancestral correu por suas veias, por sua pele, por seu sangue, curando, cauterizando, revivendo sua carne morta, seu corpo de zumbi, enquanto outra onda de clarividência varria o torpor de sua mente; por fim, ele sabia o que fazer. Não podia renunciar ao toque reconfortante da arma, de modo que enxugou o rosto com a outra manga do casaco e disse:

— Esse filho é meu. E o mundo saberá disso.

Ela expulsou o ar pelo nariz enquanto inclinava a cabeça, quase divertida diante da ideia dele. Ele não gostou disso, não, porque havia esperado; não, porque tinha certeza de que a venceria, ou, pelo menos, que a surpreenderia.

— Não diga bobagens, a criança é nossa. Sua contribuição já foi suficiente. Seu trabalho acabou e, de agora em diante, não precisaremos de seus serviços. Fomos muito generosos com a indenização, e confiava que o senhor seria razoável. Mas, se insistir em não ser, acabarei com o senhor.

Vicente a fitou fortalecido e calmo, graças à autoridade gelada da arma em sua mão, que parecia ter apaziguado, com sua influência, a febre que havia pouco ardia em sua cabeça e o impedia de pensar.

— Continuam pensando que são especiais, não é? — disse, abandonando sua posição junto à porta e avançando na direção delas. — Acham que ainda estamos nos tempos em que eram todo-poderosos, que *poden mexar por nós*, e as pessoas se curvavam a cada passo como se fosse uma honra serem pisadas por vocês? Com que vai me ameaçar? Com não arrumar mais emprego na Galícia? Com acabar com minha empresa? — Riu com vontade.

— E daí? Até onde chega sua influência? Até as Astúrias, até León. Irei para o outro lado do país. Sairei do país se for preciso, mas essa criança terá meu sobrenome porque é meu filho, e nem que tenha que fazer uma denúncia nos tribunais de Haia exigirei a paternidade de meu filho.

A marquesa parecia impressionada. Fechou os olhos durante alguns segundos. Sob as pálpebras dela Vicente viu seus olhos se mexerem enlouquecidos como os de um demônio quando sonha. Abriu-os e o fitou, e nesse instante Vicente soube que ela via sua alma.

— Catarina irá alegar que você a estuprou.

Ele não reagiu. Não podia.

— Nós fomos obrigados a despedir você no Natal por ter se tornado uma pessoa desagradável; ainda assim, atendendo à generosidade de Catarina e às suas súplicas, tornamos a admiti-lo, mas sua paixão por minha nora não diminuiu. Tivemos o cuidado de fazer que várias pessoas no paço presenciassem momentos tensos em que Catarina teve que ser firme com você. Ela é muito boa e não quis ver que você era um perigo em potencial, até que foi tarde demais.

Ele começou a balançar a cabeça.

— Guardamos um sutiã com restos da pele dela na alça. Você o arrancou quando a violou...

— Não foi assim que aconteceu — rebateu ele.

Quase podia ver a peça sedosa escorregando entre seus dedos.

— Minha enfermeira fez um exame de agressão sexual na pobre Catarina, que foi preservado com muito cuidado, e ambas declararemos que, quando passeávamos pelo jardim, escutamos os gritos de socorro de minha nora, e que ao entrar na estufa vimos quando você a atacou.

— Não é verdade — disse ele, erguendo a voz e crispando a mão ao redor da culatra do revólver.

— Você ameaçou voltar e matá-la se dissesse algo, de modo que ela viverá totalmente aterrorizada contanto que você não diga nem uma palavra. Mas, se o fizer, ela desabará e terá que contar essa história horrível. Agora por favor me diga, em quem você acha que o juiz iria acreditar?

O tremor da negação com que balançava a cabeça se espalhou para o resto de seu corpo.

— Não, não...

Ela sorriu, mostrando-lhe suas gengivas vermelhas, mas tornou a esticar a boca em um gesto cruel antes de dizer:

— Esqueça essa criança. Já terminamos, vá embora, senhor... — Olhou para sua enfermeira, esperando a deixa.

Ele também sorriu.

Pegou o revólver e apontou para o rosto dela enquanto dizia:

— Piñeiro; senhor Piñeiro. Aposto que não vai esquecer jamais.

E atirou.

A marquesa ficou imóvel, surpresa como nunca, e, depois de uma expressão de terror, um sorriso voltou a surgir em seu rosto, a expressão originária entre a conciliação e o pânico, em seu estado mais primário enquanto suspirava profundamente, dando um grito aspirado e inalando o picante aroma da pólvora. Mas sua enfermeira reagiu: ergueu a mão direita em uma tentativa absurda de conter o tiro, enquanto dava um passo à frente de sua senhora. A bala a atingiu no peito, bem debaixo da clavícula, acima do seio. Um buraco escuro se abriu em seu uniforme enquanto a força do tiro a tão curta distância a derrubava para trás e sobre a marquesa. Era uma mulher muito forte, um desses tanques alemães, forte e fiel até o fim, de modo que puxou o cano do revólver com a mão esquerda e, se Vicente não o segurasse com tanta firmeza, teria o arrebatado dele.

O puxão conseguiu mudar a trajetória do cano, mas fez com que o dedo de Vicente, encaixado no gatilho, o apertasse até o fundo, atirando novamente. A bala levou parte do polegar da enfermeira antes de atingir o estômago de sua senhora. Os gritos de ambas se fundiram em um. O uivo de dor da marquesa eclipsou a queixa contida como um arroto da enfermeira, que caiu morta no chão entre a mesinha de chá e o fogo, que por fim ardia com ímpeto. A marquesa levou as mãos ao estômago em uma expressão de sofrimento insuportável e desabou, arfando, recostada no divã que ocupava quando Vicente havia chegado.

Não gritou de novo; somente baixou o olhar para ver a ferida aberta em seu ventre. Dessangrava-se lentamente, de um modo sinistro, como a taça cheia demais de uma fonte que, incapaz de reter mais água, derrama sem ruído, sem força. Vicente a viu arfar, uma paródia de uma parturiente tentando conter uma dor que só crescia, que a enlouquecia, dotando seu rosto da palidez e da face demoníaca que sempre deveria ter tido. Estava sofrendo, notava-se que doía muito, como o tormento a consumia sem trégua, sem lhe permitir a descarga da queixa que tinha que reprimir para não enlouquecer de dor. Mexeu os lábios, disse algo, sussurrou com os olhos fechados.

Vicente não podia ouvir o que dizia. Aproximou-se do divã, cujo centro já estava tingido de vermelho, e se inclinou sobre seu rosto para poder escutá-la.

Não deveria ter feito isso, porque quando se aproximou ela abriu os olhos e ele soube que aquele demônio não estava sonhando. Estava acordado e sorria.

— Está despedido, senhor... Como era mesmo...

Ele se sentou sobre ela. Sentiu em sua virilha a mornidão do sangue quente que encharcava sua calça. Ergueu o revólver e bateu naquela cara de demônio com ele, uma vez, outra vez, outra vez, outra vez, até que o sorriso se apagou.

Depois, atirou na própria cabeça. Teve que usar as duas mãos: o revólver estava escorregadio.

TEMPESTADE

Nogueira havia acabado de ligar o carro quando seu telefone tocou. O guarda o passou a Manuel, dizendo que atendesse. Manuel o pôs no viva-voz para que ambos pudessem escutar. Era Ofelia.

— Nogueira, acabei de escutar pelo rádio. Houve tiros em As Grileiras. Vários carros foram para lá, um assaltante armado entrou na casa e atirou. Parece que há feridos.

— Aonde vamos? Para As Grileiras ou para a clínica? — perguntou Nogueira, dirigindo-se a Manuel.

— Para a clínica — respondeu Manuel, enquanto via novamente diante de seus olhos o brilho polido da culatra do revólver escondido no meio do casaco de Vicente, com tanta clareza que sentia que poderia tocá-lo caso esticasse a mão.

Pegou seu celular e procurou o número de Herminia. A chamada se extinguiu sem que ninguém atendesse. Ligou de novo, e, quando achou que a chamada cairia outra vez, ouviu a voz chorosa de Herminia.

— Foi Vicente. Ele veio aqui, pálido como um fantasma, e pediu para falar com a velha marquesa. Nós a avisamos e ela concordou. Não sei o que ela disse, Manuel, mas ouvimos os tiros.

— Ele ainda está na casa?

— Está lá em cima, com elas... Não se ouve nada, Manuel, ouvimos muitos tiros, acho que estão mortos.

— Herminia, quero que se tranquem na cozinha até a polícia chegar.

— Está bem — respondeu ela, submissa.

A suspeita que havia crescido nas últimas horas transformou-se em certeza; a fragilidade de Santiago, o desespero de Vicente, as asas do Corvo envolvendo Catarina.

— Herminia, por que Santiago e a mãe estavam discutindo ontem? Foi depois que Catarina anunciou que estava grávida, não foi?

Ela chorou ainda mais.

— Ah, meu Deus!

— Diga, Herminia. Você sabe, não é?

— Eu não tinha pensado nisso até que Santiago me relembrou, alguns meses atrás.

Manuel escutou enquanto tudo ia fazendo sentido.

SACRAMENTO DA ALEGRIA

Uma lâmpada fluorescente projetava sua luz acima da cabeceira da cama, se derramando sobre a cabeça de Santiago e desenhando profundos vazios escuros nos lugares onde deviam estar seus olhos e sua boca. Ele estava sentado, ereto e acordado, e Lucas achou que sorria. O sacerdote se demorou escutando sua respiração retumbante enquanto tirava de sua mochila os objetos litúrgicos que utilizaria. Desdobrou a estola antes de colocá-la no pescoço e rezou brevemente, pedindo ajuda e força para realizar o sacramento.

Lucas se aproximou da cama e, benzendo-se junto a Santiago, começou a cerimônia. Um relâmpago cruzou o céu, desenhando no chão do quarto a sombra das grades que cobriam a janela. Afinal de contas, por mais elegante que fosse a clínica Santa Quitéria, estavam na ala psiquiátrica. Santiago respondeu à fórmula:

— Ave Maria puríssima...

— Sem pecado concebida.

— Me perdoe, padre, porque pequei. Vou me matar, Lucas — disse, determinado e com calma absoluta.

Lucas negou com a cabeça.

— Santiago, não fale assim. Me conte o que o angustia, tenho certeza de que poderei ajudá-lo.

— Ninguém mais pode me ajudar — disse, sereno.

— Deus poderá — respondeu Lucas, tentando reconduzi-lo.

— Então, Deus me ajudará a morrer.

Lucas ficou em silêncio.

— Lembra quando éramos pequenos, Lucas?

O sacerdote assentiu.

— Algo terrível aconteceu com Álvaro e comigo no seminário.

Calou-se, e, depois de alguns segundos, Lucas percebeu que Santiago estava chorando.

As lágrimas rolavam lentamente por seu rosto e caíam sobre a dobra do lençol. Ele parecia não notar.

Tinha a sensação de que séculos haviam se passado desde que havia entrado no quarto. Sentia-se cansado e vencido por uma tristeza tão íntima que sabia que seria sua para sempre. Lucas fechou a porta atrás de si e caminhou, deixando que seus pés o levassem até o grupo de cadeiras colocadas perto da máquina de café. A sala, deserta de madrugada, parecia conservar restos da energia daqueles que a haviam povoado durante o dia. A lixeira transbordava copinhos de papel, e em uma ponta da sala viu o inconfundível salpicado de um café que havia se derramado, manchando o chão e a parede. Buscando talvez a reminiscência de uma recordação uterina e protetora, ele se sentou na cadeira que ficava mais perto da máquina; ao se inclinar de lado e tocá-la, seria possível sentir o calor e o suave ronronar que emitia. Apoiou os cotovelos nos joelhos, segurou a cabeça com as duas mãos e tentou rezar, ciente de que se recebesse algum tipo de apoio naquele momento só poderia provir de Deus, e de que ninguém neste mundo poderia ajudá-lo nesse instante. Mas o eco das palavras de Santiago perdurava dentro dele como uma bola jogada contra a parede; rebotava sem parar, enlouquecendo-o com sua trajetória demencial, com a perfeição de seu traçado, com seu jogo demoníaco. Tac, tac, tac... Nem um único golpe era aleatório, todas as trajetórias eram estudadas; o sofrimento, assumido, em busca de uma vitória maior.

Quase julgou ter ouvido os golpes do couro contra a pedra. Tac, tac, tac... Abriu os olhos e levantou a cabeça: parada diante dele, Catarina o olhava condescendente, dominando de cima.

Ele quis dizer algo, mas só saiu o fôlego cansado, vencido.

— Eu tentei alertar você.

Ele assentiu.

— Eu disse que ele estava louco, mas você não quis me escutar...

Ele assentiu.

— Saí de lá agora, está dormindo como um anjinho. Imagino que tirou um grande peso das costas — disse ela, sorrindo e se sentando ao seu lado.

O sino suave que acompanhava a abertura das portas do elevador chegou seguido de passos apressados e do vento, porque, quando as portas se abriram, o uivo do ar no vão do elevador se prolongou pelo corredor e explodiu no estrondo de uma janela que se rachou ao bater contra a parede. Lucas e Catarina se levantaram alarmados, sem saber bem para onde olhar. Manuel e Nogueira vinham correndo por um lado do corredor; no outro, a enorme janela que dava para a escada de incêndio estava totalmente aberta e o vidro duplo, que milagrosamente se mantinha no lugar, estava rachado de cima a baixo, como se houvesse sido ferido por um raio que deixara sua marca artística gravada nele. O vento, alimentado pela corrente que o animava desde o vão do elevador como um sugador, arrastou a chuva para dentro do corredor, fazendo com que todos estivessem com o rosto molhado quando chegaram ao quarto de Santiago, como se houvessem andado debaixo d'água. Na cabeceira, a mesma luz branca e mortuária se derramando sobre a cama; nas laterais, pendiam frouxas as correias acolchoadas que até então haviam retido Santiago.

Manuel e Nogueira se precipitaram para fora, tentando adivinhar, na escuridão, para onde Santiago poderia ter se dirigido. Lucas se demorou um instante; precisou se apoiar no batente da porta para conseguir ficar em pé. As correias penduradas inertes lhe causaram a mesma sensação de braços e mãos desmaiados, mortos. Sentiu ao seu lado a presença de Catarina e se voltou para fitá-la.

— Você soltou as correias — disse Lucas, fitando-a enojado.

Sua voz saiu tão baixa que mal podia ser ouvida sob o uivo do vento.

Catarina ergueu dois dedos e os pousou sobre os lábios dele em um gesto de contenção que poderia ser considerado extremamente sensual entre um homem e uma mulher. Os dedos dela queimaram a pele dele, mas por outras razões. Ela se aproximou até que Lucas pôde sentir seu perfume de água e gardênias.

— Ele estava muito cansado, precisava dormir, e não podia se virar amarrado. Achei que não teria nenhum problema em afrouxar as correias um pouco — disse, sussurrando em seu ouvido. — Achei que depois de se confessar ele teria sua paz, como você disse, sua alegria... E seu silêncio.

Lucas sentiu seus olhos se ofuscarem de raiva; afastou-a, empurrando-a contra a parede, e correu em direção à escada de incêndio. Pelo corredor, várias enfermeiras e dois guardas de segurança chegavam correndo, alertados pelo estrondo. Nesse instante, percebeu que acima do fragor soava um alarme, certamente ativado pela janela de emergência ao se abrir.

A água e o vento açoitavam seu rosto e seu corpo, e a rapidez com que encharcaram sua roupa poderia ser comparada à de um balde de água que fosse jogado nele. Semicerrou os olhos, tentando ver algo na escuridão. O estrondo da tempestade mal lhe permitia ouvir. Gritou chamando Manuel e Nogueira, mas sua voz se extinguiu, sendo arrastada junto ao vento, para muito longe dali. Escorregou e se precipitou para a frente, e sentiu a dor aguda do metal no joelho. Levantou-se de novo, segurando-se com força no corrimão, e notou, então, viajando através do ferro oco, a vibração procedente de cima. Subiu seguindo a vibração, mais ou menos ciente das voltas que ia dando enquanto subia um degrau depois do outro, até chegar ao telhado. A intensa escuridão na lateral do edifício contrastava com as luzes brilhantes que iluminavam as letras azuis que compunham o nome da clínica. Cobrindo os olhos com as mãos como uma viseira, viu os três homens alguns metros atrás do letreiro e correu na direção deles.

A luz dos holofotes iluminava o terraço como uma pista de aterrissagem. Seu forte fulgor branco atravessava a chuva e fazia resplandecer o pijama hospitalar de Santiago, que havia se colado à sua pele como uma mortalha molhada. Em pé sobre a mureta externa que circundava o telhado, havia se voltado para olhar para os homens que o perseguiam.

— Não se aproximem mais — gritou, fazendo-se ouvir acima do estrondo da chuva.

Manuel se deteve, ciente de que era o que estava mais perto. Voltou-se em busca de Nogueira, mas as luzes situadas às suas costas só lhe permitiram ver as silhuetas escuras de dois homens e de uma mulher, que identificou, embora não pudesse distinguir os rostos.

— Ouça, Santiago, por favor, fale comigo — disse, tentando ganhar tempo, mesmo tendo certeza de que não obteria nenhuma resposta. Talvez por isso se surpreendeu ao escutar a voz clara de Santiago:

— Não há nada a falar.

— Não precisa fazer isso, Santiago, há maneiras melhores de resolver as coisas.

Dessa vez, foi seu riso que lhe chegou com total clareza.

— Você não tem nem ideia — disse, com tristeza.

Manuel se voltou novamente para buscar o apoio de seus amigos, e então percebeu que eles haviam se aproximado até chegar ao seu lado. Nogueira mantinha os lábios apertados em um gesto de contenção que Manuel jamais havia visto nele. Lucas chorava, e nem mesmo a chuva torrencial era suficiente para esconder seu pranto. E Catarina... Catarina sorria. Ele a fitou atônito, incrédulo. Seu sorriso era pequeno, contido pela elegante sobriedade com que se espera a culminância de uma apresentação executada com perfeição sobre a qual logo cairá a cortina.

Manuel avançou um passo.

— Santiago, sabemos que foi Catarina; temos um traficante disposto a declarar que vendeu a droga que matou Fran para ela.

— Eu a administrei — respondeu ele, serenamente.

— Isso não é verdade, Santiago. Você enlouqueceu de dor quando soube que seu irmão tinha morrido. Foi Catarina, e foi ela que matou Álvaro. Vicente deixou a caminhonete com ela aquela noite... Ela o seguiu.

— Fui eu — respondeu de novo. — Álvaro não ia pagar para manter nosso segredo.

Manuel deu mais um passo; Santiago fez o mesmo e ficou à beira da mureta.

— Sei por que você acha que precisa fazer isso...

— Não sabe merda nenhuma — respondeu, cortante.

— É por Toñino.

O rosto de Santiago se contraiu em uma careta de dor intensa e ele se encolheu como se houvesse levado um soco no estômago.

— Ele não se suicidou, Santiago.

Seu rosto refletia um terrível sofrimento.

— Você ouviu, Santiago? — repetiu, erguendo mais a voz. — Toñino não se suicidou.

Uma nuvem de hesitação ensombrou seu rosto enquanto se erguia de novo.

— Mentira! Um policial me disse. Ele ficou tão arrasado que se enforcou em uma árvore.

— O policial se enganou; o corpo estava ali há muitos dias e, por isso, em um primeiro momento pareceu que ele tivesse se enforcado. Aqui está o tenente Nogueira — disse, apontando para o guarda —, ele pode confirmar que durante a autópsia encontraram no ventre dele as mesmas punhaladas de Álvaro.

Manuel soube que a dúvida havia definitivamente tomado conta de Santiago quando ele cravou seu olhar em Catarina.

— Não ouça o que eles dizem, meu amor, eles só querem que você fique confuso — disse ela, com doçura.

— Catarina seguiu você naquela noite, assim como quando deixou Álvaro; ela te seguiu até o lugar em que você marcou com Toñino, viu quando você o socou e, quando você foi embora, acabou com ele.

— Não é verdade — gritou ela.

Manuel ardia. Podia sentir o fogo, a raiva e a dor que o consumiam por dentro. Sentia a chuva gelada batendo em sua cabeça, escorregando por sua pele, e soube que nem toda a água do mundo seria suficiente para apagar o fogo que queimava dentro de si. Olhou para suas mãos, iluminadas pela luz branca dos holofotes, e delas viu surgir o vapor que, em contraste, brotava de sua pele. Sentiu bem no fundo de si arder a fogueira da clarividência selvagem que lhe permitiu saber com total certeza como havia acontecido. Olhou de novo para Santiago e soube que dentro dele também havia um fogo; era uma fogueira diferente, uma que ele conhecia bem, feita de dúvidas, de perguntas e de traições.

— Álvaro não morreu em um acidente. Ele saiu da estrada com o carro porque estava dessangrando; ela o apunhalou no estacionamento do La Rosa quando você foi embora. Você sempre foi um inútil para ela, um idiota cujo trabalho tinha que terminar, e foi isso que ela fez. Então, ela seguiu você quando foi se encontrar com Toñino e acabou o trabalho por você.

Santiago escutava aquelas palavras chorando como uma criança; até esfregou os olhos em um gesto infantil e de desamparo.

Manuel recordou o desespero de Vicente, o modo como chorava, o casaco e a arma, as ferramentas jogadas de qualquer jeito na traseira da caminhonete, os baldes, as pás... Levou a mão ao bolso e tirou a gardênia que Samuel lhe havia dado... porque alguém lhe havia pedido que o fizesse... para que soubesse a verdade. A flor parecia quase uma visão iluminada por dentro por aquela luz. Seu aroma se espalhou no ar como se a chuva torrencial o multiplicasse, evocando aquela sensação inebriante que o havia precipitado ao chão na estufa. Voltou-se para Catarina, que agora olhava para a flor hipnotizada, e tornou a vê-la naquela tarde, sorrindo diante dele e lhe estendendo a mão, quando teve que trocar o menino de braço para lhe estender a mão esquerda.

Ele ergueu a mão que segurava a flor e gritou para que Santiago ouvisse.

— Ela o apunhalou oito vezes, e para isso usou uma das lancetas afiadas que usa para marcar suas gardênias.

A certeza é um alívio momentâneo, porque a verdade é sempre excessiva. Quando chega pouco a pouco, nós nos acostumamos a engoli-la, como a terra galega engole a água que cai do céu; mas, quando chega de súbito, como um tsunami, a verdade acaba doendo tanto quanto a pior das mentiras.

Santiago havia deixado de olhar para ele. Seus olhos estavam fixos em Catarina, mas também não a via; olhava através dela, de um modo reservado para aqueles que estão à beira da morte; nesse instante conseguem perceber, sem uma fronteira que os separe, o outro mundo e este.

Talvez por isso ela não se alterou. Conhecia-o bem demais para saber que ele preferiria morrer a ter que enfrentar a vergonha. Fingira a vida toda tentando ser e parecer algo diferente do que era. Era fraco. Ela o conhecia bem e, talvez por isso, sorriu uma última vez.

Ele se voltou para o vazio e parecia olhar esperançoso para o horizonte escuro, talvez para algo que só ele podia ver. Voltou a cabeça e gritou por sobre seu ombro:

— Padre Lucas! Padre Lucas! Pode me ouvir?

Sobrepondo-se ao pranto, Lucas respondeu:

— Estou aqui, meu filho — sua voz era clara sob a chuva.

— Padre Lucas, eu o eximo do segredo de confissão!

— Não! — gritou Catarina.

— Ouviu, padre? Todos me ouviram? Eu o eximo do segredo de confissão! Conte tudo. E, ao dizer isso, pulou.

CUMPRIMENTOS, REVERÊNCIA, CORTINAS

Sim, senhor, havia se tornado um especialista, pensou enquanto olhava para o céu. Essa noite não pararia de chover. No entanto, embora o céu continuasse oculto, a camada de nuvens que o cobria naquele instante era fina. Por um instante julgou entrever a presença de uma lua diminuída e cansada, meio irritada, que decidiu se esconder de novo. A tempestade havia se afastado. Na distância, ainda se adivinhava o eco e a luminosidade de seu avanço espetacular, mas sua fúria havia se diluído até se transformar em uma recordação quase ao mesmo tempo em que Santiago pulava do telhado da clínica.

Carros de patrulha, luzes azuis. Viu Ofelia chegar quase ao mesmo tempo que o juiz. Aceitou o café que um guarda jovem lhe entregou e, a partir do abrigo da área coberta da entrada, observou Nogueira falando animadamente com seus chefes, ou seus ex-chefes, ou o que quer que fossem. Houve um momento em que se preocupou com as consequências que o guarda poderia sofrer por se envolver naquele caso, mas a atenção com que o escutavam, os tapinhas em seus ombros e o sorriso sob o bigode de Nogueira fizeram com que ele se tranquilizasse.

Lucas o preocupava mais. No momento em que Santiago pulara, fora como se alguém houvesse cortado suas pernas com um machado imenso; ele desabara, caindo de joelhos no telhado inundado que os ralos não davam conta de esvaziar; cobriu as mãos com o rosto, e um pranto retumbante e violento o sacudiu por dentro, como se levasse em seu interior uma criatura ferida que lutava para sair.

A duras penas, ele e Nogueira haviam conseguido erguê-lo do chão e guiá-lo de novo para a escada, até voltar pela janela quebrada até o mesmo lugar de onde haviam saído. No entanto, ao entrar no espaço civilizado e contido da clínica, ele parecera recuperar a calma. Parara de chorar e, apesar da inicial recusa de Nogueira, insistira em acompanhá-los à delegacia para confirmar o falecimento de Santiago e lhe administrar a extrema-unção. Depois, recusando-se a trocar de roupa ou beber alguma coisa, pedira para esperar rezando na capela da clínica até a chegada da polícia.

De onde estava, podia vê-lo. Ocupava uma das cadeiras na sala do diretor do centro médico, gentilmente cedida à polícia para as primeiras ações. Não podia ouvi-lo, mas notou que bebia pequenos goles do copo que estava à sua frente. Parecia sereno, falava com calma, com aquele seu jeito de contar as coisas, como se fossem fáceis...

Também podia ver Catarina, algemada e sentada na traseira de uma viatura da Guarda Civil, com um policial ao lado. Seus cabelos haviam começado a secar e se ondulavam, e o modo natural com que emolduravam seu rosto faziam com que ela parecesse mais jovem. Ela havia trocado de roupa; alguém havia lhe cedido uma camiseta branca e sobre os ombros haviam lhe jogado uma manta térmica. Manuel pensou que, ainda assim, estava muito bonita. Enquanto Manuel a olhava, Nogueira se postou ao seu lado.

— Disseram que sim, mas não vai poder falar com ela por mais de cinco minutos e não poderá tocar nela de jeito nenhum. Eu o acompanharei. — Antes de sair andando em direção ao carro, tocou-lhe o ombro e o olhou de frente. — Isso foi o que eles disseram; mas o que eu posso dizer é que não recomendo que faça isso. Mas, se você está decidido a fazer, não esqueça que eu me responsabilizei por você; portanto, não me foda!

Nogueira abriu a porta do carro, trocou umas palavras com o policial que vigiava Catarina e se afastou.

Não tinha nada pensado. Não sabia o que ia dizer; quando pedira para falar com ela, obedecera a um desejo que já sabia que não poderia ignorar. Mas o que ele não esperava, o que jamais poderia imaginar, foi a sensação de encontrar seus olhos serenos, calmos, sem sombra de dor. Nesse momento, teria dado qualquer coisa para vê-la assustada, para descobrir alguma emoção que perturbasse a inalterável elegância de seu rosto.

Fitou-a, e ela sustentou seu olhar, temperada, sem histrionismos. Catarina, a mulher que todos diziam ser a que mais tinha consciência de qual era seu lugar.

Sua calma o irritava; talvez na tentativa de rompê-la, disse:

— Não sei se alguém já contou para você, mas a velha marquesa morreu. Vicente apareceu em As Grileiras há algumas horas, falou com ela e, então, atirou. Depois, ele mesmo estourou os miolos.

Não sabia. Manuel notou o leve sobressalto dela ao ouvir as notícias. Ela respirou fundo e soltou suavemente o ar antes de falar:

— Minha sogra era uma mulher idosa, teve uma boa vida e ultimamente sofria de uma maneira horrível por causa da artrite... E Vicente, bem, ele era desse tipo de pessoa que não sabe qual é o seu lugar. Percebi isso faz tempo, deveria ter dispensado seus serviços antes.

Manuel balançava a cabeça, espantado. Catarina falava com a mesma tranquilidade com que falaria se sua sogra idosa acabasse de falecer tranquilamente em sua cama e os problemas com seu funcionário se limitassem a discussões sem importância.

— E Álvaro?

Ela voltou a olhá-lo nos olhos e fechou os seus durante alguns segundos, sinalizando como era difícil dizer aquilo; no entanto, o sentimento não foi transmitido à sua voz.

— Não cometerei o erro de lhe dizer que lamento, Manuel. Não teria por que fazer isso; mas não estava em meus planos matar Álvaro, foi algo precipitado e desagradável que tive que resolver na hora. Se Santiago tivesse me contado tudo desde o início, Álvaro nem ao menos teria chegado a saber. Mas o estúpido do meu marido havia se apaixonado por aquele desgraçado, tinha um conceito romântico da chantagem. — Sorriu, espantada. — Pode imaginar? Parecia até que tentava justificá-lo: "É um pobre garoto, seu pai morreu, sua mãe o abandonou, vive com a tia idosa e doente". — Ela negou, balançando suavemente a cabeça, como se falasse de um menino desobediente. — Eu tentei fazer com que ele entendesse que um chantagista sempre volta pedindo mais; quanto tempo poderiam durar trezentos mil euros para um infeliz como aquele? Mas já era tarde: ele já tinha avisado Álvaro com a certeza de que seu irmão pagaria. Álvaro apareceu aqui, e foi então que começou a suspeitar de que talvez a relação entre Santiago e o garoto não era só de chantagista e chantageado. Naquela noite, eu o segui até o estacionamento da boate onde haviam combinado de fazer a transação, e ouvi Álvaro dizer que não ia pagar nada, que estava farto de mentiras e que por ele poderia se tornar público. Santiago deu meia-volta e foi para casa chorar, como sempre fazia. Olhei para trás na caminhonete e vi as lancetas. Peguei uma, desci do carro e me aproximei. Álvaro se surpreendeu um pouco ao me ver, mas não tanto a ponto de não me dar um abraço.

Catarina deu de ombros diante da inevitabilidade do que vinha a seguir.

Manuel sacudia a cabeça. O horror se desenhava em seu rosto enquanto começava a chorar.

— Quando Álvaro foi embora, voltei ao pinheiral que fica ao lado do estacionamento e esperei por Toñino, mas ele não apareceu. Quando tive certeza de que ele não apareceria, voltei ao paço.

— E, quando avisaram Santiago de que Álvaro tinha morrido, ele pensou que Toñino tinha algo a ver com isso; marcou com ele e você o seguiu.

— O que aconteceu com o garoto não tem nenhuma relação com o que aconteceu com Álvaro; com ele foi diferente, bem simples. Quando Santiago foi embora, o rapaz estava tão machucado e aturdido que nem sequer resistiu. Fui até seu carro, bati na janela, ele abriu e desceu. Você já sabe o que aconteceu depois: eu o apunhalei.

— Oito vezes — apontou Manuel.

Ela nem se alterou, e prosseguiu:

— E o pendurei; pareceu uma forma adequada de acabar com um verme como ele. Santiago não queria perceber, mas eu sabia que aquilo nunca ia acabar. Ele era uma ameaça para nossa família.

— Não era. Santiago tinha razão, era um garoto perdido que não pensou nas consequências de seus atos. Álvaro conseguiu dissuadi-lo, e foi por isso que ele não apareceu no estacionamento do La Rosa.

Catarina ergueu as sobrancelhas por um segundo, avaliando a informação que evidentemente era nova para ela.

— Isso não tem mais importância. Até quando você acha que a trégua teria durado? Não era a primeira vez que ele roubava de nós. Depois de alguns meses teria aparecido para causar problemas novamente. Tinha que ser feito, mas não pensei que Santiago aceitaria tão mal; ele era tão fraco, tão frágil que me provocava engulhos. Alguém ligou para ele e disse que o garoto estava morto e ele montou todo esse show de tentativa de suicídio. Outra contrariedade: antes que eu me desse conta, Herminia já havia chamado a ambulância, e, com os médicos em casa e em seu estado, foi impossível impedir que o levassem para a clínica.

— Como quando você matou Fran, e Santiago caiu em uma terrível depressão. Você o manteve trancado no quarto, cuidando dele, dando comida em sua boca até o convencer de que aquilo era melhor, de que o que você tinha feito era o melhor para os dois, o melhor para todos.

Ela olhou para Manuel, surpresa.

— Pelo amor de Deus, Manuel, não seja tão pueril! Santiago queria o mesmo que eu; no que você acha que nosso casamento estava alicerçado? No amor? Santiago foi o cachorrinho babão do velho marquês; sempre tentava agradá-lo, apenas para ser desprezado e humilhado repetidamente. O pai nunca deixou que o filho dirigisse uma única empresa, nunca permitiu que ele tivesse dinheiro próprio, e quando Fran aparecia por aqui era patético ver como babava por seu menino bonito. Quando o velho ficou doente, com Fran internado na clínica de reabilitação, tínhamos certeza de que ele nomearia Santiago como herdeiro, mas ele morreu e deixou tudo para Álvaro, seu filho rebelde, a ovelha negra; ainda assim, ele o preferiu ao seu filho bom e leal. Depois, não foi tão ruim; Álvaro não queria ter nada a ver com tudo isso e nunca estava por aqui, mas o título era dele. Santiago tinha que se conformar em ser irmão do marquês... e quanto a Fran, você não o conheceu, Manuel! Quando o pai morreu, ele ficou completamente fora de si, era um dependente químico e um pusilânime, uma pessoa imprestável. Não ia demorar até que ele morresse de overdose; mas, além disso, devido às indiscrições de Santiago, começou a suspeitar de que algo estranho estava acontecendo. Falou com Santiago, e o imbecil admitiu palavra por palavra. E depois, como sempre, foi chorar para mim... "O que vou fazer? Que vergonha! Ele vai contar para todo mundo, não vou aguentar!" — disse, afinando a voz em claro sinal de deboche.

— Espero que não esteja tentando me dizer que Santiago matou Fran; temos provas de que foi você que comprou a heroína.

— Ah, claro que eu comprei; eu bati sua cabeça contra o banco em que rezava ajoelhado e a administrei enquanto ele estava inconsciente. Santiago não fez mais que choramingar o tempo todo, e quase estragou tudo quando decidiu remover o corpo de dentro da igreja para levá-lo até o túmulo do pai. Achava "indigno" deixar Fran na igreja; claro que, depois, não achava tão indigno encontrar com seu amante ali. Tudo poderia ter ido bem se meu estúpido marido não tivesse perdido a cabeça por causa desse desgraçado e tivesse me deixado resolver tudo. Mas Santiago sempre foi assim, um histérico, uma louca, uma rainha do drama; segundo sua mãe, desde que era pequeno... Mas não se engane, Manuel, ele queria o mesmo que eu; a diferença é que ele não tinha colhões, e sempre era devorado pela culpa depois de fazer as coisas. Mas não por muito tempo; depois da fase de arrependimento, de chorar muito e bater no peito, ele aparecia renascido, como um homem novo pronto para curtir o que eu conseguia para nós dois. Você não vai conseguir fazer com que eu me sinta culpada, Manuel, não acredito nisso. O arrependimento dos católicos nunca me impressionou. Sou pior que ele por não me arrepender de meus atos? Ele era melhor que eu porque depois de fazer tudo se arrependia?

Manuel a olhava ainda espantado. Era verdade; Catarina sabia como ninguém qual era o lugar que lhe cabia, e havia lutado com todas as suas forças para defendê-lo. Encarnava como poucos o espírito dos príncipes do mundo, capaz, como dizia Nogueira, de sair sempre por cima do maior monte de podridão. Excelente atriz, evocou-a enxugando as lágrimas depois de cruzar com seu marido no dia em que Manuel a cumprimentara pela primeira vez, ou aquele fragmento de conversa que havia ouvido na estufa entre Vicente e ela. Teatro, uma atuação magistralmente orquestrada para criar o efeito desejado; ela até mesmo havia tido o aprumo de fazê-lo reconhecer que a havia escutado. Não, não havia arrependimento nela, nem pesar. Como uma rainha, ela mantinha a cabeça erguida, os olhos serenos, calmos, sem sombra de dor, e tornou a pensar que teria dado qualquer coisa para vê-la assustada, para encontrar medo naquele olhar.

Ia se voltar e fechar a porta quando uma pergunta se formou em sua boca:

— Me diga uma coisa. Valeu a pena?

Ela girou levemente a cabeça em um gesto de obviedade.

— Claro. Não ficarei na cadeia para sempre, e levo no ventre o próximo marquês de Santo Tomé — disse, baixando o olhar para a leve curva que a camiseta formava e erguendo-o de novo, orgulhosa.

A boca gelada e triste de Manuel se contraiu em um algo similar a um tique nervoso. Ela o fitou curiosa, mudando sua expressão ao perceber que ele sorria.

— Suponho que, para ele, deve ter sido um grande esforço se deitar com você...

— E mesmo assim ele o fez — respondeu ela, desdenhosa.

— Não é filho de Santiago — disse, dirigindo um olhar para a mesma curva que, instantes antes, ela havia olhado orgulhosa.

— Oficialmente, é.

— Ele sabia. Por isso foi falar com a mãe quando você anunciou sua gravidez.

Ela permaneceu impassível.

— E só conseguiu mais uma vez que ela debochasse dele.

Ela repetiu o gesto de obviedade.

— Minha sogra sabia estabelecer prioridades. Era uma grande mulher.

Manuel a olhou entristecido; se pelo menos demonstrasse uma emoção...

— Santiago queria um filho, queria de verdade, e chegou a ficar muito preocupado com o fato de você não engravidar. Há alguns meses, quando teve o aborto, algo levantou a suspeita dele. Ele pensou muito, e começou a se preocupar com o fato de você "trabalhar" tanto. As dúvidas aumentaram a ponto de fazer com que ele se recordasse de algo que havia esquecido quase por completo; algo que sua babá também se lembrou quando ele decidiu perguntar. Quando tinha dezesseis anos, Santiago teve caxumba, uma doença infantil que vai se agravando em importância à medida que o paciente envelhece; nos adolescentes, pode vir acompanhada de febre e inflamação testicular, o que às vezes causa esterilidade masculina. Foi um episódio que ficou esquecido até que a gravidez começou a se mostrar difícil. Quando você engravidou e sobreveio o aborto, Santiago se submeteu a testes de fertilidade.

Ali estava: o medo em seus olhos.

— Você está mentindo — acusou. — Eu teria sabido.

— Os resultados chegaram ao domicílio da única pessoa em quem ele confiava: sua babá, Herminia.

Ele fechou a porta e se voltou mais uma vez para olhar para ela; mesmo através do vidro, pôde ver: agora sim ela estava aterrorizada.

VOLTAR PARA CASA

O rio brilhava lá embaixo. Soltou Samuel de seu abraço e, com o coração apertado, vigiou sua subida pela encosta até que o menino alcançasse a mãe. Ela ria de algo que o enólogo dizia. Muitos sorrisos. Pensou que aqueles dois se davam bem. Sentou-se com Lucas nas *muras* de pedra, quentes sob o sol do meio-dia, e olhou ao redor. Quase ouviu de novo as palavras que o enólogo lhe disse no dia em que o conhecera: "Você não vai acreditar, mas odiei este lugar quando cheguei aqui". Respirou fundo e sorriu, censurando sua ignorância.

— Já pensou no que vai fazer com o paço? — perguntou Lucas.

— Ainda não decidi, mas gosto da ideia de transformá-lo em um lugar que possa ser visitado. Isso permitiria manter todos os funcionários; Herminia e Damián continuariam morando lá, e parece que eles gostam dessa ideia também. De qualquer maneira, não farei nada muito radical. Afinal de contas, Samuel é o novo marquês, talvez um dia ele queira viver lá, é a casa de sua família.

— E você? Passou por sua cabeça viver ali?

— Não — sorriu. — Essa nunca foi a casa de Álvaro; acho que ele nunca se sentiu à vontade em As Grileiras, com exceção do jardim. Eu também não. Preciso de algo muito mais tranquilo e menor, onde eu possa me trancar para acabar meu romance. Nogueira me disse que estão vendendo uma casa pequena perto da casa dele, talvez eu dê uma passada lá para ver...

— Espere, espere, não mude de assunto; você disse que está terminando o livro?

Manuel sorriu, assentindo, incrédulo diante de suas próprias palavras.

— Sim, terminando. Sabe, toda vez que eu ouvia falar de livros que foram escritos em apenas algumas semanas achava que era coisa de ficção científica, ou algo que alguns escritores inventavam para alimentar sua lenda, mas é verdade. Foi... — disse, buscando as palavras exatas —, foi... como sangrar até a morte — acrescentou, pensando no peso que uma palavra podia carregar.

Ficou silencioso e pensativo. Lucas sentiu sua melancolia e desviou a conversa para o assunto anterior.

— Vai ver uma casa! Então, está pensando seriamente em ficar.

— Não sei se para sempre, mas cada vez mais consigo entender o que atraía Álvaro para este lugar, e neste momento é aqui que quero estar — disse, erguendo a taça, que desenhou um reflexo avermelhado em seu rosto.

Por entre as vinhas não restava nem sinal dos frutos pretos, como neve, de apenas um mês atrás. O festim de folhas que as coroava havia se tingido de vermelho escuro, uma cor próxima ao vinho, e a suave brisa que batia provocava a sensação de que a Ribeira Sacra inteira ardia com um fogo interno que brotava da terra através dos galhos escuros e retorcidos das vinhas, que, assim, davam seu último suspiro. Até a próxima colheita.

Daniel se aproximou, levando na mão uma garrafa com seu distintivo rótulo branco com o estanho fundido da única palavra que compunha seu nome, *Heroica*, escrita com a letra valente e altiva de Álvaro. Os dois homens ergueram as taças, deixando que fossem enchidas novamente com o vinho vermelho e festivo, e, sem sair da cálida *mura* em que se apoiavam, voltaram-se para ver Nogueira chegando; junto com suas filhas e sua mulher, haviam parado em frente ao portão da vinícola para conversar com os homens que estavam começando a pôr a carne na churrasqueira. Ao ver a pequena Antía, Café pulou do lugar que havia ocupado entre as pernas de seu dono para ir ao seu encontro. A menina o recebeu gritando e Xulia levantou a mão para saudá-los da esplanada. Na distância, puderam ver que Nogueira e Laura estavam de mãos enlaçadas.

— Parece que, por fim, tiveram aquela conversa... — disse Lucas, sorrindo e erguendo sua taça.

— Sim — respondeu Manuel, voltando-se para fitá-los de novo e batendo sua taça na de Lucas. — Eu diria que sim...

Quando Nogueira os alcançou, já levava na mão uma taça que Daniel se encarregara de encher no caminho. Sentou-se ao lado deles e tirou do bolso interno de sua jaqueta um pacotinho embrulhado em papel de presente. Fiel a seu habitual estilo duplo, desdenhou da atenção que os dois homens haviam posto no pacote e indicou o barco que balançava sobre as águas do rio lá embaixo.

— Você vai ter que me emprestar o barco mais vezes; descobri que passeios pelo rio deixam minha mulher muito romântica.

— Quando quiser — respondeu Manuel, sorrindo e apontando o pacote. — E agora vai nos dizer o que tem aí, ou vai nos deixar morrer de curiosidade?

Nogueira lhe entregou o pacote e Manuel começou a descolar a fita adesiva enquanto ia puxando o papel.

— Devo confessar que isso me irrita um pouco — disse, curtindo a expressão de estranheza dos dois homens. — É foda reconhecer que você tinha razão, mesmo que parcialmente...

Ao terminar de desfazer o embrulho, Manuel viu diante de si uma caixa de papelão que devia medir um palmo por um palmo. Abriu-a, e dentro encontrou o navegador TomTom que faltava no carro de Álvaro.

— Revirei toda a delegacia e fiz com que todo mundo o procurasse, e de fato você tinha razão, ao menos em parte: alguém pegou o navegador...

Manuel ergueu as sobrancelhas, surpreso.

— Mas não um guarda — apressou-se a esclarecer. — Foi um dos condutores da grua, um ajudante que trabalhou quinze dias e foi demitido por roubar...

Manuel sorriu.

— Obrigado.

— Mas eu também tinha razão; não foi nenhum guarda que pegou o navegador. Eu já lhe disse que os guardas civis não roubam...

Os três homens riram. Na esplanada, Daniel os chamou para comer.

Manuel começou a se levantar, mas Nogueira o deteve.

— Espere. Eu deixei esse treco carregando a noite toda para você poder ligá-lo. Como eu disse, com esse trambolho poderíamos saber aonde Álvaro se dirigia quando seu carro saiu da estrada...

Manuel olhou para a tela, sentindo a emoção obscura da qual havia conseguido se livrar no último mês voltando a apertar forte seu coração.

— Não sei se...

— Olhe — disse o guarda, com firmeza.

Manuel apertou o botão superior que ligava o aparelho. A seguir, apareceram diante dele os ícones com as diversas funções; tocou suavemente com o dedo o local que armazenava as últimas rotas e viu na tela o mapa que culminava com uma palavra: "Casa".

Os olhos de Manuel se embaçaram. Sentiu umas mãos nos ombros que supôs que eram as de Lucas, e ouviu a voz de Nogueira, que dizia:

— Ele estava voltando para casa, Manuel, para você. Quando Álvaro sentiu que ia morrer, não pensou em ir para nenhum outro lugar no mundo. Ele estava voltando para você.

AGRADECIMENTOS

Agradeço a colaboração de todos que, pondo seu talento e conhecimentos à minha disposição, contribuíram para que uma história que durante anos viveu em minha cabeça ganhasse corpo na realidade palpável que agora seguramos nas mãos. Qualquer erro ou omissão – e haverá muitos – são de minha inteira responsabilidade.

A Elena Jiménez Forcada, veterinária de Cintruénigo, Navarra, por sua assessoria veterinária relativa aos cachorros e cavalos que aparecem neste livro.

A Jean Larser, porque as conversas que nos enchem de energia e esperança para seguir em frente quase sempre têm um amigo do outro lado da linha. Obrigada.

A J. Miguel Jiménez Arcos, de Tudela, por sua assessoria profissional sobre os efeitos de uma droga. Aí fica para que pensem. ;-)

À Guarda Civil, e em particular aos guardas do Posto Principal da Guarda Civil de O Carballiño, em Ourense, e especialmente ao cabo Javier Rodríguez, por sua indispensável ajuda.

À localidade de Rodeiro, em Pontevedra, que vem acolhendo a mim e à minha família por temporadas há tempos.

Às vinícolas Via Romana da Ribeira Sacra, por servirem de inspiração para minha Heroica.

Ao Centro do Viño da Ribeira Sacra, em Monforte de Lemos, Lugo, por me revelar e me fazer sentir o orgulho de produzir vinho como há dois mil anos, e aos guias dos barcos de Belesar, por conseguir fazer que eu me apaixonasse por um meandro do Sil e por suas sete aldeias sob a água.

À minha irmã Esther, a mais apaixonada defensora da Galícia; nunca lhe agradecerei o bastante por descobrir esse lugar incrível, poderoso e feroz.

A *Nosa señora do Corpiño*. É o justo.

**Acreditamos
nos livros**

Este livro foi composto em FreightText Pro e impresso
pela Geográfica para a Editora Planeta do Brasil em
junho de 2024.